暗流与曙光

中国现代文学史书写的思想论争与学术突围

张　军◎著

光明日报出版社

图书在版编目（CIP）数据

暗流与曙光：中国现代文学史书写的思想论争与学术突围 / 张军著. -- 北京：光明日报出版社，2025. 8. -- ISBN 978-7-5194-8542-9

Ⅰ. I209. 6

中国国家版本馆 CIP 数据核字第 2025SV0306 号

暗流与曙光：中国现代文学史书写的思想论争与学术突围

ANLIU YU SHUGUANG：ZHONGGUO XIANDAI WENXUESHI SHUXIE DE SIXIANG LUNZHENG YU XUESHU TUWEI

著　　者：张　军

责任编辑：杨　茹　　　责任校对：杨　娜　乔宇佳

封面设计：李　阳　　　责任印制：曹　诤

出版发行：光明日报出版社

地　　址：北京市西城区永安路 106 号，100050

电　　话：010-63169890（咨询），010-63131930（邮购）

传　　真：010-63131930

网　　址：http://book.gmw.cn

E - mail：gmrbcbs@gmw.cn

法律顾问：北京市兰台律师事务所龚柳方律师

印　　刷：三河市华东印刷有限公司

装　　订：三河市华东印刷有限公司

本书如有破损、缺页、装订错误，请与本社联系调换，电话：010-63131930

开　　本：170mm×240mm

字　　数：506 千字　　　印　　张：25. 5

版　　次：2025 年 8 月第 1 版　　　印　　次：2025 年 8 月第 1 次印刷

书　　号：ISBN 978-7-5194-8542-9

定　　价：99. 00 元

目　录
CONTENTS

前 言

一、对象·方法·问题·对策

研究文学史编撰的历史及从书面文学史中凸显出来的理论构架，谓之文学史学。它是对文学史研究进行再研究，是文学学科中以文学史理论及各种类型的文学史著作的编撰为研究对象的一个分支学科。① 中国现代文学史学研究，可分为中国现代文学史批评、中国现代文学史理论研究、中国现代文学史学史研究。中国现代文学史批评自有现代文学史著编写就已有之，此处不予赘述。中国现代文学史理论研究也有较丰富的成果，新时期之后就有“当代文学能否写史”“重写文学史”“新文学整体观”“20世纪中国文学”的讨论。进入21世纪后，研究成果更为丰硕，有“民国文学史”“汉语文学史”“中华多民族文学史”等多种中国现代文学史理论探讨。钱理群②、朱德发③、洪子诚④、黄万华⑤、王泽龙⑥、陈国恩⑦、张福贵⑧、李宗刚⑨、贾振勇⑩等学者，曾分别阐发了中国现代文学史学的理论，这意味着中国现代文学史学的意识已经觉醒，正在建构自己独立的发言方式和应有的学术位置。

本书属于中国现代文学史学史研究，研究对象是“十七年”的中国现代文

---

① 蒋寅．近年中国大陆文学史学鸟瞰［J］．文艺理论研究，1999（2）：72-81.

② 钱理群．返观与重构：文学史的研究与写作［M］．上海：上海教育出版社，2000.

③ 朱德发．现代文学史书写的理论探索［M］．济南：山东人民出版社，2010.

④ 洪子诚．问题与方法：中国当代文学史研究讲稿［M］．北京：生活·读书·新知三联书店，2002.

⑤ 黄万华．中国和海外20世纪汉语文学史论［M］．北京：百花文艺出版社，2006.

⑥ 王泽龙．反思与重构：中国现代文学史观综论［M］．北京：新华出版社，2005.

⑦ 陈国恩．学科观念与文学史建构［M］．北京：中国社会科学出版社，2012.

⑧ 张福贵．文学史的命名与文学史观的反思［M］．北京：北京大学出版社，2014.

⑨ 李宗刚．中国现代文学史论［M］．济南：山东人民出版社，2014.

⑩ 贾振勇．重叠的镜像：文学史理论与实践［M］．北京：中国戏剧出版社，2003.

学史书写的历史。“十七年”是中国现代文学研究界一个固定的时间概念，即1949—1966年。这里所说的“中国现代文学史书写”，在不严格区分的情况下，它与“中国新文学史书写”大致类同，但只限于中国大陆关于1917—1949年的文学运动的历史书写，以及带有文学史性质的文代会报告、教学大纲等；也涉及中国现当代文学整体化编写下的中国现代文学史；本书一般不讨论中国现代文学专题史、文类史、阶段史，以及中国当代文学史的书写。

笔者将以历史主义为中心的方法去研究“十七年”的中国现代文学史学史。“‘历史主义’这个词……它常常意味着，对过去的解释和评价，要防止脱离历史时代的做法。在这个意思上，历史主义是指，理解过去的事情要使用能使当时与这些事情密切相关的人们所能明白的术语。”① 这意味着笔者力争跨越“左”、右之争，回到“十七年”的语境之中，去理解当时的文学史书写者以及他们所撰写的中国现代文学史著及相关文字。同时，也力争将政治学、历史学、教育学、范式理论、新历史主义、知识考古学和文学社会学等相关理论及研究成果纳入本书中，以突破单纯的文学史编撰史的描摹，形成以此为中心的跨学科交叉综合研究。这样多重视域的复合研究似乎与“历史主义”方法矛盾，但“在后现代状况之下，历史主义仍然是历史研究必须依赖的重要思想，以此为基础的情境分析法也得益于后现代主义强调的对认识者自我的反思。对于历史研究的对象，研究者希望在历史情境中理解它，但不考虑研究者能力本身的移情式理解仍然包含着那种复原客观历史事实的幻想”②。

中国现代文学史学史研究目前已经取得重大成就，大部分高校在研究生的中国现代文学学科史的课程中都会对此有所介绍，文学史著、文学史论文的收集、整理都日趋完善，但不能否认的一个事实就是，较多的研究呈现重复化、同质化的特征，对于“十七年”中国现代文学史学史还没有独立研究，对其评价还带有不少“偏见”，亟待更进一步地深入。

第一，“十七年”的中国现代文学史著还没有搜集完整，亟待予以全面介绍，并比较不同文学史著版本的异同。

学术研究首要任务就是尽可能全面掌握研究对象，对研究资料力争“涸泽而渔”，但迄今为止对“十七年”的中国现代文学史编写的研究还没有做到这一点，这表现在以下几方面：学界多关注著名学者个人编写且正式出版的文学史著，但对于他们在正式出版之前曾在内部流传、交流的一些原初讲义没有介绍，

① J. 雷，玲玲．历史主义［J］．哲学译丛，1992（2）：71-74，80.

② 陈新．历史认识：从现代到后现代［M］．北京：北京大学出版社，2010：257.

也谈不上比较、鉴别，以此发现不同版本的异同，并分析造成这种异同的原因。还有一些学者，例如任访秋、薛绥之等人也曾在“十七年”编写、讲授中国现代文学史，并且编写有个人化的讲义，但都散失在民间，学界少有关注、收集，他们曾付出的心血应得到我们的重视与尊重。1958年之前个人撰写并公开出版的中国现代文学史著已被学界所熟知，但1958年至“文革”之前集体编写的文学史著少有提及。这就造成这一时段的大量文学史著被湮灭在历史地表之下，没有被发掘整理。但这一时期集体编写的中国现代文学史著在“文革”时期之后曾被大量印刷，成为主流的文学史教材。欠缺对他们前期努力的探究，自然不会明白两个时段文学史著编写的前因后果与相关联系。

资料收集不全面就造成“十七年”中国现代文学史编写的较多历史事实仍模糊不清，其丰富性与复杂性并没有被勾画、展现出来。这正如“十七年”文学研究一样，很多问题“都还没有来得及讨论和问究，就这么进入了我们文学史研究意识的深处。它成了一个丢失了钥匙的历史保险箱”①。所以我们应该发掘“十七年”各大学、相关机构存在的大量内部出版、印刷的文学史讲稿，从而丰富我们的文学史学史研究的对象，改变这一时期文学史著稀少冷落的历史印象，并揭示出历史长河中奔腾不息的、潜在的“暗流”涌动，“还原”“十七年”中国现代文学史书写的丰富性与复杂性。

我们还要按照时间的先后顺序介绍不同的中国现代文学史著的内容与特色，比较同一文学史著前后不同版本、同一学者不同时期的中国现代文学史著的差异。这有助于我们发现现实生活的各种因素对文学史写作的深刻影响，揭示文学史书写者精神动向的社会和个人的种种根由。“不对不同时期文本修改问题进行深入的考察，现代文学研究的学术质量是无法得到保证的。”②

第二，进一步揭示“十七年”政治、文化、教育、文学对此一时段不同于中国现代文学史编写的具体影响。

一些学者在研究“十七年”中国现代文学史书写之时，多泛泛而论此时中国现代文学史编写是政治化写作。因为“十七年”政治运动较多，每一次政治运动都会对中国现代文学史编写造成影响，这应该具体情况具体分析。而且“十七年”社会运动、文化、教育与文学发展也对中国现代文学史书写产生了诸多影响，但目前相关研究明显不够。例如，1961年之前的政治运动对中国现代文学史编撰的影响已被较多学者论及，但1961年之后至“文革”前是“调整、

---

① 程光炜．当代文学的“历史化”［M］．北京：北京大学出版社，2011：32.

② 刘增杰．中国现代文学史料学［M］．上海：中西书局，2012：166.

巩固、充实、提高”的“八字”方针和高教六十条的实施时期，此间还有农村社会主义教育运动等政治运动的开展，这些如何影响当时的中国现代文学史书写还未见学者分析。又如“十七年”三次文代会影响了中国现代文学史编写已成为学界共识，但如何影响似乎还无人探讨。

陈平原认为“文学史”至少有四个层面的问题：“第一，作为课程设置的‘文学史’；第二，作为著述体例的‘文学史’；第三，作为知识体系的‘文学史’；第四，作为意识形态的‘文学史’。”① 所以，我们要充分结合“十七年”政治运动的发生、变化，特别是国家政策、文学会议、文艺方针、文艺报告、教育制度等的嬗变来客观分析“十七年”中国现代文学史书写在这四个层面所受到的制约与影响，对“十七年”现代文学史书写的必然性、正当性进行细致的厘清与辨析。

第三，借助库恩的“范式”理论，对“十七年”中国现代文学史的书写范式进行溯源，并对其波翻浪涌、峰回路转的发生、发展进行细致摹绘和客观评价。

笔者声称用历史主义的方法研究“十七年”的中国现代文学史书写，但也借用了库恩的“范式”理论，二者并不矛盾。因为库恩就是“历史主义者”，这“不仅是由于他对科学史的重视，还由于他从历史的角度来探讨科学的本质，更重要的是库恩对于历史主义史学传统及其理性历史化倾向的继承。也许同样继承下来的还有历史主义固有的相对主义气质。历史主义为理解库恩的思想定下了总基调”②。

库恩使用“范式”的场合较多，意义也不一致，但我们可以体会和把握其基本含义：范式是某一科学（科学家）共同体在某一专业或学科中所具有的共同信念，这种信念规定了他们共同的基本观念、基本理论和基本方法，为他们提供了共同关注的问题（乃至课题），共同的理论模式和解决问题的思维框架，从而成为该学科的一种共同传统，并为该学科的发展规定了共同的方向。③ 根据范式理论，我们就会发现：在中国现代文学史叙述中，在一定历史时期、共同政治地域以及相同的社会语境下，文学史叙述模式都具有一定相似性；而在不同历史时期、不同政治地域、不同社会文化语境中，文学史叙述往往呈现出不

① 陈平原．文学史的书写与教学［M］．北京：北京大学出版社，2018：176.

② 万丹，伍屏芝．论库恩的历史主义［J］．江西社会科学，2003（12）：21-24.

③ 林学俊．试论库恩的范式及其在科学认识中的作用［J］．科学技术与辩证法，1997（1）：37-40.

同的模式特征。[①] 这种相同和不同的叙述模式，实际上就是文学史范式类型同与异的表现。

范式理论对中国现代文学史学史研究已经发挥了重要作用。胡希东对百年来中国现代文学史书写范式的更迭，温潘亚对百年来中国文学史写作范式的变迁[②]都进行了系统梳理。朱晓进对20世纪中国文学史观进行了反思，他认为，20世纪50—70年代“在文学史的写作中，对文学史观特别强调，即要求以历史唯物主义史观为支撑，强调以人民性或现实主义为线索”[③]。而黄修己将中国现代文学史阐释体系分为进化论、阶级论和启蒙论三种。[④] 朱德发则认为中国现代文学史经历了政治型和人本型两大书写范式的更替。[⑤] 可见，“十七年”中国现代文学史的叙述模式已经被作为一种范式结构与其他时期的文学史叙述模式得以并列研究，但对这一范式如何命名还有争议。笔者将本时期的中国现代文学史书写范式定义为“唯物论新文学史”，为什么如此命名及其发展线索我们将在后文论述，这里主要介绍笔者所进行的范式研究与上述学者有何不同。

上述一些学者曾对“十七年”中国现代文学史著的范式特征进行了归纳，展现了这一时期中国现代文学史著的共同特征及方法论。例如，朱德发对政治型中国现代文学史的特征总结，谭桂林等对唯物史观文学史特征的分析，[⑥] 都是非常深刻而理性的。但这些总结多是静态地呈现，是一种历史规律的本质化揭示，似乎这众多的中国现代文学史著都能被这寥寥几条本质特点概括。笔者则力求对“唯物论新文学史”从萌芽、新生到探索完善再到成熟以至衰落的过程进行梳理，并以此发现每部中国现代文学史著在这一兴衰过程中所做贡献：因为“十七年”的唯物论新文学史书写不是静止的，范式的成立不是一朝一夕之事，它是在与旧有范式的竞争中提出来的，最开始的范式也并不是“完备的”“它必须得到一批最初的支持者，这些人会去发展它以期能产生和增殖有力的论

---

① 胡希东．文学观念的历史转型与现代文学史书写模式的变迁［M］．北京：中国社会科学出版社，2016：5.

② 温潘亚．百年中国文学史写作范式研究［M］．北京：人民出版社，2019.

③ 朱晓进．二十世纪中国文学史观的反思［J］．中国社会科学，2006（1）：146-156，208.

④ 黄修己．中国新文学史编纂史［M］．北京：北京大学出版社，2007：284-293.

⑤ 朱德发．现代文学史书写的理论探索［M］．济南：山东人民出版社，2010：2.

⑥ 冯光廉，谭桂林．中国现代文学史研究概论［M］．南京：南京大学出版社，1995：23-24.

据”①。在更多人的尝试、追随中，他们动用了各自的智慧、心血，并在不同时期有着不同的侧重点，在这种参差不齐的协商与讨论中，“十七年”的唯物论新文学史书写得以动态发展，以至成熟、势衰。

我们不仅需要厘清和梳理这一动态建构过程中的每一具体环节，而且这一时期文学史书写者在传统范式与范式变革之间如何维持着“必要的张力”，他们在危机中已被意识、新范式即将浮现的“关键时刻”如何取舍裁决，他们又是如何孜孜以求地修补、完善这一新范式并力戒走“极端”等，都值得本书细细探索。

借用范式理论进行中国现代文学史学史研究，有助于我们从百年来中国现代文学史学史的范式演变的宏阔视野，鸟瞰“十七年”中国现代文学史书写继承了1949年之前中国现代文学史编写的哪些成果，发展了哪些方面，并如何潜在地影响了新时期及之后的中国现代文学史写作，以此勘定它在百年来中国现代文学史学史中的历史地位和学科价值。

第四，我们应以“移情”的方式，去体察“十七年”中国现代文学史编写者和作家的个人遭际、文学思想、历史观念等相互之间的碰撞激荡、生成转化。

要求研究者在理解历史之时采用“移情”的方法，这和我们所倡导的历史主义有相同之处。这“将迫使史家尽量消除自己时代与阶级的偏见，从当时的史境出发，体察当事人的动机意向，从而有助于缩小史家与历史现实的距离”②。我们以“移情”的方式重建“十七年”的中国现代文学史学史，并不意味着我们对此予以赞同，当然，也不意味着否定，更多是为了回到历史“现场”去“理解”。

将中国现代文学史书写者与其书写内容予以联系，并从中剖析学者的个人情怀、学术理想，在一些文学史研究中已颇有成效。例如，王瑶主编的《中国文学研究现代化进程》③、陈平原主编的《中国文学研究现代化进程二编》④ 就对众多中国文学研究名家进行了研究，唐弢、王瑶等现代文学史家的学术思想和个人情怀被予以精彩分析。钱理群的《中国现代文学史论》⑤ 对王瑶、李何

① 库恩．科学革命的结构［M］．金吾伦，胡新和，译．北京：北京大学出版社，2003：143.

② 译者代序［M］//柯文．在中国发现历史：中国中心观在美国的兴起．林同奇，译．北京：中华书局，1989：19.

③ 王瑶．中国文学研究现代化进程［M］．北京：北京大学出版社，1998.

④ 陈平原．中国文学研究现代化进程二编［M］．北京：北京大学出版社，2002.

⑤ 钱理群．中国现代文学史论［M］．桂林：广西师范大学出版社，2011.

林、贾植芳、田仲济、钱谷融、樊骏、支克坚等人的中国现代文学研究有着同样精辟的分析。陈国恩对陆耀东、易竹贤、龙泉明等学者的现代文学研究也进行了透彻评析。[①] 还有王富仁对单演义的学术评述,[②] 康斌对华忱之的学术论评,[③] 王中忱对孙中田的学术史评析[④]等都采取了这样的研究策略。但是这些学人研究重在对学者文学研究的总体成就及研究理念进行学术史地位评断，而在具体的中国现代文学史编撰与争论中他们的心理动机、情怀趣味、学术理想如何体现，还有待挖掘。例如，王瑶的中国现代文学史著当时受到批判的原因、经过及其内在心理都已经为学界所熟知，但他后来的诗歌史写作和文学史著修订少有人注意。那些被书写的中国现代作家，他们对于文学史书写中的“自己”及其作品，秉持什么样的意见并如何通过自己的发声或沉默来表达，也需要细致考察。相同文学史著的不同版本存在何种异同，这些异同蕴藏着怎样的情绪密码和隐秘心态也需要我们耐心地“破译”。因为文学史书写是文学制度的一种，是利益争夺的常用工具，“它们可能为国家力量所用，亦可能为寻求独立性的知识分子所用，更可能为观念分歧之外的势力冲突、私人恩怨所用”[⑤]。

詹姆逊提醒我们：“永远历史化。”[⑥] “一方面，在历史中产生的东西，只有在历史中才能理解；另一方面，历史的东西也只有通过历史才能够摧毁。”[⑦] 确如其言，“十七年”中国现代文学史学史研究还存在诸多问题，但这些问题都是在“历史”中产生的，我们只有“努力将问题‘放回’到‘历史情境’中去考察”[⑧]，将一些曾有的学术“共识”再度“历史化”，才能由此而揭橥文学史编写与时代政治、私人恩怨之间的深刻联系。当然，笔者也会因为历史资料的欠缺和知识理论的匮乏而再次犯下不容忽视的历史“错误”，这也是本人所应时刻警惕、避免的。

---

① 陈国恩．学科观念与文学史建构［M］．北京：中国社会科学出版社，2012.

② 王富仁．单演义先生与中国现代文学研究学科的建立与发展［J］．西北大学学报（哲学社会科学版），2010，40（1）：34-41.

③ 康斌．华忱之的现代文学研究［J］．中国现代文学研究丛刊，2015（9）：41-47.

④ 王中忱．区域位置、学科建设与一代学人的奋斗：孙中田先生和他的中国现代文学研究［J］．中国现代文学研究丛刊，2017（8）：199-210.

⑤ 张钧．中国当代文学制度研究（1949—1976）［M］．北京：北京大学出版社，2011：15.

⑥ 詹姆逊．政治无意识［M］．王逢振，陈永国，译．北京：中国社会科学出版社，1999：01.

⑦ 旷新年．把文学还给文学史［M］．上海：复旦大学出版社，2012：66.

⑧ 洪子诚．中国当代文学史［M］．北京：北京大学出版社，1999：前言 5.

二、未完成的任务

艾略特说："诗人，任何艺术的艺术家，谁也不能单独地具有他完全的意义。他的重要性以及我们对他的赏鉴就是赏鉴他和以往诗人以及艺术家的关系。你不能把他单独评价；你得把他放在前人之间来对照，来比较。"① 在研究"十七年"的中国现代文学史学史之时，艾略特的观点同样适用。为了将其"放在前人之间来对照，来比较"，我们有必要考察 1949 年前中国现代文学史书写情况，以此重构一个公正评价的批评原则和审美原则；同时我们也得以对以前的中国新文学史著有一个新的判断。

首先，未完成的历史化任务。文学史编写是对实际发生的文学史实进行选择、加工、编排并予以文字化的过程，这一过程的完成就意味着文学史实的历史化的完成。任何时代文学的历史化工程都需要一定数量与质量的文学史著作来承担，中国现代文学也不例外，而在 1949 年前，这种历史化任务并未彻底完成。

这种历史化未彻底完成与现代文学在 1949 年前一直是"当下"文学有关。在 1949 年前，现代文学不断延伸保持着绵延不绝的开放态势，并没有时间下限对其予以封闭统揽。这时的现代文学史书写所截止的时间都是在文学史编写者著述之时，现代文学史的全貌从来没有被整体勾画。可以说，1949 年前的中国现代文学史著都是某一时段不全面的中国现代文学史书写。

历史化的不彻底还表现在中国现代文学各个阶段的历史化程度不同，即第一个十年的历史化最充分，第二个十年次之，第三个十年最不充分。这从公开出版的中国现代文学史著可以看出：20 世纪 30 年代撰写的中国现代文学史较多，40 年代的中国现代文学史较少。从文学史著的内容来看，1949 年前的现代文学史著的主体内容主要是第一、二个十年的文学史实，第三个十年的文学运动未能及时被文学史著所记录，较多文学史对 20 世纪 40 年代的现代文学涉及不多。"除蓝海（田仲济）的《中国抗战文艺史》之外，40 年代出版的文学史著作对于后来也缺乏影响力。"② 蓝海的《中国抗战文艺史》有如此影响就是因为它对抗战之后的文学史叙述较为详尽。但当时的中国新文学史还未将这一成果予以吸纳。因为战争使得中国现代文学教学在很多地方中断，而物质严重匮

① 艾略特．传统与个人才能［M］//卞之琳．卞之琳译文集（中卷）．合肥：安徽教育出版社，2000：277.

② 旷新年．文学史视阈的转换［M］．北京：北京大学出版社，2013：139.

乏，文学信息的传播、总结归纳存在困难，文学史著的编写就不易与时俱进。

从中国现代文学史的资料整理也可以看出，第一个十年的文学史资料整理最完整，其余两个十年依次逊色。第一个十年之后，1935—1936 年就有赵家璧主编的由上海良友图书印刷公司的《中国新文学大系》（以下简称《大系》）出版。所以“后来几十年关于新文学发生史与草创阶段历史的描述，离不开《大系》所划定的大概框架，而《大系》所提供的权威的评论，也被后来的许多文学史家看作研究的经典，文学史教学常把《大系》列为基本的参考书”①。但是此后直至 1949 年，中国现代文学史就再没有如此规模宏大的资料整理与述史行为了。《中国新文学大系（1927—1937）》在 20 世纪 80 年代才开始出版，《中国新文学大系（1937—1949）》则是在 20 世纪 90 年代面世，二者影响已远不能与此前的《大系》相比。

用郑国友②、方维保所发现的中国现当代文学史叙述的“十年情结”也可以解释这种历史化不充分的情况。中国现当代文学史叙述常“以十年为一段来总结文学史的发展；而且在叙史方式，或文学史分段叙述的方法上，已经成为一种一成不变的固定的程式和体制，每到一个十年节点的时候，文学批评界和文学史学界就会很自然地出现一系列‘十年’书写活动；也就是这个十年情结大有成为文学史编纂的仪式”③。因为当时现代文学还没有完成第三个“十年”，所以对其文学史叙述也就没有大张旗鼓地进行。这个历史任务自然落在 1949 年之后的文学史研究者和书写者肩上了。

文学史撰写是作家作品经典化的重要步骤和关键手段，一个时期的文学经典的秩序，最终需要在文学教育和文学史撰写中加以体现和“固化”，以实现其“合法性”，并在教育过程中普及和推广。④ 文学史告诉了人们哪些作品是“经典”，作品进入文学史就成了“经典”的标志。但就 1949 年之前的现代作家作品来说，文学史书写还没有足够的经典化，这也是它历史化不彻底的重要表征。

1949 年前的中国现代文学史的经典化不足具体表现是入史作家多，但重点作家不突出；入史作品多，但经典之作还没有确认，也即作家作品的座次排列还没有尽善尽美。这一点单从章节上就可以看出，因为重要的作家作品在文学

---

① 温儒敏．论《中国新文学大系》的学科史价值［J］．文学评论，2001（3）：54-61.

② 郑国友．中国现当代文学史编撰中的“十年”现象［J］．大连海事大学学报（社会科学版），2013，12（4）：101-105.

③ 方维保．论中国现当代文学史叙述的“十年情结”［J］．扬子江评论，2015（5）：33-38.

④ 洪子诚．中国当代的“文学经典”问题［J］．中国比较文学，2003（3）：35-46.

史中应该是独占一章，以显示其卓越的艺术成就和非凡的文学影响，但 1949 年前的中国现代文学史著中无一如此编排。当然不是因为此时的文学史编写还不知道将某位作家醒目标识，以独占一章的形式进行书写。因为在这一时期有较多文学史著的撰写已将贡献突出的文学大家单列一章予以强调。①

如果是单部文学史著不将文学大家予以独占一章书写，我们可以归咎为体例选择的个人化行为；但长时期的中国新文学史著都如此编排，只能说文学史书写者在逃避一件事情，即避免将某些作家的文学史地位予以高度彰显。即便是鲁迅，他在当时所获得的读者爱戴及文学史评价是独一无二的，但也没有在这时的文学史著中获得独占一章的冠冕。这就足以说明 1949 年前的中国新文学史著虽然书写了较多的作家作品，但没有将最优秀的文学大家以“排座次”的方式呈现给大家。也就是说，他们还未将中国现代文学的经典化任务完成，这种历史化是不彻底的。

其次，未完成的学科化任务。1949 年之前，中国现代文学史一直力争成为大学教育体制中的一环，但这一学科化的任务始终未能正式完成。

在中国现代文学第一个十年中，有关新文学的课程已在一些大学开设，但主要是新文学阅读与习作，而不是中国新文学史的学术研究与讲授，这是两种性质截然不同的课程。1921 年，北京大学就列出了“本学年若有机会，拟即随时增设”的 9 种科目，其中就有“新诗歌之研究”“新戏剧之研究”“新小说之研究”。② 这说明走在全国之前的北京大学还没有设置新文学史课程，并对其展开学术研究。1922 年，周作人在燕京大学所上有关新文学课程，③ 也并不是有关中国新文学史的。④ 但当时的中国古代文学史已经成为大、中学的正式课程，授课教师在讲授完中国古代文学史之后，自然会涉及正在发生的“当下”文学，中国新文学史就得以在课堂上出现。

如果再审视一下这些中国古代文学史著所附骥的中国新文学史内容，我们会发现，他们虽然支持中国新文学运动，但并不认为中国新文学可以独立开来，他们更多赞成新旧文学的折中融合。刘贞晦就认为新旧文学相互取长补短，“民

---

① 付祥喜.20 世纪前期中国文学史写作编年研究［M］. 北京：北京师范大学出版社，2013：315，324，332，360，394.

② 张传敏. 半蠹集［M］. 成都：巴蜀书社，2011：166.

③ 周作人. 琐屑的因缘［M］//周作人. 知堂回想录［M］. 北京：北京十月文艺出版社，2013：517.

④ 王翠艳. 思想遇合与人事机缘：周作人任教燕京大学缘由考辨［J］. 文学评论，2013（1）：48-56.

国的新文学就有完全成立的希望了"[①]。凌独见的《新著国语文学史》按照文、诗、楹联、词、小说、戏曲介绍"中华民国"成立之后的文学，在文体分类上新旧混杂。[②] 李振镛认为新旧文学经过系列争论后两相调和，"遂归于'整理国故融合新知'共谋文学之正轨"[③]。胡毓寰强调梁启超是文学革新的先锋，对文学革命并不十分在意，但他指出胡适等人的新诗"颇有西洋诗之风味"[④]。谭正璧则对文学革命持怀疑态度，他希望有"调和中西派的文学出现""只有折中派能在中国存在"。[⑤] 赵景深的《中国文学小史》最早的1926年版笔者未见，但从1928年的第二版来看，他对中国新文学史的文体分类、作品解读，以及文学规律的简笔勾勒才开始成熟。[⑥] 这说明只有到此时，新旧文学折中论在中国古代文学史研究者中才逐次削弱。

进入第二个十年之后，中国新文学史开始在大学独立设置。1929年清华大学由朱自清、杨振声分别开设了"中国新文学研究""新文学习作"，他们也到北平师范大学、燕京大学进行讲授。1930年后，沈从文在上海公学、武汉大学、青岛大学等高校先后开设新文学课程；[⑦] 1932年王哲甫在山西省立教育学院讲授新文学课程；[⑧] 1932年，苏雪林在武汉大学开设"新文学研究"；[⑨] 北平师范大学1933年修订《学则》，文学院国文系准备开设"白话文学选""新文学概论"等选修课[⑩]。

由于当时的教育部没有对中国新文学史的教学进行必要规定，所以学校多会根据自己的办学思想进行设置。据沈卫威的研究，民国时期大致有两大学统，北京大学、中山大学、武汉大学、清华大学、青岛大学、山东大学、台湾大学的人文学科为其一，这个学统多为求新求变的学风和自由主义思想资源的发散，承继的是《新青年》和《新潮》两大杂志所张扬的科学与民主精神；而学衡派的学脉在南京高师、东南大学、中央大学、浙江大学、中正大学、中国文化大

---

① 刘贞晦，茅盾．中国文学变迁史［M］．上海：新文化书社，1921：70-71.
② 凌独见．新著国语文学史［M］．北京：商务印书馆，1923：347-349.
③ 李振镛．中国文学沿革概论［M］．上海：大东书局，1924：39-40.
④ 胡毓寰．中国文学源流［M］．北京：商务印书馆，1924：330.
⑤ 谭正璧．中国文学史大纲［M］．上海：泰东图书局，1925：161.
⑥ 赵景深．中国文学小史［M］．上海：光华书局，1928.
⑦ 张传敏．民国时期的大学新文学课程研究［M］．北京：人民出版社，2010：75-79.
⑧ 王哲甫．中国新文学运动史［M］．北京：北平杰成印书局，1933：自序2.
⑨ 苏雪林．中国二三十年代作家［M］．台北：纯文学出版社有限公司，1983：自序3.
⑩ 北京师范大学校史编写组．北京师范大学校史（1902—1982）［M］．北京：北京师范大学出版社，1984：100.

学等大学的分布则构成了保守的另一学统，这实际上是激进与保守在不同大学中的传承。[①] 这两种不同学统也体现在新文学史课程的设置上，大约在较激进的院校都会设置新文学史课程，在较保守的院校则不会设置。当时对新文学史课程设置付出心血的主要是胡适、杨振声、周作人、朱自清、沈从文、苏雪林等新文学作家。但即使在比较新潮的学校中，保守势力也仍有潜在影响，新文学课程的设置并不能长久。朱自清在清华大学校长罗家伦辞职之后就中断了新文学史课程教学；[②] 沈从文在武汉大学任教中国新文学之时，也受到了有形无形的排挤，导致他的新文学课程不受重视而不能持续；[③] 1932—1934 年随着闻一多、杨振声、沈从文、梁实秋的相继离开，青岛大学不再因为现代文学教育而闻名于世。

在新文学作家亲自任教的课堂上，他们对新文学的推崇与颂扬自不待言，保守派学者在文学史讲授与著述上对新文学进行攻击也是顺理成章。钱基博在《现代中国文学史》中就认为民国之后的现代文学还不是“新文学”一统天下的文学时代，这时还有着“古文学”与它并驾齐驱。他还直接对胡适予以批判，并冷嘲周树人、徐志摩等人号称的“平民文学”。[④] 这反映了他对新文学的批判态度，而持保守的古文学立场。这种姿态在卢前的文学史著《近代中国文学讲话》[⑤] 之中也有体现。钱基博、卢前的文学史著述对新文学仍有怀疑与敌意，这与他们的文学史观及学术理念亲近学衡派有关。1926 年 12 月 1 日，钱基博为《国学文选类纂》写的《总叙》中，对民国初期大学学分南北的局面进行了概括，[⑥] 这应是首次从学理上提出“学衡派”之说，[⑦] 体现了他与学衡派的学术主张声应气求。卢前曾就读于南京高师附中，后被学衡派的学术阵地东南大学文

---

① 沈卫威．现代大学的两大学统：以民国时期的北京大学、东南大学—中央大学为主线考察［J］．学术月刊，2010，42（1）：24-32.

② 王瑶．先驱者的足迹：读朱自清先生遗稿《中国新文学研究纲要》［M］//朱乔森．朱自清全集：第八卷，南京：江苏教育出版社，1993：126.

③ 沈从文 1930 年 11 月 5 日复王际真的信［M］//沈从文．沈从文全集：第 18 卷．太原：北岳文艺出版社，2002：111.

④ 钱基博．现代中国文学史［M］．上海：上海书店出版社，2007：392-394.

⑤ 卢前即卢冀野，于 1929 年在上海光华大学讲授了一个学期的“近代中国文学”课程。课程结束，1930 年 5 月，柳升祺、潘正译、周宸明、陆真如四位学生将搜集整理的笔记在上海会文堂新记书局出版，名为《近代中国文学讲话》。

⑥ 钱基博．国学文选类纂·总叙［M］//钱基博．钱基博学术论著选．武汉：华中师范大学出版社，1997：18.

⑦ 沈卫威．重识“学衡派”：《“学衡派”编年文事》导言［J］．诗书画，2016（2）：54-64.

科破格录取,[①] 所以他对文学革命及白话文学都有所微词，也就正常不过了。

可见，新文学第一个十年的新旧文学之争，已经体现在新文学第二个十年中中国新文学史课程的设置与教学内容上。这反映了教育界和学术界两种相互抗衡的势力竞争，直接阻碍了中国新文学在大学校园里的学科化进程，同时也影响了新文学史书写模式和具体诠释。

新文学进入第三个十年之后，广州大学文学院中国文学系也开设了“新文学研究”选修课，还有必修课“现代文学”；辅仁大学也开设了同类型课程。不久，教育主管部门对新文学课程有了直接规定。1939 年秋，教育部正式颁布委托西南联大的朱自清和罗常培草拟的大学中国文学系必修选修科目表。[②] 其中必修课中的“各体文习作”的备注栏中注明：“包括古代现代各体。”在选修课中也有“现代中国文学讨论及习作”。这说明当时的教育部已经考虑将现代文学作为大学中文系的重要科目，但局限于“讨论与习作”，中国新文学研究还没有正式入彀。但这使得中国新文学课程设置摆脱了激进与保守两派的角力对抗，走向国家教育体制的正式布局。此后相继有大学开设过“现代中国文学讨论及习作”及其他有关新文学的课程。但因为教育部规定的是选修课，所以此时也并不是所有高校都设置相关中国新文学课程，例如，湖南大学 1943 年上学期就没有遵照教育部要求设置这门课。[③]

在解放区内，有关中国新文学运动的课程也得以设置。1938 年成立的延安鲁迅艺术学院就在这一时期开设过“中国文艺运动”“中国新文学论”“新文学运动”“中国新剧运动史”“中国文艺思潮史”等课程。[④] 周扬就曾在该校主讲“中国新文学运动史”。[⑤] 在延安一些文学活动中也有中国新文学史讲述，例如，刘雪苇在延安边区文协上办的“星期文艺学园”课上也讲过《新文学运动史》课程。[⑥]

---

① 卢前．卢前笔记杂钞［M］．北京：中华书局，2006：497.

② 朱自清．部颁大学中国文学系科目表商榷［M］//朱乔森．朱自清全集：第二卷．南京：江苏教育出版社，1988：07.

③ 中国现代文学第三个十年各高校课程设置的历史资料，参见：张传敏．民国时期的大学新文学课程研究［M］．北京：人民出版社，2010：40-44.

④ 《延安文艺丛书》编委会．延安文艺丛书：文艺史料卷［M］．长沙：湖南文艺出版社，1987：633-649；王培元．延安鲁艺风云录［M］．桂林：广西师范大学出版社，2004：76-97.

⑤ 周扬．新文学运动史讲义提纲（续）［J］．文学评论．1986（2）：100-109.

⑥ 刘雪苇写的《中国新文学史讲授提纲》曾呈毛泽东审读。这份提纲后来收录入雪苇．论文学的工农兵方向［M］．哈尔滨：光华书店，1948.

在现代社会，学科主要寄植在社会教育体制，首要标志是成为一门通行课程。而从1949年前的中国新文学史教学及课程设置来看，它的学科化还未完成。但从第三个十年的国统区和解放区的相关课程设置来看，中国新文学逐渐得到教育主管部门的认同，一些高校开始重视中国新文学史的设置，这意味着学科的萌芽。但是这株幼苗并不茁壮，有待之后的新文学研究者浇水、施肥，以助其蓬勃成长。

最后，未完成的意识形态任务。文学史的书写往往是意识形态与知识话语接轨并相互协商、妥协的过程，主要体现了政党的文化领导权。中共所信仰的是马克思主义，在史学上也遵循马克思主义的史学观，这个史学观同以往史学或其他史学的一个重要区别，是它十分强调历史观以及在史观指导下的方法论原则。① 这个历史观就是马克思主义的唯物史观，我们将受其指导下写作的新文学史称为"唯物论新文学史"。在1949年前，唯物论新文学史已有所萌芽、发展，但没有占据主导地位，更谈不上"宰治"这一时段文学史书写的知识范式，也意味着中共的意识形态还没有占据全国的主导地位。

在新文学第一个十年中，北洋政府对文化领导权的掌控是比较薄弱的。辛亥革命后中国政治始终处于动荡不定的状态，北洋政府并未将孙中山的三民主义作为指导思想，西方民主政治理论也没有被其他政党真正本土化为自己的思想资源。② 在中国马克思主义史学的奠基者之一李大钊的努力下，唯物史观在中华大地得到了传播，这导致中国的历史观发生了极大的革命性的变化。中国马克思主义唯物史观的核心基础及原则也得以确立：（1）强调思想变动的原因应当到经济变动中去寻找；（2）重视阶级斗争学说；（3）突出人民群众在历史发展中的作用；（4）对"历史"进行了新概括：例如，认为"历史"同"社会"的实质、内容是相同的；它是变革的；它不只是指的过去，而是贯穿于过去、现在和未来。③ 无论是三民主义还是马克思主义都未影响到此时的新文学史书写，这时占主流的新文学史书写以胡适的进化论为指导，体现的是资产阶级的启蒙主义意识形态，而与政党的意识形态建构无关。

新文学第二个十年间，南京国民政府得以成立，以蒋介石为核心的国民党开始对全国实施意识形态掌控。三民主义成为这时的官方意识形态，开始逐渐

---

① 李红岩．中国马克思主义史学思想概说［J］．史学理论研究，2016（1）：24-38，158.

② 徐舒映．民国时期的意识形态格局［J］．聊城大学学报（社会科学版），2009（4）：93-96.

③ 瞿林东．论中国马克思主义史学的史学观［J］．上海大学学报（社会科学版），2006（3）：5-17.

颁布各项政策以使其在教育活动中得以贯彻实施。1931 年 9 月 3 日，国民党通过了《三民主义教育实施原则》，明确规定其实施三民主义教育，设置党义课程。① 但蒋介石本人并不认同三民主义文艺政策，他在民族、民权、民生等问题上与孙中山截然不同，他更多信奉的是法西斯式的民族主义。② 于是，20 世纪 30 年代，国民党文艺真正在文艺理论和创作实践上值得关注的是民族主义文艺运动。此时就出现一些以民族主义文艺运动为立场的新文学史书写。③

但这时的中国新文学史著没有洋溢着民族主义文学的精神气息，而是分为左翼、自由主义、保守派等不同的文学立场。就影响力来看，保守派已有日落西山之迹象，因为新文学的确已成为时代主潮。④ 自由主义在大学校园中具有巨大影响，有把持学术话语权的态势。因为自由主义的新文学史讲述者、书写者都是当时著名的作家，如周作人、沈从文、废名、苏雪林、朱自清等，他们占据的是国内重要大学的学术平台，“位高权重”，他们启蒙主义的、进化论的学术观点及文学史判断获得了恒久日新的影响力，以致他们的文学史著在当下仍被提及、研究、出版。⑤

左翼文学运动主要是在社会文化运动中占据优势，但一开始是将唯物史观用于新文学史研究与评判中，以便为左翼文学运动指引方向。例如，郭沫若⑥、华汉⑦、钱杏邨⑧、鲁迅⑨等人在此时撰写的大量关于新文学史的文章，就是从经济基础影响上层建筑，不同文学势力代表不同阶级团体的这一唯物论文学史

---

① 宋恩荣，章咸．中华民国教育法规选编（1912—1949）［M］．南京：江苏教育出版社，1990：52-53.

② 钱振纲．论三民主义文艺政策与民族主义文艺运动的矛盾及其政治原因［J］．江西社会科学，2003（4）：27-31.

③ 张军．中国新文学史写作编年研究（1919—1949）［M］．北京：中国社会科学出版社，2018：133，204-207.

④ 持保守派立场的有卢前和钱基博。参见：卢前．近代中国文学讲话［M］．上海：上海会文堂新记书局，1930；钱基博．现代中国文学史［M］．上海：世界书局，1933.

⑤ 持自由主义立场的有周作人、沈从文、苏雪林和冯文炳。参见：周作人．中国新文学的源流［M］．北京：人文书店，1932；沈从文．新文学研究［M］．武汉：武汉大学，1930；苏雪林．新文学研究［M］．武汉：武汉大学，1932；冯文炳．谈新诗［M］．北京：北京大学，1936.

⑥ 麦克昂．文学革命之回顾［M］//冯乃超．文艺讲座：第一册．上海：上海神州国光社，1930.

⑦ 华汉．中国新文艺运动［M］//文艺讲座：第一册．上海：上海神州国光社，1930.

⑧ 钱杏邨．中国新兴文学论［M］//文艺讲座：第一册．上海：上海神州国光社，1930.

⑨ 鲁迅．上海文艺之一瞥［J］．文艺新闻，1931（20）；鲁迅．上海文艺之一瞥［J］．文艺新闻，1931（21）.

观的角度出发的，唯物论新文学史书写由此得以萌芽、发生。但唯物论中国新文学史的教学、编写在当时并不占优势。周扬曾评价贺凯的《中国文学史纲要》① 是“中国第一部用马克思主义观点分析我国现代文学的、具有划时代的价值的书”②，但其主体内容在于古代文学史。同样的还有谭正璧的《新编中国文学史》③ 等。而其他以唯物论独立编写中国现代文学史著的作者，除吴文祺曾辗转在燕京大学、中国大学、北平师范大学、暨南大学任教外，④ 草川未雨（张秀中）、楚丝、陆永恒、王丰园都没有著名大学任教的资历，他们的唯物论新文学史著及学术观点很难在学术界获得重大影响。⑤更重要的是，此时的唯物论新文学史书写多是这些作家、学者个人的学术方法、研究原则的选择，中国共产党还不能从执政党的权威角度对唯物论新文学史书写提出要求，这就谈不上形成一种权威的文学史编纂的规定范式，但唯物论新文学史开始发生、萌芽是不争的事实。

抗战爆发之后，因为政治区域逐渐多极化，各区域的意识形态也开始有所分化。1938 年 3 月，《中国国民党抗战建国纲领》在国民党临时全国代表大会上通过。于是三民主义又获得了全国人民及国共两党的认同，⑥ 此后国民党政权又提出了三民主义文艺政策。1940 年 12 月，国民党政府设立“中央文化运动委员会”（简称“文运会”），隐然与左翼政治力量领导的“文化工作委员会”（简称“文工会”）相抗衡，两党开始了文化领导权的激烈争夺。1942 年，“文运会”主任委员、国民党中央宣传部部长张道藩发表了《我们所需要的文艺政策》，这是将之前的三民主义文艺政策具体化，以使其具有更强的操作性。抗战

① 贺凯．中国文学史纲要［M］．北京：北平文化学社，1931.

② 山西省地方志编纂委员会．山西通志（社会科学志）：第三十九卷［M］．北京：中华书局，1995：425.

③ 谭正璧．新编中国文学史［M］．上海：光明书局，1936.

④ 邱光华．吴文祺先生研究［D］．上海：复旦大学，2004.

⑤ 持左翼立场的有草川未雨、楚丝、陆永恒、王哲甫、王丰园和吴文祺。参见：草川未雨．中国诗坛的昨日今日和明日［M］．上海：海音书局，1929；楚丝．中国新文学运动一瞥［M］．上海：爱光书店，1930；陆永恒．中国新文学概论［M］．广州：克文印务局，1932；王哲甫．中国新文学运动史［M］．北京：北平杰成印书局，1933；王丰园．中国新文学运动述评［M］．北京：新新学社，1935. 吴文祺．新文学概要［M］．上海：中国文化服务社，1936.

⑥ 张劲．再论国民党《抗战建国纲领》［J］．同济大学学报（社会科学版），2015，26（3）：95-101.

时期对三民主义文学的观点和主张积极响应的有王集丛、郑学稼、赵友培等人。[①] 其中郑学稼的《由文学革命到革文学的命》[②] 应是三民主义文学史观的代表作，但其政治攻击性强，学术性并不高。

在延安整风之前，中共为了抗日统一战线的建立及巩固，也注意到对三民主义的兼容。例如，周扬从民族解放的角度重新思考了中国新文学运动的发展；[③] 张闻天既考虑到抗战中对三民主义文化方针予以坚持有其必要性，又对其固有缺陷进行了分析。[④] 1941 年 5 月，毛泽东在延安作报告《改造我们的学习》，开始了延安整风，这持续至 1945 年 4 月 20 日中共六届七中全会通过《关于若干历史问题的决议》为止。在整风过程中，毛泽东的《新民主主义论》[⑤] 与《在延安文艺座谈会上的讲话》（以下简称《讲话》）[⑥] 等重要文件、著作在解放区成为必须学习的文件，取得绝对领导地位[⑦]。

《新民主主义论》与《讲话》博大精深、高瞻远瞩，其中就包含了运用唯物史观对新文学史、新文化史进行论述、阐释的内容。延安整风后毛泽东思想开始在中共党内及解放区内取得核心地位，[⑧] 以毛泽东思想指导中国新文学史写作也就有了可能。前文已介绍周扬、雪苇在延安曾开设、讲授中国新文学史课程，他们的讲义如《新文学运动史讲义提纲》《论文学的工农兵方向》就是遵

---

① 王集丛．三民主义文学论文选［M］．南昌：时代思潮社，1942；王集丛．怎样建设三民主义文学［M］．南平：国民图书出版社，1942；王集丛．三民主义文学论［M］．南昌：时代思潮社，1943；赵友培．三民主义文艺创作论［M］．南京：正中书局，1946；郑学稼．由文学革命到革文学的命［M］．广州：胜利出版社广东分社，1942.

② 郑学稼的《由文学革命到革文学的命》是多篇专题论文合集，分别为《五四运动与文学革命》《论郭沫若》《论张资平及郁达夫》《矛盾及其三部曲》《阿 Q 的死去和复活》《政治文学的代表》《由大众语到拉丁化》《写后语》。

③ 周扬．从民族解放运动中来看新文学的发展［J］．文艺战线，1939，1（2）：8-12.

④ 洛甫．抗战以来中华民族的新文化运动与今后任务［J］．解放，1940（103）：5-20.

⑤ 《新民主主义论》是毛泽东于 1940 年 1 月 9 日在陕甘宁边区文化协会第一次代表大会上的演讲，原题目为《新民主主义的政治与新民主主义的文化》，刊登在 1940 年 2 月 15 日延安出版的《中国文化》创刊号上。同年 2 月 20 日在延安出版的《解放》第 98、99 期合刊登载，题目改为《新民主主义论》。

⑥ 《在延安文艺座谈会上的讲话》是毛泽东于 1942 年 5 月在延安举行的文艺座谈会上的讲话内容，包括 5 月 2 日所作引言和 5 月 23 日所作结论两部分；1943 年 10 月 19 日在延安《解放日报》正式发表；1953 年编入《毛泽东选集》第三卷。以下将《在延安文艺座谈会上的讲话》简称为“《讲话》”。

⑦ 张炯．论《在延安文艺座谈会上的讲话》的传播与影响［J］．兰州学刊，2017（8）：5-18.

⑧ 赵曜．马克思主义中国化历史进程的开启：新民主主义理论的形成和毛泽东思想的确立［J］．求是，2011（12）：36-38.

循毛泽东的《新民主主义论》与《讲话》进行书写的。但是周扬的讲义当时并未公开发表，[①] 雪苇的讲稿直到1948年才被收入其著作《论文学的工农兵方向》中出版，[②] 他们的唯物论新文学史书写并未在全国知识界、文学界产生重要影响。

由于《新民主主义论》与《讲话》在国统区与沦陷区的传播与接受并没有如解放区那样一帆风顺，其间多遭遇波折与变通，[③] 这导致人们对《新民主主义论》《讲话》的接受与理解存在诸多难度与歧义。1945年1月，舒芜的《论主观》和胡风的《置身在为民主的斗争里面》等文章在《希望》创刊号发表，倡导“主观战斗精神”，就是与《讲话》等延安文艺精神格格不入的。此后，对夏衍话剧中的“非政治的倾向”、徐仲年的“唯生主义文艺观”、顾一樵的“文艺复兴论”、钱钟书的《围城》、靳以与巴金等的“新感伤主义”、李健吾剧作《女人与和平》的“市侩主义”与“色情”，以及对沈从文、姚雪垠、臧克家、唐弢、张爱玲等作家的批判，都表现了中共的理论家及批评家以《新民主主义论》与《讲话》为据对其他未受过这一文艺精神熏陶的作家作品进行的“规劝”和“甄别”。[④]

毛泽东这两部光辉著作的精神也没有体现在国统区与沦陷区的中国新文学史写作上。例如，李一鸣的《中国新文学史讲话》、任访秋的《中国现代文学史》（上）、田禽的《中国戏剧运动》[⑤]、蓝海的《中国抗战文艺史》等新文学史写作都是较为客观中立的。李何林运用唯物史观编写的《近二十年中国文艺思潮论》[⑥] 已显示这一理论工具的锐气，但并未以这两部著作为重要指南。国

① 1939年8月，延安鲁迅艺术文学院开学，增设文学系，设立了“中国文艺运动史”课程。从1939年到1940年，由周扬讲授此课，他因此编写了《新文学运动史讲义提纲》，这只是讲课用的提纲并不曾发表。“文化大革命”中被作为“黑材料”存入周的档案中。周扬得到平反之后，这份文献被“发掘”整理出来，发表于《文学评论》1986年第1、2期。1939年，周扬在鲁艺开始讲授这门课时，毛泽东《新民主主义论》还没有正式发表，但是毛泽东曾将草稿交给周扬看过，请他提意见，所以该讲稿受到了毛泽东《新民主主义论》的影响。

② 雪苇．论文学的工农兵方向［M］．哈尔滨：光华书店，1948.

③ 程美东，裴植．抗战期间《新民主主义论》在沦陷区和国统区的传播及反响［J］．中共党史研究，2016（2）：62-72；张炯．论《在延安文艺座谈会上的讲话》的传播与影响［J］．兰州学刊，2017（8）：5-18.

④ 郭建玲．1945—1949年中国现代文学格局转型研究［D］．上海：华东师范大学，2007.

⑤ 田禽．中国戏剧运动［M］．北京：商务印书馆，1944.

⑥ 李何林．近二十年中国文艺思潮论［M］．上海：生活书店，1938.

统区的中共文艺工作者也进行过整风学习运动，冯雪峰的《论民主革命的文艺运动》① 就是在这次运动中根据毛泽东思想进行的唯物论新文学史书写，② 但与周扬、刘雪苇在解放区以毛泽东的《新民主主义论》和《讲话》为指导进行新文学史书写并不一样。因为“抽象地争论世界观、人生观，甚至引起不必要的历史问题的争论，必致松懈对国民党内顽固派的斗争，招致内部的纠纷，这是很要慎重的”③，所以延安文艺座谈会对于大后方文化的意义，“只能以其群众观点、实事求是、统一战线、民族化、大众化诸方面的影响，教育大后方的文化人，而不是以它的决议和内容来衡量他们的工作”，即使文委与《新华日报》社同志的整风，也得根据大后方的具体情况，引导大家加强团结，更加积极地进行对国民党的斗争，而防止同志们相互埋怨、相互猜疑的情绪的增长。④ 冯雪峰正是根据国统区这一特定时空的文化斗争现实，遵照周恩来等领导的指示从“群众观点、实事求是、统一战线、民族化、大众化”五方面来论述“民主革命的文艺运动”，并以其为框架结构。这代表着唯物论新文学史书写的另一模式，区别在于是否完全以《新民主主义论》和《讲话》为指导方针。

在沦陷区还有更复杂的意识形态主张，并表现在文学史著和论文的书写中。例如，东北沦陷区日系作家大内隆雄的《满洲文学二十年》，⑤ 主要是对伪满洲日籍作家的创作进行梳理，表明了他潜意识中的殖民主义文学史观。文化汉奸赵大同、杨之华等人的文学史论文⑥就隐藏着为汪伪政权提出的“和平文艺”进行论说的因素。当然也有被殖民者的系列文学史论文写作，显示了他们在殖民统治下的不易和反抗精神。

可见，在1949年前，中共虽然在文化战线整体上取得了优势，并在20世纪三四十年代获得了文化领导权，但是单从中国新文学史教学及文学史著的编写上来看，并没有占据全面优势，其意识形态并没有在全国大学的中国新文学史

---

① 雪峰．论民主革命的文艺运动［M］．上海：作家书屋，1947.

② 张军．中国新文学史书写的发生、层累及对话（1920—1949）［M］．北京：中国社会科学出版社，2017：261-268.

③ 周恩来等关于大后方文化人整风问题的意见（一九四五年一月十八日）［M］//中共中央党史和文献研究院，中共重庆市委．中国共产党关于抗战大后方工作文献选编（二）．重庆：重庆出版社，2019：998.

④ 周恩来等关于大后方文化人整风问题的意见（一九四五年一月十八日）［M］//中共中央党史和文献研究院，中共重庆市委．中国共产党关于抗战大后方工作文献选编（二）［M］．重庆：重庆出版社，2019：998.

⑤ 大内隆雄．满洲文学二十年［M］．长春：国民画报社，1944.

⑥ 张军．中国新文学史写作编年研究（1919—1949）［M］．北京：中国社会科学出版社，2018：347，409.

教材中全面贯彻。而中共权威的唯物论新文学史的基本观点与重要原则虽然已在毛泽东的《新民主主义论》与《讲话》中得到阐释与体现，但是党的学者还没有予以提炼并形成唯物论新文学史范式，以要求全国新文学史教学、编纂必须以此执行，而这正是1949年后亟待解决的课题。

综上所述，我们发现在1949年前没有一部完整叙述其历史的中国现代文学史著出现，也没有一部迄今视为学术经典的中国新文学史著出现，也并没有一人因为撰写中国新文学史著而得以在学术界立足。虽然有胡适、朱自清、杨振声等新文学名家为新文学进入大学课堂，成为正式学科而奔走呼吁，躬行践履，但实际阻力仍然很大。正因为中国现代文学还没有学科化，所以研究中国现代文学的学者人数少，职业化不够，还没有形成一个科学共同体。学者们经历的是不同的教育和专业训练，钻研的是不同的技术文献，获取不同的教益，而且拥有不同的研究主题。各个政治势力都在力图通过新文学史的撰写来贯彻自己的意识形态。但体现这些意识形态的文学史著都只是在自己所管辖的区域和所拥护的人群中获得支持，没有夺得全国性的文化领导权。中华人民共和国成立之后对这一现状面临着选择：继续，还是改变。

三、研究框架

邢铁华认为“十七年”中国现代文学史书写自1950年至1956年为鼎盛期，20世纪50年代末至60年代中为第二个高潮期。① 张伟栋认为：“20世纪50—70年代的现代文学史书写主要经历了这两个阶段：1951—1957年的新民主主义叙述阶段和1958—1966年的‘社会主义’叙述阶段。”② 陈希认为20世纪50—70年代“文革”结束，现代文学研究可以分为四个阶段：1949年7月第一次文代会到1953年8月（王瑶的《中国新文学史稿》下卷出版）为学科新建期；1953年9月至1957年5月“反右”斗争前为研究格局基本形成期；1957年6月开展“反右”至1966年“文革”爆发，为学科建设受严重冲击时期；“文革”中现代文学研究受到大破坏，为停顿时期。③ 本书的分期与他们不同，笔者根据所收集到的中国现代文学史著，并考虑到“十七年”中国现代文学史书写与整个中国当代社会情势有密不可分的关系，将其分为四个时期，具体章节安排、叙述

① 中国现代文学史著编纂的系统考察［M］//徐瑞岳．中国现代文学研究史纲（上）．南京：江苏教育出版社，2001：31-35.

② 张伟栋．李泽厚与现代文学史的“重写”［M］．南昌：江西人民出版社，2012：164.

③ 黄修己，刘卫国．中国现代文学研究史（下册）［M］．广州：广东人民出版社，2008：520.

方式如下。

前言主要包含三方面内容：其一，对本书的研究对象、研究方法进行说明，并辨析“十七年”中国现代文学史书写研究所存在的问题并提出相应对策，以此明确本书将在文学史著的发掘，“十七年”中国现代文学史书写的生成与发展，研究立场的客观性与移情理解等方面力争突破；其二，介绍1949年前中国现代文学史书写未完成的历史化、学科化、意识形态化这三大任务。这直接决定了1949年后中国现代文学史书写的指导方针、工作原则和述史样态。同时，这也应是我们裁断“十七年”中国现代文学史编写成绩时的历史标准，只有对此背景有着清晰明了的掌握，我们才能较为客观地评判它的成绩和缺憾。其三，介绍支撑全书的框架体系。

第一章“中国现代文学史书写的新生（1949.7—1953.9）”主要探讨1949年7月至1953年9月的中国现代文学史书写。第一次文代会中郭沫若、茅盾、周扬的报告和其他代表专题发言中包含着中国现代文学史书写，他们分别以《新民主主义论》和《讲话》为元典对中国现代文学史予以叙述、评判，由此展示了权威的唯物论新文学史书写的五项原则及叙事线索：无产阶级思想领导、统一战线、工农兵文学、新现实主义、两条文艺路线斗争。这远比1949年之前的唯物论新文学史书写更为复杂精妙，预示着唯物论新文学史书写的新生。中国新文学史在新的国家意识形态与教育制度的确立中得以学科化，唯物论已在教育体制中获取了权威地位。《〈中国新文学史〉教学大纲（初稿）》不仅要求该学科的教学与研究必须以马列主义、毛泽东思想等唯物论思想为指导方针，而且将唯物论新文学史五条原则及叙事线索以纲要式呈现与示范。“十七年”最先尝试唯物论新文学史书写的是张毕来、李何林、王瑶、蔡仪、任访秋等学者，他们一方面脱离自己原有的旧知识范式的羁绊，另一方面尝试向新的知识范式转型，双重话语在他们的内心和文本中有着复杂纠缠。意识形态则开始温和地对他们的尝试进行着指导和询唤。由于我国还处于三年经济恢复时期，属于新民主主义过渡时期，所以《新民主主义论》中所强调的“统一战线”精神在这时的中国现代文学史著中表现得分外明显，五四文学运动由无产阶级领导成为书写的共识，毛泽东《讲话》的伟大意义得到了充分论证。我们认为这段时期重在将中国现代文学史书写为“新民主主义文学史”，属于唯物论新文学史书写的新生阶段。这种“新生”拥有全面推广的权威性、理论体系的完备性。

第二章“中国现代文学史书写的发展（1953.9—1957.9）”主要研究1953年9月至1957年9月的中国现代文学史书写。此一时段我国正处于社会主义改造时期，社会主义现实主义创作方法在第二次文代会的各个报告中作为官方倡导的创作方法得以正式确立。此一时期的中国现代文学史著围绕社会主义现实主义文学发生发展这一主线，将其他四条线索予以串联编织，较好地达到了主流意识形态所冀望的目标，社会主义现实主义经典作家作品得以建构，但具体评述有些机械僵化，部分理论线索仍不够完善。胡风等作家被“打倒”之后，王瑶的《中国新文学史稿》被停止出版，并受到批判。丁易、张毕来、刘绶松、李何林、任访秋等人的中国现代文学史著更能代表此一时期的学术风格。中国作家协会理事会第二次会议（扩大）的召开，以及高教部组织编写的综合大学的《中国文学史教学大纲》与师范类大学的《中国现代文学教学大纲》，推动唯物论新文学史编写在体例编排和经典作家作品选择等方面取得了成就。虽然此后因为“反右”运动，完全按照这两个大纲进行编写的中国现代文学史著并不多见，但实际上它们的影响始终存在。本时期唯物论新文学史得到进一步发展，重在将中国现代文学史书写成“社会主义现实主义文学史”，但五条理论线索还未彻底在不同时段都得以同时与历时的逻辑化编织，文学史论述还有进一步努力的空间。

第三章“中国现代文学史书写的激进（1957.9—1961.9）”主要研究1957年9月至1961年9月的中国现代文学史书写，这段时期是唯物论新文学史书写的激进期。“大辩论”“大跃进”与“教育大革命”，在全国掀起了“三结合”集体编写中国现代文学史的高潮。中国现代文学史被书写成了“无产阶级革命文学史”。革命领袖、将帅的文学创作、工农兵文学、烈士们的文学得到了强调，在现代文学三个十年中都有了类似书写。此前已经凸显的阶级斗争在此时进一步强化，这不仅在敌我之间进行，冯雪峰、丁玲等人也成了阶级斗争的对象。集体编写的“狂热”终于使得唯物论新文学史书写得以“跃进”与“革命”，但统一战线的叙事线索却由此而丢弃。这是逻辑推演上的过度发展，历史事实在此遭到了“扭曲”。1960年，第三次文代会的召开，强调我国已经走上了“社会主义文学”的道路，一些学者力图跟上新的形势，将中国现代文学史书写成“社会主义文学史”。

第四章“中国现代文学史书写的成熟与势衰（1961.9—1966.5）”主要介绍1961年后“调整、巩固、充实、提高”的方针和高教六十条的颁布实施，促使中国现代文学史编写重新回到了较为冷静的态势，但上一时期的述史逻辑仍被部分采用，统一战线的叙事也得以回归，唯物论新文学史编写得以成熟。这种成熟表现在唯物论新文学史的五项原则及相关线索都得以实施，并体现在不同的文学史时段中，而且相互之间详略得当、比例均衡，又能以社会主义现实主义文学的发生、发展为主要线索。一些大学将之前“三结合”集体编写的中国现代文学史著一再修改，文学性与科学性都有较大提升，体现了“十七年”唯物论新文学史书写的成熟。杰出代表是唐弢等人在周扬的直接领导下开始的国家文科教材编写，他们吸取了1949年后中国现代文学史编写正反两方面的经验与教训，完成了这一教材的纲要及征求意见稿。但遗憾的是不久之后新的政治运动又接踵而至，正式稿只能在“文革”之后才能修订出版，这是经典的唯物论新文学史范本。在“文革”即将到来之际的社会主义教育运动中，一些高校的文学史著已经极度简化，因为高校师生的主要精力已不在教学与读书而在于劳动和革命。由此唯物论新文学史书写走向了势衰。

结语对“十七年”中国现代文学史书写规律、历史贡献及主要教训进行了总结。“十七年”的中国现代文学史是唯物论新文学史在主导，不同时期会根据国家政治运动的发展，在强调两条文艺路线斗争的基础上而侧重新民主主义理论中的不同焦点，依次重视的是“无产阶级领导”“统一战线”“社会主义现实主义文学”“无产阶级革命”和“社会主义文学”这五个关键概念，中国现代文学史就被先后书写为“新民主主义文学史”“社会主义现实主义文学史”“无产阶级革命文学史”“社会主义文学史”。“十七年”唯物论新文学史书写走向成熟，不久之后就出现了“势衰”。

1949年前，中国现代文学史编写在彻底历史化、正式学科化、意识形态统一化三方面都未完成自己的任务。“十七年”中国现代文学史编写在这三方面取得了突破：中国现代文学史不同时段乃至整体得以历史化，文学史分期得到充分讨论与实践，经典作家作品得以选择、评述，文学史体例编排得到多样探索，文学史著中文学运动、文艺斗争和作家作品的板块构造大体竣工。中国现代文学史成为中文系的重要学科，已有本专业的硕士研究生培养的体系，构建了一定规模的学术共同体，探索了诸种学科化的可能。“超额”完成了意识形态化的任务，为中华人民共和国政权的建立、稳固贡献了力量。但“十七年”中国现代文学史编写的部分历史真相受到“扭曲”，作家作品选择“严苛”，政治化解读过多等方面的缺陷也是我们不能回避的。

文学史建构应为现代国家与民族的想象与认同“建功立业”；文学史家必须将个人话语与国家话语，个人阐释的权力及合法性与国家知识的科学性、客观性规约统一起来；要从纷繁复杂的历史事项中提炼出切实可行的述史情节，做到历史真相与逻辑论证相统一；未来中国现代文学史编写应在坚持党性、人民性的同时，提升对社会现实的关切和回应能力。这应是我们从“十七年”唯物论新文学史编写中所能获取的启迪与教训。

第一章

中国现代文学史书写的新生（1949.7—1953.9）

正因为1949年前的中国新文学史编撰还有三大历史任务没有完成，所以在第一次文代会及之后，有关中国新文学史编写的相关探索与实践开始稳步地推进：首先，是第一次文代会上的各个报告与发言根据《新民主主义论》和《讲话》对中国新文学史进行了解读。他们将中国新文学史叙述为新民主主义文学史，其性质与特点是无产阶级思想领导、统一战线、工农兵文学方向、新现实主义文学、两条文艺路线的斗争，这也构成了他们述史的五条原则与线索。这是唯物论新文学史书写几大原则的权威演绎，也是此前唯物论新文学史研究与书写的延续和新变。其次，当中华人民共和国成立之后，大学学科体制得以正规化，唯物论被作为“新观点”“新方法”要求在学科教学中贯彻实施。中国新文学史迅速成为大学的重要学科，教育部及时组织专家、学者编写了指导教学的教学大纲，不仅要求新文学史教学与研究必须在唯物论的指导下进行，而且将第一次文代会上唯物论新文学史书写的各大要点进行了规定、强化及示范，唯物论新文学史书写得到了进一步确立。最后，一些大学教师如张毕来、李何林、王瑶、任访秋等人开始在新的唯物论新文学史叙事原则的指导下进行渐进式的个人文学史书写，由此而引起了相关批评、建议及规训，唯物论新文学史开始迅速向全国推广普及。总之，中共成了执政党，中华人民共和国已经成立，马克思列宁主义、毛泽东思想将成为全国意识形态，唯物论新文学史书写就不只是一种学术方法，更是主流意识形态中的重要支柱。而且它依据《新民主主义论》《讲话》进一步周密化、具体化，这导致本时期中国现代文学史书写迎来了新生。这既是唯物论新文学史在精神上的再生、再创造，也构建了新文学史书写的新范式。

第一节　第一次文代会与新民主主义文学史编写方式

1949年7月，中华全国文学艺术工作者代表大会（第一次文代会）正式开幕。第一次文代会上的诸多报告与发言都是以《新民主主义论》《讲话》为指导精神进行的。我们从中国新文学史写作的角度来看，会发现第一次文代会带给代表们及文艺工作者以新的历史观、文学观和经典作家作品，这相当于唯物论新文学史书写几大原则的全新亮相。

一、新的文学史框架——以《新民主主义论》为中心

第一次文代会上的报告和发言，为中国新文学史的书写搭建了以《新民主主义论》为中心的新的文学史框架，初步形成了新民主主义文学史的主要模式。

首先，根据《新民主主义论》重新勘定了中国新文学运动的性质。郭沫若在他的主报告中引用毛泽东《新民主主义论》的话语指出："现阶段中国革命的性质是新民主主义的革命"，就是"无产阶级领导的人民大众反帝反封建的革命"；这就决定了"五四运动以后的新文艺已经不是过时的旧民主主义的文艺，而是无产阶级领导的人民大众反帝反封建的新民主主义的文艺"。①

郭沫若批评从事文学艺术工作的人对中国革命的性质、中国新文化和新文艺的性质"曾经在一个相当长的时间里""是了解得并不明确或者并不完全的"，② 这并不单是政治上的表态和歌功颂德，而是有着自己的切身体会与心悦诚服。早在20世纪二三十年代，他所参与及领导的革命文学论争及后来的左翼文学运动，对五四文学运动的性质裁断都不是这样的，更多论述其是资产阶级领导的资产阶级革命的一部分。上述革命文学理论在国统区代表中是非常盛行的，并得到相当多的左翼代表和进步人士的认可，郭沫若③、华汉④、钱杏邨⑤

---

① 郭沫若．为建设新中国的人民文艺而奋斗［M］//中华全国文学艺术工作者代表大会宣传处．中华全国文学艺术工作者代表大会纪念文集．北京：新华书店，1950：35-36.

② 郭沫若．为建设新中国的人民文艺而奋斗［M］//中华全国文学艺术工作者代表大会宣传处．中华全国文学艺术工作者代表大会纪念文集．北京：新华书店，1950：35.

③ 麦克昂．文学革命之回顾［M］//文艺讲座（第一册）．上海：神州国光社，1930：73.

④ 华汉．中国新文艺运动［M］//文艺讲座（第一册）．上海：神州国光社，1930：122.

⑤ 钱杏邨．中国新兴文学论［M］//文艺讲座（第一册）．上海：神州国光社，1930：162.

就曾有过论述。毛泽东的《新民主主义论》对此重新予以思考，他强调五四文学运动是“无产阶级领导的”“人民大众反帝反封建的”“新民主主义的文化”，[①] 正是在革命文学理论基础上的进一步深入，形成了文化理论的再定义。作为曾经的革命文学的领导者，郭沫若带头引导大家对毛泽东的《新民主主义论》进行学习，这对当时文艺界的思想改换起到极大的促进作用。

其次，划分了新文学史的阶段性，并描画了每一阶段统一战线和两条文艺路线斗争的大致情形。郭沫若遵照《新民主主义论》指出：“三十年来的新文艺运动主要是统一战线的文艺运动。”然后他将新文艺运动按照统一战线的不同构成分成不同阶段，并对每一阶段各个阶级所具有的特性、蓄积的能量以及发挥的作用进行了分析：第一时期是从五四运动到第一次“大革命”，这时的文艺运动是“由具有初步共产主义思想的知识分子，小资产阶级知识分子和资产阶级知识分子所联合组成的统一战线”，他们“破坏了封建主义的和半封建主义的旧文艺的统治，建立了以反帝反封建为内容的新文艺”。第二个时期是第一次“大革命”失败以后，此时“中国右翼资产阶级背叛了革命，中国革命进入了一个新的时期，在文艺方面就产生了左翼文艺运动”；“左翼文艺运动是以无产阶级为领导的无产阶级知识分子和革命的小资产阶级知识分子的统一战线的文艺运动。这个运动以鲁迅为旗手……在这个运动中，有一部分文艺工作者，在统一战线问题上曾经采取狭隘的关门主义的错误观点”。第三个时期是“在抗日战争爆发前后，中国文艺界在抗日这个共同目标下组成了无产阶级为领导的广泛的统一战线。这个统一战线包含了无产阶级的文艺家，小资产阶级的文艺家，资产阶级的文艺家，以及其他一切爱国的新旧文艺人士。虽说在这个统一战线中，有一部分人在某些阶段上又忽略了统一战线内部的原则斗争和严肃批评，产生了右倾的偏向”。第四个时期是在抗日战争的后期和人民解放战争的三年，在国民党统治区“产生了一些对国民党反动派作斗争的有强烈政治意义的作品，开始了若干在毛泽东文艺新方向的影响之下的和人民大众结合的努力”；解放区“由于在毛泽东思想的直接教育之下”，从 1942 年“延安文艺界座谈会以来，在理论上和实践上都解决了五四以来所未曾解决的问题，文学艺术开始做到真正和广大的人民群众结合，开始作到真正首先为工农兵服务，从内容到形式都起了极大的变化”。[②] 他在第四个时期中确定了毛泽东《讲话》的历史意义，预示

① 新民主主义论（一九四〇年一月）［M］//毛泽东．毛泽东选集：第二卷．北京：人民出版社，1991：698.

② 郭沫若．为建设新中国的人民文艺而奋斗［M］//中华全国文学艺术工作者代表大会宣传处．中华全国文学艺术工作者代表大会纪念文集．北京：新华书店，1950：37-38.

了可以以此为重要界碑将它分为前后两个时期。

郭沫若的文学史叙述是在毛泽东《新民主主义论》基础上的加工、提炼，他将每一时期主要阶级的文学活动进行了介绍，具有一定的包容性，不同阶级的文艺家，以及爱国的新旧文艺人士都容纳在这一叙述情节之中，又具有一定的排他性，并凸显了每个时期主要阶级的代表性作家作品。每一历史阶段中无产阶级领导的关键作用、核心地位得以醒目卓著，而其他各阶级在历史进程中所扮演的角色和变动也被揭示。郭沫若对三十年来文艺统一战线所获得的成绩和缺点也进行了中肯叙述，显示了报告人和起草者面临新时代的充分自信和历史辩证。

郭沫若遵循的是《新民主主义论》的原则与精神，但也有创新。例如，在历史分期上，他划分的阶段就不同。毛泽东 1940 年将二十年来文化革命的统一战线分为四个时期：1919—1921 年、1921—1927 年、1927—1937 年、1937—1940 年。① 他作为党的创始人之一认为 1921 年中共的成立中国新文化翻天覆地的变革，所以单独将其分列；郭沫若则将三十年来的文艺运动分为四个时期，这考虑到文艺运动在后来的发展变革。这两种不同的历史分期在后来的中国新文学史编撰都有所体现。

郭沫若还从文艺论争的角度，讨论了两条文艺路线的斗争。他认为，“中国文艺界的主要论争是存在于这样两条路线之间：一条是代表软弱的自由资产阶级的所谓为艺术而艺术的路线，一条是代表无产阶级和其他革命人民的为人民而艺术的路线”。前者已经完全破产，丧失了群众；后者日益壮大，日益受到广大人民群众的欢迎和拥护。这种表述，传达的是阶级斗争始终存在、延续的焦虑与紧张，目的在于号召大家必须提高警惕，保卫正确的文艺路线及其实施这一路线的政党和政府。从郭沫若总体论述来看，他注重到文艺界的复杂性，因为他在叙述了封建文艺和法西斯文艺之后，才强调有“代表自由资产阶级的”和“代表无产阶级和其他革命人民的”两种不同文艺路线；同时他也注意到渐变性，因为前者的“许多文学家艺术家，也逐渐改变了他们的人生观和艺术观，接受了无产阶级文艺思想的领导”，成了人民文艺中的重要一员。② 注重文艺斗争的复杂性和渐变性，表明郭沫若内在思维秉持了统一战线的基调和立场。

两极对立的思维模式在五四以后就出现了，这“将一部文学史归结为正反

---

① 新民主主义论（一九四〇年一月）［M］//毛泽东．毛泽东选集：第二卷．北京：人民出版社，1991：699.

② 郭沫若．为建设新中国的人民文艺而奋斗［M］//中华全国文学艺术工作者代表大会宣传处．中华全国文学艺术工作者代表大会纪念文集．北京：新华书店，1950：38-39.

两种力量的组合，两者之间不断开展对立与斗争，文学史将在这一对立、斗争的形势中得到推进与发展。当年如胡适所讲的‘活文学’（白话文学）与‘死文学’（文言文）的对立，陈独秀讲的贵族文学与平民文学的对立，已开启了这一思路”①。郭沫若第一次文代会报告是对这一思维模式的继续，但两条文艺路线的斗争在后来就成为一些文学史书写的重要架构，其中的复杂性和渐变性却被弃之不顾，这是他当初所没有预料到的。

类似于统一战线和两条文艺路线斗争的文学史叙事，也被茅盾的报告《在反动派压迫下斗争和发展的革命文艺》所采用。只是他叙述的是“革命文艺”与“反动派”构成了两军对垒的态势，“反动派”则在不同时期形成了不同的“联合”，他们分别是“日本帝国主义、美国帝国主义、国民党反动派”。通过辨析“反动派”不同时段的表现，以及“革命文艺”所采取的相应的斗争手段，茅盾将国统区抗战时期的文艺分为四个时期，依次为：从抗日战争开始到武汉陷落后一年半的时间（1937. 7—1938 年年底）；从武汉陷落后，中间经过 1941 年初的皖南事变，直到抗战结束的前一年；从 1944 年下半年日本法西斯深入进攻湘桂诸省到胜利的前夜；抗战结束以后，经过旧政协前后以至人民解放战争的这几年间。② 茅盾的报告为文学史书写国统区文艺提供了分期指导和具体史料。

最后，众多报告和发言将受毛泽东《讲话》精神指导后文艺运动焕然一新的面貌予以摹绘，指出了未来中华人民共和国文艺前进的方向。周扬的报告直接就以“新的人民的文艺”为主标题来展示《讲话》带给解放区的文艺巨变。报告的第一节就是“伟大的开始”，以此介绍在毛泽东 1942 年《讲话》以来，“最近七八年间解放区文艺的全部发展过程及其在各方面的成就和经验”，并宣布“这是真正新的人民的文艺”。他还从新文学史的高度，评论毛泽东的《讲话》实现了五四以来，“以鲁迅为首的一切进步的革命的文艺工作者”所要实现的“文艺与现实结合，与广大群众结合”的理想，虽然“现在还仅仅是开始，但却是一个伟大的开始”。在对历史与现实的经验进行总结后，周扬宣布《讲话》规定了我国的文艺的方向，“解放区文艺工作者自觉地坚决地实践了这个方向，并以自己的全部经验证明了这个方向的完全正确，深信除此之外再没有第

---

① 陈伯海．文学史与文学史学［M］．北京：北京大学出版社，2012：416.

② 茅盾．在反动派压迫下斗争和发展的革命文艺［M］//中华全国文学艺术工作者代表大会宣传处．中华全国文学艺术工作者代表大会纪念文集．北京：新华书店，1950：46-48.

二个方向了，如果有，那就是错误的方向”①。这就确定了毛泽东的《讲话》具有“伟大的开始”的历史意义和现实意义。

在一些解放区文艺代表的专题发言中，还有着一种“前后对比”的文学史叙事，即将《讲话》前后的文艺运动进行对比，以彰显该文艺精神所带来的显著成就。张庚的专题发言《解放区的戏剧》就以毛泽东的《讲话》为界，将解放区的戏剧分为两个不同的时期，通过前后的成绩对比，说明了该文艺精神对现实文艺工作的重要意义。② 采取这种叙事模式的还有周文的《晋绥文艺工作概况简述》③、柯仲平的《把我们的文艺工作提高一步》④ 等专题发言。

综上所述，我们发现第一次文代会的报告和发言，初步搭建了中国新文学史叙述的主框架：中国新文学的性质是“无产阶级领导的人民大众反帝反封建的新民主主义的文艺”；文艺上无产阶级领导的统一战线和两条文艺路线斗争是其主要发展形态，并构成不同阶段；毛泽东《讲话》精神指导下的“新的人民的文艺”是其前进方向。这样的历史架构就是唯物论新文学史书写的核心，为后来的文学史家提供了支撑性的宏观格局。

二、新的文学评判标准——以《讲话》为中心

第一次文代会的重要任务之一，是宣扬以毛泽东《讲话》为中心的文艺观点。这在周恩来、郭沫若、周扬、茅盾等人的报告及诸多代表的发言中都有体现。从中国新文学史书写的角度来看，这为文学史家提供了新的文学评判标准。

首先，诠释了文学为什么应服务于政治，为工农兵服务。周恩来的《在中华全国文学艺术工作者代表大会上的政治报告》强调了解放战争能够取得胜利，主要是“依靠人民解放军，依靠农民、工人、革命知识分子和一切民主爱国人士所形成的人民民主统一战线。但是从根本上说，造成这个胜利的最有决定性的因素，却是中国人民革命的组织者中共的正确领导，却是中国人民领袖毛泽东同志的正确领导”；以苏联为首的世界反法西斯阵线与世界和平民主阵营对于

---

① 周扬．新的人民的文艺［M］//中华全国文学艺术工作者代表大会宣传处．中华全国文学艺术工作者代表大会纪念文集．北京：新华书店，1950：69-70.

② 张庚．解放区的戏剧［M］//中华全国文学艺术工作者代表大会宣传处．中华全国文学艺术工作者代表大会纪念文集．北京：新华书店，1950：185.

③ 周文．晋绥文艺工作概况简述［M］//中华全国文学艺术工作者代表大会宣传处．中华全国文学艺术工作者代表大会纪念文集．北京：新华书店，1950：312.

④ 柯仲平．把我们的文艺工作提高一步［M］//中华全国文学艺术工作者代表大会宣传处．中华全国文学艺术工作者代表大会纪念文集．北京：新华书店，1950：298.

中国人民抗日战争和解放战争的胜利也起到了重要作用。[①] 在阐述了推动、帮助人民解放战争胜利的主要力量和领导者之后，周恩来指出这些人物应该是文艺界人士所要表现、歌颂、服务的重要对象，这就论证了文艺为什么要为政治服务，为工农兵服务，并进行了号召。

周扬在强调"仍然普及第一，不要忘记农村"之时指出，虽然"现在我们整个工作的重心已由乡村移到城市"，但"如果我们进了城市，就忘了农村，那原来打下的那点基础都可能垮台的"。[②] 他从政权巩固的角度论述"不要忘记农村"，的确是精辟之至。这也应是当时继续强调毛泽东《讲话》精神，坚持文艺为政治服务，为工农兵服务的重要原因之一。

其次，文学怎样去服务于政治，为工农兵服务。这个问题是周恩来政治报告中的主要内容。他号召大家"熟悉工农兵的生活，把自己的思想感情和他们打成一片"，也"不是说文艺作品只能写工农兵"，而是"主要的力量应该放在那里"；他强调"还是普及第一"，"普及性的文艺作品虽然还不高，但它们却是为广大人民所喜闻乐见的"；对于旧文艺的改造"首先和主要的是内容的改造"，"形式也必须有适当的与逐步的改造，然后才能达到内容与形式的和谐与统一"。[③] 周恩来的报告重点倡导了文艺为工农兵服务的方式，他进行了合情合理的分析、劝导，但也留有适当的余地予以回旋。郭沫若的报告对为工农兵服务提出了希望，周扬的报告也谈到之后文艺工作四方面的任务，就是如何为工农兵服务的问题。丁玲作为之前的"小资产阶级作家"经历了艰难的立场改换过程，终于成为为工农兵服务的作家，她的发言《从群众中来，到群众中去》言传身教地向文代会代表传授怎样实现毛泽东《讲话》所提出的文艺精神，饱含着她个人痛苦的教训和成功的经验。[④]

最后，通过正反两方面经验告诫大家必须坚持毛泽东《讲话》精神。周扬的报告从"新的主题，新的人物，新的语言、形式"等方面正面阐述了解放区

---

① 周恩来．在中华全国文学艺术工作者代表大会上的政治报告［M］//中华全国文学艺术工作者代表大会宣传处．中华全国文学艺术工作者代表大会纪念文集．北京：新华书店，1950：25-26.

② 周扬．新的人民的文艺［M］//中华全国文学艺术工作者代表大会宣传处．中华全国文学艺术工作者代表大会纪念文集．北京：新华书店，1950：93.

③ 周恩来．在中华全国文学艺术工作者代表大会上的政治报告［M］//中华全国文学艺术工作者代表大会宣传处．中华全国文学艺术工作者代表大会纪念文集．北京：新华书店，1950：28-29.

④ 丁玲．从群众中来，到群众中去［M］//中华全国文学艺术工作者代表大会宣传处．中华全国文学艺术工作者代表大会纪念文集．北京：新华书店，1950：175.

文艺成就，并强调这一成就的取得就在于彻底贯彻毛泽东《讲话》的精神。

茅盾的报告展示了国统区文艺运动因为没有坚持毛泽东《讲话》精神，所以犯下了很多错误。该报告的第三部分主要阐述国统区“文艺思想理论发展”史。这一历史发展又分别是从“文艺大众化”“文艺的政治性与艺术性”“文艺中的‘主观’”三方面进行讨论。这三方面问题正是毛泽东《讲话》所要解决的，核心是文学服从于政治，文学为工农兵服务。在每一方面，茅盾都提及当时观点混乱，存在论争的状况。他意在说明毛泽东的《讲话》“本来也该是国统区的文艺理论思想上的指导原则”，但是国统区的文艺界“对‘文艺讲话’的深入研究是不够的，尤其缺乏根据‘文艺讲话’中的精神进行具体的反省与检讨”。① 这正是为了论证毛泽东《讲话》的重要性和指导性，所以茅盾在这一部分的结尾，强调了作家“在思想与生活上真正摆脱小资产阶级的立场而走向工农兵的立场、人民大众的立场”是一切问题解决的根本。②

对《讲话》精神坚持与否的正反两方面经验，也体现在张庚、周文、柯仲平等人的发言中，他们都叙述了各自所在解放区在《讲话》前后文艺发展的不同面貌，展现了《讲话》精神的重要性。实践该精神就会获取“新的人民的文艺”的伟大成就，没有贯彻就“势必落后于时代，乃至为时代所唾弃”。③

三、新的经典作家作品

特定的历史观、文学观都在遴选合乎各自规范的经典作家作品。周恩来、郭沫若的报告对具体作家作品涉及不多，我们重点分析茅盾、周扬的报告中提及的作家作品，这更具有全国性的经典意味。其他代表如傅钟、张庚、周文、柯仲平、刘芝明、沙可夫、张凌青等人的专题发言中提及的作家作品，虽也是按照毛泽东《讲话》去选择、阐释经典作家作品，但只是涵盖特定区域或单一的文艺类别，影响不可相提并论，此处不予论及。

---

① 茅盾．在反动派压迫下斗争和发展的革命文艺［M］//中华全国文学艺术工作者代表大会宣传处．中华全国文学艺术工作者代表大会纪念文集．北京：新华书店，1950：57-58.

② 茅盾．在反动派压迫下斗争和发展的革命文艺［M］//中华全国文学艺术工作者代表大会宣传处．中华全国文学艺术工作者代表大会纪念文集．北京：新华书店，1950：64.

③ 茅盾．在反动派压迫下斗争和发展的革命文艺［M］//中华全国文学艺术工作者代表大会宣传处．中华全国文学艺术工作者代表大会纪念文集．北京：新华书店，1950：65-66.

赵雷曾统计这次文代会上成立的中华全国文学工作者协会的人事安排，① 发现在文代会代表比例上国统区与解放区大致平衡。这一安排体现了“高超的政治艺术和深远的统战谋略”“文学大师们已不再是牵制国民党政权的制衡因素，而变成新时代开明政治或落实某种政策的一种象征”。② 但是在对作家作品进行评价之时，两者之间还是有着截然不同的“待遇”和用语。

周扬对解放区的作家与作品都予以充分重视，作家姓名和代表作名称都予以凸显。他按照内容题材对作家作品进行了分类，并对这些作家作品进行点名道姓的表扬。这一方面是对这些作家的政治立场和文学价值观的认同和鼓励，另一方面也因为他们的作品内容的确服务于政治，是为工农兵服务的文学典范，是在毛泽东《讲话》的指引下所取得的成功。

相比周扬对解放区作家作品的大力颂扬，国统区受到表扬的作家作品寥寥可数，但是所受批评不少。茅盾在报告中认为：“国统区文艺创作中产生各种缺点的基本根源”是“由于作者本人在不同程度上脱离了直接的革命斗争”，于是“作品不能反映出当时社会中的主要矛盾与主要斗争”；除前面提到过的种种客观条件的限制外，这些缺点的形成与“国统区的进步作家们大多数是小资产阶级知识分子”有关。③ 茅盾的目的是号召国统区文艺工作者从小资产阶级的立场和思想观点中摆脱，从而转向并掌握毛泽东文艺讲话精神，并以此作为自己新的创作原则，抓住“社会中的主要矛盾与主要斗争”去描写。

茅盾对抗战时国统区的作家作品的内容与艺术评价不高，早体现在 1946 年对抗战文艺的总结上。当时他认为“即使说过去八年来的文艺工作主要毛病是右倾，大概也不算过分吧？”④ 他还将武汉撤退以后大后方文艺创作的三种主要倾向进行了分析、批判。茅盾分析抗战时期大后方文艺的基调和论述，在第一次文代会上他所作的报告中得到了进一步发展。后来的研究者多强调受胡风文艺理论影响下的创作受到了茅盾的猛烈抨击，通过细读，我们发现这只是六种不良倾向之中的一种。茅盾的报告为了团结，并没有分别对这六类倾向的代表

---

① 赵雷．体系·体例·体制：1949—1984 年中国现代文学史著研究［M］．成都：四川大学出版社，2005：257.

② 程光炜．文化的转轨：“鲁郭茅巴老曹”在中国［M］．北京：光明日报出版社，2004：41.

③ 茅盾．在反动派压迫下斗争和发展的革命文艺［M］//中华全国文学艺术工作者代表大会宣传处．中华全国文学艺术工作者代表大会纪念文集．北京：新华书店，1950：52-54.

④ 茅盾．现在我们要开始检讨：八年来文艺工作的成果及倾向［M］．文联，1946，1（1）：3-4.

作家作品进行点名，但已经涵盖大部分国统区作家作品了。

茅盾的报告中对国统区的作家作品提及较少，批评较多，一些代表①和后来的学者②认为这是由于国统区文学运动的重要领导者胡风没有积极主动参与反而"坚辞"了这一报告的撰写所造成的。实际上，这并不是决定因素。原因正如前述，第一次文代会的重要目的就在于以《新民主主义论》和《讲话》规范全国的文学方向与文艺方针，而当时解放区的文学运动无疑是成功经验，他们的作家作品被树为经典更为可信，更值得仿效，而国统区符合这两个文件精神的作家作品的确太少了。茅盾曾经非常欣赏的"新的典型"，例如，张天翼《华威先生》中的"华威先生"，姚雪垠《差半车麦秸》中的"差半车麦秸"，碧野《北方的原野》中的"黑虎"与"柱儿"，《在获鹿》中的"红花的女英雄"，骆宾基《一星期零一天》中的"小弟弟小杜"，以及集体创作的三幕剧《台儿庄》等③似乎都不能入选。中华人民共和国成立之前展开如此盛大的会议，在时间、金钱和具体的组织方面都消耗巨大，④ 大会组织者不会也不允许代表们各唱各的调再回到各地。而是要求他们为即将成立的中华人民共和国锻造意识形态，并为仍在进行的解放战争提供全方位支持。这些艰巨任务都需要全国文艺工作者统一思想，全体无保留地衷心拥护新的文艺方针。

尽管茅盾对国统区作家作品提及很少，但对在抗日战争胜利前后几年涌现出来的诗歌《马凡陀的山歌》，戏剧《升官图》，小说《虾球传》进行了表扬，认为它们不仅在内容上"或严正地分析了反动统治的实质，或辛辣地讽刺了国民党官僚集团，或从城市市民现实生活的表现中激发了读者的不满、反抗与追求新的前途的情绪"；而且"它们在风格上一致地表现着一种新的倾向，那就是打破了五四传统形式的限制而力求向民族形式与大众化的方向发展"。⑤ 茅盾是根据毛泽东的《讲话》精神来选择表扬对象，并对其进行分析的。对于《马凡陀的山歌》，时任中宣部部长陆定一在评价《王贵与李香香》时就已将其与之同等重视，俨然地位还高于后者。⑥《虾球传》受称赞也是因为它在大众化、通俗

① 胡学常．胡风的 1949 [J]．百年潮，2004 (5)：36-42.

② 张柠．再造文学巴别塔 (1949—1966) [M]．广州：广东教育出版社，2009：32.

③ 茅盾．八月的感想：抗战文艺一年的回顾 [J]．文艺阵地，1938，1 (9)：281-285.

④ 会议筹备时间长达 5 个月，各位代表从天南地北不辞辛劳参会。郭沫若说第一次文代会要花三四千个农民一年的生活费。王林．第一次文代会期间日记 [J]．新文学史料，2011 (4)：111-121.

⑤ 茅盾．在反动派压迫下斗争和发展的革命文艺 [M] //中华全国文学艺术工作者代表大会宣传处．中华全国文学艺术工作者代表大会纪念文集．北京：新华书店，1950：51.

⑥ 陆定一．读了一首诗 [N]．解放日报，1946-09-28.

化方面具有重大意义。茅盾在选择表扬对象时有着良苦用心，意在阐明国统区作家也力争在毛泽东《讲话》的指引下改变自己的创作。于是国统区与解放区文学史成为并置状态：在《讲话》的文艺方针下，解放区作家李季、赵树理等创作了《王贵与李香香》《李有才板话》，争取了解放区的农民群体；而《马凡陀的山歌》《虾球传》等争取了城市市民阶层，他们皆以“民族形式”的追求实现了《讲话》所要求的不拘于形式，充分利用民间资源，使文艺到达大众当中去的目标。① 尽管如此，茅盾也还是有保留地补充道：“这当然不是说，这些作品已经尽善尽美，没有缺点。”② 他也只是提及这些作品名称，而不便提及袁水拍、陈白尘与黄谷柳的姓名。因为并不是他们的所有作品都能符合《讲话》精神。

对郭沫若的《屈原》进行表扬，这是茅盾和周扬的报告中都有的话语。周扬的报告指出：“郭沫若的《屈原》，茅盾的《清明前后》《腐蚀》，以及国统区许多优秀的有思想的作品，都在解放区获得了广大的读者，对他们起了教育的作用。”③ 称赞郭沫若、茅盾的作品，一方面因为他们早已是中共文艺战线上的“代表”人物，受到表扬是理所当然的。1938 年夏，党中央根据周恩来的建议，作出党内决定：“以郭沫若为鲁迅的继承者，中国革命文化界的领袖，并由全国各地党组织向党内外传达，以奠定郭沫若同志的文化界领袖的地位。”④所以 1941 年 11 月 16 日，在中共的提议并全力的组织与安排下，重庆、延安、桂林、新加坡等地的政治与文化界人士，同时为郭沫若的五十华诞举行了盛况空前的祝寿活动，以此“发动一切民主进步力量来冲破敌人的政治上和文化上的法西斯统治”⑤。周恩来克服了战事、疾病、杂务等的困扰，专文对郭沫若的文化地位给予了高度评价，⑥将“郭沫若的生命流程彻底纳入到了党建构的革命文化谱

① 王莅．论《马凡陀的山歌》及其相关论争［J］．中国现代文学研究丛刊，2011（5）：144-152.

② 茅盾．在反动派压迫下斗争和发展的革命文艺［M］//中华全国文学艺术工作者代表大会宣传处．中华全国文学艺术工作者代表大会纪念文集．北京：新华书店，1950：51.

③ 周扬．新的人民的文艺［M］//中华全国文学艺术工作者代表大会宣传处．中华全国文学艺术工作者代表大会纪念文集．北京：新华书店，1950：78.

④ 吴奚如．郭沫若同志和党的关系［J］．新文学史料，1980（2）：130-131.

⑤ 阳翰笙．回忆郭老创作二十五周年纪念和五十寿辰的庆祝活动［J］．新文学史料，1980（2）：126-131.

⑥ 周恩来指出：“鲁迅是新文化运动的导师，郭沫若便是新文化运动的主将。鲁迅如果是将没有路的路开辟出来的先锋，郭沫若便是带着大家一道前进的向导。”周恩来．我要说的话［J］．新文学史料，1979（2）：1-4.

系之中”①。同样，1945年，中共举行了茅盾五十诞辰和创作生活二十五年纪念的庆祝大会，王若飞在《新华日报》当天的纪念专刊上颂赞他为“中国民族解放与中国人民大众解放服务的方向，是一切中国优秀的知识分子应走的方向”②。另一方面是为了进一步统一全党、全国文艺工作者的认识，消除不利于他们的种种议论。郭沫若、茅盾的政治地位在1949年前一直受到一些人的质疑，这两人在党内外的地位并不稳固，胡风是其中的代表③之一。尽管茅盾本人“一直是以一个共产主义者的标准来要求自己的”④，但他实际上被党视为“统一战线里面的忠实朋友”⑤，并不是作为党内同志对待的。他在重庆时期创作的《清明前后》与《腐蚀》就曾受到一些左翼人士的批评，并引起争议。⑥ 郭沫若当时担任的是第一次文代会的筹委会主任，即将担任中华全国文学艺术界联合会主席；茅盾担任的是筹委会副主任，即将担任中华全国文学艺术界联合会副主席，所以这二人的文学成绩必须在表扬之列，以树立、巩固他们在党内外的文艺权威，便于以后文艺工作的组织与开展。微妙的是，周扬赞扬的是他们的作品“有思想”，显然，他们并不能以毛泽东的文艺精神进行阐释，这不得不说是一种折中处理。

第一次文代会是对文化人政治、文化资本的重新配置。“文代会代表位居文化中心地带，而未被‘钦点’的文化人自然处于边缘。而文代会代表中，又包括左翼文化人、来自解放区的文化人和其他身份者。他们在文化重组中所分得

① 斯炎伟．第一次文代会前夕党的作家政策［J］．文艺理论与批评，2007（5）：50-55.

② 王若飞．中国文化界的光荣，中国知识分子的光荣［N］．新华日报，1945-06-24（2）.

③ 胡风对郭沫若的不满参见：戴光中．胡风传［M］．银川：宁夏人民出版社，1994：165-166；胡风对茅盾的不满参见：刘永春．胡风视野里的文协与文协历史中的胡风［J］．海南师范大学学报（社会科学版），2016，29（6）：7-15；1949年前茅盾在中国香港与胡风也曾隔空交战，参见：商昌宝．“道不合，不相与谋”：茅盾与胡风论［J］．鲁迅研究月刊，2014（1）：7；茅盾也曾受到乔冠华与杨刚的批评，参见：黄药眠．动荡：我所经历的半个世纪［M］．上海：上海文艺出版社，1987：524.

④ 韦韬，陈小曼．我的父亲茅盾［M］．沈阳：辽宁人民出版社，2004：70.

⑤ 黄药眠．动荡：我所经历的半个世纪［M］．上海：上海文艺出版社，1987：534.

⑥ 1945年11月10日，胡乔木在《新华日报》社，组织召开了关于《清明前后》和《芳草天涯》的座谈会，批评者多认为《清明前后》在政治上是成功的，在艺术上未臻完美。赞同者基于毛泽东的“文艺服务于政治”的《讲话》精神，批评者则基于胡风提倡的“反公式主义”“反客观主义”的理念。参见：吴永平．胡风书信隐语考［J］．中国现代文学研究丛刊，2007（6）：195-218；韩晗．胡风、茅盾的四次交恶［J］．书屋，2010（10）：18-20.

的象征性资本也要视其与文化中心点的亲疏远近而定。"① 参会代表也感知到该次大会在中国历史上及对自己个人的重要性，所以就有提案要求出版该次大会的纪念文集，后来也果如他们所愿。② 正是认识到"非常"的历史意义，每一个参会代表潜意识中都会希望自己的姓名和代表作能够在大会报告中被提及，这无疑是获得进入文学史的凭证。但解放区的文代会代表更多获得了这种荣耀，例如，在周扬报告中所提到的作家作品中，除李文波、韩希梁、鲁煤、高朗亭四人没有亲临大会得享荣光之外，其他都是参会代表，能够在众多代表中脱颖而出。而国统区文艺代表只有郭沫若、茅盾、袁水拍、陈白尘、黄谷柳被予以照顾，其他代表心中的"挫败感"自然是不可避免的。所以胡风回忆中说楼适夷私下曾因此而"痛哭了起来"，自己也因感动而流泪，③ 当不是妄言。文代会报告为之后的文学史编写留下了便利，因为解放区作家作品的经典得以确认，但国统区和沦陷区的经典作家作品将如何选择则成了难题和"雷区"。

第一次文代会不仅将全国的文艺路线和政策转向为毛泽东文艺思想，影响了之后中国文学的进程和文学体制，而且以一种权威形式规范了新的历史观、文学观，并遴选了新的经典作家作品，这相当于新的唯物论新文学史书写模式的面世。但这一模式能否成功推广与完善，还要看是否有更多文学史书写者接纳与实践。这一模式本身又有着腾挪空间，这使得中国新文学史稳健和激进的书写模式都在此肇始。因为伟大的《新民主主义论》和《讲话》被作为经典文件去理解，本身就留下了一些空白点等待阐释者根据不同时代处境去发挥、创造，这自然也为后来很多文学史书写者留下了机遇与"困惑"。

第二节 中文系课程改革与中国新文学史的学科建立

中国新文学史（我们当下所谓的"中国现代文学"）作为一门学科几乎与中华人民共和国同龄，学科发生史备受学界关注。黄修己、胡希东、孙向阳曾

---

① 杜英．重构文艺机制与文艺范式 上海，1949—1956［M］．上海：上海三联书店，2011：58.

② 王秀涛．第一次文代会的几则提案［J］．南方文坛，2018（1）：151-158.

③ 胡学常．胡风的 1949［J］．百年潮，2004（5）：36-42.

将第一次新文学教学大纲的制订作为现代文学学科建立的标志。① 温儒敏则认为第一部正式出版的王瑶的《中国新文学史稿》更适合这一荣耀的享用。② 陈立峰认为现代文学“从民间到庙堂，学统派向政统派的急剧转型”，才导致中国现代文学学科的产生。③ 这些研究对该学术论题进行了启发性回答，但似乎还没有回到历史现场中去“还原”、思考1949年前后中文系课程改革过程中的诸多合力及其相互之间的竞争，中国新文学史乃被教育部规定为一门大学课程，这之后才是教学大纲的制定和文学史著的编写。

一、北平解放前夕对中文系课程的讨论——以《国文月刊》为中心

1938年民国教育部颁发了大学中国文学系必修、选修科目表，1939年又部分修订。此后对其予以商讨、质疑之声就不绝于耳，这又以1945年之后《国文月刊》所引发的讨论最为热烈，参与者多是当时中国文学教学与研究的著名学者。中文系的培养目标及实施途径，以及具体科目的增删是他们讨论的核心。这是学界对中文系课程进行改革的自发讨论，直接影响了1949年后中文系课程的定型，我们有必要予以追溯。

争论源于学界对中文系“现状”的极端不满。1945年11月丁易在《国文月刊》首先发文批判当时的大学中文系“一大部分竟是沉陷在复古的泥坑里”，“创造建设中国新文艺，他们固然做梦也没有想到，就是对旧文学的整理结算，又几曾摸着边缘，甚至连乾嘉学者那种实事求是的谨严精神都谈不上”。④ 王了一（王力）、李广田及众多学者对丁易的批评进行了积极响应，特别是此后发表的闻一多遗稿对中文系弊病更是进行了辛辣贬斥。他认为当时中文、外文系的特点就是“中西对立，语文不分”，“一方面是些以保存国粹为己任的小型国学专修馆”；另一方面则是“高等华人养成所”。⑤ 这些学者眼中的中文系存在如此之多的痼疾，源于他们共同冀望中文系能够整理研究旧文学，中西融汇沟通

---

① 黄修己．中国新文学史编纂史［M］．北京：北京大学出版社，1995；胡希东．新国家意识形态·教育体制与文学史：1950年代的教学大纲与“中国现代文学”学科［J］．南京社会科学，2011（1）：129-134，142；孙向阳．“中国现代文学史”学科的建构及嬗变：以“教学大纲”为考察中心［J］．南方文坛，2018（2）：64-71.

② 温儒敏．王瑶的《中国新文学史稿》与现代文学学科的建立［J］．文学评论，2003（1）：23-33.

③ 陈立峰．中国现代文学学科之发轫［J］．人文杂志，2010（3）：92-98.

④ 丁易．论大学国文系［J］．国文月刊，1945（39）：2-6.

⑤ 闻一多．调整大学文学院中国文学外国语文学二系机构刍议［J］．国文月刊，1948（63）：1-2.

以创设新文学与新文化。胡山源更是强调中文系可使民族精神与民族文化不失；① 正是将民族国家的文学、文化与精神的传承与更生寄托在中文系上，他们才会对其进行毫不留情的批判。

讨论者对中文系任务大多没有异议，但对于中文系培养目标则有着精英和世俗的不同想象。丁易②、傅庚生③认为中文系教育应该研究与创作并重，培养学者和作家；李广田④和王了一⑤认为大学里只能造成学者，不能造成文学家；徐中玉认为“学生愿意成为哪一种人决定于他们的兴趣和才能，但学校可不能不为他们设备种种可以使他们成为作家的条件”⑥，这一类都是立意高远，期望学生成为高级知识分子，以创建新文学、新文化。另一类如胡山源⑦、陈子展⑧、浦江清⑨等从毕业生实际出发，认为他们毕业之后多是国文教员、著作家、翻译、编辑、文秘以及从事其他需要文学才能的各种事业，中文系重在培养多专多能的就业者。

根据各自所设想的中文系培养目标，众学者纷纷提出了自己的解决之道。首先，从学科分类的角度，闻一多提出了中、外文系合并的学科重组计划。他认为建设本国文学的研究与批评，以及创造中国的文学，都需要中西融通，所以他建议“将现行制度下的中国文学系（文学组、语言文字组）与外国文学系改为文学系（中国文学组、外国文学组）与语言学系（东方语言组、印欧语言组）”⑩。朱自清⑪、陈望道⑫、徐中玉⑬、陈子展⑭、朱维之⑮都赞成闻一多的意见，但觉得实行起来困难不少，难得“合式”的主持人，最好先由一两个大

---

① 胡山源．论大学国文系及其科目［J］．国文月刊，1946（49）：17-23.
② 丁易．论大学国文系［J］．国文月刊，1945（39）：2-6.
③ 傅庚生．中文系教学意见商兑［J］．国文月刊，1946（49）：14-16.
④ 李广田．文学与文化：论新文学和大学中文系［J］．国文月刊，1946（43-44）：1-6.
⑤ 王了一．大学中文系和新文艺的创造［J］．国文月刊，1946（43-44）：6-9.
⑥ 徐中玉．国文教学五论［J］．国文月刊，1948（66）：1-5.
⑦ 胡山源．论大学国文系及其科目［J］．国文月刊，1946（49）：17-23.
⑧ 陈子展．关于大学中国文学系的建议和意见［J］．国文月刊，国文月刊，1948（65）：2-4.
⑨ 浦江清．论大学文学院的文学系［J］．周论，1948，1（14）：8-10.
⑩ 闻一多．调整大学文学院中国文学外国语文学二系机构刍议［J］．国文月刊，1948（63）：1-2.
⑪ 朱自清．关于大学中国文学系的两个意见［J］．国文月刊，1948（63）：3-5.
⑫ 陈望道．两个原则［J］．国文月刊，1948（65）：1.
⑬ 徐中玉．读闻朱二先生文后［J］．国文月刊，1948（65）：1-2.
⑭ 陈子展．关于大学中国文学系的建议和意见［J］．国文月刊，1948（65）：2-4.
⑮ 朱维之．中外文合系是必然的趋势［J］．国文月刊，1948（65）：5-6.

学试办，或者先开通中、外文两系可以互选的，如“比较文学史”这样的课程。程俊英①不仅赞同闻一多的主张，而且对合系后的文学系和语言学系又各分为4~5组进行规划。对中、外文系合并持赞同意见的大多认为语言与文学之间有着截然区别，中外文学之间呈现鲜明的共性，大多是文学家所主张；语言学家吕叔湘却独排众议，他认为中、外文合系的难度不在师资，而在于“合式”的学生，因为合系后学习的难度“也只有那些少数英才能受用”；而且两系合并后再分成语言和文学两系实行起来也不方便，因为二者本身就有着相互依存性，所以不如维持原状，分别修习中外文系各种课程。②

其次，相对于中、外文合系这一大胆革新的举措，一些学者主张只在中文系内部原有的语言文字组和文学组的基础上进行改革，以达到同样的目的。丁易③、浦江清④建议在原有的两组之外，再增加一个专门研究、翻译与创作新文学的组别，原有文学组致力于古文学及古籍的研究，语言文字组则重在语言文字学习与研究，这样三个组别界限分明，各有所属。胡山源认为就读国文系的学生本就很少，已有的语言文字组和文学组都不必再分。⑤ 徐中玉认为保持原状即可，文学组之外不必另设文学史组，因为二者不能分开。⑥ 吕叔湘认为除已有的分组外，古代语言文学和近代语言文学也应该分开，因为现代文跟古文“已经是面目全然不同的两种语言”⑦。中文系内部如何分组，取决于这些学者如何考虑现代文学、语言和古代文学、语言各自的区别与联系。

最后，除对中文系的学科体系提出批评建议外，众学者对中文系课程设置也纷纷建言献策，要求予以增删更改。胡山源认为：（1）必须将“选修”中的“现代中国文学讨论及习作”“西洋文学史”“外国语”移到“必修”中来；（2）“文学概论”“文学批评”“小说戏剧选读”都必须是现代的，而不是中国古代的；（3）“佛典翻译文学”应该删除，而应增加“现代翻译研究”“新闻学”“编辑法”。⑧ 陈子展要求放弃国民党专政，不准学校宣传党义，放弃三民主义为必修课；他还认为一些课程重床叠屋，应该删除并替换。⑨ 程俊英对中文

---

① 程俊英．我对于中国文学系课程改革意见［J］．国文月刊，1948（65）：6，21.
② 吕叔湘．关于中外语文的分系和中文系课程的分组［J］．国文月刊，1948（67）：1-4.
③ 丁易．论大学国文系［J］．国文月刊，1945（39）：2-6.
④ 浦江清．论大学文学院的文学系［J］．周论，1948，1（14）：8-10.
⑤ 胡山源．论大学国文系及其科目［J］．国文月刊，1946（49）：17-23.
⑥ 徐中玉．国文教学五论［J］．国文月刊，1948（66）：1-5.
⑦ 吕叔湘．关于中外语文的分系和中文系课程的分组［J］．国文月刊，1948（67）：1-4.
⑧ 胡山源．论大学国文系及其科目［J］．国文月刊，1946（49）：17-23.
⑨ 陈子展．关于大学中国文学系的建议和意见［J］．国文月刊，1948（65）：2-4.

系教与学的脱离进行了陈述，教师在作品选及习作中多讲授古代文学，但学生更喜欢白话文学；专书选读多偏于学术研究，似不应在文学系内；文字学、声韵学、训诂学列为必修课，多数学生视为畏途。① 李广田认为文学组新旧文学并重不可行，因为二者时间悬殊。但文学史可以新旧贯通讲到“现代文学”，西南联大就曾设“现代文学”这门课。② 朱自清觉得李广田提出的在中国文学通史课程中分一部分时间给现代文学并不现实，因为教学时间有限，很多教师只讲授到五四运动就停课了，所以他建议添设中国文学史分期研究的课程，将新文学放在末期，那就可以讲得详细一些；而且必修课中的“文选（及习作）”“诗选（及习作）”和选修课中“小说戏剧选读”也可以留一部分时间给现代文、诗、小说和戏剧，或者将这三种课程分为古代和现代两段分别授课。③ 徐中玉认为文学组应该增加新文学的课程，但更重要的是这些课程的教学与讨论要从历史真理的观点出发，以公众的需要和幸福为依归。④

通过以上梳理，我们发现当时中文系“国文专修馆”的色彩非常浓厚，语言文学课程还未从传统经史子集中剥离开来完成现代转型。学者们对中文系的“现状”都非常不满，提出的解决之道则难以统一，如果没有强有力的行政干预很难予以实行。不过大家都赞成新文学进入大学课堂，这又最具有操作性，“只要文学院和中文系的主持人有兴趣提倡新文学就行了”⑤。因为1924年民国教育部公布的《国立大学校条例令》借鉴欧美教育体制按照教授治校和学术自由的原则，已规定大学课程的规划设置由教授委员会决定。所以1948年北京大学的招生简章中就介绍本校将中国文学史分为五段讲授，“第五段是现代文学”⑥。这说明朱自清的新文学入中国文学史的方法得到了北京大学的响应。

二、北平解放后文化接管委员会对中文系课程的要求

1948年12月21日，北平市委就通告解放军进入北平后，立即实行军事管制，成立中国人民解放军北平市军事管制委员会，彭真任北平市委书记、叶剑

① 程俊英．我对于中国文学系课程改革意见［J］．国文月刊，1948（65）：6，21.
② 李广田．文学与文化（论新文学和大学中文系）［J］．国文月刊，1946（43-44）：1-6.
③ 朱自清．关于大学中国文学系的两个意见［J］．国文月刊，1948（63）：1-2.
④ 徐中玉．国文教学五论［J］．国文月刊，1948（66）：1-5.
⑤ 朱自清．关于大学中国文学系的两个意见［J］．国文月刊，1948（63）：1-2.
⑥ 国立北京大学讲师讲员助教联合会．北大各院系介绍（三十七年）［M］．北京大学，1948：30.

英为第一副书记兼军管会主任及市长。① 同日，北平军管会便成立了由钱俊瑞、陈微明（沙可夫）为正、副主任的文化接管委员会。②（以下简称“文管会”）叶剑英要求“对大学生、教授、文化机构应该谨慎小心，任何粗暴行为都是不应该的”③。彭真认为对大学生首先应该“引导他们确立正确的人生观”④。叶剑英、彭真的讲话为文管会接收管理北京的教育系统确立了指导思想，也影响了该时期的课程改革。

1949 年 1 月 10 日，清华大学正式被接管。文管会主任钱俊瑞说明了今后清华大学应实行新民主主义的文化教育。⑤ 此后高校接管也大致袭用这一方针。3 月 10 日，中共北平市委向中央并华北局、总前委请示批准关于课程问题的三条基本原则：原有法学院或法律系、政治系、社会系的课程内容反动，必须根本否定；理、工、医、农、铁路等院系的课程内容基本可以采用，将来必须加以改造或改良；课程内容介乎上述二者之间，如文学、教育、经济、地理、艺术等，“须批判地分别处理”；而文学院课程，“拟先去掉其课程中直接反共反人民的内容，并抓紧在思想上领导，其他暂维现状”。⑥ 中央批示同意了该请示，并强调了文学院课程“抓紧思想上领导”的办法：“组织一批党员和进步人士，有限地规定题目，好好准备在原定大学进行学术讲演，其内容主要是唯物史观、新民主主义。”⑦ 北平市委根据轻重缓急将各院系课程分为三类分别改造的方案得到北平高校、知识分子的认可。3 月 14 日，在文管会组织召开的“大学教育座谈会”上，大家大多同意取消反动党义神学课程，学生应当学习马克思列宁主义和毛泽东思想；同时认为教授治校以前曾起过进步作用，现在不必强调，

---

① 中共北平市委关于如何进行接管北平工作的党内通告（一九四八年十二月二十一日）[M] //北京市档案馆．北平解放（上）．北京：中国档案出版社，2009：18.

② 北平市军管会文管会接管工作总结报告（一九四九年三月二十五日）[M] //北京市档案馆．北平解放（上）．北京：中国档案出版社，2009：440.

③ 叶剑英关于军管会问题的报告要点（一九四九年一月四日）[M] //北京市档案馆．北平解放（上）．北京：中国档案出版社，2009：198.

④ 彭真关于掌握党的基本政策做好入城后工作的讲话（一九四九年一月六日）[M] //北京市档案馆．北平解放（上）．北京：中国档案出版社，2009：29.

⑤ 解放军北平区军管会 正式接管清华大学 钱俊瑞赴该校宣布接管方针 [N]．人民日报，1949-01-26（1）．

⑥ 中共北平市委关于大学的处理方案向中央并华北局、总前委的请示（一九四九年三月十日）[M] //北京市档案馆．北平解放（上）．北京：中国档案出版社，2009：420.

⑦ 中共中央对北平市委关于大学的处理方案的请示的批示（一九四九年三月十七日）[M] //北京市档案馆．北平解放（上）．北京：中国档案出版社，2009：433.

应该提倡学生参与治校。①

从文管会后来的总结看，政治课改革的具体效果有待提高。关于名人演讲，“各校纷纷东邀西请，既无系统，所请的讲演人及讲演题目内容也有些不很妥当”；国民党统治时期的各学校训导制度及公民党义等课程在文管会期间虽被取消，但因为对大学课程、各大学教授教课情形、大学行政都不够熟悉，之前提出的改造大学课程三条原则也有不够充分处，这导致文管会没有统一规定高校必修政治课程，就造成了一定的“混乱无序”。各校开始自动添设中国社会发展史、历史唯物论等新的政治课程;② 这种“混乱”也表现在各大高校专业课程的设置上，例如，清华大学的师生还在就中、外文系是否合并，中文系内部分为几组进行争论，这是之前《国文月刊》相关讨论的继续、重复。最后文学院决定于“语言文学方面可设文学系、语言学系、中国古典文学系、英美文学系、苏联文学系、法德文学系、东方文学系七系”。③

可见，文管会更关注的是反动党义、宗教必修课的废除，某种意义上符合了陈子展在《国文月刊》讨论之时的建议，但是究竟哪些课程应成为所有大学必修政治课，“尚待进一步与教授们商讨研究”④。在专业课设置方面，与反动意识形态联系紧密的院系如法律系、政治系、社会系的专业课程得到及时更新。中文系课程改革还在各行其是，各校形成了各自的改革方案。这也说明文管会还没有全面接管高校课程改革的主导权和决定权，教授治校治学的权力虽受质疑但仍得到尊重，因为文管会觉得“对待高级知识分子，如进步的中间的教授与编辑记者等，应该谦逊和蔼，尊重他们，倾听他们的意见，同时也要相当注意到他们的‘面子’”⑤。

三、华北高等教育委员会期间中文系课程的过渡

1949 年 5 月，华北人民政府作出决议，设立华北高等教育委员会（以下简

① 马叙伦范文澜等四十人座谈改革大学教育 主张裁并院系改造课程［N］. 人民日报，1949-03-16（3）.

② 北平市军管会文管会接管工作总结报告（一九四九年三月二十五日）［M］//北京市档案馆．北平解放（上）．北京：中国档案出版社，2009：440.

③ 浦江清．清华园日记 西行日记［M］. 北京：生活·读书·新知三联书店，1999：271-278.

④ 北平市军管会文管会关于接管清华、北大维持燕大的专题报告（一九四九年四月一日）［M］//北京市档案馆．北平解放（上）．北京：中国档案出版社，2009：467.

⑤ 北平市军管会文管会接管工作总结报告（一九四九年三月二十五日）［M］//北京市档案馆．北平解放（上）．北京：中国档案出版社，2009：440.

称“华北高教会”），任命董必武兼主任委员，张奚若、周扬为副主任委员（7月，周扬辞去副主任职务，由钱俊瑞担任①），还有其他教育文化界知名人士和专家学者共40人担任委员。6月1日，华北高教会正式成立。②根据中共中央的指示，这一机构“负责管理平、津和华北各大学院校及研究机关，并为将来全国高等教育委员会建立基础”③。

华北高教会成立后举行多次会议，并召集相关人士召开座谈会，就大学学制、课程改革等进行广泛讨论。6月5日，北京的七所大学的中文系教授、讲师、助教在北京大学孑民堂举行课程改革座谈会。出席人员有华北高教会副主任周扬及其他文化界人士共60余人，这些人士多是中文系语言学、古代文学、新文学等不同课程的代表，其中就有曾在《国文月刊》撰文讨论中文系课程改革的杨振声、李广田、浦江清、丁易。大家对中文系课程改革及语文和文学两者关系进行了激烈讨论，这也是之前《国文月刊》所讨论的关键议题。大家一致同意：“今后各大学中文系，可以根据各校不同条件，各有重点。如清华偏重文学，北大偏重语文，不必强求一致。对于中国文化遗产，必须以新观点、新方法，加以整理和批判地去接受”，以开辟中国学术研究的广大天地。④ 可见此时中文系仍以学术研究自重，课程改革将继续文管会时期及之前的“百家争鸣”，各校可根据本校特色进行课程设置，但必须强调“新观点”与“新方法”。第一次文代会召开期间，一些代表要求“对于中国文学史，尤其是五四到现在的新文艺运动史，也应该组织专家们从新的观点来研究”⑤，就是对这次课程改革座谈会的回应。

为进一步研讨文、法、教育学院课程改革事宜，华北高教会决定组成历史、哲学、文学、法律、政治、经济、教育等七个专门小组，其中周扬为文学组召集人。⑥ 8月10日，华北高教会决定各高等院校共同必修课为“辩证唯物论与

① 华北高教委会副主委 钱俊瑞接任［N］. 人民日报，1949-07-19（2）.

② 华北人民政府关于成立华北高等教育委员会令（1949年6月1日）［M］//中央档案馆．共和国雏形：华北人民政府．北京：西苑出版社，2000：413.

③ 中共中央文献研究室．周恩来年谱（一八九八——一九四九）［M］. 北京：中央文献出版社，人民出版社，1989：824.

④ 柏生．清华北大等七校中文系教授 昨座谈课程改革［N］. 人民日报，1949-06-06（2）.

⑤ 茅盾．一致的要求和期望［N］. 文艺报，1949（1）：4.

⑥ 金凤．华北高等教育委员会 首次集会讨论学制等问题［N］. 人民日报，1949-06-07（1）；柏生．华北高等教育委员会 常委决议五项工作 统一招生及研讨改革学制等［N］. 人民日报，1949-06-09（2）；卜．华北高等教育委员会 开全体委员临时会 批准山西大学成立校委会［N］. 人民日报，1949-07-06（2）.

历史唯物论”“新民主主义论”两种，文法学院额外增加“政治经济学”一门为必修课。必修课从大一学生开始实施，没有修过该课程的其他年级学生必须补修。会上责成正副主任委员会同各小组召集人商定各系课程的主要内容。① 8月16日，华北高教会决定第一、二学期相继修“辩证唯物论与历史唯物论”“新民主主义论”。② 10月11日，中华人民共和国成立后不久，华北高教会正式公布了经过四个多月反复讨论的《各大学专科学校文法学院各系课程暂行规定》（以下简称“《暂行规定》”）。

《暂行规定》规定了文、法学院七个系的主要科目，要求各院系“废除反动课程（如国民党党义，六法全书等）”，“添设”“辩证唯物论与历史唯物论（包括社会发展简史）”“新民主主义论（包括近代中国革命运动史）”“政治经济学”三门马克思列宁主义课程。③ 这三门规定的文、法学院公共必修课，体现了新政权新的意识形态要求，终于解决了文管会期间政治必修课教学的“混乱”情形。此前华北高教会还举行过辩证唯物论与历史唯物论教学座谈会，并组成领导、辅助各校进行相关教学的“委员会”。④

《暂行规定》规定中国文学系的“任务”：“（1）培养学生充分运用中国语文的能力。（2）培养学生对文学理论及文学史的基本知识。（3）培养学生了解整理和批判中国文化遗产能力。”⑤ 这些“任务”虽看不出意识形态色彩，但从字里行间可以看出相比之前《国文月刊》的讨论更倾向实用：重在“运用”，掌握“基本知识”，“了解”而不需“养成”“整理和批判中国文化遗产能力”。之前部分学者寄望中文系培养学者和作家，研究整理旧文学，中西贯通以创设新文学的“鸿谟”被无形中淡化。此一时期邢公畹在《国文月刊》的文章指出，闻一多中外文合系的措施还不能实行，条件还不具备，因为“目前”中文系所要解决的实际问题，“只是一个怎样跟政策配合的问题，只是一个怎样培养一些在文化教育工作上为人民服务的人的问题”，中文系要建成“为人民服务的

---

① 华北高教会常委会第三次会议 讨论改革大学课程 订定辩证唯物论与历史唯物论、新民主主义论为各大学必修课［N］. 人民日报，1949-08-12（2）.

② 改革文法学院课程 高教会昨开各院校联席会 决定必修马列主义理论［N］. 人民日报，1949-08-17（5）.

③ 各大学专科学校文法学院各系课程暂行规定［J］. 中华教育界，1949（10）：61.

④ 金凤. 华北高教委会召集平津各大学教授 研究辩证历史唯物论教学方法 教材内容及教学方法都有具体决定 选出艾思奇等组成委员会领导教学［N］. 人民日报，1949-09-12（2）.

⑤ 各大学专科学校文法学院各系课程暂行规定［J］. 中华教育界，1949（10）：61.

中国语文学系”。① 这说明新的时代精神要求中文系培养任务和目标发生改换。

正因如此，中文系也不再分为语言文字和文学两组。基本课程则有：“中国文学史”“中国语文”“文艺学”“写作实习”“中国文学名著选”“世界文学史”；“除上述基本课程外，各校可酌情增加专书、专家、专题研究等选修课程。”② 这一基本课程是对之前民国教育部颁布的科目表进行的简化和合并：其中“中国文学史”保留，但内容有添加，包括了“历代及现代”；之前的“文字学概要”“语言学概要”被合并为“中国语文”；之前的选修课“文学概论”被更换为必修课“文艺学”；之前的“各体文习作”改名为“写作实习”；之前的“历代文选”“历代诗选”“词选”“曲选”合并为“中国文学名著选”，包括了“历代及现代散文、诗歌、小说及戏剧等”；之前讲授群经诸子的“中国文学专书选读（一）”和讲授四史及晋书的“中国文学专书选读（二）”被允可作为选修课程“酌情增加”；“毕业论文或研究报告”则不再提及。

在这些改动中，“文艺学”、新文学史及新文学作品进入必修课，语言学课程的合并等都符合此前《国文月刊》所讨论的方案。其中新文学史被放在中国文学通史，新文学作品选被放在“中国文学名著选”中讲授，更是与李广田、朱自清的主张一致。这应与李广田此时为清华大学中文系主任有关，《暂行规定》制定之时他会是积极的参与者或被咨询者。而从《暂行规定》允许各校可酌情增加选修课程，之前属于经史子集的“专书选读”由必修成为选修来看，中文系课程国学气息有所消退。这适当尊重了教授治校及治学的学术权力，也考虑到过去许多课程的设置都配备了相应的师资，必须给予一定的过渡期以方便学校、教师的适应，这样才不会因为骤然变革而引起各位教授的抵制。所以南开大学中文系就开设了“专书选读”（内容为周邦彦的片玉词），燕京大学中文系则有“古文”（内容为韩诗外传、唐宋传奇、聊斋志异），清华大学中文系设置了“卜辞研究”。③

四、教育部对大学中文系课程的全新擘画

1949 年 10 月 20 日，华北高教会完成其使命正式结束。④ 11 月 1 日，中央

① 邢公畹．论今天的大学“中国语文学系”［J］．国文月刊，1949（81）：1-3.

② 各大学专科学校文法学院各系课程暂行规定［J］．中华教育界，1949（10）：61.

③ 金凤．京津各大学文法学院 课程改革获初步成绩 部分学校有因人设课及新开课程名实不符的缺点，亟待纠正［N］．人民日报，1950-04-02（3）.

④ 金凤．完成各大学初步改造 华北高教会结束 董必武作总结报告［N］．人民日报，1949-10-21（4）.

人民政府教育部成立。12 月，第一次全国教育工作会议在北京召开。1950 年 1 月，教育部筹划建立“大学课程改革委员会”。3 月 24 日成立了文法学院课程改革小组，其中文学院课改小组 10 人，组长为周扬（其他成员不详），主要负责中国语文、外国语文、哲学、历史、教育等系的课程草案。① 6 月初，第一次全国高等教育会议在北京召开。会议期间讨论了部分院系的《高等学校课程草案》及《关于实施高等学校课程改革的决定》。② 7 月，中央人民政府政务院第 43 次会议通过了《关于实施高等学校课程改革的决定》。可见，新成立的教育部已将课程改革作为重要的工作紧锣密鼓地抓紧推进，中文系课程改革也将发生相应变动。

8 月，教育部印发了《高等学校文法两学院各系课程草案》（以下简称《课程草案》）。《课程草案》根据第一次全国高等教育会议精神，按照《关于实施高等学校课程改革的决定》规定了“课程实施原则”：高等教育必须密切配合国家经济、政治、文化和国防建设的需要；以理论与实际一致的方法，培养国家高级建设人才；课程改革必须是有计划有步骤的，并且必须是谨慎的。③

《课程草案》规定了文法两学院的“公共必修课程”：（1）“政治课”，包含“社会发展史”“新民主主义论（包括中国新民主主义革命史）”“政治经济学”；（2）“国文与写作”（文学院），“现代国文与写作”（法学院）；（3）外国文；（4）“中国近代史”；（5）“毕业论文或专题报告”；（6）“体育”。“政治课”与华北高教会颁布的《暂行规定》基本类似，还增加了“中国近代史”。其他“公共必修课程”的添加，也正是实用性的体现。

《课程草案》规定“中国语文系”的“任务”是“培养学生充分掌握中国语文的能力和为人民服务的文艺思想，使成为文艺工作和一般文教工作的干部”。相比华北高教会颁布的《暂行规定》这一培养“任务”要求更高，不单更高一层地强调语文“能力”，还要有“为人民服务的文艺思想”，并且是“干部”。“‘干部’这个身份，包括相当广泛的范围。不仅指政府部门供职的官员，即从事经济和社会管理的管理人员，而且包括专业技术人员、作家、教师、编

---

① 任云飞．中国共产党对北京高校的接管、改造与调整（1948—1952）［D］．北京：中共中央党校，2018.

② 首届全国高等教育会议闭幕 高等教育方针任务确定 通过高等学校暂行规程等五项草案［N］．人民日报，1950-06-14（1）．

③ 中央人民政府教育部．高等学校课程草案·高等学校文法两学院各系课程草案［M］．北京：光明日报社，1950：1.

辑、医生等，这些在30—40年代被称为‘自由职业者’的那些人。”① 这表明中文系毕业生将是国家机关、军队、人民团体中的公职人员或专业技术人员，甚至未来要担任一定的领导或管理工作，所以思想性与实用性成为培养“任务”中的重要因素。

此前《国文月刊》讨论之时已有学者认识到中文系毕业生主要从事的是国文教员、记者、编辑、写作者和文秘等，《课程草案》现在用“干部”一词予以了凸显，这既是对老解放区“干部教育第一，国民教育第二”的政策和毛泽东一贯的教育思想的继承与执行；② 也是对苏联教育精神的一种借鉴。第一次全国高等教育会议上，教育部总顾问苏联专家阿尔辛节夫详细介绍了苏联大学的办学方法，建议中华人民共和国高等教育应该学习苏联的经验：要从人民中造就高级技能的“干部”；大学要培养具体的专门人才，而不是大而无当的博学通才，应该改革旧大学的课程，以适应国家新的任务。③ 正因如此，培养国家干部成了《课程草案》中新的目的与任务。

《课程草案》规定“中国语文系”的“必修课程”有：“文艺学”“中国语言文字概论”“现代文选”“写作实习（一）”“中国文学史”“历代散文选”“写作实习（二）”“中国新文学史”“现代文学名著选”“历史韵文选”“写作实习（三）”“写作实习（四）”。这些必修课与之前颁布的《暂行规定》主要类别大体一致，分为文艺学、语言学、文学史、文选、写作五类。这是因为《课程草案》是以华北高教会颁布的《暂行规定》为根据进行编写的。④ 但不同之一在于增加了“中学国文教学法及实习”“世界文学史或苏联文学”“新闻学概论”“文教政策法令”，并在“说明”中要求这“四门中择二门必修”，这考虑到毕业生就业岗位的要求。不同之二在于中国新文学史及作品选读从中国文学史和历代作品选中独立开来，成为“中国新文学史”“现代文选”“现代文学

① 洪子诚．问题与方法：中国当代文学史研究讲稿［M］．北京：生活·读书·新知 三联书店，2002：215.

② 李国杰，杨思尧，吴春雷．革命根据地和解放区的教育方针与高等农业教育的发展演变［J］．高等农业教育，2006（3）：20-23；李元峰．党在东北解放区教育工作的几个特点［J］．世纪桥，2017（11）：23-24；潘伯庚．发扬老解放区的优良传统坚持教育与生产劳动相结合的原则［J］．山东师大学报（哲学社会科学版），1981（6）：31-34，18.

③ 阿尔辛节夫，李敬永．从苏联高等教育的经验略谈几个问题：苏联专家А·п·阿尔辛节夫一九五〇年六月八日在第一次全国高等教育会议上的发言［J］．人民教育，1950（3）：25-27.

④ 中央人民政府教育部．高等学校课程草案·高等学校文法两学院各系课程草案［M］．北京：光明日报社，1950：1.

名著选”三门课程，与古代文学课程相当；不同之三是“写作实习”由之前的一门课增加为四门课，分别被“说明”是“散文报道习作”“文艺习作”“理论文习作”“应用文习作”。

《课程草案》不再要求各校中文系“酌情”开设选修课，而是进行了具体规定，我们将其与民国教育部所设置的科目表进行比较，会发现有很大的不同：其一，删除了之前追求文史哲贯通、国学气息浓厚或比较偏门“枯燥”的课程，如“中国哲学史”“西洋哲学史”“中国近世史”“中国地理（总论）”“训诂学”“古声韵学”“佛典翻译文学”“传记研究”；删除了与“中国文学史”重复的课程，如“诗史”“小说史”“戏剧史”。其二，类似课程进行了改换，例如，“中国文法研究”“中国修辞研究”改成了“中国语法”“中国现代汉语”；原来的选修课“小说戏剧选读”改成了“现代小说”“现代戏剧”，并要求“必须开设”，相当于必修课程了。其三，必修、选修课的对调，例如，原来的必修课“文字学概要”“语言学概要”改成了选修课“语言学”“文字学”，原来的选修课“现代中国文学讨论及习作”“应用文”“文学批评”“西洋文学史”“外国语”分别被改成必修课“中国新文学史”“写作实习”和“世界文学史或苏联文学”等。其四，增加了“现代散文”“现代诗”“民间文艺”“工具书使用法”“图书馆学及实习”等选修课，实用性、群众性一目了然。

从《课程草案》设置科目来看，中文系终于摆脱了经史子集的纠缠，彻底完成了现代转型。不仅如此，《课程草案》还要求所有的文学史课程包括“世界文学史或苏联文学”、文选以及“文学批评”和“民间文艺”都要“运用新观点，新方法”进行讲述，① 这是要求用马克思列宁主义、新民主主义等唯物论观点对中文系课程及其相关内容进行重新阐释和再次建构。华北高教会时期的《暂行规定》对专业课的内容只要求不“反动”即可，这给“为学术而学术”留下了些微空间。而《课程草案》不仅规定了具体课程，而且对这些课程内容如何讲授、研究提出了要求，正是为了克服这一“弊病”。用科学的唯物论观点和方法编订为高等学校所适用的教材，② 也被提上了议事日程。不久之后，王瑶等人编写的中国新文学教学大纲和新文学史著就相继出版。

朱自清和李广田此前在《国文月刊》讨论之时只是建议新文学进入大学课程，但认为其时间很短而不能与古代文学并重。现在中国新文学从中国文学史

---

① 中央人民政府教育部．高等学校课程草案·高等学校文法两学院各系课程草案［M］．北京：光明日报社，1950：3.

② 柏生．中央人民政府教育部发布决定 实施高等学校课程改革 争取逐步达到理论与实际一致［N］．人民日报，1950-08-03（3）．

中独立开来，而“能够成为高等院校的课程的一环是学科地位的标志”①，这意味着中国新文学史学科化的建立。这种建立是以“完胜”古代文学的形式进行的，曾为它进入大学学科体系付出努力的朱自清等人若地下有知，当含笑九泉。1942年，他和魏建功一起飞赴重庆参加教育部大一国文委员会会议，制定“大学国文选目”，曾为白话文入选鼓与呼。尽管初选目录中曾有鲁迅的两篇作品、徐志摩的一篇作品，② 但最终一篇新文学作品也没有入选。③ 时隔八年，中国新文学不仅单独立科，而且有三门必修课程，选修课中有两门必开课，两门选修课；古代文学只有三门必修课，没有选修课；在必修、选修课的121个学分中中国新文学占据了30学分，几乎为四分之一，而中国古代文学只有20学分，中国新文学占据了中文系中国文学类课程的半壁江山。

“‘大学’不仅是一个知识传播与再生产的空间，同时也是一个知识分类、筛选以及等级化的场域，大学的课程设置中，就包含了特定的权力关系。”④ 中国新文学在当时的课程设置上取得压倒性优势，学界多认为这体现了解放区文学教育经验的“权力关系”。谢泳认为“1949年后中国大学的科系设置，相当多的方面不是延续原国民政府的高等教育习惯，而是延续延安的高等教育习惯，具体讲就是由延安马列研究院、华北联合大学及北方大学到华北大学这一体系”⑤，这是很有道理的。因为在1949年前，延安的鲁迅艺术学院就开设过中国新文学史及相关课程，⑥ 周扬曾在“鲁艺”主讲“中国新文学运动史”，严文井也主讲过“五四以来的文学运动”。⑦ 李何林、蔡仪在临近北平解放之时成立的华北大学也讲授过中国新文学史。但是联系之前《国文月刊》的讨论，我们会发现《课程草案》的课程编排几近实现了胡山源、程俊英、李广田、朱自清等学者的设想；再加上又有苏联教育思想的引导，可见，这更多是历史“合力”

---

① 陈国球．导言：文学史的探索［M］//陈国球．中国文学史的省思．香港：三联书店（香港）有限公司，1993：4.

② 朱自清．论大学国文选目［M］//朱乔森．朱自清全集：第二卷．南京：江苏教育出版社，1988：18-22.

③ 陈觉玄．部颁“大学国文选目”评议［J］．国文月刊，1943（24）：2-5.

④ 陈平原．《教育：知识生产与文学传播》序言［M］//陈平原．假如没有“文学史”．北京：生活·读书·新知 三联书店，2011：144.

⑤ 谢泳．从“文学史”到“文艺学”：1949年后文学教育重心的转移及影响［J］．文艺研究，2007（9）：40-48，175.

⑥《延安文艺丛书》编委会．延安文艺丛书：文艺史料卷［M］．长沙：湖南文艺出版社，1987：633-649；王培元．延安鲁艺风云录［M］．桂林：广西师范大学出版社，2004：76-97.

⑦ 任文．永远的鲁艺（下）［M］．西安：陕西师范大学出版总社有限公司，2014：280.

的最终结果。

我们从下面这则史料中还可以发现更为复杂的况味。1950年全国高等教育会议期间，曾有代表参与各学院各系课程草案的制定。厦门大学的一份教务档案记载了这份代表名单。① 其中文学院课程的第一召集人为周扬，第二召集人为侯外庐；而参与中文系课程草案讨论的代表可分类如下：周扬、冯乃超、阳翰笙、罗竹风都参加过左翼文学运动，前三位还曾是“左联”领导；周扬、李元庆、沙新、周巍峙都有“鲁艺”任教或学习的经历；现代作家并将进入中国新文学史的代表接近一半，即周扬、李广田、成仿吾、熊佛西、舒舍予、冯乃超、阳翰笙、郑振铎，他们是新文学各体创作的能手；有新闻从业或教育背景的是陈望道、陈翰伯、胡乔木；李元庆、沙新、周巍峙有音乐、戏剧专业背景；王力、罗竹风可以代表语言学科，王力与李广田还是《国文月刊》讨论之时的重要发起人与参与者；徐梦麟少为人知，他是宁夏教育界代表，毕业于国立北平师范大学化学系，曾任宁夏省立师范专科学校教导主任。② 遍观这些讨论《课程草案》的成员，与新文学有关的人员占据大半，而没有一位是研究中国古代文学的，他们及其所属学科都“被”代表了，这也是古代文学史及文选在此次课程改革中“铩羽而归”的重要原因。

新文学取得“压倒性”胜利不仅是讨论草案的代表们富有“策略”，同时也因为中国古代文学“出师不利”“底气不足”。此前在实施《暂行规定》之时，南开大学、燕京大学、清华大学的中文系开设了有关古代文学研究的选修课程，就被《人民日报》点名批评“因‘人’设‘课’”。③ 而此时教育部发布的《关于实施高等学校课程改革的决定》更是明确指出“各校开设课程应按照国家建设的实际需要，不应因人设课”，这样高校教授自主设课的权力就被教育部收回；而且按照课程内容将高校课程分为旧课程与新课程。所谓旧课程是指政治上反动的课程，所讲授和宣扬的是封建的、买办的、法西斯主义的思想；所谓新课程，是指新民主主义的课程，所讲授和宣扬的是为人民服务的思想。④

---

① 厦门大学教务档案［M］//鲍嵘．学问与治理：中国大学知识现代性状况报告：1949—1954．上海：学林出版社，2008：103-104．

② 余仁．凤凰城中忆往昔 一生清贫育新人——徐梦麟的教育生涯［M］//宁夏回族自治区政协文史和学习委员会．宁夏文史资料集萃·人物卷（上）．银川：宁夏人民出版社，2006：313．

③ 金凤．京津各大学文法学院 课程改革获初步成绩 部分学校有因人设课及新开课程名实不符的缺点，亟待纠正［N］．人民日报，1950-04-02（3）．

④ 中央人民政府教育部发布决定 实施高等学校课程改革 争取逐步达到理论与实际一致［N］．人民日报，1950-08-03（3）．

这样一来，古代文学很容易沾染上宣扬封建思想的污名，而新文学易带上“为人民服务”的桂冠。所以《课程草案》颁布实施近两年后，古代文学著名教授陆侃如并未“鸣冤叫屈”，他甚至还认为“草案中的古典文学课程仍嫌太多”，在他所建议的课程设置表中，古代文学所占比例仍维持不变。①

我们从《课程草案》制定过程中组建的专门小组，召开的众多会议，以及反复的讨论来看，这一过程有着众多“利益方”的多轮“谈判”，反复“博弈”。有关新文学的教授、学者、作家和主流意识形态有意识“排挤”古代文学及其相关学者，由此而形成一种“合谋”，以达到整体利益的最大化。这一整体利益就是中文系必须迅速培养出国家急需的本专业“干部”，因为百废待兴的建设事业亟须文化素质高的大学毕业生参与。也正因如此，中国新文学成为当时中文系重点设置的必需的课程，而古代文学成为要删减的重复的课程。② 而当我国进入全面的社会主义建设时期之后，中文系的教学方案有所更改，中国新文学的课时回到了不到古代文学三分之一的正常比例。③ 这正说明《课程草案》的确只是“草案”，带有一定的权宜之计，但中文系课程设置终于实现了现代转型，中国新文学史却借此而成中文系一门必不可少的学科，这具有永远的意义。

综上所述，我们发现中国新文学史的学科建立有着自身的历史传统要求和经验继承，中华人民共和国的成立并未中断，而是实现了之前有关教授、学者、作家和学生的集体期盼，也契合主流意识形态的课程要求。中国新文学史的学科建立与中文系课程改革是同步的，在中文系课程设置的现代转型中逐渐实现。中文系课程设置的权力从之前的教授手中移交至教育主管部门，各课程的教学内容必须以马克思列宁主义和毛泽东思想等为指导，积极为国家建设贡献力量，这预示着唯物论新文学史即将全面推行。

第三节　张毕来初试写作《中国现代文学史》

学界关注张毕来的新文学史写作，大多聚焦于 1955 年出版的《新文学史纲》第一卷。实际上，张毕来此前已经在校内印刷了《中国现代文学史》。笔者

---

① 陆侃如．关于大学中文系问题［J］．人民教育，1952（2）：19-21.

② 中央人民政府教育部发布决定 实施高等学校课程改革 争取逐步达到理论与实际一致［N］．人民日报，1950-08-03（3）．

③ 中国语言文学系汉语言文学专业教学方案（修订草案）［D］//史磊．新中国美学课研究（1949—1965）［D］．长春：东北师范大学，2013：198.

所见其共有三册，分上册、中册（第一分册）、中册（第二分册），[①] 封面署有“张毕来编著（初稿）”“东北师范大学教务行政处出版科印”。该书没有显示出版时间，笔者收集的版本中有原收藏者签名及时间，上册标明为“一·一·三”，中册（第二分册）标有“1951. 9. 1”，中册（第一分册）则没有标注。考虑到东北师范大学是 1950 年 4 月由东北大学易名而来，[②] 张毕来在东北师范大学的工作时间是 1949—1953 年，[③] 笔者推测这部《中国现代文学史》最迟应该在 1951 年上半年开始印刷。张毕来曾将“在东北师大的讲义寄了几份给李何林同志，并请他转交在京的几位从事新文学史教学和研究的同志，请大家指教”；其后不久，他因公来京，“何林同志约了五、六位同志和我座谈。这里边就有王瑶同志”。[④] 李广田 1952 年 8 月在王瑶的《中国新文学史稿》上册座谈会中对此有所提及，[⑤] 他应该阅读过张毕来寄到北京的这部《中国现代文学史》并参与过那次座谈会。

张毕来的《中国现代文学史》是以毛泽东《新民主主义论》和《讲话》精神为指导的唯物论新文学史书写，这从绪论中就可看出。第一编绪论共有四章，依次论述的是“中国现代文学的本质与特点及现代文学史的任务”“中国现代文学史的特点”“中国现代文学史给我们的教训”“怎样研究中国现代文学史”。他指出，中国现代文学就是五四以来的新文学，是无产阶级领导的人民大众反帝反封建的文艺。它的特点就是民族的，即在主题上彻底反帝国主义；科学的，即在思想上反对封建思想和迷信思想；大众的，即作品必须主要是为工农兵的。毛泽东在《新民主主义论》中就已论说中国新民主主义文化是民族的、科学的、

① 张毕来．新文学史纲：第一卷［M］．北京：作家出版社，1955：257. 张毕来在后记回忆 1949—1953 年在东北师范大学中文系工作之时，“讲授《新文学史》，先后编印过三份讲义”。不知他所说“三份讲义”是三次完整的中国新文学史，还是笔者所收集的这三册不同时期的分段文学史。笔者推测应是后者：一方面是后来的《新文学史纲》第一卷也不完整。另一方面是前三册主要书写 1936 之前的文学史，这方面的资料容易收集，借鉴成果也较多，作者考虑应该比较成熟，所以先编印出来；而 1937—1949 年的文学史书写由于当时资料难以搜集，作者可能更多在于讲授，而没有印刷。但也不排除以后会发现新的印刷稿。

② 《东北师范大学校史》编辑委员会．东北师范大学校史（1946—1996）［M］．长春：东北师范大学出版社，1996.

③ 张毕来同志生平（代序）［M］//陆景川．纪念张毕来文集．贵阳：贵州人民出版社，2013：2.

④ 张毕来．文章与友谊［M］//《王瑶先生纪念集》编辑小组．王瑶先生纪念集．天津：天津人民出版社，1990：67.

⑤ 《中国新文学史稿（上册）》座谈会记录［J］．文艺报，1952（20）：24-30.

大众的，张毕来对此进行的阐释紧扣了现代文学的本质，简洁明晰。他认为研究中国现代文学史的任务就是演绎中国新文学运动是如何逐渐走向这个目标，而且还没有达到理想的那种程度。这是以发展的眼光来审视并考察中国新文学运动的，并没有高估其发展之初的成绩。他认为中国现代文学史的特点有两点，即“现代文学之史的发展亦即民主文学统一战线之史的发展”及“现代文学之建立过程亦即‘为工农兵’一理论之建立过程”①。这两个特点也是张毕来编写该文学史的两条主线，接下来将对此详述。他认为中国现代文学史给我们的教训也有两点：一、作家须接受马克思列宁主义的文学思想的领导，在中共文教政策的指导下创作；二、小资产阶级出身的作家，必须进行自我改造，与工农兵结合，才能写出真正为工农兵的作品。这两条都是在强调作家的思想改造，注意文学的政治性和为工农兵服务。他强调“我们”要研究的是社会的发展怎样规定了文学的发展，而不是在“追求什么文学史本身的独特的发展规律”。②他根据毛泽东的《新民主主义论》将中国新文学史分为五个时期：1917—1921 年、1921—1927 年、1927—1936 年、1936—1945 年、1945—1949 年。正如作者所言，这是“以社会政治方面的发展，配合着文学史本身的发展来划分阶段”。③

一、注重社会、政治、阶级对文学的影响

张毕来在绪论中就强调研究中国现代文学史应该用马克思列宁主义的方法。所以他对每一时段的政治、经济都会详尽分析，划分出不同阶级的势力与作用，并指出对文学创作及发展所造成的影响。这就导致他的唯物论新文学史书写政治经济较多，阶级分析的成分非常浓厚。

《中国现代文学史》第二编“十九世纪末到第一次世界大战之间的文学”叙述晚清民初 1894—1914 年的文学，共有两章。第一章介绍当时出现的无产阶级、资产阶级和小资产阶级都将封建文学视为革命的主要对象。第二章介绍梁启超所领导的“三界革命”。张毕来指出这是资产阶级领导的旧民主主义文学运动，和他们的政治运动一样，是失败的。不但不能打倒封建文学，“结果反而与

---

① 张毕来．中国现代文学史：上册［M］．长春：东北师范大学教务行政处出版科，1951：6.

② 张毕来．中国现代文学史：上册［M］．长春：东北师范大学教务行政处出版科，1951：28.

③ 张毕来．中国现代文学史：上册［M］．长春：东北师范大学教务行政处出版科，1951：32.

封建文学合流”。①

第三编“五四前后的文学”共有三章，依次是五四前夕的“文学革命”、五四时代的文学和古文的垂死的挣扎。这三章分析了五四前后的文学运动是无产阶级领导的新民主主义运动，对胡适的文学改良论进行了批判，并批驳了反对新文学的文学派别。张毕来还总结了文学革命内部资产阶级和小资产阶级所进行的论争：第一是关于白话文字究竟为何？是来自文言小说还是来自百姓口头？第二是文学批评重在内容还是形式？他指出五四运动是完成辛亥革命未完成的任务，它的本质是“反封反帝的资产阶级性的革命运动”。② 它对新文学运动的影响有三：一、开始了一个新民主主义的文学方向，即鲁迅的方向；二、白话文的普遍化；三、马列主义研究之深入及反帝反封建主题之普遍化。

第四编“大革命前后的文学”共有七章。第一章中国共产党之成立与当时社会对文学的影响分析了这一时期政治上有中共之成立及民族统一战线之建立与分化，社会方面则有三个特点：第一是“工农群众和小市民反封建反帝的特别强烈”；第二是“反动势力的强大和革命阵营里的部分势力的投降”；第三是“知识分子的彷徨歧路与分道扬镳”。③ 这样的政治及社会特征对文学产生了相应影响：“壮大起来了的新文学，要求独立的文学性团体的组织”，作家们都有“彷徨、苦闷、追求、转变的过程”“大量文学团体与刊物的涌出”“知识分子逐渐走上马列主义的道路”“统一战线的理论影响了文学界”“逐渐地向‘工农兵’方向转进”“一部分文学团体和文人，在急流中沉没”。④ 后面六章对具体文学史实的介绍，就是按照这样的特点来书写的。

第五编“土地革命时期的文学”共有三章，叙述逻辑大致相同，这里不再详叙。

第二至第五编的每编前两个章节都是先分析每一时代的社会政治情况，并剖析各个阶级队伍的发展变化和力量对比，再分析这一政治、社会与阶级的态势对文学造成的影响，呈现出的特点。这就是从社会、政治等角度来分析文学这一上层建筑的变化。这也体现在张毕来对作家作品的分析上。他进行全面分

① 张毕来．中国现代文学史：上册［M］．长春：东北师范大学教务行政处出版科，1951：68.

② 张毕来．中国现代文学史：上册［M］．长春：东北师范大学教务行政处出版科，1951：154.

③ 张毕来．中国现代文学史：中册：第一分册［M］．长春：东北师范大学教务行政处出版科，1951：4-6.

④ 张毕来．中国现代文学史：中册：第一分册［M］．长春：东北师范大学教务行政处出版科，1951：8-14.

析的作家论并不多，但鲁迅的小说、杂文和翻译都得以涉及。除此之外的作家作品，张毕来都是归类分析每一时段作品思想内容的主要倾向。例如，他将“大革命前后”的文学主题分为三类：第一类是“倡导革命和描写工农兵的”。这方面的作品，他分析了瞿秋白的散文《那个城》、郭沫若的《上海的清晨》与《黄河与扬子江对话》、蒋光慈介绍“十月革命”的诗歌和小说《少年漂泊者》、郑振铎的短诗《死者》、郁达夫的小说《春风沉醉的晚上》、胡也频的小说《瓦匠之家》、王任叔的小说《疲惫者》、王思玷的小说《偏枯》、刘复的短诗《一个小农家的暮》，他还提及了徐志摩的《一条金色的光痕》、闻一多的《洗衣歌》、李渺世写小贩等，以上是描写工农的；他还分析了描写士兵的作品，如朱湘的诗歌《还乡》、蒋光慈的小说《逃兵》等。第二类是“彻底地反封建主义、反帝国主义的”。张毕来分析了郭沫若的“三个叛逆的女性”、张资平的多角恋爱小说，以及建南的《爱兰》、冯至的《帷幔》、利民的《三天劳工的自述》、成仿吾的《欢迎会》、伯奇的《抗争》、蒋光慈的《碎了的心》等。第三类是“批判既存社会和小资产阶级知识分子的”，他分析了闻一多的诗歌《死水》。

以上作品主题是张毕来所认同的，还有他所不认可的作品主题，那就是他所批判的“堕落的”资产阶级文学。他认为当鲁迅从进化论转向辩证唯物论而文学研究会与创造社也向工农文学的大道走去的时候，资产阶级作家如胡适则从文艺界消失整理国故去了。有的仍然继续搞文学，但是，他们的文学主题是富于欺骗性的，这方面他专门批评了冰心及她的《超人》和《寂寞》。他认为资产阶级的文学理论，是以悲哀的调子唱出来的绝望之歌，他们提倡空泛的“人类性”以遮掩“阶级性”,① 这方面他将徐志摩的“艺术至上论”和制造诗歌音节与格律的作诗法树为靶标。

根据作家作品的题材内容进行分类介绍，这种文学史分析法在 1949 年前也有。例如，杨荫深的《中国文学史大纲》②、李一鸣的《中国新文学史讲话》③对中国新文学史中的小说进行分析就是采用的这种方法。但张毕来与他们的不同在于，他的文学观念非常重视文学反映现实生活，他认为他所列举的作品都

---

① 张毕来．中国现代文学史：中册：第一分册［M］. 长春：东北师范大学教务行政处出版科，1951：144.

② 杨荫深．中国文学史大纲［M］. 北京：商务印书馆，1938.

③ 李一鸣．中国新文学史讲话［M］. 上海：世界书局，1943.

相当真实地反映了当时的社会，并代表着时代的政治性与阶级性。[①] 这种分析方法也体现在周扬第一次文代会的报告中。这的确能通过文学作品彰显一个时代的文学倾向与社会动态。例如，他指出：大革命前后的工农兵文学，“其实只显示了小资产阶级作家的转变倾向而已。但这也是‘工农兵方向’逐渐明白地形成的一个阶段”[②]；而“当时的反帝作品，不管态度如何激烈，大都以‘无可奈何’收尾，或惊愕，或绝望，或悲哀，这都是时代所给与的烙印”[③]。这种方法的缺陷也是明显的，即简单地将某一部作品视为一种社会现象的反映；经典的作品如茅盾的《子夜》，将重复出现；重要的作家风格没有得到历史性的归纳研究；不同时段的取材内容很容易类似；不容易进行文学史规律的研究及总结等。

张毕来也很重视每一时段翻译文学与民间文学对中国新文学的影响。鲁迅的翻译是被凸显的，而其他作家的翻译，大多会被集中介绍，大致有“十九世纪末年的‘诗界革命’与外国诗的翻译”“五四期中的创作与翻译”“民间文学的研究与外国文学的翻译”等章节。重视翻译文学与民间文学在1949年前的中国新文学史中是较为普遍的现象，例如，胡行之的《中国文学史讲话》[④]、王哲甫的《中国新文学运动史》[⑤]、杨荫深的《中国文学史大纲》[⑥] 等都有这方面的内容，张毕来对此有所借鉴。对民间文学的重视之前也有类似的文学史著，如陈子展的《最近三十年中国文学史》[⑦]。张毕来此时对其重视，应是从工农兵文学方向考虑，所以他虽认为这时的民间文学的收集，“尚未以阶级的观点去批判地加以整理，所以良莠杂处，但是，如果我们能够再加一番工夫，是可以从其中找出许多好的农民作品来的”[⑧]。

二、民主文学统一战线之历史的发展

毛泽东的《新民主主义论》和郭沫若第一次文代会上的报告对中国新民主

① 张毕来．中国现代文学史：中册：第一分册［M］．长春：东北师范大学教务行政处出版科，1951：105.

② 张毕来．中国现代文学史：中册：第一分册［M］．长春：东北师范大学教务行政处出版科，1951：123-124.

③ 张毕来．中国现代文学史：中册：第一分册［M］．长春：东北师范大学教务行政处出版科，1951：136.

④ 胡行之．中国文学史讲话［M］．上海：光华书局，1932.

⑤ 王哲甫．中国新文学运动史［M］．北京：杰成印书局，1933.

⑥ 杨荫深．中国文学史大纲［M］．北京：商务印书馆，1938.

⑦ 陈炳堃．最近三十年中国文学史［M］．上海：太平洋书店，1930.

⑧ 张毕来．中国现代文学史：中册：第一分册［M］．长春：东北师范大学教务行政处出版科，1951：102.

主义文化的统一战线进行了理论分析，这为新文学史编写提供了大致的历史线索和理论指导。而如何将之化用在新文学史撰写中，需要文学史家的灵活运用，张毕来的唯物论新文学史书写在这方面有着自己的探索。

一方面，他强调了民主文学统一战线中中共的领导及其作用的逐渐增强。他指出，“无论是无产阶级、资产阶级或小资产阶级，虽有着不同程度的认识，不同程度的觉悟，但都或多或少地发生了一种要求，要解除帝国主义和与之相连的封建主义所加于自己身上的缚束与压迫，这就形成了建立反帝反封建的民主统一战线之基础”①。而其中一直积极地领导这一战线的是马克思列宁主义与中国共产党。在1921年中国共产党成立以前，是后来作为党的中心人物的一些染上了初步的马克思列宁主义思想的人们，他们以个别的身份领导这一运动；在1921年中国共产党成立之后，是党比较有计划地进行着这种领导，并逐渐取得了文学运动的成功发展。

另一方面，他细致分析五个时期民主文学统一战线的构成及特点，这是其侧重点。他认为五四运动前后，统一战线由资产阶级的、小资产阶级的和一些具有初步马克思列宁主义思想的知识分子所组成。这一阵营中，李大钊、陈独秀等人的社会主义革命理论和鲁迅的写实主义的创作是积极的主导力量，而胡适的改良主义为统一战线中的右翼。他们共同在破坏封建主义和半封建主义的旧文学的统治之目标上，取得了很大成就，奠定了新文学的基础。但是当时并没有谁有组织统一战线的明确主张，“也因而没有形成一种具体的形式”，而且“只局限于知识分子的群众，没有能够把工农群众包括进去”②。

他指出，从1921—1927年，中国共产党成立后，开始有计划地组织上述三个阶级的统一战线。不仅在政治上形成了第一次国共合作的组织形式，而且在文学界，各种文艺团体（如文学研究会等）之成立，在客观上都是一种组织作家的统一战线性质的东西。但是，张毕来认为各种文艺团体的“统一”工作做得还不够，“彼此之间步调不甚一致，有时甚至于互相抵消力量”。典型事例是革命文学论争之际作家们的相互争论。之后一部分资产阶级的知识分子望而却步，甚至脱离了革命队伍，走上与旧文学妥协甚至投降旧文学的道路，有些甚至在大革命失败后，“变为文学革命的迫害者”，但统一战线在小资产阶级的青年群中，吸收了大批的新力量。③ 张毕来专节论述这一时期统一战线的标题

① 张毕来．中国现代文学史：上册［M］．长春：东北师范大学教务行政处出版科，1951：7.
② 张毕来．中国现代文学史：上册［M］．长春：东北师范大学教务行政处出版科，1951：8.
③ 张毕来．中国现代文学史：上册［M］．长春：东北师范大学教务行政处出版科，1951：9.

"中国共产党之成立及民族统一战线之建立与分化"，就很好地概括了其主要特点。

张毕来认为"左联"时代的统一战线是扩大而深入的。资产阶级已经退出统一战线，但参加人数大量增加，工作也深入了。这时共产党单独领导着革命，苏区的文学理论领导着全国的文学活动；作为统一战线组织形式的，乃是左翼作家联盟。新文学运动在"左联"的领导下，不但在理论上创作取得了很大成绩，而且在反帝反封建上，也做了英勇的斗争，带动了一些知识分子走向革命，培养了一批文艺干部。"一·二九"运动就是受到这一阶段文学运动的影响而发生的。

他认为，抗日战争的爆发，让文学统一战线更扩大了，在抗日这一共同目标之下，无产阶级、资产阶级、地主阶级都联合起来了，具体的组织是全国文化界抗敌协会以及后来的文协等组织。解放区的作家在《讲话》精神的指导下，在理论和创作上都解决了五四以来未解决的大问题。而且文学开始真正地与工农兵结合，内容形式都有了很大的改变，成为名副其实的新民主主义文学。而国统区的作家在百般压迫之下，坚持反帝反封建反国民党反动派的文学运动，也取得了巨大成功。作者并没有将这两个区域的文学运动进行高低优劣的区分。

他还认为，解放战争时期文学统一战线是无比阔大的。文学工作者仍在两个区域里奋斗，主要的打击目标是国民党反动集团及其后台美国帝国主义。凡是反帝反封建反官僚资本主义的文学工作者，都站在统一战线上，数目达到史无前例的地步，成了一边倒的局面。1949 年，全国文代会的召开，就是民主文学统一战线的具体说明。

张毕来撰写文学史的重要线索就是民主文学统一战线的发生、发展，他认为这是中国新文学发展的重要特点。所以他从统一战线的这个角度，论述了中共领导，并重在讨论这一战线在每一时期的阶级构成、斗争目标、发展态势及成绩取得。这主要是模拟毛泽东《新民主主义论》和郭沫若在第一次文代会上对统一战线的叙述。但是他有着自己独有的贡献，即将原来粗线条的勾勒摹绘得更为具体，更联系文学运动实际及作家个人。他认为不同时期都有着能够体现统一战线的文学团体，富有新意。

三、以关键词的演变梳理"为工农兵"这一理论之建立过程

张毕来认为中国新文学的建立过程，就是"为工农兵"这一理论的建立过程。这是他所撰写的唯物论新文学史的另一重要主线。这是为毛泽东《讲话》所指出的工农兵方向进行历史溯源，从而论证其伟大，也是本时期中国新文学

史撰写所必有的环节和任务。张毕来对此有着自己新的阐释路径。

一方面，他论证了“为工农兵”文艺理论方向的必然性。首先，他介绍了“二十世纪以来国外国内文学的趋向”，说明“二十世纪，本就是劳动人民的世纪。就国际范围的文学说，是资产阶级的文学堕落与腐烂，而无产阶级的文学上升与取得世界文学领导地位的一个时期”；就国内而言，中国资产阶级的文学，既无深厚土壤，也没有深入人民，封建文学根蒂深厚，但在新文学的冲击之下苟延残喘。其次，他论说了“工农兵是中国民族生活的中心”。因为我国的资产阶级自幼就很软弱，不会是反帝反封建的中心力量，也不是民族生活的中心，反之工农阶级则是。作者最后指出：“如果我们要‘发现人’，我们要发现的，便是工农兵；如果我们要‘解放个性’，我们要解放的，便是工农兵那种与集体主义统一着的个性。”① 张毕来是从革命的领导力量以及人数的多寡来谈文学“为工农兵”服务的，并且将这一理论与个性解放的启蒙话语予以了耦合，加强了二者的联系。

另一方面，张毕来从文学理论关键词的角度对“为工农兵”文艺理论的生成史进行了讨论。他分析五四时期，胡适只是提出了与“古人”对比的“今人”一词，主张以“人”的情感和思想为新文学的内容，但是如何的情感和如何的思想却没有说清楚，这是用资产阶级的抽象的人来代替具体的人。他后来主张文学题材大多描写普通人，也并没有触及作者立场问题。陈独秀虽然提出了与贵族相对的“国民”一词，也只是泛泛地说成“群之大多数”而已。周作人写作《人的文学》一文时，也是把人更抽象化、概念化了。

他认为，1921—1927 年，文学研究会提出的“为人生”也是渺茫的，后来茅盾主张“爱被损害者与被侮辱者”才比较确定，但这也可把资产阶级包括进去，因为帝国主义有时也损害侮辱他们。后来还提到“阶级的人生”，虽然尚未明显地站在无产阶级的立场上，但已经比五四时代“略具轮廓”了。此时鲁迅正从小资产阶级立场向无产阶级的立场转进，提出了“工农平民文学”的主张。邓中夏、恽代英、李大钊、瞿秋白等早期中共党员已经“指出工农兵是革命的主力”“主张知识青年走向工农兵”“批评‘为艺术而艺术’与‘为人生而艺术’的文学思想，主张正视中国危局，文学应为革命服务”“反对写空头的革命文学而不从事实际的革命斗争，主张深入工农兵，写工农兵生活”“主张革命文

① 张毕来．中国现代文学史：上册［M］．长春：东北师范大学教务行政处出版科，1951：14.

学的统一战线”。① 张毕来也指出:“我们当然不能期待当时能有人提出如毛主席所提的那样精确的文艺方向的理论,这一伟大的理论,是只有在20世纪40年代而且只有由毛主席来完成的”,但是,我们应该从这些理论中看出“党在当时的领导的正确来,看出工农兵方向是如何慢慢发展的情形来”。② 在这一章的课后研究题目中,他特别要求学生将这些中共党员的文艺主张和毛泽东的《讲话》进行比较,找出异同之处,这就更说明了他的编写意图在于揭示《讲话》的理论源流。

他还指出在1927—1935年就有工农文学口号之提出。“左联”就提出了“文学的阶级观点”,明确有“站在工农方面来”和“为劳苦大众服务”的口号,乃至有“无产阶级革命文学”之主张。鲁迅在《中国无产阶级革命文学和前驱的血》一文中所指的“革命的劳苦大众文学”,就已接近了问题的中心。但这只是解决了“为工农兵”问题的理论认识问题,在实践上并没有得到解决。因为当时的他们既不是工农兵出身,又不曾和工农兵结合。此时革命根据地的文艺活动则有全新的面貌,专章“苏区的文学活动和文学作品”就对古田会议在文艺方面的决定进行了回顾,对当时农村和部队中的文艺运动进行了介绍。张毕来指出,苏区文艺运动在现代文学史上的重要意义在于“与工农兵结合”“从实际出发”“更直接的党的领导”“与白区的运动配合”“影响后来的文学运动”。③ 他对苏区文艺运动的历史总结,应该是借鉴傅钟在第一次文代会上的报告《关于部队的文艺工作》及一些参加过长征的红军领导及战士的回忆录。傅钟的报告只是介绍部队的文艺工作,而张毕来的文学史编写是将之视为工农兵文学方向的萌芽;同时他将第一次文代会上有着的国统区文学和解放区文学平行发展的历史线索予以前推,即在土地革命时期已经存在苏区与白区两条文艺战线,这都应该是他在文学史线索梳理上的贡献。

他认为在1936年以后的最初几年中,文学界有过右的倾向,但也准备了解决问题的许多条件。最后在延安文艺座谈会上,毛泽东的《讲话》才将五四以来的一个大问题予以解决。强调文艺首先要为“工农兵”服务,其次再为小资产阶级服务。要实践这一理论,知识分子作家唯一的道路,便是与工农兵结合,

---

① 张毕来.中国现代文学史:中册:第一分册[M].长春:东北师范大学教务行政处出版科,1951:87-96.

② 张毕来.中国现代文学史:中册:第一分册[M].长春:东北师范大学教务行政处出版科,1951:88-89.

③ 张毕来.中国现代文学史:中册:第二分册[M].长春:东北师范大学教务行政处出版科,1951:28-30.

自己改造自己，彻底地解决个人与群众之间的关系。一些作家更是在此理论的指导之下，写出了优秀的作品。

而在1945年以后，“为工农兵”的文学口号就非常普遍化，在全国各地得到普遍拥护。虽有个别资产阶级和小资产阶级的文学家表示蔑视或怀疑，但这些蔑视或怀疑，不久都在事实的照耀下消失了。直到1949年第一次文代会召开时，就没有不拥护这一理论的，大家都在同一领导之下去为它的实现而努力。

可见，张毕来论证毛泽东《讲话》的伟大，是从文学理论的核心关键词的变迁来描画其源流及进步之迹的，很具有创新性。这是从历史发展的角度来论证的，以显示这不是无源之水，而是历史发展的最高阶段和最终结果。同时，张毕来也显示这一理论硕果是与一系列资产阶级及小资产阶级文艺理论和反动统治的压迫进行斗争后才获取的。特别在书写“土地革命时期的文学”时，革命文学论争、民族主义文学、“天才论”“文学自由”和“第三种人”等“错误”的文学理论都受到批判。这一思路因适合书写两条文艺路线的斗争而在此后盛行，而从文学理论关键词的变迁来彰显毛泽东《讲话》的形成不占主流。

总的来说，张毕来的这部《中国现代文学史》在当时没有正式出版是有原因的，因为有太多的政治史、社会史书写，全书重在论述新民主主义的统一战线和“工农兵方向”的理论形成，所列举的作家作品并不多，文学性的分析也不明显，文学成了政治的附庸，以论代史的特点非常明显。这应是李广田称其“思想性较强，不过有些武断”① 的原因所在。

第四节 《〈中国新文学史〉教学大纲（初稿）》的产生、讨论及意义

1951年2月至5月，“中央教育部组织的文法学院各系课程改革小组中的‘中国语文系小组’决定依照部定在6月以前，把中文系每一课程草拟一个教学大纲，以便印发全国各校中国语文系。其中‘中国新文学史’一课的教学大纲草拟工作”由李何林、老舍、蔡仪和王瑶四人共同承担。② 7月，《新建设》“学术讨论”专栏发表了《〈中国新文学史〉教学大纲（初稿）》③（以下简称

① 《中国新文学史稿（上册）》座谈会记录［J］. 文艺报，1952（20）：24-30.

② 杜琇. 王瑶年谱［J］. 新文学史料，1990（3）：30-45.

③ 老舍，蔡仪，王瑶，等.《中国新文学史》教学大纲（初稿）［J］. 新建设，1951，4（4）：46-49.

“大纲初稿”）。围绕这一大纲曾进行了相关讨论，以下我们对其进行介绍。

一、大纲初稿的拟定者

李何林在大纲初稿的前面有一个说明，交代了起草的经过：“‘中国新文学史’一课的教学大纲的草拟工作，由老舍、蔡仪、王瑶和我（原定有陈涌同志，他因忙未能参加）担任。因为大家都忙，我们只在一起商讨了两次：第一次根据蔡仪、王瑶和东北师大中文系张毕来三同志所草拟的三份大纲，交换了一些意见；会后再由我参照这三份大纲草拟一个大纲，第二次即讨论这个大纲，略加修改通过。”① 高玉认为由他们来制定大纲初稿，是因为他们是中国新文学史教学的“先行”者。② 这的确有理有据，因为在此之前，蔡仪、张毕来、王瑶分别在华北大学、东北师范大学、清华大学讲授过“中国新文学史”。

但真正按照“先行者”“优先”的逻辑，这几人不应该成为大纲初稿的制定者，因为还有更早的“先行者”曾在、正在北京大学从事中国新文学教学，那就是杨振声、沈从文与废名。③ 为什么这三位教授没有一人被教育部邀请去制定大纲初稿呢？这应该从他们的政治立场和文学观念来寻找原因。正如郭建玲博士论文④所指出的：京派作家在解放战争时期出现了分化，其中首先被“左翼化”的是李广田和朱自清。这与原清华大学地下党的努力工作分不开，他们将清华大学开辟成敌占城市的“小解放区”。而北京大学文学院的“京派”作家，如沈从文、杨振声、废名等，很少被争取“转向”，他们被视为抗衡左翼文学的力量，朱光潜、沈从文等人一开始就被左翼确定为“斗争”对象。⑤ 1948

---

① 《“中国新文学史”教学大纲（初稿）》署名老舍，蔡仪，王瑶，李何林四人，“说明”系李何林所写，时间为 1951 年 5 月 30 日。李何林，丁易，蔡仪，等．中国新文学史研究［M］．北京：新建设杂志社，1951：1.

② 高玉．论王瑶《中国新文学史稿》的超越性［J］．中国文学研究，2007（3）：16-19.

③ 程陶庵．名师授业忆当年：从一张课程表看 1950 年北大中文系课程设置及师资［N］．光明日报，2013-10-10（12）．该课表与吴世勇《沈从文年谱（1902—1988）》所述事实相矛盾，按年谱叙述，沈从文此时不在北京大学任教，但不影响此处立论。吴世勇．沈从文年谱（1902—1988）［M］．天津：天津人民出版社，2006：315，317，322-324.

④ 郭建玲．1945—1949 年中国现代文学格局转型研究［D］．上海：华东师范大学，2007：63-90.

⑤ 萧松，马句，宋柏．沸腾的沙滩：解放战争时期北京大学地下党领导文、理、法学院学生民主运动的回忆［M］//中国人民政治协商会议北京市委员会文史资料研究委员会．文史资料选编：第二十辑．北京：北京出版社，1988：16.

年，沈从文更是被身处中国香港地区的郭沫若痛斥为“桃红色”作家。① 所以他们此时最急迫的任务应该是从头学习毛泽东文艺思想，② 而不是参与大纲初稿的制定。

与杨振声、冯文炳和沈从文不同，老舍、李何林、蔡仪、王瑶与陈涌的政治与文学立场更适合制定大纲初稿。老舍一生中两个关键转折都与周恩来有密切关系：一次是1938年年初酝酿成立“抗战文协”时，经周恩来和冯玉祥商定由老舍担任领导人。另一次是1949年开第一次文代会时，根据周恩来提议，由郭沫若、茅盾、周扬等30多人签名写了一封邀请信，将远在纽约的老舍邀请回国。③ 老舍对文艺创作诸多要素的理解正与中华人民共和国的文艺方针吻合，他又与中国共产党关系融洽，所以回国之后，受到中共的热情款待。他以主人翁的身心感受到自己“亲手摸到了革命”④！这些足以说明老舍何以参与制定大纲初稿，还不必说他身为中国现代文学作家，对身处其中的历史发展了解透彻。

在王瑶参与制定大纲初稿之时，学术上他应该属于新起之秀，刚刚崭露头角。他1943年6月完成清华大学中国文学系毕业论文《魏晋文论的发展》，1945年完成清华大学研究院中国文学部研究生论文《魏晋文学思想与文人生活》。他从1946年起陆续发表关于中古文学史的论文，都是其本科与研究生毕业论文的修改和提升。⑤ 此时他逐渐引起学界注意，还不足以称为名家，⑥ 职称也只是讲师⑦。但他是清华大学最早开设“中国新文学史”这一课程的教师，受到了学生的重视，其讲稿已陆续传播开来，部分内容也得以发表。在师门承续上，王瑶当时处于比较有利的局面，他所能借重的文化资源是其研究生导师

① 郭沫若．斥反动文艺［J］．大众文艺丛刊：文艺的新方向，1948（1）：20-23.

② 杨振声在北平和平解放后感叹自己“蹩在时代的后面”。参见：杨振声．我蹩在时代的后面［N］．进步日报，1949-05-04（5）；1950年2月，沈从文去华北大学四部学习改造，至本年12月毕业。参见：吴世勇．沈从文年谱（1902—1988）［M］．天津：天津人民出版社，2006：322-324；1950年春，废名开始阅读毛泽东的系列著作，学习之后，他深有体会地说：“我相信党，相信毛主席的学问。”参见：陈建军．废名年谱［M］．武汉：华中师范大学出版社，2003：269.

③ 胡絜青．人生知己周恩来：记老舍与周总理的友情［J］．瞭望周刊，1992（28）：33-36.

④ 老舍．为人民写作最光荣［N］．人民日报，1951-09-21（3）.

⑤ 杜琇．王瑶年谱［J］．新文学史料，1990（3）：30-45；超冰．王瑶著译年表［J］．新文学史料，1990（3）：64-73.

⑥ 1951年8月，《中国新文学史》教学大纲（初稿）公布。9月，上海棠棣出版社出版了王瑶的《中古文学思想》《中古文人生活》《中古文学风貌》三部著作。

⑦ 1948年6月王瑶受聘为清华大学中文系讲师。杜琇．王瑶年谱［J］．新文学史料，1990（3）：30-45.

朱自清。1949年8月12日，朱自清逝世。毛泽东曾高度称赞朱自清的骨气表现了我们民族的英雄气概，① 由此朱自清成为全国著名爱国人士被广为人知。王瑶此时也多次撰写回忆朱自清的文章，提及其对自己学问上的帮助，衷心表露了身为学生的哀痛之情，也显示了他力求在学术界站稳脚跟的努力，他作为朱自清得意门生的客观事实众人得以知晓。他自己的政治立场在此时也能获得教育主管部门的信任。1933年他曾加入左翼作家联盟，1935年加入中国共产党，曾两次被捕入狱，但经得住考验。后来虽然脱离了党组织，参加政治运动不积极了，但1944年经闻一多介绍，加入了中国民主同盟，② 此后和清华大学的党员仍有密切关系③。

陈涌虽然因为工作繁忙而没有参与制定大纲初稿，但被指定为参与者，也说明他具备足够的资历和能力胜任该项工作。他是1938年入延安抗大，1939年入鲁艺学习，1941年后任延安鲁艺文艺理论室研究员的文艺工作者，是老解放区高校系统培养的高才生。他受到周扬的青睐和赏识，聆听过周扬的《艺术论》和《中国新文学运动史》，担任过《解放日报》副刊副主编，在周扬的领导下编辑过《中国人民文艺丛书》。④ 1949年后任《文艺报》编委，是当时风头正劲的文艺批评家，他批评阿垅、萧也牧都是引领时代风向的。陈涌此时没有参与大纲初稿的制定，这是他与中国新文学史教学的一次错过，之后他还是因种种机缘而在这块园地驻足。⑤

李何林1927年7月加入了中国共产党，随即参加了八一南昌起义。1928年，在鲁迅的未名社投身革命文艺活动，1929年编写了《中国文艺论战》，1939年编著了《近二十年中国文艺思潮论》。《近二十年中国文艺思潮论》以马克思主义文艺观修治中国现代文艺思潮，将鲁迅与瞿秋白推崇为两大思想家，体现了鲜明的政治观点，影响巨大，以至此书出版不久，即被列为国民党反动派查禁的书目。抗战期间，他辗转各地任教，后来在云南昆明担任“中华全国文艺界抗敌协会昆明分会”理事并兼总务部主任，其间与闻一多并肩战斗，成为一位民主战士。⑥ 在华北大学期间是李何林的文艺观点发生彻底变化的关键

① 别了，司徒雷登（一九四九年八月十八日）［M］//毛泽东．毛泽东选集：第四卷．北京：人民出版社，1991：1495.
② 杜琇．王瑶年谱［J］．新文学史料，1990（3）：30-45.
③ 王瑶．在思想改造运动中的自我检讨［M］//王瑶．王瑶全集：第七卷．石家庄：河北教育出版社，2000：263.
④ 李世涛．访陈涌［J］．新文学史料，2018（1）：4-14.
⑤ 李云雷．陈涌：一个马克思主义学者的追求与人格［N］．文艺报，2015-10-12（3）.
⑥ 田本相．李何林传［M］．石家庄：河北教育出版社，2003：98，109-125.

期，他在领导、友人和同事的帮助下，按照新民主主义观点思考了新文学的性质和五四新文学的思想领导问题。在《近二十年中国文艺思潮论》中，他认为五四文学运动是资产阶级的文学运动；1948 年在正定华北大学国文系工作时，他草拟的《近三十年中国新文学运动大纲》也依然持这种观点。但是华北大学的秘书长钱俊瑞、二部主任何干之对他进行了指正，实质是按照毛泽东《新民主主义论》的观点进行劝导："中国新文学运动就其内容和作者所代表的社会阶层来说，都是一个统一战线的（即包含有无产阶级的，小资产阶级的和资产阶级思想及其作家）反帝反封建的人民民主主义的文学，这就是我们的新文学的性质。"① 关于五四的领导思想，何干之明确指出："资产阶级的文学思想，只是五四文学思想的一种，并且不是重要的一种；而李大钊、陈独秀等早年就有共产主义思想，而这种思想才是那时代的领导思想。"② 范文澜给他的信指出："无产阶级思想在这个运动中虽然数量比较少，质量却比较高，是最先进的，最能动员广大革命群众的一种思想。所以，这种思想在这个统一战线中是处于主导地位的。"③ 而李何林受帮助很大的是范文澜的上述观点。我们也可认为范文澜的身份地位及学术策略促使了他对毛泽东《新民主主义论》的接受。因为范文澜 1946 年出版的《中国近代史》一书，就接受了毛泽东在《新民主主义论》中的历史划分，"这是毛泽东新、旧民主主义革命概念首次用于中国近代史研究"，由此范文澜"也巩固了中共党内史学鼻祖的地位及其与毛的私人关系"④。可见，李何林是提前就被华北大学的领导们予以训导，即进行中国新文学史教学，核心要义在于新文学运动的性质判定和领导权归属。

李何林在制定大纲初稿之时占据领导地位，还与他当时的人事关系和职位有关。正如前述，李何林在华北大学担任新文学授课教师之时，受到了钱俊瑞的指导。钱俊瑞后来是北平解放之时的文管会主任，几乎全程参与北平高教系统的接管。教育部成立之后，又担任教育部副部长。此时华北大学改为中国人民大学，不再设中文系，李何林还处于待命状态。钱俊瑞认为李何林具有很强的组织能力和办事能力，就调他到教育部担任秘书处处长并兼任行政处处长。

① 1948 年 12 月 8 日钱俊瑞致何干之、陈唯实、李何林、尚钺信［M］//李何林．近二十年中国文艺思潮论：1917—1937. 西安：陕西人民出版社，1981：19.

② 1948 年 12 月 8 日钱俊瑞致何干之、陈唯实、李何林、尚钺信［M］//李何林．近二十年中国文艺思潮论：1917—1937. 西安：陕西人民出版社，1981：24.

③ 1949 年 1 月范文澜致李何林信［M］//李何林．近二十年中国文艺思潮论：1917—1937. 西安：陕西人民出版社，1981：25.

④ 李怀印．重构近代中国：中国历史写作中的想象与真实［M］. 岁有生，王传奇，译．北京：中华书局，2013：106-107.

但李何林一直不愿从事行政工作，于是1950年10月调到北京师范大学中文系任教。① 正因为李何林有过教育部行政经历，学术观点又经过教育部主要官员钱俊瑞、中共学术权威何干之、范文澜等人的询唤而转向，所以他参与并负责大纲初稿的制定就水到渠成了。

这是因为蔡仪在20世纪40年代通过撰写、出版《新艺术论》②《新美学》③，初步建立了自己独特的美学理论体系及学术地位。蔡仪的这两部著作曾受到郭沫若的称赞。他的文艺观点都吻合1949年后“国家意识形态于文艺思想所要求的节目”，他“简直就是一个‘知先’”。④ 他于1946年加入中国共产党；就学术服务于政治的角度来看，他在1949年前也做出了不少贡献。⑤ 其中最有影响的是1948年9月，蔡仪发表《论朱光潜》一文，以马克思主义美学批评了以朱光潜为代表的主观唯心主义美学。⑥ 蔡仪曾在华北大学二部国文系任教过中国新文学史，当时的系主任是李何林，⑦ 所以他参与制定大纲初稿也顺理成章。

王瑶曾告诉陈平原，在“十七年”“让你讲‘现代文学’，是党对你的信任”⑧。老舍、王瑶、蔡仪、李何林能参与大纲初稿的制定，那更是特别的“信任”。总体分析这个小组成员，我们发现：他们的政治立场和文学观点都亲近中国共产党，对毛泽东文艺思想和《新民主主义论》都有着学习和信服过程。除王瑶外，他们都是第一次文代会代表（老舍当时身在美国，没有出席），但是他们都没有在解放区长期生活、工作的经历，更没有经历过延安整风运动的学习、转换及提高的过程，而经历这一历程的陈涌又没有参加这一工作，这可以说是他们的“缺点”，同时也可以说是他们的优点，这典型体现在他们的提纲编写及之后的文学史写作中。这四人中，李何林、蔡仪都来自华北大学，即中国人民大学的前身。中国人民大学在1950年与哈尔滨工业大学共同成为全国高校学习苏联的两大典型。北平和平解放后，李何林在教育部和北京师范大学联合举办的师资培训班上就讲授中国现代文学，也曾经在清华大学专门就中国新文学的

---

① 田本相．李何林传［M］．石家庄：河北教育出版社，2003：150，152.
② 蔡仪．新艺术论［M］．重庆：商务印书馆，1943.
③ 蔡仪．新美学［M］．上海：群益出版社，1947.
④ 薛富兴．蔡仪早期美学略论［J］．山西师大学报（社会科学版），2005（2）：50-53.
⑤ 乔象钟．蔡仪传［M］．北京：文化艺术出版社，2002：56-70.
⑥ 蔡仪．论朱光潜［J］．民讯，1948（3）：30-37.
⑦ 乔象钟．蔡仪传［M］．北京：文化艺术出版社，2002：69.
⑧ 陈平原．文学史的书写与教学［M］．北京：北京大学出版社，2018：176.

性质和中国新文学的领导问题进行演讲。① 蔡仪则在北京大学兼任教授，讲授中国新文学史。② 他们正是此时中国新文学史教学中的领军人物。这表明，1949年后，中国新文学史教学的主体由之前的中国新文学作家为主，③ 开始转换为由专门的中国新文学研究者为主，即从作家为中心转为以学者为中心。其实这也是中国新文学史学科化、历史化的另一标志，即由历史当事人自说“家史”变换为历史学者叙说“他史”。

二、大纲初稿的特点

仔细阅读大纲初稿，我们会发现它贯彻的是新民主主义教育原则，是以《新民主主义论》为指导撰写、阐释中国新文学史，建构的是唯物论新文学史，这表现在以下几方面。

绪论以《新民主主义论》为指导方针从宏观整体上构筑了中国新文学史的基石。所书写的四章分别为“学习新文学史的目的和方法”“新文学的特性”“新文学发展的特点”“新文学发展阶段的划分”。这四个章节处处体现了《新民主主义论》的精神与原则。强调了“新文学运动与新民主主义革命的关系”，规定“新文学是新民主主义的文学”，突出了新文学发展的四个特点。依照《新民主主义论》划分了“新文学发展阶段”：五四前后——新文学的倡导时期（1917—1921年），新文学的扩展时期（1921—1927年），“左联”成立前后十年（1927—1937年），由“七七”到延安文艺座谈会讲话（1937—1942年），由“座谈会讲话”到“全国文代会”（1942—1949年）。这是结合第一次文代会精神将1942年予以强调，于是中国新文学史被划分为五个时期，每个时期分别为一编。

为彰显“新文学运动与新民主主义革命的关系”，大纲初稿在每一个时段的文学史叙述中都用专门的章节论述文学与政治的相互影响。这也是大纲初稿所要求的用“辩证唯物论和历史唯物论”“马列主义的文艺理论和毛泽东的文艺思想”来分析并撰写文学史的具体体现，展现了文学从属于政治，文学史发展与政治史变迁有着对应关系。

大纲初稿指出“新文学发展”所具备的四个特点是“无产阶级思想领导

---

① 田本相．李何林传［M］．石家庄：河北教育出版社，2003：152-159.

② 程陶庵．名师授业忆当年：从一张课程表看1950年北大中文系课程设置及师资［N］．光明日报，2013-10-10（12）．

③ 此前中国新文学史教学引领风潮者多是作家，例如，胡适、周作人、沈从文、苏雪林、朱自清、杨振声、废名、林庚等。

的”“新文学运动的统一战线的发展”，是“大众化（为工农兵）方向的发展”，是“新现实主义精神的发展”。这四个特点也是大纲初稿编排文学史不断演进的四条主干线索，“革命文学”“统一战线”“工农兵文学”“新现实主义文学”是大纲初稿时隐时现的关键词，以体现它们的不断变化。以上说明大纲初稿不仅规定了中国新文学史教学与研究必须以唯物论为指导，而且还具体列出了唯物论新文学史所遵循及贯彻的原则与线索。

大纲初稿对这些线索与原则的书写也有着创新。例如，重视了“苏区文艺活动的优良传统”，并从源头“古田会议在文艺工作方面的决定”讲起，讨论了苏区文艺活动的发生。这受到第一次文代会上傅钟所作《关于部队的文艺工作》报告的影响。这也意味着苏区文学史在当时文学史地位的提高。为体现两条文艺路线的斗争，这也是郭沫若在第一次文代会报告中所提出的，大纲初稿在每一编都书写了“本时期”的文艺斗争以及文艺理论的发展。这些斗争包含“文学革命的理论及其斗争”“与封建的和买办的思想斗争”“与反动派的斗争”“理论斗争与不良倾向的纠正”等。在与“敌人”斗争的过程中，“我们”的文艺理论水平在不断提高，最终在1942年的《讲话》中实现了成熟。

大纲初稿主要作家作品选择符合《新民主主义论》及第一次文代会精神。一方面是因为鲁迅在中国现代文学史本身就具有重大的影响，另一方面也因为毛泽东在《新民主主义论》中高度评价“鲁迅的方向，就是中华民族新文化的方向”①。所以大纲初稿中鲁迅被提到的次数最多，前面三编每编都有关于鲁迅的章节，这表现在文艺思想斗争和具体作品分析上。第三编第十章更是以“不灭的光辉”全章来叙说鲁迅的“伟大成就”和“所领导的方向”。这就实现了将鲁迅的作品及思想纳入“新民主主义文学”这一范畴中进行讨论的目的。

除鲁迅之外，其他作家都没有享受到上述待遇，而是分散在文艺斗争、文艺理论和四种文体创作的分述之中。五编之中第三、四、五编中提及的作家作品众多，第一、二编中作家作品很少被罗列。原因应该在于从第三编的“左联”十年开始，作家作品的政治性非常明显，也容易做出判断，所以左翼和解放区的作家作品成为大纲初稿重点分析的对象。他们不仅个人的政治立场得到肯定，而且他们作品的思想内容也安全可靠。正如前述，第一次文代会诸报告中重点提及的是解放区作家和极少量的国统区作家，但是大纲初稿展现了非常之多的作家，直接的参照依据应是作家是否参加出席第一次文代会。如果不是参会代

① 新民主主义论（一九四〇年一月）[M] //毛泽东．毛泽东选集：第二卷．北京：人民出版社，1991：698.

表，他们大多已经去世，如蒋光慈、蒲风、叶紫、萧红、朱自清、丘东平等人；也有没有参加文代会但进入了大纲初稿的，如丽尼、高兰、沙鸥、方敬、艾芜、郁如、田涛等，这些主要是“左联”十年和抗战前期的作家，他们也是政治可靠的。其中艾芜在1950年全国文联第四次扩大常委会上，还被提补为中华全国文学艺术界联合会委员。① 第五编中列举的几乎全是解放区作家作品，国统区的作家作品受到了冷落，这与他们第一次文代会上的遭遇相符。可见第一次文代会的代表资格以及该次文代会报告所列举作家作品指导了大纲初稿选择作家作品。

由于大纲初稿只是一个纲要性的提示，制定者需要在文学史实、政治标准和文学水准三者之间取得均衡，制定者在这方面付出了努力。周作人、林语堂、新月派、现代派等作家或流派在政治上都与中共所走道路不同，萧军作为东北作家群的代表虽推动了抗日文学的发展，但在1949年前后又被批判了，大纲初稿为了照顾到历史的真实性，也将他们录入并对其作品或理论予以分析，这显示了制定者在可能的范围之内保持了文学史家力求客观真实的立场态度。但这些作家作品又不能占据大纲初稿的主要篇幅，所以第一、二编中，除鲁迅之外，就很少进行作家作品分析。而是让他们成为被斗争的对象在文艺斗争和文艺理论的相关章节出现，1949年前文学史著中屡被提及的自由主义作家和国民党作家都被如是处理。这既避免了大面积出现政治性与无产阶级文艺无关的作家作品，也不至于湮没无产阶级文艺发生发展的主线，同时还将历史真实在新民主主义文学的反光镜中予以折射。可见，文学史两条路线的斗争如果书写比较全面的话，历史的全面性还是可以得到描画的，关键是历史评价出现了二元对立的态势。

大纲初稿不仅规定了中国新文学史讲授的框架、线索、价值评判及主要作家作品，而且限定了主要的参考书目。在所推荐的参考书目中，1949年前的大量的以中立立场书写的新文学史著没有被推荐，那些自由主义作家所撰写的新文学史著也没有被提及，② 更多推荐的是左翼作家所撰的论著。但是仍有制定者所不得不推荐的参考书，那就是《中国新文学大系》，推荐者还特别点出其中十篇导论至关重要。这十篇导论所梳理的正是第一个十年的文学运动，他们的叙述一方面补充了大纲初稿在第一、二编中所没有提及的作家作品，另一方面将

① 文艺动态［J］. 文艺报，1950（11）：15.

② 如胡适的《五十年来中国之文学》、周作人的《中国新文学的源流》、王哲甫的《中国新文学运动史》等，在1949年前或因论述精准，或因资料翔实而影响巨大，但该大纲并不提及。

与大纲的文学史提示发生冲突与对撞，[1] 这或许是大纲初稿制定者所意想不到的。

三、围绕大纲初稿所进行的讨论

大纲初稿公布之时就“希望全国‘中国语文系’的有关教师同志们提出意见，而且盼望文学界的同志们也能注意、研究和批评，以便将来修改”[2]，所以不久就有俞元桂、任访秋、王西彦、韩镇琪四位学者就大纲初稿提出了批评及建议，李何林则予以回应。

（一）俞元桂的建议

与王瑶一样，俞元桂在1949年前主要研究中国古代文学。[3] 此时他担任福州大学（福建师范大学前身）[4] 副教授，教授中国新文学史。所以非常熟稔该课程教学及讲义编写的特点与困难，当大纲初稿公布后，就很快予以响应。

俞元桂“非常同意教学大纲里第三、四、五各编有关作品各章的举例与分类”，然后他仿照这三编，按照文体类别为第二编“新文学的扩展时期（1921—1927）”拟定了小标题，列举了作家作品，[5] 体现出两种文艺路线的分途发展，并预示了未来各自的发展前景。李何林同意俞元桂对这一章添加的小标题是对大纲初稿的有益补充。但是对其作家作品的列举心存犹疑，一是担心挂一漏万，二是认为与大纲一样，分类分别是按照思想主题、文学种类、作家集团进行的，并不统一。[6]

俞元桂认为大纲初稿第三编文艺思想部分“能够体现各时期文艺创作各部门的标题和政治斗争的血肉关联，以及各时期间的文艺创作各部门与个别作家创作生活发展的线索”。但是在文艺创作部分还没有完全做到，就此他补充了

---

① 如胡适所写导论《新文学的建设理论》在淡化陈独秀的功劳，更多强调自己的历史主角作用。郑伯奇的《现代小说导论（三）》对创造社的四个代表作家郭沫若、郁达夫、成仿吾、张资平进行了重点分析，还介绍了其他作家作品。这就与大纲初稿面貌不同，足以损伤其权威性。

② 老舍，蔡仪，王瑶，等．《中国新文学史》教学大纲（初稿）[J]．新建设，1951，4（4）：46-49.

③ 俞元桂．桂堂述学[M]．福州：福建教育出版社，1997：12，67.

④ 汪征鲁．福建师范大学校史（上）[M]．北京：中国大百科全书出版社，2007：167-191.

⑤ 俞元桂．关于《中国新文学史教学大纲（初稿）》第二编[J]．新建设，1951，4（6）：47.

⑥ 李何林．简单的意见[J]．新建设，1951，4（6）：47-48.

“左联”成立前后十年的社会现实；绘制了这时的政治局势与作家心态及文学创作的态势；具体分析了这一编文艺创作小标题的得失。例如，他认为“剧运和剧本（田汉、适夷、洪深等）”“结构、对话、效果（曹禺、李健吾、袁牧之等）”这种标题不容易表达这些作家创作的时代意义，与六、七两章的标题不统一，同样地将与田汉、洪深、曹禺等在第二编或第四编里文艺创作部分的标题不调和，也就是说，在《大纲》上不易看出他们创作发展的线索。①

俞元桂同样是按照新民主主义精神阐释中国新文学史，这与大纲初稿所拟定的述史原则及主线是紧密相扣的，并且将有所欠缺的第二、三编予以了完美补充。他的建议注重这两个不同时期社会现实、作家心态、文学创作的变化，并与大纲初稿的第四、五编形成了前后呼应、联成一体的态势。这显示了“他长于治史，着意反映文学发展的脉络和概貌，辨析各类作家作品的动向和风格”② 的特点。特别是对第二、三编散文风格的分类与作家作品的列举，精深透彻，预示了他之后将在中国现代散文研究中取得巨大成就。

（二）任访秋的建议

任访秋 1932 年考入北京大学国学研究所攻读研究生。1940 年年初，受聘于河南大学文学院，讲授“中国文学史”“古代散文选”“中国现代文学及习作”等课。此时任访秋已是河南大学教授，担任现代文学教研室主任，③ 在大纲初稿发表之后，他就根据自己的教学经验提出了建议。

任访秋认为大纲初稿所列举的中国新文学史教学的“目的与方法”，“太过于原则性，而不够具体”，所以他贡献了河南大学所提出的“目的与方法”。这更注重文学创作和社会现实的关系，符合课程改革理论联系实际的要求；凸显了外国文学，特别是苏联文学与民间文学的重要影响，要求批判地接受这些遗产，这吻合了当时学习苏联文学的精神，坚持了工农兵文学方向，而且努力将其与文学创作、文学批评与文学研究融合起来，④ 创造性地将政治性与文学性予以水乳交融。

任访秋和同事商定从历史发展上将新文学分为三个时期，六个阶段：第一

---

① 俞元桂．关于《中国新文学史教学大纲（初稿）》第三编［J］．新中华，1951，14（24）：48-49.

② 汪文顶．只求实证写心声：俞元桂先生的治学风范［J］．中国现代文学研究丛刊，1996（3）：266-271.

③ 任亮直．任访秋先生生平著作系年［M］//沈卫威．任访秋先生纪念集．郑州：河南大学出版社，2004：221.

④ 任访秋．对《中国新文学史教学大纲》的商榷［J］．新中华，1951，14（24）：34-36.

期，文学革命的前夜，还是旧民主主义的文学改良运动。第二期，从文学革命运动到延安文艺座谈会，这一时期经过了无产阶级思想领导的文学革命，开始步入了新民主主义的文学革命运动阶段。这一期又分为四个阶段：一、五四前后到五卅；二、五卅到九一八；三、九一八到七七；四、七七到文艺座谈。第三期，从座谈会到第一次文代会，经过了文艺座谈会，于是新民主主义的文学革命运动获得了基本的成功，开始走上了建设的大道。这一期又分两个阶段：一、从整风运动到日寇投降。二、从日寇投降到1949。① 他们是以旧民主主义文学、新民主主义文学的开始，新民主主义文学的基本成功为主要线索，相比大纲初稿的五个时期更为简明扼要。这与毛泽东《新民主主义论》和郭沫若第一次文代会报告中的历史分期大不一样，但紧扣1942年延安文艺座谈会并以此为界，将1917—1949年的文艺分成前后两个阶段，显示了任访秋等人力求在政治话语规定的空间中辗转腾挪的能力。

将1917年之前的晚清文学改良运动也写入中国新文学史中，早在任访秋1944年出版的《中国现代文学史》（上卷）中就已如此安排，② 这与他研究生是在周作人指导下作袁中郎研究有关，他们师生间的学术继承关系是十分明显的，③ 都强调新文学与中国古代文学传统有着不可切割的纽带联系。当然，这也是中国新文学史编纂史中的一大传统，在胡适④、陈子展⑤、钱基博⑥的文学史著中就有体现。也正因如此，任访秋之后的研究既为“中国新文学探源”又为“近代文学学科奠基”就水到渠成了。⑦

任访秋高度赞扬“在过去我们是没有讲的”“一九二三年中国青年几位作者的主张”“苏区文艺活动之优良传统”两个章节的编排。因为它们可以完整呈现中国新文学是“无产阶级思想领导的”“统一战线的”“大众化（为工农兵）方向”的“新现实主义”文学精神的发展，这是新民主主义文化精神的体现。但

---

① 任访秋．中国现代文学史（上卷）［M］．南阳：河南南阳前锋报社，1951，14（24）：34-36.

② 任访秋．中国现代文学史（上卷）［M］．南阳：河南南阳前锋报社，1944.

③ 钱理群．任访秋先生对现代文学研究的历史贡献：兼谈刘增杰和河大文学院学术团队与传统［J］．中国现代文学研究丛刊，2014（1）：202-213.

④ 胡适．五十年来中国之文学［M］//申报馆．最近之五十年．1923.

⑤ 陈子展．中国近代文学之变迁［M］．北京：中华书局，1929；陈炳堃．最近三十年中国文学史［M］．上海：太平洋书店，1930.

⑥ 钱基博．现代中国文学史［M］．上海：世界书局，1933.

⑦ 胡全章．探源与奠基：中国近代文学研究学术史视野中的任访秋先生［J］．现代中文学刊，2012（4）：22-29.

是他认为无产阶级文艺思想虽在1923年已经有了萌芽，是“后来无产阶级文艺理论的先驱”，但并不成熟，还比较“粗疏和笼统”，而且在实际的文艺运动中并没有贯彻实施；只有经过延安文艺座谈会后，不仅在理论上更加系统精准，在文艺实践上也发生了翻天覆地的变化。① 所以在对他们的观点进行列举时，二者之间要显示出递进性与逻辑性。

任访秋还认为第一编第一章标题为“五四前夕的文学革命运动”不太妥当。他并不认为1917年的文学革命与1919年的五四运动可以截然分开，而是两者相互发力，彼此推动、激荡地发展。对此，李何林表示赞同，将会把第一编第一章的标题改为“五四前后的文学革命运动”。②

（三）韩镇琪的建议

韩镇琪对大纲初稿的建议主要在于文学史分期。首先，他认为1945年“八一五”抗战胜利也应该单独划分为一节。因为这一胜利“使中国社会的政治、经济、文化都起了重大变化，就是文学本身也发生了明显的变化”。其次，他认为中国新文学史的开始不应该如大纲初稿那样从1917年开始，而应该从1919年五四运动的爆发开始。他认为“文学革命是属于旧民主主义革命范围的”“五四以前的文学革命和五四以后的文学革命在性质上是有区别的”。③ 这是要求大纲初稿严格按照毛泽东《新民主主义论》中的历史分期，强调五四前后分属不同的新旧民主主义文化。

于是韩镇琪建议对大纲初稿的文学史分期和章节进行如下修改：第一编“五四前旧民主主义的文学改良与文学革命运动概况”包含两章，依次为文学改良运动、文学革命运动。新文学发展阶段则划分为五个时期：五四运动后新文学的蓬勃发展时期（1919—1927年），“左联”成立前后十年（1927—1937年），由“七七”到延安文艺座谈会讲话（1937—1942年），由“座谈会讲话”到“八一五”（1942—1945年），由人民解放战争时期到全国文代大会召开（1945—1949年）。

韩镇琪的分期建议及分期理由将自己的创造性和继承性孕育其中，将文学改良运动与文学革命运动同等看待为资产阶级文学运动，是20世纪30年代的

① 任访秋．对《中国新文学史教学大纲》的商榷［J］．新中华，1951，14（24）：34-36.

② 李何林．敬复王、韩、任、俞四位先生［J］．新中华，1951，14（24）：40-43.

③ 韩镇琪．中国新文学史由什么时间开始：对《中国新文学史》教学大纲（初稿）的意见［J］．新中华，1951，14（24）：50-53.

重要观点。例如，成仿吾[①]、李初梨[②]、郭沫若[③]、华汉[④]、钱杏邨[⑤]都有这样的论述。毛泽东的《新民主主义论》重在从文化性质上强调五四前后的文化分属不同类型。很显然，韩镇琪理解了这一指导方针，并借鉴了20世纪30年代的革命文艺的理论成果，从而对中国新文学史进行了编排。在这一点上，他与周扬在鲁艺的讲义《新文学运动史讲义提纲》有异曲同工之处。周扬的讲义很多地方也受到毛泽东的《新民主主义论》的影响，他认为"五四以前时期，即旧民主主义的新文化的时期"；他的文学史第一章"新文学运动之历史的准备"（1894—1919年）的主要内容，重在叙述旧民主主义的文学，而"五四以后，即新民主主义的新文化发生以后，新文学运动作为新文化运动的一翼，在其历史的发展中，又可分为四个时期"。[⑥] 韩镇琪坚持的是革命文学时期的文学史分期，这在当时应是他的"创新"。

针对韩镇琪对两个时间段的建议，李何林进行了答复。他认为抗战期间国统区文学运动前后期不同的情形应该是，由抗战前期（1937—1942年）的一线"光明""廉价的热情"，一团和气的团结，以至遭受压迫，到1943年后的战斗，而后期的情形到1945年以后"并没有什么明显的'变化'"。"至于解放区的新文学运动，不能用'八一五'来划分界线"，而是1942年《讲话》以来"就本着毛主席的文艺方向向前发展，'八一五'前后并没有什么'明显的变化'，是更不成问题的了。""无论就蒋管区或解放区的文艺发展的情况来看"，1942年的《讲话》，"都是以后的新文学划时代的界碑"！李何林还认为"就整个的三十多年的新文学发展史来说"，也真可以拿1942年的《讲话》为界划分为两大段落，"《讲话》解决了它以前的二十多年新文学运动中所未能解决的重大问题，端正了新文学发展的方向"。[⑦] 很显然，以《讲话》为界将中国新文学史划分为两个阶段，李何林的这番话受到了前述任访秋的影响。

李何林重点回答了韩镇琪提出的新文学史由1917年还是由1919年五四开始

---

① 成仿吾．从文学革命到革命文学［J］．创造月刊，1927，1（9）：4-10.

② 李初梨．怎样地建设革命文学［J］．文化批判，1928（2）：3-20.

③ 郭沫若．文学革命之回顾［M］//冯乃超．文艺讲座：第一册．上海：神州国光社，1930：73.

④ 华汉．中国新文艺运动［M］//冯乃超．文艺讲座：第一册．上海：神州国光社，1930：113.

⑤ 钱杏邨．中国新兴文学论［M］//冯乃超．文艺讲座：第一册．上海：神州国光社，1930：151.

⑥ 周扬．新文学运动史讲义提纲（续）［J］．文学评论，1986（2）：100-109.

⑦ 李何林．敬复王、韩、任、俞四位先生［J］．新中华，1951，14（24）：40-43.

的问题。首先，他认为1919年的五四“虽然把新文学运动向前大大地推进了一步”，但新文学运动并不开始于五四那一月那一天。重大历史的发生很难精准到具体时间，李何林看到了历史发展本身的偶然性和模糊性。所以，他认为所谓的“五四运动”“五四时代”“五四精神”，应该“一般是包括五四前后二三年的范围”，不是单限1919年的5月4日那一天。① 这与此前任访秋的建议类同，既承认了韩镇琪所依赖的《新民主主义论》的权威性，同时也避免了机械僵化地套用其历史分期中的具体时间界限。其次，李何林同样引用《新民主主义论》中的观点，来否认韩镇琪所说的新文学史从1917年1月胡适发表《文学改良刍议》讲起，将“抬高这资产阶级所领导的‘文学革命’的历史地位”②。他指出《新民主主义论》曾论述在五四运动的开始，“是共产主义的知识分子、革命的小资产阶级知识分子和资产阶级知识分子（他们是当时运动中的右翼）三部分人的统一战线的革命运动”，所以“从胡适的一篇文章讲起，就不是抬高他的历史地位，《大纲》也未说‘文学革命’是胡适‘领导’的”！李何林接着批评胡适的《文学改良刍议》“实在是极浅薄的形式主义的主张”。最后，李何林从文学创作的历史真实阐明必须从1917年讲起。他认为胡适在1917年以后的文学论文、新诗、《终身大事》等，“究竟不同于黄遵宪的‘新风格’的诗和梁启超的散文；它们是应该属于新民主主义的‘新文学’的范围的，不过是‘右翼’”。中国新文学史假使从1919年5月4日讲起，那么“以前的鲁迅先生的《狂人日记》等小说和‘随感录’，都排斥于中国‘新民主主义的文学’之外”。韩镇琪更重视如何符合《新民主主义论》中的时间分期，潜在的是为无产阶级文艺思想争夺五四文艺运动的领导权；而李何林是从《新民主主义论》中所论述的统一战线的角度将中国新文学史从1917年开始书写，也同意无产阶级的领导作用，而强调资产阶级在这个时候已“绝无领导作用”，至多充当一个盟员。③

韩镇琪并不认同李何林的解答。1952年，他与茆景立合作撰文再次坚持了自己的观点。他认为可以将新民主主义文学“以中华人民共和国成立为转折点划分为‘革命期’与‘建设期’两大阶段”。这是较早提出新文学整体化编写理念的，但并没有引起学界注意。他对新民主主义“革命期”文学史进行了以下划分：把三十年新文学以1942年为中心划为两大时期，前一大时期称为“新文学发展期”，后一时期称为“新文学确立期”。“新文学发展期”分为四个不

---

① 李何林．敬复王、韩、任、俞四位先生［J］．新中华，1951，14（24）：40-43.

② 韩镇琪．中国新文学史由什么时间开始：对《中国新文学史》教学大纲（初稿）的意见［J］．新中华，1951，14（24）：50-53.

③ 李何林．敬复王、韩、任、俞四位先生［J］．新中华，1951，14（24）：40-43.

同阶段：1919—1921 年，以五四文学革命运动为主要标志；1921—1927 年，以中共的成立及五卅运动与北伐战争为主要标志；1927—1936 年，以革命文学运动及左联的成立为主要标志；1936—1942 年，以抗日战争的爆发为主要标志。“新文学确立期”可分为两个阶段：1942—1945 年，以毛泽东发表《讲话》为主要标志；1945—1949 年，以抗日战争的胜利与人民解放战争的开始以至全面胜利为主要标志。① 看来，韩镇琪与茆景立借鉴了大纲初稿对 1921 年中共成立的强调，也认识到以 1942 年延安文艺讲话为界将新文学史分为两个阶段的重要性，但同时，他们坚持以 1919 年五四运动的发生作为新文学史的开始，同时强调了抗战胜利对文学运动的影响。这更多倾向于重大政治事件的影响，而对李何林在回复他时所强调的文学运动的历史真实，即如何命名鲁迅 1919 年五四运动前创作的作品，他予以回避。

（四）王西彦的建议

王西彦是现代著名作家，是“战时东南文艺的一面耀眼旗帜”②。1950 年后，先后任武汉大学、湖南大学、浙江大学教授，③ 任教过中国新文学史。早在大纲初稿发表前的 1951 年 5 月 20 日，他曾在杭州市中等学校国文研究会上作过专题报告《中国新文学运动的主潮》，后来发表在该年 10 月的《新中华》半月刊上。④ 他是根据自己的教学经历和专题报告对大纲初稿提出了建议。⑤ 后来他又将专题报告予以完善，收录在他的论文集《伟大的人和伟大的作家》中出版。此时的完善应是适当吸纳了大纲初稿讨论之时的某些意见，进行了针对性修改，但主旨改动并不大。考虑到后者更能表明他对大纲初稿的回应，下面我们就修改后的《中国新文学运动的主潮》和他对大纲初稿的建议进行讨论。

王西彦的建议主要分为两小节。在第一节“新文学发展诸阶段中若干章节的商榷”中他主要讨论了以下问题：他认为大纲初稿的新文学史阶段划分科学。他自己的授课提纲与之大体相同，但自己将 1927—1942 年以 1935 年为界，与大纲初稿以 1937 年为界不同。他认为有了 1935 年的“八一宣言”和红军北上抗日，“才有伟大的‘一二·九’学生运动，自然也才有文化界和文艺界的广泛的

---

① 韩镇琪、茆景立．中国新文学史分段的研究［J］．文史哲，1952（6）：37-42.

② 王嘉良．战时东南文艺的一面耀眼旗帜：评说王西彦在抗战时期的文学成就［J］．浙江师大学报，1998（6）：25-30.

③ 刘剑虹，赵则玲．王西彦年谱简编（续）［J］．浙江师范大学学报，1988（1）：32-38.

④ 王西彦．中国新文学运动的主潮［J］．新中华，1951，14（22）：31-38.

⑤ 王西彦．关于《中国新文学史教学大纲（初稿）》的讨论［J］．新中华，1951，14（24）：36-40.

民族统一战线的运动”。但是学习了大纲初稿后，他赞成以1937年抗战的开始为重要文学史节点。① 但在《中国新文学运动的主潮》中，他是将中国新文学运动分为四个时期：1919—1921年的“提倡文学革命的时期”；1921—1931年的“鼓吹革命文学的时期”；1931—1942年的“抗日统一战线形成和继续的时期”；1942—1949年“产生新的人民的文学的时期”。他将1931年视为抗日统一战线形成的起点，现在来看很有启发意义。

王西彦认为大纲初稿第一编的章节安排或者分量轻重失衡，或者前后重复，所以他试拟了这一编章节：第一章“旧民主主义的文学改良运动”（分节叙述自鸦片战争以来新的社会基础、文学改良运动的情形以及它的评价和影响）；第二章“五四运动与文学革命”（分节叙述五四运动的性质、文学革命运动的情形——包括对胡、陈、周诸人的主张的批判——以及对反对派的斗争）；第三章“文学革命的实绩”（分节论述当时的作品，主要的是阐明鲁迅的作品的伟大意义，并批判初期白话诗思想内容的贫乏）。

将王西彦草拟的章节和大纲初稿的第一编进行比较，会发现前者逻辑更加清晰，同时显示了新旧民主主义文学的内在区别与发展层级。他建议在讲述文学革命的实绩时“主要的是阐明鲁迅的作品的伟大意义，并批判初期白话诗的思想内容的贫乏”②。王西彦也认识到此时中国新文学史撰写重在阐明新民主主义文学是无产阶级领导的，就是凸显文学革命时期就有此种文艺思想的萌芽。所以他在《中国新文学运动的主潮》中书写“提倡文学革命的时期”时，强调了李大钊和鲁迅所受到的共产主义思想的影响和领导，代表的是中国新文学的主潮；而胡适的文学主张只是改良主义、形式主义，他的《人力车夫》和康白情的《女工之歌》是浅薄的人道主义的思想，最多代表中国新文学运动的支流。③

王西彦还建议在第四编里，需要特别说明“国民党统治区抗战形势的转变和作家们从初期的所谓‘廉价的热情’到后来的意志消沉的情形”，但在大纲初稿中找不到“可以说明这种情形的机会”。他的《中国新文学运动的主潮》就是按照这种建议编排的，很清晰地看见国统区的文艺运动逐渐“意志消沉”，而

① 王西彦．关于《中国新文学史教学大纲（初稿）》的讨论［J］．新中华，1951，14（24）：36-40.

② 王西彦．关于《中国新文学史教学大纲（初稿）》的讨论［J］．新中华，1951，14（24）：36-40.

③ 中国新文学运动的主潮［M］//王西彦．伟大的人和伟大的作家．上海：新文艺出版社，1953：119.

解放区的文艺运动在《讲话》精神的指引下，呈现出蒸蒸日上的态势，两相对照，优劣立现。他还认为大纲初稿“在叙述到毛主席的《讲话》的发表时”，应该先叙述《讲话》发表前的情形，“即说明一下《讲话》为什么发表，针对着某几种情形发表”。① 在《中国新文学运动的主潮》中，他就从当时解放区作家所存在的阶级立场、创作思想、创作原则，以及左翼作家们历史以来存在的理论缺陷来论述毛泽东《讲话》产生的背景及必然性，他对当时解放区作家及文艺队伍并没有进行过高的估计和评价。② 他的这种建议在之后得到了很多文学史的实践。

在第二节“作品分类和作家举例的草率不妥当”中，王西彦主要批评了大纲初稿在列举作家作品之时存在的一些“问题”，这里不一一赘述。以下我们将关注他对拟定中国新文学史教学大纲所提出的几点原则性意见。

首先，王西彦认为大纲初稿“严重地存在着形式主义的倾向和兼容并包的思想”。这方面的典型例子就是第三编第六章第二节的标题“技巧与意境”，该节列举的代表诗人是新月派和现代派，却没有字面上的批评；但是同一编第三章的标题所指的“反对派”就包括新月派和现代派，这两种立场“分明有着矛盾”。类似这样重视形式主义的标题在他眼中还较多，所以他质问“为什么还要把叙述作家作品的宝贵的篇幅，给了革命文学运动的反对派呢”？如果是为了兼容并包的话，王西彦认为还有些文艺运动也没有包含进去，如民族主义文学运动，更重要的是这种兼容并包的思想，“势将冲淡了我们新文学运动的思想斗争的意义”。③

在《中国新文学运动的主潮》中，王西彦对为什么要构建中国新文学运动的主潮进行了理论说明，并将每个时期的文学运动都分为主潮、支流和逆流进行介绍。他认为在“鼓吹革命文学的时期”里，“战斗的现实主义，便是我们新文学运动的主潮”，“而在这主潮之中，又包含着反抗的浪漫主义”，其中的代表性社团是文学研究会与创造社。此时，还存在着周作人所代表的隐士派文学，梁实秋所代表的绅士淑女派文学以及反动统治爪牙所鼓吹的民族主义文学，这都是主潮之外的“逆流”。在“抗日统一战线形成和继续的时期”里，国统区

① 王西彦．关于《中国新文学史教学大纲（初稿）》的讨论［J］．新中华，1951，14（24）：36-40.

② 中国新文学运动的主潮［M］//王西彦．伟大的人和伟大的作家．上海：新文艺出版社，1953：132-133.

③ 王西彦．关于《中国新文学史教学大纲（初稿）》的讨论［J］．新中华，1951，14（24）：36-40.

和解放区存在着同一主潮，那就是为了抗战胜利的目标而努力。但也存在“支流”与“逆流”，如文艺自由论者、京派作家、论语派、倡导与抗战无关题材的论者、复活的鸳鸯蝴蝶派、周作人与张资平之流的“奴隶文艺”、特务机关的“特务文艺”等。① 王西彦对“主潮”“支流”及“逆流”的划分，是按照历史的结果将中国新文学运动予以了界限分明的划分，虽不免有着简单化和文艺斗争史的倾向，但在此后也被一些文学史著所采用。

其次，王西彦认为应该在《中国新文学史》里，“使鲁迅的地位更突出，把鲁迅的斗争和方向更显著地提出来”②。在他的教学中，就单独给鲁迅特开了一编，标题是“新文学的开山祖鲁迅”。他自称是从苏联季莫菲耶夫所编的《苏联文学史》中受到的启示，因为该书上册共计十二章中，就有四章是专事论述高尔基的。看来学习苏联的教育方法，已经在王西彦的教学中得到了具体体现。

最后，正因学习了《苏联文学史》的编撰，他建议李何林不必担心列举作家作品“挂一漏万”，“正相反，我们应该选择得更严格些——比《大纲》要严格得多”。③ 除鲁迅之外，还有哪些作家应该被大纲初稿严格挑选出来呢？王西彦并没有指明。在他的《中国新文学运动的主潮》中，他正面肯定的作家有鲁迅、郭沫若、萧军、萧红、姚雪垠、张天翼、陈登科、高玉宝、赵树理，这更强调左翼文学和工农兵文学的经典性。倒是任访秋曾指出：“创作方面的郭沫若、茅盾、丁玲、田汉、闻一多，批评方面如成仿吾、瞿秋白、周扬等，都须要重点的提出来讲授”，而“大纲中把他们与一般的作家都等量齐观，甚至有些根本没提到，这是不合适的”。④

对于王西彦的建议，李何林也大致同意。但就王西彦建议作家的选择要严格一些，可按照《苏联文学史》那样只讲几位作家，李何林“觉得似乎不大合适，至少也须讲三十人左右”，他认为《中国新文学史》对于王统照、落花生、冰心、徐志摩、郁达夫、田汉、洪深、沙汀、艾芜、蒋光慈、臧克家、萧军、萧红、舒群、于伶、章泯、朱自清、靳以、路翎、陈白尘、袁水拍等作家，“似乎不能不讲一讲，因为他们或者过去有过影响，或者现在仍然有着影响的”。⑤

---

① 中国新文学运动的主潮 [M] //王西彦. 伟大的人和伟大的作家 [M]. 上海：新文艺出版社，1953：112-114.

② 王西彦. 关于《中国新文学史教学大纲（初稿）》的讨论 [J]. 新中华，1951，14 (24)：36-40.

③ 王西彦. 关于《中国新文学史教学大纲（初稿）》的讨论 [J]. 新中华，1951，14 (24)：36-40.

④ 任访秋. 对《中国新文学史教学大纲》的商榷 [J]. 新中华，1951，14 (24)：34-36.

⑤ 李何林. 敬复王、韩、任、俞四位先生 [J]. 新中华，1951，14 (24)：40-43.

从王西彦、任访秋、李何林等人关于作家选择的讨论来看，大家对中国新文学史的重点作家、一般作家的确认还有待达成共识。

王西彦对李何林的回复中有关作家的看法，私下“始终是不能同意和不能了解的”，他在“附记”中认为路翎“很突出地代表着一种不良好的创作倾向”，但李何林“近乎固执地一再主张在大学教室讲述这样的作家和作品”，实在使他感到“迷惑”。[①] 其实，即使在1953年的文坛上，《人民文学》仍接连发表路翎的多篇小说，这与他受到胡乔木的“青睐”有关。[②] 路翎彻底从现代文学史中消失或成为负面形象，那是他作为胡风集团成员被打倒之后。

无论是大纲初稿的制定者还是讨论者都是力争以《新民主主义论》的观点来建构唯物论新文学史，如果以这些达成共识的讨论对大纲初稿进行添补、删减、更正，唯物论新文学史述史情节就在大家的讨论中得以完善。所以说，大纲初稿的制定者和讨论者在共有的文学史理念的指导下，成功营构了一个符合中华人民共和国意识形态及教学改革需要的中国新民主主义文学史的框架。从中国新文学史编纂史上来看，它是首次将20世纪40年代的文学进行了历史化勾描，并将之与前二十年文学史的联系予以编织，于是中国新文学三十年的历史成了有机整体，这为中国新文学学科化奠定了坚实的基础。

大纲初稿的颁布促进并规范了当时的中国新文学史教学。1949年前的高校的文学史教学，每个学校每位学者都是不一样的，而“材料的分配，内容的轻重，篇幅的长短，以及教学的进度等等都是不加考虑，毫无计划的”[③]。这种随心所欲、自由散漫的教学态度，在学科化较早的中国古代文学史教学过程中尚且如此，那么刚刚正式学科化的中国新文学史的教学实践就更不必说。“当时把教学大纲比作宪法，是必须执行的”[④]，大纲初稿的颁布无疑为此时的中国新文学史教学提供了正规蓝本。而其不仅要求中国新文学史教学与研究要以唯物论为指导原则，而且在具体线索与主体内容上都体现了唯物论新文学史的新要求，这为其在全国推广普及夯实了基础。

---

① 王西彦附记［M］//王西彦．伟大的人和伟大的作家．上海：新文艺出版社，1953：179.

② 涂光群．五十年文坛亲历记［M］．沈阳：辽宁教育出版社，2005：87-88.

③ 萧离．游国恩教授改进教学方法［J］．新建设，1950，2（1）：45-47.

④ 回顾和瞻望：王瑶先生在“鲁迅研究教学研讨会”上的发言［J］．鲁迅研究动态，1988（8）：7-10.

第五节 李何林、张毕来、丁易等合著《中国新文学史研究》

1951年7月，李何林等合著的《中国新文学史研究》出版。该书由三部分组成：开首是老舍、王瑶、蔡仪、李何林草拟的大纲初稿，然后是李何林、张毕来、丁易个人撰写的关于1917—1942年的文学运动及重要作家的文章，最后附录了第一次文代会上郭沫若、茅盾、周扬的报告。在教育部还没有出版权威的中国新文学史教材之前，我们可以将该书视为较早受认可的唯物论新文学史书写。下面我们将按照内容的时间先后分析李何林、张毕来、丁易撰写的五篇文章。

李何林的《五四时代新文学所受无产阶级思想的影响》与他在中央文学研究所讲课有关。他在文章开头已经表明：在1950年纪念五四时，北京各中等以上学校和各报都展开了“谁领导五四运动”的讨论。大家一致认为是“共产主义知识分子”，是“无产阶级思想”领导了五四运动。“但实际的情况究竟怎样呢”？中央文学研究所学习的学员们想对此有个具体了解，所以李何林撰写了该文。该文共分三部分，作者的论证逻辑就是，以1923年2月7日京汉铁路工人反封建军阀斗争为界将五四时代分为两个时段，在此之后很容易找到证据，例如，郭沫若、郁达夫、蒋光慈、鲁迅、成仿吾等人的作品和论文都表现出“鲜明的”“无产阶级思想对新文学的‘影响’”；然后他从两个方面说明在此之前无产阶级思想对新文学的影响，即第一，“从这几年马克思主义思想的广大传播情况，来推定当时一部分文学工作者必在无形之中受这种思想的影响或领导”；第二，“从当时文学工作者所表现的不同思想情况，来断定他们中的一部分是被无产阶级思想所影响或领导；也就是影响或领导着新文学运动”。[①] 最后，李何林以五四时代的代表作家鲁迅为典型，分析其作品受到了无产阶级思想的影响。例如，《药》的结尾中乌鸦“箭也似的飞去了”，就是“象征着革命者的战斗的雄姿，象征着革命或革命者的海阔天空似的远大前程”；李何林还带有循环论证的意味对此进行强调：“假使被毛主席用最高的赞词所称颂的，在当时（以及以后，终生）做工做得最好的鲁迅先生，还没有被无产阶级思想所影响，所领导，

① 李何林，张毕来，丁易，等．中国新文学史研究［M］．北京：新建设杂志社，1951：19-23.

那么，无产阶级思想究竟影响了谁，领导了谁呢?”① 这说明他必须强调鲁迅在五四时代就已受到无产阶级思想影响及领导，并通过这一论证，该文的主旨得以实现。

张毕来的《一九二三年〈中国青年〉几个作者的文学主张》主要是为了说明“一九二一到一九二七之间的新文学运动，不但是在广泛意义是‘马列主义思想’的影响之下，而且是在具体的‘马列主义文学理论’的影响之下进行的”。围绕这一观点，张毕来就早期中共的领导者邓中夏、恽代英和萧楚女在《中国青年》上所阐述的文学观点进行了分析，并认为这就是早期的马克思列宁主义文学理论。具体包含这四点：一、反对“文学无目的”，批判“为艺术而艺术”，主张文学为社会革命服务，要“为人生而艺术”；二、“就中国新文学运动的任务而论，他们不赞成过左的提法，他们主张文学运动的任务是反帝反封建，而且还提出民主文学统一战线的主张”；三、“就文学运动的方向而论，他们指出中国革命的主力是工农兵，知识青年应走向工农兵；又指出：工人阶级尤其是领导者，他们应深入工人，描写工人”；四、“就作家本身而论，他们指出一个作家必须认清革命比革命文学更重要，更迫切。又指出：作家必须亲身参加实际的斗争，不然便写不出真的革命文学作品来”。② 张毕来对这几位共产党人文学理论的整理归纳，是在说明马克思列宁主义文艺思想在1923年已经比较完整具体，影响并领导了当时的新文学运动。他的这一历史发现及所整理的四条文学观点都在他之前的《中国现代文学史》中体现，并被大纲初稿全部吸纳，以此展现了“‘革命文学’的萌芽和生长”③。所以任访秋高度赞扬这是张毕来的“一个新发现，对新文学史的讲授，是一个新的贡献”，因为“由这里可以看出中国共产党对于作为武器的文艺，从来是不曾轻忽的”；但我们也可以看出毛泽东《讲话》影响了张毕来对这几位中国共产党早期领导人文艺观点的总结，也正如任访秋所指出的，这没有体现出早期革命文学理论的“粗疏和笼统”，与《讲话》相比“在质与量上，都有着相当大的距离”，而且在具体文艺运动上，这些主张也并没有付诸实践。④

---

① 李何林，张毕来，丁易，等．中国新文学史研究［M］．北京：新建设杂志社，1951：34-35.

② 李何林，张毕来，丁易，等．中国新文学史研究［M］．北京：新建设杂志社，1951：36-37.

③ 老舍，蔡仪，王瑶，等．《中国新文学史》教学大纲（初稿）［J］．新建设，1951，4（4）：46-49.

④ 任访秋．对《中国新文学史教学大纲》的商榷［J］．新中华，1951，14（24）：34-36.

朱红在所撰的《李何林年谱》中，介绍李何林1950年在中央文学研究所做的两次演讲，分别为《"左联"成立前后十年的新文学》和《由"七·七"到延安文艺座谈会召开前的新文学》。这两篇文章在1951年完成，① 后收入《中国新文学史研究》中出版。但据相关回忆，我们发现中央文学研究所在1950年10月创办，② 之后各地选调的第一期研究员（学员）开始陆续报到。10月底，中央文学研究所筹备委员会根据研究员报到情况，拟订了一个临时的两个月学习计划，并组织实施。该计划中并没有中国新文学史的报告。③ 只有在1951年1月8日文学研究所正式开学后，从1月到4月的第一学季的业务学习方面，才有"五四以来的新文学史"课程，内容分为五四前后、左联时期、江西革命根据地文艺、抗日统一战线时期、延安文艺座谈会以后五讲，共讲授12次。④ 在曾是中央文学研究所学员、工作人员的王景山的日记及回忆中，提及李何林在中央文学研究所的讲座是1951年2月23日，一直延续到4月6日，共有四次，都在（周五）下午。分别讲授的是"左联"时期前五年、"左联"后五年、"左联"十年的创作及抗日民族统一战线时期。而杨晦讲述的是延安文艺座谈会以后。⑤ 这个课程讲授的回忆与李何林自己对《"左联"成立前后十年的新文学》一文的介绍是相符的。⑥ 可见，朱红对李何林的年谱记载有误，真实情况应该是，他的这两篇文章正是1951年上半年在中央文学研究所授课的讲稿，经过学生记录后，再加以修改后出版的。

李何林的《"左联"成立前后十年的新文学》分为三讲，与他在中央文学研究所讲的三次吻合。⑦ 第一、二讲是前五年（1926—1931年）、后五年（1931—1936年），讨论的是文艺运动、文艺斗争和文艺理论；第三讲是十年间

---

① 朱红．李何林年谱［M］//李何林．李何林全集：第5卷．石家庄：河北教育出版社，2003：501.

② 郭艳．中央文学研究所的创办与50年代初的文学情境［J］．新文学史料，2008（4）：146-150.

③ 柴章骥，蔡学昌．中央文学研究所创办录［J］．新文化史料，1994（1）：57-58.

④ 王秀涛．中央文学研究所的筹备与成立［J］．文艺争鸣，2017（5）：52-55.

⑤ 王景山．我所知道的中央文学研究所和所长丁玲［J］．新文学史料，2002（4）：63-81.

⑥ 李何林指出："中央文学研究所的《新文学史》课共分四段作报告：'五四时代'（一九一七——九二五）由蔡仪同志担任；'左联成立前后十年'（一九二六——九三六）由我担任；'抗战前期'（一九三七——九四二）原由叶丁易同志担任，因丁易同志去朝鲜慰劳，由我接着报告；'延安文艺座谈会讲话至文代大会'（一九四二——九四九）由杨晦同志担任。"李何林．"左联"成立前后十年的新文学［M］//李何林，张毕来，丁易等．中国新文学史研究［M］．北京：新建设杂志社，1951：50.

⑦ 王景山．我所知道的中央文学研究所和所长丁玲［J］．新文学史料，2002（4）：63-81.

的创作，介绍“左联”的作家作品。将“左联”十年以1931年为界分为前后两期介绍文艺运动及文艺斗争，这在李何林1939年出版的《近二十年中国文艺思潮论》① 中就已如是安排，而且同样介绍的是革命文学论争，对新月派的斗争，对民族主义文学运动的斗争，对“自由人”“第三种人”的斗争，“大众文艺”“大众语”和“拉丁化”运动及“两个口号”的论争。但与之不同的是，首先，李何林此时先简要回顾了五四前后的无产阶级思想对中国新文学运动的影响及领导，然后介绍了1921年中共的成立、1925年五卅运动及1927年大革命的运动等重大事件推动了无产阶级文学运动的逐步发展，以至在1930年“左联”成立后，“无产阶级思想就以压倒的优势领导着中国新文学运动向前发展下去”。于是，无产阶级思想对中国新文学运动的影响及领导这条主线就得以浮现，由此构成了前后依次线性发展的链条。其次，李何林对这些文艺理论及文艺斗争的得失予以了讨论，并指出“这些缺点在当时确是难免的，有许多问题，在当时是不可能彻底的或正确解决的，直到毛主席在延安文艺座谈会上讲话发表以后，才予以彻底正确的解决”②。他注意到“左联”时期的无产阶级文学理论与毛泽东《讲话》的区别，强调了后者是对前者的超越，这避免了前述张毕来的“失误”。也表明李何林此时已经从1939年对“左联”（特别是鲁迅及瞿秋白）评判立场和文学标准的信奉③转向了对毛泽东《讲话》精神的皈依。最后，李何林在该文中仍旧强调“中国新文学的性质是由中国革命的性质决定的”“从五四以来的新文学便是新民主主义的文学，是由无产阶级领导的，为广大人民服务的文学”“中间虽然有过‘无产阶级文学’运动，但本质上仍是新民主主义文学，无产阶级文学终于没有产生”。④ 可见，中国新文学的性质是新民主主义，但受无产阶级思想领导，中间又经历了无产阶级文学运动，这三个概念的区别及相互之间的关系是李何林始终注意的。

李何林的《“左联”成立前后十年的新文学》第三讲是十年间的创作，对左翼代表作家蒋光慈、丁玲、茅盾、鲁迅进行了分析，这是《近二十年中国文艺思潮论》没有书写的。他对这些左翼作家的评述，非常看重其作品内容的社

---

① 李何林. 近二十年中国文艺思潮论［M］. 上海：生活书店，1939.

② 李何林，张毕来，丁易，等. 中国新文学史研究［M］. 北京：新建设杂志社，1951：60-63.

③ 张军. 中国新文学史书写的发生、层累及对话（1920—1949）［M］. 北京：中国社会科学出版社，2017：139-140.

④ 李何林，张毕来，丁易，等. 中国新文学史研究［M］. 北京：新建设杂志社，1951：61.

会性和作家是否参与社会斗争。例如，他指出蒋光慈的创作“是由空想、概念出发……脱离了革命实践，因而不能从现实出发，是教条的，是公式主义的作品”，但是他“首先贡献”了“较多较好的”革命文学作品；他评述丁玲初期作品“故事性都不大，但对个人的心理描写却很细致，特别是对于女性恋爱心理的分析”，但丁玲“随着时代的前进，使她的写作范围扩大，步入了现实斗争的描写”；他评述茅盾前后期的作品，“和丁玲有相似的变化，但茅盾前期作品中，关于小资产阶级和知识分子的描写，比丁玲前期作品的社会性大些。而《林家铺子》《春蚕》《子夜》有更大的变化。由小资产阶级知识分子的描写进到广大社会各阶层各方面”“新文学中的鸿篇巨制，比较成功的作品，当然要首推他的《子夜》”；对于鲁迅的创作，李何林介绍其创作态度“是为人生的，是严肃的，是藉形象以批判现实的”，他还根据鲁迅的创作谈归纳了他在人物描写、风景描写和语言文字等方面的方法，并总结了鲁迅杂感的特点。① 从人物的序列编排来看，李何林对这几位作家的介绍并不随意，而是呈逐渐递升的态势，鲁迅是左翼作家创作成绩最优秀者。

丁易的《文艺第一次和兵农的结合——土地革命时期文艺运动试论》主要是论述土地革命时期，即1927—1937年，中国共产党领导下的革命解放区内，“文艺也开始了它的新的历史阶段，那就是文艺第一次和兵农结合起来了”②。该文共分五部分。第一部分是毛泽东的文艺方向，主要介绍毛泽东在土地革命时期对文艺工作的重视。他认为毛泽东在《红军第四军第九次代表大会决议案》《长冈乡调查》《才溪乡调查》《湖南农民运动考察报告》中对文艺工作的指导及描述体现了他的文艺思想，表明“当时文艺运动在毛主席的正确指导之下，已经开始向兵农方向发展，开始和兵农相结合，并且有了很大的成绩”“对于当时蒋介石统治区域内的新文艺运动也起了一定的影响”。③ 第二部分是人民革命政府的文艺政策及其领导下的农村文艺活动，主要引用的是李伯钊回忆瞿秋白的文章④，来介绍当时解放区在瞿秋白指导下开展的文艺活动、文艺教育及制定的文艺政策，彰显了文艺与政治结合为兵农服务的伟大性。第三部分是工农红军中的文艺活动。这是引用傅钟在第一次文代会上的报告《关于部队的文艺工

① 李何林，张毕来，丁易，等. 中国新文学史研究［M］. 北京：新建设杂志社，1951：80-88.

② 李何林，张毕来，丁易，等. 中国新文学史研究［M］. 北京：新建设杂志社，1951：91.

③ 李何林，张毕来，丁易，等. 中国新文学史研究［M］. 北京：新建设杂志社，1951：93.

④ 李伯钊. 回忆瞿秋白同志：瞿秋白同志逝世十五周年纪念［N］. 人民日报，1950-06-18（5）.

作》及一些参加过长征的红军领导及战士的回忆录，表明“文艺已经正式为战士服务，与战士紧密地结合起来”①。第四部分是民歌的搜集与创作，主要介绍了红军对民歌的搜集、改编及创作。第五部分是结语，丁易对土地革命时期文艺运动的历史意义进行了定位。

对丁易的文章进行细读后，我们发现该文章具有创新性。其一，该文借鉴了傅钟在第一次文代会上的报告《关于部队的文艺工作》，但进行了扩充。傅钟的报告主要是介绍部队文艺如何实践文艺的工农兵方向，而丁易的这篇文章是强调整个土地革命时期革命根据地的党的文艺政策及在这一政策指导下的兵农文艺运动。其二，通过这一扩充，丁易将1927—1937年的文艺运动描述为两支文艺部队在党的领导下，分别由毛泽东和鲁迅带领，形成了这一时期文艺运动的高潮。丁易认为苏区的文艺运动对当时蒋介石“统治区内主要是上海的‘革命文艺运动’起了极好的配合作用”，如果没有这一运动，那么上海文艺运动“是不会形成那样洪流的”。从文学史写作来看，这就把第一次文代会上将20世纪40年代国统区文学与解放区文学分别书写的模式前移至20世纪30年代了。这比大纲初稿在第五编“从‘座谈会讲话’到‘全国文代会’（1942—1949）”中以第一章“补叙”“苏区文艺活动的优良传统”更有历史的逻辑性，也抬高了其文学史地位。其三，丁易对苏区文艺运动的描写，彰显了它在文学史上的意义。一方面强调此时文艺已经开始为政治服务，与兵农结合，虽然“没有明确提出文艺必须为工农兵服务这一课题，但实际上却是这样做了”。这是以《讲话》精神来审视之前的文艺理论发展，有意识地演绎出《讲话》精神的渊源与发展。丁易还认为苏区文艺“是在毛主席直接领导之下，它必然地要少走一些曲折的道路，再加上人民革命政府的民主政治的环境，给它准备了和兵农结合的充分条件”，于是它就“自然而然的不可避免地成为中国新文艺的主流之一了”。我们可以明显感觉到，这一叙述将自然而然地带来贬低左翼文学成就，夸大苏区文学成就的“风险”。同时，丁易还认为当时的“大众文艺”问题、“大众语”问题，以及抗战时期的“文章入伍”“文章下乡”和“民间形式”的利用问题，“全都是在这一运动的影响之下发生的”，也可以说“这一运动就是那些问题的萌芽根蒂”。这都是从大众文艺发展的角度来强调苏区文艺运动的文学史价值。所以，丁易强调如果不明白“苏区的文艺运动在中国新文学史上的重

① 李何林，张毕来，丁易，等．中国新文学史研究［M］．北京：新建设杂志社，1951：98.

要性”“以后的中国新文艺便将无法说明了”。① 他对苏区文艺运动的创新性阐释，有利于当时中国新文学史对工农兵文学运动的书写。对苏区文艺运动的重视及相关书写策略在前述张毕来的《中国现代文学史》中也有体现，但丁易的推演更为详尽，之后这种文学史编写就开始普遍了。

李何林的《由“七·七”到延安文艺座谈会讲话的新文学（一九三七——一九四二）》也分为三部分。《抗战的爆发与文学的抗战》介绍了“抗战爆发后的中国文艺界动态”“‘中华全国文艺界抗敌协会’的成立及其工作”“在国民党反动政府的反共高潮下的文学抗战的困难”。《抗战文学的问题和斗争》介绍了“文学服务于抗战”“文学的大众化和通俗化”“民族形式问题的讨论”“与‘文学和抗战无关’等论调进行斗争”。《抗战文学作品》则分别介绍了“诗歌、速写和报告”“小说和戏剧”。这三部分的书写同样暗含着一种评价指向，即此时段的文艺运动或者“放弃了阶级论的领导”，或者“模糊了阶级意识”，或者很难与工农兵结合，或者大众化、通俗化只是在形式方面有所体现，② 但这些问题都将在 1942 年的延安文艺座谈会之后得到解决。

李何林在该文中主要是讨论国统区 1937—1942 年的文艺运动，介绍的众多作家作品在第一次文代会上都没有提及，他主要借鉴的应该是蓝海的《中国抗战文艺史》。但时过境迁，二人对同一作家作品的介绍已经有了云泥之别。蓝海介绍描写后方工人为了抗战胜利，不断提高生产效率，不顾已身利害而热忱努力的报告文学有荆有麟的《第十三号分厂》《在大炮厂里》《火焰下的一天》；描写造成奇迹似的生产速度的“人类征服自然的故事”的有孔厥的《农民会长》、天蓝的《秋收的一周间》、刘亚洛的《一百三十只油桶的计划是怎样完成的》。③ 他对这些作品的介绍并不予以轩轾，而是一视同仁平等对待。但在李何林的书写中，他评价上述孔厥、天蓝、刘亚洛描写边区建设的作品，“写的是新人新事，新的生产情绪和热情”，而在国统区中“就没有这种情形”，虽然荆有麟上述作品“想竭力制造一些积极的新气象，但读者一看就知道是不可能有的事”。④ 在中华人民共和国刚刚成立的背景下，李何林已经意识到对抗战时期作

① 李何林，张毕来，丁易，等．中国新文学史研究［M］．北京：新建设杂志社，1951：105.

② 李何林，张毕来，丁易，等．中国新文学史研究［M］．北京：新建设杂志社，1951：108-112.

③ 蓝海．中国抗战文艺史［M］．上海：现代出版社，1947：96.

④ 李何林，张毕来，丁易，等．中国新文学史研究［M］．北京：新建设杂志社，1951：120.

家作品的评判不仅要考虑到政治立场的正确性，而且要注意其作品内容反映的地域区块，二者不能同一视之。但李何林在该文中所列举的抗战时期的作家作品远比大纲初稿要多，为他们打开了进入中国新文学史著的大门。

总之，李何林、张毕来和丁易的论文的主要叙事线索和述史目的应该是从新文学运动史中发现、选择相关文学史实来论证中国新文学是无产阶级思想领导的，这种思想发展是在不同时期逐步发展的，直至 1942 年毛泽东的《讲话》，标志着无产阶级文艺思想走向成熟。尽管上述叙事线索和述史目的在大纲初稿已经得到体现，但《中国新文学史研究》予以了具体化、完整化、体系化，特别是丁易对两支文艺部队的阐释有力地补充说明了之前大纲初稿所没有注意之处！尽管附录的第一次文代会诸报告可以对这些文章中所没有介绍的抗战时期的中国新文学运动予以补充，但 1937—1942 年的解放区文学运动仍然有所缺失，因为附录的周扬在第一次文代会上的报告也只是介绍解放区 1942—1949 年的文艺运动，这就使得本书所力图建构的两支文艺队伍在不同政治地域分别发展的述史线索没有全部充实丰满。

现在来看，我们会觉得《中国新文学史研究》太过政治化，特别强调文艺运动、文艺斗争和文艺理论，而对于作家作品的介绍也多重在思想内容，忽略其艺术技巧和文学审美。但如果考虑到该书主体李何林的文章是四次共 12 小时的演讲，他本人的研究专擅也并不在作品审美分析而在于文艺斗争，我们或许可以原谅。更重要的是，这与当时中央文学研究所的学生构成有关。李何林是给中央文学研究所第一期第一、二班的学员上课。第一班的学员中来自老解放区从事农村文化工作的居多，多是老党员，知识分子为数不多。① 第二班主要是大学中文系应届毕业生新学员，这个班的任务"主要是改造思想"②。面对这样两个不同班级的授课，是不可能专对文学作品进行分析，而不强调政治斗争的。由于"他讲课一丝不苟，观点鲜明，条理清晰，语言简练"，是用最新的新民主主义观点对中国新文学运动史进行阐释，而"王瑶的《中国新文学史稿》还没有问世"，所以非常受听众欢迎。③ 而这就是最初的公开出版的唯物论新文学史纲要了。

① 王景山．我所知道的中央文学研究所和所长丁玲［J］．新文学史料，2002（4）：63-81.
② 徐刚，邢小群．丁玲和中央文学研究所［J］．山西文学，2000（8）：4-22.
③ 田本相．李何林传［M］．石家庄：河北教育出版社，2003：153.

第六节　王瑶《中国新文学史稿》的出版、座谈及修订

王瑶所著《中国新文学史稿》（以下简称“《史稿》”）是较早出版的最为完整的中国现代文学史，被视为“1950年代最具代表性的一部现代文学史著作，通常已被看作是学科的奠基之作”①。王瑶的这本文学史著及其学术经历已被许多学者褒扬或批评，但很少有人回到历史现场予以文本细读，笔者将从这一角度对该著作及其相关问题进行探讨。

一、《史稿》上册的出版及特色

1948年，王瑶还在清华大学讲授中国古代文学史，就有学生们要求课程内容变改为“五四至现在”。1949年，就由他担任新添设的“中国新文学史”一课。② 于是王瑶自1949年9月动笔，边教边写，至翌年年底杀青。③ 1951年9月，《史稿》上册在开明书店出版。

首先，《史稿》上册以《新民主主义论》为指导方针，强调中国新文学史是新民主主义文学史。这典型体现在该著的绪论中。绪论分为四部分，对中国新文学史的“开始”“性质”“领导思想”及“分期”进行了讨论。在“开始”中，王瑶将中国新文学史与中国新民主主义革命的关系予以说明，他避开了1917年文学革命的具体时间，而从整体的五四文化运动来阐释；并强调只有1919年五四运动的爆发，1917年的文学革命才会取得胜利，这与郑振铎的说法相同。④ 经过这番推理，王瑶将1919年视为中国新文学运动的开始就有了说服力，避免了以1917年文学革命作为新文学运动的开始，与毛泽东《新民主主义论》中的历史分期发生冲突。之前颁布的大纲初稿就是因为以1917年文学革命为中国新文学史的开端，而受到韩镇琪的批评⑤。

---

① 温儒敏．王瑶的《中国新文学史稿》与现代文学学科的建立［J］．文学评论，2003（1）：23-33.

② 王瑶．中国新文学史稿（上）［M］．上海：开明书店，1951：自序3.

③ 杜琇．王瑶年谱［J］．新文学史料，1990（3）：30-45.

④ 郑振铎．五四以来文学上的论争［M］//蔡元培，鲁迅，胡适，等．中国新文学大系导言集．上海：良友复兴图书公司，1940：53.

⑤ 韩镇琪．中国新文学史由什么时间开始：对《中国新文学史》教学大纲（初稿）的意见［J］．新中华，1951，14（24）：50-53.

关于中国新文学的性质，王瑶指出："'新文学'一词的意义就是新民主主义文学""它是为新民主主义的政治经济服务的，又是新民主主义革命的一部分，因此它必然是由无产阶级思想领导的，人民大众的，反帝反封建的，民主主义的文学"。然后王瑶强调新民主主义文学"就作品的思想内容和作者所代表的社会阶层来说，它也和新民主主义革命一样是统一战线的，包括各民主阶级的成分。"但他认为这只是从新文学发展的历史全貌来说的，而不能片面地"就作家的出身或某一部作品来指定他的阶级属性"，因为"五四以后，随着中国革命的进展和社会的激剧变化，很多作家都经过了思想上的进步和转变；由激进的民主主义进入马列主义思想的，由小资产阶级知识分子而和工农结合的，这些进展也同样表现在他们的作品中，因此常有同一作家而前后作风迥殊的现象"。① 王瑶对《新民主主义论》的运用是活学活用，既注意到整个中国新文学的基本性质和历史全貌，同时又告诫研究者不能将这一基本性质僵化地运用在某部作品或作家的整体评价中，而应该用发展变化的眼光来具体地历史地审视某一研究对象，否则就是"危险的"。但遗憾的是，之后的文学史研究正是朝王瑶所警告的"危险"道路前进。正是因为王瑶认识到中国新文学是新民主主义文学，所以他一再用"无产阶级领导""反帝反封建""统一战线"等概念和词汇来形容和阐释每一时期的新文学运动。

王瑶同样是以发展的眼光来看待中国新文学的领导思想。他认为"新文学是新民主主义革命的一部分，它的领导思想当然是无产阶级的马列主义思想"，这种思想的领导和"党的领导，是一个时期比一个时期更加突出，巩固，扩大，并逐渐走向健全和完备地步的"。他也注意到"五卅"以后，在"左联"时期、抗战时期，特别是延安文艺座谈会讲话以后，"党的领导作用都是非常明显而有力的"。他重点分析了"五四运动本身就是以李大钊陈独秀等为代表的具有初步共产主义思想的知识分子所领导的"，并对这二人有关无产阶级的文学理论进行了精到证明。② 为了论证这一点，王瑶在后面具体章节分析文学革命之时，一再贬低胡适并不是文学革命的主要领导，而陈独秀发表的《文学革命论》是"正式举起了文学革命的旗子"，并一再批判胡适"所注意的只是'白话'的形式"，是"形式主义的态度"，甚至连这种态度也"还是很不彻底的"，带有很大的"妥协性和软弱性"。③

① 王瑶．中国新文学史稿（上）［M］．上海：开明书店，1951：8-9.
② 王瑶．中国新文学史稿（上）［M］．上海：开明书店，1951：9-10.
③ 王瑶．中国新文学史稿（上）［M］．上海：开明书店，1951：26-27.

在文学史分期中，王瑶坚持的是四分法，后三个时期的划分与大纲初稿一致，不同点在于第一个时期的划分。他没有如大纲初稿那样按照毛泽东在《新民主主义论》中的分期，以 1921 年为界将新文学史第一个十年再分为两个时期，因为他认为 1919—1921 年这时期“还没有纯粹文艺性质的社团和期刊”，当时新文化运动的主要阵地在《新青年》，他们没有“更多的力量和篇幅来照顾到文学，尤其是创作”，所以这两年，“就文学史说，就不值得分为一个独立的时期”。而在 1921 年之后，政治领域的大事是中国共产党的成立，文艺上相继有文学研究会与创造社的创立，1927 年，革命阵营再次分化，在文学领域又有了新的表现，所以 1919—1927 年是新文学的第一个时期。“从政治情势上或文学理论上固然可以说明是如此，从作家与作品的表现和主要倾向上看也是如此。”①

其次，王瑶的《史稿》上册注重凸显毛泽东《讲话》的历史意义，并以此为指导书写 1919—1937 年的文学史实。他展示了中国新文学观念的逐渐发展，以此暗示《讲话》精神是这一系列思想发展的高峰及结果。他指出新文学在五四时期主张“文学是为人生，而且要改造这人生的”，茅盾的一些文学观点“除了‘注意社会问题’的实践要求外，已初步接触到新文学作者的阶级出身和需要与工农相结合根本问题”。②“‘为什么人’原是新文学建设中的中心问题，这是在开始提倡革命文学时就接触到的”，而“左联一开始就是把‘大众化’当作文艺运动的中心的”。瞿秋白更加重视新文学“用什么话写”，问题的中心就移到了大众语问题。但王瑶并没有夸大这些工作的成绩，而是认为“这问题的彻底解决是必须在人民自己的政权下面，可以自由地下厂下乡的条件下才能达到的；这时期只是向这方面努力的开始”③。按照他的这一分析，真正的大众化文学运动只有在抗战时期的解放区和 1949 年后才会取得成功，而这一理论参照应是毛泽东的《讲话》。这一书写方式与张毕来的《中国现代文学史》有着类似之处，考虑到王瑶曾阅读过该文学史著，④ 受其影响也未可知。

《史稿》上册受到毛泽东《讲话》精神的指导，还表现在王瑶非常重视文学作品内容的现实性、反抗性和革命性。正如夏中义所注意到的，王瑶所倾心的作家作品是那些表达“不满”“反抗”与“革命”的作品，喜欢的同类常用

① 王瑶．中国新文学史稿（上）［M］．上海：开明书店，1951：15-16.
② 王瑶．中国新文学史稿（上）［M］．上海：开明书店，1951：49-50.
③ 王瑶．中国新文学史稿（上）［M］．上海：开明书店，1951：173-177.
④ 张毕来．文章与友谊［M］//《王瑶先生纪念集》编辑小组．王瑶先生纪念集．天津：天津人民出版社，1990：67.

词有“进步”“战斗”“叛逆”“挑战”“前进”等。其中“革命”是近乎英雄图腾的最高音，所以他盛赞以郭沫若为首的创造社从1922年“个性本位”转向1923年后的“革命崇拜”，评价《前茅》“充满了对革命胜利的确信”等。① 而蒋光慈就凭“内容是歌颂和革命的”“拥有了大量的读者”。② “反抗”应是《史稿》用得最频繁亦最宽泛的词，只要在作品中表现出对现存秩序与传统观念之抗衡倾向的，皆可划归“反抗”范畴。夏中义确是发现了王瑶文学史中对作家作品内容的评述特色，认为这是王瑶回到了青年时期的左翼立场，③ 这固然有理，但我们也不得不说，王瑶是一再用当时毛泽东《讲话》所规范的文学批评方法，去评述这些作家作品，以达到文学为政治服务、为工农兵服务的社会价值和教育意义。而从文学史写作的角度来看，这种对作家作品内容的革命性、现实性、斗争性和反抗性的凸显，也是再三地证明了中国新文学是新民主主义文学，是反帝反封建的文学。

王瑶对新月派的看重，意味着他重视文学的艺术技巧，在意并坚守着自己的文学立场。这从章节标题就可以看出，在《史稿》上册中“形式的追求”“写景与抒情”“技巧与意境”“结构·对话·效果”等标题就是重在考察文学的艺术形式。其中，“技巧与意境”这一节就是以新月派和现代派为中心探讨此时的诗歌成就。从具体作家作品评述来看，一方面，他对那些内容革命，思想积极而艺术水平不高的作品进行了批评，例如，他对柳倩、岳浪等诗人诗作的批评就是如此。④ 另一方面，他对那些内容“空虚”，思想“消极”而艺术性较高的作品予以了表彰。从他对陈梦家、卞之琳、戴望舒等诗人诗作的评析就可以看出他对文学审美的坚持。⑤ 正因如此，他将那些内容与技巧都有很高水平的诗人视为“新的开始”，代表诗人则是臧克家、艾青、田间，并对其进行了很高的评价。⑥

再次，王瑶的《史稿》上册非常重视鲁迅及其所代表的文艺方向。毛泽东在《新民主主义论》中评价鲁迅是“空前的民族英雄”⑦。所以鲁迅成为王瑶新文学史中的首位人物，在章节上就有明显体现。“呐喊和彷徨”专节书写鲁迅的

① 王瑶．中国新文学史稿（上）[M]．上海：开明书店，1951：68-69.
② 王瑶．中国新文学史稿（上）[M]．上海：开明书店，1951：214.
③ 夏中义．王瑶和他的《中国新文学史稿》[J]．南方文坛，2000（3）：40-45.
④ 王瑶．中国新文学史稿（上）[M]．上海：开明书店，1951：206-207.
⑤ 王瑶．中国新文学史稿（上）[M]．上海：开明书店，1951：197-201.
⑥ 王瑶．中国新文学史稿（上）[M]．上海：开明书店，1951：210-212.
⑦ 新民主主义论（一九四〇年一月）[M]//毛泽东．毛泽东选集：第二卷．北京：人民出版社，1991：698.

小说，“匕首和投枪”重点介绍鲁迅的杂文，直接以“鲁迅领导的方向”为题叙述“左联”十年的文艺运动和思想斗争等，并以专节“不灭的光辉”来哀悼他的逝世。他的历史小说和杂文也得到重点介绍。王瑶还将鲁迅与毛泽东予以联系对其文学史地位进行了高度赞扬：“中国新文学的历史，是在鲁迅毛泽东所领导的方向下成长和发展起来的；而鲁迅，就是毛泽东文艺思想在那个时期之最正确完备的体现。”① 这显示了王瑶力求将鲁迅所代表的启蒙话语和毛泽东的革命话语予以对接融会的努力。而且，他也强调井冈山“革命根据地反围剿的胜利也大大地鼓舞了以上海为主要中心的文化革命和文艺运动的活动的高涨②”。这将“左联”的斗争与根据地的革命活动进行了联系，体现了中国共产党领导的重要性，同时为后来书写毛泽东的《讲话》及其指导下的文艺实践进行了铺垫。

最后，王瑶在文学史体例上实行了后来人所称之的“王瑶模式”，即采取的“是一种块状叠合式的结构，四个时间段是四大块，在这四大段落上又各分成五个小块，包括概述及四大门类文学体式”③。这一模式在文体分类上有较好成绩。如他将“萌芽期的戏剧”分为社会剧、历史剧、爱美剧三类来讲述，就注重了时间的更移，同时也显示了戏剧不同类型的发展。这方面研究成果很多，此处不赘述。

二、关于《史稿》上册的座谈会及王瑶的修订

《史稿》上册1951年9月首印5000册，迅速销售一空，两个月后的第二版就加印3000册，足见这本现代文学史非常畅销。1952年8月，出版总署与人民日报组织召开了《史稿》上册座谈会。与会者有袁水拍等18人，依次发言的有吴组缃、李广田、李何林、林庚、杨晦、钟敬文（并代表丁易）、黄药眠、王淑明、蔡仪等人。王瑶知道“领导上要为本书召集座谈会的事情以后，即决定通知书店方面，嘱令下册暂缓付印。当时上册已售罄，也嘱令暂勿再版”，他希望这次座谈会能给予“指示和帮助”。④ 但他并没有出席这次座谈会，而是请吴组缃为他留意会中发言。王瑶在《文艺报》中看到这次座谈会的记录，⑤ 心情应

① 王瑶．中国新文学史稿（上）［M］．上海：开明书店，1951：15.

② 王瑶．中国新文学史稿（上）［M］．上海：开明书店，1951：139.

③ 冯光廉，谭桂林．中国现代文学史研究概论［M］．南京：南京大学出版社，1995：19.

④ 王瑶．读《中国新文学史稿（上册）》座谈会记录［M］//王瑶．王瑶全集：第七卷．石家庄：河北教育出版社，2000：276-277.

⑤ 《中国新文学史稿（上册）》座谈会记录［J］．文艺报，1952（20）：24-30.

不安。因为“《文艺报》不是代表主编个人，而是代表更高的领导阶层发言的，反映国家某一特定时期的文艺政策、愿望和意图”①。针对王瑶《史稿》上册的“编者按”指出这次座谈会“对王瑶所著的《中国新文学史稿（上册）》所表现的立场、观点上的错误进行了批评，对研究新文学史的方法也提出了一些有益的意见”②。在这一带有倾向性的“编者按”之下，王瑶只能反思自己“立场、观点上的错误”，吸纳并回应座谈会上众人提出的“一些有益的意见”；并及时写了《读〈中国新文学史稿（上册）〉座谈会记录》一文，投稿给《文艺报》，但未被采用。

“规训惩罚具有缩小距离的功能。因此它实质上应该是矫正性的。”③ 王瑶对自己的“矫正”是不付印此时已完稿的《史稿》下册，并结合这次座谈会的意见，“将本书上下册都重新作了一些重点的修改”；原出版单位开明书店已不再出版文艺方面的书籍，于是上册修订本改由新文艺出版社于 1954 年 3 月出版。由于下册在座谈会召开后的 1953 年 8 月才出版，很难见出王瑶的修改内容，而上册我们可以结合前后不同版本予以比较，考察他是如何修改的，并分析此次座谈会的意见对他产生了何种影响。

围绕王瑶的《史稿》上册主要有三类意见，他有所选择地进行了修订。

第一类意见涉及编写体例、研究方法，需要整体上修改，推倒重来。座谈会上大家多认为《史稿》上册主从不分，比较烦琐。批评作者几乎认为凡是新文学作家都应包括进来，有着兼容并包思想；主流、支流和逆流没有区隔开来；应该学习苏联季莫菲耶夫的《苏联文学史》，只提重要的作家作品，不重要的应该忽略；这本书斩断了新文学的历史根源，看不出古典文学的现实主义传统，作者对新文学的态度和以往的人研究旧文学一样，对每一文艺思潮，很少探求它所以兴起的根源，也就是没有联系当时的时代背景和社会基础来进行分析。王淑明甚至指出《史稿》的缺点“是在总的方面，不是部分的修改，可以改好的。因为这里涉及方法问题，与体制问题”④。对于这一类意见，王瑶很难全部接受，因为这种修改需要改动体例，“势必根本重写”，他感觉需要等待自己学术有所积累和提高后才有可能，而他“自审还难达到这种希望，只能期之于将

① 程光炜．《文艺报》“编者按”简论［J］．当代作家评论，2004（5）：19-26.

② 《中国新文学史稿（上册）》座谈会记录·编者按［J］．文艺报，1952（20）：24-30.

③ 福柯．规训与惩罚［M］．刘北成，杨远婴，译．北京：生活·读书·新知三联书店，2003：203.

④ 《中国新文学史稿（上册）》座谈会记录［J］．文艺报，1952（20）：24-30.

来”。①

第二类意见关于政策性阐释，批评《史稿》上册对中国新文学的新民主主义性质把握不够精准和完整。王淑明批评王瑶没有展现中国新文学运动是受无产阶级思想领导的，“看不出有什么实际的例证”，而这种领导“不止表现于鲁迅先生身上，也表现于如茅盾、郭沫若及其他许多进步作家的身上”，以及他们的作品上；他对《史稿》上册“没有一页篇幅，说到苏区与解放区的文艺活动”，感到非常吃惊。② 王瑶也深感此事重大，所以专门回应“在下册第十六章第三节中是有叙述的……抗战以后的解放区的文艺活动，那在下册中是占着很重要的地位的，所占篇幅也甚多”③。蔡仪批评王瑶认识到“新文学运动是新民主主义革命运动的一翼”，也在绪论中提及，但是在具体地谈到作家作品之时却没有显示出来；他强调“中国无产阶级对革命运动的领导，有思想领导，也有组织领导；对于新文学运动的领导也是如此”，但王瑶对此认识不足；这导致《史稿》过多展示了新文学内部的矛盾斗争，而没有着重谈斗争的前因后果，显示出新文学运动的发展。④

事关政策性阐释，兹事体大，所以王瑶在修订本中对一些关于中国新文学新民主主义性质的说法进行了修正。将新民主主义革命及文学与社会主义革命及文学区分开来，强调了新民主主义革命及文学的统一战线性质和过渡性。同时，王瑶还添加了系列语言凸显了不同时期无产阶级思想对新文学运动的领导，由此展现“党对文学战线的领导作用，是一个时期比一个时期更其加强和巩固了的，而中国新文学的历史，就是在无产阶级思想的领导、党所领导的方向下成长和发展起来的”⑤。他特别对鲁迅所受党的领导进行了凸显，并引用了冯雪峰在《鲁迅先生对于左联的态度》和《党给鲁迅以力量》中的有关表述。⑥ 而在论述郭沫若之时，也引用了冯乃超对他的颂扬，并称赞他“之所以对中国新诗的建树有如此重要的贡献，主要因为他一贯是中国人民革命运动的积极参加者”⑦。

第三类意见是批评《史稿》上册对于作家作品常从形式上或社会学的观点

---

① 王瑶．中国新文学史稿（上）［M］．上海：新文艺出版社，1954：4.
② 《中国新文学史稿（上册）》座谈会记录［J］．文艺报，1952（20）：24-30.
③ 王瑶．读《中国新文学史稿（上册）》座谈会记录［M］//王瑶．王瑶全集：第七卷．石家庄：河北教育出版社，2000：278-279.
④ 《中国新文学史稿（上册）》座谈会记录［J］．文艺报，1952（20）：24-30.
⑤ 王瑶．中国新文学史稿（上）［M］．上海：新文艺出版社，1954：8-9.
⑥ 王瑶．中国新文学史稿（上）［M］．上海：新文艺出版社，1954：16.
⑦ 王瑶．中国新文学史稿（上）［M］．上海：新文艺出版社，1954：193.

笼统地去评述，政治性不强，缺乏阶级观点和阶级分析的方法；将文学的政治性和艺术性对等地分开来看，并更看重艺术表现，“对颓废的资产阶级文学没有批评，这具体地表现在作者对新月派的态度上”①。对于这一批评，王瑶非常重视，他修改了具体作家作品的评述。

其一，他对一些作家作品增添批判，变肯定为否定。蔡仪批评王瑶只看到胡适《尝试集》中“进步的那一点，而没有看到落后的那一些”②，所以他增添了对胡适《尝试集》的否定，并列举《一笑》和《老鸦》予以批判。③ 他增加了对李金发诗歌的批判。④ 初稿本对王独清第一个十年的诗歌进行了褒扬，认为他接近了社会运动。⑤ 而修订后删除褒扬加以批评，并且总评“这些人写的内容多半是情诗。但情感完全是颓废病态的，是新诗发展途中的一股逆流”⑥。

修改最大的是小节“技巧与意境”，近乎重写。不仅标题改为“‘新月派’与‘现代派’”，而且将对他们艺术形式的部分赞扬改为全面的批判。对“新月派”的主要改写：首先，对这一诗派进行总的否定。批评他们“在诗歌的创作上也一样地表现了病态的甚至反动的意识；为追求形式格律的完美，而竟尚雕琢，复以形式至上主义来掩饰那内容的空虚纤弱，以迷惑读者的感觉，所发生的影响是很坏的”。其次，对新月派代表诗人陈梦家、汉园三诗人等进行了相应的批判。特别是加重批评了卞之琳的诗歌观。⑦ 在现实生活中，卞之琳也比较尴尬。1951 年，他的《天安门四重奏》发表在《新观察》第二卷第一期后，《文艺报》专门发表了两篇“读者来信”，指责他为追求形式而将一些字句轻易省略倒置，“把诗变成难懂的谜语”⑧；有读者干脆直接提出“我们首先要求看得懂”⑨。卞之琳根据批评意见迅速自我检讨，表示接受读者提出的要求。⑩ 现实生活与历史书写如此类似，二者之间应不是巧合，因为“史家所研究的过去并非是死掉的过去，而是在某种意义上目前依然活着的过去”⑪。

---

① 《中国新文学史稿（上册）》座谈会记录［J］. 文艺报，1952（20）：24-30.
② 《中国新文学史稿（上册）》座谈会记录［J］. 文艺报，1952（20）：24-30.
③ 王瑶. 中国新文学史稿（上）［M］. 上海：新文艺出版社，1954：62-63.
④ 王瑶. 中国新文学史稿（上）［M］. 上海：新文艺出版社，1954：79.
⑤ 王瑶. 中国新文学史稿（上）［M］. 上海：开明书店，1951：80.
⑥ 王瑶. 中国新文学史稿（上）［M］. 上海：新文艺出版社，1954：80.
⑦ 王瑶. 中国新文学史稿（上）［M］. 上海：新文艺出版社，1954：197-199.
⑧ 李赐. 不要把诗变成难懂的谜语［J］. 文艺报，1951，3（8）：9-10.
⑨ 承伟，忠爽，启宇. 我们首先要求看得懂［J］. 文艺报，1951，3（8）：10.
⑩ 卞之琳. 关于《天安门四重奏》的检讨［J］. 文艺报，1951，3（8）：32-33.
⑪ 译序：评柯林武德的史学理论［M］//柯林武德. 历史的观念. 何兆武，张文杰，译. 北京：商务印书馆，2009：20-21.

对现代派的改动也是大致模式。先整体否定其诗歌成就，改之前中性分析现代派诗歌主张为否定评价；① 之前是称赞戴望舒的《望舒草》在写作技巧上“是有很高成就的”②；“现在”则予以否定。并由此对新月派和现代派的文学史意义进行新的定位，认为它们的出现“自然是起了一些阻碍进步文学向前发展的作用的”③。从王瑶的这些修改开始，“新月派”“现代派”就是一个不受欢迎的名词了。

其二是直接删除。王瑶在修订本中对于第二个时期王独清的诗歌评述全部删除，李辉英的作品及分析也遭受了同样的命运。因为钟敬文从政治立场上批评了他们。④ 王瑶也曾解释修订本删除李辉英是因为其“政治上有问题”⑤。李辉英一直没有见到王瑶的初版本，他见到的只是新文艺出版社出版的修订本，不知道王瑶曾经在文学史中给他以较多文字。只有到 1972 年日本学者清水茂向他提起此事，并为他被删而不解。李辉英这才知道自己曾是文学史的重要作家，他起初也不知道原因，后来才明白是因为他“已在这期间来到了海隅——香港了”⑥。李辉英自己也曾在中国香港教学、撰写并出版中国现代文学史，⑦ 其中借鉴王瑶的《史稿》甚多，⑧ 二位学者之间发生如此之多的渊源，也不失为一段佳话。

王瑶和林庚同出清华，又同在朱自清门下。但在修订本中，王瑶将有关林庚的诗歌评析全部删除。谢泳认为这是二人因为学术争鸣产生了嫌隙后的报复行为。王瑶曾评论林庚的《中国文学史》“整个的精神和观点，都可以说是‘诗’的，而不是‘史’的”⑨。这得到了朱自清的肯定，⑩ 几乎全面否定了林

---

① 王瑶．中国新文学史稿（上）［M］．上海：新文艺出版社，1954：200-201.

② 王瑶．中国新文学史稿（上）［M］．上海：开明书店，1951：200-201.

③ 王瑶．中国新文学史稿（上）［M］．上海：新文艺出版社，1954：201-202.

④《中国新文学史稿（上册）》座谈会记录［J］．文艺报，1952（20）：24-30.

⑤ 袁洪权．共和国初期现代文学史的生产与建构：以五月八日王瑶致“叔度同志”信件考释为中心［J］．文艺争鸣，2015（6）：65-70.

⑥ 东北雪东方珠［M］//罗孚．南斗文星高［M］．北京：中央编译出版社，2010：285.

⑦ 林莽．中国新文学廿年［M］．香港：香港世界出版社，1971；李辉英．中国现代文学史［M］．香港：东亚书局，1970.

⑧ 张军．台港及海外的中国现代文学史编撰研究［M］．北京：中国社会科学出版社，2016：46.

⑨ 评林庚著《中国文学史》［M］//王瑶．王瑶文集：第二卷．太原：北岳文艺出版社，1995：538.

⑩《中国文学史》朱佩弦先生序［M］//林庚：林庚诗文集：第三卷．北京：清华大学出版社，2005：3.

庚该部文学史的学术价值，对其学术自信是一大打击。他本人没有就此书评发表任何意见，但日后持之以恒地重写《中国文学简史》，大幅度调整原先的论述。谢泳认为林庚是出于对王瑶批评的“不服”，就在座谈会上“大放厥词”，而王瑶对林庚的这种批评不太可能会接受，心理产生了微妙变化，所以将他的诗歌评析删除。“因为座谈会上并没有人专门指出王瑶评价林庚诗有何不妥，按常理没有删除的必要，比如书中对吴组缃小说的评价就没有做任何修改，也许可以反证吴组缃在座谈会的发言，更容易让王瑶接受。”并且此后，在王瑶出版的几部文集中，都没有这篇关于林庚文学史的书评；1993 年王瑶出版《中国文学纵横论》时，该文才第一次入集。①

谢泳的这个推论夸大了王瑶和林庚之间的私人恩怨，因为此时吴组缃在座谈会上对王瑶的批评更加严厉，② 但修订本没有删除对他的评价。陈平原认为林庚的文学史写作更重视个人见解，强调文学性，而王瑶的文学史写作强调文学发展的整体性与规律性，而不是作家的个人才华或作品的艺术形式，二者的差异在于他们对文学史是“诗的”还是“史的”的认识不同。③ 林庚对王瑶文学史的批评态度平和，就事论事，并未超出他自己的学术理念和文学理想。

那么究竟为什么王瑶会删除关于林庚的评述，而不删除吴组缃的呢？这与他们的政治身份应该无关，他们都曾是第一次文代会的代表。④ 这应从两个版本的评述内容和体例编排来谈。有关吴组缃的作品叙述，王瑶没有必要删除，因为他所在的位置是第二编第八章“农村破产的影像”中，这一章重在表现一些作家作品尽力揭露国民党统治下的农村走向了破产。王瑶评述从吴组缃的小说中“可以看出明显的农村经济破产的影像”，这在内容上是符合当时文艺标准的，是进步的。在赞扬吴组缃的小说“文字细腻明快，特别是人物的对话，是极活泼而合口吻的”后，王瑶也批评他“写作时多少过于‘客观’了一些，作品中缺少作者自己潜在的热情，对读者的效果就不免降低一些”。⑤ 这种评述强

---

① 谢泳．王瑶学术道路中的“林庚记忆”［J］．名作欣赏，2009（28）：25-28.

② 吴组缃主要批评王瑶的文学史撰写有三个缺点：第一是主从混淆，判别失当；第二是书中评述作家作品，总是忽略了思想内容方面；第三是全书主要内容只是一些作家作品片段的罗列与评述，看不出文学的主流与发展的方向。《中国新文学史稿（上册）》座谈会记录［J］．文艺报，1952（20）：24-30.

③ 陈平原．在政学、文史、古今之间：吴组缃、林庚、季镇淮、王瑶的治学路径及其得失［J］．北京大学学报（哲学社会科学版），2015，52（3）：84-104.

④ 中华全国文学艺术工作者代表大会代表名单［M］//中华全国文学艺术工作者代表大会宣传处．中华全国文学艺术工作者代表大会纪念文集．北京：新华书店，1950：547.

⑤ 王瑶．中国新文学史稿（上）［M］．上海：开明书店，1951：244-255.

调了内容的先进性、批评性，赞扬了其艺术特点，符合当时文学研究的规范，根本没有必要删除，不删除也不会对吴组缃造成任何潜在的危害。

王瑶初版本对林庚的诗歌艺术也进行了较高评价："可以说是象征主义的诗歌。他感到现实是暗沉沉的夜，也朦胧地追求一些什么，但得到的似乎只是这些闲适的诗……他对过去寄予了一些留恋……他是在孤独中摸索着的……他对前途感到模糊，因此诗作中有的是怀古感旧的情调；诗是缠绵忧悒的，音调的柔和凄楚也与诗的情调一致，技巧是有相当成功的……他讨厌'罪人'，但自然不能寄希望于'愚人'，于是只有悲愤了。"① 王瑶对林庚的诗歌内容及艺术形式是非常欣赏的，但认为其内容并不积极乐观。在《史稿》上册座谈会上众多人士已经批评其重视艺术技巧，而不重视思想内容，他在修订本中对新月派和现代派诗歌的内容与艺术形式分别增添了批判。如果不删除林庚的诗作评述的话，对他的诗歌内容、艺术情调、创作手法等都必须大加鞭挞，这自然是王瑶所不愿意的。而且初版本中林庚诗歌所在的小节标题是"技巧与意境"，主要以新月派和现代派为中心探讨此时的诗歌成就，林庚不属于这两派，但可以在这一标题之下有立足之地。修订本中这一小节标题已经改为"'新月派'与'现代派'"，主要是对这两派进行全面批判，林庚不属于这两派，仍在其中的话将为他"惹祸上身"。

更何况，在《史稿》上册的座谈会上，钟敬文已经指出王瑶"对于某些作家的评价，往往不是从正确的立场出发，却是从个人小圈子的关系出发，例如对于朱自清、闻一多等前期的作品的过分推崇"②。钟敬文对王瑶书写受毛泽东赞誉的朱自清和闻一多③都能提出批评，而王瑶、林庚、吴组缃都是清华大学毕业，与朱自清都有师生关系，④ 这不能不让王瑶产生"警惕"，以免让人感觉有"小团体"之嫌。所以，陈改玲认为"在修订本中，王瑶把初版本中关于林庚的评述全部删掉，这样做既减免了对林庚的批判，间接上也是对林庚的一种保护"⑤，这是言之有据的。其实，我们也可以说这更是对他们大家的一种保护。王瑶关于林庚《中国文学史》的书评在这一段时间里都不被他收录，都应是上

---

① 王瑶．中国新文学史稿（上）[M]．上海：开明书店，1951：201.

② 《中国新文学史稿（上册）》座谈会记录 [J]．文艺报，1952（20）：24-30.

③ 别了，司徒雷登（一九四九年八月十八日）[M] //毛泽东．毛泽东选集：第四卷．北京：人民出版社，1991：1495.

④ 陈平原．在政学、文史、古今之间：吴组缃、林庚、季镇淮、王瑶的治学路径及其得失 [J]．北京大学学报（哲学社会科学版），2015，52（3）：84-104.

⑤ 陈改玲．五十年代王瑶对《中国新文学史稿》的修改 [J]．新文学史料，2009（4）：26-33.

述原因。1988年，清华大学纪念朱自清逝世40周年，王瑶发表《我的欣慰和期待》，称清华中文系不仅是大学里的一个系，更是一个具有鲜明特色的学派，他将王力、朱德熙、吴组缃、林庚、余冠英、俞平伯，一直到台湾大学的董同龢、许世英，都纳入这一系统，[①] 其中自应包括他自己以及老同学季镇淮。这既是"清华学派"的学脉凸显，也再次反证了钟敬文眼光烛照。

其三是删除替换。修订本中删除林庚的有关评述，有着不得已的苦衷，而删除马子华的评述以罗淑的作品替代之，又是为什么呢？陈改玲认为主要原因还在于这两人作品内容上的差异。马子华的作品《他的子民们》所表现的是淘金沙的奴隶们的自发反抗，是以失败而告终的惨剧，整篇小说渲染上了无限的灰色气氛。罗淑的《生人妻》虽也写的是主人公自发反抗的悲剧，但说明了造成这种悲惨现象的社会原因。"可见，《生人妻》替代《他的子民们》，主要在于它的社会批判功能。"[②] 这种解说非常有道理，但笔者感觉还应该从马子华和罗淑的文坛交际与文学史影响来比较。马子华是云南白族人，1931年曾加入"左联"。1934年出版了长篇小说《他的子民们》。茅盾在当时的大型文艺刊物《文学》上写了一篇书评，题目是《乡土文学的代表作》，给予其很高的评价。此后，他就常与茅盾通信和接触，得到有益的指导和帮助，已出版的作品大都经过茅盾批阅，例如，《路线》一书的序言就是茅盾的初稿。[③] 罗淑原名罗世弥，罗淑这个笔名是她于1936年发表第一篇小说《生人妻》时巴金给起的，罗淑的女儿马小弥还是巴金的养女。1938年2月，罗淑因患产褥感染而离世，享年仅35岁。《生人妻》的发表，特别是罗淑的不幸逝世，引起了当时文艺界的关注。罗淑逝世后，巴金将她发表的作品和遗作收集起来加以整理，编辑为《生人妻》《地上的一角》和《鱼儿坳》三个集子出版。巴金在《生人妻》中写了后记，集后附巴金的《纪念一个友人》、黎烈文的《关于罗淑》、靳以的《忆罗淑》等纪念文章。关于罗淑的悼念文章还有周文的《悼罗淑女士》[④]、沙汀的《悼罗淑先生》[⑤]，李健吾也写了悼念文章，大家各自回忆了与罗淑的交往，一

① 王瑶．我的欣慰和期待［J］．群言，1990（4）：31-32.

② 陈改玲．五十年代王瑶对《中国新文学史稿》的修改［J］．新文学史料，2009（4）：26-33.

③ 吴棠．云南"乡土文学"作家马子华的文学道路［J］．云南师范大学学报（哲学社会科学版），1988（2）：66-69.

④ 周文．悼罗淑女士［N］//艾以，沈辉，卫竹兰，等．罗淑研究资料．北京：知识产权出版社，2010：18.

⑤ 沙汀．悼罗淑先生［N］//艾以，沈辉，卫竹兰，等．罗淑研究资料．北京：知识产权出版社，2010：4.

致赞扬了罗淑高尚的人格。① 真正对罗淑《生人妻》作出恰切评价的是胡风。他在 1936 年将《生人妻》与台静农的《蚯蚓们》进行了比较。② 而王瑶对《生人妻》的评述与胡风基本类似，是对胡风评述的进一步拓展和加深，并予以了细节化的品评。王瑶编写《史稿》主要参考的就是周扬、胡风、冯雪峰等左翼文学批评家，他受其影响不足为奇。正是鉴于作品内容、文学史影响及胡风的评述等，王瑶选择了罗淑而放弃了马子华。

但是，王瑶并不是对所有要求修改的作家作品评述都能应声而动，反之，他坚持了自己的立场，而不加改动。例如，座谈会上多人提及他对徐志摩、沈从文、周作人、林语堂、张资平和顾一樵的评价不当，但是王瑶没有更改，或者是因为他之前对这些作家的评价本有批判，或者是他对于某些作家书写介绍的文字也并不多。这也表现在其他人批评他引述别人话语过多，而少个人的评断，以及对他各个章节标题的异议等，他都很少修改。现在看来，“这反映了王瑶对于学术的坚守，这种坚守不仅是非常重要的，也是非常难能可贵的，表现了他的学术道德、学术精神和人格品质”③。

值得一提的是王瑶对叶圣陶的评价也没有修改。这次座谈会是出版总署和《人民日报》共同发起，本应由袁水拍主持，但是他没有参加，所以就由当时出版总署副署长叶圣陶主持。④ 他在开场白中希望大家讨论“这本书作为中国新文学的‘史’，是否恰当？是不是达到了必要的水准”？并寄望之后“能有内容充实、观点正确的新的著作出现，使关于中国文学史的出版物丰富起来”⑤。1951 年，叶圣陶在第一届出版行政会议上就曾严肃批评知识界和出版界的混乱局面，强调史学家应该运用马克思列宁主义和毛泽东思想来重构历史，⑥ 从他在王瑶文学史著座谈会的开场白上来看，他对该著并不是非常满意。

---

① 王家伦．罗淑研究述评［J］．徐州师范学院学报（哲学社会科学版），1996（4）：99-102.

② 生人底气息［M］//胡风．密云期风习小纪［M］．上海：海燕书店，1949：131-133.

③ 高玉．论王瑶《中国新文学史稿》的学术品格［J］．天津社会科学，2006（6）：111-114.

④ 一些文章认为这次座谈会是《文艺报》召集，实际是《人民日报》和出版总署组织。座谈会决定将座谈会记录在《文艺报》和《人民日报》发表，但实际只在《文艺报》发表。袁水拍当时任《人民日报》编辑，文艺部主任。叶至善，叶至美，叶至诚．叶圣陶集：第二十二卷［M］．南京：江苏教育出版社，1994：365.

⑤《中国新文学史稿（上册）》座谈会记录［J］．文艺报，1952（20）：24-30.

⑥ 为提高出版物的质量而奋斗（叶圣陶在第一届全国出版行政会议上的报告）［M］//中国出版科学研究所、中央档案馆．中华人民共和国出版史料（一九五一年）．北京：中国书籍出版社，1996：227-228.

杨晦对王瑶文学史著中对叶圣陶的描述进行了批评。王瑶在文学史中认为叶圣陶“他的笔下并不‘常带感情’，是客观的写实的手法。文字修正朴素，没有做作，也没有太洋化的句子和古文，用的是知识分子日常的口语；结构也显然用过一番心，结尾尤求波俏”①。而杨晦认为“这样来评述一位作家，实在没有多大意义”，因为这种评价“多是属于形式方面的，多不注意政治性和思想内容。有时候就显得很表面”②。1951 年，新文学选集编辑委员会在编辑《新文学选集》之时，也编选了《叶圣陶选集》。叶圣陶曾在选集的《自序》中说道：“我敢说我的小说并不怎么纯客观，我很有些主观见解，可是寄托在不著文字的处所。”这说明他此时并不认为自己的小说是“纯客观的”，而是带有“主观见解”的，实际是批判的或者是有所冀望的。同时他还表示：“讲究的语言就是讲究的内容的具体表现。”③ 他主张语言的形式与内容是密不可分的，对于单方面褒奖他的语言成就，他并不认可。叶圣陶的自我评价是尽量将自己的作品靠拢、符合当时意识形态所主张的新现实主义也即社会主义现实主义的要求，但是王瑶并不认同或者并未注意叶圣陶的《自序》，仍旧从“客观性”和语言艺术的角度来评价其创作。叶圣陶本人是文坛上有名的谦谦君子，不好直接发言否定，但对他比较了解的杨晦自然知道其内心真实想法，所以对王瑶进行如上批评就可理解了。而王瑶在修订之时，并没有修改。

叶圣陶在自己的日记中记载的他对于王瑶《史稿》上册的意见，基本与大家相同。他并未从自己个人的文学史地位出发，而是考虑到王瑶立场及编撰方法上有所“欠缺”，这也与他此时身为出版署主管教育出版的副署长这一职务有关。从他对自己身体透支的感叹来看，他似乎很不耐如此漫长的批评讨论，因为 57 岁的年龄“兀坐将五小时”，这确是一件“苦差事”。④

三、《史稿》(下) 的撰写及出版

正如温儒敏所分析，《史稿》上册的成书几乎是一气呵成，写得非常顺当。因为当时新政权刚诞生，王瑶写作之时心情宽松，“甚至不时表现出要创建新学科，投入新时代的那种激荡的情怀，学术闯劲与时代热情”；但下册时间拖得比较长，其间他参加了教育部组织的大纲初稿的草拟、讨论，参与了思想改造运

① 王瑶．中国新文学史稿（上）［M］．上海：开明书店，1951：89.

② 《中国新文学史稿（上册）》座谈会记录［J］．文艺报，1952（20）：24-30.

③ 叶圣陶．叶圣陶选集［M］．上海：开明书店，1951：自序 8.

④ 叶至善，叶至美，叶至诚．叶圣陶集：第二十二卷［M］．南京：江苏教育出版社，1994：365-366.

动，还有《史稿》上册受到了批评，所以他的思路就受到“集体讨论”的某些制约，代表“我们”的，写“正史”的姿态强化了，作为显现个人研究识见的“我”的色彩减少了。①

《史稿》上册主要是以鲁迅领导的文艺方向为中心线索叙述新文学史，下册重在反映毛泽东所指引的工农兵文艺方向。这二位伟人分别领导了中国新文学史的发展，这是王瑶文学史编撰中的题中之义。下册主要分为两编，即第三编“在民族解放的旗帜下（1937—1942 年）”和第四编“文学的工农兵方向（1942—1949 年）”。1942 年，毛泽东的《讲话》发表成为重要的时间分界点，以此显示“新的人民文艺的成长”，这在第一次文代会诸位代表的发言及李何林等人的书写中都有着同样体现。其中的叙述逻辑是 1942 年之前文艺的工农兵方向及创作方法都还存在缺点，但在《讲话》之后，文艺的面貌发生了根本性的变化。这也是《史稿》的总体建构，呈现的是一种进化发展的文学史叙述模式。

《史稿》下册用专节介绍、阐释了《讲话》的伟大意义。在《新的人民文艺的成长》中王瑶首先书写“文艺界整风前后”，以此说明《讲话》发表的背景和必要性，然后对《讲话》精神进行了详尽评述。他指出：“在整风运动之前，解放区文艺的主要问题也正是新文学史上流传下来的两个基本弱点——内容上的小资产阶级的思想情感和形式上的过于欧化”，而毛泽东的《讲话》“明确地解决了文艺是为什么人的和如何为法的问题”，这就是“‘文学的工农兵方向’和‘普及与提高的关系’问题”。这两个问题的正确解决，“也就连带地解决了所有新文学史遗留下来的各种问题”。② 他强调《讲话》不仅在解放区而且“在国统区也是发生了指导作用的”。两个区域文艺工作的不同“只是表现在由于政治环境不同所形成的活动方式上边，总的目标并无二致，而且也同是遵循着毛主席的文艺方向前进的”。③ 在第一次文代会的报告上，茅盾关于国统区的文艺运动的报告更多是在批评和“检讨”，在气势与排位上稍逊于周扬所报告的解放区文学运动，王瑶并未采取这种“优劣”之分，而是认为这两个区域都是在毛泽东《讲话》精神的指引下发展的。这或许与他自己也一直处于国统区文艺运动的浪潮之中有关。对《讲话》发表以后的创作趋向及成就进行称颂后，王瑶还对两地文艺运动的缺陷进行了深刻的揭批。④

① 温儒敏．王瑶的《中国新文学史稿》与现代文学学科的建立［J］．文学评论，2003（1）：23-33.

② 王瑶．中国新文学史稿（下）［M］．上海：新文艺出版社，1953：208-215.

③ 王瑶．中国新文学史稿（下）［M］．上海：新文艺出版社，1953：237-238.

④ 王瑶．中国新文学史稿（下）［M］．上海：新文艺出版社，1953：255.

在1952年思想改造运动中，王瑶曾检讨自己分析作品时，“最先注意的常常是人物性格是否突出，结构是否完整，是否有独特的风格等等，而不是首先从主题思想和教育意义上来着眼”①。在《史稿》下册中，他继续秉持作品的内容与形式并重的评价标准，但更重视作品内容的社会性和教育意义，改正了“形式至上”的倾向。例如，他评价老舍的长诗《剑北篇》、方敬战后的诗歌、卞之琳的《慰劳信集》、冯至的《十四行集》等就是如此。② 这种评说方式，与《史稿》上册初稿本不同，更多的是与上册修订本类似。因为“无论一部作品的艺术性怎样高，如果它的内容不能很真实地反映社会现实的话，是无法震撼人心的”③。《史稿》下册还批评了改良主义，例如，对杨村彬《清宫外史》的批评，④ 这应该是受到批判《武训传》的影响。

《史稿》下册对解放区工农兵文艺活动、创作趋向及创作成就进行了详尽书写。不仅回顾了红军时期根据地及抗战时期解放区历来的文艺政策及创作历史，还按照文体介绍了这些工农兵的创作成绩，特别是大量介绍了“工农兵群众诗”。他承认这些创作有一些缺点，但他更强调这些诗具备“先天的优越的品质”⑤。尽管解放区作家的作品内容一般都是积极向上，是遵照《讲话》精神而进行创作的，但如果过分强调了技巧，也会受到王瑶的批评。例如，他在《史稿》下册对柳青《种谷记》、孙犁作品、王林《腹地》中人物心理与生活细节刻画的批评即是如此。⑥ 对爱情纠纷及心理波动的描写，已被王瑶视为作品内容及技巧运用上的雷区，稍有不慎即会引爆。

《史稿》下册开始贬低知识分子的作用，批评其性格“缺陷”，而工农兵及其性格的正面性被强调，并要求给读者以希望。例如，王瑶批评靳以的长篇《前夕》表现了他对于知识分子的熟悉、偏爱，但“这些人是很难算作抗战的最主要的力量的”⑦。沙汀的《淘金记》“因为作者没有写出一点希望的影子；甚至萌芽状态的启示也没有，这不能不算作缺点的”⑧。吴组缃的《山洪》“对社会的阴暗势力如保长的期望和平等也有披露，但这方面写得很不够”，“后边写

① 王瑶．在思想改造运动中的自我检讨［M］//王瑶．王瑶全集：第七卷．石家庄：河北教育出版社，2000：269.
② 王瑶．中国新文学史稿（下）［M］．上海：新文艺出版社，1953：79-83.
③ 王瑶．中国新文学史稿（下）［M］．上海：新文艺出版社，1953：158.
④ 王瑶．中国新文学史稿（下）［M］．上海：新文艺出版社，1953：179.
⑤ 王瑶．中国新文学史稿（下）［M］．上海：新文艺出版社，1953：282.
⑥ 王瑶．中国新文学史稿（下）［M］．上海：新文艺出版社，1953：318-321.
⑦ 王瑶．中国新文学史稿（下）［M］．上海：新文艺出版社，1953：92.
⑧ 王瑶．中国新文学史稿（下）［M］．上海：新文艺出版社，1953：99.

游击队的政治工作的部分尤其写得不够”。路翎“他没有真正了解到人民的集体力量，因此要求原始强力和个性解放”。① 王西彦前期“虽然喜欢写农村，实际上对农民是很少了解的；如果有也只是农民的被奴役的落后的那一面”②。师陀的作品大都是“与抗战无关”的，“和一般的现实也脱了节”“他看不见中国人民的伟大力量”。③ 曹禺对巴金《家》的改编，因为“并没有写新的一代的出走，这就比原作减低了不少的社会意义”④。而鲁煤等人的《红旗歌》对纱厂女工马芬姐的“孤僻倔强的性格写得有点过分夸张，不大现实了”，就会引起争论。⑤

从王瑶自己的审美心理来看，上述评析舍弃了他个人的某些爱好。他自己就曾说，他对于柳青的《种谷记》非常喜爱，欣赏的正是他那种“繁琐的描写”；他对沙汀《淘金记》的喜欢，不是因为“写了一个正面的带革命性的人物”，而是喜欢其“阴沉忧郁”；对于“普及的作品”他是看不起的，“认为大学应该是训练提高工作的干部的”。⑥ 为了迎合时代的审美要求，他“违背”并“修正”了自己的评判标准。

《史稿》下册旗帜鲜明地批判了一些“错误”的文学主张。例如，批判梁实秋的“与抗战无关”论、沈从文的“反对作家从政论”、朱光潜的“冷静超脱”的“静观”论等；也痛斥陈铨等“反动文人”；⑦ 对郭沫若《斥反动文艺》中所提及的红黄蓝白黑五种文艺进行了分析；并对姚雪垠《春暖花开的时候》、李健吾的《女人与和平》中的“色情”倾向和周而复对外国作家纪德“无批判地崇拜”进行了批评。⑧ 这种书写注意到国统区和解放区都存在激烈的“思想斗争”。还介绍了解放区对王实味“荒谬”理论的“清算与斗争”⑨，对萧军与“《文化报》事件”的批判。受批判者在当时语境下自然不能反驳，但私下“腹诽”确有之。沈从文在1957年给朋友的信中就愤愤不平：“大致学生只看王瑶

① 王瑶．中国新文学史稿（下）[M]．上海：新文艺出版社，1953：103-106.
② 王瑶．中国新文学史稿（下）[M]．上海：新文艺出版社，1953：120-121.
③ 王瑶．中国新文学史稿（下）[M]．上海：新文艺出版社，1953：137.
④ 王瑶．中国新文学史稿（下）[M]．上海：新文艺出版社，1953：158.
⑤ 王瑶．中国新文学史稿（下）[M]．上海：新文艺出版社，1953：398.
⑥ 王瑶．在思想改造运动中的自我检讨 [M] //王瑶．王瑶全集：第七卷．石家庄：河北教育出版社，2000：270.
⑦ 王瑶．中国新文学史稿（下）[M]．上海：新文艺出版社，1953：148.
⑧ 王瑶．中国新文学史稿（下）[M]．上海：新文艺出版社，1953：239-242.
⑨ 王瑶．中国新文学史稿（下）[M]．上海：新文艺出版社，1953：33.

教授《现代文学史》，习于相信一种混合谎言和诽谤的批评，而并未看过我的作品。”①

四、《史稿》的学科史地位

以上我们分别讨论了《史稿》上下册的出版、座谈、修订及特色，现在我们从整体上总结归纳一下它在学科史上的地位及影响。

所有读过《史稿》的读者都会佩服王瑶撰写新文学史态度的勤勉和掌握资料的翔实。他最重要的文学史贡献，是在资料整理方面，使得新文学史的全貌得以描画，特别是将抗战期间的文学予以历史化，这是之前文学史写作所没有完成的。所以它成为之后文学史书写的重要材料来源；② 以至李何林也感慨自己对王瑶所提及材料“还有好些没有看过”③。后来有人批评王瑶是按照第一次文代会的代表名单，进行作家列举，这导致一些并不重要者也被书写入史。④ 这一批评虽为尖刻，但也正说明了王瑶《史稿》对新文学史进行历史化的重要依据，因为除此之外，没有更详细及更为可靠的参考标准。而第一次文代会的代表本身就是经过了严格的政治及文艺审查的。⑤

王瑶较好地坚持了客观的历史主义，注重论从史出，证据至上。这与他起初从事古典文学研究有关，李广田就指出“作者以对新文学的态度和已往的人研究旧文学一样”⑥；“古典文学研究中的重史料、好点评、关注细节、不擅概括等特点影响了他”⑦。这一方面表现在他注意引用与作家作品同时代之人的评价，而不是以自己的评价去臧否人物。有人统计，《史稿》上下两册，引文共计33.6万字，占据全书62.5%，⑧ 就说明了这一点。但他的引用是带有倾向性的，引用最多的是毛泽东、鲁迅、周扬、冯雪峰、胡风、茅盾等政治领袖或“左翼”

---

① 沈从文致吕德申信［M］//沈从文．沈从文全集：第二十卷．太原：北岳文艺出版社，2002：179.

② 刘绶松曾坦诚自己编著《中国新文学史初稿》“使用的材料多半是王瑶的，自己补充的很少”。何善周．怀念昭琛：中国现代文学史的奠基人［M］//《王瑶先生纪念集》编辑小组．王瑶先生纪念集．天津：天津人民出版社，1990：33.

③《中国新文学史稿（上册）》座谈会记录［J］．文艺报，1952（20）：24-30.

④ 北京大学中国语文系．文学研究与批判专刊：第三辑［M］．北京：人民文学出版社，1958：88-89.

⑤ 王林．第一次文代会期间日记［J］．新文学史料，2011（4）：111-121.

⑥《中国新文学史稿（上册）》座谈会记录［J］．文艺报，1952（20）：24-30.

⑦ 任天石．中国现代文学史学发展史［M］．南京：江苏文艺出版社，2002：140.

⑧ 北京大学中国语文系．文学研究与批判专刊：第三辑［M］．北京：人民文学出版社，1958：83.

文学运动领导者的观点，这一方面保证了立场视角的正确性，另一方面也“可以少犯错误”①。引述较多的还有以《中国新文学大系》为主的新文化运动评论家的文章。这是他对鲁迅、闻一多和朱自清等先驱治学精神、价值判断的承续。

《史稿》较好地探索了中华人民共和国成立初期的唯物论新文学史的撰写模式。正如前述，他采用的话语体系主要是《新民主主义论》和《中国新文学大系》两种类型。这是两种不同的评价体系，代表了两种文学史的叙述模式：《中国新文学大系》确立的是以“启蒙”为主要导向的“新文学史”论述；而以《新民主主义论》为核心纲领，组成了另外一套新的唯物论新文学史叙述形态。王瑶努力将这两种话语体系和文学史书写模式进行了融通。这样既凝结了五四启蒙运动以来老一辈知识分子的社会良知与学术传统；同时也靠拢《新民主主义论》《讲话》的权威理论，两种话语体系得以牵引搭手。

正因为《史稿》展现的是以《新民主主义论》为核心的知识体系，正在逐渐取代以《中国新文学大系》为核心的知识体系的过程。② 所以《史稿》“只能算是学术史名著，而不能成为学术名著”③。但相比李何林、张毕来和丁易等人一再强调文艺思想斗争，夸大土地革命时期根据地的文艺运动与“左翼”文艺运动并驾齐驱来说，王瑶的文学史观及其具体实践更有学术品味及生命力。他在政治化规约的前提下，有着自己的政治选择，但又有所坚守。从而使得该文学史著能在多年之后，仍旧拥有自己的读者并激发学者的研究兴趣。

第七节　蔡仪从《新文学史笔记》到《中国新文学史讲话》

蔡仪是中国当代著名的美学家、文艺理论家。1952 年，新文艺出版社出版了他的《中国新文学史讲话》，被学界所关注。他在该著的序中说明，1949 年，他曾在华北大学二部对国文系同学作了几次关于中国新文学史的讲话，听讲的同学把记录的笔记整理成底稿。④《中国新文学史讲话》就是根据学生的笔记修

---

① 王瑶．《中国新文学史稿》的自我批判［M］//北京大学中国语文系．文学研究与批判专刊：第三辑．北京：人民文学出版社，1958：139.

② 贺桂梅．“现代文学”的确立与 50—60 年代的大学教育体制［J］．教育学报，2005（3）：83-91.

③ 解志熙．从“进步”的执迷到“保守”的重申：王瑶的新文学史研究之反省及其他［J］．汉语言文学研究，2014，5（2）：4-9.

④ 蔡仪．中国新文学史讲话［M］．上海：新文艺出版社，1952：1.

改而成的。下面我们将对《中国新文学史讲话》及其之前的笔记进行介绍与比较。

一、《新文学史笔记》的特点

蔡仪在华北大学的讲课底稿，由学生整理并经过蔡仪的校订，但迄今无人对此予以关注。笔者曾收集到一册《新文学史笔记》（以下简称“《笔记》”），全稿无印刷单位，也无编印时间。但《笔记》在篇尾“编者的话”中对编写背景进行了介绍：“蔡仪同志讲授的新文学史笔记上册，终于和大家见面了。我们首先应该感谢蔡仪同志，他不但允许我们把笔记付印，而且还在百忙中抽暇给我们校订底稿。”“笔记的整理是大家分工合作的：第一章是辅仁男中整理的，第二章是五中整理的，第三章前半部是二中后半部是工商中学整理的，第四章是华北中学整理的。”① 据蔡仪的妻子乔象钟的回忆，当时华北大学共分为四部：“一部接收青年学生或青年知识分子，入学后经过一到三个月的短期考察、训练，便分配到全国各地去工作；二部集中了年龄较大、资历较深的知识分子，在此接受一些训练、学习，或留校工作，或分往其他机关；三部是文艺大军，有从延安鲁迅艺术学院时就参加工作的老一辈的艺术家们，也有新进解放区的年轻艺术家，他们各自身怀才艺，后来成立的中央美术学院、中央音乐学院、中央戏剧学院，许多教师和骨干都是从‘华大’三部出来的；四部是一些学者、专家从事研究工作的处所，当时范文澜正领导着一个班子在编写中国通史……”② 沈从文就曾经在四部受过培训，他的妻子张兆和也曾在二部进行过学习。③ 根据整理《笔记》的那些学生以及他们的工作单位，可以推测他们正是华北大学二部的教学对象；再加上它注明是蔡仪讲授的，那么这个《笔记》正是学生整理的蔡仪授课的底稿。

《笔记》只有上册，未见下册印刷。从目录中我们可知，《笔记》的整体框架与同时期的《中国现代文学史》大致一致：在导言中首先解释清楚新文学的性质、特点，以及研究新文学的方法、视角等；其次将新文学运动分为倡导时期、扩展时期（1921—1927 年）、“革命文学”前期——从 1927 到 1930 年，分别介绍每一时段社会形势与文学运动、理论探讨及文艺斗争；最后介绍作家作品。相对来说，《笔记》对作家作品的介绍与解读篇幅较少，更多偏重于前二

---

① 编者的话［Z］//蔡仪．新文学史笔记［Z］．1949.

② 乔象钟．蔡仪传［M］．北京：文化艺术出版社，2002：68.

③ 吴世勇．沈从文年谱（1902—1988）［M］．天津：天津人民出版社，2006：322-324.

者。蔡仪主张“从新文学运动对革命运动的关系来看它的社会任务”“从新文学运动的矛盾斗争来看它的发展”“从新文学运动的发展过程来看它的主要条件及主导倾向”“新文学是新民主主义的革命的文学”，而其篇章结构也就按照这些主张予以编排。考虑到蔡仪曾是拟定大纲初稿的参与人员，我们将《笔记》与之比较，会发现大纲初稿中的绪言部分与《笔记》的导言几乎类似。《笔记》的教学是在1949年年底，大纲初稿发表于1951年7月，二者在时间上有着先后。可以说，蔡仪为大纲初稿贡献了绪言部分。

由于《笔记》中的导言部分和理论性阐释在后来正式出版的《中国新文学史讲话》中得到了更进一步的补充、发挥，我们将在后面予以论述。这里我们主要考察在之后的《中国新文学史讲话》大多被省略，而仅在《笔记》中出现的有关作家作品的分析。

鲁迅是《笔记》最为推重的作家，他每一时期的思想发展、作品创作都得以介绍。《狂人日记》《阿Q正传》《祝福》是分析的重点，大致的分析思路还是按照鲁迅的思想由“呐喊”到“彷徨”的模式进行的。他认为鲁迅的《鸭的喜剧》是“纪念爱罗先珂的文章，同时也是对爱罗先珂空想的社会主义的批判。过去一般人认为鲁迅对爱罗先珂是钦佩的，但实际上要求斗争的鲁迅、对空想的社会主义是不满的，他也寂寞，但不是希望池沼音乐家能为他破除的，他在寻找自己的道路”。他还指出“鲁迅对于徐志摩的油腔滑调的恋爱诗也很不满，鲁迅的《我的失恋》就是讽刺这些东西的”①。这样的作品分析是之后一些文学史很少提及的。

《笔记》除介绍文学研究会、创造社之外，还介绍了语丝社和莽原社，并分析了它们产生的社会根源，对它们的同异之处予以比较：二者在作风上有相同点，“《语丝》提倡杂文，抉剔旧社会的病痛；《莽原》也是多刊短小精悍的文字，以刺痛旧社会”；不同点是“语丝社杂有周作人、刘半农、林语堂等人提倡趣味和闲适的风气；莽原社则是一方面攻击社会，一方面也表现了小资产阶级个人英雄主义的作风”。②

《笔记》对一些创作倾向进行的总结较有新意。例如，认为五四以前的新文学创作有两个特点：“第一是从古典主义走向现实主义”，这以胡适、沈尹默、周作人的创作为例进行了说明；“第二是反封建的革命精神逐渐加强”③，这以

① 蔡仪．新文学史笔记［Z］．1949：55-59.

② 蔡仪．新文学史笔记［Z］．1949：52.

③ 蔡仪．新文学史笔记［Z］．1949：34.

刘半农、周作人、鲁迅的作品为例证。他将初期的革命文学运动分为两派：一派是革命文学派，另一派是革命的小资产阶级文学派，前者以蒋光慈、龚冰庐，创造社为代表，后者以茅盾的《蚀》、叶绍钧的《倪焕之》为代表。后者作品的缺点是“太客观，太冷静，是客观的旧现实主义。而革命文学派的缺点，是生硬地搬弄理论，太标语口号化，是公式主义的”①。他认为革命文学作家写作的道路只有两条：“第一，从想象出发，去写无产阶级及一般劳动人民被压迫，醒觉，以至走上革命的道路”，这方面以创造社的诸多作家为代表；“第二，从作者的生活范围写起，着重地表现一般小资产阶级对革命的向往和憧憬的热情。而不着重写无产阶级和一般劳动人民”，② 则以蒋光慈的作品为代表。他认为“这两种方法，都不能很具体的，很真实的表现实际的革命运动，因此，大多数的创作成为标语口号式的公式主义的作品”③。《笔记》对革命文学初期的分类及评述在之后的《中国新文学史讲话》中得以简略提炼，但《笔记》的详尽分析更具有说服力。

《笔记》对蒋光慈的系列作品、龚冰庐的《炭矿夫》、茅盾的《蚀》、叶绍钧的《倪焕之》也进行了重点分析，还介绍了早期马克思主义文艺理论的翻译，并分析其缺点，这些在之后的《中国新文学史讲话》中多予以省略。

二、《中国新文学史讲话》的宏观性与规律性

1950 年暑假，蔡仪对《笔记》进行了补充整理。1952 年 11 月，以《中国新文学史讲话》之名在新文艺出版社出版。该书曾由日本的研究专家金子二郎，译成日文在日本出版，在海外影响深远。④ 下面我们介绍《中国新文学史讲话》，并将它与《笔记》进行比较。

《中国新文学史讲话》讲述的问题主要有六个：“什么是中国新文学”“新文学运动发生的原因和发展的阶段”“新文学运动和革命运动的关系”“新文学运动团结和斗争”“新现实主义的精神”“大众化的倾向”。这构成了讲话的六讲，成为该著的六个章节。第一、二章可以说是对中国新文学的总说，主要是定义和解释它为什么会发生，并将它分为四个发展阶段。这主要是根据新文学运动发展的主要条件和主导倾向来划分的，即“新文学运动和革命运动的关系”

---

① 蔡仪．新文学史笔记［Z］．1949：84.

② 蔡仪．新文学史笔记［Z］．1949：76-77.

③ 蔡仪．新文学史笔记［Z］．1949：76.

④ 杜书瀛．我的学术生涯：学坛所见所闻所知［M］．南昌：二十一世纪出版社，2015：46.

“新文学运动团结和斗争”“新现实主义的精神”“大众化的倾向”。他认为前两项“主要是属于新文学的运动方面的”，是“规定新文学之所以成为新民主主义革命的文学”；后两项“主要是属于新文学的理论及创作方面的”“是规定新文学之所以是新民主主义革命的文学”“具体地表现着新文学发展的主要方向，就是要走工农兵的方向”。① 所以，第三至第六讲就是分别围绕这四个方面来进行，这相当于是分述中国新文学史发展的四个规律。

将《笔记》的框架结构和主体内容与《中国新文学史讲话》进行比较，会发现后者主要是以前者在导言中所论述的内容为主干而进行的，不再是传统的文学史编写，而是带有史论性的文学史论述。《笔记》中所叙述的新文学运动各个时期的文艺斗争、作家作品等都不再单独成章成节介绍，而是被简约化处理分散到六讲之中作为例证来分析。可见《中国新文学史讲话》不是系统全面地“叙述一般新文学运动的史实”，而“只是考察几个新文学史上的问题”②，以此从宏观上揭示出中国新文学史的规律。

蔡仪曾批评王瑶的《史稿》上册“不容易看出前后的脉络、相互的关系，那种主要倾向和那个代表作家的怎样发展”，更看不出中国新文学运动及作家作品和“社会基础、革命运动的关系”。③ 他自己的文学史写作在这些方面有所突破，这显示出他的不同一般之处。他在每一规律的具体书写中，都不是静止僵化地搬用固有的结论，而是注意到这些规律的历史发展及逐渐形成。第三讲专节书写“新文学运动和革命运动的关系”，将四个不同时期新文学运动和革命运动的密切关系予以了明晰，并对它们的发展进行了勾画。第四讲是“新文学运动的团结和斗争”，第二至第四节就是介绍不同时期统一战线的团结和斗争。第五讲“新现实主义的精神”是讨论新现实主义精神在中国新文学史中的发展。第六讲“大众化的倾向”分别讨论了四个不同时期的大众化文学运动。

可见，蔡仪很好地从宏观上把握了新民主主义文学的规律性，并对其历史发展予以了简笔勾勒。假设蔡仪的《中国新文学史讲话》是一部大部头的中国新文学史著的话，我们会觉得这六讲只是其绪言部分，因为紧紧抓住的都是当时中国新文学史写作中的宏观问题及核心关键。

三、《中国新文学史讲话》的理论性与逻辑性

《中国新文学史讲话》虽然主体内容是中国新文学史，但蔡仪作为美学家的

---

① 蔡仪. 中国新文学史讲话 [M]. 上海：新文艺出版社，1952：39.
② 蔡仪. 中国新文学史讲话 [M]. 上海：新文艺出版社，1952：1.
③ 《中国新文学史稿（上册）》座谈会记录 [J]. 文艺报，1952（20）：24-30.

理论功底及逻辑思辨也体现无遗。“是什么”“为什么”“怎么样”的思维模式在该著中表现明显，他非常注重从理论上对中国新文学史进行阐释及推演，所以说这是一部有关中国新文学史论的著作。

这从全书的整体构建中就可以看出。正如前述，《中国新文学史讲话》讲述的问题主要有六个，首先就介绍“什么是中国新文学”以及“新文学运动发生的原因和发展的阶段”。其次就讨论新文学运动的四个主要条件和主导倾向，其中前两项属于新文学运动方面的，后两项主要是属于新文学的理论及创作方面。其框架结构及主体内容都极具理论性与逻辑性，这与他的宏观性和规律性是分不开的。

在具体章节的论述中，理论性与逻辑性更是表现充分。例如，第一讲“什么是中国新文学”并不直接就对新文学下定义。而是在第一节中先讨论“怎样认识中国新文学”，提出要坚持“文学的形式是决定于它的内容的”“文学是服从于政治的”“一切事物都是发展的，不是静止的”。① 第二节也没有对“什么是中国新文学”进行解释，而是对“几种从来的答案的批判”。即对胡适的“白话文学”说或“国语文学”说、陈独秀的“国民文学”说、周作人的“平民文学”说以及“无产阶级革命文学”说等几种之前的关于中国新文学的定性进行批判，以说明“什么不是中国新文学”。其中对“无产阶级革命文学”说的批判，则是之前《笔记》中所没有的。在第三节中，蔡仪才归纳了“中国新文学的特点”，即中国新文学“是反帝反封建的”，是“无产阶级革命思想领导的”“是以人民大众为主体的”“也就是新民主主义革命的文学”。②

第二讲第一节分析了“新文学运动发生的原因”，即为什么会发生？他首先指出新文学运动的发生不是如胡适所鼓吹的，他在凯约嘉湖上翻船所导致的；也不是如周作人所提出的明末公安派与竟陵派的影响。他是通过梳理戊戌变法及辛亥革命的失败，说明其主要原因“在社会方面，是中国革命的特殊要求”；“在文化方面，是中国启蒙运动的特殊规定”。③

第六讲“大众化的倾向”第一节先讨论“什么是文艺的大众化”。蔡仪首先指出通俗化不是大众化，其次他指出大众化也不是有人所认为的“文艺的群众性”。最后他指出：“我们所谓大众，主要是指工农劳动人们，文艺的大众化，主要是适合于工农劳动人们的要求”“首先是表现形式要适合于他们的理解欣

① 蔡仪．中国新文学史讲话［M］．上海：新文艺出版社，1952：5-6.
② 蔡仪．中国新文学史讲话［M］．上海：新文艺出版社，1952：18-22.
③ 蔡仪．中国新文学史讲话［M］．上海：新文艺出版社，1952：27.

赏；而要表现形式能适合于他们的要求，内容的思想感情又必须是和他们的思想感情相同或一致”。① 第二节是分析“为什么文艺要大众化”。这是因为“新文学的反映新民主主义革命，既是主要的要通过工农大众的生活、思想、感情，以表现反帝反封建的革命精神、革命行动，就不能用其他阶级的观点来从事创作”②。而且“因为工农大众的革命意识是坚定而彻底的，尤其是无产阶级的革命意识是最坚强的，他们的阶级意识形态是正确的，他们的对于具体事物的看法想法是正确的，因此表现工农大众的生活、思想、感情，也还要用他们自己的观点，他们自己的想法看法”③。然后，蔡仪才分别讨论了四个不同时期的大众化文学运动。

蔡仪的论述秉持的是理论家的思维，研究对象“是什么”“不是什么”是他首先考虑的问题；其次再论述为什么是这样而不是那样，具体原因何在；最后讨论其具体表现。正是因为依照这样的思维模式来撰写，所以《中国新文学史讲话》的理论性和逻辑性非常之强。而且非常简明得当，阐释力度及清晰度高于同时期李何林、王瑶的论述。例如，他对大众化、通俗化及群众性的对比研究就简洁有力，抓住了不同概念之间的联系及区别。

四、《中国新文学史讲话》的政治性与阶级性

蔡仪在序言中说当时“国文系中国新文学史这门课程的中心任务”，也即他的“讲话的主要意图”是“去认识新文学运动的大致情形，并且进一步去理解毛主席《在延安文艺座谈会上的讲话》是如何英明地把握了新文学运动史的主导方向，解决了当时新文学工作中的基本问题，指示了以后新文学发展的必然道路”④。这就说明他的《中国新文学史讲话》与毛泽东的《讲话》精神一致，并对《讲话》予以阐释与宣传，这就是其政治性与阶级性所在的根本原因。

这种政治性与阶级性使得蔡仪的《中国新文学史讲话》有着进步发展的色彩，特别是后四讲都有一个共同的潜在模式。例如，第三讲“新文学运动和革命运动的关系”在梳理四个不同时期新文学运动和革命运动的密切关系后，指出“新文学运动对革命运动的这种关系是不断发展的，由最初的不自觉的配合，到之后自觉的结合”，解放区的新文学是“自觉的和人民大众的结合”。⑤ 这在

① 蔡仪．中国新文学史讲话［M］．上海：新文艺出版社，1952：151.
② 蔡仪．中国新文学史讲话［M］．上海：新文艺出版社，1952：153.
③ 蔡仪．中国新文学史讲话［M］．上海：新文艺出版社，1952：154.
④ 蔡仪．中国新文学史讲话［M］．上海：新文艺出版社，1952：1-2.
⑤ 蔡仪．中国新文学史讲话［M］．上海：新文艺出版社，1952：73.

第四、五、六讲中都有如此表达，即最终完成都是“由毛主席《在延安文艺座谈会上的讲话》的英明指导而正确地完成的”①。这一潜在模式重在凸显毛泽东《讲话》精神对中国新文学史所带来的巨大变化，所以蔡仪围绕这一中心而将之前的新文学史都塑造成逐渐发生发展，并朝着这一最终理论前进的过程。

蔡仪非常重视毛泽东的《讲话》，这是当时中国新文学史的共同特征。他在文学史分期上也如任访秋等人强调：“一九四二年毛主席发表的这次讲话，显然是一座伟大的纪程碑，我们可以把它作为界标，把新文学史划分为两个大的阶段。”② 在实际的文学史分期中，同样体现了他文学史观的政治性与阶级性。他仍将新文学划分为四个阶段，相比《笔记》更为清晰：1917—1921 年为五四时期，即新文学倡导时期；1921—1927 年为大革命时期，即新文学扩展时期；1927—1936 年为土地革命时期，即“革命文学”时期；1936—1945 年为抗日战争时期，即抗战文学时期。但第三、四阶段又再分为前后两期：“革命文学”前期（1927—1930 年）与“革命文学”后期（1930—1936 年）；抗战文学前期（1936—1942 年）与抗战文学后期（1942—1945 年）。

他是从 1917 年文学革命开始叙述中国新文学史的，这与毛泽东在《新民主主义论》中将 1919 年视为新民主主义革命的开始不同。具体原因蔡仪对此予以了回避，但对中国新文学运动为什么会发生进行了详细阐释。除此之外，蔡仪的《中国新文学史讲话》在重要的文学史时间起止上都体现了鲜明的政治性与阶级性：1921 年中国共产党的成立，1927 年大革命运动失败，1930 年左翼作家联盟的成立，1935 年中国共产党《八一宣言》的发布，1942 年毛泽东的《讲话》发表，1945 年抗战终于取得胜利。对这些重大政治事件的关注，并以此来确定中国新文学史的分期，与蔡仪所指出的中国新文学史发展与革命运动的发展具有同步关系有关，这自然也是他作为党的杰出美学家的使命所在。

蔡仪曾在序中说明《中国新文学史讲话》“大致保存了那时讲话的痕迹，如为了时间关系必须分为六个段落，各个段落只能作一定范围的讲话等”③。我们可以推知《笔记》中也应是这六个时段，而《笔记》上册只讲述了三个时段；如果有下册的话应该是讲述后三个时段的。在《中国新文学史讲话》的第三讲“新文学运动和革命运动的关系”中则只介绍了四个大阶段的文学，在第五讲“新现实主义的精神”中也只介绍了四个阶段，这或许因为蔡仪是 1949 年底进

① 蔡仪．中国新文学史讲话［M］．上海：新文艺出版社，1952：174.
② 蔡仪．中国新文学史讲话［M］．上海：新文艺出版社，1952：41.
③ 蔡仪．中国新文学史讲话［M］．上海：新文艺出版社，1952：1.

行讲课，所以其文学史讲述截至1945年抗战胜利。同时，我们发现《笔记》在文学史运动及创作的介绍方面更为详细，而《中国新文学史讲话》对此适当缩减了篇幅。

蔡仪的《中国新文学史讲话》虽然重在宏观概览及理论推演，但也对一些重要作家作品和文学运动进行了点评分析，其中也体现了他的政治性与阶级性。他曾经参加王瑶《史稿》上册的座谈会，并批评王瑶的文学史书写新文学的矛盾斗争之时，没有“从新文学运动的发展上去谈”，是“为斗争而谈斗争”，实际上着重点倒应是“说明斗争的前因后果，开辟了前进的道路”。① 所以他的文学史著中矛盾斗争体现在不同时期，凸显了不同阵营的对垒。例如，他认为五四时代新文学运动的斗争对象，主要是封建士大夫阶级维新派的贵族文学，代表人物有严复、林纾等人。而第二个时期主要存在以文学研究会、创造社、语丝社和莽原社为代表的革命的小资产阶级文学各派，与以梅光迪、胡先骕、吴宓、章士钊为代表的封建士大夫阶级的复古派，以及以徐志摩、凌叔华、陈源为代表的资产阶级右派斗争。在革命文学初期，以创造社为中心的革命文学派和以文学研究会为主体的革命的小资产阶级文学派形成了对立，前者的代表有成仿吾、钱杏邨等人，后者则以茅盾和鲁迅为代表。“左联”成立之后，这两派“在组织上、在精神上成为统一的”②，在创作上则逐渐走上了新现实主义的道路。对于作家及文学运动，蔡仪主要是从阶级成分及政治立场来进行区分的，他注意到不同时代斗争的性质及发展变化。资产阶级、小资产阶级、无产阶级三种不同阶级之间的力量对比与斗争态势成为他分析文艺运动的重要角度。将各个阶级的对应作家作品予以明晰。

在作品分析中，蔡仪突出强调反抗精神的表达、典型人物的塑造、政治主题的体现及光明前途的追寻。他认为鲁迅塑造的阿Q精神“就是在当时的现实社会中具有深厚基础的典型性格”③。而《一件小事》里“就含有新现实主义的萌芽”④。他批评叶绍钧的《潘先生在难中》《倪焕之》对于人物的描写，“尚是偏重生活现象，没有挖掘得更深，使他们的性格更典型些，更有意义些”“这就是客观的现实主义的倾向”。⑤ 他赞扬郭沫若的诗歌表现了反抗的浪漫主义精

① 《中国新文学史稿（上册）》座谈会记录［J］. 文艺报，1952（20）：24-30.

② 蔡仪. 中国新文学史讲话［M］. 上海：新文艺出版社，1952：131.

③ 蔡仪. 中国新文学史讲话［M］. 上海：新文艺出版社，1952：106.

④ 蔡仪. 中国新文学史讲话［M］. 上海：新文艺出版社，1952：107.

⑤ 蔡仪. 中国新文学史讲话［M］. 上海：新文艺出版社，1952：115.

神，而郁达夫所代表的是颓废的浪漫主义。[①] 茅盾的《蚀》“不容易使人透过现实的丑恶，认识伟大的将来”[②]，但其《子夜》“表现的革命斗争是无处不存在、无处不尖锐，也无处不有光辉的前途”[③]。曹禺的《日出》“写得最动人的一面是被压迫的小资产阶级的没落，至于工人阶级虽然被认为是有光明的前途，然而丝毫也没有切实而具体的表现”，说明“作者对于中国革命前途的认识是抽象的模糊的”[④]。老舍的《骆驼祥子》虽然写出了劳动者的灵魂和社会基础，但“他们几乎都是消极的人物”。[⑤] 蔡仪高度赞扬的是赵树理的《小二黑结婚》以及贺敬之等人创作的《白毛女》，因为它们“第一是主题的政治意义很强”“第二是作者对于农民生活及其思想感情很熟悉”“第三是表现形式和所表现的内容既一致，又实现了大众化的要求”。[⑥] 以上是蔡仪对无产阶级及小资产阶级作家作品的评论，坚持的是团结与斗争、表扬与批评相结合的方式。

他曾批评王瑶的《史稿》上册有“立场观点的问题”，讲到具体的文学史实时“不分青红皂白把反动的和革命的拌在一起”，特别表现在对胡适、周作人、徐志摩、沈从文等人没有进行批判。[⑦] 他的文学史著对于他们是直接以攻击打倒的方式予以评析。他痛斥现代评论派的创作精神，“充分表现了资产阶级右派的堕落的倾向”；胡适的《尝试集》主要写的是“闺情”；而徐志摩的《残春》所写的是“宫怨”；[⑧] 沈从文的《神巫之爱》“是昏迷、堕落、腐朽、既不尊严又不健康”[⑨]。

蔡仪对具体作品的分析，主要是在第五讲“新现实主义的精神”中进行。这既是梳理新现实主义精神的萌芽、发生与发展，同时也是以新现实主义精神为评价标准对这些作品进行臧否。这种文学精神所重视的是社会本质的反映，政治主题的深刻，大众化内容与形式的采用，以及光明前途的暗示等，本身就是文学政治性与阶级性的创作要求，也正是蔡仪所皈依的文艺理论的核心所在，他对上述作家作品进行分析就理所当然了。

蔡仪的《中国新文学史讲话》的政治性与阶级性也表现在他对毛泽东的

---

① 蔡仪．中国新文学史讲话［M］．上海：新文艺出版社，1952：120.
② 蔡仪．中国新文学史讲话［M］．上海：新文艺出版社，1952：129-130.
③ 蔡仪．中国新文学史讲话［M］．上海：新文艺出版社，1952：132.
④ 蔡仪．中国新文学史讲话［M］．上海：新文艺出版社，1952：134.
⑤ 蔡仪．中国新文学史讲话［M］．上海：新文艺出版社，1952：134.
⑥ 蔡仪．中国新文学史讲话［M］．上海：新文艺出版社，1952：143.
⑦ 《中国新文学史稿（上册）》座谈会记录［J］．文艺报，1952（20）：24-30.
⑧ 蔡仪．中国新文学史讲话［M］．上海：新文艺出版社，1952：121-122.
⑨ 蔡仪．中国新文学史讲话［M］．上海：新文艺出版社，1952：131.

《新民主主义论》的理解与坚守，表现在他对中国新文学史中无产阶级思想领导的辩证分析。针对有的学者就认为中国革命就是无产阶级革命，新文学就是无产阶级革命文学。蔡仪对此予以回应："诚然，中国的新民主主义革命是世界无产阶级社会主义革命的一部分"，即"革命的领导思想由资产阶级的民主主义转移到马克思列宁主义"，"然而中国革命的性质，基本上依然是资产阶级民主革命，所以是新民主主义的革命，而不是社会主义的革命"。所以，中国新文学"不是真正意义的无产阶级革命文学"，而是无产阶级思想领导的新民主主义文学。① 这番话应该是借鉴了冯雪峰的相关论述，② 是按照不同时期革命任务、革命性质的不同决定不同性质的文学思想来进行的阐述。二者在无产阶级革命思想的浓度及纯度上存在不同，并且有着前后进化的关系。

有人认为蔡仪对无产阶级思想的领导及无产阶级革命文学的区分具有"见地"，对毛泽东的《新民主主义论》的阐释勉为其难，③ 恰恰这是蔡仪的"活学活用"。毛泽东的《新民主主义论》的精髓就是将中国革命道路分成三段，即旧民主主义革命、新民主主义革命和社会主义革命。由此他推导出，旧民主主义革命是资产阶级思想领导的资产阶级革命，旧民主主义文学是资产阶级领导的；新民主主义革命是无产阶级领导的资产阶级革命，新民主主义文学是无产阶级革命思想领导的反帝反封建的文学；只有社会主义革命才是真正的无产阶级革命，社会主义文学才是真正的无产阶级革命文学。相比他同时期的李何林、王瑶、张毕来和丁易等人对此问题的论述，会发现蔡仪的论述更为简洁，并富有逻辑，也更具有发展的眼光和更精准的历史判断。也有人批评他的这些论述是"不正确的"，正确的理解应该是"党对文学事业的领导逐步加强""无产阶级革命思想对于新文学运动的重要性和支配性"日渐增长。④ 除要求他更加强调无产阶级领导之外，还因为社会主义改造已经开始，并将完成，社会主义现实主义文学的形成与发展已成为新的文学史书写规范，这时就会发现蔡仪的新民主主义的文学史述史策略已经不合时宜。这也正反验证了蔡仪的这一书写线索在中华人民共和国成立初所具有的历史意义。

当然，蔡仪的《中国新文学史讲话》也存在一些问题。例如，比较僵化地

---

① 蔡仪．中国新文学史讲话［M］．上海：新文艺出版社，1952：114.

② 冯雪峰．中国文学中从古典现实主义到无产阶级现实主义的发展的一个轮廓［J］．新华月报，1952（11）：210-227.

③ 任天石．中国现代文学史学发展史［M］．南京：江苏文艺出版社，2002：158.

④ 陈健，吴颖．对蔡仪《中国新文学史讲话》的几点意见［M］．文艺月报，1955（2）：69-72.

搬用政治与文艺理论；没有考虑到文学运动及作家创作的复杂性；对作品分析多从内容分析，而缺少审美赏析；“割断了中国新文学的现实主义的历史传统”“没有很好地体现‘鲁迅的方向，就是中华民族新文化的方向’这一精神”等。[①] 但考虑到这只是对一个短期培训班的讲话，这一切似乎都可以原谅。该著在1955年就已经发行到六版，印行了四万六千册，说明在当时受到了读者的欢迎。蔡仪对此也非常自信，1972年，他曾自我评价：“我的《中国新文学史讲话》至今仍然自信比一切后来大部头的几种同类著作在发展线索上讲得清楚。”[②] 现在看来，这是符合实情的学术评断，该著的确在梳理唯物论新文学史的“发展线索”上贡献巨大。

第八节 任访秋以《苏联文学史》为榜样

1953年6月，任访秋编著的河南大学中国语文系教材《中国新文学史讲稿》由河南省营第二印刷厂印刷。此时王瑶的《史稿》下册还没有出版，全国还没有一部个人独撰的全面的中国新文学史著，任访秋的这部文学史如果正式出版的话，将会在全国影响巨大，它在中国新文学史学史及学科史的地位将不再是现在这样默默无闻。但该书只是作为河南大学教材内部印刷，印数只有500册。

任访秋自叙该著曾经多次修改：1950年新河大建校，“课程中规定有‘新文学史’这门课。当时由李嘉言张长弓两同志和我三人合编了一份《新文学史讲义》……内容非常的简略”；到1951年，“该课由我一人担任，这时我就决计把这个讲稿重写一道，在时期上又来一个新的划分”；1952年夏“三反”思想改造中检查讲稿，“又发现了在内容上还存在着严重的客观主义，同时在对问题的看法上，以及章节的安排上，还带有很深的旧的思想方法的烙印。于是在“三反”后，就给它又来了一次彻底的改写”。[③] 从这段话中，我们大致知道该书稿至少经历了两次修改。第一次修改是1951年，他将书稿重写一遍，并在日期上有了一个新的划分。前面已经介绍，在1951年7月，老舍、蔡仪、王瑶、

---

① 陈健，吴颖．对蔡仪《中国新文学史讲话》的几点意见［M］．文艺月报，1955（2）：69-72.

② 杜书瀛．我的学术生涯：学坛所见所闻所知［M］．南昌：二十一世纪出版社，2015：47.

③ 任访秋．中国新文学史讲稿［Z］．开封：河南大学，1953：223.

李何林共同拟定的大纲初稿发表。不久，任访秋就对大纲初稿提出建议，并参与讨论。这次修改应与此密切相关。第二次修改是在 1952 年，中间经历了“三反”、思想改造。其间直接与中国新文学史写作有关的事件，就是《史稿》上册座谈会的召开。10 月，这次座谈会的记录得以在《文艺报》发表。这也应是促使任访秋修改该著的重要原因。

这些事件不仅造成该书的几次修改，也使得任访秋在《后记》中对自己抗战期间在河南大学文学院讲授“中国现代文学及习作”课程之时编写的讲义《中国现代文学史》(上卷)① 进行了检讨：“这部东西现在看来，真有点汗颜，在内容上，十足的反映了小资产阶级的思想意识……结果竟流于纯粹客观主义的论述，甚至于把那些反动的文艺理论与进步的文艺理论并列而不予以批判……主要的还是为自己一向所抱的超阶级超政治的观点所决定的缘故。”任访秋是在用座谈会中对王瑶《史稿》上册进行批评的观点来批评自己，其中“客观主义”“旧的思想方法的烙印”、将“反动的文艺理论与进步的文艺理论并列”“超阶级超政治的观点”是他们二人及文学史著中所共有的“痼疾”。也正因如此，任访秋要对自己的中国新文学史著反复修改，而且“仅仅作为对内的教材用，今后在讲授时发现错误，立即改正，还不算太晚”②。现在我们就结合这些历史背景来分析任访秋这部讲稿的特点及相应的修改。

一、《中国新文学史讲稿》相对于大纲初稿讨论时的修改

《中国新文学史讲稿》共有二十章。第一章是绪论，其中第一、二节是介绍学习新文学史的目的与方法，第三节是介绍新文学史的历史分期，论述发展的几个阶段。第一、三节可见作者明显的修改痕迹。

1951 年，任访秋认为大纲初稿绪论中的“目的与方法”“太过于原则性，而不够具体”，所以他贡献了河南大学所提出的中国新文学史教学的“目的与方法”。经对照会发现，《中国新文学史讲稿》的“方法”与此全同，只是“目的”略有不同。其中，原来“目的”第三条“了解外国文学，尤其是苏联文学，与民间文学，对新文学所发生的影响，并明确今后文艺工作者对它们应有的认识和应持的态度”③ 被删除，更换为“了解近三十年来中国的革命文学，是和爱国主义思想分不开的，由此而明确今后在创作上如何发扬无产阶级爱国

---

① 任访秋．中国现代文学史：上卷［M］．南阳：河南南阳前锋报社，1944.

② 任访秋．中国新文学史讲稿［Z］．开封：河南大学，1953：222-223.

③ 任访秋．对《中国新文学史教学大纲》的商榷［J］．新中华，1951，14（24）：34-36.

主义思想"①。在"目的"中删除了原来的第三条，而强调"爱国主义思想"，是因为任访秋认为，"在五四后，在文艺创作上的前进思想，主要的就是人道主义的思想，由这出发而成为反封建统治剥削与压迫。其次是爱国主义的思想，由这出发，而成为反帝国主义者的侵略。而二者比较起来，在作品中以前者的分量，占的最重。到五卅以后，由于中共的成立，领导了工人阶级的革命运动，于是反帝与反封建汇合为革命的巨流"②。以爱国主义和人道主义思想与反帝反封建思想相勾连，从而说明中国新文学是反帝反封建的文学，这正吻合当时将中国新文学定义为新民主主义文学的特质，任访秋的修改并不是无的放矢。

1951 年，任访秋就大纲初稿的历史分期也谈了他与河南大学同仁的思考。他们是以旧民主主义文学、新民主主义文学的开始、新民主主义文学的基本成功为主要线索，将 1917 年文学革命之前的晚清文学单独划为第一期，将 1917 年至 1942 年划为第二期，1942 年延安文艺座谈会之后至第一次文代会划为第三期。其中第二期又分为四个阶段：一、五四前后到五卅；二、五卅到九一八；三、九一八到七七；四、七七到文艺座谈。第三期又分两个阶段：一、从整风运动到日寇投降。二、从日寇投降到 1949 年。但是与《中国新文学史讲稿》对照，我们发现正如他所说"在时期上又来一个新的划分"③。改动后的中国新文学史分为四个阶段："从五四运动到广州起义""从广州起义到抗日战争""从抗日战争爆发到整风运动""从文艺座谈会到第一届全国文代会"。这样的文学史分期就不再叙说文学革命的前夜清末民初的文学了，三十年中的几个时期的划分与王瑶的《史稿》是一致的，并且选择了中共领导的政治事件为标志。他在"目的与方法"中就体现了分期的理由，即要更多表现中共"对中国近三十年来新文学所发生的作用和影响，以及'毛泽东的文艺方向和道路'的历史的和现实的基础"，以及展现"文学和社会是如何在同一的规律下向前发展着"的。④

任访秋曾高度赞扬大纲初稿"一九二三年中国青年几位作者的主张""苏区文艺活动之优良传统"两个章节的编排，"在过去我们是没有讲的"，"可以补我们之不足"，因为由这里可以看出中共"对于作为武器的文艺，从来是不曾轻忽的"；但他们的主张虽然比当时文学研究会中一部分作者的主张要高明，虽是

---

① 任访秋．中国新文学史讲稿［Z］．开封：河南大学，1953：2.
② 任访秋．中国新文学史讲稿［Z］．开封：河南大学，1953：33.
③ 任访秋．中国新文学史讲稿［Z］．开封：河南大学，1953：223.
④ 任访秋．中国新文学史讲稿［Z］．开封：河南大学，1953：1-3.

“后来无产阶级文艺理论的先驱”，但“也不免于粗疏和笼统”。① 所以在《中国新文学史讲稿》中，任访秋如大纲初稿一样添加了1923年邓中夏、秋士等早期共产党人的革命文学主张。但是他认为这都是当时提倡现实主义的表现，而受此影响的问题小说和问题剧，“大多数只触及问题的表面，而没有认清问题的本质”“看不见工农群众的革命运动，对现实不满，但又看不出出路，因而感到苦闷彷徨”。② 这表明任访秋对他们的历史意义没有进行拔高处理，这与他在大纲初稿讨论之时的意见一致。

但是对于大纲初稿中“苏区文艺活动之优良传统”的编排，任访秋没有予以借鉴添加。此前李何林等人编著的《中国新文学史研究》中有丁易书写的《中国文艺第一次和兵农的结合》；而在座谈王瑶的《史稿》上册之时，王淑明就批评“没有一页篇幅，说到苏区与解放区的文艺活动”③。王瑶还专门回应自己在下册会有甚多篇幅，④ 实际也的确如此。但任访秋对此没有任何添加，他只是介绍那些符合毛泽东《讲话》精神的文人创作，如丁玲、赵树理、贺敬之、丁毅与李季等人，因为他们在周扬的第一次文代会报告中都得到了点名。两个月后王瑶的《史稿》下册就会出版，不知他看见后会有何种感想。

二、注重文艺思想斗争

注重文艺理论的发展与探讨在任访秋1944年的《中国现代文学史》（上卷）中已初露端倪。他在该书中讨论了清末民初的严几道、康有为、梁启超、章炳麟、张之洞的思想；对文学革命运动之际新旧两派的论战以及整理国故运动，征集民间文学运动与国语统一运动都予以详尽介绍；关注新文学萌芽与成长之时各文体的理论探讨；也曾梳理各文艺团体的理论主张。在《中国新文学史讲稿》中任访秋对文艺理论及论战仍抱有极大的兴趣，这影响了他编写文学史稿的框架体例。他将中国新文学史分为四个时期，每个时期都有章节书写文艺理论及思想的斗争，以此概览一个时期的文学态势。

任访秋非常重视文学革命运动，《中国现代文学史》（上卷）第二编“文学革命运动”就是专门对此予以书写。他当时认为文学革命发生的原因有五点：一、旧文学之弊已到极点，学者早就想改革；二、时代已变，旧文学已不能适

---

① 任访秋．对《中国新文学史教学大纲》的商榷［M］．新中华，1951，14（24）：34-36.

② 任访秋．中国新文学史讲稿［Z］．开封：河南大学，1953：28.

③《中国新文学史稿（上册）》座谈会记录［J］．文艺报，1952（20）：24-30.

④ 王瑶．读《中国新文学史稿（上册）》座谈会记录［M］//王瑶．王瑶全集：第七卷．石家庄：河北教育出版社，2000：278-279.

应新时代的需要；三、言文一致的要求；四、对于方言的重视；五、受西方文学观的影响。而近因是《新青年》杂志社所倡导的思想革命。①《中国新文学史讲稿》在绪论之后用第二章对文学革命进行专章书写，标题更换为“无产阶级思想领导的新民主主义的文学革命运动”，这是在凸显文学革命运动是“无产阶级思想领导的新民主主义的”性质。该章包含四节，分别探讨它发生的原因、发生与发展、性质、成就及意义。此时他认为文学革命发生的原因首先在于新的无产阶级要求有着“能够代表自己阶级的意识形态的新文学出现”；其次是俄国十月革命获得了成功，“共产主义思想马克思列宁主义开始介绍到中国”；最后是五四前以《新青年》为首的提倡“民主”与“科学”并从而反对传统的封建思想，揭出“打倒孔家店”的旗帜的思想革命运动。从原因的分析来看，任访秋不再如之前强调清末民初文学自身发展的要求对文学革命发生的影响，更多是从阶级、革命、思潮的宏观角度着眼，这是他受到新的文学史观影响的重要表现。

我们也发现，此时文学革命时期重要人物的认定发生了变化。任访秋一直坚持将文学革命置放在五四新文化运动之中进行讨论，这一点他在对大纲初稿提建议之时就有所表现。所以他不单将胡适1917年发表《文学改良刍议》视为新文学史的开端，陈独秀的作用也被他视为首要的；在《中国现代文学史》（上卷）中，胡适在陈独秀之后也得以叙述；但是在《中国新文学史讲稿》中，胡适则排在了鲁迅、钱玄同、刘半农之后，因为他“当时正是资产阶级知识分子的代表，由于中国资产阶级的软弱性”，他“在思想意识上对于封建统治所采取的态度，是妥协的，而非斗争的；是改良的，而非革命的”。②

任访秋在《中国现代文学史》（上卷）介绍了文学革命时期“新旧两派的论战”与“折中派与反折中派”的论战。前者主要是新文学主张者和林纾及学衡派的论战，后者主要是指那些在新旧文学之间持折中论调的知识分子，例如，曾毅、杜亚泉、方孝岳、黄觉僧等人与朱希祖、茅盾的论争。他在《中国新文学史讲稿》中继续书写了新旧文学之间的论战，则不再介绍折中派与反折中派的论战。不仅如此，在此后的文艺论争中都不再书写持中间立场的文艺观点。这或许是因为郭沫若在第一次文代会的报告中已经阐明，中国文艺界的主要论争存在于自由资产阶级的所谓为艺术而艺术的路线与无产阶级和其他革命人民

---

① 任访秋．中国现代文学史：上卷［M］//任访秋．任访秋文集·现代文学研究．郑州：河南大学出版社，2013：36-43.

② 任访秋．中国新文学史讲稿［Z］．开封：河南大学，1953：9-11.

的为人民而艺术的路线这两条路线之间。① 中间路线则是第三条路线，属于改良主义路线，这正是中华人民共和国成立初期所要批判攻击的，轰轰烈烈的《武训传》批判矛头之一即在于此，所以任访秋不再予以书写，而是只归纳两条路线斗争的线索了。

《中国新文学史讲稿》的第三章“新的形势，新的方向，新的斗争”介绍了五四运动以后出现国共两党对峙的这一新的政治、社会形势；在文艺上也出现“新的方向”，那就是创作方法上的现实主义和浪漫主义，在创作思想上则有人道主义、爱国主义和颓废主义，从而使得中国新文学表现出反帝反封建的新倾向；这时“新的斗争”主要有两种，一种是与封建文学的代表学衡派的斗争，另一种则是革命的知识分子李大钊、鲁迅与资产阶级知识分子胡适的思想斗争，例如，“问题与主义”的论争及整理国故运动。对整理国故运动的评价，在《中国现代文学史》（上卷）中，任访秋是赞同韩侍桁的意见，认为这是“重要的”“不可避免的”，可以使“新的文学的发展”“是可以加强了无限的速度”。② 但在《中国新文学史讲稿》中，他批判这“领导了大批青年，脱离了现实，走向故纸堆中，因之也就很好的巩固了反动统治阶级的政权，直接地为他们服了务”③。

第六章主要是介绍第二个时期“从广州起义到抗日战争”的文艺斗争，该章标题很长，共有三节，主要描述“左翼作家联盟成立前后无产阶级的文艺运动在萌芽发展壮大中和反动的文艺倾向所进行的斗争”。第十二章“伟大的抗日文学运动”第一节就讨论了这一时期存在的文艺斗争。第十四章详细介绍了“具有划时代意义的毛主席延安文艺座谈会上的讲话”，共有五节，依次对延安文艺讲话的原因、历史渊源、现实基础和伟大成就及意义进行讨论。

任访秋对文艺思想及其斗争非常关注，与他在绪论中就强调的“学习新文学史的目的”有关，他提出的四个目的中有两个都与文艺理论及斗争有关，分别是“了解并掌握中国现代文学‘创作’‘理论’和‘现实’中间相互关系，以及创作在现实的基础上，与理论指导下的发展规律”“了解‘马列主义’‘毛泽东思想’，以及中国共产党对中国近三十年来的文学所发生的作用和影响，了

① 郭沫若．为建设新中国的人民文艺而奋斗［M］//中华全国文学艺术工作者代表大会宣传处．中华全国文学艺术工作者代表大会纪念文集．北京：新华书店，1950：38.

② 任访秋．中国现代文学史上卷［M］//任访秋．任访秋文集·现代文学研究［M］．郑州：河南大学出版社，2013：84.

③ 任访秋．中国新文学史讲稿［Z］．开封：河南大学，1953：38.

解毛泽东文艺方向和道路的历史的和现实的基础”。① 简言之，他所书写的文艺思想及斗争就是为了凸显理论指导了现实文学发展，彰显中共及无产阶级思想的领导，并具有逻辑性地阐明毛泽东文艺方向的必然性和伟大性。他对各种论争事件的选择以及阐释都是为了达到这两个目的。

尽管有着这样的政治目的和文学史撰写意图，但任访秋在具体书写这些文艺斗争之时，还是坚持了客观主义的形式与方法。例如，他在书写“革命文学”论争之时，首先介绍的是“创造社提倡的‘革命文学’与对于文学阶级性的阐发”，其次依次介绍“语丝派主张的文学上的自由主义”“新月社提倡的所谓‘人性论’与对文学阶级性的否认”“鲁迅的态度”。在对各方代表性主张予以充分展示及说明之后，是任访秋“对以上各派主张见解的批判”；最后，任访秋总结了这次论战六方面的意义和收获。② 通过介绍问题的缘起，论战各方的观点，并用无产阶级文艺观对这些观点进行批判，最后从文学史的角度总结这些论争的意义及收获，这是任访秋书写文艺论争的基本步骤。这种方法及步骤在《中国现代文学史》（上卷）中也已有之，例如，他在介绍整理国故运动之时就是如此。这种方法和步骤的核心在于客观展现，通过事实说话，证据是第一位的。任访秋对这一种方法进行了保留，但改换了批判的立场和方法，即以毛泽东《新民主主义论》中所论定的阶级关系及斗争发展来重新定义并评判这些论争。

三、作家、文艺理论家专论

《中国新文学史讲稿》另一大特点在于将中国新文学作家、文艺理论家予以专章论述。全书共有二十章，介绍作家和文艺理论家的章节有如下章节（为展示所选择的作家类型，笔者对一些合章介绍的作家予以说明）：第四章“中国人民文学之父——鲁迅”、第五章“革命浪漫主义的开山——郭沫若”、第七章“革命的浪漫主义运动及其代表作家蒋光慈”、第八章“现实主义的发展及现实主义的巨匠茅盾”、第九章“批判的现实主义的作家”（介绍叶绍钧、曹禺及臧克家）、第十章“无产阶级天才的文艺批评家瞿秋白”、第十一章“唯美主义象征主义与颓废主义”（闻一多与李金发合章）、第十三章“歌颂抗日的作家”（主要评析萧红、艾青、田间、夏衍）、第十六章“社会主义现实主义的人民小说作家”（介绍丁玲、赵树理）、第十七章“社会主义现实主义的人民诗人”

① 任访秋．中国新文学史讲稿［Z］．开封：河南大学，1953：1-2.
② 任访秋．中国新文学史讲稿［Z］．开封：河南大学，1953：72-73.

(介绍贺敬之、丁毅、李季)、第十八章“正确地执行了毛泽东文艺方针的文艺批评家”（介绍周扬、冯雪峰)。从文学史框架体系来看，任访秋是以作家、批评家专论结合文艺理论、思想斗争史来进行的。这与王瑶的《史稿》采用的以时代为经，文体发展为纬，先总论后分论的结构模式大不一样。吴组缃曾批评王瑶采取这种体例“只是一些作家作品片断的罗列与评述，一章章一节节地割裂开来，同一个作家，看不出他的主导思想，看不出他的发展过程；同一个时期，看不出各种思想相互斗争的关系，看不出文学的主流与发展的方向”①，所以宫立认为任访秋是吸收了王瑶的教训，才采取这种作家专论结合思想斗争史的框架，② 非常合理。

将任访秋的《中国新文学史讲稿》细致比对，会发现他学习当时影响巨大、印数极多的季莫菲耶夫的《苏联文学史》③ 非常明显。他在专章专节中提及的作家有21位，其中专章的有鲁迅、郭沫若、蒋光慈、茅盾、瞿秋白，其他作家都是专节书写。选取的作家数量及专章专节的比例大致与《苏联文学史》差不多。从他选取的这些重要作家的阶级立场来看，都是以无产阶级立场为主，从创作方法来看分别代表了现实主义、革命浪漫主义和唯美主义、象征主义与颓废主义这几种最主要的类型。还从标题上显示了现实主义、批判现实主义和社会主义现实主义的不同及其代表作家。这些也与《苏联文学史》类似。学习苏联的高等教育经验是第一次全国高等教育会议的精神，而在中国新文学史编写中具体借鉴季莫菲耶夫所编的《苏联文学史》模式，也多次被人提倡。例如，王西彦在参与大纲初稿的讨论中就有该提议；④ 在王瑶《史稿》上册的座谈会上也有人这样建议⑤。

选取重要作家进行讲述在当时关注中国新文学史编撰的学者中已形成共识，但哪些才是重要的作家呢？任访秋曾认为在创作方面如鲁迅、郭沫若、茅盾、丁玲、田汉、闻一多，批评方面如成仿吾、瞿秋白、周扬等，“都须要重点的提出讲授”⑥。联系这一建议并将之对照，会发觉任访秋当时就是根据他自己的讲义提出建议的，但是成仿吾并没有在批评家介绍中出现，或许在修改之时将他

---

① 《中国新文学史稿（上册）》座谈会记录［J］. 文艺报，1952（20）：24-30.
② 宫立 . 论任访秋的现代文学史三部曲［J］. 文艺争鸣，2016（10）：101-110.
③ 季莫菲耶夫 . 苏联文学史［M］. 水夫，译 . 上海：海燕书店，1949.
④ 王西彦 . 关于《中国新文学史教学大纲（初稿）》的讨论［J］. 新中华，1951，14（24）：36-40.
⑤ 《中国新文学史稿（上册）》座谈会记录［J］. 文艺报，1952（20）：24-30.
⑥ 任访秋 . 对《中国新文学史教学大纲》的商榷［J］. 新中华，1951，14（24）：34-36.

删除。这也应与成仿吾20世纪40年代直至中华人民共和国成立都不再在文坛上活跃建功，而成为中共高等教育事业的开拓者有关。① 当时的中国新文学史书写如此强调重点作家的挑选和重点讲述，是希望尽快树立符合主流意识形态的经典系列。因为在当时“文化资源有限、文化传播落后的年代里，经典的确发挥着政治教化、伦理教育、文化传播的功能，也只有经典才能同时发挥这三重功能”②。从任访秋选取的这些作家和文艺理论家来看，他初步建立了以左翼文学为中心，适当兼顾其他文学类型的经典作家作品系列与等级。其中最高级别的是左翼文学大家及文艺理论家鲁迅、郭沫若、蒋光慈、茅盾、瞿秋白；其次，是社会主义现实主义的作家丁玲、赵树理、贺敬之、丁毅、李季，文艺批评家周扬、冯雪峰；再次，是批判现实主义作家叶绍钧、曹禺、臧克家和歌颂抗日的作家萧红、艾青、田间、夏衍；最后，是唯美主义象征主义与颓废主义的闻一多和李金发。这四类作家的重要性和级别依次递减，是一张全新的中国新文学史经典名单。

任访秋经典作家的选定及不同现实主义的分类，应受到冯雪峰③的启发，也应与周扬的文章《社会主义现实主义：中国文学前进的道路》④ 有关。该文指出：获得斯大林奖金的“丁玲等同志的作品以及赵树理和其他作家的一些作品……是社会主义现实主义的文学”。丁玲⑤和赵树理⑥在革命文艺战线本身就

---

① 李玉非．成仿吾：中国共产党高等教育事业的开拓者［N］．中国教育报，2011-06-06（9）．

② 季广茂．经典的黄昏与庶民的戏谑［J］．山东师范大学学报（人文社会科学版），2005（6）：8-13.

③ 冯雪峰．中国文学中从古典现实主义到无产阶级现实主义的发展的一个轮廓［J］．新华月报，1952（11）：210-227.

④ 周扬．社会主义现实主义：中国文学前进的道路［M］．周扬．周扬文集：第二卷．人民文学出版社，1985：187.

⑤ 1949年7月，丁玲参加第一次文代会，在会上作《从群众中来，到群众中去》的发言，并当选为文联常委和文协（作协前身）副主席；8月，参加第一次全国妇女代表大会，当选为妇联常委；9月任刚刚创刊的《文艺报》主编，参加全国政协第一次代表大会，当选为全国政协委员；10月，当选为全国文化教育委员会委员，并率中国代表团赴苏联参加十月革命30周年纪念大会。1950年，任作协党组书记，常务副主席，中央文学研究所（后改称中国作家协会文学讲习所）所长。1951年，调任中宣部文艺处处长。1952年，任《人民文学》主编。其作品《太阳照在桑干河上》1952年获得斯大林奖金二等奖（1951年度）。李向东，王增如．丁玲年谱长编：上卷［M］．天津：天津人民出版社，2006.

⑥ 在左翼文化界，曾有两位作家被作为“方向”提出。一个是鲁迅，另一位便是赵树理。周扬在第一次文代会报告中也宣称“反映农村斗争的最杰出的作品，也是解放区文艺的代表之作，是赵树理的《李有才板话》”。

占据着重要位置，得到了主流意识形态与人民群众的认可，他们的作品都曾在中华人民共和国成立初期出版，将新文学和解放区文学经典化（实质也是等级化）的大型丛书《中国人民文艺丛书》和《新文学选集》同时入选。这里将他们视为社会主义现实主义文学的代表作家，更巩固了他们在中国现代文学史的经典地位。因为该文认为鲁迅都还不是社会主义现实主义作家，而只是“五四以来革命的民主主义的现实主义”的代表，他“准备了向社会主义现实主义发展的条件”。可见任访秋并未将中国新文学史书写为社会主义现实主义文学的发生、发展史，而只是将社会主义现实主义文学作为经典作家作品的一种，这与下一阶段文学史著以此为主要叙事线索是大不一样的，这也是笔者在此讨论该著的重要原因。

有人认为“在我们以往的研究视野中，直到张毕来的《新文学史纲》、丁易的《中国现代文学史略》出现后，鲁迅、郭沫若等作家的名字才在章节目录中陆续出现”①，由此强调了任访秋这部文学史在经典作家选择上的历史意义，很有见地，也值得细加分析。因为经典作家作品的形成不是一蹴而就的，而是在持续的文学史编写中不断地累积叠加，并时刻与学术共同体成员相互不断碰撞与协商才能完成。其实，在这之前的中国新文学史书写也曾有过类似的经典作家作品选剔的模式。贺凯 20 世纪 30 年代在北京师范大学任教时编写的《中国文学史概要》②，曾被周扬高度评价为“我们中国第一部用马克思主义观点分析我国现代文学的、具有划时代的价值”③。该书第十章《新文学的作家》就用十个专节讲述了十二个作家。王丰园编著的《中国新文学运动述评》④ 1935 年出版，也将鲁迅、叶绍钧、茅盾、郭沫若、郁达夫、张资平予以专节介绍。贺凯 1930 年前后在北京编写、出版的《中国文学史纲要》曾引起较大反响，鲁迅就收藏了该书。⑤ 此时任访秋正在北京师范大学国文系学习，并在京津刊物上发表了一系列用新观点、新方法研究古典文学的文章。⑥ 二人系同一学校同一专业前后毕业的学生，此时又同在北京生活，不说二人熟识，至少任访秋应对此书有所了解。或许我们可以说，任访秋的文学史框架也受到贺凯的影响。可见，这

① 宫立．论任访秋的现代文学史三部曲［J］．文艺争鸣，2016（10）：101-110.

② 贺凯．中国文学史概要［M］．北平：文化学社，1931.

③ 1953 年，周扬视察贺凯所在的山西大学时高度评价了他的这部文学史。山西省地方志编纂委员会．山西通志：第三十九卷（社会科学志）［M］．北京：中华书局，1995：425.

④ 王丰园．中国新文学运动述评［M］．北平：新新学社，1935.

⑤ 郭汾阳．贺凯先生早年革命事迹一二［J］．党史文汇，2000（12）：41.

⑥ 任访秋先生生平［J］．中国现代文学研究丛刊，2000（4）：282-285.

种文艺理论、文艺运动史与作家专论史结合的文学史体例在 20 世纪 30 年代也已有之，与朱自清①、吴文祺②当时所采用的先总论后分论各文体历史发展的模式，是并行的两大体例。王瑶借鉴的是后者，而任访秋吸纳的是前者，并在此基础上借鉴了季莫菲耶夫的《苏联文学史》，他的确是较早在专章的标题上将作家予以鲜明标识的。

但我们不得不说，将文艺批评家予以专章专节的书写，瞿秋白、周扬和冯雪峰得以高度重视，这是任访秋的大胆创新。他评价瞿秋白是“无产阶级天才的文艺批评家”，是“对敌人发挥了高度的战斗作用的杂文的天才作家”，是“苏联文学优秀的介绍者与提倡者”；③ 周扬是“无产阶级文艺运动的英勇捍卫者与推动者”，是“毛泽东文艺方针的正确执行者与实践者”；④ 冯雪峰的创作是“暴露抨击与讽刺”，他在文艺批评上对无产阶级文艺运动进行推动捍卫，对伟大的鲁迅精神进行了阐发⑤。需要提及的是朱自清 1929—1933 年在清华大学讲授“中国新文学研究”课程时也曾非常重视文学批评，将它作为与小说、散文、诗歌、戏剧之外的另一种文类，但他更重视周作人与梁实秋。其间他也曾在北京师范大学和燕京大学两校讲授，但 1933 年之后就没有再讲。这时任访秋就在北京师范大学读书，不知是否听过朱自清讲授过该课程。但不管怎样，我们说任访秋是较早重视文艺批评家、作家，并予以专章专节呈现的，这应大致不谬。

季莫菲耶夫的《苏联文学史》第十章是“象征主义”，分析了一些象征主义作家后来曾有过创作道路的转向。任访秋第十一章“唯美主义象征主义与颓废主义”也介绍了闻一多和李金发的转变。他从两个方面介绍了闻一多的转变：一是从思想上他由“资产阶级的诗人学者，到争取人民民主的战士”⑥；二是从创作思想上“由唯美主义到现实主义”⑦。最后，任访秋分析了闻一多“思想发展与转变的关键”：首先在于他本质上是“富于热情同正义感的，同时又富于追求真理的精神”；其次是抗战期间他参加了清华学生的湘黔旅行团，接触到冷酷

---

① 朱自清 1929 至 1933 年在清华大学讲授“中国新文学研究”课程所用的讲义是《中国新文学研究纲要》。他采用的就是先总论后分论各文体史的体例。1982 年，上海文艺出版社请王瑶（指导）和赵园将这些讲义予以整理，并在《文艺丛刊》第十四辑刊上发表。

② 吴文祺．新文学概要［M］．上海：中国文化服务社，1936.

③ 任访秋．中国新文学史讲稿［Z］．开封：河南大学，1953：119-122.

④ 任访秋．中国新文学史讲稿［Z］．开封：河南大学，1953：206-209.

⑤ 任访秋．中国新文学史讲稿［Z］．开封：河南大学，1953：210-212.

⑥ 任访秋．中国新文学史讲稿［Z］．开封：河南大学，1953：125.

⑦ 任访秋．中国新文学史讲稿［Z］．开封：河南大学，1953：127.

的现实；最后是他经历了激烈的思想斗争，曾闭户七昼夜，才发生思想突变。任访秋对闻一多的重视，除文学成就之外，也与他同朱自清一样被毛泽东视为有骨气的中国人有关。[①] 由于钟敬文曾批评王瑶《史稿》上册对闻一多前期的作品“过分推崇”[②]，所以任访秋将他塑造为一个转变的文学史形象，批评其前期的文学及思想观念，而赞颂其后期的转变。

因为书写周作人、沈从文、梁实秋、林语堂这些政治立场错误的作家而不批判，王瑶的《史稿》上册在座谈会上就曾受到批评。如季莫菲耶夫的《苏联文学史》一样，任访秋对颓废主义是批判的，李金发成为全书唯一的“反面人物”。他尽管批评了李金发的“神秘主义的倾向，感伤与颓废的情调”“朦胧暧昧的意境与感伤情调的构成”，并分析了“象征诗派产生的阶级根源和它的反动性”。[③] 但从字里行间中，我们可以看出任访秋对其艺术成就的认可，并对其文学史地位进行了很高的评定：“李氏是第一个把法国世纪末的象征诗派的作风输入到中国来的。但这种倾向，给中国当时的诗坛影响很大，像戴望舒冯乃超穆木天以及早期的艾青甚至如唯美派的闻一多颓废派的于赓虞都或多或少受到他的影响。这说明了这是一个特定时代中一个特定阶级（没落的）的意识形态，在文艺上的必然表现。就在我们中国古代文学史上，像中晚唐代表一般没落的封建阶级的作者，如李贺贾岛李商隐等，在诗歌的作风上也有同他们近似的倾向。”[④] 这段话既说明了李金发所受西方文学的影响，给中国诗坛带来的系列新变化，又从中国古代文学中发现了民族传统，其实流露的是任访秋对其文学趣味的欣赏以及贯通古今的学术视野，但这一切都是在批判的“保护伞”下进行的。如果任访秋的《中国新文学史讲稿》得以公开出版，他所写的李金发恐将如王瑶的《史稿》上册一样带来“主从不分”，太过重视“技巧”的批评。

以转变、发展的眼光来分析作家，将作家创作思想、创作内容及特色分为不同时期，是任访秋《中国新文学史讲稿》中的固定模式。这种转变、发展有三种形式，第一种是已经成功转变的，例如，上述闻一多即是典型例子，还有鲁迅、郭沫若、艾青、田间、丁玲等人。他认为鲁迅创作思想就经历了从激进的民主主义到马克思列宁主义两个阶段，文艺思想则有浪漫主义、现实主义和社会主义现实主义三个不同时期。郭沫若创作思想也有着两个阶段，先是接受

---

① 别了，司徒雷登（一九四九年八月十八日）［M］//毛泽东．毛泽东选集：第四卷．北京：人民出版社，1991：1495.

② 《中国新文学史稿（上册）》座谈会记录［J］．文艺报，1952（20）：24-30.

③ 任访秋．中国新文学史讲稿［Z］．开封：河南大学，1953：131-135.

④ 任访秋．中国新文学史讲稿［Z］．开封：河南大学，1953：136.

资产阶级的思想来否定中国的封建社会和思想，接着进一步接受了无产阶级思想、批判资产阶级思想，对帝国主义官僚资本主义和封建法西斯的统治进行冲击；作品内容由争取自由与个性解放到鼓吹无产阶级社会革命，始终贯穿着高度的爱国主义思想。第二种是亟待转变的，如叶绍钧、曹禺、臧克家、夏衍等人，任访秋认为他们是进步的、杰出的小资产阶级作家，“但由于阶级和旧的思想意识限制了他们，这样就使他们作品受到了拘限”，所以他号召这些作家“必须突破旧时思想意识，转变了阶级，在创作上才可能向前跨进一步”。① 第三种则是转变失败的，走回头路的。这方面的代表是萧红。任访秋认为她的《生死场》是相当成功的革命现实主义作品；之后的《马伯乐》已有点琐碎，失去了泼辣的反抗精神；而《呼兰河传》带有极其浓郁的浪漫主义情调了；这是一步步地倒退，原因就在于萧红后来脱离了人民大众的斗争生活。② 注重作家创作思想的发展转变是文学史书写的常用套路和研究思维，但任访秋所强调的转变是带有目的性和导向性的转变。无疑这是受到了当时正在开展的思想改造运动和“三反”运动的影响，因为转变的前提就是思想的改造。但也有不需要转变的作家，他们是解放区成长起来的赵树理、李季、贺敬之与丁毅。因为他们的创作方法已经是纯粹的新现实主义，在内容上与形式上都体现了为工农兵的服务特色。

综上所述，我们认为，任访秋经过大纲初稿的讨论，阅读王瑶《史稿》上册的座谈会记录，以及思想改造运动和“三反”运动，已经认识到自己的中国现代文学史讲义存在“客观主义”的“错误”，并加以反复修改，这使得他的《中国新文学史讲稿》相对于 1944 年出版的比较客观的《中国现代文学史》（上卷）已经发生了转向。此前他“对国共两党的斗争、辩证唯物论思潮对文艺的影响等，都不涉及”③，现在则向唯物论新文学史书写转向，但转变并不能彻底发生，许多地方仍能看出其内在的学术本色。而他以《苏联文学史》为榜样，进行自己独有的探索，则走在了时代的前沿。

本章小结

通过这一章的介绍，我们大致了解了从第一次文代会到第二次文代会之间的

① 任访秋．中国新文学史讲稿［Z］．开封：河南大学，1953：136.
② 任访秋．中国新文学史讲稿［Z］．开封：河南大学，1953：155.
③ 黄修己．中国新文学史编纂史［M］．北京：北京大学出版社，2007：67.

中国新文学史书写情况。本时期是唯物论新文学史书写的新生和初步实践阶段，文学史家及其文学史书写都有着过渡、适应的特征。下面我们予以小结。

1. 新的文学史范式与新的学科产生。在第一次文代会上，郭沫若、周扬、茅盾的报告，以及其他代表的一些发言，主要是以毛泽东的《新民主主义论》和《讲话》为标准进行的。这不仅统一了全国文艺界的思想意识、文学观念，为未来中华人民共和国的文艺方针、文化政策擘画了蓝图，同时也是对过去新文学史的总结。这是1949年之前即有的唯物论新文学史叙事方式的新生，也为之后的唯物论新文学史写作搭建了一个新的文学史框架和新的范式原则。

1949年后，《新民主主义论》成为建国纲领，国家收回了高等教育课程设置的权力，要求大学课程贯彻中华人民共和国意识形态；中国新文学史得以正式成为一门学科，在大学学科体系中有了独立席位，也担负着意识形态宣传与建构的重任。唯物论新文学史研究与书写成为国家意志的载体，通过大纲初稿的制定和教材的编选、批评予以贯彻执行。

2. 本时期从事中国新文学史教学的人员及其思维方式都有着更换、过渡的特征。由于中国新文学史是一门新学科，并且具有很强的意识形态性，所以拟定大纲初稿的学者在政治上都比较可靠，而之前曾任教这门课程的一些老师没有资格担任，如沈从文、废名、杨振声等人。当时新的任课教师王瑶、任访秋、俞元桂等都是之前研究古代文学的研究生，毕业论文都是关于古代文学的，他们是从新解放区步入中华人民共和国的，因为他们的年轻和政治上的相对可靠，而转为教授新文学。由此古代文学研究讲求实证的客观主义的学术品格也被他们带入了新文学研究，但他们对《新民主主义论》和《讲话》精神并未熟练掌握，导致受到批评，需要及时改换、转型。李何林、蔡仪、丁易、张毕来则是从老解放区的大学过渡到中华人民共和国高教系统的，他们的思想观念早已得到了训导、转换，已经认同、追随毛泽东的《新民主主义论》和《讲话》精神，他们的优点是政治性强，强调学术与现实政治斗争的结合。“文学研究领域是由种种交相抵触的话语实践所构成，每种实践都有赖于至少一位具有一定级别的理论明星。”① 这样两批不同类型的学者代表着不同的话语实践，都成为“一定级别的理论明星”，他们的思想观念和学术训练影响着这时的唯物论新文学史的教学与教材编写。此前的启蒙论新文学史的研究与书写传统在此有着显性地断裂，隐性的传统仍在藕断丝连地维系。

3. 正因为处于向新的唯物论新文学史书写过渡的阶段，文学史书写者都还

---

① 威廉斯．文学制度［M］．李佳畅，穆雷，译．南京：南京大学出版社，2014：202.

不熟悉此项工作，这就导致此时的唯物论新文学史编写存在着组合、拼接、协商的特征。其一，这表现在他们共同商定、组合拼接了大纲初稿。大纲初稿中有关中国新文学史的性质、教学目的、文艺斗争等政治性、政策性较强的内容多是由老解放区来的蔡仪、张毕来、李何林等人书写，而有关作家作品的内容主要由王瑶所写，这种分工照顾了他们各自所长，而避其所短。如果将大纲初稿讨论中任访秋、俞元桂、王西彦等人的补充意见予以接纳的话，就体现了这时唯物论新文学史建构与书写的时代成就。其二，在他们自己编写的文学史著中，都只是完成了自己所擅长的部分，而欠缺另外一部分。例如，张毕来、李何林、蔡仪的中国现代文学史的讲义在作家作品的审美分析上就比较欠缺：张毕来的中国现代文学史更多是将文学运动作为社会、政治思潮予以解读；李何林更多从阶级成分以及思想斗争的角度阐释中国现代文学；蔡仪的中国新文学史授课讲义在作家作品上也涉及不多，正式出版时更是改写成文学史论。王瑶的文学史著在作家作品的收集整理上成绩斐然，作家作品分析也颇有艺术审美，但是在新民主主义性质的阐释，作家作品的政治性解读方面也有待“改进”。

4. 本时期的思想改造运动、《武训传》批判以及胡适批判运动都影响了中国现代文学史的编写内容和体例选择，文学革命的历史真实在文学史书写中受到了影响。王瑶的《史稿》上册出版以后受到意识形态的高度关注，围绕它召开的座谈会及《文艺报》发表的“编者按”对中国新文学史研究与教学产生了直接“压力”，唯物论新文学史书写获得了强力支持。所以不仅王瑶需要检讨，根据批评意见对文学史著进行修订，其他文学史编写者也要应声而动，及时改换自己的知识范式，例如，任访秋就用唯物论新文学史的新原则、新线索来修改过去的旧作。

5. 本时期唯物论新文学史编写及讨论大都同意中国新文学的性质是新民主主义的文学，其历史就是新民主主义文学史。这是因为中华人民共和国成立初的经济恢复时期就是新民主主义建设时期。中国人民政治协商会议第一届全体会议通过的《中国人民政治协商会议共同纲领》就规定“中华人民共和国为新民主主义即人民民主主义的国家”①。所以，这时的唯物论新文学史书写为新民主主义国家观念的建构、普及提供了帮助。按照《新民主主义论》的要义，中华人民共和国过渡到社会主义社会之后，这时的文学、文化才是社会主义文学、文化，而中华人民共和国成立初及之前的五四以来的文学、文化属于新民主主

① 中国人民政治协商会议共同纲领［N］. 人民日报，1949-09-30（2）.

义文学、文化，“不能说新文学内容的性质就是无产阶级的阶级文学”①，也就还不是社会主义文学。这一立场视角并未为当时的文学史家观察、撰写新民主主义文学史提供心理距离和时间隔断，也就是并未使得中国现代文学运动脱离“当下”文学运动得以历史化、科学化。现代文学与“当代”文学仍有着性质的相同，但中华人民共和国成立的伟大意义导致它们之间有着时间的分隔。随着之后社会政治的进一步发展，中国现代文学史与中国当代文学、政治运动的隔离不是加大，而是被进一步地予以联系，这使得其历史的沉淀长期未能彻底完成。

6. 本时期文学史书写都非常重视“绪言”的书写，以此介绍新文学及新文学史的性质、特点、研究方法、学习目的等。这似乎回到了 20 世纪 30 年代新文学刚刚独立写史之时，例如，陆永恒的《中国新文学概论》、王哲甫的《中国新文学运动史》等文学史就是如此。不同的是陆永恒和王哲甫是努力将新文学与旧文学、革命文学与资产阶级文学区分开来，而中华人民共和国之初如此书写是为了强调新文学的新民主主义性质以及新文学教学与研究必须以唯物论为指导。他们在“绪言”中指出新民主主义文学是“无产阶级思想领导”的“新文学运动的统一战线”的“大众化（为工农兵）方向”的“新现实主义文学”，发展过程中存在两条文艺路线的斗争，这就为他们的新文学史构建了五种情节线索。这不仅彰显了唯物论新文学史的主要特征及功能，也为研究、书写新文学史提供了方法论与价值观。所以他们对新文学运动中无产阶级思想领导进行了历时性梳理，五四由无产阶级领导得到了反复强调，而 1921 年中国共产党的成立，以及早期共产党人的文艺观点成为被关注的焦点。统一战线在不同时期的阶级构成、力量配比、领导思想和同盟军在文学史著上得到充分展现。文艺战线上两条路线的斗争在此时的新文学史书写中也有较好的推演。“大众化（为工农兵）方向”文艺理论的发生、发展史书写取得不错的进展，对工农兵文学作品的介绍也有着不同的处理方式。但遗憾仍然存在：其一，关于“新现实主义文学”的发生、发展这一条线索只有蔡仪予以理论上的推导；其二，这五条情节线索似乎各自为政，没有中心线索将它们扭结在一起；其三，没有一部文学史著在三个十年中同时完成这五条情节线索的书写，他们往往顾此失彼。

7. 文学史著大致包含“文学运动形态、文学理论形态、文学作品形态三大

---

① 王瑶．中国新文学史稿（上）［M］．上海：新文艺出版社，1954：8-9.

板块，它们在文学史总体结构中既是共时性的又是历时性的”①。此时的唯物论新文学史编写都有意识地从这三方面进行文学史框架建构，只不过文学运动多考虑社会史和革命史与新民主主义文学的互动，文学理论方面凸显的是两条文艺路线的斗争，最大的困难是“究竟应该写哪些作家的哪些作品？这其实也涉及了怎样写的问题，编写者准备以什么样的标准去写一部文学史会决定了他取舍的标准”②。这也是本时期唯物论新文学史书写面临的最主要的也是最让人焦虑的问题。因为“必然要对文学经典来一次‘重新洗牌’，破除一些旧经典，建构一些新经典”③。关于王瑶《史稿》上册的座谈会就暗示了文学史撰写者不再被要求全面地展示历史真实，而应以政治性标准来裁决、取舍文学史料，选择作家作品，以此凸显出文学史的主潮；在价值立场上必须与意识形态保持一致，褒贬分明；在剖析文学运动发生、发展的缘由之时，要结合社会政治、革命历史的发展予以阐释，以此间接论证中国革命的合法性及其胜利的必然性。王瑶对《史稿》的修改，正是按照这样的原则进行的，但效果并不明显。所以，向苏联季莫菲耶夫的《苏联文学史》学习，是这时新文学史研究者共同的呼声，这与中华人民共和国成立之初政治、经济、文化、教育等各方面向苏联学习的时代风气相一致。任访秋此时的《中国新文学史讲稿》虽是内部印刷，但为我们展示了学习季莫菲耶夫的《苏联文学史》的样本，体现了向下一时期社会主义现实主义文学史书写过渡的特征。

8. 学者呼吁、教育主管部门也鼓励新文学史的集体编写，这是其他文学史学科化开始之初所没有的现象。首先，是因为新文学意识形态性强，新的理论方式很难把握，犯政治错误受批判的风险性很大，需要集体编写分担风险。其次，还是因为从五四以来，对新文学就存在偏见，学者较少，研究成果难以在学术界立足；王瑶从古代文学研究转向这个新兴领域之时，就以为“研究新文学很难成为一个不朽的学者的”④。最后，新文学史史料欠缺，之前的一些文学史著因为立场观点不同很难借用，集体编写方能开展大规模的史料收集、阅读、研究。学者个人收集、购买作家作品集和相关史料还存在困难，阅读研究也需

---

① 朱德发，贾振勇．评判与建构：现代中国文学史学［M］．济南：山东大学出版社，2002：68.

② 王宏志．文学史里的“新月派”［M］//陈平原，陈国球．文学史：第一辑．北京：北京大学出版社，1993：332.

③ 童庆炳．文学经典建构诸因素及其关系［M］//童庆炳，陶东风．文学经典的建构、解构和重构．北京：北京大学出版社，2007：83.

④ 王瑶．在思想改造运动中的自我检讨［M］//王瑶．王瑶全集：第七卷，石家庄：河北教育出版社，2000：268.

要时间。所以仅凭个人之力独自编写文学史难以成功，更何况这些学者都是“半路出家”。

9. 本时期唯物论新文学史编写的一些具体问题迎来了大讨论，这方面的讨论影响深远。例如，清末民初的文学是否书写进中国新文学史？中国新文学运动的起点是1917年还是1919年？如何凸显1942年毛泽东的《讲话》在新文学史上的意义，并以此分期？其他各阶段如何划分？新文学作家作品应该如何选择，哪些作家重点讲述，哪些作家次之或被忽略？对这些问题的关注，开始于大纲初稿的讨论，但一直存在于中国新文学史的编撰史和学科史之中，相当于中国新文学史编写问题的渊薮。

第二章

中国现代文学史书写的发展（1953.9—1957.9）

1953年，社会主义改造开始进行，过渡时期总路线得以实施。在第二次文代会上，社会主义现实主义成为新的文学创作原则。唯物论新文学史书写的五条原则及叙事线索在其他原则、叙事线索不变的情形下，将新现实主义文学改称为社会主义现实主义文学，并以此作为中心原则、主要线索进行新文学史建构。于是社会主义现实主义文学史的编写成为此一时段的中心任务，唯物论新文学史书写得以发展。但是这些文学史著在经典作家的选择和座次排列，以及文艺斗争的书写上，既未让文艺官员周扬等人满意，一些作家对此也颇有微词。于是在新的文艺会议及“双百”方针的指导下，集体商讨的综合类大学、师范类大学各自的中国现代文学教学大纲得以出笼，唯物论新文学史书写迎来了进一步发展的窗口期。

第一节　第二次文代会与社会主义现实主义文学史编写方式

温儒敏曾分析张毕来、丁易与刘绶松的中国现代文学史著的社会主义现实主义的叙事线索，① 但没有对这一“理论旅行”进行考察。胡希东对社会主义现实主义在中国的接受及传播进行了梳理，强调了它作为现代文学史建构原则的合理性与必然性。② 周晓风则对社会主义现实主义文学原则的确立及在中国的传播进行过历史梳理。笔者将在他们的研究基础上，进一步探讨社会主义现实主义在中国的传播与接受，及在第二次文代会上的具体阐释，与对唯物论新文学史写作产生的复杂影响。

---

① 温儒敏，李宪瑜，贺桂梅，等．中国现当代文学学科概要［M］．北京：北京大学出版社，2005.

② 胡希东．“社会主义现实主义”与现代文学的历史建构［J］．学术界，2013（4）：177-184，289.

一、社会主义现实主义的产生及在中国的传播与接受

1932年10月29日至11月3日，苏联作家协会组织委员会在莫斯科召开了第一次全体会议，格隆斯基在会上集中传达和阐述了斯大林关于社会主义现实主义的提法。吉尔波丁在会议上所作报告集中阐述了最新提出的社会主义现实主义创作方法的内涵及其意义。高尔基对这一观点给予了认同，并在1933年发表了《论社会主义的现实主义》的著名论文。在斯大林和联共（布）中央委员会的直接指导下，第一次全苏作家代表大会于1934年8月17日至9月1日在莫斯科召开，社会主义现实主义由苏联人民委员会批准而写入苏联作家协会章程中。

苏联关于社会主义现实主义文学的思考、号召与阐释很快在中国得到报道、介绍。1933年7月，上田进在北京发表长篇述评《苏联文学的展望》，较全面地介绍和评述了全苏联作家同盟组织委员会第一次会议内容。当时，上海、南京的报刊，都刊发了苏共中央改组文艺团体，提出社会主义现实主义创作方法等相关消息和文章。有人还署名森堡在《现代》杂志上翻译了苏联华希里科夫斯基《社会主义的现实主义论》一文，周扬就写了《关于“社会主义的现实主义与革命的浪漫主义”》予以应和。周扬此时在上海担任“左联”的党团书记，他对苏联社会主义文学发展动态的高度关注影响较大。第一次苏联作家代表大会召开不久，中国的报刊都从不同角度报道和介绍了相关信息。① 在整个20世纪三四十年代，中国报刊还发表了一批介绍和讨论苏联社会主义现实主义创作方法的文章，在一定程度上反映了中国左翼文学对自身发展存在问题的思考，“标示着社会主义现实主义汇入并开始左右我国现实主义思潮，从而使现实主义发展进入一个新的阶段”②。

在20世纪二三十年代，由于革命势力并不占据优势，中共党内及共产国际对无产阶级能不能在落后国家起作用，并把他们直接引导到社会主义还存在不同意见。也就是说，中国革命应当分两步走，第一步是民主革命，第二步才是社会主义革命；或者是一步走直接跨入社会主义革命，还没有统一的意见，形成权威的指导方针。③ 1940年，毛泽东发表《新民主主义论》讲演。他指出：

---

① 周晓风．社会主义现实主义文学原则的确立［J］．中国文艺评论，2018（7）：22-32.

② 温儒敏．新文学现实主义的流变［M］．北京：北京大学出版社，1988：138.

③ 杨奎松．毛泽东为什么放弃新民主主义：关于俄国模式的影响问题［J］．近代史研究，1997（4）：136-151，1.

“中国革命不能不做两步走，第一步是新民主主义，第二步才是社会主义。而且第一步的时间是相当地长，决不是一朝一夕所能成就的。”① 从此，毛泽东的这一思想在党内得到贯彻，该著在多次整风或学习运动中成为主要的学习文件。在此后召开的延安文艺座谈会上，毛泽东重在讨论的则是文艺为群众和如何为群众的问题，没有提出社会主义现实主义这个创作原则，只提倡“无产阶级现实主义”②。

1949 年 9 月 29 日，《中国人民政治协商会议共同纲领》得以通过，这是中华人民共和国产生的法统，起着临时宪法的作用。其中第一条就规定：“中华人民共和国为新民主主义即人民民主主义的国家”③。此后一系列政府文件及报告，都是以新民主主义为指导方针。在第一次文代会上，以毛泽东的《新民主主义论》和《讲话》为基础的报告、发言成为宣传、学习的重心，文艺的工农兵方向是中华人民共和国成立之初文艺工作者的指南。

但周扬等人仍在不同场合宣讲社会主义现实主义的创作方法。1951 年 5 月，他在中央文学研究所的讲演中就强调：“社会主义现实主义的文学艺术是中国人民和广大知识青年的最有益的精神食粮，我们今后还要加强翻译介绍的工作。”④ 在纪念毛泽东《讲话》发表十周年的文章中，周扬指出：“革命的艺术的新方法——社会主义现实主义应当成为我们创作方法的最高准绳。”⑤ 他在 1952 年为苏联文学杂志写的《社会主义现实主义：中国文学前进的道路》中则指出中国人民的文学正在社会主义现实主义这个旗帜之下前进，但“还是远不够成熟的，它还在成长的过程中”⑥。他采取的还是新民主主义的视角，即社会主义现实主义是最高准则，是我们前进的方向，并没有要求所有的作家以此为创作原则，并作为全国文学创作的号召。

---

① 新民主主义论（一九四〇年一月）[M]//毛泽东．毛泽东选集：第二卷．北京：人民出版社，1991：683-684.

② 尹奇岭．《在延安文艺座谈会上的讲话》三个版本比较 [J]．毛泽东思想研究，2009，26（2）：134-137.

③ 中国人民政治协商会议共同纲领 [N]．人民日报，1949-09-30（2）．

④ 周扬．坚决贯彻毛泽东文艺路线（一九五一年五月十二日在中央文学研究所的讲演）[N]．人民日报，1951-06-27（3）．

⑤ 周扬．毛泽东同志《在延安文艺座谈会上的讲话》发表十周年 [N]．人民日报，1952-05-26（3）．

⑥ 周扬．社会主义现实主义：中国文学前进的道路 [M]//周扬．周扬文集：第二卷．人民文学出版社，1985：188.

二、1949 年后毛泽东对社会主义现实主义的认识

“中国共产党人 1949 年取得政权，当时是允诺进行两次革命而不是一次革命：资产阶级革命和随之而来的社会主义革命。”① 用毛泽东在《新民主主义论》中的表述，则是完成“新民主主义革命”之后接着进行“社会主义革命”。所以在 1952 年下半年，国内、国际形势发生了一些变化，中共中央开始对新民主主义理论进行了重新考虑。9 月 24 日，毛泽东在中央书记处会议上说：“我们现在就要开始用十年到十五年的时间基本上完成到社会主义的过渡，而不是十年或者以后才开始过渡。”② 他这时考虑的是用较长时间由新民主主义过渡到社会主义。1953 年 2 月，毛泽东说：“新民主主义是向社会主义过渡的阶段。在这个过渡阶段，要对私人工商业、手工业、农业进行社会主义改造”，这种改造“从现在起大约需要三个五年计划的时间，这是和逐步实现国家工业化同时进行的”。③ 此时毛泽东关于过渡时期总路线的思想已经酝酿成熟，对这条总路线比较准确的表述也基本形成。6 月 15 日，毛泽东在中央召开的政治局会议上，把完成国家工业化和对农业、手工业、资本主义工商业的社会主义改造作为党在过渡时期的总路线和总任务提了出来，并在讲话中对总路线做了一个比较完整的表述。④ 9 月 24 日，人民政协全国委员会向全国正式公布了过渡时期总路线。⑤ 1954 年 2 月 10 日，中共七届四中全会通过决议，批准了党在过渡时期的总路线。9 月，过渡时期的总路线被载入《中华人民共和国宪法》。

为实施过渡时期的总路线，国家将动员一切力量，文学自然成了为这一决策服务的工具，所以中共中央决定召开第二次文代会。但这次文代会的召开筹备并不顺利。起初周扬并没有参加筹备文代会，因为他在批判《武训传》事件中“政治上不开展”。毛泽东指定胡乔木主持筹备第二次文代会。但胡乔木取消

---

① 梅斯纳．毛泽东的中国及其发展：中华人民共和国史［M］．张瑛，译．北京：社会科学文献出版社，1992：481.

② 中共中央文献研究室．毛泽东年谱（一九四九——一九七六）：第一卷［M］．北京：中央文献出版社，2013：603.

③ 中共中央文献研究室．毛泽东年谱（一九四九——一九七六）：第二卷［M］．北京：中央文献出版社，2013：31-32.

④ 中共中央文献研究室．毛泽东年谱（一九四九——一九七六）：第二卷［M］．北京：中央文献出版社，2013：116.

⑤ 中共中央文献研究室．建国以来重要文献选编：第四册［M］．北京：中央文献出版社，1993：700-701.

“文联”的提议让毛泽东非常生气，① 他委托冯雪峰起草的文代会的大会报告也没有得到认可。② 因为冯雪峰在报告中“对文艺发展的思考，基点是文艺的审美属性，在重视审美特性的基础上融合政治，其思维路向是从文艺出发到达政治”的。③ 这并不符合将文代会的主旨纳入到为过渡时期总路线服务的政治意图，显示不出新民主主义向社会主义的伟大转进。

对此，政治家毛泽东有着他自己高瞻远瞩的文学史思想。林默涵曾和周扬列席政治局会议讨论第二次文代会报告，他回忆了毛泽东在这次会议上讲的三条重要意见。其中第一条与中国现代文学史的建构有直接的重要关系：

> （一）社会主义文艺是从什么时候开始的？毛主席说，你们不要以为我国的社会主义文艺是从延安开始的，是从《在延安文艺座谈会上的讲话》那个时候开始的。不对。社会主义的文艺是从五四运动开始的。五四运动开始有了共产主义的思想体系。④

毛泽东的这一讲话意义重大。这意味着以后在书写中国现代文学史之时，不可如之前那样单单强调《讲话》之后中国新文学才有社会主义性质的“新的人民的文艺”，而应该从五四运动开始，那时就有了“共产主义的思想体系”。这就需要既强调五四时期的无产阶级领导，也要去寻找五四时期的社会主义文艺因素。

虽然，这是毛泽东在讨论第二次文代会报告的讲话，没有公开扩散，但影响了周扬等人起草文代会报告。而在毛泽东亲自参与修订的在 1953 年出版的《毛泽东选集》第三卷中，他在所收录的《讲话》中将之前《结论》第三部分中的“无产阶级现实主义”的提法，改成了“社会主义现实主义”。⑤ 而对此前出版的《新民主主义论》，再版时也有许多修改，特别是增强了社会主义和共产

---

① 李辉．摇荡的秋千：是是非非说周扬［M］．深圳：海天出版社，1998：64.

② 林默涵．十七年文艺战线的一些大事［M］//朱元石．共和国要事口述史．长沙：湖南人民出版社，1999：79.

③ 肖进．理念分歧还是方向之误?：第二次文代会的两个报告之争［J］．扬子江评论，2014（2）：32-39.

④ 林默涵．十七年文艺战线的一些大事［M］//朱元石．共和国要事口述史．长沙：湖南人民出版社，1999：78.

⑤ 尹奇岭．《在延安文艺座谈会上的讲话》三个版本比较［J］．毛泽东思想研究，2009，26（2）：134-137.

主义的观念，“其中的很多提法显然是在思考向社会主义过渡问题时才形成的”①。在后来第二次文代会上，周恩来、周扬等人引用的这两篇著作的内容以阐发社会主义现实主义，依据的正是毛泽东修改后的内容，其他诸种报告及讲话所遵循的正是毛泽东对社会主义现实主义的思考及观点。

三、第二次文代会诸报告及讲话对中国现代文学史写作的具体影响

第二次文代会在更换了主报告之后，终于在1953年9月23日至10月6日召开。会议期间，周恩来作了政治报告，周扬作了大会报告，还有其他文艺官员进行了讲话。这些报告和讲话主要是针对当代文学的号召或指示，但是一些阐述也影响了此后的唯物论新文学史写作。

首先，社会主义现实主义成为新的创作原则，这成为以后文学史写作中的文学标准。在第二次文代会报告中，周扬指出：“社会主义现实主义应当成为指导和鼓舞作家、艺术家前进的力量。”② 茅盾强调为实施总路线这样的政治任务，“每个作家就必须严格地要求自己遵照社会主义现实主义的创作方法进行工作，必须严格要求自己更好地学习社会主义现实主义”③。邵荃麟也明确指出：“我们的文学要服务于社会主义的改造事业，我们必须进一步发展社会主义现实主义的方法。”④ 可见社会主义现实主义将成为当代文学的创作指针，但是之前所提倡的工农兵文学方向并未丢弃。周恩来的报告就再次强调文艺为谁服务的问题。⑤ 这些问题的阐释还是在毛泽东《讲话》精神的指导下进行的。周扬在后来的文章中对此有很好说明：“从五四开始的人民文学艺术运动，正以空前广大的规模，沿着为工农兵群众服务的方向和社会主义现实主义的创作原则而向前发展着。”⑥ 可见，社会主义现实主义是创作原则，为工农兵群众服务是文学

---

① 方敏．毛泽东对《新民主主义论》的修改［J］．中共党史研究，2006（6）：107-115.

② 周扬．为创造更多的优秀的文学艺术作品而奋斗：一九五三年九月二十四日在中国文学艺术工作者 第二次代表大会上的报告［N］．人民日报，1953-10-09（3）．

③ 茅盾．新的现实和新的任务：在中国文学工作者第二次代表大会上的报告［J］．文艺报，1953（19）：17-27.

④ 邵荃麟．沿着社会主义现实主义的方向前进：在中国文学艺术工作者第二次代表大会上的总结发言［M］//邵荃麟．邵荃麟全集：第一卷·文艺理论与批评（上）．武汉：武汉出版社，2013：329.

⑤ 周恩来．为总路线而奋斗的文艺工作者的任务（一九五三年九月二十三日）［M］//文化部文学艺术研究院．周恩来论文艺．北京：人民文学出版社，1979：52-53.

⑥ 周扬．发扬“五四”文学革命的战斗传统［M］//周扬．周扬文集：第二卷．人民文学出版社，1985：272.

方向，二者并行不悖，相辅相成。

其次，以社会主义现实主义创作原则进行中国现代文学史的阶段划分。在第二次文代会上，周恩来的政治报告分为三部分。在第三部分“为总路线而奋斗的文艺工作者的任务”中，他提出了对五四以来新文学史的重新估价问题。他认为应该肯定地说，“社会主义现实主义是早已存在的，并且从五四运动以来，它就已经成为文艺运动的主流”。[①] 他引用了毛泽东在《新民主主义论》中修改的话，说明这是早有的定评。周恩来的报告是就毛泽东改定的《新民主主义论》来阐述社会主义现实主义，从而重新梳理了中国现代文学史与文化史，为中国现代文学史提供了新的文学史叙事情节及具体分期：第一，近三十年的中国现代文学史的主导思想就是社会主义现实主义，这也是我们之后的发展方向。所以中国现代文学史应该以社会主义现实主义的发生发展为主线进行建构。但这并不放弃资产阶级、小资产阶级甚至地主阶级的反帝反封建的作家作品，因为我们在文艺战线上有统一战线。这继续了之前新文学性质是统一战线的反帝反封建的判定。第二，社会主义现实主义从五四就有了萌芽。这需要将五四文学书写为社会主义现实主义的萌芽，为《讲话》发布后社会主义现实主义文学大发展进行溯源。第三，以社会主义现实主义将五四以来的文学分为两个阶段，中间界址是延安文艺座谈会，这样也继续了之前对延安文艺座谈会的重视。以此将中国现代文学史分为两个时期在大纲初稿的讨论中已有人提出，周恩来从社会主义现实主义的角度进行了新的认可。第四，周恩来没有将1949年第一次文代会作为中国现代文学史的结束，而是认为从延安文艺座谈会到“现在”“可以算作一个阶段”，“现在”即1953年，这样中国现代文学史就包含了中国当代文学史，当代文学史还没有独立开来。第五，他将1942至1953年这一时间段又分为两个阶段，以中华人民共和国成立为界。[②] 周恩来的这种文学史分期具有创新性，之后将有一些文学史著对此理念予以实践。他的政治报告汲取了毛泽东对社会主义现实主义的意见，这为当时文艺工作者如何理解新文学史，并将它与《新民主主义论》的精神予以结合提供了合乎逻辑的解释，对在新的历史语境下提倡社会主义现实主义有启示意义。

第二次文代会的诸多报告及讲话都在以社会主义现实主义重新阐述中国现代文学史，以此表明它在当代文坛出现并非空穴来风，而是具有深远的历史传

① 周恩来．为总路线而奋斗的文艺工作者的任务（一九五三年九月二十三日）［M］//文化部文学艺术研究院．周恩来论文艺．北京：人民文学出版社，1979：50.

② 周恩来．为总路线而奋斗的文艺工作者的任务（一九五三年九月二十三日）［M］//文化部文学艺术研究院．周恩来论文艺．北京：人民文学出版社，1979：52.

统。例如，茅盾认为："社会主义现实主义在我国文学上并不是一个新的问题，五四以来中国革命的文学运动，就是在工人阶级思想领导下沿着社会主义现实主义的方向发展过来的。特别是一九四二年毛主席在延安文艺座谈会讲话以后，更明确地奠定了中国文学上社会主义现实主义的理论基础，因而把五四以来的工人阶级领导的中国文学运动推进到一个新阶段。"① 郭沫若②、邵荃麟的报告与发言也表达了类似的结论，而周扬的讲话更是对此再三强调。

最后，选剔符合社会主义现实主义创作原则的作家作品。周恩来所提出的社会主义现实主义文学的典型是魏巍所写的《谁是最可爱的人》，并以此指出："革命的现实主义和革命的理想主义结合起来，就是社会主义现实主义。"③ 周扬在第二次文代会上的报告中列举了更多的社会主义现实主义作家作品；他再次强调了社会主义现实主义是从五四开始的，整个中国新文艺运动都是朝着这个方向前进的，而《讲话》之后获得了丰硕成果，这是一个重要阶段。同时，他选择的现代文学史中符合社会主义现实主义的作家作品有鲁迅、郭沫若、茅盾以及获得斯大林奖金的三部作品《太阳照在桑干河上》《白毛女》《暴风骤雨》。④ 这几乎"重构"了中国新文学史的性质的经典作家作品，评判标准正是社会主义现实主义。更多符合社会主义现实主义的作家作品是在 1949 年后出现的，他列举较多。周扬的报告"既不属于个人报告，也不仅只代表大会本身；它反映着党对于过去一段时间以来文艺发展的评价、看法，肯定什么、否定什么，从而预示党所主张的以后方向"⑤。这为后来文学史家书写新文学史提供了指导，为建构社会主义现实主义文学的经典序列提供了参照标准。

第二次文代会在正确对待民族遗产以及反对创作的公式化、概念化方面也有种种论述，这也会影响之后的文学史评价。但最大影响应该是社会主义现实主义创作原则的提出，重构了中国现代文学史的叙述主线及性质判定，"明确了社会主义现实主义是五四运动以来的文学的主流"⑥。这为唯物论新文学史书写提供了进一步发展的空间，中国现代文学史将被书写为社会主义现实主义文学史。

---

① 茅盾．新的现实和新的任务：在中国文学工作者第二次代表大会上的报告［J］．文艺报，1953（19）：17-27.

② 郭沫若．中国文学艺术工作者第二次代表大会开幕词［J］．文艺报，1953（19）：5-6.

③ 周恩来．为总路线而奋斗的文艺工作者的任务（一九五三年九月二十三日）［M］//文化部文学艺术研究院．周恩来论文艺．北京：人民文学出版社，1979：53.

④ 周扬．为创造更多的优秀的文学艺术作品而奋斗：一九五三年九月二十四日在中国文学艺术工作者第二次代表大会上的报告［N］．人民日报，1953-10-09（3）.

⑤ 李洁非，杨劼．共和国文学生产方式［M］．北京：社会科学文献出版社，2011：73.

⑥ 陆侃如．什么是中国文学史的主流［J］．文史哲，1954（1）：27-29.

第二节　薛绥之实施新文学史整体化编写

薛绥之是中国现代文学和鲁迅研究界的知名学者，悲惜的是他在1985年就不幸逝世了。令学界所熟知钦佩的，是他从20世纪60—80年代，在中国现代文学资料的收集、整理和研究，以及鲁迅研究方面所做出的不少成绩。① 而他在"十七年"就开始进行中国新文学史教学，并编著了相关讲义，却不为学界所知。笔者有幸搜集到薛绥之的讲义之一，通过对它的阅读与研究，我们会了解其更多的学术成就，并看到当时唯物论新文学史编写的另一种模式。

该讲义并不是校内印刷，而是蜡纸刻印，然后折页装订。页数没有统一标注，而是根据刻印之时的顺序分别临时排序，笔者统计共有264页，所以以下引用不予注释。在第一页有"薛绥之"字样；在《新文学史教学笔记》完结处标写有"五四、六、十七"字样；《编后记》的时间标写为"五四、六、七"；在每页蜡纸的中缝都标有"业余部"字样。考虑到薛绥之是在1952年院系调整之际调至天津师范学院（河北大学前身）任教，当时该校为适应天津市培养中学师资的需要，曾增设速成部及业余进修部；② 1955年他又调至山东师范学院任教。③ 我们可以判定这应该是薛绥之于1954年6月为天津师范学院业余进修部授课之时的讲义。他在开头的《中国新文学史教学大纲》中还指出业余进修班教学中存在三个矛盾，并提出解决这些问题的相应办法，其一就是通过印发讲义，鼓励学员多在课外钻研。

讲义目录显示有六部分，分别为中国新文学史教学大纲、中国新文学史教学笔记、参考资料、作品、工农兵诗歌选、中国现代作家作品研究资料索引。其中参考资料、作品都只是在目录中列举文章、作品的标题，工农兵诗歌选注明"另有目录"，应该另有刻印。所以该书主体内容有三，即中国新文学史教学大纲、中国新文学史教学笔记、中国现代作家作品研究资料索引。下面我们将根据这三部分的内容来分析该部文学史的特色。

---

① 冯光廉，朱德发．薛绥之教授对中国现代文学研究的贡献［J］．中国现代文学研究丛刊，1990（3）：5-16.

② 河北大学历史沿革［J］．河北大学学报（哲学社会科学版），1981（3）：185-190.

③ 薛绥之同志逝世［J］．鲁迅研究动态，1985（1）：22.

一、较早的中国新文学史整体化编写

新时期有人曾认为中国新文学研究于1980年出现了一种新的动向，“是不少研究者开始把现代文学和当代文学结合在一起，把五四以来的六十年当做一个整体来考察”①。考察薛绥之的文学史讲义后，我们会觉得这种研究方式在“十七年”中就存在了。除绪论与总结外，该讲义分为四编。与之前颁布的大纲初稿和王瑶《史稿》最大的不同在于第四编，他将1942—1952年划为一个文学史段落，跳过了中华人民共和国成立的1949年。

大纲初稿明确将《讲话》到“全国文代大会”（1942—1949）视为一个文学发展阶段。所以当时的中国新文学史编写，基本上都是按照这一要求进行。王瑶《史稿》也大致采用这一文学史阶段划分，不过下册附录了《新中国成立以来的文艺运动（一九四九年十月——一九五二年五月）》。但在薛绥之的章节编排中，第四编“由座谈会讲话到全国文艺界整风学习（一九四二——一九五二）”对1949年后文学运动的讲述，并不是一个简单的随时延长，如王瑶那样进行概览式地描述；而是一个系统的文学史建构工程，他在这方面进行了创新尝试，从这一编的章节结构就可一探究竟。第四编第一章是“新的人民文艺的成长”，共有“讲话”和“全国文代大会的召开及其意义”两节。第二章“工农兵群众文艺活动及其创作”也有“工农兵群众文艺活动”和“由写工农兵到工农兵自己的创作”两节。第三章“文艺战线上的思想斗争”共有三节，第一节“对萧军思想的批判”、第二节“对于反人民反历史反现实主义的电影《武训传》的批判”、第三节书写对萧也牧、碧野等人“文艺作品中小资产阶级思想感情的批判”。第四章“戏曲改革工作中的胜利”共有三节，依次为“《三打祝家庄》为旧剧改编创造了成功的范例”“全国戏曲工作会议的召开及政务院关于戏曲改革工作的指示”“戏改中的成绩和缺点”。第五章是“创作上的成就”，分为七节，分别从题材、体裁及内容介绍了这十年的作家作品。

这些章节不仅是将1942—1952年的文艺活动及作家作品按时间先后进行详尽介绍，而且寻查到它们的必然联系。例如，延安文艺座谈会和第一次全国文代会的重要性和延续性；从工农兵文学理论的提出，发展到写工农兵，然后是工农兵自己的创作，对陈登科、高玉宝、崔八娃的创作进行了重点分析；在文艺批判上则有对萧军、电影《武训传》和小资产阶级情感的批判；戏曲工作则

① 张建勇，辛宇．一九八〇年中国现代文学研究述评［J］．中国现代文学研究丛刊，1981（3）：303-321.

由部分旧剧改编成典范，发展到全国进行戏曲改革等。由此来看，薛绥之并不认为第一次文代会的召开是中国现代文学史的结束与总结，当代文学也不是另起炉灶，而都是在《讲话》精神指引下的进一步发展。他将历史的重心转移到1949年之后，从比例来看，1949年后的文学发展虽然只有三年之久，但在这一编占有三分之二的篇幅。这是较早在文学史中模糊中国新文学在1949年的断裂性，而注意其连续性的贯穿。21世纪初，王嘉良与颜敏编写的《中国现当代文学史》也大致采用了这种思路，应说是他们无意中的潜在对话。①

薛绥之为什么会将1942—1952年划为一个文学史段落，并以“由座谈会讲话到全国文艺界整风学习”为名建构第四编呢？这应该与第二次文代会上的各种报告和讲话有关。正如前述，周恩来的政治报告就是如此分期。薛绥之没有将中华人民共和国成立或者第一次文代会的召开作为时间截止来建构中国现代文学史，理论依据应该在此。从他讨论的这一时段特别是1949年后的作家作品来看，他主要参考的就是周扬在第二次文代会上所提出的那些作家作品。他评价鲁迅后期《故事新编》中的作品和丁玲的《太阳照在桑干河上》都是社会主义现实主义作品，应是受到第二次文代会精神影响的重要证据。但他对社会主义现实主义的作家作品的认定比周扬在第二次文代会上所列举的还要少，这说明他对这一新的创作原则的推行是谨慎的，也可以说是不熟练的。

薛绥之的文学史为什么截止时间是1952年而不是1953年或1954年？笔者认为这应该与1952年是《讲话》发表十周年有关。中央宣传部曾指示就此在全国开展纪念活动，宣传毛泽东文艺思想，并批评文艺界中存在着的错误思想。1952年5月23日，《人民日报》发表社论纪念《讲话》发表十周年，众多纪念文章也纷纷发表，郭沫若、茅盾、曹禺、周扬、老舍、赵树理、丁玲、夏衍等人都先后撰文。该年见诸各类报刊的有关毛泽东思想的文章不下200篇，出版与之有关的专著（或论文集）则有20余部。② 各地的文艺界都举行了座谈会，掀起了向《讲话》学习的风潮。或许还因为从1951年下半年开始的全国文艺界整风学习运动，在1952年底基本结束。在这次学习改造运动中，毛泽东的《讲话》是指导学习的重要文本。所以，在毛泽东《讲话》已经发表十周年之际，将这十年来的文学运动作为一个整体书写入史也就获得了正当性。

但是，我们也要看到，“由座谈会讲话到全国文艺界整风学习”的叙述立场是以中共的视角来书写的，那么1942—1949年的文学史中，解放区文学篇幅就

① 王嘉良，颜敏．中国现当代文学史［M］．上海：上海教育出版社，2004.

② 胡为雄．毛泽东思想研究简史［M］．北京：中央文献出版社，2014：115.

会更多，这与第一次文代会上采取国统区、解放区并行并置的方式来书写是不一样的。后者更能展示当时文学场域的复杂性和历史的全面性，薛绥之则对此予以模糊化处理。或许这也是当时文学史撰写少有如此编写的原因。

二、作家作品的政治性、社会性、现实性

薛绥之拟定了教师业余进修部的《中国新文学史教学大纲》，这与之前颁布的大纲初稿有所不同。该大纲首先是《说明》，介绍了该课程所面临的教学任务、内容要求和方法要求。他教学本课程的“目的”是“帮助学员端正文艺观点，提高其对新文学的批判、接受、了解、欣赏的能力，以便能更胜任愉快地作一个合乎祖国需要的中学语文教师”。这也是业余部教学的任务要求。除绪论与总结外，本课程的“内容”他分为四编讲授。并且他具体设计了每编的内容：第一、二两编，即 1937 年以前，以鲁迅为主；1937—1942 年，重点放在文艺运动和文学思想斗争上；1942 年以后，以延安文艺座谈会讲话为线索。这主要是以鲁迅、《讲话》为核心，以文艺运动和文艺思想斗争为主线。《中国新文学史教学大纲》正文中的“绪论”是中国新文学性质、特点的介绍。他对这方面的阐述，与我们之前所介绍的李何林、王瑶、张毕来、蔡仪、任访秋等人的唯物论新文学史大致一样，但新加了社会主义现实主义相关内容的表述。

薛绥之的这部讲义与其他文学史著一样，将中国新文学史分为四个时段四编讲授，每编都是先介绍国内政治、社会形势及其与文学发展的关系、统一战线的发展、文艺思想的斗争，然后开始介绍本时期的作家作品。但不同点在于，他对中国新文学史的阶级性和政治性的强调只是提及而已，并不是如李何林、张毕来、蔡仪、任访秋那样以此为中心线索来佐证这些观点的正确性。他更多的是从文艺运动的发展、思想斗争的进行和作家作品的分析来呈现新文学史的发展。与王瑶注重文学技巧，多借鉴引用他人，特别是左翼批评家的言论为指导不同，薛绥之更多注重文学作品内容的政治性、现实性、社会性，并以此为基础，进行文学史和社会史相结合的构筑。

第一编“由文学革命到革命文学（一九一七——一九二七）”薛绥之只计划讲授两周，因为“当时的三个业余班中，有一班已学完第一编，有两班仅学了第一编的二分之一”，所以讲授时间有所减少。在这一编中，鲁迅单独占一章，然后重点介绍的作家作品是郭沫若的《女神》和《三个叛逆的女性》，蒋光慈的《少年漂泊者》《鸭绿江上》和叶绍钧的《稻草人》。他认为贯彻《女神》全集的是作者大胆的反抗精神，这在《匪徒颂》中得到最露骨的表现。然后，他摘引了《匪徒颂》《凤凰涅槃》《巨炮之教训》中的诗句以表明郭沫若不

满一切而大胆反抗的雄伟气魄，并转引诗人的《我的作诗的经过》来说明其诗歌风格。介绍《三个叛逆的女性》之时，薛绥之认为作家通过卓文君写出了“在家不必从父”；王昭君则因为反抗汉元帝，成了“出嫁不从夫”的标本；聂嫈一文表达了作家受“五卅”影响后表达对强权的反抗。他介绍了蒋光慈的《少年漂泊者》和《鸭绿江上》的内容特色，强调这两部作品鼓动了当时青年反对封建势力和帝国主义侵略。他引用丁玲1950年所写《五四杂谈》评价叶绍钧的《稻草人》，认为当时的知识分子就像稻草人一样无能为力，这说明，单靠一个稻草人是不够的，人民只有团结起来，依靠自己才可以。

第二编“左联前后十年（一九二七——一九三七）”薛绥之计划讲五周，其中第四章是“左联十年时期的一般创作成就”。第一节介绍的是初期的革命文学作品，有蒋光慈、洪灵菲、柔石、殷夫、胡也频等人的作品。他认为蒋光慈在创作实践上替左翼文艺运动奠定了若干基础，带来了新鲜的题材和人物，为革命文学争取了读者，扩大了政治影响。但他的思想上，“有最进步的马列主义的思想，同时又还残存有相当浓厚的五四初期右派的个人主义的意识，和从乡间旧社会带来的才子佳人的趣味”。第二节是“茅盾的创作及《子夜》在文学史上的意义”，介绍了茅盾的《蚀》三部曲、短篇集《野蔷薇》和《宿莽》，还有《子夜》。他引用了茅盾的《子夜是怎样写成的》来说明其创作缘由，并结合《茅盾选集》的自序来说明《子夜》的两个缺点。第三节是“在左联的直接号召下进行创作的：丁玲、张天翼、叶紫、萧红等人的作品”。他评价丁玲初期作品的故事性都不大，对于女性恋爱心理的分析却很细致，“时代的前进，使她的写作范围扩大，步入了现实斗争的描写”。他将张天翼所描写的人物分为三类分析。对于叶紫、萧红、萧军及他们的作品，薛绥之都是引用鲁迅为他们所作序言进行评论。此节还有田汉的《回春之曲》、夏衍的《包身工》的介绍。第四节是“在左翼文学运动的影响下的创作面貌：巴金、曹禺、老舍等人的作品”。薛绥之认为这时期曹禺的“艺术修养和写作技巧是有高度水平的”。1951年，曹禺对《雷雨》《日出》进行了修改，薛绥之比较了新旧版本的不同，并认为后来的这种修改使得剧本的“主题也更加突出了”。这是新文学史书写中较早注意作品版本比较的。这一节还介绍了巴金、老舍、臧克家、田间、艾青、叶绍钧的创作。

在这一编中，薛绥之对作家作品的分析不是根据主题、题材或体裁进行分类的，而是按照他们与革命文学的关系依次排序。首先是革命文学的倡导者蒋光慈、洪灵菲、左联五烈士，其次是左翼文学大家茅盾，最后是“左联”直接指导下和影响下的不同作家介绍，这有着从高到低、依次降位的特点。这一编中第八章是介绍苏区的文艺，这又分为两节。第一节是介绍古田会议以后的文艺运动；第二节是论说苏区文艺的特点。这就对工农兵文学与左翼文学予以并列讲述。

第三编“在民族解放的旗帜下（一九三七——一九四二）”薛绥之计划讲二周。其中第五章是“创作成就”，共有三节。第一节介绍的是戏剧，作家作品有曹禺的《蜕变》《北京人》、夏衍的《法西斯细菌》、郭沫若的历史剧、吴祖光的《风雪夜归人》。第二节介绍的是小说，作家作品有茅盾的《腐蚀》、张天翼的《速写三篇》、巴金的《火》、沙汀的《在其香居茶馆里》、孔厥的《受苦人》。这里对孔厥的介绍，应是一般文学史所没有的。薛绥之认为他是在解放区成长起来的作家，作品富有明朗健旺的色彩，作品中善于掌握农民的语言。第三节介绍的是杂文，介绍了上海专门登载杂文的刊物《鲁迅风》和桂林的《野草》，还有聂绀弩、夏衍、宋云彬、唐弢、何家槐、郭沫若等作家的杂文集。薛绥之对这一编的作家作品是以戏剧、小说与杂文三种文艺体裁进行介绍的，但没有诗歌专节。

第四编“由座谈会讲话到全国文艺界整风学习（一九四二——一九五二）”薛绥之计划讲八周，这应是他重点讲述的部分。该编第五章“创作上的成就”列举的作家作品也最多，共分七节。第一节介绍对敌人的讽刺及暴露，作品分析有《虾球传》、《清明前后》、《升官图》、《马凡陀的山歌》、冯雪峰的《雪峰寓言》。第二节是介绍赵树理等反映解放区农村变化的作品，主要有赵树理、欧阳山、康濯、柳青、孙犁、秦兆阳等作家的作品。第三节介绍的是荣获斯大林文艺奖金的三部作品：丁玲的《太阳照在桑干河上》、周立波的《暴风骤雨》、贺敬之等的《白毛女》。第四节介绍的是部队生活与战争的反映，分为通讯报告、小说与话剧歌剧三类。通讯报告中介绍了白朗的《一面光荣的旗帜》、周而复的《诺尔曼·白求恩断片》、华山的《英雄的十月》、韩希梁的《飞兵在沂蒙山上》与《四十八天》、刘白羽的《环行东北》、李立的《四十八天》、丁玲的《一二九师与晋冀鲁豫边区》《朝鲜通讯报告选》。小说则介绍了马烽与西戎的《吕梁英雄传》、袁静与孔厥的《新儿女英雄传》、徐光耀的《平原烈火》、柳青的《铜墙铁壁》、刘白羽的《早晨六点钟》和《火光在前》、杨朔的《三千里江山》。在话剧与歌剧中则介绍了杜烽的《李国瑞》、胡可的《战斗里成长》。第五节是《反映工人生活的作品》，介绍了鲁煤等的《红旗歌》、草明的《原动力》、杜印等的《在新事物面前》。第六节是介绍长篇叙事诗的成就，包括李季的《王贵与李香香》、阮章竞的《漳河水》、田间的《赶车传》。第七节《老舍的新剧作》介绍了老舍在1949年后的剧作，有《方珍珠》《龙须沟》《春华秋实》等。

作者在这一编的书写中，多重视在文学史内容的介绍，社会历史的发展在文学作品内容的简述中得以呈现，从而文学史与社会史的建构得以交汇。这体现了他对唯物论新文学史书写的新追求。这种方法在这一时期他所发表的系列论文中有类似体现。例如，他和顾林合写的文艺参考资料，① 就是典型的通过文艺参考资料中的内容来佐证历史事件的真实性和趣味性。因为“历史教学不仅要求启发学生的理智，也还要求培养学生的想象和感情，为此，适当引用有关的文艺创作，将使课堂教学更生动有力”②。这与此前介绍的张毕来的《中国现代文学史》有相同之处。

薛绥之对作家作品的介绍主要是按照思想内容的政治性、社会性和现实性来分类的。在文体上，他重视社会功能较强的杂文和通讯报告。在作家作品的选择上，他主要是依据第一、二次文代会报告提及的作家作品进行选择。在作家作品的评价上，薛绥之一般是简述作家生平、创作历程与思想发展，然后引用自己或他人的评论说明创作的目的和艺术特色的成败。他引用最多的应该是鲁迅的评价，其次就是作家、批评家的自评和他评，例如，胡风的《张天翼论》、冯雪峰评价丁玲、丁玲评价巴金与叶绍钧、胡风论田间的诗、茅盾评价叶绍钧的《倪焕之》等都被引用。

1949 年后出版的《新文学选集》丛书是薛绥之编写文学史的重要参考资料。他比较了选集中的作品前后修改情况，例如，曹禺的作品；或者注意到作家在选集出版之时的自序，并予以引用，以表明这些作品所存在的缺点，例如，《艾青选集》中的自序等。这些自序都是在 1949 年后所写，在新的情势下作家们会适当“检讨”昔日之作，而薛绥之的引用既紧跟时代，同时又能将他们作为思想改造的典范，但历史性会适当消减，当代性会有所增强。

薛绥之对一些文学现象的书写是当时其他文学史著所没有注意到的。他对毛泽东《讲话》的介绍比较详细，但也有自己的注意点。他同样重视了“座谈会的召开及其影响”“座谈会讲话的时代背景”“确立了为工农兵的方向”“解

---

① 薛绥之，顾林．五四运动和中国共产党成立时期（一九一九——九二三）教学的文艺参考资料：新民主主义革命史文艺参考资料之一［J］．历史教学，1953（9）：27-31，22；顾林，薛绥之．第一次国内革命战争时期（一九二四——九二七）教学的文艺参考资料：新民主主义革命史文艺参考资料之二［J］．历史教学，1953（10）：27-32.

② 编者按［J］//薛绥之，顾林．五四运动和中国共产党成立时期（一九一九——九二三）教学的文艺参考资料：新民主主义革命史文艺参考资料之一．历史教学，1953（9）：27-31，221.

决了普及与提高的关系”“指出了小资产阶级作家彻底改造的重要性”等。但他特别强调了《讲话》对讽刺问题的意见：“今天我们不但需要杂文，讽刺也是永远需要的，仅仅是废除讽刺的乱用，而不是一般的反对讽刺。”他对一些作品进行评论时，有时也会有杂文式的讽刺之笔。例如，他在分析《将相和》的旧戏改编时，就指出：“这一历史故事对于当前现实斗争是具有强烈的教育作用的，是针对着现实的思想情况的。今天，在我们之间是不是会有如廉颇这样的摆老资格，轻视有能力的后进的人呢？是不是会有相信只要有武力就可以解决一切的枪杆子主义的人呢？是不是也会有因别人摆老资格而自己也竟不顾革命利益，与他不合作闹对立的人呢？如果有，这曲戏里就给了他们以有力的批评。”薛绥之对《将相和》的这一引申，在当时应是有所针砭的！

三、重视鲁迅及中国现当代文学研究的资料积累

在薛绥之拟定的《中国新文学史教学大纲——教师业余进修部》中，他指出：“第一二两编，即三七年以前，以鲁迅为主。”他对鲁迅的重视表现在三方面。

第一，对鲁迅的人生历程、私人交往、思想发展都交代得比较清楚。第一编第二章《新文学的奠基人鲁迅》的第一节就是《由沉默到呐喊》，鲁迅1912—1918年的心情苦闷，金心异与他谈话劝他写文章等成为叙述重点。为了说明鲁迅与党的关系，薛绥之介绍了鲁迅与李大钊、冯雪峰、李立三、方志敏等中共党员及一些青年党团员的交往，指出他参加了一些中国共产党所领导的其他组织，尽管他还不是党员。对鲁迅所参与的革命文学论争，此前一些文学史已经有较为详尽的介绍，薛绥之对此介绍也大致一样，论说了他由进化论向阶级论的转变；也专节介绍了鲁迅的逝世。

第二，他对鲁迅作品的介绍全面，分析细致。该讲义第一、二编都有专章介绍鲁迅的作品，还有其他专节涉及鲁迅，所以对鲁迅创作的起因、特色内容等方面介绍非常详尽，特别表现在对鲁迅杂文、散文创作的介绍上。鲁迅每部杂文集、散文集的内容特色、文章年代、文集名字由来、所表达的鲁迅思想情绪等都被一一介绍，这应该是中国新文学史书写中的第一次。他认为鲁迅后期杂文在内容上具有“革命的爱国主义精神”和“善于运用马列主义的观点来分析问题”；在艺术上也达到了很高成就，具有“形象化”“破痼弊常取类型”“用字简练”等优点。他对《故事新编》的八篇小说称赞有加，并评价《非攻》《理水》《采薇》《出关》《起死》“立意深广，技术精炼，是社会主义现实主义作品”。

第三，薛绥之对作家作品的评价、文艺运动的发展描述和文艺立场的选择等方面，鲁迅的观点是他主要的借鉴及引用对象。这显示了他对鲁迅文艺观点比较熟稔，同时也表明了他自己的学术追求。例如，鲁迅的《中国文坛上的鬼魅》《“民族主义文学”的任务和运命》《新月社批评家的任务》《上海文艺之一瞥》等都曾被引用，这里不全部枚举。

薛绥之此时对鲁迅研究的偏重，重视其杂文，并从毛泽东《讲话》中为讽刺寻找到合法性，都与他自己的文学和研究经历有关。他 1942 年考入北京大学经济系。毕业后，在北平《世界日报》任副刊编辑兼记者。1947 年为谋生渡海至中国台湾彰化中学任教，并兼任《世界日报》驻台记者。1948 年初乘船返回青岛，任青岛《民言报》记者。中华人民共和国成立前夕，他被友人邀至北平，入新创办的华北大学国文系学习。当时李何林正在这里任教，受他影响，薛绥之开始专注于中国现代文学的教学和研究。① 很显然，擅长于鲁迅研究的李何林对薛绥之产生了重要影响，所以他对鲁迅研究倾注了较多心血，因而在中国新文学史讲义中就书写了较多内容。对鲁迅杂文研究透彻，也与他“自诩为‘杂文家’”有关，他在 1949 年前，主编《新路》杂志之时就曾创作过一些杂文。在“双百”方针时期，他也写了近十篇有关文艺问题的杂感和短论。② 这都说明他对杂文情有独钟，这也影响了他的精神气节、学术方向。

薛绥之对鲁迅研究不仅自身成果比较丰富，对鲁迅研究的整体资料收集也颇下功夫，而且延伸至其他中国新文学作家作品的研究上，这也是该部文学史的另一大特色，这体现在第三部分《中国现代作家作品研究资料索引》中。该“资料索引”收录 37 位作家、7 部作品的研究资料。作家有鲁迅、郭沫若、茅盾、丁玲、曹禺、老舍、叶绍钧、何其芳、艾青、田间、臧克家、张天翼、夏衍、巴金、胡风、瞿秋白、朱自清、闻一多、赵树理、杨朔、柳青、刘白羽、周立波、陈登科、孙犁、康濯、草明、孔厥、魏巍、马烽、高玉宝、崔八娃、艾明之、欧阳山、李季、阮章竞、萧也牧。作品有《白毛女》《红旗歌》《妇女代表》《钢铁运输兵》《上甘岭》《长征》《平原烈火》。其中现代文学重要作家都被注意。

在这些作家作品中，薛绥之对鲁迅的研究资料收集最完整，其他作家作品相对较略，我们可以通过他对鲁迅研究资料的介绍来窥一斑而知全豹。鲁迅研

---

① 梁自洁．山东现代著名社会科学家传：第一集［M］．济南：山东教育出版社，1991：468-469.

② 查国华．批判薛绥之反动的文艺思想［J］．山东师范学院学报（人文科学），1957（1）：30-36.

究资料的第一部分是“生平、思想及其他”，又分为：一、年谱、传记、事迹。年谱介绍的有许寿裳和雪苇编写的两种；传记、事迹介绍的有王士菁、小田岳夫、周遐寿、钟敬文、许寿裳、林辰、孙伏园、王治秋、萧红、雪峰、何春才、陆万美、陈汝惠、郑奠、郑伯奇等编写的著作或文章，还有鲁迅自述生平的文章。二、思想及其发展。介绍了何干之、平心、徐懋庸、冯雪峰、华冈、瞿秋白、胡绳、陈涌、何其芳、李广田、韩长经、唐弢等人的著作和文章，以及《人民日报》社论。三、与党的关系。介绍了冯雪峰、萧三、陈绍禹、曹靖华、杨之华等人的文章和著作。四、毛主席及其他人对鲁迅的评价。介绍了毛泽东、费德伦科、法捷耶夫、西蒙诺夫、罗果夫的文章。五、对各种问题的意见与贡献。介绍了宋云彬、陈烟桥、倪海曙、王瑶、罗果夫、林辰、张望、叙庚、张梦闻、刘蒙天、郭预衡、周访、臧克家、郑振铎、孙伏园、韩长经、兰艾、焦风、李效厂、邓中铁、华嘉、冯雪峰等人撰写的文章或著作。

第二部分是“作品研究”，又分为：一、小说。介绍了鲁迅、孙昌熙、冯雪峰、孙犁、王西彦、许杰、朱彤、徐中玉、叶兢耕、孙伏园、翰光、邵荃麟、钦文、吴小如、叶圣陶、潘颖舒、林番、张天翼、周立波、艾芜、欧阳凡海、魏金枝、陈涌、蔡仪、耿庸、沈仁康、姬平、李慕白、仓告、景宋、许寿裳、伊凡、李桑牧等人的著作或文章。二、杂文。介绍了瞿秋白、冯雪峰、川岛、刘泮溪、李广田、徐中玉、潘汉年、胡格非、薛绥之、韩文佑、丹徒、张非、刘绶松等人的研究成果。三、散文诗、日记。介绍了雪苇、孙机、胡风、李微、藤野严九郎、许广平、艾新、吴强、江东山等人的研究成果。四、其他。介绍了许广平、王瑶、巴人、雪苇、陈涌、严微青、台静农、胡今虚、吕荧、茅盾、任访秋、冯雪峰、韩长经、文水、文军、戚去分、董秋斯等人的研究成果。

通过列举，我们发现薛绥之对有关鲁迅的研究成果的收集非常全面，视野开阔，中外都有涉及，而且对具体小说的研究还进行了分类列举。也正因为对鲁迅的研究资料收集比较完备，1955 年调至山东师范学院之后，他编纂的《鲁迅研究资料索引》1957 年由山东省图书馆内部印刷，① 这是较早对鲁迅研究资料进行钩沉的著作，走在了时代的前列。1960 年，他带领学生编辑了《中国现代作家研究资料丛书》，字数达三百万。② 此后他多次独著、主编多种有关鲁迅

① 梁自洁．山东现代著名社会科学家传：第一集［M］．济南：山东教育出版社，1991：470.

② 冯光廉，朱德发．薛绥之教授对中国现代文学研究的贡献［J］．中国现代文学研究丛刊，1990（3）：5-16.

研究的著作，[①]成为著名的鲁迅研究专家。这一系列学术工作的源头，都可以在他编写《中国新文学史》讲义之时找到端倪，这是前后相续、一以贯之的。

第三节 王瑶文学史著的停印及“错误”“改正”

一、王瑶《中国新文学史稿》的停印

1953年8月，王瑶的《史稿》下册出版后不久，他的学术和政治生涯迎来一个上升期。1954年11月，他被推举为全国政协第二届委员会委员。12月8日，中国文联主席团、中国作协主席团举行联席会议通过了《关于〈文艺报〉的决议》，王瑶进入《文艺报》编辑委员会，从1955年1月起开始工作。[②]这都说明他在政治和学术上得到了主流意识形态和学界的高度认可。

1955年批判胡风集团事件则给王瑶的文学史著带来了挫折。从批判胡风集团这一事件的发生经过来看，王瑶此时正处于《文艺报》编委职位，他对该事件的性质和“危害”是有深刻认识的。所以他在协助日本早稻田大学教授实藤惠秀等人进行《史稿》全书的日文翻译之时，[③]就有意识地在修订本的基础上进行了一定程度的再修改，以使其符合第二次文代会精神，并特意批判了胡风集团。[④]而且他在1955年5月，就“已正式通知出版社对本书停止再印，并已取得了出版社方面的同意”[⑤]。

要求出版社停印，还因为出版王瑶《史稿》的新文艺出版社在这次事件中已经陷于危机之中的旋涡。在《关于胡风反革命集团的第二批材料》第三十一条的“注释”就写道：“胡风经过刘雪苇，安置了好几个胡风集团的分子在上海新文艺出版社里面，企图把这个出版社作为他们的一个重要据点。”也是这批材料中的第五十条的“注释”也写道：“［你们社］指上海新文艺出版社，胡风分

---

① 卢军．筚路蓝缕为鲁研：薛绥之的鲁迅研究资料编辑出版历程［J］．出版发行研究，2018（2）：106-108，105.

② 杜琇．王瑶年谱［J］．新文学史料，1990（3）：30-45.

③ 王瑶的《中国新文学史稿》由实藤惠秀、千田九一、中岛晋和左野龙马四人合作译成日文，从1955年10月至1956年4月分五册由日本河出书房出版。

④ 王志松．王瑶《中国新文学史稿》日译本考［J］．文艺理论与批评，2022（3）：120-133.

⑤ 王瑶．从错误中汲取教训［J］．文艺报，1955（20）：27-28.

子罗洛、张中晓、耿庸等均由胡风经刘雪苇关系打进该社。”① 这样，上海新文艺出版社在事件发生之后，编辑部的刘雪苇、梅林、俞鸿模、冯秉序、耿庸、罗洛、罗飞、张中晓、陈梦熊、王元化等都处境艰难。新文艺全社人员停止工作，集中整顿学习。② 所以，王瑶通知该出版社不再出版自己的新文学史著是非常及时的选择。

如果说王瑶《史稿》的停止出版，开始只是出于他自己的政治敏锐性或自我保护的话，那么之后他长期不再出版《史稿》则有着行政管制的因素存在。1955 年 7 月 30 日，中宣部办公室下发通知。要求清查在教科书及教学参考书中所采用过的胡风集团著作的情况，并迅速提出处理办法。文件之后还附录了书籍目录，列出的作家名单是，胡风、刘雪苇、阿垅、绿原、鲁藜、芦甸、路翎、冀坊、梅志、罗洛、方典、张禹、耿庸、牛汉、化铁、贾植芳、满涛、吕荧、徐放。他们主要是胡风在上海的朋友，这个名单及后面所附的著作及出版单位，也以新文艺出版社最具代表性。③ 王瑶的《史稿》虽没有在上面，但是他撰写过程中借鉴胡风的观点甚多，刘雪苇的文艺观点也曾被摘引。更“严重”的是，他在下册对胡风及七月派成员的创作进行了正面评述。而在他参与的大纲初稿的编写中，他推荐的参考书目中就有胡风著的《剑·文艺·人民》，所编的《民族形式讨论集》及其他论文，刘雪苇的《论文学的工农兵方向》也赫然在列。这正符合上述文件所规定的内容，所以说，当时被停印是《史稿》必然的命运。

或许停印还不能消除王瑶《史稿》的“恶劣”影响，所以《文艺报》发表了甘惜分的文章要清除胡风思想在文学史研究中的影响，而《史稿》下册成为反面典型。当时王瑶已经是《文艺报》的编委，但是仍刊载了这篇批评文章，可见这是意识形态在新文学史研究中所必须进行的工作，不是他所能左右的。甘惜分在文中回顾了《文艺报》1952 年发表的对王瑶《史稿》上册的座谈纪录，接着批评其下册“不仅没有避免大家所指出的上册中所存在的那些错误，反而更加发展了那些错误；这种发展，特别显著地表现在他对胡风集团的捧场和掩盖胡风集团的反动思想等方面”。然后就批评王瑶在文学史中对胡风、路翎、阿垅、绿原、鲁藜等作家作品的分析没有进行批判而是进行称赞，并且指出“作者长篇大论地引用的别人的批评中，胡风的‘理论’就是经常被引用的；

① 《人民日报》编辑部．关于胡风反革命集团的材料［M］．北京：人民出版社，1955：63-75.

② 王敏．“胡风案”前后的新文艺出版社［J］．世纪，2013（3）：24-28.

③ 谢泳．解读一份文件：以《中央宣传部关于胡风及胡风集团骨干分子的著作和翻译书籍的处理办法的通知》为例［J］．南方文坛，2004（1）：56-63.

差不多对每个重要问题的分析和判断，都要请胡风出来帮忙，只要‘胡风说’如何如何，就好像给问题作了结论。很显然，胡风成了作者所崇拜的偶像”。王瑶为什么如此崇拜胡风及这些“胡风分子”呢？甘惜分深挖他的思想根源，就在于“他所采取的是资产阶级客观主义研究问题的观点和方法，这就使得他不可能了解新的人民的文学的真正意义”，这实际是“超党派”“无党性”的文学史主张；而他在研究作家作品时采取的“分类法是按照事物的表面现象人为地强加到事物身上的，这也正是资产阶级形式主义的一个特征”。最后，甘惜分指出撰写中国新文学史的正确的主叙事：“在文学上，这三十多年的历史是革命的现实主义文学与各种反动的、反现实主义文学流派斗争的历史，而社会主义现实主义文学则是这个斗争中的主流，它在中国共产党领导下，始终对一切反动流派保持着优势。而在一九四二年以后，在毛主席‘在延安文艺座谈会上的讲话’发表后，我国社会主义现实主义文学的发展又进入一个新的划时代的历史时期。”① 这一规范的新文学史叙事中的社会主义现实主义的发生、发展恰是王瑶《史稿》中所没有贯穿的叙事主线，而甘惜分的批判正是以此来确立新的中国现代文学史书写原则。

1955年，学界早有人对王瑶的《史稿》持批评态度。泽浦就批评王瑶《史稿》的根本性错误在于“没有很好的把马克思列宁主义的领导思想当做一个由小而大的不可遏止的洪流贯穿到新文学中去”②。这是要求他更加强调无产阶级领导，这与之前《史稿》上册座谈会上各位专家并无不同，王瑶似乎大可不予理睬。但甘惜分的批评将其文学史著与胡风集团予以联系，王瑶不得不予以回应，他及时在下一期《文艺报》中对此予以答复、检讨。首先，他同意甘惜分所提出的意见，承认自己的文学史将给读者带来错误的印象：“胡风是著名的文艺理论家，鲁藜、绿原、路翎等人是有才能的作家，而且都是对于革命文艺有贡献的。”其次，他批判了这些人。最后，解剖了自己的错误根源，在于自己出身、经历和教养等的关系，思想上长期受到资产阶级的影响，在学术上就表现出一种“为学术而学术的客观主义倾向”；在文学史研究工作中，没有贯彻毛泽东《讲话》精神，没有将文艺作为整个革命机器中的一个组成部分；在对中国新文学性质的说明上，就与第二次文代会的决议精神不相符合，这就是承认自己没有强调社会主义现实主义的发生与发展。③ 在全国批判胡风集团的大势所趋

① 甘惜分．清除胡风反动思想在文学史研究工作中的影响：评“中国新文学史稿”下册［J］．文艺报，1955（19）：27-31.

② 泽浦．读《中国新文学史稿》后的一些意见［J］．新建设，1955（1）：56-59.

③ 王瑶．从错误中汲取教训［J］．文艺报，1955（20）：27-28.

下，王瑶对于甘惜分所提出的批评，只能“照单全收”，而不能有丝毫反驳。

王瑶的《史稿》被停印，所受批判及所作检讨，无疑告诫了新文学史研究者、书写者应以唯物论为指导构建中国新文学史，在选择和评述有关胡风集团的作家作品上存在禁忌与规范，社会主义现实主义应成为新的述史主线。

二、王瑶新诗史写作的“错误”“改正”

王瑶的《史稿》下册受到批评，停印，但其他方面似乎影响并不大。他被知识分子会议发出的“向科学进军”的号召唤起了学术的热情。1956 年，王瑶同时出版了《中国诗歌发展讲话》《〈陶渊明集〉编注》《关于中国古典文学问题》三部著作，而且在北京大学党委召开的鸣放会上作了一次发言。同年，在北京大学评定教师职称时，他被评为三级教授。而且开始参加周扬领导的《中国新文学史》教科书的编写工作。①

《中国诗歌发展讲话》主要内容是由王瑶应 1954 年创刊的《文艺学习》撰写的几篇文章的合编而成。“当时商定由《诗经》讲起，每次一个题目，共八次；有连续性，但各篇也可独立。每篇约六七千字，须介绍一般的常识，但对重要的作家还须有重点地多讲一些；引用的不易懂的诗句须加注解或译文。于是从第三期起，这些文字就照着刊物的要求，编排在‘文学知识’的栏目下和读者见面了；一共连续发表了八篇。后来为了使它比较具有系统性，遂照着已写成的那种样子，又写了四篇，合编为一书”②，就成了这本《中国诗歌发展讲话》。

该书共有十二讲，分别为“诗经”“楚辞”“乐府诗”“魏晋五言诗”“唐诗（上）”“唐诗（下）”“词”“宋诗”“散曲”“晚清新派诗”“新诗（上）”“新诗（下）”。经与《文艺学习》上所发表的论文比较，发现后来写的四篇为“宋诗”“晚清新派诗”“新诗（上）”“新诗（下）”，其余都已经发表。这四篇中又有三篇与中国新诗史有关，我们可以将此与《史稿》中所写的新诗史进行比较，考察他是否改正了甘惜分批评他所犯的“客观主义”的“资产阶级”学术研究的“错误”，而掌握了新的唯物论新文学史书写规范，以贯彻文学史研究中的党性原则。

“晚清新派诗”中，王瑶根据毛泽东的《中国革命和中国共产党》和《新民主主义论》对晚清文学进行了定性。他指出：晚清文学“作为反映社会矛盾

① 杜琇．王瑶年谱［J］．新文学史料，1990（3）：30-45.

② 王瑶．中国诗歌发展讲话［M］．北京：中国青年出版社，1956：前记 1.

与斗争的中国近代进步文学的面貌，也是以反帝反封建为它的基本特征的”，“是替旧时期的中国资产阶级民主革命服务的”，“也产生了一些以反帝爱国为内容的、含有一定民主主义思想的诗歌”。[①] 王瑶借用马君武的话对晚清新派诗的共同特点进行了归纳：“鼓吹新学思潮，标榜爱国主义。”并从这两个方面分析了林则徐、魏源、张维屏、石达开、康有为、梁启超、夏曾佑、谭嗣同、黄遵宪、林纾等人的诗歌，也提及柳亚子及南社、苏曼殊等诗人。

中国新文学史编写新文学的起源有两大重要传统，一种是在书写五四文学之前，先叙述晚清文学，以强调二者的联系，代表作有陈子展的《中国近代文学之变迁》《最近三十年中国文学史》[②]；另一种是直接从五四文学写起，凸显它与晚清民初文学的断裂，代表作有王哲甫的《中国新文学运动史》[③]。王瑶这里抒写晚清文学，是将它定性为旧民主主义文学，彰显它与新民主主义文学不同的性质，以显示后者是对前者的进步。强调的还是晚清文学与五四文学的断裂与递进。但也暗示了二者的关系：“正像中国资产阶级所领导的民主革命的失败一样”，这种诗歌“并没有可能得到正常的发展”，但“它对五四的文学革命和新诗的提倡也是起了一定的前导作用的”。[④] 而这种“前导作用”究竟如何，王瑶没有详加说明。王瑶的《史稿》中没有书写晚清新派诗，采取的是晚清文学与五四文学断裂的视角，这里他虽然写了这一时段的诗歌，但基本立场并没有改变。

将“新诗（上）”与“新诗（下）”具体内容与《史稿》上册的修订本及下册进行对比，我们发现有较大的改动。首先，是增添了有关社会主义现实主义文学的历史书写：“从五四开始的中国新文学是中国新民主主义革命的有力的一翼，而且一直是向着社会主义现实主义的方向发展的”，“从开始起就充满了彻底地反帝反封建的精神的”[⑤]。这是对中国新文学性质的重要添加，遵照了第二次文代会精神。而在作家作品的分析中，也有意识地添加了这方面的内容。例如，他评价郭沫若在创作《女神》之时，“思想中也已经有了社会主义的因素了”；在《星空》《前茅》《恢复》等诗集中，“社会主义思想的因素对他已逐渐

---

① 王瑶．中国诗歌发展讲话［M］．北京：中国青年出版社，1956：109.
② 陈子展．中国近代文学之变迁［M］．北京：中华书局，1929；陈炳堃．最近三十年中国文学史［M］．上海：太平洋书店，1930.
③ 王哲甫．中国新文学运动史［M］．北京：杰成印书局，1933.
④ 王瑶．中国诗歌发展讲话［M］．北京：中国青年出版社，1956：110.
⑤ 王瑶．中国诗歌发展讲话［M］．北京：中国青年出版社，1956：121.

起着支配的作用了”。① 他也强调了许多文艺工作者学习《讲话》之后，“作家的革命实践与创作实践的正确结合，保证了社会主义现实主义的创作方向的胜利”②。

其次，增添了一些诗人诗作的选讲。抗战时期解放区的新秧歌剧在王瑶的《史稿》中是与话剧并列讲述的，但这里将它列在诗歌门类中进行讨论。他引用《白毛女》执笔者贺敬之的观点说明，歌剧虽说是综合艺术，“但若仅就剧本的歌词说，则正如元杂剧中的唱词之和散曲类似一样，它本身也可以说是一种叙事诗。这些歌词用的是群众的语言，大致押韵，表现感情很集中；就是对白也很注意于语言的旋律，以求得歌剧气氛的和谐；因此若仅就剧本来说，是很近于诗的”③。而且有些歌剧的作者就是诗人，例如，《赤叶河》的作者阮章竞，其歌词就富于诗的气氛；有的叙事长诗如《王贵与李香香》也较易改编为歌剧。

最后，删掉了一些诗人诗作。《史稿》在书写新诗史时，最先分析的就是胡适的《尝试集》，也介绍了陈独秀、沈尹默、康白情、周作人等人的诗作。后来在《形式的追求》中也介绍了新月派和李金发的诗歌。但是这里没有介绍这些诗人诗作，只是对以徐志摩、朱湘为代表的新月派和以戴望舒为代表的现代派进行批判，闻一多、李金发则直接予以忽略，也不再叙述与七月派有关的诗人及诗作。可见，他删掉的或者是不太重要的诗人，或者是政治立场在当时看来是“有问题”的诗人，或者是不便讨论有意回避的诗人。通过这种添加和删除，王瑶的诗歌史主要介绍的是鲁迅、李大钊、郭沫若、蒋光慈、殷夫、蒲风、臧克家、艾青、田间、柯仲平、何其芳、李季、阮章竞，《马凡陀的山歌》以及一些工农兵诗人所创作的诗歌，他梳理的就是以社会主义现实主义为主线的中国新诗史。

王瑶这次新诗史的写作是对自己之前的“错误”进行的修改，也可以从他之后对《中国诗歌发展讲话》的修改中得到证明。1981 年 11 月，王瑶在孙玉石的帮助下，对《中国诗歌发展讲话》的内容和文字都作了一些修改，于 1982 年 6 月由中国青年出版社重版。这次修改最大的变化是增添了之前《史稿》曾有，而在初版《中国诗歌发展讲话》所无的诗人诗作，如胡适、诗集《雪朝》、湖畔诗人、冰心与宗白华的小诗、李金发、冯至、闻一多、卞之琳、李广田；再就是增添了后来学界所认可的晋察冀边区的年轻诗人陈辉与魏巍；但是，七月

① 王瑶．中国诗歌发展讲话［M］．北京：中国青年出版社，1956：123-124.

② 王瑶．中国诗歌发展讲话［M］．北京：中国青年出版社，1956：135.

③ 王瑶．中国诗歌发展讲话［M］．北京：中国青年出版社，1956：137.

派的诗人及诗作仍然没有予以添加，这应与胡风集团还没有彻底平反有关。王瑶重版《中国诗歌发展讲话》时的添加，反证了他在1956年撰写新诗史的有意为之。

另一重要的变化则是“新诗（上）”与“新诗（下）”的时间分界。初版《中国诗歌发展讲话》中二者的分界在于1942年延安的文艺整风运动，这种分期在《史稿》中就有如此划分，他将1942—1949单独列为一个时段，并作为一编书写。他继续采取这种方法，是为了强调毛泽东《讲话》对于中国新文学史的重要意义。而在重版之时，整个抗战时期的诗歌为“新诗（下）”，直接将1937年抗战作为第三个十年的文学史的开始，这与新时期初中国现代文学史不再以1942年为分期节点有关。这又是新的文学史分期及编撰理念的体现。

以上修改说明王瑶在这次诗歌史的写作中“改正”了自己“客观主义”的缺点，不再以兼容并包的方式书写中国新文学史，而是注重以文学的党性、人民性原则书写符合意识形态所要求的唯物论新诗史。这是他在《史稿》上下册都受到批评并停印的情况下所进行的必然选择。

第四节 丁易《中国现代文学史略》的规范书写

丁易于1947年冬到晋冀鲁豫解放区的北方大学历史研究室工作。1948年任华北大学中国语文研究室副主任，此时李何林、蔡仪二人也在该校任教。1949年北平解放后，参加了接管北京师范大学的工作，被任命为该校校务委员会委员，兼中文系教授，讲授新文学史、中国现代小说史等课程。1953年年底赴苏联莫斯科大学任教，1954年病逝于莫斯科。① 为了供研究和讲授现代中国文学的人参考，同时也有借此纪念作者之意，② 作家出版社于1955年将丁易的中国现代文学史讲稿进行整理后加以出版。

作家出版社此时并未独立，而是在人民文学出版社的机构下开展工作。人民文学出版社1951年3月创建于北京。除用本名出版优秀的文学作品和论著外，还先后使用作家出版社、外国文学出版社等副牌，出版中外各类文学图书。③ 1952年，出版总署在对中央一级各出版社进行专业分工时，规定人民文

① 任孚先，武鹰．中外文学评论家辞典［M］．长春：吉林教育出版社，1991：152-153；周川．中国近现代高等教育人物辞典［M］．福州：福建教育出版社，2012：1.

② 丁易．中国现代文学史略［M］．北京：作家出版社，1955：内容说明．

③ 陈早春．人民文学出版社四十年［J］．中国出版，1991（3）：17-18.

学出版社的任务之一就是“编译出版文艺理论和文学史”①。所以作家出版社20世纪50年代接连出版了丁易、张毕来、刘绶松的三部中国现代文学史。

当时人民文学出版社设五个编辑室，第一编辑室为中国现代文学编辑部，②中国现代文学史出版应在这一编辑室。1954年，第一编辑室主任严辰辞职，主任一职便由方白继任。方白正是丁易文学史著的编辑，“他为丁易同志编辑《中国新文学史略》时，反复查证资料，逐字逐句校订，并亲自题写书名”③。虽说编辑曾声明为了尊重原稿的本来面目，出版社仅在编校时做过极少数文句方面的订正，只是未经作者最后的修订。④ 但他是将丁易1945年在东北大学，1946、1949年在北平师范大学，1953年在苏联莫斯科大学讲授中国现代文学史的讲稿进行整理后加以出版。⑤ 这些不同年代会对中国现代文学史的讲授提出不同的任务，丁易的书稿也应该是与时俱进的。所以笔者认为方白一定会在整理中进行过某种程度的合并、增删或加工，但目前很难将这些原始材料查找出来，进行对比研究。我们只好将《中国现代文学史略》都视为丁易的原作，而埋没方白的编辑作用，但对此予以提醒是很有必要的。

考虑到方白当时主要负责第一编辑室，而冯雪峰和任人民文学出版社副社长兼副总编辑的巴人为出版社定下的规矩是，对于稿件的处理，则坚持“三审制”，即凡是采用的书稿均实行编辑初审，编辑室主任复审，副总编辑或总编辑终审和社长批准的编审制度。⑥ 我们可以说方白、巴人、冯雪峰都曾知晓、参与或指导过丁易以及后来张毕来、刘绶松的中国新文学史著的出版，方白还曾为这些文学史著积极写过推荐文章和书评。⑦

一、规范的理论阐释

在丁易的《中国现代文学史略》出版之前，有关中国现代文学史著及相关

---

① 出版总署关于中央一级各出版社的专业分工及其领导关系的规定（草案）（1952年7月15日）[M] //中国出版科学研究所，中央档案馆．中华人民共和国出版史料（一九五二年）．北京：中国书籍出版社，1998：96-97.

② 陈伟军．冯雪峰与人民文学出版社 [J]．文艺理论与批评，2007（5）：62-69.

③ 晓青，晓钟．忠实于人民的文化战士：忆父亲方白 [M] //中国人民政治协商会议北京市委员会文史资料研究委员会．文史资料选编：第二十八辑．北京：北京出版社，1986：204-205.

④ 丁易．中国现代文学史略 [M]．北京：作家出版社，1955：内容说明．

⑤ 郑豫广．丁易与《中国现代文学史略》[J]．图书馆工作，2005（2）：62-63.

⑥ 戴光中．巴人之路 [M]．上海：华东师范大学出版社，1996：117.

⑦ 方白．战斗的历程（读“中国现代文学史略”）[J]．文艺报，1955（22）：25-26；方白．略谈三部中国现代文学史 [J]．读书月报，1956（7）：18-19.

讨论已经阐明唯物论新文学史书写的内容和禁忌；第二次文代会也宣告了社会主义现实主义文学发生发展这一新的文学史叙述情节，这都为丁易写作中国现代文学史提供了可资借鉴的经验及教训，所以他书写了比较符合当时规范的唯物论新文学史著。正如温儒敏所说，当时中国现代文学史的“编写者总是充当既定理论的诠释者与宣传者，一部文学史著作的成功，主要取决于对既定理论诠释的完满与丰富”①。而丁易的成功正是在于他对毛泽东的《新民主主义论》《讲话》及社会主义现实主义精神的阐释比较到位，从而获得了当时教育机制和意识形态的认可。

该书绪论分为两小节。一是论述“中国现代文学运动与新民主主义革命运动的关系和它的性质”。这是直接转换毛泽东《新民主主义论》中的权威论述。二是论述“中国现代文学的现实主义的来源和发展及中国现代文学史的阶段的划分”。他分析了中国现代文学的现实主义有着它自己的历史传统，还接受了外国文学特别是俄罗斯文学中的现实主义、苏联文学中的社会主义现实主义文学的影响，直至在五四时期产生了社会主义现实主义因素。经过以鲁迅为首的左翼作家联盟的倡导，毛泽东在延安文艺座谈会上的明确指示和详尽分析，社会主义现实主义的理论也就逐渐完备，作品也一天天接近成熟，终于有了像获得斯大林奖金的《太阳照在桑干河上》《暴风骤雨》和《白毛女》那样优秀的作品了。他对现实主义与社会主义现实主义的萌芽与发展的描述参照了冯雪峰的论文②及第二次文代会的精神，所以相对之前的文学史书写更加完备。

在中国现代文学史的阶段划分上，丁易也是以社会主义现实主义的发展形态为依据。他将中国现代文学史分为四个阶段：第一阶段从五四前夕到1927年；第二阶段从1927年经过抗日战争初期到1942年延安文艺座谈会的召开；第三阶段是从1942年到1949年中华人民共和国成立。这三个阶段是社会主义现实主义文学由萌芽、发展到取得成就的阶段。第四阶段是1949年后，毛泽东文艺思想取得了全国文艺工作者的一致拥护，并成为他们的创作指针，中华文学从此又进入了一个新的光辉灿烂的阶段。从阶段划分上，我们看出丁易的分期前三个阶段与冯雪峰的论文雷同，但他是以社会主义现实主义理论及文学的发展为分类标准，所以划分为四个阶段；尽管第四个阶段中正在发展的当代文学没有书写，但显示了新文学整体化的潜在思维。这与前述王瑶、丁易、李何林等

① 温儒敏．“苏联模式”与1950年代的现代文学史写作［J］．北京大学学报（哲学社会科学版），2003（1）：63-72.

② 冯雪峰．中国文学中从古典现实主义到无产阶级现实主义的发展的一个轮廓［J］．新华月报，1952（11）：210-227.

人的中国现代文学史的划分标准是不一样的，之前的他们认为中国现代文学史是新民主主义文学史，这只是第一步，第二步才是社会主义文学史，那是未来的。但是，丁易的这种划分立场是站立在“当代”的，他认为“当代”正是社会主义现实主义文学发展时期，并以此为基点回溯这种社会主义现实主义文学的发展历程，并以此构建中国现代文学史。

该著第一章至第四章是论述文艺运动、文艺理论及文艺斗争。第一章是“五四运动与中国现代文学革命运动的兴起、发展和斗争以及鲁迅的贡献”。第一节介绍了中国现代文学革命运动兴起的社会原因是五四运动的爆发，文化原因在于共产主义文化思想的传播。第二节是“文学革命运动的兴起和理论的建立”，他更多强调鲁迅《摩罗诗力说》的战斗精神，以说明鲁迅是中国文学革命运动的先驱者。而胡适的文学主张基本是改良主义和形式主义。第三节是“文学革命理论的发展”，主要阐释“中国共产党的成立及其所领导的革命运动的高涨在文学运动上的反映”“鲁迅对这一时期的文学革命运动的领导以及文学研究会和创造社的文学主张”以及“革命文学理论的前奏”。他在“革命文学理论的前奏”中，分析了郭沫若、郁达夫、蒋光慈、钱杏邨、恽代英、秋士等人所发表的带有革命文学理论因素的文章，并分析了它没有形成一个运动的原因。第四节是“以鲁迅为首的文学革命阵营和封建文学及右翼资产阶级文学的斗争”，与封建文学的斗争主要介绍了与国粹派、林纾、严复、学衡派和甲寅派的斗争；还介绍了与从五四运动阵营中分化出去的右翼资产阶级现代评论派的斗争。这一章非常强调共产主义思想的传播、中共的成立和鲁迅的文学领导作用，之前也强调无产阶级对五四文学革命的领导和鲁迅创作上的意义，但丁易直接以此为主线，更加鲜明。鲁迅的领导作用很少被如此强调：重视鲁迅的《摩罗诗力说》；凸显鲁迅对语丝社与莽原社的领导，放在了文学研究会和创造社之前进行讲述；彰显他与“现代评论派”的斗争等，都显然提升了他在五四时期的领导作用。

第二章是“左翼文学运动（上）：以鲁迅为旗手的中国左翼作家联盟的活动及革命文学理论的进展和斗争”。其中第一节“革命运动的深入和革命文学运动”依次讨论了“第一次国内战争和革命营垒的分化”“文学运动的新阵线的形成”“革命文学的理论及其偏向”和“鲁迅对革命文学的态度和意见”。第二节“以鲁迅为首的中国左翼作家联盟的成立及其和反动政治的斗争”依次讨论了“土地革命运动的胜利和日本帝国主义发动‘九一八’事变”“中国左翼作家联盟的成立及其理论纲领和任务”“在压迫与斗争中壮大及其成就和缺点”。第三节“鲁迅和瞿秋白在革命文学方面的领导与努力”依次讨论了“鲁迅对于革命文学的贡献”“鲁迅和瞿秋白领导的文学大众化运动及对马克思列宁主义文艺理论的介绍”“对苏联文学作品的翻译”。丁易将鲁迅的一些文艺思想与毛泽东文艺思想相联系进行了评析，但他并没有将鲁迅置放在中国共产党的领导之下进行解读。第四节“苏区文艺运动”与丁易在前述的“中国新文学史研究”中所写“中国文艺第一次和兵农的结合”类似。第五节“以鲁迅为首的革命文学阵营和反动文学倾向的斗争”分别介绍了鲁迅和新月派、民族主义文学、“文艺自由论”、论语派及其他文学倾向的斗争。在这一章中，丁易仍然强调了社会形势的变化所导致的中国现代文学的发展；左翼作家联盟的功绩及鲁迅的领导作用得到凸显；与“反动”文学倾向的斗争也予以重视，特别是对“论语派”及其他一些之前不为人注意的次要“斗争”也予以提及；苏区文艺运动作为中国现代文学史上的第一次深入群众也得以强调。

第三章“左翼文学运动（下）：文艺界抗日民族统一战线及抗战文学的理论进展和斗争”共有三节。第一节为“文艺界抗日民族统一战线的形成”。第二节“抗日战争的爆发与文学服务于抗战”将抗战之后国统区与陕甘宁边区、广大敌后抗日根据地两个区域不同的文学表现进行了对比描述，这是之前文学史少有的，这与之前所介绍的革命文学理论的“前奏”、苏区文艺运动，和之后将要介绍的解放区文艺运动形成了完整历史链条。他对毛泽东《新民主主义论》的单独介绍也应是中国新文学史首次的书写。第三节“抗战文学理论的进展、讨论和斗争”先后介绍了“关于‘文学服务于抗战’的一些问题”“文学大众化问题的讨论”“‘民族形式’问题的讨论”“与反动文学倾向的斗争”。在“民族形式”的讨论中，丁易对向林冰的观点只是引用批评而不点名，但对胡风的主张进行了点名批评，认为他“虽然好像在保卫五四以来新文艺形式，但五四以来的特别是当时文艺中泛滥着的小资产阶级意识也就在其保卫之中了”，同时“对民族的文艺传统和民间文艺形式的学习就采取了拒绝的态度”。① 这种批评一方面是借鉴了茅盾在第一次文代会上所作报告的精神，另一方面也与此时胡风的处境有关。

第四章“中国文学的工农兵方向：毛泽东同志的《在延安文艺座谈会上的讲话》的发表以及文艺理论的斗争”共有三节。第一节是结合社会、政治及思想情态来陈述毛泽东《讲话》发表的背景及必然性。第二节对《讲话》的内容分条论述，非常详尽，多是这时中国新文学史所要关注的内容。但丁易对小资产阶级文艺工作者思想改造的关注是具有时代意义的，刚刚过去的思想改造运

① 丁易．中国现代文学史略［M］．北京：作家出版社，1955：133.

动应是他对此予以重视的缘由。所以他重点分析了毛泽东的《讲话》对众多资产阶级或小资产阶级思想进行的批评和痛斥。他还介绍了当时在延安，对这些错误倾向的代表人物如王实味和萧军所进行的批判，以说明“一个小资产阶级出身的文艺工作者，如果不按照毛泽东同志所指示的把自己的思想感情来一番彻底改造，他是不会有前途的”①。最后，他对毛泽东的《讲话》的伟大意义进行了总结。第三节“抗战后期和战后在国民党反动统治下的革命文学运动以及文艺理论的斗争”也是很少有文学史详尽书写的。丁易介绍了“在国民党反动统治下的革命文学运动”受到的压迫越深重，反抗也就越激烈，但是仍然存在右倾倾向，对小资产阶级文艺思想对于革命文学的危害性认识还不够。丁易详尽剖析了胡风文艺理论中强调“主观精神”作用，追求“生命力的扩张”的“错误”。② 笔者怀疑这是作家出版社在整理时的添加或修改，至少应是将批判的性质予以拔高。因为在1955年才开始批判胡风集团，丁易逝世于1954年6月，他应该不会提前在自己的文学史著中对其点名批判。③ 在“和错误的及反动的文学倾向的斗争”中，丁易则借鉴了茅盾的第一次文代会报告，对国统区几种不同错误倾向在不同文类中的表现进行分析，并对沈从文、徐訏进行了批判。

“历史之外无架构，架构之外无历史。”④ 通过介绍丁易文学史著前四章，我们发现他对文艺运动、文艺理论和文艺斗争的书写，构架比较完善，符合当时唯物论新文学史书写要求：强调了无产阶级和中共的领导，证明了思想改造运动的必要性，梳理了革命文学与社会主义现实主义文学理论及创作的发生与发展，显示了两条文艺路线的斗争，描画了鲁迅的文艺方向和毛泽东《讲话》的伟大及相互联系。这种政治上的可靠性和权威性使得他的文学史能够获得当时意识形态的认可，并占有高校教学和学术体制中重要一席。

二、作家作品的政治化分类

丁易曾被邀请参加王瑶《史稿》上册的座谈会，但因有别的会议没有出席，写了一些书面意见让钟敬文转达。由于时间的关系，钟敬文并没有单独介绍丁易的意见，而是将自己和他的意见予以结合后进行表达。他指出王瑶的错误主

① 丁易．中国现代文学史略［M］．北京：作家出版社，1955：163.
② 丁易．中国现代文学史略［M］．北京：作家出版社，1955：169-172.
③ 郭预衡．关于丁易所著“中国现代文学史略”［J］．文艺学习，1956（5）：24-27.
④ 麦考勒姆，谢少波．后现代主义质疑历史［M］．蓝仁哲，韩启群，译．北京：中国社会科学出版社，2008：2.

要在于六方面："对于作家和作品，缺乏社会阶级的分析""对于反动作家的'包涵'""不能抓住文学发展的主流""无原则地、大量地引用别人的批评文字或作家自己的话""批评的形式主义和公式化"，以及其他一些值得指出的毛病。① 虽然我们不能条分缕析出这六条哪些是丁易的意见，但我们推测丁易对王瑶的"错误"有所警惕应该是没有问题的。所以在该书第五章至第十一章介绍文学创作之时，他对王瑶的上述"错误"进行了规避。

首先，丁易所进行的作家作品分析没有王瑶那么众多，而是抓住主流，以最具代表性的经典作家作品为主。正如南帆所指出："文学史无疑是经典之作的鉴定"，"文学史的叙述即是将一系列的经典连缀为一个体系"。② 丁易的文学史著在章节编排中就可见出他的经典"鉴定"，并"连缀为一个体系"。首先是鲁迅占两章，分别是第五章"中华民族新文化的旗手共产主义者：鲁迅（上）"、第六章"中华民族新文化的旗手共产主义者：鲁迅（下）"；其次，在章的标题上出现姓名的还有两章，分别是第七章"郭沫若和五四前后的作家"、第九章"茅盾和'左联'时期的革命文学作家"，这样看来，郭沫若和茅盾的文学史地位仅次于鲁迅，他们各占有一节。再次是在节之下有专门小节介绍作家作品，大致有"叶绍钧的小说""郁达夫的小说""丁玲的小说""张天翼的小说""夏衍的戏剧""马凡陀的山歌""赵树理的小说"，这些作家的文学史地位仅次于鲁迅、郭沫若、茅盾。从次是几人一个小节，有"蒋光慈、胡也频的诗歌和小说""殷夫的诗歌和田汉的戏剧""老舍、巴金的小说和闻一多的诗歌""洪深和曹禺的戏剧""叶紫和萧红的小说""艾青、田间和柯仲平的诗歌""东平和艾芜的小说""沙汀和茅盾小说""郭沫若和陈白尘的戏剧""丁玲和周立波的小说""刘白羽和孔厥的小说""柳青和草明的小说""李季的诗歌和集体创作《白毛女》"。这些作家中丁玲之前曾有专节，这说明她比那些专节的作家的文学史地位更重要；而巴金、老舍、曹禺都是和其他作家共有一节，此时地位并不突出。最后是那些不在章节标题上出现的作家作品，一些节或小节以他们所处的社团流派或文体类型予以标题，他们只会在概览性的描述中出现。通过章、节、小节的形式，丁易已经将重要作家、次要作家和一般作家进行了分类，从而建构了新文学史的经典体系。

其次，丁易对作家作品按照社会阶级进行分析，对于"反动"作家不予"包涵"。该书第八章就是"革命文学作家、进步作家以及没落的资产阶级文学

① 《中国新文学史稿（上册）》座谈会记录［J］．文艺报，1952（20）：24-30.

② 南帆．文学史与经典［J］．文艺理论研究，1998（5）：8-15.

流派”，这是按照社会阶级和政治立场将作家进行分类。其中第一节“革命文学作家”主要介绍的是“蒋光慈、胡也频的诗歌和小说”“殷夫的诗歌和田汉的戏剧”；第二节“进步作家”主要介绍“老舍、巴金的小说和闻一多的诗歌”“洪深和曹禺的戏剧”；第三节“没落的资产阶级文学流派”主要介绍“‘新月派’及其他”。这三种不同阶级立场的作家，是按照政治上的“左”中右的类型进行划分的，“反动”作家被直接送上了“审判庭”。

再次，丁易对一些“错误”的、“反动”的文艺思潮进行了批判。在第一章至第四章介绍文艺理论、文学运动及文艺斗争之际，丁易书写了革命文学阵营与“错误”的、“反动”的文艺思想、文学倾向所进行的斗争。这既显示了两条文艺路线的斗争，也鲜明地展现了他的文学立场和价值评判。

最后，丁易用不少的小节介绍了工农兵文学、通俗文学以及民间文学。因为这些文学类型正是毛泽东《讲话》中所一再强调的，工农兵文学方向是其指导原则。对于杂文的强调也是丁易这部文学史著的一大特色。他重视鲁迅的杂文。第五章和第六章都是分析鲁迅的作品，共有五节：其中杂文占了三节，而小说只有一节。从评价来看，对鲁迅杂文的评价要高于小说：杂文直接定性为“社会主义的内容”与“民族的形式”，后期的杂文被视为社会主义现实主义文学，而小说是“从彻底的批判的现实主义到社会主义现实主义”，只有《故事新编》的《非攻》和《理水》被视为社会主义现实主义的小说。① 对于“左联”时期和抗战时期的杂文和报告文学，丁易也予以重视。因为这二者都直接反映现实，评论现实并直接服务于政治。这与丁易自己也是一位杂文家有关。1948年，他就曾出版《丁易杂文》，收录他 1943—1945 年的杂文 58 篇。② 时隔多年，还有人称赞其杂文具有“鲜明的战斗性和人民性，深得鲁迅杂文之风骨精髓，许多文章，现在读来仍发人深省”③。

三、文学史评述的辩证与机械

或许后来的学者认为丁易的文学史著对于文学运动、作家作品的评述是以论代史，但从唯物论文学史观来看，他坚持的正是正反分析的辩证方法，不时会出现相当精彩的评述，当然有的地方也显得比较机械。

对于文学革命，丁易予以高度评价，但是他也引用毛泽东《反对党八股》

① 丁易．中国现代文学史略［M］．北京：作家出版社，1955：194-200.
② 丁易．丁易杂文［M］．北京：华夏书店，1948.
③ 祝兆平．我们不应该遗忘：读《丁易杂文》［J］．博览群书，1995（12）：4-11.

的观点对此进行了反思："这运动也有其缺点，这主要的就是有一些人盲目崇拜西方资产阶级文化，特别是对自己民族文学遗产采取了错误的完全否定的态度，只片面地看到民族遗产的封建性和落后性的一面，而没有认识到这些遗产是我们伟大民族的精神宝库，其中蕴藏着不少具有丰富的人民性的伟大的现实主义作品。"① 对于五四文学革命的这一反思，现在来看，也并不过时，因为在新时期的启蒙文学史观中，多数新文学史书写对此予以忽略。

五四前后《新青年》曾发表系列文章对旧剧进行批判，丁易对此评价也比较辩证。他认为这些文章"主要之点是指出旧剧内容的封建和野蛮"，这是和"当时反封建文学相一致的"，但是他们也有偏向，"竟粗暴地主张旧戏应该废除。他们还不知道旧剧原是民间艺术，其中仍有一部分是带有人民性的，应该和那些封建野蛮的部分区别开来，批判接受"；丁易还历史地理解《新青年》为什么这么极端，因为"那时社会上一般人正沈溺于旧剧中的落后部分，还有一些封建'名士'写许多肉麻诗词，专捧旦角，把旧剧界弄得乌烟瘴气"，这样激烈地迎头一击，"在政治思想上还是有其一定的战斗意义的"。②

对于中国文字"拉丁化"的讨论，因为有鲁迅的参与，很多中国现代文学史予以回避，但丁易对此却有公正评价：这时"却有一个错误的认识，即有一部分人认为语言也是有阶级性的，不明白语言不是上层建筑，它不跟着经济基础变动而变动，它是没有阶级性的，因而也就没有什么阶级的语言。其次，在讨论中国文字拉丁化，完全否定了汉字。汉字固然有它的缺点，但也有它的很多优点，应该在一定条件下加以改革，完全予以否定是不正确的"③。

丁易曾担任中苏友协总会理事，并于 1953 年年底赴苏联莫斯科大学任教，他对苏联及其文学是非常热爱的。他书写了俄国十月革命成功后，交还了俄罗斯帝国对中国的特权，也批评了萧军反苏联的言行。他还介绍了鲁迅与瞿秋白等对苏联文艺理论和文学的翻译，但是他也对普列汉诺夫和卢那卡尔斯基文艺理论的缺点进行了分析。④ 丁易也指出抗战时期的"文协"存在的主要缺点"便是斗争性不强"⑤。对于抗战时期国统区的"民族形式"的论争，丁易指出："参加讨论的人对毛泽东同志的'马克思主义和我国的具体特点相结合并通过一定的民族形式才能实现'这一指示的精神，都没有很好的体会，以至把问题局

---

① 丁易．中国现代文学史略［M］．北京：作家出版社，1955：38-39.
② 丁易．中国现代文学史略［M］．北京：作家出版社，1955：253.
③ 丁易．中国现代文学史略［M］．北京：作家出版社，1955：87.
④ 丁易．中国现代文学史略［M］．北京：作家出版社，1955：88.
⑤ 丁易．中国现代文学史略［M］．北京：作家出版社，1955：117.

限于‘形式’的讨论。”① 对于革命文学理论在五四时期没有成为主流，② 丁易的解释也较为合理。对于创造社和太阳社所提倡和引起的革命文学论争，丁易归纳了他们的理论观点，但同时也客观指出他们的偏向导致他们在行动上对鲁迅和茅盾的批评。③

丁易对作家作品的分析也时见这种比较辩证的分析。例如，他指出五四前后郭沫若的思想中“一方面对撞碎的‘理想’当然还有所留恋，另一方面对撞碎他这‘理想’的现实社会也就产生了狂烈的反抗情绪”，“前一种思想在他的一些散文和小说中表现得最为明显”，“后一种思想表现在他们的诗歌中最为突出”④。但更多的批评比较机械，例如，他对曹禺、沈从文、洪深、叶绍钧、丁玲、张天翼等作家作品的评析即是如此。他批评曹禺《雷雨》的创作思想是属于资产阶级唯心论，所以他只能暴露这社会的罪恶，“却不能指出如何去消灭这些罪恶，相反的，他却陷入了宿命论的泥淖中”⑤。这在对《日出》《原野》《蜕变》的分析中也存在。虽然对曹禺的诸多作品进行了批评，但最后丁易评价曹禺“作为一个批判的现实主义剧作家，作者在中国现代文学史上，终不失为最优秀的一个”⑥。沈从文的小说中也写有士兵、农民，但不符合丁易的文艺观。他批评沈从文自始至终是坚决站在“资产阶级或封建地主阶级立场来认识现实的……他所创造出来的人物，自然是和现实社会游离，而没有人物所属的阶级性”⑦。这样的批评让沈从文内心不平：“一个人不断努力三十年工作，却会让人用三五百字骂倒，而且许多人也就信以为真。令人感到毁誉的可怕，好像凡事无是非可言”，他对这些“不公的批评，除灰心以外还感到一种悲悯心情”。⑧ 沈从文如此感慨是有自信的，因为他早年在编写新文学史讲义之时，就是“耐耐烦烦去看中国的新兴文学的全部，作一总检查”，然后结合时代背景与文坛现状评析诗人诗作的文学价值，以个别呈现整体，在比较中见到诗人诗集

① 丁易．中国现代文学史略［M］．北京：作家出版社，1955：134.
② 丁易．中国现代文学史略［M］．北京：作家出版社，1955：50.
③ 丁易．中国现代文学史略［M］．北京：作家出版社，1955：63-64.
④ 丁易．中国现代文学史略［M］．北京：作家出版社，1955：232.
⑤ 丁易．中国现代文学史略［M］．北京：作家出版社，1955：282.
⑥ 丁易．中国现代文学史略［M］．北京：作家出版社，1955：286.
⑦ 丁易．中国现代文学史略［M］．北京：作家出版社，1955：290.
⑧ 沈从文致沈云麓信［M］//沈从文．沈从文全集：第二十卷．太原：北岳文艺出版社，2002：220-221.

独特的文学史意义，并且评价“全是‘好的’”，[①] 这就做得比同时代学人“公平一点”，还自信用它教书“倒很好”。[②]

丁易对孔厥和袁静合写的《新儿女英雄传》的人物描写、故事结构以及语言通俗化都予以称赞，但认为他没有把“民族矛盾和民族斗争放在阶级斗争中去表现”[③]。需要提醒的是，孔厥曾进入周扬在第一次文代会上的报告，所以在丁易及其之前的大纲初稿、新文学史著中他都被提名，甚至有较多篇幅予以分析。但此后，其姓名在“十七年”的文学史著中不再浮现，而只有《新儿女英雄传》这部作品得到重视。这是因为孔厥 1954 年下半年两度重犯男女关系的错误，于 1955 年 2 月被开除作协会籍，[④] 同时被判处有期徒刑五年，遭到系列批判，此后就命运多舛。[⑤] 他还丧失了《新儿女英雄传》的署名权，此后该著被署名“袁静等著”。[⑥] 由此可见，在“十七年”的中国现代文学史书写中，对作家的评判不仅有着政治、文学上的考量，还有着道德上的标准。文学史中不再提及孔厥，就是对“不合格”作家的惩戒，并达到以儆效尤的效果。

通览丁易对文学运动、文学理论和作家作品的分析，我们会发现他辩证分析和机械僵化几乎同时存在。细加考察，他在文学理论、文学运动的分析方面，更多辩证因素，机械僵化的概率要少一些；而在评价具体作家作品之时，他也采取的是辩证姿态，但对缺点的具体分析，却常常比较机械。这是因为文学运动和文学理论的分析，都是宏观整体的，对其缺陷的研究易从理论上进行逻辑推导，而且能从一些理论家和政治家的著述中寻找到可以化用的正确结论，他在这方面付出的努力就更能显示出成绩。对于具体作家作品的分析，则是微观研究，都必须在毛泽东文艺思想的指导下进行艺术赏析，理论的唯一性和理解的僵化必然会与作家作品的丰富性产生错位不对应现象，如要硬性为之，机械与僵化就会随之而来。早在 1957 年，就有论者批评该文学史“在很多地方，作者是用机械论的观点来评价作家作品的”，并要求丁易“从作品本身出发，以马克思主义的立场、观点、方法去作具体的分析和研究”。[⑦] 现在来看，这一批评

---

① 沈从文致沈云麓信［M］//沈从文．沈从文全集：第十八卷．太原：北岳文艺出版社，2002：48.

② 沈从文致沈云麓信［M］//沈从文．沈从文全集：第十八卷．太原：北岳文艺出版社，2002：114.

③ 丁易．中国现代文学史略［M］．北京：作家出版社，1955：415.

④ 中国作家协会主席团决定开除孔厥会籍［N］．人民日报，1955-02-16（3）．

⑤ 卢宗邻，王载珏．孔厥事略［J］．新文学史料，1985（3）：165-168.

⑥ 王秀涛．孔厥的“罪与罚”［J］．当代文坛，2019（6）：59-62.

⑦ 耀东，毅伯，冠星，等．三部中国现代文学史［J］．文学研究，1957（2）：153-157.

是正确的，他对一些作品内容的指摘并不是具体作品具体分析，而是套用当时的毛泽东思想批评作家作品没有显示无产阶级思想的领导，没有指出前进的方向，没有描画革命的主力工农兵形象等。作家常会因为这些作品内容的“不正确”而受到苛评，他们在艺术技巧上的探索及成就则被放在了次要位置被漠视。

第五节　张毕来演绎社会主义现实主义文学发生史

张毕来于1953年冬天从东北师范大学调至华东师范大学工作。该校中文系没有独立的“新文学史”课程，他暂时中断了中国新文学史教材的编写。但在1955年5月，华东师范大学决定暑假后在中文系成立研究生班，要开设“新文学史”这门课程，所以他将旧讲义拿出来整理以便使用。他在整理的时候根据他好友邵荃麟的意见，更多侧重“文学作品的分析研究”“对文学创作规律的探讨”。[①] 8月中旬，讲稿就整理好了三分之一。这时张毕来又调至北京人民教育出版社工作，从此离开高校，于是讲稿的整理工作又停了下来。11月，整理好的三分之一得以出版，为《新文学史纲》第一卷。[②]

一、对毛泽东《新民主主义论》的创新性演绎

《新文学史纲》第一卷的主体内容就是第一编“新文学史第一期（从一九一八、一九到一九二七、二八年的十年间）”。该著没有如他之前的《中国现代文学史》那样，详细说明整体的时段划分，我们看不出分期的理由和依据，唯一可以确定的是他书写了第一个十年的新文学史。从章节结构来看，该著包含导论、第一章“新文学的五四时期”、第二章“新文学在第一次国内革命战争前后”、结束语，附录《文学革命论》及其作者当年的思想、后记。主体内容是第一章和第二章。这两章将新文学第一个十年分为两个阶段进行书写，分别为1918、1919年至1922、1923年之间和1923、1924年到1927、1928年之间。温儒敏认为在这两个时段中，该书的重点当然是五四时期。[③] 实际并不如此，无论从篇幅还是从内容建构上，两个时段大都对等。

---

① 张毕来．思旧篇［J］．新文学史料，1982（3）：49-61.

② 张毕来．新文学史纲：第一卷［M］．北京：作家出版社，1955：257.

③ 温儒敏．“苏联模式”与1950年代的现代文学史写作［J］．北京大学学报（哲学社会科学版），2003（1）：63-72.

导论主要是阐释“五四运动之前和五四运动之后的文化思想”。他主要是依照毛泽东思想，特别是《新民主主义论》进行阐释，这都不是张毕来等文学史撰写者所能更改的。

第一章“新文学的五四时期”中的第一节是“五四前夕的文学革命运动的性质”，这是对五四时期文学的总述。张毕来指出，资产阶级“在辛亥革命之前，没有一个文学队伍以配合这个政治运动”，五四前夕，“这才发生了以资产阶级文学思想发动并领导的新文学运动”。[①] 这时的文学作品和理论斗争都表现着两派的斗争：一类是“左派”，主要是革命的小资产阶级知识分子，他们的作品是批判的现实主义和积极的浪漫主义，反映着农民、手工业者和革命知识分子的生活，代表人物有鲁迅和陈独秀；第二类是新文学阵营中的右派，大抵是资产阶级知识分子，创作的是改良主义者的形式主义的作品，反映着这一阶级的公子小姐和知识分子的小悲哀和小欢喜，代表人物有蔡元培和胡适。[②] 第二节主要介绍“五四新文学的主流”：以鲁迅为代表的批判的现实主义和以郭沫若为代表的积极的浪漫主义。第三节介绍“五四时期的一般的进步作家”，以刘半农、刘大白、朱自清、闻一多、郁达夫等为代表。第四节介绍“五四新文学阵营中的右翼的作品的特点”，以胡适、俞平伯、冰心等为代表。最后是第五节，讨论“五四新文学的弱点，新文学中的消极因素”。

这一章作家作品的介绍，张毕来主要说明五四时期的文学运动是统一战线的资产阶级文学运动，存在着“左”右两种不同派别，而在作品创作和理论斗争中采取不同的原则和态度。这依据的正是毛泽东的《新民主主义论》：“五四运动，在其开始，是共产主义的知识分子、革命的小资产阶级知识分子和资产阶级知识分子（他们是当时运动中的右翼）三部分人的统一战线的革命运动。”[③] 但是，他并没有强调共产主义的知识分子的文艺创作，而只是将后两类简化为“左”右两派以凸显他们的不同，这说明他还是没有“高度”重视李大钊、陈独秀等人的历史作用。值得注意的是，张毕来对资产阶级右翼作家的书写与一些文学史著完全将他们否定为“反动作家”不一样，他承认“他们在一定的程度内，在一定的情况下，也把封建势力和帝国主义势力的某些方面当作反对的对象”，具有一定进步性，但也认识到“他们跟封建势力和帝国主义势力

---

① 张毕来．新文学史纲：第一卷［M］．北京：作家出版社，1955：14-16.

② 张毕来．新文学史纲：第一卷［M］．北京：作家出版社，1955：20-21.

③ 新民主主义论（一九四〇年一月）［M］//毛泽东．毛泽东选集：第二卷．北京：人民出版社，1991：700.

有千丝万缕的联系”，所以他们的作品“主要表现为软弱、空洞和虚伪”。①

第二章“新文学在第一次国内革命战争前后”的第一节也是对这一时期的文艺状况进行总述，主要介绍“新文学运动深入时，古文派的反攻和新文学阵营的分化”。第二、三节就详细介绍这一时期两种不同的分化。第二节主要介绍“新文学阵营在‘向封建势力和帝国主义势力投降’和‘进一步深入反帝反封建斗争’之间的分化”，这表现在三方面：以胡适、顾颉刚、梁启超、章士钊为代表的“资产阶级文学家的向封建古董投降”和以萧楚女、鲁迅、郭沫若、成仿吾为代表的“革命文学家对投降主义的抨击”；以陈西滢为代表的现代评论派的“资产阶级文学家的进一步洋奴化”和以鲁迅为代表的“革命文学家对洋奴思想的抨击”；以徐志摩、李金发、戴望舒为代表的“资产阶级文学家的进一步发展五四新文学中的消极因素——形式主义向右的发展”。

第三节主要讨论小资产阶级文学家的转向，分析他们面对上述两类文学阵营，做出不同的选择，这就造成“文学家在‘资产阶级道路’和‘无产阶级道路’之间的分化”。走资产阶级道路的文学家的文学思想都统一在“为艺术而艺术”的旗帜下，“反对文学为革命政治服务，而其实际的效果是为反动政治服务”②。代表有弥洒社、浅草社、沉钟社、闻一多、杨振声、汪敬熙、周作人、林语堂等。分化中的无产阶级道路则是“革命的民主主义文学家向马克思主义文学的初步转变”，张毕来主要讨论了马克思主义和中国共产党对新文学发展的影响；鲁迅转向无产阶级革命文学；革命的小资产阶级文学家向共产主义方向转进。体现出张毕来辩证思维的，是他发现了资产阶级文学家和革命作家在这一时期分别发展了五四新文学中的消极因素，前者是“形式主义向右的发展”，而后者是“形式主义向‘左’的发展”。

毛泽东在《新民主主义论》中认为，新民主主义文化“第二个时期是一九二一年到一九二七年的六年”，在这一时期的末期，“革命营垒中发生了变化，中国大资产阶级转到了帝国主义和封建势力的反革命营垒，民族资产阶级也附和了大资产阶级”，所以在第三个时期，“革命营垒中原有的四个阶级，这时剩下了三个，剩下了无产阶级、农民阶级和其它小资产阶级（包括革命知识分子）”。③ 张毕来对毛泽东的这一定论予以活学活用，他讨论了新文学阵营在第

① 张毕来．新文学史纲：第一卷［M］．北京：作家出版社，1955：86.

② 张毕来．新文学史纲：第一卷［M］．北京：作家出版社，1955：133.

③ 新民主主义论（一九四〇年一月）［M］//毛泽东．毛泽东选集：第二卷．北京：人民出版社，1991：699-702.

一次国内革命战争前后的转向、分化，在无产阶级道路和资产阶级道路中小资产阶级知识分子的选择和跟随。

张毕来编写《新文学史纲》第一卷的主旨是根据毛泽东《新民主主义论》中对新民主主义文化四个时期中统一战线的性质和阶级阵营的变化，来演绎新文学统一战线在五四时期存在的“左”右派及其不同，并展示文学阵营在第一次国内革命战争前后的分化和转换。这在最初王瑶、李何林、蔡仪等人撰写的新文学史中也是一再强调。但是在第二次文代会倡导社会主义现实主义之后，统一战线不再成为强调的中心，例如，丁易的新文学史著就没有对此予以重视。而张毕来对毛泽东的《新民主主义论》进行演绎，体现了他对新文学统一战线的透彻理解和灵活应用，也是对他之前编写的《中国现代文学史》的继承。其创新点在于：一、框架体系、章节编排、作家作品等安排上将上述主旨予以完全彰显，体现了新文学第一个十年中，统一战线的“左”右派的构成和后来的分化，从文学史著整体框架的构筑上进行了全新诠释。此前的文学史叙述也演绎了统一战线中的阶级分化，但只是粗略论述各个阶级，具体作家涉及较少，但张毕来将每个阶级的代表作家作品都进行了列举，并以此分析他们的阶级和作品特点。二、将新文学史的第一个十年分为前后两个时期，分别予以详尽叙述，这在之前和之后新文学史书写中很少有，特别是对后一阶段分化过程进行了详尽书写，具有创新意义。三、除注意到前后两个时期的区别之外，也考虑到二者的连续性，例如，社会形势、作家思想和创作倾向的优缺点的变迁和继续都能予以描画，较具说服力。四、正因为重视了新文学第一个十年的统一战线的存在与分化，所以他对一些资产阶级和小资阶级知识分子的评判并不是完全地否定与肯定，而是注意到他们的进步性和落后性同存，没有静止僵化地剖析他的研究对象。

毛泽东的《新民主主义论》是当时编写中国现代文学史的元典，任何学者都不会逾矩半步，但元典的丰富性和伟大性会留给文学史编撰者一些可以演绎的空间，前提是不能违背和冒犯其权威性。张毕来的这部唯物论新文学史著就在这种演绎中有着自己的创新。

二、社会主义现实主义文学的发生史

张毕来在整理文学史时，第二次文代会已经召开，社会主义现实主义已经成为重要的创作原则在全国推广，并且确认这一创作原则从五四时代就已经开始了，鲁迅是其中的重要代表。而他书写的正是这一时段的文学史，所以社会主义现实主义文学在新文学第一个十年的样态也成为他书写的核心线索。社会

主义现实主义是如何发生的？张毕来认为，在第一个阶段中有社会主义现实主义的因素，但存在弱点，在第二个阶段中则普遍地向它转化，并有所成绩。

在第一章“新文学的五四时期”中，张毕来指出，这一时期的文学运动虽然指导思想仍是资产阶级的文学思想，但已经跨上并开始了新民主主义革命文学的历史阶段。五四新文学的主流是以鲁迅为代表的批判现实主义和以郭沫若为代表的积极浪漫主义，其中鲁迅的作品中已经有着社会主义现实主义的个别因素。在对一些作家作品进行分析之后，他专门用第五节批判“五四新文学的弱点，新文学中的消极因素”：一、在创作理论中，五四时期虽都秉持着进步的“为人生”的态度，但过于“宽大无边”而“缺乏阶级观点”。二、在文学批评中，多坚持资产阶级形式主义观点和资产阶级批评家的反动政治立场。前者表现在“只要是用白话写的，大抵都被认为好的，很少就它的思想内容加以评论”；后者表现在“对于古典文学作品和二十世纪初年以来的‘新小说’的评论上”，最典型的代表是胡适对《红楼梦》《儿女英雄传》《老残游记》《拗相公》等作品的评论。[①] 三、创作中的消极因素最多。他批评五四时期一些作品中的封建性、洋奴性，代表则是胡适的诗歌；作品中资产阶级的虚伪性，代表是冰心的《超人》；作品中知识分子的空虚和堕落倾向，代表是潘漠华、俞平伯、张资平、郁达夫；作品中对工农兵的歪曲描写，则有康白情的《女工之歌》、刘半农的《一个小农家的暮》、朱湘的《还乡》；作品中追求形式的倾向，则有刘大白、郭沫若、闻一多的某些新诗。四、五四时期作家思想多是矛盾的，许多作家时而进步，时而落后，甚至是反动。追根溯源，他认为“这正是刚刚觉醒起了尚无一定方向的知识分子的生活和思想的特点在文学创作活动中的反映”；而这种状态，“在文学运动进一步深入、思想阵营的对立明显化之时，他们就会在不同的旗帜下分化的”。[②] 张毕来从不同角度剖析了五四时期新文学的种种缺点，这在中国新文学史编纂史上是少有的。他采取的正是社会主义现实主义文学批评的标准，如此一来，五四文学成为一种有着众多消极因素，而又包含着社会主义现实主义文学这一积极因素的文学时段，这为后来的新文学发展奠定了基础，社会主义现实主义文学正是克服了五四时期文学的众多缺点之后，才得以正式确立。

在第二章中，张毕来指出“新文学在第一次国内革命战争前后”出现了普遍的社会主义现实主义文学的倾向，前一个阶段中只是其种子的包孕，而这一

---

① 张毕来．新文学史纲：第一卷［M］．北京：作家出版社，1955：96-102.

② 张毕来．新文学史纲：第一卷［M］．北京：作家出版社，1955：118.

时期是它的破土成长。他主要是从三方面来论述的。第一，马克思主义和中国共产党对新文学产生了巨大影响。在文学阵营中出现了两类进步的文学家：具有初步的共产主义思想的文学家和革命的民主主义文学家。在作品中，小资阶级文学家们因为受到马克思主义理论的影响，"开始向完全的社会主义现实主义的方向走去"①。如刘大白的《红色的新年》，郭沫若的《巨炮之教训》《上海的清晨》和《黄河与扬子江的对话》，蒋光慈的《莫斯科吟》《中国劳动歌》等。一些小资产阶级作家甚至开始了初步的马克思主义化，瞿秋白是第一个走上这条道路的。还出现了"初步的马克思主义者的文学作品"，代表是瞿秋白的《赤潮曲》《涴漫的狱中日记》《那个城》，还有邓中夏的《贡献于新诗人之前》。从内容题材来看，中共党员及其革命活动在文学中也得以反映，这以蒋光慈为代表的作品最多，代表作品有他的诗集《新梦》《哀中国》和小说《少年漂泊者》《短裤党》。在文学理论上，也有了初步的马克思主义文学理论，主要代表是邓中夏、恽代英、萧楚女等人。

第二，此时鲁迅已经由激进的民主主义者开始向马克思主义者转变。由于鲁迅是五四以来进步的新文学旗手，他的转变，对于整个新文学界发挥着巨大的影响。

第三，不仅如此，革命的小资产阶级文学家及他们的反帝反封建的进步作品都开始向共产主义的方向转进。他们及他们的作品都体现着"叛逆的小资产阶级的暴露或反抗旧社会"和"向往新的理想社会"的特点。这样的作家作品的典型代表有郭沫若的《三个叛逆的女性》、成仿吾的《欢迎会》、郑伯奇的《抗争》、田汉的《获虎之夜》等反帝反封建的作品；有茅盾的《蚀》三部曲、叶绍钧的《潘先生在难中》等所表现的小资产阶级知识分子在大时代中的追求、彷徨与苦闷；利民的《三天劳工底自述》、王任叔的《疲惫者》等所表现的劳动人民在尖锐斗争中的坚定勇敢。这些作品"即使有时夹杂着无产阶级理论的词句"，但"在作品中甚至往往没有提出任何解决方法"，所以其性质还是小资产阶级的。② 但是"它的坚决地反帝反封建；它跟人民大众走在一起的倾向；它对新社会的理想：这些使它成为革命的作品"，而且，"这些特点也正是表现在小资产阶级文学家们的现实主义作品和浪漫主义作品中的社会主义现实主义的个别因素"。③ 这在当时具有进步意义，他们的作品将会在革命大潮中成为一

① 张毕来．新文学史纲：第一卷［M］．北京：作家出版社，1955：145.
② 张毕来．新文学史纲：第一卷［M］．北京：作家出版社，1955：197.
③ 张毕来．新文学史纲：第一卷［M］．北京：作家出版社，1955：216.

股很大的支流。

张毕来从三方面论述了在新文学第一个十年的第二个阶段中，新文学的作品内容、表现对象、文学理论、作家思想等方面都开始向社会主义现实主义方向转换，社会主义现实主义的因素由上阶段的鲁迅所独有，而变为众多革命的小资产阶级作家及作品都有所蕴含。同时，他也指出这一时期革命作家的创作方法及创作仍存在不少缺点。例如，存在主观主义的创作方法，这表现在作家们“由于没有足够的生活，便把一些概念，一些辞句，组成诗歌；或把一些现象集合起来，设想成一些故事，在故事中插入革命理论，写成小说”。特别表现为教条主义、公式主义，“因为是从小资产阶级的观点去理解无产阶级革命，便往往把革命跟家庭、妻子，跟日常生活机械地对立起来，从此就生造出一些公式，例如，革命跟亲子之爱的矛盾，革命跟恋爱的矛盾，革命跟日常生活的矛盾等等”。他认为当时一般富于革命热情的作家，大抵都有这种弱点。典型代表则有蒋光慈的《少年漂泊者》《逃兵》《碎了的心》，孟超的《冲突》等。他指出这种公式主义的来源在于：“一方面是作家的革命生活经验不够，一方面是对马克思列宁主义把握未稳”，而且这种公式主义也是形式主义，它也是五四新文学中所存在的主观主义创作方法等消极因素的发展。① 这样，他为编写后续时期的新文学运动埋下伏笔，即每一阶段的文学都在克服前一阶段缺点的基础上前行。

可见，论述中国新文学史每个阶段的社会主义现实主义的成分及发生，并剖析它本身所存在的问题是张毕来编写该部新文学史的主要目的之一。他注意到每一阶段对前一阶段文学成就的继承和缺点的纠正，也不讳言某些缺陷的根深蒂固，这样，整个中国新文学史就成为一个螺旋式的社会主义现实主义的发展过程。而对该著所书写的时段来说，社会主义现实主义文学还没有完全确立，完全确立应该是后面几个时期，所以我们说该著编写的是社会主义现实主义文学的发生史。

三、树立小资产阶级作家思想改造的成功典型

在书写第一次国内革命战争前后的新文学统一战线时，张毕来描画了小资产阶级革命作家开始向共产主义方向转变，在他看来这是社会主义现实主义发生的必要步骤。如何才能成功地实现转变，以达到彻底的社会主义现实主义境界呢？唯一的途径就是思想改造。就这样，要求当时的知识分子思想改造的政

① 张毕来．新文学史纲：第一卷［M］．北京：作家出版社，1955：223-226.

治任务就融会到张毕来的中国现代文学史编写中了。为此他树立了瞿秋白、鲁迅、郭沫若这三个思想改造的模范典型。

张毕来认为在中国文学史上，第一个完成思想改造成为马克思主义文学家的是瞿秋白。他的《饿乡纪程》和《赤都心史》正是“反映作家的思想改造这一客观现实的作品，就是带有纪念碑意义的作品”①。这两部作品告诉我们，瞿秋白是这样进行思想改造的：首先，他认为应该到革命后的俄国去看看，所以他到俄国进行了访问，而且进行了理论研究。其次，必须切实领略那空气，感受那现实生活，使得理论研究和事实探访相互证实，这是知识分子思想斗争、自我改造的关键。再次，他决定将所认识到的、所学习到的马克思主义、苏俄经验用于中国革命实践，是有的放矢。最后，他的思想始终充满自我批评的精神，克服各种各样的自私自利的个人主义和庸俗的物质享受欲望。以上是瞿秋白的思想改造、马克思主义化的道路，也是其《饿乡纪程》和《赤都心史》两书内容的主要特征。

该著中第二个完成思想改造向马克思主义转换的应该是鲁迅。张毕来指出：在五四以后，无产阶级领导的革命的深入，要求文学家们必须以社会主义现实主义去反映革命现实，并为它服务，但“革命现实对文学的要求跟当时的文学作品思想水平有着矛盾”，这也表现在鲁迅的创作中：他对资产阶级早已失望，他面向人民，要在人民群众中寻求力量，但是他的资产阶级哲学——进化论，未能使他正确而全面地认识社会，认识人民大众，未能使他具有科学的预见性，而产生一些消沉、悲观和失望的情绪，但“他的激进的民主主义革命者的战斗和他的批判的现实主义作家的创作活动，也要求他突破资产阶级思想体系的范围”。② 他必须接受马克思列宁主义，改造自己：他积极投身现实斗争，不屈不挠战斗到底的韧性战斗精神，是导致他走上共产主义道路的重要条件；他没有在资产阶级、农民、小市民和知识分子中看到中国革命的领导力量所产生的苦闷，是他走向无产阶级的前奏；③ 他接触了共产主义者及其理论，目击并侧身于尖锐的阶级斗争之中，深信“辩证唯物主义和历史唯物主义，藉此匡正了自己从前的只信进化论的偏颇”，完成了自己的思想改造。④

郭沫若的思想改造过程也被作为典型分析。张毕来认为他的转变经历了以下过程：他早期的积极的浪漫主义作品中有着消极根源，那就是资产阶级的

---

① 张毕来．新文学史纲：第一卷［M］．北京：作家出版社，1955：149.
② 张毕来．新文学史纲：第一卷［M］．北京：作家出版社，1955：61.
③ 张毕来．新文学史纲：第一卷［M］．北京：作家出版社，1955：183-189.
④ 张毕来．新文学史纲：第一卷［M］．北京：作家出版社，1955：196.

“为艺术而艺术”的唯心的文学理论；但他对旧社会不满，投身于革命之中寻找出路的积极的进取精神也体现在《凤凰涅槃》中，这是他思想转变的动力。后来他一方面参加了实际的革命斗争，“在工农大众的英勇斗争的启示下，感觉到自己的渺小——这便是自我批判的开始”；另一方面，“他接触到马克思列宁主义，初步从理论上认识了社会的发展规律”，于是开始了他的思想改造；但这只是从书本理论上得到转变，“这是一切小资产阶级知识分子的转变过程的特点”，即“知识分子转变得‘快’而不‘实’”。而郭沫若的这种转变，“实是当时一般的革命的小资产阶级文学家的共同道路”。① 可见，在张毕来的论述中，郭沫若在新文学第一个十年的思想改造与大多数小资产阶级知识分子一样，并不彻底，最根本的原因，应该在于他们还没有将转变的理论认识与实际的革命斗争实践结合起来。这为书写郭沫若抗战时期思想的彻底转变留下了伏笔。

张毕来介绍了三位思想改造的模范典型，厘清了他们思想改造的过程。学习马克思主义理论，将它用于革命实践，将理论与实践反复地彼此验证与推动，并时时刻刻坚持自我批评是他们思想改造的主要环节和关键步骤。正如他所说，真正地从资产阶级文学思想的影响下摆脱出来，向无产阶级队伍走的，“首先是那些不但是文学家同时也是革命工作的实际参加者的知识分子。而且，大抵都从理论的启发开始，毫无例外地都经过思想斗争”②。这些过程及要求恰恰也正是当时开展思想改造运动的标准步骤，即首先开展马克思主义、毛泽东思想的理论学习，学习党和政府的文件、政策及精神，开展批评与自我批评，其次参观访问或具体投入如火如荼的土改运动、“三反”“五反”运动、抗美援朝等实践活动中去，将理论与实践紧密结合，从而每一个知识分子都能够将自己小资产阶级或资产阶级的阶级立场转换到无产阶级的立场上来。张毕来如此编写思想改造的模范典型，不仅说明他受到了当时思想改造的影响，而且表明，他真心希望他的读者能接受并进行思想改造，从而将这一运动继续推进。

四、与之前《中国现代文学史》的异同

将张毕来之前所著的校内印刷的《中国现代文学史》和《新文学史纲》第一卷进行比较，应是每个研究者都会产生的念头。笔者也曾以这种视角来进行比较，但这与王瑶《史稿》上册的修订不一样，后者只是部分的修改和增删，而张毕来前后两种文学史著的编写和整理，是大动干戈，二者可以说是完全两

① 张毕来．新文学史纲：第一卷［M］．北京：作家出版社，1955：219-221.

② 张毕来．新文学史纲：第一卷［M］．北京：作家出版社，1955：216.

种不同的新文学史著，但也有一些异同值得探讨。

首先，最明显的感觉应是后出版的《新文学史纲》第一卷更有逻辑性，整体建构更加合理。之前的《中国现代文学史》是其授课讲义，存在着边教边写边改的痕迹，在笔者所见印本中就有要求学生增删的痕迹。而《新文学史纲》第一卷则是前有导论后有结束语，并有后记介绍编写缘由及目的，非常正式。前者的内容框架及章节目录给人的感觉是顺应新文学史的时间发展而写，将中国新文学运动书写为向工农兵文艺方向前进，每章每节都有教材讲义的风格；而后者无论在框架结构、章节目录和叙事主线上都更有逻辑性，并将新文学统一战线的形成和分化、社会主义现实主义文学的发生发展和小资产阶级作家的思想改造，这些当时最为重要的政治话语和文学概念融合在一体。这说明他对整个文学史建构的通盘考虑更加成熟，从而表达了他对当时唯物论新文学史编写的全新理解，而不再如之前的文学史著那样散漫无章。

其次，从客观主义风格到“以论代史”的模式。正如前述，之前的《中国现代文学史》主要是边教边写边改的授课讲义，他主要关注的是文学运动、文学思潮、文学论争及作家作品的来龙去脉，尽管也会穿插政治化词句对这些文学史对象予以评述，但历史的知识化叙述是其主要目的，这就更多带有客观主义风格。但是，在《新文学史纲》第一卷中，张毕来的主要目的是演绎当时政治话语对新文学史的规定性阐释，一方面，他将之前注重的新文学向工农兵文艺方向前进，变换为向社会主义现实主义发展；另一方面，大量删除或隐藏了一些文学史实的介绍和叙述。例如，他对晚清民初的文学不再以一编进行书写，只是简略提及，对于梁启超、黄遵宪等人的文学活动及主张都只是在页下注中标明，而不再占用正文的篇幅。得到这种待遇的还有胡适、陈独秀文学革命时的主张。而新旧文学论争的历史事实，文学研究会、创造社、太阳社的理论观点及历史业绩也被漠视。民间文学和翻译文学在之前的《中国现代文学史》中都有专章和专节的篇幅，《新文学史纲》第一卷则不再体现。正因为张毕来不再关注具体文学史实，而将重心偏向统一战线中的阶级阵营变化、社会主义现实主义文学和思想改造等理论的阐释，所以“以论代史”的风格就分外明显。

方白在评价张毕来的《新文学史纲》第一卷之时，就希望有更多“著者对作家作品的具体分析，提出他自己的独立的见解”，并能对一个作家进行全面的介绍，以让读者得到一个完整的印象。① 耀东等人也批评他在分析作品时，以作

① 方白．略谈三部中国现代文学史［J］．读书月报，1956（7）：18-19.

家的思想情况考察代替了对作品的分析，分析、评价的依据离开了作品。① 这都说明张毕来的文学史著中对作家作品的分析无论是从量还是从质来看，都有所欠缺。而张毕来对此也予以承认，他将原因归结到专门的作家研究还太少，作家专论的著作还不够多，这使得文学史编写存在困难。② 这既说明了中国现代文学史学科当时所处的窘境，也间接说明其文学史著编写多是“以论代史”的原因。但相比之前的《中国现代文学史》，张毕来在《新文学史纲》第一卷的作家作品分析中也有精彩之处，那就是他注重了作家作品的比较。例如，他注意到郭沫若的《棠棣之华》的修改及版本的不同；将《炉中煤》和闻一多的《太阳吟》进行比较；将闻一多与徐志摩予以区分；将鲁迅《狂人日记》中的“狂人”和瞿秋白《饿乡纪程》中的“疯子”予以类比……在具体的作品解读中，他对鲁迅《阿Q正传》的思想性和艺术性的分析也很到位。遗憾的是，这样的作品分析太少了。

其实，张毕来对自己的整理过程和目的有着非常清楚的认识和追求，这也正是该著与之前《中国现代文学史》大不相同的主观原因。这在他的《新文学史纲》第一卷的《后记》中说得非常明白，他出版该书的意图是力图消除“讲义的格调”，而用“最近的、自以为比较正确的见解”对“新文学的历史提纲挈领地说一说”。而当时“正确的见解”就是社会主义现实主义文学、《新民主主义论》和思想改造，这也正是他所采用的述史主线；再加上他只是提纲挈领地叙述，这样历史的细节和作家作品的研究就会减少，整体风格就倾向于史纲性的论述，这类似于蔡仪的《中国新文学史讲话》。

第六节　新的文艺会议与“双百”方针的影响

1956年在中国当代文学史中非常重要，不仅是因为“双百”方针的提出，而且召开的有关文学方面的会议也比较多。其中2月召开的中国作家协会理事会第二次会议（扩大）对中国新文学史编写影响最大。下面我们将对它的历史背景以及对唯物论新文学史编写的具体影响进行分析。

---

① 耀东，毅伯，冠星，等．三部中国现代文学史［J］．文学研究，1957（2）：153-157.
② 张毕来．需要研究作家的专家［J］．语文学习，1956（8）：1.

一、中国作家协会理事会第二次会议（扩大）的影响

中国作家协会理事会第二次会议（扩大）于1956年2月27日召开。这次会议的历史背景如下：我国出现了资本主义工商业改造高潮和农村社会主义高潮；全国知识分子会议的召开；1955年"胡风事件""丁、陈问题"的复杂影响；理论批评的简单化和创作上公式化、概念化仍然没有得到解决。① 正是在这样的特殊历史背景下，党中央对这次会议非常重视。3月2日，毛泽东、刘少奇、周恩来、陈云、彭真、康生接见了与会理事。3月3日陈毅作了发展文艺创作问题的报告。周恩来、陈毅多次参加会议的活动，出席会议期间的联欢会，同与会代表亲切交谈。《文艺报》集中发表了会议的所有报告和发言，并发了系列社论。② 人民文学出版社及时出版了《中国作家协会第二次理事会议（扩大）报告发言集》。众多报告与发言中，由郭小川起草，多人参与讨论③的周扬的主报告《建设社会主义文学的任务》对唯物论新文学史写作影响最大，现在我们以此为中心进行讨论。

首先，报告确定了新的文学任务，强化了原有的唯物论新文学史编写主线。因为已经完成社会主义改造，中国即将过渡到社会主义社会，所以新的文学方向必须在这时的文学会议上确定。该次会议的召开本身就带有这样的目的，周扬的主报告就宣布此后中国文学的任务是建设"社会主义文学"。周扬的叙事逻辑是这样的：社会主义现实主义文学在中国现代进程中发生、发展，为中国当代社会主义文学的发生发展予以奠基。④ 这与第二次文代会上周扬的主报告⑤并不矛盾，而是更进一步地强化。

其次，报告继续强调"文学艺术从来是思想斗争的重要部门"，"我们的革

---

① 黎之．回忆与思考：从"知识分子会议"到"宣传工作会议"［J］．新文学史料，1994（4）：102-124，133.

② 中国作家协会将召开第二次理事会（扩大）会议［J］．文艺报，1956（2）：20；迎接中国作家协会理事会（扩大）会议［J］．文艺报，1956（3）：3；本报记者．繁荣社会主义文学创作的会议［J］．文艺报，1956（5-6）：81.

③ 关于这次会议主报告的起草工作，郭小川在1956年2月6日、10日、11日、20日、22日、23日、24日、27日的日记中多次提及。郭小川．郭小川全集（8）［M］．桂林：广西师范大学出版社，2000：389-391、394-396.

④ 周扬．建设社会主义文学的任务［M］//中国作家协会．中国作家协会第二次理事会会议（扩大）报告、发言集．北京：人民文学出版社，1956：3-6.

⑤ 周扬．为创造更多的优秀的文学艺术作品而奋斗：一九五三年九月二十四日在中国文学艺术工作者 第二次代表大会上的报告［N］．人民日报，1953-10-09（3）．

命文学史就是一部和各种反动的‘理论’和‘派别’作斗争的历史”。他简要回顾了革命文学发展史中几次重要的思想斗争：20 世纪 30 年代，鲁迅、瞿秋白和当时其他左翼作家与新月派理论家梁实秋，自称为“自由人”的胡秋原，“第三种人”苏汶等人的斗争；抗日战争期间，在延安又进行了反对王实味的斗争，对“萧军之流”的理论与创作进行的批判，毛泽东的《讲话》“就是文艺界的一场大论战的结果”。①

再次，报告将胡风及其理论主张也列入这一叙述逻辑之中进行批判。报告从文艺和人民的关系，中国新文学与中外文化传统的关系，世界观和创作的关系等方面对胡风的文艺思想进行了批判。

最后，报告对中国现代文学史的编写进行了批评，提出了要求，并对中国现代文学作家进行了新的排序。周扬对当时文艺理论战线的工作并不满意，他强调“对资产阶级思想的斗争是我们今后的一项经常性的任务”。就此他特别指出，“用马克思主义观点写的比较完善的中国文学史，特别是现代文学史，几乎还没有一部”。② 结合上下文来看，这是要求中国现代文学史加强对“资产阶级思想的斗争”的史实书写，在此之前的中国现代文学史在这方面并没有系统化、体系化的建构，则不被周扬所喜。

周扬在谈到“我们的作家，特别是青年作家必须学习和掌握技巧”之时，将中国现代文学史中值得学习的作家予以列举：“鲁迅的创作开创了整个新文学的历史；他留给我们的遗产是一切文学遗产中对我们最亲切的，也是最宝贵的和最有价值的；我们必须首先认真地加以研究。郭沫若的《女神》开辟了一个新诗的时代。作家茅盾、老舍、巴金、曹禺、赵树理都是当代语言艺术的大师。”③ 正如陈希所指出的，这七个语言大师的论述，“是一个综合概括，包含创作实绩、文学成就、政治标准、资历影响等多方面因素”④。就从赵树理比曹禺要年长，但位置并未靠前就可以看出。郭小川的日记大致记载了周扬这一报告的孕育、形成和发布的过程，显示这一报告经历了中宣部部长办公会议的集

① 周扬．建设社会主义文学的任务［M］//中国作家协会．中国作家协会第二次理事会会议（扩大）报告、发言集．北京：人民文学出版社，1956：9-10.

② 周扬．建设社会主义文学的任务［M］//中国作家协会．中国作家协会第二次理事会会议（扩大）报告、发言集．北京：人民文学出版社，1956：17.

③ 周扬．建设社会主义文学的任务［M］//中国作家协会．中国作家协会第二次理事会会议（扩大）报告、发言集．北京：人民文学出版社，1956：35.

④ 陈希．中国现代文学研究通史·第四卷（1949—1976）：非常的建构［M］．广州：广东人民出版社，2020：282.

体讨论，① 这体现的不是周扬个人的文学史观，而是当时中国共产党文艺领导的集体意见。于是，他们在之后的中国现代文学史中，多被作为经典作家进行介绍、分析。

我们从田汉与曹禺二人的文学史地位变化也可以得出一些“启发”。在这次报告之前，这二人的文学史地位并无轩轾，都是各自一节或与他人一节，田汉常被归于革命作家，但对曹禺的艺术成就评价较高。现实政治生活中，田汉的地位也要高于曹禺：他 1932 年就加入中国共产党，任左翼“剧联”党团书记，抗战时期还因为政治因素被中国共产党安排了五十大寿的庆祝活动；1949 年后担任第一、二届全国人民代表大会代表，政协第一届全体会议代表，中国文学艺术界联合会委员，中国戏剧家协会主席；任中央人民政府政务院文化委员会委员，文化部（今文化和旅游部）戏曲改进局局长等重要职位。而曹禺 1956 年才入党，只是中华全国文学艺术工作者联合会和中华全国文学工作者协会的常务委员。1951 年，任刚成立的北京人民艺术剧院院长一职。但是就文艺创作与思想改造来看，曹禺转换得更为迅速，他及时展开批评与自我批评，一再贬低、检讨旧作并予以修改，而且按照新规范、新主题创作出了《明朗的天》。相对来说，田汉适应新时代进步的步伐要缓慢一些，他在旧剧改革中为旧戏曲“评功摆好”就不合时宜，此时创作的《白蛇传》《金鳞记》《西厢记》也与工农兵生活无关，而是有关爱情的“软性”题材，并受到批评。可见，曹禺的文学史地位超出田汉，在当时不单单是艺术成就的高低比较，也是当时二人不同的艺术创作与现实境遇的折射。

除这七位作家之外，周扬的报告中，还提及一些现代作家在当代的创作成绩，并予以高度好评，这间接地肯定了他们在中国现代文学史中的地位、成就。这样的作家有张天翼、夏衍、沙汀、艾芜、周立波、康濯、欧阳山、刘白羽、孙犁、艾青、田间、冯至、袁水拍、臧克家、李季、阮章竞等。这些作家在之后的中国现代文学史中，被视为次要作家进行书写，篇幅仅次于前述七位作家。从作家选择来看，周扬的报告相较之后的《文艺战线上的一场大辩论》还是比较宽容的。正如朱寨所说，这次会议“召开的时间是在‘双百’方针正式提出之前，但‘双百’方针已在酝酿中，所以会上呈现着‘双百’气氛”②。

茅盾也在其报告中提及中国现代文学史的编写问题，他更多是从大学教学的需要出发。他指出：高等学校的文学系“最迫切的是缺乏比较完善、正确的

① 郭小川．郭小川全集［M］．桂林：广西师范大学出版社，2000：395.
② 朱寨．中国当代文学思潮史［M］．北京：人民文学出版社，1987：256.

我国文学史和文艺学的教材。作家协会应该配合有关方面（如中国科学院文学研究所）组织力量，争取在较短时期内编写一部简明的汉语文学史和汉语现代文学史以及文艺学的教材"①。这说明中国现代文学史的编写已经引起了中国作家协会的注意，成为一项文艺工作和政治任务而被强调。值得注意的是，茅盾此时提出"汉语现代文学史"这一新的文学史概念。这个概念突出了"汉语"，更多是从文学语言的形式角度来考虑文学史编写，或许这可以避开新民主主义或社会主义现实主义对现代文学史的政治性的"挂靠"，非常具有创意。

茅盾在1949年后就一直关注文学的形式、技巧。1950年，茅盾希望作家在"丰富其生活"的同时，也要在"思想和表现技术上得到提高"。② 在第二次文代会上茅盾还指出："在我们目前的创作中，对于技巧问题的注意是太不够了。结构的混乱和松懈，语言的不纯洁和拖沓，成为相当普遍的现象。"③ 茅盾这次的会议报告《培养新生力量，扩大文学队伍》在一一列举了一批后起之秀及其作品外，也提到青年作家普遍存在文艺和文化素养缺陷等方面的问题。

重视作家的语言、技巧与茅盾在中华人民共和国成立之初的复杂身份有关：一、1949年后，茅盾先后担任过文学领域和文化部门的官员，号召作家们注意文学艺术的形式、技巧及语言的提升是他的责任与义务。二、作为从现代进入当代的著名作家和批评家，茅盾有着丰富的创作经验和深刻的理性认知，他对语言、技巧有着很高的鉴赏力，能够一针见血地发现当时文学创作的问题。三、是茅盾处境比较尴尬。此时的政治运动不断，茅盾虽重任在肩，但并不被完全信任。④ 也正因如此，茅盾此时所提出的"汉语现代文学史"的编写，并未引起多大反响。但这一概念在21世纪现代文学研究界又有学者予以提出，⑤ 并已有相关文学史著出版，⑥ 这也是一次跨时空的学术回应。

① 茅盾．培养新生力量，扩大文学队伍［M］//中国作家协会．中国作家协会第二次理事会会议（扩大）报告、发言集．北京：人民文学出版社，1956：51-52.

② 茅盾．争取发展到更高的阶段［N］．人民日报，1950-10-01（13）．

③ 茅盾．新的现实和新的任务：在中国文学工作者第二次代表大会上的报告［J］．文艺报，1953（19）：17-27.

④ 王本朝．成为作家：茅盾论当代作家的艺术修养［J］．贵州社会科学，2019（1）：37-43.

⑤ 黄万华．中国和海外：20世纪汉语文学史论［M］．天津：百花文艺出版社，2006；王列耀．海外华文文学的发展与特色：兼谈有关新编中国文学史、汉语文学史的一些想法［J］．广播电视大学学报（哲学社会科学版），2009（4）：39-42；赵凌河．以"自己的话"来书写"现代的"汉语文学史［J］．华文文学，2010（6）：55-58.

⑥ 曹万生．中国现代汉语文学史［M］．北京：中国人民大学出版社，2007；朱寿桐．汉语新文学通史［M］．广州：广东人民出版社，2010.

正因为这次会议上重要文艺官员都已发现中国现代文学史研究、编撰存在“问题”，亟须改正、提高，所以在这次会议通过的《中国作家协会一九五六年到一九六七年的工作纲要》中对此进行了如下规划：协同科学院文学研究所在1962年以前，“完成中国文学史（古代的、近代的、现代的）、文艺学和文学概论等教科书的编著工作”；1957年以前完成现代中国文学史和文艺学讲授提纲。① 可见，中国现代文学史著的编写已被文艺官员充分注意到，并在未来的工作中予以规划。许杰觉得这个规划太慢了，他呼吁“作家协会能够尽早地和高等教育部、文学研究所协商，尽早地把中国文学史及文艺学两个课的教学大纲和教材搞出来”②。

刘郁琪对这次会议上众多报告进行了话语分析，他认为这是以“危机”话语方式表述的，而为“危机”所提出的具体对策，充满了浓厚的“计划”色彩，这样“文学创作被完全等同于物质资料的生产，作家协会就像组织物质生产一样地制定严密的指标和计划，让作家们按部就班地去实行”③。他的批评固然有理，但从唯物论新文学史编写的角度来看，利大于弊：之前只是教育部门主管，会更多考虑教学实际和学术本身，但现在得到中国作家协会及其背后的中宣部的具体关怀，将被彻底纳入意识形态建构之中；这样作为新生学科的中国现代文学史编写将获得更多的支持，研究水平将得到大力提高，该学科及唯物论新文学史书写都将由此而走向成熟。

二、“双百”方针之时对现代文学史编写的反思

就在中国作家协会理事会第二次会议（扩大）召开后的下半年，1956年9月15日至27日，中共第八次全国代表大会在北京政协礼堂召开，刘少奇将中央领导人经过反复思考、讨论的“双百”方针予以重申。④ 1957年2月，毛泽东发表了《关于正确处理人民内部矛盾的问题》的讲话。他邀请知识分子承担批评党的主要角色，以克服党内的官僚主义倾向。3月，在对宣传部的讲话中，

① 中国作家协会一九五六年到一九六七年的工作纲要［M］//中国作家协会．中国作家协会第二次理事会会议（扩大）报告、发言集．北京：人民文学出版社，1956：100.

② 许杰的发言//中国作家协会．中国作家协会第二次理事会会议（扩大）报告、发言集．北京：人民文学出版社，1956：255.

③ 刘郁琪．“危机”叙述与“计划”思维：1956年中国作协第二次理事会扩大会议报告的话语分析［J］．当代教育理论与实践，2010，2（5）：112-115.

④ 刘少奇．中国共产党中央委员会向第八次全国代表大会的政治报告（一九五六年九月十五日）［M］//中共中央党校理论研究室．历史的丰碑：中华人民共和国国史全鉴 政治卷 1．北京：中央文献出版社，2005：359-360.

他又再次强调“百花齐放，百家争鸣，这是一个基本性的同时也是长期性的方针”①。中共中央 4 月 27 日发出《关于整风运动的指示》，并指出“这次整风运动，应该是一次既严肃认真又和风细雨的思想教育运动，应该是一个恰如其分的批评和自我批评的运动”②。由此“双百”方针开始在全国范围大规模展开。

在这一方针的指导下，知识分子逐渐敞开心扉，积极建言，并且满怀热情地投入到了高校教学与科研之中，并对当时的唯物论新文学史的编写提出了针对性建议。1957 年，一些作家就批评当时的文学史书写存在的问题。唐湜就批评道：“几本新文学史，几乎都写成了文艺思潮史，甚至革命运动发展史，艺术谈得极少，而且几乎抹杀了五四以来许多新诗流派存在的意义与历史地位，甚至否认了客观存在的事实，对当时某些重要的作品一字不提”。③ 在作协召开的通俗文艺作家座谈会上，张友鸾就对当时的文学史书写提出异议：“现代文学史上就没有提到过章回小说。《啼笑因缘》印得那么多，作者张恨水到底好不好？在文学史上只字不提，这不是虚无主义？不是取消主义？”④ 汪曾祺就直言：“写文学史是个复杂的工作，已出版的几本，都有教条主义，往往以作家的政治身份来估价作品”，对沈从文的评价就不充分。⑤ 蹇先艾也指出：有一位新中国成立前“写过几十本小说而且大家都公认为有一定成就的小说家”，新中国成立后“他的作品全部都被否定了，他只好转业搞文物工作（他的文物工作搞得很不错，那是另一回事）”⑥。

这些批评与建议说明中国现代文学史的书写并没有获得作家们的全部认可，他们以亲身经历的切身感受，对其提出了批评，这为中国新文学史编写提供了新的契机与指导，直接影响了后续的中国新文学史教学大纲的编订及一些文学史著的写作。

---

① 中共中央文献研究室．毛泽东年谱（一九四九——一九七六）：第三卷［M］．北京：中央文献出版社，2013：108.

② 关于整风运动的指示［M］//中共中央组织部，中共中央党史研究室，中央档案馆．中国共产党组织史资料：第九卷．北京：中共党史出版社，2000：555.

③ 唐湜．闲话新诗的“放”与“鸣”［N］．文汇报，1957-05-29（3）.

④ 木杲．通俗文艺作家的呼声［J］．文艺报，1957（10）：8-9.

⑤ 作协在整风中广开言路［J］．文艺报，1957（11）：2-3.

⑥ 蹇先艾．多关心“作家老百姓”的疾苦［J］．文艺报，1957（12）：6.

第七节 刘绶松从《中国新文学史》到《中国新文学史初稿》

刘绶松1934年秋到北平私立中国大学国文系读书。次年秋参加清华大学的转学考试，被录入该校中文系二年级，受教于朱自清、闻一多等众多名家。1938年7月，他由西南联大毕业，经朱自清介绍，到由天津迁至重庆的南开中学任国文教员。1946年6月回到武汉，曾先后在湖北师范学院和兰州大学中文系任教授。1949年9月到武汉大学中文系任讲师，次年改任副教授，1956年升任教授。① 1953年，刘绶松承担了中国新文学史这一新课程的教学任务。他至少曾于1954—1955年在武汉大学校内由教务处出版科印刷其讲义《中国新文学史》②。该讲义1956年4月由作家出版社出版，改名为《中国新文学史初稿》（以下简称“《初稿》”）。

一、对当时各项“守则”的遵循与创新

刘绶松的《初稿》在1956年被教育部指定为高校中文专业教材。③ 他能获得如此殊荣，就在于他严格遵循了当时唯物论新文学史书写的各项“守则”，并有所创新。所以《初稿》比王瑶的《史稿》“更带有意识形态的特色，理论性（政治性）更强，也自在情理之中”④。

洪子诚曾指出，“十七年”的历史观，是“建立在‘科学实证主义’的基础上”⑤。但从刘绶松绪论中阐述的中国新文学史的述史原则中可以看出，他并不相信科学实证主义，也不承认历史写作的纯客观性和全面性，他充分认识到了“在任何时代被写下来的历史书籍都是阶级斗争的产物，都是为某一阶级的经济利益和政治利益服务的”。所以他并不隐瞒自己唯物论新文学史写作的阶级性和政治性，他力图运用马克思列宁主义的观点和方法，特别是毛泽东文艺思

---

① 孙党伯．刘绶松先生和他的学术成就［J］．长江学术，2009（4）：156-164.

② 刘绶松1953—1955年在武汉大学校内印刷多少次讲义，有待更多史料考证。笔者只搜集到他1954—1955年在校内印刷的《中国新文学史》上册。

③ 刘绶松．中国新文学史初稿［M］．武汉：武汉大学出版社，2013：内容提要．

④ 陈国恩．武汉大学鲁迅教学和研究的世纪回顾［M］//陈国恩．学科观念与文学史建构．北京：中国社会科学出版社，2012：379.

⑤ 洪子诚．问题与方法：中国当代文学史研究讲稿［M］．北京：生活·读书·新知三联书店，2002：20.

想来进行新文学史研究和写作，以“廓清一切蒙蔽文学历史真实的谬论邪说，阐明文学历史的发展规律，使中国新文学运动的产生、发展和它在中国革命运动中的所起的巨大作用——这些真实的历史事实，能够毫不走样地呈现在读者的面前”①。简言之，即在中国革命史中探求中国新文学运动史的发生、发展、作用及其规律。

在这一原则之下，他要求中国新文学史的编写完成三项任务：第一，是“叙述五四以来许多先驱者们使用文艺武器——有时候是呈献血和生命——与统治阶级进行不屈不挠的斗争的实况”。第二，“把各个历史时期的战斗史实和经验，加以正确的叙述和总结，就可以使在新的现实和新的任务下朝向社会主义现实主义方向继续前进的我们的新文学取得更多的丰富经验，得到更康健、更迅速的进步和发展”。第三，“全面地、深入地考察和研究各个历史时期的重要作家和作品，指出其优点和缺点，说明他们之间的继承的和互相影响的关系”。② 在这三项要完成的任务中，刘绶松注意到政治与学术的双重要求，并将二者予以充分融合。

刘绶松是从宏观角度来阐释中国新文学史编写在当时的“目的和任务”，接着他再具体地通过“几个基本观念”的说明，来确定唯物论新文学史的具体内容。首先，他认为必须将“新”“旧”文学区分开，确定“新”文学特有的思想内容和艺术形式，归纳其最本质特征。他对于“新”文学的命名与以往大不相同：“我们所说的新文学，实质上就是指的那种符合于中国人民的革命利益的、反帝反封建、具有社会主义的因素，而且是随着中国革命形势的发展，不断地沿着社会主义现实主义的方向前进的文学。”③ 相比其他文学史研究者，他将新文学的政治因素强调到很高程度。其次，他认为还要注意新文学史上的“敌、我”界限的划分。其划分标准：“为人民的，也就是反帝反封建的文艺思潮，是我们新文学运动当中的主流，所有的好作家和作品都是属于这一个范畴的。那些反人民的，为帝国主义和其他反动阶级的利益服务的作家和作品，只是这个澎湃浩荡的主流中的几股逆流，而且是很快地就被时代的洪流所淹没了的。”④ 这一“敌、我”的划分，也使得该文学史除主流作家作品之外，还能叙述部分文学运动中的“逆流”，这就构成了文学运动中两条文艺路线斗争的演进。最后，刘绶松强调“必须把对于鲁迅的研究工作提到我们新文学史研究工

① 刘绶松．中国新文学史初稿（上）[M]．北京：作家出版社，1956：1.
② 刘绶松．中国新文学史初稿（上）[M]．北京：作家出版社，1956：4-5.
③ 刘绶松．中国新文学史初稿（上）[M]．北京：作家出版社，1956：9.
④ 刘绶松．中国新文学史初稿（上）[M]．北京：作家出版社，1956：10.

作中的首要地位上来”①。这也保证了该文学史能强调新文学的“鲁迅方向”，以使得它响应毛泽东在《新民主主义论》中对鲁迅的高度评价。对这“几个基本观念”的强调正说明了刘绶松汲取了之前中国新文学史编写的经验教训，注意到了主从之间的区别，也考虑到“敌、我”的差异，并能凸显鲁迅等重要大家的文学史地位。

正因为刘绶松有着自觉的阶级性和政治性的述史原则，并对当时编写中国新文学史的“目的和任务”有深切把握，所以他在文学史内容上就能符合各项“守则”的要求。例如，他注重了每一时段的文艺理论和文艺斗争；凸显了鲁迅的重要作用，第一至第三编每编都有专章书写鲁迅；描画了无产阶级文学及文艺理论的萌生与发展。工农兵文艺方向、统一战线和无产阶级思想领导、社会主义现实主义等关键概念在章节目次上都有所体现。可见，《初稿》的主体内容基本上将当时唯物论新文学史书写所要求的众多要素都予以囊括、遵循。

《初稿》的创新主要体现在历史分期与作家列举上。1954 年，刘绶松曾发表《中国新文学史研究工作中的几个问题》②，该文主体就是后来《初稿》中的绪言部分，不同在于文学史分期。该文将中国新文学史分为五个时期：五四运动时期、第一次国内革命战争时期、第二次国内革命战争时期——左联时期、抗日战争前期、抗战后期与解放战争时期。他还指出，这五个时期又可以划成两个阶段：前四个时期（延安文艺座谈会以前）是一个阶段，后一个时期（延安文艺座谈会以后）又是一个阶段。可见不论是五个时期还是两个阶段，延安文艺座谈会都是重要的文学史界址，这几乎是当时中国新文学史编写的共识。但该文强调了这五个时期中社会主义现实主义的发生发展。在《初稿》出版之后，我们发现他将中国新文学史分为五个时期，书写为五编，即一、五四运动时期的文学（一九一七—一九二一）；二、第一次国内革命战争时期的文学（一九二一—一九二七）；三、第二次国内革命战争时期的文学（一九二七—一九三七）；四、抗日战争时期的文学（一九三七—一九四五）；五、第三次国内革命战争时期的文学（一九四五—一九四九）。这样，1942 年的延安文艺座谈会不再成为重要的文学史时间界址了，但这五个时期仍分别是社会主义现实主义文学的萌芽时期、逐渐发展时期、空前发展期、主流发展期、飞跃进展期。刘绶松的两种文学史分期都充分展现了社会主义现实主义文学的发生发展，符合当时政治话语对新文学史编写的要求。刘绶松不再以 1942 年为界将抗日战争分为

① 刘绶松．中国新文学史初稿（上）[M]．北京：作家出版社，1956：10.
② 刘绶松．中国新文学史研究工作中的几个问题 [J]．长江文艺，1954（3）：11-17.

两个阶段，而以抗日战争时期单独作为一个时期，当时就有人批评不如“拿延安文艺座谈会前后分为两个阶段好”①，“是没有必要的”②。他之前的作品也没有这样划分，刘绥松改换文学史分期的最直接的依据应是当时的中国共产党党史和革命史的划分。

1951年6月22日，胡乔木为中共中央写的庆祝中国共产党成立30周年的长篇文章《中国共产党的三十年》在《人民日报》以增出一张四版的方式发表。此后各地报刊也纷纷转载并出版单行本，并不断重印、翻印，到1962年印数达数百万册。③ 该著的编写表明中共党史研究开始进入“成型期”④。后来学者发现，该著曾经毛泽东、刘少奇、胡乔木、陈伯达等人多次修改，⑤ 核心关键处主要是毛泽东和刘少奇合著。⑥ 所以它成为当时发行量最大、最权威的一本中共党史著作是实至名归。这部党史著作的历史分期就是四个时期：党的成立和第一次国内革命战争（1921—1927）；第二次国内革命战争（1927—1936）；抗日战争（1937—1945）；第三次国内革命战争和中华人民共和国的成立（1945—）。⑦

不仅如此，1950—1953年进行的《毛泽东选集》第一至第三卷的编辑与出版也是采用这样的历史分期。⑧《毛泽东选集》出版后，各级党组织都积极准备有计划地领导党员和群众进行学习和宣传，掀起了学习毛泽东著作的热潮，⑨ 这种历史分期也就随之而深入人心。刘绥松采取的正是当时中国共产党党史和革命史所采用的历史分期，并借用了每个历史阶段的命名。在这之前的张毕来的《新文学史纲》第一卷中的第二章《新文学在第一次国内革命战争前后》也是采用这种命名，这说明当时采用这种分期及命名已经是新趋势。

之前张毕来、王瑶、丁易等人的新文学史著在介绍国内外形势时，更重在历史局势的全面性。《初稿》在形势分析之时主要采用的是胡乔木的《中国共产党的三十年》以及毛泽东著作中有关国内外形势的论述。正如周一平所说，《中

① 方白．略谈三部中国现代文学史［J］．读书月报，1956（7）：18-19.
② 耀东，毅伯，冠星，等．三部中国现代文学史［J］．文学研究，1957（2）：153-157.
③ 杜玉芳．胡乔木与中共党史研究［M］．北京：中共中央党校出版社，2008：76.
④ 张静如，唐曼珍．中共党史学史［M］．北京：中国人民大学出版社，1990：117.
⑤ 程中原．《中国共产党的三十年》写作与发表经过［J］．党的文献，2009（1）：92-94.
⑥ 王建国．《中国共产党的三十年》相关问题再探讨［J］．党的文献，2011（3）：47-51.
⑦ 胡乔木．中国共产党的三十年［M］．北京：人民出版社，1951：1-2.
⑧《毛泽东选集》第一至第三卷分别于1951年10月、1952年4月、1953年4月由人民出版社出版。
⑨ 熊坤静．《毛泽东选集》编辑出版始末［J］．党史文苑，2013（19）：37-42.

国共产党的三十年》直接引用和介绍的毛泽东论著就有18种，其史学思想主要在于“宣传毛泽东的功绩和思想理论”“宣传中国共产党的革命领导地位和巨大历史作用”“总结、宣传中国革命的经验教训”“宣传新中国的各项方针政策”。① 而刘绶松在《初稿》的形势分析中引用及化用《中国共产党的三十年》非常之多，这是之前唯物论新文学史编写所没有的，这发挥了如党史一样的作用。

二、经典作家作品的选择及阐释

何善周曾回忆，刘绶松曾坦承他“使用的材料多半是王瑶的，自己补充的很少”②。其实“任何历史学家在实践中对于其他历史学家著作中现成的事实都会毫不犹豫地拿过来，只要这些事实已经被很好地建构出来，而且他在自己的著作中能重新加以利用就行”③。比较刘绶松和王瑶二人的文学史著，的确会发现较多相似之处，但细致考察，又有内在不同。不仅是刘绶松已经注意到社会主义现实主义的发生发展，而且两本著作的经典化选择及阐释也有不同。

我们将王瑶《史稿》上册修订本与刘绶松的《初稿》所论第一个十年的诗人进行比较，会发现他们在作家作品经典化方面的不同。《史稿》上册修订本这一时期论述的诗人分为三类，正视人生的：胡适、鲁迅、李大钊、陈独秀、沈尹默、刘半农、康白情、俞平伯、刘大白、徐玉诺、邓仲澥、田汉、朱自清、郑振铎、王统照、潘漠华、冯雪峰、应修人、汪静之、周作人、冰心、宗白华；反抗与憧憬的：郭沫若、成仿吾、蒋光慈、刘一声；形式的追求：徐志摩、闻一多、陆志韦、朱湘、于赓虞、李金发、王独清、穆木天、冯乃超、韦丛芜、冯至。刘绶松的《初稿》将第一个十年分为两个时期，1917—1921年的诗人：胡适、李大钊、刘半农、刘大白；1921—1927年的诗人：郭沫若、闻一多、朱自清、蒋光慈。可见，王瑶在诗人的选择上注重全面性，将这一时段比较重要的诗人都予以列举，所以诗坛全貌得以描画。刘绶松的诗人选择则只关注他所认为的重要诗人，这些诗人多是现实主义的，内容上革命性与进步性比较高，符合当时主流文学价值观，其他诗人一概忽略；而新月派和现代派因为影响太大，不能将他们完全抹杀，就专列一节成为被批判的靶子。

---

① 周一平．胡乔木《中国共产党的三十年》研究［J］．华东师范大学学报（哲学社会科学版），2001（6）：42-50，122.

② 何善周．怀念昭琛：中国现代文学史的奠基人［M］//《王瑶先生纪念集》编辑小组．王瑶先生纪念集．天津：天津人民出版社，1990：33.

③ 普罗斯特．历史学十二讲［M］．王春华，译．北京：北京大学出版社，2018：71-72.

从论述篇幅来看，王瑶在论述诗人诗作之时，重点诗人和次要诗人的区别不是太多，所以被批评为“主从不分”①。而刘绶松对所选取的诗人进行了全面论述，对于没有选取的诗人只字不提。这样，重点诗人在一个时段的创作都得到分析。例如，他在分析抗战时期艾青的诗作时，就指出这是诗人创作最多的时期，有《向太阳》《北方》《他死在第二次》《献给乡村的诗》《火把》《黎明的通知》《雪里钻》《溃灭》《反法西斯》等诗集。他在分析诗作时，只有《献给乡村的诗》和《黎明的通知》中的诗歌没有列举，其他诗集及诗歌都得以结合艾青的创作和生活经历予以介绍。这样，艾青在抗战时期的创作情况大致得以彰显。

从诗人专论的角度来看，王瑶介绍的诗人繁多而芜杂，重点诗人很难在文学史中凸现。而在刘绶松的介绍中，如果将对郭沫若、蒋光慈、艾青、臧克家、田间等诗人在不同时期的论述抽取出来组合在一起，就会成为专门的诗人论。他们的诗歌创作全貌及其在每一个时段的发展变化及创作特点都归纳清晰。

《初稿》对每一文体的论述都如诗歌分析一样，小说、戏剧与散文的作家作品分析都很集中，不再繁杂。于是，重要文学大家的文学史形象开始浮出历史地表。鲁迅是《初稿》中的重要作家自不必说，他主要是专章论述。而郭沫若、茅盾等文学大家的多方面成就都得以介绍。郭沫若不仅在诗歌，而且在小说、戏剧方面也成就斐然，《初稿》也予以全貌展示。将所有有关郭沫若的介绍分析集中在一起，郭沫若这一文学大家的多方面成就也得以全部显现。《初稿》中所介绍的作家有着如此的全面展示，这说明刘绶松在选择作家、分析作家时有着全面的考虑，类似于将每位作家的专论进行了分散论述。

在作家作品论述上，《初稿》的一大创新是将革命作家烈士单独列为一章，其中瞿秋白、柔石、胡也频、殷夫四人各自一节，以作家专论的形式出现。这在章节目录上非常醒目，因为除他们之外，只有鲁迅的名字在章节上出现，郭沫若、茅盾都没有这样的文学史待遇。作家姓名出现在章节目录上，在丁易的《中国现代文学史略》中比较普遍。但丁易没有将这四人各自一节，只有胡也频和蒋光慈共占一节，殷夫和田汉共占一节，瞿秋白和柔石没有在章节中出现。刘绶松开始了一个新的趋向，那就是革命作家烈士地位排在鲁迅之后，占据单独的章节。

《初稿》在每一个时段都会分析每一文体重要的作家作品，然后，对这一时期的创作进行总体评价，其中不乏精彩之处。对“左联”时期的小说进行的总

---

① 《中国新文学史稿（上册）》座谈会记录［J］. 文艺报，1952（20）：24-30.

结就是如此。[①] 现在看来，我们会觉得《初稿》没有介绍与左翼文学同时期的京派和海派文学，没有全面地反映历史。但是，考虑到当时的实际，京派和海派不被认为是历史的“主流”，是“反动”文人的文学运动，本身就不应该出现在文学史中。所以，他总结的就是进步的左翼文学史，这样看来，就会发现他达到了当时文学史书写的高度。

当然，由于刘绶松在评析作家作品及文学运动时，是以社会主义现实主义为唯一评价标准，所以有时也会显得机械。例如，他评价柔石的《为奴隶的母亲》是其短篇小说中最优秀的一篇，“在好些地方，都叫我们想起鲁迅的著名小说——《祝福》来”[②]。刘绶松将这部小说与鲁迅的《祝福》相比，拓开了读者的视野。但是他对这部小说缺点的分析却显得僵化机械：“作者写这篇小说的时候，正是中国农村革命烈火到处燃烧的时候，就在作者的故乡宁海县，也曾发生过群众的革命暴动。但是这样的迹象，我们在这篇小说中，不容易发现出来，而同时，小说中的人物又似乎缺少反抗的性格。”[③] 所以，他认为这部小说还没有达到社会主义现实主义的高度。可见，与丁易类似，刘绶松在评价作家作品时，也是作品中的人物应该具有反抗精神、坚定必胜信念，反映生活本质，这就是社会主义现实主义所要求的理想的现实主义、现实的理想主义。相比王瑶的《史稿》更注重文学的艺术性，丁易的《中国现代文学史略》已经偏重于内容的披剖，而略显机械，刘绶松的《初稿》与丁易的作家作品分析走的是相同的路径，但机械的程度稍轻一些。

三、对旧民主主义革命时期文学的简述

易竹贤曾认为刘绶松编写的《初稿》在两方面表现出某种可贵的史识。第一是指出新文学运动是从 1917 年开始发生的。此后的中国现代文学史都沿用“1917 年说”，这是刘绶松的学术贡献之一。[④] 该判断并不准确，因为在 1949 年前，就有很多中国新文学史著是从 1917 年开始的，如王哲甫的《中国新文学运动史》[⑤]。在 1949 年后编写的大纲初稿也是将 1917—1921 年划为一个时间段，但在有关大纲初稿的讨论中，新文学起源问题引起了争议，所以此后就多以

---

① 刘绶松．中国新文学史初稿（上）[M]．北京：作家出版社，1956：374-375.

② 刘绶松．中国新文学史初稿（上）[M]．北京：作家出版社，1956：295.

③ 刘绶松．中国新文学史初稿（上）[M]．北京：作家出版社，1956：10.

④ 易竹贤．继承 研讨 超越：纪念刘绶松教授诞辰百周年 [J]．长江学术，2013（2）：1-8.

⑤ 王哲甫．中国新文学运动史 [M]．北京：杰成印书局，1933.

1919年为起点。刘绶松此次再度强调1917年，的确不同一般。但此后还是以1919年为起点的较多。

易竹贤对刘绶松第二个贡献的评判则值得肯定。他认为刘绶松在《初稿》下册《附编》中书写了《旧民主主义革命时期的文学简述（一八九八——一九一七）》，对清末民初文学进行的评论“是相当可贵的史识”①。正如前述，从学术史的角度来看，中国新文学史对清末民初的文学进行书写在1949年前也已有之。但是毛泽东的《新民主主义论》强调了五四运动是无产阶级领导的文化运动，五四之前与之后存在根本不同的文化性质及发展面貌。所以在第一次文代会及大纲初稿中就不再强调清末民初文学与五四文学的联系，更多的是申明二者的区别。在王瑶、李何林、张毕来等人的文学史中，他们或者对此不予提及，或者只是粗略带过，任访秋虽然此前对此重视，但在《中国新文学史讲稿》②中也予以删除。他们都在尽力将1919年爆发的五四运动予以泛化，说明五四运动不只是1919年这一年，而是包含其前后几年，以便将1917年纳入新民主主义文化之中来。正是在这一历史背景下，刘绶松书写清末民初的文学有着特殊意义。

他强调清末民初的文学与五四文学的联系，这种强调是建立在辩证思考的基础之上，同时紧扣住时代的文学与政治的规定要求。他认为，中国新文学运动是有其历史的发展根源，它的产生应该是中国文学适应时代环境的需要而演变发展的一个结果。“我们坚决地反对那种把外国文学的影响当成中国新文学唯一来源的那种违反历史唯物主义的说话。社会主义现实主义（或无产阶级现实主义）的中国新文学，没有疑问地，它是以中国文学中的古典现实主义为其主要来源的。”③ 与冯雪峰④一样，刘绶松正是在为社会主义现实主义文学寻找本国自身历史渊源的目的下，去研究清末民初文学，从而认为“本时期的文学较之过去时代的文学有着一定程度的进步意义，它为五四时期的新文学运动探索过道路，创造了条件”⑤，这就为他不按照《新民主主义论》将五四前后视为完全断裂的文学时代提供了依据。当然，李广田曾批评王瑶《史稿》上册斩断了

---

① 易竹贤．继承 研讨 超越：纪念刘绶松教授诞辰百周年［J］．长江学术，2013（2）：1-8.

② 任访秋．中国新文学史讲稿［Z］．开封：河南大学，1953.

③ 刘绶松．中国新文学史初稿（下）［M］．北京：作家出版社，1956：319-320.

④ 冯雪峰．中国文学中从古典现实主义到无产阶级现实主义的发展的一个轮廓［J］．新华月报，1952（11）：210-227.

⑤ 刘绶松．中国新文学史初稿（下）［M］．北京：作家出版社，1956：340.

新文学的历史根源，看不出古典文学的现实主义传统的错误，① 对刘绶松如此编写晚清民初的文学也有一定的影响。

刘绶松对清末民初文学的作用并不夸大，而是认为“本时期文学的进步意义和战斗作用是有限的，它没有力量完成时代交给它的任务”，这一任务的完成只能等到五四时期的无产阶级。同时，他借此批判“胡适之流在五四时期所提出来的‘文学改良’的主张，实在只能算是本时期文学思想的‘旧调重弹’，并没有什么更新鲜更进步的见解。五四新文学运动的领导者决不是胡适一流的资产阶级知识分子”②。这番话一方面强调了清末民初文学对五四文学的前导作用，但又认为其作用是有限的，资产阶级只重视形式上的“改良主义”，这是由于他们的软弱性和妥协性所决定的，真正的文学革命是内容上的革命，只有无产阶级领导才能完成，他们才是五四文学运动的领导者。在批判的基础上部分肯定清末民初文学运动的进步性，同时还捎带批判了胡适的“文学改良主义”，强调了五四文学运动中无产阶级的领导地位，这是刘绶松在当时所能进行的政治正确的解读。

四、《初稿》与校内讲义《中国新文学史》的比较

刘绶松的《初稿》是在自己的校内讲义《中国新文学史》的基础上修改而成的，所以将这二者进行比较，查找出修改的语句、段落，辨析他修改的缘由，可以进一步考察他在正式出版《初稿》之时的学术思想。限于史料收集的难度，笔者只寻找到由武汉大学教务处出版科印的刘绶松 1954—1955 年的《中国新文学史》上册的讲义③，权且将它与《初稿》上册进行对比。

首先，《初稿》增加了一些作家作品，特别是增强了对胡适、胡风的批判。

对胡适的批判在中华人民共和国成立前后有过逐渐增强、逐渐严厉的过程。中华人民共和国刚成立及之前主要是集中批判胡适的政治立场，核心问题是在政治方向和社会发展道路等根本方面的分野。同时，并没有放弃对胡适的争取，希望他能离美背蒋，回到中国共产党政权和人民立场上来。1951—1954 年秋季，没有批判胡适思想的重大举措，也鲜有这方面的批判文章。这一时期，主要是知识分子在自我反省和自我检讨的思想改造过程中，连带批判胡适思想。主要是将他视为资产阶级的右翼，凸显其五四文学时的改良主义，否认其领导作用，

---

① 《中国新文学史稿（上册）》座谈会记录［J］. 文艺报，1952（20）：24-30.

② 刘绶松．中国新文学史初稿（下）［M］. 北京：作家出版社，1956：340.

③ 校内讲义没有统一的页码编排，以下摘引也不注明页码。

并指斥其学术行为及客观主义学术思想。例如，之前对王瑶的批判及他自己的检讨都是从这些角度出发的。1954 年 10 月，毛泽东发起了一场批判俞平伯《红楼梦》研究的运动，并逐渐偏重于借此批判胡适哲学的相对主义、实用主义及资产阶级唯心论观点。而郭沫若说胡适是“美帝国主义的文化走狗”①，影响极大。1955 年年初，中共中央相继发出《关于在干部和知识分子中组织宣传唯物主义思想批判资产阶级唯心主义思想的演讲工作的通知》《中共中央关于宣传唯物主义思想批判资产阶级唯心主义思想的指示》的文件，对这场思想运动的开展作出部署和规定。4 月 11 日，《人民日报》发表社论《展开反对资产阶级唯心主义思想的批判》，再次系统地重申上述基本思想，于是对胡适思想的批判运动发展到了高潮。②

正因如此，刘绶松在校内讲义中主要是批判胡适资产阶级的妥协性和软弱性，是文学的改良主义者。《初稿》则加大批判的严厉程度，批判他“提倡美国反动哲学——实用主义”③，“披着‘科学’的外衣来欺骗中国人民，正是胡适所一贯使用的无耻伎俩”。他原来在讲义中属于五四文学统一战线中的资产阶级右翼，现在就变成了“死敌”。④ 所以从他在《终身大事》剧本中对女主人公的安排，正可以看出“他的险毒的用意是想把日益觉醒起来的中国女性引向妥协投降的道路上去。他的为帝国主义和中国统治阶级服务的反动企图，是非常显而易见的”⑤。在校内讲义中曾提及“一九一八年十月号《新青年》上刊载胡适选的《近世名戏百种目》，就全是西洋剧”，现在被删除不再提及。

刘绶松的校内讲义中并没有涉及对胡风的批判，反而引用了胡风对一些作家的评论。《初稿》出版之时，正是胡风集团被批判打倒之时，所以他增加了如下内容：抗日战争后期和第三次国内革命战争时期对于胡风集团的批判和斗争；⑥“两个口号”的论争发生的一个原因，就是因为有胡风的“破坏”和“挑拨”⑦。讲义中原来只是不指名批评那些认为鲁迅思想没有前后期发展之分的“似是而非”的论调，《初稿》则直接痛斥这是胡风集团曾经有过的论调。⑧ 校

---

① 郭沫若．三点建议：一九五四年十二月八日在中国文学艺术界联合主席团、中国作家协会主席团扩大联席会议上的发言［N］．人民日报，1954-12-09（1）．

② 刘仓．新中国成立初期的胡适思想批判运动［J］．党史博览，2009（3）：10-14.

③ 刘绶松．中国新文学史初稿（上）［M］．北京：作家出版社，1956：44.

④ 刘绶松．中国新文学史初稿（上）［M］．北京：作家出版社，1956：46.

⑤ 刘绶松．中国新文学史初稿（上）［M］．北京：作家出版社，1956：80.

⑥ 刘绶松．中国新文学史初稿（上）［M］．北京：作家出版社，1956：4.

⑦ 刘绶松．中国新文学史初稿（上）［M］．北京：作家出版社，1956：237.

⑧ 刘绶松．中国新文学史初稿（上）［M］．北京：作家出版社，1956：258.

内讲义中曾列出胡风、曹白和其他人一起在葬礼上将鲁迅遗体抬棺入穴，胡风是排在首位的，而《初稿》已不再出现他俩的名字。讲义中曾引用胡风对艾青、张天翼、田间的作品进行评论的著名文章和重要论断，现在都予以删除。同样被删除的还有当时为胡风仗义执言而受隔离审查的吕荧①对曹禺《原野》的评论。

《初稿》在“沿着社会主义现实主义的方向前进”的小节中增加了对吴组缃的介绍，这是校内讲义所无的。对吴组缃的介绍在之前王瑶的《史稿》中就有细致评价，在丁易的《中国现代文学史略》中对他介绍不过近百字，在《初稿》中所占篇幅则算较多的。这一小节介绍的作家依次为蒋光慈、茅盾、丁玲、张天翼、沙汀、艾芜、吴组缃、叶紫、萧红。吴组缃能与他们一起进入文学史，并且排在叶紫和萧红之前，足见刘绶松对他的重视。除文学成就的确优异之外，这一方面应与吴组缃在中华人民共和国成立初能够获得政治认可，1956 年被推选为新成立的中国作家协会书记处书记有关；② 另一方面，也与王瑶、刘绶松、吴组缃他们都是清华大学中文系毕业的，与朱自清都存在师生关系有关，③ 他们都是王瑶所说“清华学派”的重要成员④。

其次，《初稿》按照政治原则和编选原则删除了一些作家作品的评述。当然，这两种原则往往是兼顾的，这种分类也只是为了阐述的方便。

其一是因为政治上的需要或涉及敏感而增删。在讲义中，曾选取俞平伯的诗集《冬夜》进行分析，并认为他的诗《春水》《他们又来了》，“虽然站在旁观者的立场，缺乏深切的爱憎，却也多多少少地绘下了时代的阴暗面影”。在论述语丝社时，讲义也指出俞平伯是《语丝》周刊的撰稿人。《初稿》中这些都被删除，不予提及。这说明，俞平伯因其《红楼梦》研究在全国受到批判，他的名字及其作品已经不适宜在新文学史著中出现。

“附编　旧民主主义革命时期文学简述”在讲义中排在第一编“五四运动时期的文学”之前，刘鹗的身世和思想观念及《老残游记》被加以介绍。刘绶松当时认为：“这本书还有着比较深刻的社会意义”“刘鹗的描写艺术是相当高

---

① 张景超．吕荧的“拍案而起”［J］．艺术广角，2010（3）：74-75，92.

② 方锡德．吴组缃生平年表［J］．新文学史料，1995（1）：41-53.

③ 陈平原．在政学、文史、古今之间：吴组缃、林庚、季镇淮、王瑶的治学路径及其得失［J］．北京大学学报（哲学社会科学版），2015，52（3）：84-104；方锡德．吴组缃生平年表［J］．新文学史料，1995（1）：41-53；杜琇．王瑶年谱［J］．新文学史料，1990（3）：30-45；孙党伯．刘绶松先生和他的学术成就［J］．长江学术，2009（4）：156-164.

④ 王瑶．我的欣慰和期待［J］．群言，1990（4）：31-32.

的"，只不过在结构方面，"显得很散漫没有组织"。《初稿》则将"附编"排在下册末尾，不再提及刘鹗及其《老残游记》。其原因应该是1955年张毕来发表了《〈老残游记〉的反动性和胡适在〈老残游记〉评价中所表现的反动政治立场》①，批判刘鹗是"汉奸"，并斥责胡适是为刘鹗的"汉奸"罪行辩护，所以《老残游记》是一部"反动"小说。尽管当时也发表了一些不认同张毕来观点的文章，但显然不及其影响巨大。所以《初稿》就删除了对刘鹗及其《老残游记》的介绍与分析。这说明，《初稿》为了政治正确，宁愿采取更加保险的方法，舍弃了之前比较辩证的分析。

洪灵菲是中共烈士，曾参与酝酿、筹备成立中国左翼作家联盟，并当选为常务委员，是"左联"的领导人物。所以校内讲义将洪灵菲作为专节与瞿秋白、柔石、胡也频和殷夫享有同样的文学史地位，以纪念"中国无产阶级革命文学和先驱的血"。但是在《初稿》中，关于洪灵菲的这一节被删除。或许这是因为洪灵菲的作品内容及艺术风格引起的。校内讲义这样介绍他的小说："洪灵菲的小说，在风格上，很受郁达夫小说的影响，热情的倾诉多于冷静的刻画，主人翁多半是作者自身的写照……他所描写的多半是革命的流亡生活和革命与性爱、革命与母亲的冲突等，中国日益趋向贫困的农村的面影，也常常出现在他的作品里。"无论是《初稿》还是校内讲义，当时对郁达夫的介绍都比较节制，都是从他受社会主义思想影响的角度去分析，并批评他消极颓废，所以将受他影响的洪灵菲作为专节分析并不利于革命文学的文学史形象；而且校内讲义也批评"它还不免有着概念化、不够深刻和不够滁练的毛病"，这一毛病一直是1949年后当代文学所要极力改正的缺点，他在被删除之列也可理解。

校内讲义书写革命文学论争之时，对创造社和太阳社成员攻击鲁迅、茅盾的语句进行了仔细辨析，并通过展现他二人的反驳文章来说明这种攻击是荒谬错误，并且是无谓的。而在《初稿》中，这种论争的详细资料多被删除，其中的是非曲直只是大而化之予以论断，不再详细说明攻击者的宗派主义和关门主义。这种处理措施应该是考虑到1949年后的文坛格局，尽最大可能保持文艺界团结，如果照实书写，会破坏革命文学战线同心协力、共同对敌的文学史形象。同理，涉及"左联"内部的理论论争，《初稿》都保持着谨慎态度，在"内容说明"中他们特意指出："中国新文学史上的有些问题，例如，左联时期的创作方法上的问题，抗日战争前夕文艺界抗日民族统一战线运动中两个口号的问题，

① 张毕来.《老残游记》的反动性和胡适在《老残游记》评价中所表现的反动政治立场[J].人民文学，1955（2）：122-133.

还有待于做出历史的结论，本书论述，还只是依据某些个别意见而写定的，只能供读者参考。”① 还有潘汉年的一些观点，但因为他此时已被批判，所以也予以删除。

考虑到这时候的中苏友好关系，《初稿》继续强调苏联文学的有益影响，但删除校内讲义中所介绍的对我国新文学的不利影响。例如，校内讲义指出：“一九三〇年，左联成立，因为直接受了苏联‘拉普’（即‘俄罗斯无产阶级作家联盟’）理论家的影响，所以在一九三一年至一九三二年之间，就进一步地接受和提倡起创作方法上典型的机械论——唯物辩证法的创作方法论来了”，讲义还指出这种消极影响后来又在苏联帮助下得到消除。但是在《初稿》中，这种不良影响不再提及，直接予以删除，而有益影响及援助仍然强调。

其二是《初稿》编选原则的贯彻执行。正如前述，刘绶松对作家作品的选择是有意做到重点作家突出，次要作家少写，一般作家不写，这是在王瑶《史稿》所选作家作品基础上的再次挑选。所以，对有些作家作品的评述予以删除，是刘绶松根据自己的编选原则所进行的精简。例如，对鲁迅、任钧、王亚平等作家的诗歌介绍及点评；社团组织中弥洒社、浅草社的成立、活动经过和主要成就；臧克家对自己诗歌创作和诗歌特色的说明等，在校内讲义中都曾经占有一定篇幅，但是在《初稿》中都被删除。

最后，文学史分期及章节的调整，改换一些政治性的表述。

校内讲义和《初稿》的最大不同，应该是文学史分期不一样。正如前述，刘绶松在1954年发表的文章中，对中国新文学史的分期是以1942年延安文艺座谈会为界将抗战时期分为前后两个时期的。② 在校内讲义中，他正是采用这样的划分。这种分期强调了毛泽东《讲话》的伟大意义，以显示社会主义现实主义文学的伟大胜利。在校内讲义的编写中，具体章节也应该有所不同，即第四、五编应该分别对应第四、第五个时期。但遗憾的是，笔者没有收集到刘绶松校内讲义的下册（不知道是否有），所以也就不知道具体的改动情形。但是我们可以肯定的是，《初稿》的确是按照胡乔木的《中国共产党的三十年》进行的历史分期，造成这一分期改动的心理动因和历史细节还有待发掘。不过我们可以确知的是，刘绶松在此后1959年的武汉大学校内印刷的《中国现代文学史》的讲义中，抗战时期的文学史分期又回到以1942年为界了，这将在后文详述。

《初稿》中还有一些细微之处的改换，例如，增加了对毛泽东、刘少奇、周

① 刘绶松．中国新文学史初稿（上）[M]．北京：作家出版社，1956：内容说明．

② 刘绶松．中国新文学史研究工作中的几个问题[J]．长江文艺，1954（3）：11-17.

扬等人的讲话及文章的引用。凡是能够用政治领袖或文艺官员的论断与评说的地方，《初稿》都尽量引用、改换、添加，以增强文学史著的正确性、权威性。阅读校内讲义，我们会发现更多具有校内授课的色彩，口语化的课堂风格会不时溢出纸外，时而还会有一些重复累赘的词句，这些在正式出版之时也大幅度删改。

通过对刘绶松在武汉大学的讲义和正式出版的《初稿》进行比较，我们发现，校内讲义更多客观立场和授课风格，而修改后的《初稿》更符合当时政治和学术的要求，容易引起争议的地方都被调整或增删。这说明当时的中国新文学史书写在及时跟进政治动态，唯物论新文学史逐渐走向了规范化。

第八节　李何林《关于中国现代文学》的新思考

1956 年 8 月，李何林将他有关中国现代文学史研究的文章合集为《关于中国现代文学》，在上海的新文艺出版社出版。这本论文集虽然只有 124 页的篇幅，但体现了他当时对唯物论新文学史书写的最新思考，值得我们对它进行细致分析。

一、精心设置的中国现代文学简史

《关于中国现代文学》的主体内容只有七篇论文，它们发表的时间是 1950—1955 年，但并不是按照发表时间的先后进行编排的，所以我们可以将它当作李何林精心设置的中国现代文学简史来分析。从写作、发表的时间顺序来看，这七篇文章的排列应该是 1、4、5、6、2、7、3，以此顺序可以看出作者在不同时间的思想发展，并讨论每篇论文在当时所形成的影响，这也是笔者下一小节将会进行的研究。但李何林并没有这样排序，很明显他有着另外的考虑。

李何林是按照论文的内容及写作缘由进行编排的。在“前记”中，李何林就指出，该著收录的是他在 1949 年后写的有关中国文学和近代文学的四篇文章和三次谈话的记录。其中前三篇是关于五四时代新文学；第 4、5、6 篇是他 1953 年 11 月至 1954 年 3 月在北京中央文学研究所（后改为中国作家协会文学讲习所）对学员们进行的三次谈话；最后一篇是关于旧民主主义革命时代的文学改良运动的。① 这是他对自己论文的收录原因进行说明，不是从新文学史编写

① 李何林．关于中国现代文学［M］．上海：新文艺出版社，1956：前记 1-3.

的角度来说明这本著作。

倒是许杰认为我们“可以把它当作中国现代文学史简论来看”，因为“作者的主要目的，是环绕着中国现代文学史这个中心，展开讨论，他不但对中国现代文学的史的发展，作了一个简单明确的叙述，而且还提出有关中国现代文学史上一些主要的问题，试图加以解决”。① 笔者则认为，从七篇论文所论述内容的时间先后与编排来看，它类似于一册中国现代文学简史。第一篇讨论中国新文学的性质和中国新文学的领导思想，类似于当时中国新文学史的“导论”；第二篇分析五四时期社会主义现实主义的萌芽，是讨论五四文学；第三篇是对胡适文学思想进行批判，是对五四时期文学理论的探讨；第四篇是介绍五四以来新文学发展的社会主义现实主义道路，介绍从五四到1942年的文学；第五篇是讨论“左联”时期社会主义现实主义的成长，介绍的是1927年到1936年的文学；第六篇是介绍1942年《讲话》发表以后的社会主义现实主义的发展；第七篇是相当于“附录”性质的关于晚清民初文学介绍。这七篇文章涉及所有中国现代文学史的历史阶段，编排类似于当时通行的新文学史著，如刘绶松的《初稿》。

从具体文章的选编内容来看，作者不是不加变更地录入，而是有所改动。例如，第四篇在论述五四以来新文学发展的社会主义现实主义的道路时，原稿应讨论了鲁迅这一时期作品里的社会主义现实主义因素。但是李何林在1956年编入时，将它略去。他特意注明，这在他之后写的《五四时代社会主义现实主义的萌芽》一文中已有论及，就是选在本书中的第二篇论文。② 这就使得整本书形成一个相互呼应的综合体，而不是如普通论文集那样，互不关联，甚至有所重复。同时，李何林还根据1956年的政治局势和文坛情形，对此前论文的观点进行补注，以增强时效性。例如，他收录《〈在延安文艺座谈会上的讲话〉以后社会主义现实主义的发展》时，就分别补充了阿垅和路翎是胡风集团成员的说明③。

所以我们说，李何林的《关于中国现代文学》有着中国现代文学简史性质，体现了他按照新的叙述原则进行唯物论新文学史编写的意图与努力。

二、为社会主义现实主义文学的发生、发展提供证明

余敦康认为李何林的这本书集中考察了两个重要问题：“一、新文学的性

---

① 许杰．李何林：“关于中国现代文学”［J］．学术月刊，1957（1）：78-80.

② 李何林．关于中国现代文学［M］．上海：新文艺出版社，1956：58.

③ 李何林．关于中国现代文学［M］．上海：新文艺出版社，1956：98-99.

质；二、社会主义现实主义在新文学中的萌芽、成长和发展。"① 他与许杰的评论文章一样，是从这本书的主体内容来讨论。但笔者认为这不能显示李何林这些论文的历史意义，因为在1956年里，讨论这些问题的文章及文学史著已经较多了，此前所论的丁易、张毕来、刘绶松的文学史著已经就这些问题进行了详细探讨。我们只有将这些论文再放置到他们最初写作、发表的历史语境中去分析，才能彰显李何林这些论文的学术史意义。这需要打乱该著的编排，按照论文写作、发表的时间去分析。

我们前面已经专节介绍了1953年9月23日至10月6日召开的第二次文代会，会议期间提出了社会主义现实主义的创作原则。如何根据这一最新的文学原则，来编写中国现代文学史，成了最紧迫和最具挑战性的工作。在第二次文代会刚刚结束一个多月后，李何林在中央文学研究所进行了关于中国新文学史的三次专题报告，持续到1954年3月8日。这三次报告都是按照社会主义现实主义对新文学史进行叙述，具体为，1953年11月14日的《五四以来新文学发展的道路——社会主义现实主义》，12月15日的《左联时期社会主义现实主义的成长》，1954年3月8日的《"在延安文艺座谈会上的讲话"以后社会主义现实主义的发展》。三次报告的内容没有公开发表，只在中央文学研究所内部作为讲义油印。此后，李何林为纪念五四运动，1954年5月4日在《光明日报》发表《五四时代社会主义现实主义的萌芽》。1956年，他将这四篇文章集合在《关于中国现代文学》进行出版，从而实现了按照社会主义现实主义文学的发生、发展进行中国现代文学史叙述的目的。尽管这时以社会主义现实主义建构中国现代文学史已经比较普遍，但李何林的这四篇文章写于1953—1954年，应是较早着手考虑这一问题，并拥有前期成果的学者。

首先，我们不应被这四篇独立的、不同时期发表的论文形式所掩盖，而应重新梳理出李何林在这四篇文章中所体现的中国现代文学史的分期、逻辑关系、内在思路。他的文学史分期是二分法，将五四至"现在"的文学史分为两段，界址是1942年的《讲话》；所以他分别概述了"一九一八到一九四二年新文学运动的概况""'在延安文艺座谈会上的讲话'以后社会主义现实主义的发展"，重点强调了"'在延安文艺座谈会上的讲话'是具体规定中国社会主义现实主义道路的经典文献"；这样，四篇论文可以分为两部分，《五四以来新文学发展的道路——社会主义现实主义》《五四时代社会主义现实主义的萌芽》《左联时期社会主义现实主义的成长》为第一部分，前一篇文章有总述，后两篇文章是分

① 余敦康．评李何林的"关于中国现代文学"［J］．读书月报，1957（5）：19-21.

述；《“在延安文艺座谈会上的讲话”以后社会主义现实主义的发展》为第二部分。所以，我们说李何林是以社会主义现实主义为主要线索，来叙说中国现代文学史的发生发展。

但是，李何林的这四篇文章及文学史分期还有着疏忽。李何林认为周恩来在第二次文代会上所作报告将中国现代文学史分为三个阶段是正确的，即从五四到 1942 年延安文艺座谈会讲话是一个阶段，1942—1949 年是一个阶段，1949 年到“现在”又是一个阶段。他认为这比之前的文学史划分都好，这样就将《讲话》的重要性突出出来了。[①] 其实周恩来的报告是以 1942 年将中国现代文学分为两个阶段，而 1942 年至“现在”又以 1949 年分为两个阶段，[②] 李何林对周恩来报告中的分期进行了“误读”，按照他的这种“误读”，应该将中国新文学史分为三个阶段，但实际上他所采用的分期是按照周恩来的二分法进行的，即只分为两个阶段，将 1942 年以后至“现在”视为一体。李何林遵照了周恩来报告中的分期，并如此实践了却没有解说清楚，不能不说是一个疏忽。

其次，我们将这四篇论文予以归纳，看李何林描述了怎样的社会主义现实主义文学史。

资产阶级的改良主义从 1840 年鸦片战争以后至 19 世纪八九十年代就开始了，到 1917 年达到了顶点。此时，胡适代表资产阶级对封建文学的形式提出了改良的主张，他是五四时代统一战线中右翼中的一个。

资产阶级思想在 1918 年以前的反封建文学斗争中占优势，以陈独秀、胡适、周作人、钱玄同、刘半农为代表；1918 年以后，无产阶级思想在新文学运动中才起了比较大的作用，代表人物有陈独秀、李大钊。因为十月革命为我们送来了马克思列宁主义，所以社会主义现实主义是从 1918 年开始萌芽，这之后的作品中已经有了社会主义思想的幼芽。鲁迅的《狂人日记》《孔乙己》《药》，郭沫若的诗集《女神》中的部分诗歌都有这方面的因素。所以，李何林强调讲新文学史，应该从 1918 年开始。他提出了新的文学史起点，无疑是寻找社会主义现实主义文学的发生。这也是他力图解决新文学开端争议问题的新尝试。因为以 1917 年为开端，当时受批判的胡适就有了文学革命发起者的功劳，又不符合《新民主主义论》规定的 1919 年的起点；以 1919 年为起点，鲁迅、郭沫若的一些作品在 1918 年已有创作，不能包含在内。所以李何林在此予以折中，体

① 李何林．关于中国现代文学［M］．上海：新文艺出版社，1956：40-41.

② 周恩来．为总路线而奋斗的文艺工作者的任务（一九五三年九月二十三日）［M］//文化部文学艺术研究院．周恩来论文艺［M］．北京：人民文学出版社，1979：52.

现了政治性和历史性之间的平衡。在大纲初稿讨论时，他与韩镇琪①围绕这一问题就曾进行过讨论，而1918年作为起点是他的新思考。

李何林还认为1923年以前，新文学内容很多是反封建斗争的；1923年以后，创造社的思想发生了变化，无产阶级思想开始在新文学中鲜明地表现出来。例如，郭沫若、郁达夫、恽代英、邓中夏、瞿秋白等都发表了这方面的文章。在“五卅”运动以后，文学作品中反帝国主义的色彩越来越浓厚。1928年，创造社正式将“革命文学”改称为“无产阶级文学”，马克思主义文学理论得到了初步的传播。他对鲁迅1923—1927年的作品进行了考察，发掘了其中的社会主义现实主义的成分。

1928年以前，现代文学作品中有社会主义现实主义成分的代表是蒋光慈、郭沫若和鲁迅的作品；1928—1942年以后的作品中，社会主义现实主义的成分很明显，郭沫若的诗集《恢复》，殷夫的《孩儿塔》，蒲风的《茫茫夜》《六月流火》，以及艾青、田间等人的诗；小说有蒋光慈的《田野的风》、洪灵菲的《流亡》和《转变》、华汉的《地泉》；还有柔石、胡也频的作品及臧克家的诗，曹禺的《雷雨》和《日出》、萧军的《八月的乡村》、萧红的《生死场》、田汉的《回春之曲》戏曲集、夏衍的《包身工》，以及丁玲的《一九三〇年春上海》《韦护》《夜会》《奔》《某夜》《水》。他重点分析的是鲁迅后期的杂文和茅盾的《子夜》。

李何林强调毛泽东的《讲话》具体正确地给中国的社会主义现实主义指出了一条道路。在1942年之后，解放区的文学出现了新的主题、新的人物、新的语言和形式，社会主义现实主义获得了巨大发展，因为数量巨大，所以他没有举例；此时国统区的文学也有发展，但并不多，只有《马凡陀的山歌》、陈白尘的《升官图》、谷柳的《虾球传》、茅盾的《腐蚀》和《清明前后》这几部作品中有社会主义现实主义成分。

最后，李何林在这四篇论文中，仍然重视文学理论及文学斗争，力求展现文艺斗争的全貌。他赖以成名的《近二十年中国文艺思潮论》② 主要关注的就是文艺思潮和文艺斗争，这也是20世纪50年代中国新文学史著编写的重心。他重点介绍了革命文学论争，虽然他一再强调创造社和太阳社对于革命文学发展的贡献和成绩才是主要的，但对他们的理论缺陷——“简单的近于庸俗唯物

① 韩镇琪．中国新文学史由什么时间开始：对《中国新文学史》教学大纲（初稿）的意见［J］．新中华，1951，14（24）：50-53.

② 李何林．近二十年中国文艺思潮论［M］．上海：生活书店，1939.

论和经济史观的文学论”“阶级论的文学论”“辩证唯物主义的创作方法”“主张凡是革命文学，必然是无产阶级的文学”——进行了非常详尽的批评，这在当时应比较少见。此前介绍的刘绶松的校内讲义曾对此也有类似介绍，但正式出版的《初稿》中，对此就进行了删除。李何林也详细介绍了“左联”成立后的文艺斗争，这在大部分文学史著中都有论及，这里不再赘述。

最具创新的应该是对《讲话》以后的文艺和“反”社会主义现实主义思想斗争的介绍。李何林将这些斗争分为十种，叙述了1942—1952年十年来的文学界的斗争情况，注意到两个时代的连续性。这都是对《讲话》以后的文艺和反社会主义现实主义思想斗争的介绍，时间分界是以1942年为界，而1949年不再重视，没有将现当代予以分开，他较早注意到20世纪四五十年代的文艺斗争具有连续性。例如，对主观论的批判是跨越现当代两个时期；批评有人提倡文艺与政治无关，他从现代文学时期的沈从文、朱光潜联系到当代文学20世纪50年代的阿垅和范启新。范启新在中国现当代文学史中很少出现，李何林应是从当时《文艺报》的批评①中知道其言论的；王瑶在《史稿》下册的“附录 新中国成立以来的文艺运动”② 中也有提及。范启新对这位昔日与他“过从甚密”的“旧友”在文学史书写中将他与梁实秋、阿垅等人相提并论非常不满，认为他将人民内部矛盾混淆为敌我矛盾了，并指责他将现当代文学编写在一起是“缺乏历史观点和时间观念”③。范启新的前一“控诉”的确在理，后一指责则显示了他远在云南边疆，还没有透彻理解第二次文代会所主张的社会主义现实主义文学史书写的新的时间划分。

前面我们介绍了薛绥之1954年6月为天津师范学院业余部授课时编写的讲义，其第四编是“由座谈会讲话到全国文艺界整风学习（一九四二——一九五二）”，也是将1942—1952年划分一个时期。薛绥之的这种划分是否受到了李何林的影响，还有待更多历史资料考证。需要指出的是，薛绥之是1950年年初结束了华北大学的学习，分配至天津中学教语文课，1952年在天津师范学院任教。④ 他是李何林的学生，工作和学习受到李何林的影响及帮助很大。据田仲济介绍，薛绥之原在天津一个中学任教。李何林的夫人王振华，调到一个大学

① 李祖襄．昆明文艺界对范启新错误言论的批评［J］．文艺报，1951，5（5）：30-31.

② 王瑶．中国新文学史稿（下）［M］．上海：新文艺出版社，1953：497.

③ 范启新．与李何林先生谈人民内部矛盾和治学态度［J］．边疆文艺，1957（5-6）：7-9.

④ 梁自洁．山东现代著名社会科学家传：第一集［M］．济南：山东教育出版社，1991：468-469.

(天津师范学院，后来的河北大学[①]）任中文系主任，没有人教中国现代文学，就暂由李何林授课并将薛绥之调去，以听课的方式培养他接那个课。平日他对李王二人是很尊敬的，称他们为“老师”或“先生”，遇上什么问题常向李何林请教。[②] 1952年，李何林因为夫人的工作在天津，也申请调至天津的南开大学任教。[③] 他1954年3月8日在中国作家协会文学讲习所所作报告《“在延安文艺座谈会上的讲话”以后社会主义现实主义的发展》，虽然没有公开发表，但授课之时应有所透露，会影响薛绥之编写新文学史讲义，应是大概率事情。因为他们不仅文学史分期一致，对一些文学史对象的选择也有相同之处。

综观李何林对社会主义现实主义文学发生发展的描述，主要的创新在于三点：一是根据周恩来在第二次文代会上的讲话，将中国现代文学史以1942年毛泽东的《讲话》为界分为两个时期进行叙述；特别是将1942—1952年的文艺斗争进行了历史书写，强调了这一时段文艺斗争的连续性而不是断裂性，这是较早注意中国现当代文学整体化书写的。二是将1918年视为新文学的起点，认为这时已经有社会主义现实主义的萌芽。三是以社会主义现实主义为评价标准去对原来已经熟知的作家作品进行重新评价。

李何林对中国新文学性质问题的关注，体现在《“近二十年中国文艺思潮论”自评》一文中。这篇文章最先发表于《光明日报》1950年5月4日。在1950年，李何林的这篇文章是对他自己在1939年编印出版的《近二十年中国文艺思潮论》一书观点的纠正。在那本书中，他认为由1917到1927年是资产阶级文艺思想较多和无产阶级文艺思想萌芽的时代；由1928到1937年是无产阶级文艺思想发展的时代。[④] 这一观点在1949年后已经不合时宜，因为《新民主主义论》已经判定五四文学、文化运动是无产阶级领导的，中国新文学是新民主主义文学。所以，对这两个问题的重新认识，是中华人民共和国成立初的学术热点，较多学人就此发表文章进行阐释。李何林在这篇文章中详尽地叙说了1948年秋至1949年9月自己在华北大学国文系工作时，受到钱俊瑞、何干之、范文澜等人的帮助，逐渐认识到此前对新文学性质和领导思想的判定是错误的，最终接受了《新民主主义论》中的正确判定。李何林的这种转向及自我“检讨”在当时具有代表性，他是没有经历过延安整风的知识分子，但较早地按照

---

① 王振华教授逝世［J］. 鲁迅研究月刊，2001（8）：67.

② 李何林致田仲济信［M］//刘衍文，艾以. 现代作家书信集珍. 上海：汉语大词典出版社，1999：559.

③ 陈洪. 南开学人自述：第一卷［M］. 天津：南开大学出版社，2016：112.

④ 李何林. 近二十年中国文艺思潮论［M］. 西安：陕西人民出版社，1981：10.

中国共产党的意识形态改造自己，具有典型的“思想改造”的意义。所以，他在20世纪50年代初多次在不同场合宣讲五四文学运动的性质和领导思想，极大地影响了这一时期的中国新文学史编撰。

但是，1953年的第二次文代会上已经认为新文学是社会主义现实主义文学，并从五四时期就已开始，李何林为什么在1956年出版的《关于中国现代文学》中收录这篇讨论新文学的新民主主义性质和无产阶级思想领导的文章呢？这难道不是“炒冷饭”吗？其中的原因可以从该书的《前记》中发现。他在这里指出，除去20世纪50年代初所认为的中国新文学是新民主主义的文学之外，“近几年还有两种提法”，他对这两种提法进行了讨论：第一种是将这三十年的文学统称为“革命民主主义的文学”。李何林认为我国的革命是无产阶级领导的新民主主义革命，所以“革命民主主义的文学”实质就是“新民主主义的文学”。而新民主主义是属于社会主义范畴的，那么“新民主主义的文学”当然有社会主义现实主义的成分。第二种是就创作方法来说的：1918—1927年的文学是或者基本上是批判的现实主义；1928—1942年是革命的现实主义或革命民主主义的现实主义；1942年以后是社会主义现实主义。这都是将三十年的新文学视为以革命的现实主义和革命民主主义的现实主义为主的文学。李何林认为“这‘革命’大约是‘有社会主义思想领导的革命’的意思，也就是有社会主义现实主义成分的意思”。可见，李何林从所列出的两种观点中，抓住了“无产阶级领导”“革命”“新民主主义”这三个关键词，从而推导出一个结论：这两种观点，最终都可以说“‘整个三十年都是社会主义现实主义或属于社会主义现实主义范畴的文学’”①。这样的结论正吻合了1953年第二次文代会所提出的社会主义现实主义文学这一新的创作原则。从李何林自身的观点和思想发展来看，他是力争将自己原来的认识和当时其他人的观点都聚焦于这一原则上来。

正因如此，可知李何林在此重新收录《“近二十年中国文艺思潮论”自评》的意义，他在表明，从这篇文章所论及的中国新文学的“新民主主义性质”和“无产阶级的领导”，就可以演化到“社会主义现实主义文学”这一概念中来，这几个概念是自然地发展和推进，并不存在不可融洽的芥蒂。而“近几年”所提出的“革命民主主义的文学”“革命的现实主义或革命民主主义的现实主义”这两个概念，都可以从它们的理论推演中，走向对“社会主义现实主义”这一新概念的认同。从唯物论新文学史编写来看，李何林的主要意图是在不否定过

① 李何林．关于中国现代文学［M］．上海：新文艺出版社，1956：2.

去学术共识的基础上为“社会主义现实主义”寻找合法性，以凝聚学界新的共识。在这一点上，丁易、张毕来和刘绶松的文学史著也曾做出自己的努力。

三、对胡适的批判和对近代文学的介绍

前面分析的五篇文章主要是为社会主义现实主义提供证明，下面我们将要分析的剩下两篇文章则分别是对胡适的批判和对近代文学的介绍。

对胡适的批判主要是《批判胡适唯心论文学思想的几个主要方面——并驳斥他所自吹的对于新文学的所谓“贡献”》一文。1954 年 10 月，毛泽东发起了一场批判俞平伯《红楼梦》研究的运动，并逐渐偏重于借此批判胡适哲学的相对主义、实用主义及资产阶级唯心论观点。1955 年对胡适思想的批判运动发展到高潮，李何林的这篇文章发表于 1955 年 5 月 20 日《南开大学学报（人文科学）》第 1 期，正是这一批判高潮中的重头文章。他主要是批驳胡适的文学主张及他在一系列文章中对自己文学史贡献及地位的评价。

在该文中，李何林分析批判了胡适的“形式主义和改良主义的文学主张”“庸俗的进化论和庸俗的社会学的文学观点”“个人传记说和反历史唯物主义的文学史观”，他认为这都是资产阶级唯心论文学思想的集中表现形式，这也是无产阶级思想领导的中国文学革命运动的“死敌”①。该文虽然带有浓烈的时代批判气息，政治性攻击非常突出。但我们从这些胡适批判中也会发现一些闪光点：他认为《白话文学史》只按语言是白话还是文言进行分类，很少从经济基础的变动和阶级观点来解释文学变动的原因；《逼上梁山》中将新文学运动的发生归因于“多元的”“个别的”“复杂的”因素，但忽略了其中最根本的，起决定作用的“最后之因”。但是正如许杰所指出的，李何林不应该在批判胡适的资产阶级思想时，否定了他作为统一战线中资产阶级右翼的部分进步性；甚至一定要找出许多例证，说鲁迅的《狂人日记》要比胡适的《建设的文学革命论》的发表要早，这才是“新文学运动的第一次宣言书”，却有意不提他的《文学改良刍议》和《历史的文学观念论》的发表，这就不实事求是了；而且该文也不应该说“胡适在五四时代提出改良主义的文学主张，以和文学革命相对抗，这也不完全合于历史事实”。②

《从鸦片战争到五四的社会背景和文学概况》本来发表于《新建设》1954 年 10 月号。为什么李何林在 1956 年将它收入《关于中国现代文学》呢？一方

① 李何林．关于中国现代文学［M］．上海：新文艺出版社，1956：37-38.
② 许杰．李何林：“关于中国现代文学”［J］．学术月刊，1957（1）：78-80.

面是因为舒芜在1956年1月15日《光明日报》的《文学遗产》上发表了一篇《开展自鸦片战争到五四时期文学史的研究》的文章，他认为这段文学史过去研究新文学和古典文学的人都不管，是“两不管”的部分；他要求这方面的研究应该尽快开展。李何林对舒芜的这种说法是不赞同的，他指出自己的这篇文章在1954年就发表了，而且在1955年12月出版的第12期《文史哲》上就有陆侃如、冯沅君的《中国文学史稿》（十八）《旧民主主义革命时期的文学》，该文比自己的文章内容更丰富。李何林的言下之意应是“近代文学”并不是“研究新文学和古典文学的人都不管”，而是“都在管”，并且已有不错的成果；另一方面，是因为李何林认为“近代文学”是“关于旧民主主义革命时代的文学改良运动的。五四时代的新文学是直接继承这文学改良运动的反帝反封建（虽然没有五四时代彻底）的现实主义的精神，一脉相承地发展为新民主主义革命时代的文学革命运动”①。这既注意到新旧民主主义革命的不同，文学改良运动和文学革命运动的区别，又考虑到二者的继承与联系。

在具体论文的书写中，李何林在分析了当时的社会基础之后，按照诗词曲和戏剧、小说、散文几种文体进行了作家作品的介绍。他将作家作品按阶级分为“代表资产阶级、小资产阶级及其生活思想感情的文学”和“代表封建地主阶级的生活思想感情的文学”两类进行分析，略显机械。所以傅璇琮就批评他没有彰显中国近代文学史的主流是爱国主义和民主主义；对中国近代文学发展过程中的新旧斗争没有予以勾勒；对于一些作品的评价没有采取谨慎小心、实事求是与具体的历史观点。② 而从中国现代文学史编写来看，他并没有如刘绶松的“附编”那样，站在中国现代文学的立场上书写“从鸦片战争到五四的社会背景和文学概况”，强调它为中国现代文学的诞生奠定了基础，而是以近代文学自身的视角来介绍这时的文学概貌，收录在本书中就略显突兀。

四、与中国作家协会文学讲习所内部讲义的区别

我们已经知道，李何林关于社会主义现实主义文学发生发展的历史，是他在第二次文代会召开后不久在中央文学研究所（后改为中国作家协会文学讲习所）进行的三次专题报告。报告的内容当时没有公开发表，只在中央文学研究所内部作为讲义油印。笔者现在收集到的内部讲义有《五四以来新文学发展的

---

① 李何林．关于中国现代文学［M］．上海：新文艺出版社，1956：3.

② 傅璇琮．对《从鸦片战争到“五四”的社会背景和文学概况》一文的商榷及其他［N］．光明日报，1956-09-30（1）．

道路：社会主义现实主义》和《左联时期的革命文学活动》，封面上都标注有“专题报告”“李何林”“中央文学研究所”的字样，还有“沈流”的油印印章，这应是当时文学研究所与讲义复印有关人员的姓名。将这两份讲义与1956年版的《关于中国现代文学》中的同内容论文进行比较，发现后者有不少的改动。下面我们将重点讨论那些意思发生变动的改动。

我们先来比较《五四以来新文学发展的道路：社会主义现实主义》前后的不同。

词句、语义、概念和格式表述得更加严谨、正确。例如，讲义的标题中并没有副标题，但是讲义对这次的内容介绍却是正副标题都有的，所以出版时就添加上了副标题。讲义的第一节是“新文学发展的阶段划分和从什么时候开始的问题”，在出版时也添加为“新文学发展的阶段划分，从什么时候开始，以及与文学改良运动的继承关系”，就更与这一节的内容相吻合。讲义中提到的是“马克思、列宁主义”，出版之时都改为“马克思列宁主义”。将“最早介绍马克思、列宁主义到中国来的是李大钊同志”改为“早期介绍马克思列宁主义到中国来成绩最好的是李大钊同志”,[①] 这就更加正确。类似这些修改，笔者认为都只是枝节上的文章修改，不再举例分析。

李何林在讲义中的文学史划分阶段本来是分两个阶段。在介绍完周恩来在第二次文代会上三个阶段的分期，之前一些文学史五个阶段的划分，冯雪峰三个阶段的划分之后，他说：“但我认为划分作三段不如分作两段好”，就是以1942年以前作一段，1942年以后作一段，然后他介绍了自己的分期理由。[②] 但是他后来删除了自己的这一主张，而改为，“但我认为划分为这样的三段不如划分为周总理所说的三段好”[③]，就是以1942年以前作为一段，1942年以后作为一段，1949以后又是一段。在这一段之后，李何林在讲义中还强调道：所以1942年“作为分水岭来划分新文学史的阶段是必要的，也是合乎科学的真实的。我们有几个大学的《新文学史》课从去年起已经这样划分了”[④]。在出版稿中，这段话也被删除。除此之外，这段中其他内容都得以保留。这就出现了笔者之前所指出的，他实践了周恩来所主张的二分法文学史分期，但自己的实践让读者误认为周恩来提出了三分法。

李何林在正式出版时为什么不再强调二分法呢？笔者估计有两方面的原因：

---

① 李何林．关于中国现代文学［M］．上海：新文艺出版社，1956：43.
② 李何林．“五四”以来新文学发展的道路［M］．北京：中央文学研究所，1953：2.
③ 李何林．关于中国现代文学［M］．上海：新文艺出版社，1956：40-41.
④ 李何林．“五四”以来新文学发展的道路［M］．北京：中央文学研究所，1953：2.

其一，讲义中明确提出二分法，有“冒犯”周恩来的文学史三分法的意味，他并没有引用周恩来也曾提出过以1942年为界的两分法。其二，是考虑到不以1949年中华人民共和国的成立将中国现当代文学区分开来，存在“风险”，所以他将自己的文学史二分法删去。这也可以从他对五分法的介绍中看出。在讲义中，他指出“我们”之前将新文学史划分为五个阶段，其中1942—1949年的第一次文代大会是一个阶段,① 出版之时修改为1942到1949年中华人民共和国成立是一个阶段,② 不再强调第一次文代会转而凸显中华人民共和国的成立，时间相隔不久，但政治意味却更加明显。这一修改似乎可以解释李何林为什么不再“明目张胆”地强调二分法了。

出版时删除了对胡适倡导文学革命的肯定性评价。讲义认为：“我们倘历史主义地去看胡适之的文章，在当时是起了一些作用的，说由于胡适之、陈独秀的文章引起了新文学运动，并不是抬高了他们，而是事实。”③ 在列举鲁迅、郭沫若的新文学作品之后，讲义也曾介绍：“胡适之的《尝试集》等都是新文学作品。另外胡适之的《终身大事》是反封建婚姻的，从形式和内容上看，也是新文学。”④ 也介绍了胡适曾写作《沁园春》词，题目叫《新俄万岁》，以歌颂十月革命。李何林认为“胡适之对十月革命的理解，认为只是推翻专制政治，是资产阶级性质的革命，而鲁迅则认为是人类新世纪的曙光，也可以看见二人所受思想影响的不同。（胡适之后来连这样的作品都不敢收集在《尝试集》里，把它删掉了）”⑤。但在《关于中国现代文学》出版时，我们不再发现这些内容。可以说，李何林在1953年讲述胡适时态度还比较客观，批评了他资产阶级右翼的软弱性，但也不否认其进步性；在正式出版时，就不再提及进步性了；而《批判胡适唯心论文学思想的几个主要方面：并驳斥他所自吹的对于新文学的所谓“贡献”》则是对他进行全面批判与否定。

讲义的修改注意到了为尊者讳，这表现在对郭沫若、茅盾相关书写的修改中。讲义在介绍郭沫若等人在创造社时的文艺观点时，曾指出成仿吾、郭沫若都发表过论文说：文学就是为了表现“美”，除这个目的外，再没有其他目的；文学与社会人生没有什么关系。讲义中是将成仿吾和郭沫若的主张并列的，但在出版时，郭沫若的名字被删除，只提及成仿吾，同时也删除了讲义对其否定

---

① 李何林．“五四”以来新文学发展的道路［M］．北京：中央文学研究所，1953：2.
② 李何林．关于中国现代文学［M］．上海：新文艺出版社，1956：40.
③ 李何林．“五四”以来新文学发展的道路［M］．北京：中央文学研究所，1953：6.
④ 李何林．“五四”以来新文学发展的道路［M］．北京：中央文学研究所，1953：7.
⑤ 李何林．“五四”以来新文学发展的道路［M］．北京：中央文学研究所，1953：19.

性评价；讲义中曾指出“郭沫若在一篇文章里主张‘为艺术而艺术’，但在同一篇文章里又主张文学应对国家起作用”①。出版时，则不提郭沫若而专批成仿吾，② 这应与成仿吾早已离开文坛投身于教育事业有关。同样的“美化”，也表现在对文学研究会成立时茅盾文学主张的评价上。讲义曾指出他“为社会、为人生”的话很笼统，“是资产阶级兴盛时期的思想”③，后来这种文学观念阶级性的判定也被删除。讲义中曾说抗战初期作家们利用旧形式装上新内容，有人扮演八路军司令闹了笑话，④ 出版时，删除了这个笑话与具体人物有关，而只是泛称“一位八路军司令员”⑤。通过这些修改，我们发现书面出版要讲求学术性和正规性，而讲义主要是为授课所用，必须考虑到课堂效果及活跃气氛，所以显得更加活泼。这就说明不能单以正规出版的文学史教材来衡定“十七年”时期的中国新文学史教学，其实在大学课堂上，授课老师及相关学者对作家作品及文学史相关细节的解读会更丰富，更私人化，或许这才是学术内在的薪火相传。

删改最大的应是对鲁迅的评述。讲义中对鲁迅作品中社会主义现实主义因素查找得最多，但是在出版时都被删除了。作者在 1956 年出版时留下了删除的原因：“关于鲁迅这一时期作品里的社会主义现实主义的成分，因以后写在《五四时代社会主义现实主义的萌芽》一文里，这里即删去。”⑥ 根据这一线索我们可以将讲义《五四以来新文学发展的道路》中关于鲁迅的介绍与他 1954 年发表的《五四时代社会主义现实主义的萌芽》进行比较，发现二者有相同之处，也有不少差异。我们可以断定，李何林在 1953 年 11 月 14 日作《五四以来新文学发展的道路》的专题报告后，该文没有发表；他在 1954 年为纪念五四，就将专题报告中有关鲁迅的部分抽取出来，进行新的思考和写作，完成了《五四时代社会主义现实主义的萌芽》。现在我们将二文予以比较，以发现李何林前后评述五四时期鲁迅作品中的社会主义现实主义因素的同异。

讲义中对鲁迅作品中的社会主义现实主义因素查找比较散漫，而在《五四时代社会主义现实主义的萌芽》中是按照年代顺序对鲁迅 1918—1927 的作品进行查找。二者所论述的鲁迅作品大部分相同，讲义中还分析《药》《伤逝》《离

① 李何林．“五四”以来新文学发展的道路［M］．北京：中央文学研究所，1953：10.
② 李何林．关于中国现代文学［M］．上海：新文艺出版社，1956：49.
③ 李何林．“五四”以来新文学发展的道路［M］．北京：中央文学研究所，1953：10.
④ 李何林．“五四”以来新文学发展的道路［M］．北京：中央文学研究所，1953：15.
⑤ 李何林．关于中国现代文学［M］．上海：新文艺出版社，1956：54.
⑥ 李何林．关于中国现代文学［M］．上海：新文艺出版社，1956：58.

婚》以及《彷徨》和《野草》中的部分篇目，但是李何林后来将它们都予以删除。讲义中认为五四以前写的《药》中就含有社会主义现实主义的萌芽，小说结尾坟头的花环表示“中国革命是有光辉前途的。同时表示革命的牺牲者是有拥护者和继起者的，革命是有希望的”；而乌鸦的飞去，“这不是为写景，这是象征着革命者的战斗的雄姿，象征着革命或革命者的海阔天空似的远大前程”，显示出鲁迅“对中国革命的信心”。① 他认为《伤逝》教育了青年男女，“不要为恋爱而恋爱”“新的路只有奋斗者起来了自己开辟，向新的生路跨出去”。而《离婚》“辛辣地讽刺了豪绅地主，而歌颂有反抗性的农民”②。《野草》“仅有几篇有感伤暗淡的情调，而更多的则是战斗的热情”，如《过客》《希望》《聪明人和傻子和奴才》《这样的战士》等。“《彷徨》也不是消极‘彷徨’，而是有火热的战斗性的”，《在酒楼上》和《孤独者》就对社会表示了愤怒与不满。③删除了上述对鲁迅小说评论后，李何林只增加了关于小说《祝福》的分析。

李何林为什么要删除上述作品评论呢？这是因为围绕鲁迅《药》中“乌鸦”的评论曾引起过学界争论。李何林在1951年发表的《五四时代新文学所受无产阶级思想的影响》中，就认为“乌鸦”的飞去，“这是象征着革命者的战斗的雄姿，象征着革命或革命者的海阔天空似的远大前程”④。而他在1954年发表《五四时代社会主义现实主义的萌芽》时，仍有这样的表述。⑤ 于是樊骏在1956年发表《从乌鸦是不是象征革命谈起：评现代文学中“索隐”方法错误的实质》⑥ 一文，批评李何林“索隐”方法的错误。李何林对此批评意见并不接受，并宣告自己“还要固执己见”⑦，同期樊骏再发文“答李何林先生”⑧ 予以回驳。可见，在出版《关于中国现代文学》时，李何林的研究方法处于争议之中，他对此应有所反思，所以删除了这些有着“索隐”色彩的解读。

李何林在中国作家协会文学讲习所专题报告的名称是《左联时期的革命文学活动》，而正式出版稿《左联时期社会主义现实主义的成长》是全新的名称，二者前后的内容修改并不太多，我们下面简要地予以介绍。

---

① 李何林．五四以来新文学发展的道路［M］．北京：中央文学研究所，1953：19-20.

② 李何林．五四以来新文学发展的道路［M］．北京：中央文学研究所，1953：22.

③ 李何林．五四以来新文学发展的道路［M］．北京：中央文学研究所，1953：24.

④ 李何林．五四时代新文学所受无产阶级思想的影响［J］．新建设，1951（2）．

⑤ 李何林．五四时代社会主义现实主义的萌芽［N］．光明日报，1954-05-04（3）．

⑥ 樊骏．从乌鸦是不是象征革命谈起：评现代文学中“索隐”方法错误的实质［J］．文艺学习，1956（6）：19-21.

⑦ 李何林．我还要“固执己见”［J］．文艺学习，1956（8）：44-45.

⑧ 樊骏．答李何林先生［J］．文艺学习，1956（8）：45-46.

李何林通过修改极力维护创造社和太阳社的文学史形象和地位。他在报告中曾指出创造社和太阳社“他们并不团结，争论谁先提倡革命文学”①，但出版稿中对此予以删除。也删除了报告评价他们攻击鲁迅是“想打击别人，抬高自己”② 的词句。除删除这些批评语句外，李何林还添加了一些语句，以说明这个文学社团的文学史贡献：“当然，它们虽然有缺点，但作为马克思主义文艺思想的传播者和启蒙者的功劳和贡献是伟大的，是应该肯定的！”③ 在引用麦克昂（郭沫若）的《桌子的跳舞》的几段话后，添加了一句“这些话也有一些是对的”④。这种增删都体现了他尽量肯定这两个文学社团的贡献，但由于他们攻击的是鲁迅，造成了巨大的历史影响，所以不得不具体分析并加以介绍。

在对国外有关情况展开介绍时，李何林主要贬斥欧美，维护苏联。例如，介绍了美国的经济是比较发达的，出版时不忘添加原来没有的“一面也闹恐慌”⑤ 的语句。郁达夫曾认为无产阶级专政时期未到来以前，无产阶级文学是不会产生的，讲义中对此予以批评：“这是不对的，在资本主义社会，也可能产生社会主义现实主义的作品，如现在欧美有些国家就产生这种作品。在我国五四以后，社会主义现实主义就已经开始萌芽。”⑥ 但是在出版稿中予以删除，似乎不应将社会主义国家和欧美国家无区别地看待。他也曾指出“左联”是一个统一战线的组织，“和俄普、莫普不同”⑦，出版稿将此予以删除。

讲义曾认为“五四时代无政府主义的思想还是起了一些进步作用，但后来他们就走上了反动的道路”⑧，这种有限度地承认无政府主义的进步性，也在后面被删除。讲义中曾有而后来被删除的还有，评价郁达夫和“梁实秋的见解差不多，根本反对文学与政治和革命的关系”⑨；为说明政治标准第一，认为《水浒传》的价值超过了《红楼梦》，“因为它鲜明的表现了阶级斗争，称赞了农民起义的英雄，并对明清的农民起义起了一定的作用”⑩；指出胡风在“两个口号”的论争中所写的文章《人民大众向文学要求什么?》；“其余如张天翼、沙

---

① 李何林．左联时期的革命文学活动［M］．北京：中国作家协会文学讲习所，1953：2.
② 李何林．左联时期的革命文学活动［M］．北京：中国作家协会文学讲习所，1953：3.
③ 李何林．关于中国现代文学［M］．上海：新文艺出版社，1956：62.
④ 李何林．关于中国现代文学［M］．上海：新文艺出版社，1956：68.
⑤ 李何林．关于中国现代文学［M］．上海：新文艺出版社，1956：64.
⑥ 李何林．左联时期的革命文学活动［M］．北京：中国作家协会文学讲习所，1953：3.
⑦ 李何林．左联时期的革命文学活动［M］．北京：中国作家协会文学讲习所，1953：3.
⑧ 李何林．左联时期的革命文学活动［M］．北京：中国作家协会文学讲习所，1953：3.
⑨ 李何林．左联时期的革命文学活动［M］．北京：中国作家协会文学讲习所，1953：12.
⑩ 李何林．左联时期的革命文学活动［M］．北京：中国作家协会文学讲习所，1953：17.

汀、艾芜的作品中，老舍、叶绍钧的作品中，有没有社会主义现实主义成分因为我读的少还不能断定。如果说《家》是巴金的代表作，似乎可以说没有这种成分，它只是暴露了封建大家庭的丑恶；反映了五四时代的青年和家庭的斗争；他的《新生》《灭亡》是有无政府主义思想感情的"①。这些在正式出版稿中都没有出现，说明李何林在修改时的确有种种顾虑，他力争将那些可能会引起争议和"误解"的评价予以抹除。

通过介绍李何林对社会主义现实主义文学发生发展史的叙述，我们发现，他的研究的确有些失误，他要在每个阶段都寻找出社会主义现实主义的代表作家，这固然没有错，当时丁易、张毕来和刘绶松的作品都曾这样过。但是他要在每个代表作家的具体作品中去寻找社会主义现实主义的成分、因素，这就将他的研究陷入了琐碎之中，稍有不慎就会掉进陷阱。因为要在作品中找出社会主义现实主义的成分，"社会主义现实主义就变成为一种存在在各种文学流派中的神秘莫测的东西了，而社会主义现实主义在现代文学中的完全革新的本质也就被根本抹煞了"②。李何林在第二次文代会召开不久就要在文学史撰写中体现出社会主义现实主义的发生、发展，"急于求成"与"仓促上马"导致他出现这些"失误"。后来有学者评价李何林在这一时期的学术研究就在于"找成分"③，虽然有苛责之处，也不无道理；但他立意创新，敢于修改错误的精神和胸襟还是值得我们尊敬的。

第九节　任访秋《中国现代文学论稿》的修订与提升

1957 年 4 月，任访秋的《中国现代文学论稿》（以下简称《论稿》）由开封师范学院（现在的河南大学）函授教育处铅印，印数 5000，属繁体横排。④笔者没有收集到原版铅印本，但 2013 年出版的《任访秋文集·现代文学研究》中收录有该部文学史著。这次出版整理是以简体字排印，"参考了作者当时的勘

① 李何林．左联时期的革命文学活动［M］．北京：中国作家协会文学讲习所，1953：21.
② 余敦康．评李何林的"关于中国现代文学"［J］．读书月报，1957（5）：19-21.
③ 姬学友．"找成分"：论李何林 20 世纪 50 年代的学术研究［J］．现代中国文化与文学，2011（1）：186-195.
④ 任亮直．任访秋先生生平著作系年［M］//沈卫威．任访秋先生纪念集．郑州：河南大学出版社，2004：257-258.

误记录，只对其中明显的文字错误作了更正”①。这里讨论的就是该版本。

任访秋1989年所写的《五十年来在治学上走过的道路》曾说过：在1944年《中国现代文学史》上卷出版后，还写有《中国现代文学史》下卷，但未能公开出版。《论稿》所使用的资料都是以《中国现代文学史》下卷为基础，当时已确定河南人民出版社出版《论稿》，但由于1957年5月他被划为右派，错过了公开出版的机会。② 宫立在讨论任访秋的《论稿》与他之前的《中国新文学史讲稿》③ 和《中国现代文学史》(上卷)④ 的关系时，也采用了任访秋的这段自述，他认为这三部文学史著“不管是全书的总体结构还是章节布局，几乎完全不同”⑤。但据笔者的研究，上述说法值得商榷。因为《论稿》正是在《中国新文学史讲稿》基础上修改而成，二著中许多章节、评述甚至完全一致，这从目录比较中就可以见出。两著对“具有划时代意义的毛主席在延安文艺座谈会上的讲话”的书写也是一样，还不包括对某些作家作品的评述。

所以，我们可以说，《中国新文学史讲稿》叙述的是完整的中国现代文学史，他借鉴了之前书写的《中国现代文学史》（上卷)，也借鉴了没有出版的《中国现代文学史》(下卷)；而《论稿》正是对《中国新文学史讲稿》的修改、添加。但是二著所写年代不同，文艺方针又有新的发展，这就造成了两著的不同。可见，尽管是同一文学史家书写“同一历史事件，由于不同的诠释立场以至于写作策略与技巧，而可以得出不同的复数文本、复数历史”⑥。现在我们主要讨论《论稿》是怎样对《中国新文学史讲稿》进行修改的，二者有着什么样的不同，哪些方面体现了任访秋书写唯物论新文学史的新思维。

一、分期变化引起体例变换

二者最大的不同应该是分期不一样，这就导致文学史著的体例发生了变化，但是在这种变化中仍然有不变的因素存在。

《中国新文学史讲稿》是根据重大政治事件的发生将文学史分为四个时期，

---

① 出版说明［M］//任访秋．任访秋文集·现代文学研究．郑州：河南大学出版社，2013.

② 任访秋．五十年来在治学上走过的道路［M］//任访秋．任访秋文集：集外集．郑州：河南大学出版社，2013：449.

③ 任访秋．中国新文学史讲稿［Z］．开封：河南大学，1953.

④ 任访秋．中国现代文学史：上卷［M］．南阳：河南南阳前锋报社，1944.

⑤ 宫立．论任访秋的现代文学史三部曲［J］．文艺争鸣，2016（10）：101-110.

⑥ 孟樊．文学史如何可能：台湾新文学史论［M］．新北：扬智文化事业股份有限公司，2006：33.

这基本上就是1919年前—1927、1927—1937、1937—1942、1942—1949。这样的划分与王瑶《史稿》差不多，应该是20世纪50年代初期的学界“共识”。《论稿》则将中国现代文学分为两个时期五个阶段。第一期是从五四运动到1942年延安文艺座谈会，这一期又分为三个阶段：1917—1927、1927—1937、1937—1942。第二期是从1942年延安文艺座谈会到1956年，这一期又分为两个阶段：1942—1949、1949—1956。

将二者进行比较，会发现后者是以1942年作为时间界址，将中国现代文学史分为两期。但在具体的阶段划分中二者基本一致，不过后者将当代文学1949—1956年也纳入现代文学的范畴中进行讨论，构建的是现当代文学史整体化书写的框架。很明显，这与前述的李何林的《关于中国现代文学》一样，都是根据第二次文代会上周恩来的政治报告所提出的“二分法”。这样划分的目的是凸显1942年延安文艺座谈会之后社会主义现实主义的迅猛发展，从而将当代文学视为典型，以此为社会主义总路线进行鼓与呼。而从任访秋自身的学术思想来看，他在1951年参加大纲初稿讨论时，也提及他们曾经将1917年文学革命之前的晚清文学单独划为一个时期，而将1917—1942年划为第二期，1942年延安文艺座谈会之后至第一次文代会划为第三期。① 现在有了周恩来的报告精神，任访秋在叙述社会主义现实主义文学史时就更敢于采用这种分期。

正因为分期发生了变化，所以文学史体例也相应地发生了变化。《中国新文学史讲稿》第一章是“绪论”，然后按照文学史的四个时期划分，先介绍第一个时期的社会形势、文学面貌和文艺斗争，然后对第一个时期经典作家鲁迅和郭沫若进行重点分析。之后的第二、三、四个时期，分别如此安排。其中专章分析毛泽东《讲话》的伟大意义。而在《论稿》中，是分为两期五个阶段，第一期1917—1942年分为三个阶段，每个阶段用两章，共用六章介绍三个阶段的社会形势、文学面貌和文艺斗争，之后再重点分析重要作家。第二期1942—1956年分为两个阶段，先专章分析毛泽东《讲话》的伟大意义，之后两章分别介绍1942—1949年和1949—1956年文学形势和文艺理论的发展，然后介绍重要作家。简言之，是由之前四个时期四个部分，修改后成为两个时期两个部分。

《论稿》增加了《中国新文学史讲稿》中所没有的第十六章“中华人民共和国成立后人民文学的新发展”。这就大致介绍了中国当代文学的发展情形，与之前所研讨的薛绥之和李何林的中国现代文学史书写有类似之处。这说明中国现代文学与当代文学的分野在之前是比较明确的，但是在第二次文代会之后，

① 任访秋．对《中国新文学史教学大纲》的商榷［J］．新中华，1951，14（24）：34-36.

它们的界限又模糊起来了。

体例的变化还有细微之处。在《中国新文学史讲稿》中，对“革命的浪漫主义运动及其代表作家蒋光慈”的论述一并安放在第七章中论述，在论述“现实主义的发展及现实主义的巨匠茅盾”时，二者也是合为一章，作家论和文学运动没有分开。但是在《论稿》中，第六章专章书写“左联成立前后的文学创作”，其中就包含“革命的浪漫主义运动”“批判的现实主义创作的发展”“社会主义现实主义创作的萌芽与发展”“这一阶段创作的特点”四节；在论述茅盾、蒋光慈时，不再叙及“左联”成立前后的文学运动，这就将作家论和文学运动分开来处理。

《中国新文学史讲稿》第十五章是“从延安文艺座谈会到第一届全国大会解放区与国统区在文学发展上不同的面貌”，这个标题比较冗长，而该章包含的两节为“内容形式与创作方法的比较”和“从比较中所得到的启示”，论述内容重在比较。而在《论稿》中，第十五章的标题更加简洁，是“一九四二年后解放区与国统区文艺的发展”，它包含的两节分别是“解放区文艺的发展”和“国统区文艺的发展”，内容有比较的成分，但实质仍是在介绍文学史实。而“国统区文艺的发展”是原来没有的，任访秋在修改时将《中国新文学史讲稿》第十九章介绍第一次文代会时，所书写的茅盾对国统区文艺运动的总结进行了挪借。从以上章节体例的改变来看，《论稿》要更加精炼，整体构建更为合理。

二、作家专章专节介绍发生变化

《论稿》相较《中国新文学史讲稿》的第二大变化，应该是在经典作家的选择上。不仅是选择的作家出现了变动，而且在作家重要性的强调上也有了变化。

《论稿》删除了一些《中国新文学史讲稿》中曾专门章节论述的作家。《中国新文学史讲稿》第七章“革命的浪漫主义运动及其代表作家蒋光慈”中有两个专节，分别介绍浪漫主义的发展和蒋光慈的文学活动。《论稿》则删除了对蒋光慈的专章论述，将它纳入到第六章“左联成立前后的文学创作”中的第一节“革命的浪漫主义运动”中进行介绍，内容大致差不多，但是蒋光慈不再作为重要作家专节出现。这一变更应该是因为他“诗歌上的标语口号的倾向、小说上的公式化概念化的倾向”①，这样的作品评价就说明他不应该占据一节。因为消

① 任访秋．中国现代文学论稿［M］//任访秋．任访秋文集·现代文学研究．郑州：河南大学出版社，2013：240.

除文学创作上的公式化、概念化正是第二次文代会后的主要任务。

注重作家政治性的区分，是任访秋在中华人民共和国成立之初开始的新动向。他曾在《中国新文学史讲稿》后记中检讨自己在书写《中国现代文学史》（上卷）时，“把那些反动的文艺理论与进步的文艺理论并列而不予以批判”①，是超阶级超政治的观点所决定的。所以《中国新文学史讲稿》没有如当时其他文学史著那样以专门的章节介绍新月派和现代派，只是在第十一章以“唯美主义象征主义与颓废主义”为标题讨论了这几种“反动性”较弱的文学思潮的盛兴与衰竭，并重点分析了闻一多和李金发的创作。但是在《论稿》中，这一个章节全部被予以删除，这样，他所书写的中国现代文学作家都是政治性可靠的。这说明任访秋对入史作家的政治性要求更加强烈。

《中国新文学史讲稿》中第十八章是评述“正确地执行了毛泽东文艺方针的文艺批评家”，所包含的两个专节分别论述的是周扬和冯雪峰。这与第十章专章评述“无产阶级天才的文艺批评家瞿秋白”构成了一个文艺批评家入中国现代文学史的组合，这是较早采取这种方式彰显文艺批评家文学史地位的创新之举。但是在《论稿》中，删除了关于冯雪峰与周扬的专门章节，只保留了对瞿秋白的专章论述。这应与当时他们的政治地位有关。1945 年 4 月，中共六届七中全会通过的《关于若干历史问题的决议》对瞿秋白已经进行了历史定位，肯定了他是“党内有威信的领导者之一”②；1949 年后，对他进行的纪念活动就经常有之；1953、1954 年《瞿秋白文集》（1—4）在人民文学出版社出版，他在新文学史中就占据了重要位置；1955 年 6 月 18 日，瞿秋白遗骨安葬仪式在八宝山革命烈士公墓举行，并纪念瞿秋白就义二十周年，陆定一代表党中央作了报告，称他是“中国无产阶级的无限忠诚的战士”“中国共产党的卓越的政治活动家和宣传家”，20 世纪 30 年代初“在上海同鲁迅先生一起领导左翼文化运动……对中国的革命文化运动作了重要的贡献”。③ 茅盾④、冯雪峰⑤、夏衍⑥等文艺官员对他都有着极高的评价，由此瞿秋白在“十七年”中国现代文学史著中的地位得到进一步巩固。

---

① 任访秋．中国新文学史讲稿［Z］//开封：河南大学，1953：222.

② 关于若干历史问题的决议：一九四五年四月二十日六届七中全会通过［M］．沈阳：中共中央东北局党校，1951：12.

③ 陆定一同志关于瞿秋白同志生平的报告［M］//《忆秋白》编辑小组编．忆秋白．人民文学出版社，1981：1-2.

④ 茅盾．纪念秋白同志，学习秋白同志［N］．人民日报，1955-06-18（3）.

⑤ 冯雪峰．纪念和学习瞿秋白同志［J］．文艺报，1955（11）：45-46.

⑥ 夏衍．追念瞿秋白同志［J］．文艺报，1955（12）：42-43.

周扬、冯雪峰二人还是活跃在当时文坛和政坛的文艺官员，他们之间还有着不同文艺观点的争议并代表着不同的文艺队伍，此时将他们入史还是有着极大风险。1954年，冯雪峰因为没有发表李希凡和蓝翎关于《红楼梦》研究的文章，就曾公开检讨；他写的诗词及寓言也被毛泽东批示给其他人审阅。1955年，在批判丁玲、陈企霞时，中宣部在所写报告中就有公开批判冯雪峰的意思。① 这虽没有正式公布，但表明冯雪峰已处在十分不利的境地，此时专节将他列入中国现代文学史中是不明智的。果然在不久之后，冯雪峰就在政治化的文学运动中被“打倒”。政治领域中的风吹草动会让任访秋自觉保持距离，这样，他对周扬也不再专节介绍，这自是明智之举。

《中国新文学史讲稿》曾在第九章“批判的现实主义的作家”第三节专节论述臧克家，在第十三章“歌颂抗日的作家”中将萧红和东北小说作家群进行合节介绍，将田间和艾青合节介绍。但是在《论稿》中，这三个作家都不再以专节的形式在章节体系上出现。为什么这三人会被删除呢？这可以从《中国新文学史讲稿》对他们的书写中看出：任访秋认为臧克家“对农村和农民完全是小资阶级，也就是第三者的立场，来观察、分析、了解的”；这还只是对臧克家的人道主义的立场和思想感情进行批判，接着他还批判了臧克家“在创作上所受唯美主义的影响”。② 任访秋按照萧红的三部作品将其创作过程分成三个阶段，他指出：“作者从《生死场》的写作，中间经过《马伯乐》和《呼兰河传》，这说明作者在思想上不是一步步的前进，相反的是一步步的倒退……主要是由于作者到后来脱离了人民大众的斗争生活的缘故。”③ 任访秋在《中国新文学史讲稿》对臧克家和萧红的评价都带有保留性，批评性的姿态比较明显，《论稿》将这二位作家不再专节讨论就势所必然。考虑到臧克家此时正是“春风得意”之时，刚被任命为作协书记处书记，担任《诗刊》主编，④ 任访秋此时以社会主义现实主义标准将其文学史地位予以降低，还是较为大胆的。他在《中国新文学史讲稿》中对田间的评价很高，一方面肯定了他的“爱国主义、乐观主义与战斗情绪”，另一方面称赞他采取了“大众的语言，大众的形式”。⑤ 但是《论稿》中却将他删除，不再提及。除他的诗歌成就在作者看来还不能和艾

---

① 黎之．文坛风云录［M］．北京：人民文学出版社，2015：85.
② 任访秋．中国新文学史讲稿［Z］．开封：河南大学，1953：116-117.
③ 任访秋．中国新文学史讲稿［Z］．开封：河南大学，1953：155.
④ 臧克家生平及文学活动年表［M］//冯光廉，刘增人．臧克家研究资料（上）．北京：知识产权出版社，2010：36-37.
⑤ 任访秋．中国新文学史讲稿［Z］．开封：河南大学，1953：162-166.

青相提并论之外，应该是与他在1955年前后卷入了丁玲与周扬之间的矛盾有关。当时中宣部在审查丁玲、陈企霞时，他因为担任过中央文学研究所所长丁玲的助手，曾受不住压力而自杀未遂。①

除删除一些作家和文艺批评家之外，《论稿》还增加了几个专节，论述了老舍、巴金和沙汀这几位《中国新文学史讲稿》中所没有专节论述的作家。老舍文学史地位的升高，政治方面的原因应该与他1949年后积极拥护党的方针政策，热爱并参与各项建设活动有关。在论述老舍时，任访秋就将老舍的创作分为1949年前后两个时期进行分析。他认为前期老舍的创作思想不外是人道主义和爱国主义，对这一时期的作品介绍并未强调《骆驼祥子》的重要性；但对老舍后期1949年后的代表作《龙须沟》进行了充分阐述，这部作品的成功为他入史奠定了基础。至于巴金和沙汀的专节论述，我们将在下文论述。

除增删之外，《论稿》还将一些曾经专节介绍的作家予以专章介绍，更加凸显其文学史地位。《中国新文学史讲稿》第八章是“现实主义的发展及现实主义的巨匠茅盾”，这是将茅盾与现实主义运动合并为一章，与该著中郭沫若和鲁迅各自专章的文学史地位不在同一级别。但在《论稿》中茅盾被单列一章，与鲁迅、郭沫若处于同样的文学史地位。同样被“升级”的作家还有丁玲和赵树理。《中国新文学史讲稿》中这二位作家共同在第十六章“社会主义现实主义的人民小说作家”中，各占一节；但是在《论稿》中，他们二人各自占一个专章，分别为《社会主义现实主义的人民小说作家（上）丁玲》和《社会主义现实主义人民小说家（下）赵树理》。任访秋对他们进行专章叙述，就考虑了他们是“社会主义现实主义人民小说家”。

通过这样的增删，《论稿》中专章论述的作家和文艺批评家有鲁迅、郭沫若、瞿秋白、茅盾、丁玲、赵树理；专节介绍的作家有叶绍钧、老舍、巴金、曹禺、艾青、沙汀、夏衍、李季、贺敬之和丁毅。这样就基本遵照中国作家协会理事会第二次会议（扩大）上的有关报告所建构的经典作家系列，并进行了适当的座位排序，体现了任访秋对当时中国现代文学重要作家的选择。

三、作家作品及相关论述更加辩证

《论稿》在经典作家的选择上出现了增删，一方面固然与政治性有关，但是另一方面，我们不得不承认他更多是从文学性的角度来选择。因为这些作家即使现在看来，唯一可以不重点分析的似乎只有瞿秋白一人，所以我们可以说，

① 罗银胜．周扬传［M］．北京：文化艺术出版社，2009：226.

任访秋的经典作家建构是在政治性和文学性之间进行的一种平衡。而从具体作家作品的论述来看，他也是力争如此，在兼顾政治性的基础上尽力扩展文学的空间。

首先，这表现在他对“学习新文学史的方法”的书写上。在《中国新文学史讲稿》中，他传授六条“学习新文学史的方法”，重在要求读者注意作家作品与社会现实、阶级斗争的关系，注重从文学的人民性、阶级性与政治性角度去分析作家作品。① 任访秋在这一系列关系的对比与选择中，带有强烈的政治倾向性。但是在《论稿》中，任访秋放低了姿态，在“学习现代文学的方法”的讲述中降低了政治性和阶级性的要求，他要求学习现代文学的方法只有四点：“基本的观点方法是辩证唯物主义与历史唯物主义”“对具体作品，进行具体分析”“对作家的分析研究，应该从作家的时代以及他的世界观和政治态度上来着眼”“根据现实的要求和人民的需要以及作品对革命事业所发生的影响和作用（政治性与艺术性），来作为对作品与作家进行评价的标准”。② 将两著所书写的学习方法进行对比，我们发现，后来的学习方法更加科学，它本身就是辩证唯物主义与历史唯物主义的，这比前者更符合文学史科学研究实践。

其次，《论稿》在专章专节论述作家时增加了《中国新文学史讲稿》所没有的较为详细的生平介绍，这为我们了解一位作家的创作经历和思想发展提供了一个直接的材料展示。同时，对于每一位重要论及的作家，不再是将其作品没有差别的均衡化叙述，而是选取代表作进行细致解读，这也是之前所没有的。其中叶绍钧的《倪焕之》、老舍的《龙须沟》、巴金的《家》、沙汀的《还乡记》、夏衍的《秋瑾传》《心防》《法西斯细菌》、李季的《王贵与李香香》、丁玲的《太阳照在桑干河上》、赵树理的《三里湾》等得到了详尽分析。我们从这两个方面的变化，也可以说《论稿》是《中国新文学史讲稿》的扩展版。增加了作家生平和重点作品的分析，也显示出任访秋更重视中国现代文学的教学实际，因为在教学之中，作家作品的细致入微的样本分析是基本的教学成规。

再次，《论稿》对作家作品的分析，更具有辩证唯物主义和历史唯物主义色彩。前面我们已经提及，《论稿》增加了对巴金、老舍和沙汀的专节介绍。对老舍的介绍我们已经分析了，现在我们来看看他是如何分析巴金和沙汀的。他专门谈及“对巴金应有的理解和评价”，这就体现了他辩证唯物主义和历史唯物主

① 任访秋．中国新文学史讲稿［Z］．开封：河南大学，1953：3-4.

② 任访秋．中国现代文学论稿［M］//任访秋．任访秋文集·现代文学研究．郑州：河南大学出版社，2013：159-160.

义的立场。他承认“巴金在世界观以及政治观点上”，在新中国成立前“有着错误的倾向，同时，在某些作品中存在着较为严重的缺点”，但他从巴金“追求光明、憎恶黑暗”，从未反对无产阶级革命和共产党，逐渐认识到中国共产党所领导的革命三方面来说明我们应该适当地肯定巴金。① 从这番说明来看，他将巴金作为重要作家专节介绍，正是辩证立场的体现。对于沙汀的论述，任访秋也坚持了作家作品的具体分析。他首先分析了沙汀作品中对黑暗现实所反映的五方面；其次他分析沙汀的“现实主义的创作道路”，认为“他站在人民的立场”“对反动统治阶级那种丑恶面目，揭露得淋漓尽致”，塑造了各种各样的典型人物形象，反映了现实的多样的复杂的各种矛盾；他认为沙汀在他的作品中，写出了袁小奇、冯大生等人物，“透露出他对未来的乐观的看法，因而他这种现实主义已经是接近了社会主义现实主义”；② 最后，任访秋细致地分析了沙汀的艺术成就与写作特点，赞扬他塑造了鲜明突出的人物形象，带有浓厚的乡土气息。他从沙汀的作品中看出了社会主义现实主义的因素，同时，非常认同其艺术手法，并且用了大量笔墨来讨论。这在更多强调文学作品内容优先于艺术形式的当时，比较大胆。这不仅体现在对沙汀的论述之中，对其他作品的分析，任访秋也注意到这一点，这正是他将之前调门很高的政治性标准有意识地调低，转向更细致的文学性分析。

对作家作品的分析更加辩证，也体现在《论稿》增加了《中国新文学讲稿》中所没有的对李季的《王贵与李香香》的三方面缺点分析。之前的《中国新文学史讲稿》对这首诗歌没有这些缺点分析，而且第三个缺点在《中国新文学史讲稿》中本是当作优点来称赞的，认为他“用了管夫人的词意，但用得非常的恰当，所以显不出一点痕迹来”③；《论稿》则认为作家应“加以说明，以免掠美”④。这也说明任访秋此时的作家作品分析更多辩证色彩，更强调文学自身的艺术价值。

最后，辩证分析也体现在任访秋所增加的绪论第三节“现代文学的特点”的论述上。任访秋指出现代文学具有四个特点：一、“无产阶级领导的统一战线

---

① 任访秋．中国现代文学论稿［M］//任访秋．任访秋文集·现代文学研究．郑州：河南大学出版社，2013：341.

② 任访秋．中国现代文学论稿［M］//任访秋．任访秋文集·现代文学研究．郑州：河南大学出版社，2013：363-364.

③ 任访秋．中国新文学史讲稿［Z］．开封：河南大学，1953：206.

④ 任访秋．中国现代文学论稿［M］//任访秋．任访秋文集·现代文学研究．郑州：河南大学出版社，2013：423.

的人民大众的反帝反封建反官僚资本主义的革命文学”；二、“继承了中国古典文学的优良传统并吸取外国文学的进步思想，而加以发展的新的人民文学”；三、“创作方法，是向着社会主义现实主义的方向迈进的”；四、“现代文学的形式，是在原来民族形式的基础上‘推陈出新’，创造了新的民族形式”。① 这四个特点的总结是辩证的，是在当时所能达到的最完备的总结，考虑到了中国现代文学的革命性、人民性、民族性，以及社会主义现实主义的创作方向。

值得注意的是，任访秋是这样评述社会主义现实主义的萌芽与发生的：“五卅后，由于反帝运动的高涨与苏联文学的介绍，于是无产阶级文艺运动开始在中国文坛上萌芽滋长起来。大革命后，逐渐成为中国文学的主潮。”② 正如前述，《中国新文学史讲稿》开始注意到中国现代文学由批判现实主义和革命浪漫主义逐渐发展到社会主义现实主义，当时任访秋主要根据的是冯雪峰、周扬等有关这一问题的论述，这方面他是走在前面的。但是，当第二次文代会的报告中论说社会主义现实主义在五四时期就已有之，前述李何林更是将社会主义现实主义的起点定在1918年，《论稿》没有迎头赶上，他只认为方向是社会主义现实主义，在1925年“五卅”之后才萌芽滋长，这时他保持了冷静，体现了一定的“保守性”。

任访秋为什么在1957年的《论稿》中注意到作家作品分析的辩证性，在文学史编撰中注意到政治性与文学性的平衡，并适当回归到文学性本身呢？一方面，1956年召开的中国作家协会理事会第二次会议（扩大）和“双百”方针应给予他巨大的勇气，他开始用辩证唯物主义和历史唯物主义的方法来研究中国现代文学史，并以此修改自己原来的《中国新文学史讲稿》。他也曾说自己“由于学习了马克思主义与毛泽东思想，用新的立场、观点、方法来对五四后30多年的中国现代文学，做了重新的审视与评价。在认识上，比原来的较为深刻全面了”③。这的确是肺腑之言。另一方面，这一年暑假，任访秋曾赴京参加教育部召开的教学大纲编写会议，他属于现代文学组，与王瑶、刘绶松等人商讨了中国现代文学教学大纲（后文论及）的编写工作。④ 而在这份《中国文学史教

① 任访秋．中国现代文学论稿［M］//任访秋．任访秋文集·现代文学研究．郑州：河南大学出版社，2013：161-164.

② 任访秋．中国现代文学论稿［M］//任访秋．任访秋文集·现代文学研究．郑州：河南大学出版社，2013：165.

③ 任访秋．五十年来在治学上走过的道路［M］//任访秋．任访秋文集：集外集．郑州：河南大学出版社，2013：449.

④ 任亮直．任访秋先生生平著作系年［M］//沈卫威．任访秋先生纪念集．郑州：河南大学出版社，2004：256.

学大纲》的导论中所强调的“研究文学史的态度和方法”中就包含“掌握马克思列宁主义立场、观点、方法的必要性”“分清主次、鉴别材料，从具体材料中作具体分析，作出正确结论”等。① 这说明，任访秋正是按照这次《中国文学史教学大纲》的精神编写、修订《论稿》的。任访秋非常看重并在自己的多篇学术回忆录②中提及《论稿》，而有意或无意遗忘《中国新文学史讲稿》的存在，或许只有这部著作才是他自认为最能代表他在“十七年”时期的中国现代文学史编写思想及成就的。

第十节　两类现代文学史教学大纲中的学术光芒

1957年8月，高等教育出版社出版了教育部审定的，综合大学中国语言文学系汉语言文学专业四五年制用的《中国文学史教学大纲》（以下简称“综合大学大纲”）。综合大学大纲将从古到今的中国文学史分为九篇进行讲述，其中第九篇为《新民主主义革命时代的文学（1919—1949）》，“表明了一种新的学术气象”③。同时，教育部也组织师范类大学编写了《中国现代文学教学大纲》，或许没有正式出版，学界乏人对此进行讨论。下面我们将对这两类不同的中国现代文学史教学大纲进行分析。

一、综合大学大纲编撰过程

从1954年开始，高教部决定由几个高等学校中国语言文学系和文学研究所，分段草拟中国文学史教学大纲，以作为中国文学史编写的依据。④ 综合大学大纲的编写工作由此正式启动。负责编写综合大学大纲工作的主要有游国恩、冯沅君、刘大杰、王瑶、刘绶松等人。现代文学起草人是王瑶和刘绶松。何善周曾回忆，1954年暑假期间，他曾偕同孙中田去列席旁听过在北京大学召开的综合大学现代文学史教学大纲讨论会，会议由李何林和王瑶主持，参加会议的

① 中国文学史教学大纲［M］. 北京：高等教育出版社，1957：5.
② 任访秋. 五十年来在治学上走过的道路［M］//任访秋. 任访秋文集：集外集［M］. 郑州：河南大学出版社，2013；任访秋. 关于个人治学的回顾［M］//沈卫威. 任访秋先生纪念集. 郑州：河南大学出版社，2004.
③ 任天石. 中国现代文学史学发展史［M］. 南京：江苏文艺出版社，2002：172.
④ 游国恩. 对于编写中国文学史的几点意见［M］//游国恩. 游国恩学术论文集. 北京：中华书局，1989：526-539.

有余上沅、吴组缃、陈瘦竹、刘绶松、楼栖、刘泮溪、高兰、华忱之等十余人。① 文学研究所也曾抽调人员去参加大纲编写，樊骏就写了关于鲁迅的提纲。②

1956 年 7 月和 11 月，“在原有大纲草案的基础上，高等教育部又先后召开过两次会议，讨论中国文学史大纲，为编写中国文学史教科书作好准备”③。根据综合大学大纲封二的说明，7 月应是高教部召开的文史教学大纲审定会。大纲审定会上，专家们首先讨论的是教学大纲的性质和在教学中如何贯彻“百家争鸣”的方针。大家认为：“教学大纲应该是指导性的教学文件，把教学大纲当作法律的看法是不对的。教师在教学中，要在保证培养干部的规格和一定的学术水平的前提下，可以灵活地和创造性地运用教学大纲。同时，大家认为在综合大学的教学中，是可以贯彻‘百家争鸣’的。”④ 9 月 8 日，根据座谈会讨论研究的意见，高教部发出文件，提出综合大学、财经、外语等高等学校 1956—1957 年教学工作中需要采取的若干措施，对教学大纲问题做了诸多规定，大纲审定会上各位专家对教学大纲的意见，被高教部充分尊重并吸收。⑤ 对于教学大纲作用、目的及性质的重新认识，一方面是当时“双百”方针激发了众多文史专家的学术创造的积极性，另一方面也是对之前在思想改造及各种政治运动中严格管制教师授课内容的一种反驳，开始容许不同学者、学派畅所欲言地进行学术研究及建设。但这种放开也不是无原则的，而是在坚持以教学大纲为指导的方针下进行。

1956 年 11 月召开的是中国文学史教科书编辑委员会第一次扩大会议，在这次会议上讨论通过了所编写的综合大学大纲。在教学大纲审定会上，“各课程教材的编写问题已初步得到解决。会上已初步确定编写人，组成各门课程的编辑委员会”。高教部曾组织各综合大学有关专家，在青岛编写中国文学史、语言学

---

① 何善周．怀念昭琛：中国现代文学史的奠基人［M］//《王瑶先生纪念集》编辑小组．王瑶先生纪念集．天津：天津人民出版社，1990：32-33.

② 樊骏．编撰《中国现代文学史》的若干背景材料［J］．新文学史料，2003（2）：84-88.

③ 游国恩．对于编写中国文学史的几点意见［M］//游国恩．游国恩学术论文集．北京：中华书局，1989：526-539.

④ 祚新．综合大学文史教学大纲审订会简况［J］．历史研究，1956（9）：101-103.

⑤《中国教育年鉴》编辑部．中国教育年鉴（1949—1981）［M］．北京：中国大百科全书出版社，1984：510-511.

引论、现代汉语、古代汉语、汉语史和汉语方言6门课程的教科书。① 中国文学史编写依据应是此前审定的综合大学大纲。王瑶就参加了这次编写活动，但该次编写因后来的“反右”运动中断。②

二、综合大学大纲的编写特点

这次由高教部大力组织的综合大学大纲含有中国现代文学史教学部分，它具有什么样的特点呢？我们将它与前面已经讨论的1951年由李何林、王瑶等人合作编写的大纲初稿进行比较，就会一目了然。

首先，两个大纲在绪论都强调了中国现代文学与革命运动的密切关系，但对中国现代文学的性质、特点的阐述及历史阶段的划分存在不同。大纲初稿阐明中国现代文学是新民主主义的文学，它发展的特点是无产阶级思想领导的、统一战线的、大众化（为工农兵）方向的新现实主义文学精神的发展。这采取的是新民主主义文学史的历史建构及述史原则。综合大学大纲吸收了新民主主义述史原则中的某些要素，指出现代文学的性质是彻底地反帝反封建的性质；但又采取了社会主义现实主义文学的建构模式，强调“共产主义的宇宙观和社会革命论一贯是新文学的领导思想”“它的主流是革命民主主义与社会主义的文学”“走向社会主义也是现代文学前进的方向”“党对文学战线领导作用的逐步加强与巩固”。③ 在论述社会主义现实主义文学这一创作原则与发展方向时，综合大学大纲并没有指明五四时期就已有其萌芽，而只是向着这一方向发展前进，对它具体的起点时间予以回避，但明确指出：“在毛主席‘讲话’发表后，社会主义现实主义文学更取得了新的巨大的成就。”④

任访秋在1951年就认为大纲初稿的缺点之一就是对翻译文学、民间文学“根本一点都没有提到”⑤。综合大学大纲则重点提及：中国现代文学“它是在现实生活的土壤上，创造性地继承了中国文学的优良传统，适应着民主革命的需要和人民的美学爱好而发展起来的”；它在“发展中接受了外国进步文学的积极影响”，特别是“俄罗斯及苏联文学对中国现代文学的影响尤其重要与显

---

① 《中国教育年鉴》编辑部．中国教育年鉴（1949—1981）［M］．北京：中国大百科全书出版社，1984：510.

② 杜琇．王瑶年谱［J］．新文学史料，1990（3）：30-45.

③ 中国文学史教学大纲［M］．北京：高等教育出版社，1957：236-237.

④ 中国文学史教学大纲［M］．北京：高等教育出版社，1957：238.

⑤ 任访秋．对《中国新文学史教学大纲》的商榷［J］．新中华，1951，14（24）：34-36.

著”。① 这显示了综合大学大纲撰写者的开阔视野，及其对自身民族文学传统的自信。

大纲初稿与综合大学大纲历史分期的不同在于两个方面。一是起点、和对第一个十年文学的分期不同。大纲初稿以 1917 年为起点，突出了胡适等人所提倡的文学革命的重要性，并不强调 1919 年五四这一具体时间节点，而认为“五四前后”（1917—1921 年）是“新文学的倡导期”；1921—1927 年是“新文学的扩展时期”。综合大学大纲则明确以 1919 年为现代文学起点，将 1919—1927 年命名为“五四时期及第一次国内革命战争时期”，这是“新文学的开始及发展”。二者的具体分期就在于第一个十年的划分不同，所以大纲初稿分为五个时期，而综合大学大纲只有四个时期。

二是对每个时段命名的不同。大纲初稿的命名主要是根据文学运动进行的，充分展示了文学运动的倡导与发展，“左联”的成立与“座谈会讲话”及“全国文代大会”等文学团体、文艺理论、文学活动及文学会议的重要里程碑意义。综合大学大纲对文学时段的命名主要参照了政治史、革命史的概念，但又注意到文学史的发展特点。依次命名：“五四时期及第一次国内革命战争时期（新文学的开始及发展，1919—1927 年）”“第二次国内革命战争时期（左联成立前后十年，1927—1937 年）”“抗日战争前期（抗战文艺，1937—1942 年）”“抗日战争后期及第三次国内革命战争时期（新的人民文艺的成长，1942—1949 年）”。而且在综合大学大纲指出教学时，应该注意“毛主席《新民主主义论》对于各个时期政治社会特点的说明”与“各时期中文学运动及创作的时代特点”②。可见，两个大纲在分期与命名上有着继承与发展的关系。

其次，体例不一样。大纲初稿采取的是先总论后分论，以时代为经，文体发展为纬的结构方式，注重对文艺理论与文艺斗争、诗歌、小说、戏剧与散文等文学类型的嬗变兴替予以梳理，列举作家众多。而在综合大学大纲的编写过程中，“存在着按年代和按体裁编写两种看法，最后一致同意按年代编写”“必要时允许照顾到各种文学种类、文学题材的发展，以及各个文学潮流的趋势，因而不妨采取以体裁、派别等为辅的办法来补救”③。在确定依时代先后顺序叙述之后，综合大学大纲制定者还认为文学史的讲授必须“重点突出”。但多数学

① 中国文学史教学大纲［M］. 北京：高等教育出版社，1957：237.

② 中国文学史教学大纲［M］. 北京：高等教育出版社，1957：238.

③ 游国恩 . 对于编写中国文学史的几点意见［M］//游国恩 . 游国恩学术论文集 . 北京：中华书局，1989：526-539.

者则担心“重点突出”了，文学史彼此间的脉络不容易说清楚。① 既然要“重点突出”，所以综合大学大纲主要讲授文学大家，列举的作家比大纲初稿要精要；但又要丰富多样，以说明文学史发展概貌，所以作家列举又保持了适当的类型和规模。最终综合大学大纲采取的是先总论后分论，以时代为经，以作家为重点的体例，每一时代的文艺理论及文艺斗争仍是书写的重心。

最后，作家选择、排序及阐述不一样。因为综合大学大纲重在以作家为主，在所选取的众多作家中要分清主次，依次排列座次，确定篇幅，这决定了它比大纲初稿更加重视作家排序，而不是如大纲初稿那样平均用力（除鲁迅外）。综合大学大纲将中国现代文学作家大致分为几类，并以此确定章节篇幅：文学大家作为专章分析，一流作家合章介绍，二流作家专节介绍，次要作家合节介绍；“将许多作家都尽可能集中在他发生较大影响的某一时期，而将其他作品采用追叙或补叙的方式”②。下面我们具体介绍综合大学大纲中具体作家的篇幅章节情况。

专章介绍的有鲁迅（两章）、郭沫若（一章及一节《郭沫若等的历史剧》）、茅盾（一章）。这三位作家的文学史地位应是依次递减的。

合章且在标题上出现名字的有“巴金、老舍、曹禺”为一章，其中每人两节；“赵树理、丁玲”为一章，每人一节，丁玲还曾与张天翼、叶紫合为一节。这五位作家中，文学史地位也应是递减的，但丁玲又高于赵树理。

专节介绍的有叶绍钧（一节）、郁达夫（一节）、蒋光慈（一节）。

标题上出现作家名字的合节有闻一多与格律诗，瞿秋白及其文艺理论活动，丁玲、张天翼、叶紫，田汉、洪深，艾青、田间及其他，沙汀、艾芜，夏衍、陈白尘，周立波、刘白羽及其他小说作家。

标题上出现作家代表作名字的合节有《八月的乡村》《生死场》等抗敌作品、《白毛女》与戏剧、《王贵与李香香》及其他长篇叙事诗。

合节但在标题上不出现作家或派别名字的有冰心、朱自清、中国诗歌会、臧克家（两次提及）、袁水拍、何其芳、阳翰笙、欧阳山、康濯、草明等作家的代表作及社团主张被简要分析。陈独秀、邓中夏、恽代英、王统照、王鲁彦、落花生、庐隐、民众戏剧社、南国社、冯至、朱湘、舒群、柯仲平、于伶、阮章竞、胡可、《刘胡兰》等作家或作品，鲁迅与冯雪峰的马克思主义文艺理论的翻译和介绍、郭沫若、茅盾与冯雪峰的杂文被点名，但不评析。

① 陆侃如，冯沅君．关于编写中国文学史的一些问题［J］．文史哲，1957（1）：43-48.
② 中国文学史教学大纲［M］．北京：高等教育出版社，1957：238.

合节而被作为反面斗争的作家及派别有胡适、林纾、学衡派、甲寅派、新月派、民族主义文学、“自由人”和“第三种人”、论语派、现代派、梁实秋、沈从文、朱光潜、胡风、王实味、萧军、战国策派等。

可见，综合大学大纲选择介绍的作家是比较精炼的，它通过对具体作家的阐释篇幅及章节安排，就将中国现代文学史中的作家作品、社团流派的座次予以排定。而在大纲初稿中没有实现这一功能的章节编排，占据最高地位的只有鲁迅。

如果将综合大学大纲的作家排序和前述中国现代文学史著进行比较，我们会发现，巴金、老舍、曹禺这三位作家的文学史地位上升了，他们三人合为一章并且每人两节，排在了鲁迅、郭沫若和茅盾之后。这既遵照了周扬在中国作家协会理事会第二次会议（扩大）上的报告，① 但又有所不同，因为巴金排在了老舍之前。这应与此时巴金的作品受到读者、学者欢迎及其身份发生变化有关：1953 年、1954 年，《春》《秋》在中国香港由中联电影企业有限公司拍成电影，1956 年，《家》由上海电影制片厂拍成电影；继 1953 年当选中华全国文联第二届理事、中国作家协会副主席之后，巴金于 1956 年当选上海作协主席；1957 年受毛泽东接见，并与靳以合作创办大型文学期刊《收获》；此时学术界对巴金的研究②也有所进展。主持编写大纲的王瑶这一时期所撰写的《论巴金的小说》对巴金创作中“情绪写作”的艺术特色进行了科学分析。他们二人的私人情谊也颇为深厚，这无疑证明了文学史家与作家之间诸多的相互影响。从此，巴金多排在老舍和曹禺之前，尽管此后又经历了一些波折。

赵树理和丁玲的文学史地位在综合大学大纲中得到进一步确认，此前一些文学史著的编写中也已有之。而一些作家的文学史地位下降了，最明显的是瞿秋白，他在此前一些文学史著中往往是独占一章，这里是和多人一节。柔石、胡也频与殷夫则不再提及。《白毛女》《王贵与李香香》的文学史地位也有所降低，之前的一些文学史著是将它们作为社会主义现实主义代表作进行肯定，这里只是就作品讨论作品，没有强调李季、丁毅与贺敬之的文学史地位。胡风作为反面对象被提出，之前的文学史著中也有之，但综合大学大纲是更加正式及官方的确认。这都与中国作家协会理事会第二次会议（扩大）及“双百”方针有密切关系。

---

① 程光炜认为“鲁郭茅巴老曹”的文学史排名在王瑶的《史稿》中就已排定，是不符合实情的。程光炜．当代文学中的“鲁郭茅巴老曹”[J]．南方文坛，2013（5）：16-19.

② 王瑶．论巴金的小说 [J]．文学研究，1957（4）：124-154. 杨风．巴金论 [J]．人民文学，1957（7）：164-184.

综合大学大纲不仅在作家作品选择和位次排序上更注重文学性，而且它在对作家作品的评述与阐释上也是力求辩证分析。综合大学大纲要求教师在讲授时，指出并分析作家作品及文学运动的缺点。这包括“新文化的消极的因素”，鲁迅小说中流露出的“寂寞、孤独的情绪”“创造社有关革命文学主张中的缺点”，蒋光慈作品中的缺点，闻一多逃避现实的情绪，“左联”成立前创造社的错误，对《故事新编》中现代题材穿插的肯定或否定，茅盾创作《蚀》三部曲时的悲观情绪，《子夜》《清明前后》的缺点，茅盾因为生活局限而产生的艺术描写上的缺点，巴金爱情三部曲中浓厚的虚无色彩，《骆驼祥子》中时代背景的薄弱和作品结尾的低沉情调，老舍剧作思想性薄弱及戏剧冲突不够尖锐的弱点，《雷雨》剧情着重在性爱与血缘的伦常纠葛体现的作家思想局限，张天翼作品中的客观主义倾向和反映生活深度不够的弱点等。可见，教学大纲在经典确立过程中，“也制造了一套特殊的对经典的诠释话语。而对经典的阐释，其重要性决不在经典的确立之下”①。

大纲初稿曾以专门章节介绍有关革命文学的理论及创作，综合大学大纲都不再以章节出现，而是在相关论述中简略提及。例如，1923 年邓中夏、恽代英等人在《中国青年》上发表的革命文学的主张，在大纲初稿中都作为一节进行讲述；综合大学大纲只是在“中国共产党的成立与文学运动的发展”这一节中予以提及。在大纲初稿的相关讨论中，就有人建议增加有关苏区文艺的章节；当时公开出版的中国现代文学史著中，都用专门的章节介绍苏区文艺；但综合大学大纲只是在“工农兵群众文艺活动及创作”这一节中予以提及。这都说明综合大学大纲继承和保持了大纲初稿中的政治性和革命性，但在章节篇幅上予以减少，从而将更多的篇幅放在经典作家作品的论述上。

“怎么接受面前的作品，如何面对庞杂的过去，就是中文系的学科任务。”②综合大学大纲的导论明确规定研究中国文学史的目的和任务在于：“说明中国文学在各个历史阶段中的主要内容、发展情况和发展规律；说明重要作家、作品和当时社会的关系及在文学发展中的作用。说明代表作家的生活、思想和创作成就，分析代表作品的思想性和艺术性，给予这些作家、作品以正确的评价。”③ 专家学者们对研究文学史的态度和方法有了清醒的考虑，强调了文学史这一门学科的“科学性”，但又不忘“阶级性”和“教育性”，强调政治标准和

① 戴燕．文学史的权力［M］．北京：北京大学出版社，2002：145-146.

② 张晖．文学的力量：陈国球教授访谈录［M］//陈国球．文学如何成为知识？北京：生活·读书·新知三联书店，2013：111.

③ 中国文学史教学大纲［M］．北京：高等教育出版社，1957：5.

艺术标准的结合，但又强调史论、史观与史料的三者关系："分清主次，鉴别材料，从具体材料中作具体分析，作出正确的结论。"① 他们还对过去文学史研究工作中的成就与错误进行了反思，强调对于庸俗社会学倾向的纠正，但又继续批判资产阶级唯心主义与形式主义的毒害，"肯定"了对胡适、胡风理论的批判，这体现了他们治学态度上的"分裂"状态。但正如黄修己所说：综合大学大纲比前此出版的新文学史著有所改进，"它没有某些书中那么多革命史的内容，作为某时期文学发展的背景而写的政治斗争历史，保持了适当的分量，尚未给人以过多之感"②。

三、师范类《中国现代文学教学大纲》的编订及特点

在综合大学文史教学大纲制定的同时，高等师范大学文科教材的编订工作也在推进。1953 年 9 月，全国高等师范教育会议决定在两年内首先解决语文、历史等基本课程和共同必修课的教学大纲。1956 年 3、4 月间，第二次全国高等师范教育会议对修订教学计划，编订教学大纲，编写教科书等工作作了具体部署。同年 8 月，在北京师范大学召开了文史教学大纲讨论会，其中就审定了《中国现代文学教学大纲》初稿。

该大纲很难搜集，笔者估计可能是因为随之而来的"反右"运动，它马上就因不合时宜而没有正式出版。由北京师范大学 1958 年 9 月出版的《中国现代文学教学大纲》③，是该校师生在"大跃进"时期集体编写的教学大纲，不可视为这次教育部会议审定的师范专业的教学大纲。笔者搜集到一本油印的南京师范学院教师沈蔚德编的《中国现代文学》，时间、印刷单位都没有注明，封面上有软笔书写"中国现代文学"，钢笔所写"沈蔚德编"等字样，还有两个南京师范学院中文系图书资料室的印戳。主要内容有《中国现代文学教学大纲》及相关文艺理论和作品选。笔者推测该书中所包含的《中国现代文学教学大纲》应该就是在北京师范大学召开文史教学大纲讨论会上审定通过的高校师范专业的《中国现代文学教学大纲》（以下简称"师范类大纲"），其原因有三。

第一，在师范类大纲中的"几点说明"中，有如下一段文字："本大纲是 1956 年 8 月 6 日—18 日在北京召开的教育部高等师范学校文史课教学大纲讨论会现代文学组根据华东师大中文系中国文学教研组所提出的草稿讨论、修改，

---

① 中国文学史教学大纲［M］. 北京：高等教育出版社，1957：5.

② 黄修己. 中国新文学史编纂史［M］. 北京：北京大学出版社，1995：180.

③ 中国现代文学教学大纲［M］. 北京：北京师范大学出版社，1958.

制定的。"[①] 这段话中所指的时间、单位、会议名称与前述信息是相符的；从其叙述中可知，这不是沈蔚德也不是南京师范学院中文系所编，而是“教育部高等师范学校文史课教学大纲讨论会现代文学组”所编。

第二，联系沈蔚德所在的南京师范学院及其中文系的实际情况，可以推断这也是高等师范院校的《中国现代文学》教学大纲。南京师范学院是1952年全国高校院系调整，在原南京大学、公立金陵大学等有关院系的基础上组建的。[②] 在南京师范学院礼堂召开的第一次全体教职工大会上，中文系教职工仅区区七人，现代文学只有沈蔚德一人。1955—1956年，南京师范学院中文系进入一个大发展阶段。江苏师范学院中文系全部并入该系，而且学院从毕业生中选拔优秀人才留校工作，扩充了青年教师队伍。现代文学组主任是沈蔚德，副主任是吴奔星，成员有鲁迅研究专家朱彤、上官艾明、陈振国等。[③] 可见南京师范学院是新组建的师范类院校，中文系建系时间也不长，所以这一大纲对他们的《中国现代文学》教学非常重要，为资料保存和教学参考考虑，有必要将重要的文学史资料予以抄录油印，师范类大纲自然是重中之重。

第三，关于师范类大纲的编写情况很少有学者予以回忆、研究，笔者仅见邵伯周曾回忆参与此事；他回忆的时间与师范类大纲制定时间是一致的，而且他认为该大纲的主要特点“是增加了1949年以后的文学情况和作品评述”[④]，这与沈蔚德所油印的大纲也是一致的。

下面，我们具体讨论师范类大纲的编写特点。

（一）师范性原则。师范大学的学生毕业之后所从事的主要职业是教师，所以他们在校不仅要学会知识，还要学会教会他人学习的本领，这是师范大学与综合大学最根本的差异。对此师范类大纲在“目的”中就指出要为学生“以后从事文学教学和文学研究打下基础”。它在“方针”中也指出：不但要使学生“能理解主要的作家作品，并且要使他们能够正确生动地把自己所理解的教给别人”[⑤]。“目的”与“方针”对师范院校的《中国现代文学》教学提出了总的要求，这自然也会导致其具体的课程内容与综合大学不同。

---

① 中国现代文学教学大纲［Z］//沈蔚德．中国现代文学．1956：2.

② 曹连观．百年学府：南京师范大学［M］．南京：南京师范大学出版社，2002：2.

③ 凌焕新，王长俊，闵龙华．南京师范大学中文学科发展纪事［M］．南京：南京师范大学出版社，2016：3-5.

④ 邵伯周．“现代文学”这门课程的前前后后［M］//邵伯周．平凡的旅程．上海：上海文艺出版社，2009：24.

⑤ 中国现代文学教学大纲［Z］//沈蔚德．中国现代文学．1956：1.

（二）以作家作品的讲述为中心，兼顾文学史的叙述。除《绪论》外，师范类大纲共有十七章，有十一章是作家专论，一章为毛泽东的《讲话》，其余五章为五个不同时期的文学运动、文学斗争史的叙述。在每一章文学史的叙述部分中还“有一节专门论述该历史阶段的创作成就的创作概述、介绍当时创作发展情况并重点分析介绍对于当时影响较大的作家和作品，这一部分和单独提出的作家结合起来，才能完整地看出中国现代文学创作的全貌”，所以，该大纲中“关于史的发展和作家作品的比重大约为三与七之比”①。所以其命名为“中国现代文学教学大纲”，而不是“中国现代文学史教学大纲”。从前述我们可知，文学史以作家作品为中心进行编排也是综合大学大纲编写的原则，因为这样的编写方式既可以方便课堂教学，也适宜培养本科生的文学专业能力，师范生更可以掌握作家作品批评分析的方式方法，以适应毕业后从事中小学的语文教学。

（三）中国现当代文学整体化编写。1954 年 4 月，教育部颁发了《师范学院暂行教学计划》。其中的《中国语言文学系暂行教学计划》对“中国文学”之下的“现代文学”进行了说明，是指“五四至现在”，这就将中国现当代文学联系在一起。② 师范类大纲也是如此，它将中国现代文学分为两个时期，作为两编安排。第一编为“中国现代文学的兴起和发展（1917—1942 年）”，这又分为三个时期，分别为前三章。依次为“五四文学革命运动与新文学的兴起与发展”“左联时期的革命文学”“抗日战争前期的文学”。第二编为“中国现代文学新阶段（1942—1956 年）”，这又以 1949 年为界分为两个时期两节进行文学史叙述：“人民文学的成长”“新中国成立以来的人民文学事业”。从文学史分期来看，这是将中国现当代文学予以整体化编写，1942 年毛泽东《讲话》发表为重要分界线，所以第二编第一章为《讲话》。将中国现当代文学予以整体化编排，大纲制定者主要是为了突出社会主义现实主义文学的发生、发展史，这是第二次文代会的重要精神。而在“目的”中，它也指出要“阐明中国现代文学社会主义现实主义的发展过程”③。

大纲制定者也指出还有两种文学史分期可供参考。第一种是“按新民主主义革命史的分期，把中国现代文学的发展分为五期，分列五章”：一、五四运动和第一次国内革命战争时期；二、第二次国内革命战争时期；三、抗日战争前期；四、抗日战争后期和第三次国内革命战争时期；五、中华人民共和国成立

① 中国现代文学教学大纲［Z］//沈蔚德．中国现代文学．1956：1.

② 中国语言文学系暂行教学计划［M］//师范学院暂行教学计划．北京：中央人民政府教育部，1954：5.

③ 中国现代文学教学大纲［Z］//沈蔚德．中国现代文学．1956：1.

以后。这一分期在前述综合大学大纲得以体现。第二种是“为了照顾文学史和作家作品的结合，又照顾作家讲述的完整性，同时根据文学作品反映的生活内容的历史特点和统一性，把上述五个时期合并为三个阶段，把中国现代文学的发展分三编讲述”①：第一编“五四运动到第二次国内革命战争时期的文学（1917—1937 年）”，第二编“抗日战争和第三次国内革命战争时期的文学（1937—1949 年）”，这两编各包括两个时期分列两章；第三编“新中国成立以后的文学（1949—）”。这一分期我们将在后述孙中田等人编写的文学史著中可见。其实这些文学史划分的内在时间节点大致一致，只不过是为了更为方便的讲述，中国现当代文学整体化编写则是这些文学史分期的共同点。

师范类大纲除介绍公认的文学史分期之外，还附注了另外两种类型的文学史分期，这既是对以往文学史分期的一次总结，也体现了当时“百花齐放、百家争鸣”的学术氛围。对于后一点，大纲制定者还予以特别“说明”：“根据百家争鸣的精神，教学大纲应以大多数一致的意见为基础，并反映学术上重要的分歧意见。本大纲是根据大多数一致的意见修改确定的。”②

除在文学史分期上注意到中国现当代文学的整体化编排外，作家专章论述之中也会介绍作家在 1949 年后的文学活动。例如，对茅盾、巴金、艾青、赵树理、老舍等作家在 1949 年后的创作，师范类大纲也是要求讲述的。

（四）作家作品的选择与评述不同寻常。师范类大纲在五个时期中都会介绍文艺斗争史，但最多只占每一个时段文学史叙述中的一节；更多的是专章论述作家的专论，多为三节。从比例上来看，文艺斗争所占篇幅并不多，却是必备构件。第一编专章论述 1917—1942 年的作家，先后有鲁迅、郭沫若、茅盾、瞿秋白、叶绍钧、巴金、曹禺、艾青，他们都只有一章，除鲁迅有六节外，其他作家都是三节论述。在讲述时间安排上，各位作家有较大差距：鲁迅要求是十四小时、郭沫若八小时、茅盾八小时、瞿秋白四小时、叶绍钧三小时、巴金两小时、曹禺三小时、艾青两小时。茅盾排在了瞿秋白之前，且讲述时间是其两倍，说明其文学史地位更重要。巴金的小说只要求讲述两小时，主要应是考虑他的作品中社会主义现实主义的因素较少的缘故。关于巴金的第三节专门讨论了“巴金创作的贡献及其缺点”，要求分析巴金“作品的缺点”“作家思想的局限性和他艺术上冷静构思的缺乏”。艾青虽单独成章，他的文学史地位有所提高，但只要求讲述两小时。

① 中国现代文学教学大纲［Z］//沈蔚德．中国现代文学．1956：2.
② 中国现代文学教学大纲［Z］//沈蔚德．中国现代文学．1956：2.

第二编专章论述了 1942—1956 年的作家，有丁玲、赵树理、老舍。其中丁玲为四节，另外两位各为三节，可见丁玲是鲁迅之外最多篇幅的。在讲述时间安排上，也有所不同：丁玲、赵树理要求四小时、老舍只要求两小时。对老舍的小说只要求讲述两小时，且将老舍置放在 1942—1956 年中讲述，更看重的是他 1949 年后创作的《龙须沟》。对老舍作品讲述的要点提示中，《骆驼祥子》的介绍如下："作品所反映的社会现实，骆驼祥子的形象。作者的同情态度。明快、朴素、简洁的笔调。"而对《龙须沟》的介绍字数更多：它"真实地反映了新旧社会不同的社会生活，表现了新政权在人民生活上思想上所引起的剧烈变化。表达了人民对于党和政府的热爱。赵老头、程疯子、王大妈、王二春等人物的形象。结构、语言、和艺术特点。在宣传政策、表现政策上的巨大成就"；还另起一段强调"《龙须沟》的写作提供了文艺为广大人民服务的光辉范例。'人民艺术家'的荣誉称号"。① 相比《骆驼祥子》，《龙须沟》更获得了大纲制定者的青睐，而"宣传政策、表现政策"成了它被肯定的"巨大成就"。

师范类大纲对后来的师范院校的中国现当代文学史编写与教学有着潜在影响。很多文学史著的体例框架就是按照这一大纲进行编写的。例如，1960 年南京师范学院上官艾明、朱彤、沈蔚德等编写的《中国现代文学》，虽是"根据三结合所拟的教学大纲编写"②，但主体结构却类似师范类大纲。更证明了沈蔚德所编写的这部《中国现代文学》中的大纲就是师范类大纲，后来他们的文学史编写受到了这一大纲的指导和规约。

简言之，两部中国新文学史教学大纲体现了"十七年"唯物论新文学史书写的学术水平，后来的新文学史书写都是在此基础上继续前进的，而且因为大学性质上有综合类和师范类之别，它们在新文学史体例上也出现了"分道扬镳"。

第十一节　孙中田等《中国现代文学史》的创新与修改

何善周大学期间受闻一多指教甚多，1940 年毕业于昆明西南联大中文系，后任教于清华大学，其间曾与王瑶同事。1950 年 5 月调入东北师范大学任教。

---

① 中国现代文学教学大纲［Z］//沈蔚德．中国现代文学．1956：31.

② 上官艾明，朱彤，沈蔚德．中国现代文学上卷（初稿）［Z］．南京：南京师范学院教务处，1960：一点说明．

1954年夏，东北师范大学令何善周筹建现代文学教研室。① 该教研室早期成员孙中田1947—1950年在东北师范大学就读，其间应听过张毕来讲授中国新文学史课程。他1950年3月从东北师范大学提前留校工作，1951年回到中文系任助教，1955年升任为讲师，同时被任命为中国现代文学教研室副主任。

在何善周和孙中田的努力和主持下，东北师范大学于1955年春开始编写《中国现代文学史》，编写人员还有思基、张芬和张泗洋。同年12月，东北师范大学教务处教材科校内印刷该文学史上册的竖排本（以下简称1955年版）。1956年7月、9月，经修改的该文学史上册及下册初稿由东北师范大学函授教育处印刷出版（以下简称1956年版）。1957年9月，吉林人民出版社出版《中国现代文学史》（上）（以下简称1957年版），版权页中署名为“孙中田等”。本计划还有下册出版，可是上册刚刚出版，书中所品评的作家以及书的作者就有受到批判的，“于是虽有好心的读者频频催问，书的下册也只能‘自行夭折’”②。以下我们将以1957年版为依据讨论其具体特点，并分析不同版本在不断修改过程中所呈现的差异及修改原则。

一、作家专论的文学史体例

孙中田等人合著的《中国现代文学史》给读者最深刻的印象，应该是它与众不同的体例。对于这一特点，孙中田在“文革”后都还以此为骄傲，并指出1981年日本的《野草》杂志（总29期）上，有学者将该文学史与王瑶、丁易、刘绶松等诸版本进行比较，认为该书“是一本在体例有新变化的版本”③。正式出版的1957年版只有上册，校内印刷的1956年版却有上下两册，现在我们根据1957年版的《说明》和1956年版完整的上下册目录，来介绍孙中田等人编写的《中国现代文学史》的文学史分期、章节体例。

孙中田等人合著的《中国现代文学史》具体章节编排如下：上册包含绪论，第一章“五四——第二次国内革命战争时期的文学”，第二至五章分别是鲁迅、郭沫若、茅盾、瞿秋白四个专章。1957年版没有下册出版，但我们从1956年版的下册可知，它包含第六至第十章：“抗日战争和第三次国内革命战争时期的文

---

① 王霆钧．光明磊落信念如磐：记何善周教授［M］//张釜．甲子同心 民盟人物口述历史．长春：吉林文史出版社，2011：210.

② 王中忱．区域位置、学科建设与一代学人的奋斗：孙中田先生和他的中国现代文学研究［J］．中国现代文学研究丛刊，2017（8）：199-210.

③ 孙中田．不断地超越自我［M］//冯济平．第二代中国现代文学学者自述．北京：文化艺术出版社，2011：27-28.

学”“赵树理”“丁玲”“经济恢复和第一个五年计划时期的文学”“各兄弟民族的文学”。

从章节编排来看，他们采取的是各时段概述文学思潮、文学运动之后，只重点书写六位作家的方式来进行文学史建构。文学史叙述范围包含了中国现当代文学，以中华人民共和国成立（1949 年）为界，前后划分为两个大阶段。1949 年前为四个时期：五四和第一次国内革命战争时期（五四前夕—1927 年）；第二次国内革命战争时期（1927—1936 年）；抗日战争前期（1936—1942 年）；抗日战争后期和第三次国内革命战争时期（1942—1949 年）。中华人民共和国成立后即经济恢复和第一个五年计划时期的文学作为一个时期来叙述。第二次文代会召开后，社会主义现实主义成了新的文学史建构原则，中国现代文学都包含了当代文学，该著也是如此。

孙中田等人的文学史体例受到了当时综合大学大纲的讨论与制定的影响。何善周曾回忆，1954 年暑假期间，他曾偕同孙中田去列席旁听过在北京大学召开的综合大学现代文学史教学大纲讨论会。① 在综合大学大纲的编写过程中大家就围绕文学史编写体例进行过争论，并最终决定按年代编写，重点突出重要作家。所以孙中田等人也强调：“把重点放在一些重要作家和重要作品的评述上。”② 他们采取了突出重点作家的体例。

这种文学史体例与师范类大纲有所相近，所采取的这种历史分期也在师范类大纲中得以介绍。他们在经典作家的选择上更为精简，只有“鲁郭茅瞿赵丁”这六位作家的文学史地位得以非常醒目地凸显，而师范类大纲有鲁迅、郭沫若、茅盾、瞿秋白、叶绍钧、巴金、曹禺、艾青、丁玲、赵树理、老舍十一人享有这样的地位。这些方面的类似，我们会认为孙中田等人受到了师范类大纲的影响，但他们开始编写文学史是在 1955 年，并且该年底就在校内印刷，比 1956 年师范类大纲编写还早。不过我们可以从上面的内容推测他们有着相互影响。因为他们就是重点师范院校东北师范大学的教师，学生也以师范生为主，他们应会参加该大纲的编写，而师范类大纲也应汲取了他们的意见，他们自己也会在其中受到启发。

以上只是笔者的推导，目前未见有关这样的资料说明。但编写者孙中田并

① 何善周．怀念昭琛：中国现代文学史的奠基人［M］//《王瑶先生纪念集》编辑小组．王瑶先生纪念集．天津：天津人民出版社，1990：32-33.

② 孙中田．中国现代文学史：上册［M］．长春：吉林人民出版社，1957：说明 1.

不讳言他们“从季莫菲耶夫等人的《苏联文学史》中，吸取补养”①。季莫菲耶夫的《苏联文学史》② 就是将战后建设时期的文学与战前的文学放置在一起建构苏联文学史的，在不同时期概述文学思潮之后，然后重点介绍六位作家。孙中田等人的文学史著也只是选取六位重点作家进行分析。他们在“概论”及在后来的章节中，也注重了新文学整体化教学，不仅在下册介绍了当代文学，而且在上册分析郭沫若、茅盾时也介绍了他们1949年后的文学创作。

如果我们将二著的“引言”“绪论”进行比较，会发现存在一定的相似度。《苏联文学史》的引言介绍了苏联文学的基础、党性、多民族性、新型作家、主要时期、艺术方法、理想、正面人物、人民性、世界意义；孙中田等人的绪论也讨论了中国现代文学的性质、内容、传统、多民族性、文学史分期、世界意义等。二者在关键词上就有相同，在具体论述上也相似颇多。季莫菲耶夫的《苏联文学史》阐述了苏联文学在战后建设时期的多民族性，并专章介绍“苏联各民族的文学”，对七位少数民族作家进行了专节书写。孙中田等人在绪论中也讨论了当代文学的多民族性，并对十位少数民族作家进行了点名。在1956年版的下册中，主要讨论了“各民族社会生活的改革和文化的发展”“党在民族文艺工作领域内的政策”“民族文学的交流”“民族文学遗产和新文学的兴起”“民族的叙事长诗”等。

孙中田等人借鉴季莫菲耶夫的《苏联文学史》还表现在书名的变换。在讨论制定综合大学大纲时，有反对者认为《苏联文学史》原是苏联中学的文学教科书，原名为“现代文学”，被译者擅加了“史”字。它们本不是“文学史”，怎能拿来做蓝本呢?③ 但孙中田等人坚持以《苏联文学史》为学习对象，他们的文学史在1955和1956年内部印刷时，也只是命名为《中国现代文学》，在1957年正式出版时才命名为《中国现代文学史》，这种名称的改动应不是无故为之。

总之，孙中田强调他们采取这种体例“与时代的文化氛围有关联”④，应不是虚言。宏观说，这种“时代氛围”就是“双百”方针指导下活跃的学术氛围；微观说，就是两类中国现代文学史教学大纲的具体讨论和《苏联文学史》

① 孙中田．不断地超越自我［M］//冯济平．第二代中国现代文学学者自述．北京：文化艺术出版社，2011：28.

② 季莫菲耶夫．苏联文学史［M］．水夫，译．上海：海燕书店，1949.

③ 陆侃如，冯沅君．关于编写中国文学史的一些问题［J］．文史哲，1957（1）：43-48.

④ 孙中田．不断地超越自我［M］//冯济平．第二代中国现代文学学者自述［M］．北京：文化艺术出版社，2011：28.

影响了他们，他们采取了与综合大学大纲不同的建构模式，体现了与师范类大纲共进退的探索和实践。王中忱还敏锐地发现孙中田等人的文学史编写更多采用作家专论的体例，就是为了避免此前他们的同事或老师张毕来的文学史讲义太过于重视运动和思潮的弊病，① 这曾受到邵荃麟的批评，而致使张毕来在后来的教学中和《新文学史纲》的整理中予以纠正。② 这也应该是重要的原因。

二、作家专论的详尽与深刻

从中华人民共和国成立初历次有关中国现代文学史编写的讨论中，可见第一代中国现代文学研究者一直以来有两个愿望：一是按照季莫菲耶夫的《苏联文学史》编写中国现代文学史，二是集体编写中国现代文学史。这两个愿望都在孙中田等人编写的《中国现代文学史》中得以实现。前一个愿望的实现我们已经讨论了，现在我们来讨论该文学史的集体编写以及在这种模式下其作家专论所达到的详尽与深刻。

在正式出版之前，这些编写人员大多将已经成熟的文学史书写予以发表或者出版。例如，何善周曾发表《郭沫若的“女神”》③；孙中田曾发表《试论茅盾的创作》④；思基⑤、张泗洋也曾发表《生活：作家的母亲》与《论“阿Q正传”》⑥；张泗洋、思基、张芬曾合作出版著作《论鲁迅的创作》⑦。这些论文和著作与他们合著的《中国现代文学史》（上）的主体内容大多一致，这说明他们将文学史编写与学术研究进行了很好的结合，他们所撰写的作家专论走在了当时的学术前沿，具有了学术论文创新的价值。这表现为以下特点。

作家专论首先是介绍作家的生活和创作道路。鲁迅、郭沫若、茅盾与瞿秋白的家庭出身、家庭背景、求学生活、留学经历、早期创作经历、革命生涯、政治活动等都予以介绍，并分析他们走上创作和革命道路的原因，剖析了他们的性格特点、工作态度。通过这样的介绍，不仅塑造了生动丰富的作家形象，

① 王中忱．区域位置、学科建设与一代学人的奋斗：孙中田先生和他的中国现代文学研究［J］．中国现代文学研究丛刊，2017（8）：199-210.

② 张毕来．思旧篇［J］．新文学史料，1982（3）：49-61.

③ 何善周．郭沫若的“女神”［J］．东北师范大学科学集刊，1956（2）：48-72.

④ 孙中田．试论茅盾的创作［J］．东北师范大学科学集刊，1956（2）：73-112.

⑤ 思基．生活：作家的母亲［M］//赵杰，王金屏．璀璨的星辰．沈阳：辽宁人民出版社，1995：182.

⑥ 张泗洋．论“阿Q正传”［M］//张梦阳．阿Q一百年：鲁迅文学的世界性精神探微．北京：商务印书馆，2022：49-50.

⑦ 张泗洋，思基，张芬．论鲁迅的创作［M］．长春：吉林人民出版社，1956.

而且注重高尚品德的养成教育，读者能从他们的成长过程中感受到革命作家光辉灿烂的人格魅力，并进而从之。其次，按照不同文类或不同时期介绍作家的创作成就。分别介绍了鲁迅的《呐喊》《彷徨》《阿Q正传》，散文诗《野草》，杂文，《故事新编》；郭沫若的诗和戏剧；按照"左联时期"、"抗战后"、中华人民共和国成立后三个时期介绍茅盾的生活和小说创作；按照"文学创作"和"文艺批评论文和翻译"两类介绍瞿秋白。这样，作家的人生、创作道路及其文学成就得以全部论述，他们的文学史地位得以充分证明、确立。

对作家人生道路和创作经历的全面详尽的介绍，现在看来会觉得不以为然，但在当时是历史资料整理及细节考证的学术研究。例如，何善周在1955年版校内印刷之后，就曾于1956年4月寄送一本给郭沫若，呈请他批评指正。郭沫若事务繁忙，但很快回信对这次文学史编写予以支持，对关于他的生平和创作的书写予以部分更正，特别是厘清了他在北伐攻克武昌后任政治部副主任这一历史事实，为后来的文学史研究廓清了历史的烟尘。① 这充分说明该部文学史在编写时的严谨态度，他们为一些具体的历史资料的考证付出了心血。

更重要的是，通过作家创作经历和人生道路的介绍，可以更充分地总结一个作家的创作规律及创作特点。例如，在对丁玲的专章介绍中，编者通过对丁玲的《梦珂》《莎菲女士的日记》《水》《我在霞村的时候》《太阳照在桑干河上》这五部关键作品的分析，具体展现了她创作思想及创作道路的发展过程，并结合丁玲的人生道路来分析不同典型人物形象，从而揭示了丁玲的创作规律及艺术发展。在孙中田等人的文学史中，这样的作家论分析是普遍存在的，显示了他们对重要作家研究的学术水平。

对于作品思想内容和人物形象的分析是"十七年"的主要文学分析方法，孙中田等人编写的文学史著也不例外。例如，他们分析了鲁迅小说中对革新者的歌颂，所描绘的劳动人民、知识分子、统治阶级、妇女形象，对辛亥革命不彻底性的思考；也分析了散文诗《野草》中作家的内心矛盾、战斗精神、严肃批判和对美与自由的向往等；同时对其杂文和《故事新编》中的主题及内容都进行了深入研讨。与众不同的是，他们对鲁迅的每一种文类的艺术特点都进行了细细品读。例如，对《野草》的艺术特点进行了总结。对郭沫若的《女神》、茅盾的《子夜》、瞿秋白杂文的艺术特征等都进行了非常细致的分析。

该著非常重视语言特点的赏鉴。其一是重视文学语言本身的特点。撰写者

---

① 李二年．东北师范大学中文系中国现代文学教研室与郭沫若往来书信小考［J］．新文学史料，2013（4）：148-154.

推崇鲁迅是“语言的巨匠，是中国第一个用白话写小说的人。他用他的小说，彻底地推翻了陈旧的文言文，创立了以口语为基础的中国现代的文学语言。鲁迅语言带有民族风格，简洁、精炼、优美、意味深长和富于表现力；一般的短句较多，很少用冗长的句子。而这短而有力的句子，却表现了深广复杂的内容”①。这是从中国小说语言史的角度来评价鲁迅的语言风格及历史意义，并概括了其独有的语言风格。撰写者也高度评价了瞿秋白的杂文语言具有鲜明性和群众性，但也有隐晦曲折、双关的文字，是“异常丰富和具有表现力的”②。这是从语言的特质及修辞功能的角度进行描述。其二是从作家思维方式、内在心境、情绪的角度来分析作品的语言特点。撰写者称颂《女神》“配合着它的包罗万象的和大量的奇特的题材，它的语言也是丰富多彩的。诗人广泛地运用了科学、哲学、历史、神话的知识及其术语、典故，因以丰富而且扩大了诗的语汇。它的语言具有华美的彩色，充满了强烈的对照，丰富的敏锐的比喻，和新颖、生动的形容语。诗人用来表现他的强烈的情感和锐敏的深刻的感受，同时也表现了诗人的善于驰骋无羁的联想和他的雄伟辽阔的心境”③。这就将词汇、修辞手法的运用和题材内容以及诗人的感受、心境进行了紧密联系，以探讨它们之间的关系。其三，是从作家的创作技巧、人物塑造以及叙述人的角度讨论其语言运用。作者不仅称赞茅盾《子夜》中人物的语言“比较准确地揭示了自己的生活经验，教养和精神状态”，而且指出“作品中叙述人的语言的风格也是鲜明的。讲故事的人，用多样的面貌融在故事里面。有时他把叙述和某一人物的体验融合起来，自然地从人物的行动中揭示他的心理状态；有时，他以熟知人物过去和未来的身份，对描写的人物和现象，便加以评断性的解释，把人物和读者中间，架起一道桥梁”④。编者在1956年版下册中认为赵树理在《李有才板话》中，“叙述人的语言和人物的对话在小说中是和谐一致的”⑤；而丁玲的《太阳照在桑干河上》中占了很大分量的叙述人语言，“加强了叙述性格的抒情性，同时还赋予了语言文字以基本的色彩”⑥。文学史撰写者用叙述学理论来对作家的语言运用进行分类及分析，这在当时无疑是非常“先进”的研究方法。

对文学作品艺术特点的重视，强调其艺术形式的运用和语言技巧的分析，

---

① 孙中田，等．中国现代文学史（上）[M]．长春：吉林人民出版社，1957：197.
② 孙中田，等．中国现代文学史（上）[M]．长春：吉林人民出版社，1957：415.
③ 孙中田，等．中国现代文学史（上）[M]．长春：吉林人民出版社，1957：311.
④ 孙中田，等．中国现代文学史（上）[M]．长春：吉林人民出版社，1957：373-374.
⑤ 孙中田，等．中国现代文学（下）[Z]．长春：东北师范大学函授教育处，1956：113.
⑥ 孙中田，等．中国现代文学（下）[Z]．长春：东北师范大学函授教育处，1956：153.

在20世纪50年代初期，多被认为是形式主义的批评方法，王瑶的《史稿》所受批评就在于此。但是孙中田等人撰写的《中国现代文学史》则对此非常注意，并将艺术特点、语言技巧和主题内容同时并重，紧密结合，反映了该文学史对文学艺术性的重视，这应是“双百”方针所带来的重要表现。

“如果说在文学史的讲述当中，选择什么样的作品——视其代表性与示范性——为例，是由特定的文学经典观念决定的，那么，对这些作品的诠释，往往可以说是对一种文学经典观念的更加明确具体的表达。”① 孙中田等人专章论述的六位作家的确是社会主义现实主义文学的经典作家，对他们作品的解读也是从社会主义现实主义角度来进行分析评价的，这都是对社会主义现实主义文学观念的维护和阐发。在绪论中，文学史就指出中国现代文学分为两个阶段，第一个阶段是新民主主义革命阶段，这时的现代文学思想实质虽然是新民主主义性质，但也必然具有社会主义的因素，是沿着社会主义现实主义方向前进的革命文学；第二个阶段的文学运动则是被我国社会主义建设和社会主义改造的总路线所规定的，具有社会主义的性质。② 所以在选择这六位作家时，就是将他们视为社会主义现实主义文学的典范，在分析他们的作品时，就考虑到他们形成社会主义现实主义文学风格的过程与发展。例如，文学史认为鲁迅在书写《呐喊》与《彷徨》时，基本上是一个革命民主主义者，而不是共产主义者，他的作品还不是社会主义现实主义的作品，但带有社会主义现实主义的因素。③ 但是鲁迅后期的杂文以及《故事新编》中的一些作品，就有着人民性的高度发展，明确地体现了党性原则，为了党的革命事业的发展而展开自己的斗争，就属于社会主义现实主义的作品了。④ 同样，文学史著也分析了郭沫若、茅盾、瞿秋白作品中社会主义现实主义文学的形成过程。在1956年版的下册中，则直接以小节分析赵树理在1949年后创作的《三里湾》中“创造了一系列的各具有鲜明个性的社会主义新的形象”⑤；而丁玲的《太阳照在桑干河》“标志着社会主义现实主义文学创作的新成就”⑥。我们可以说，这部文学史某种程度上书写的是社会主义现实主义文学的形成史和经典作家专论。

---

① 戴燕．文学史的权力［M］．北京：北京大学出版社，2002：140.
② 孙中田，等．中国现代文学史（上）［M］．长春：吉林人民出版社，1957：2-3.
③ 孙中田，等．中国现代文学史（上）［M］．长春：吉林人民出版社，1957：191.
④ 孙中田，等．中国现代文学史（上）［M］．长春：吉林人民出版社，1957：240.
⑤ 孙中田，等．中国现代文学（下）［Z］．长春：东北师范大学函授教育处，1956：116.
⑥ 孙中田，等．中国现代文学（下）［Z］．长春：东北师范大学函授教育处，1956：151.

三、渐近完善的修改

孙中田等人编写的这部《中国现代文学史》（上）有1955年、1956年、1957年三个不同的版本，每一个后来的版本都对之前的版本进行了修改，下面我们来分析一下每次修改的主要内容。

首先，是排版格式、打印误谬以及历史细节、内容顺序的调动，这些改动并不影响文学史著的主体框架。三个版本之中，1955年版是竖排版，后面两个版本都是横排版，这是当时印刷格式的变动。1955年版曾附有“正误表”，达22页之多。1956年版没有出现如此之多的错误，不再附有“正误表”。对一些历史细节也有着改动，例如，关于郭沫若在北伐过程中的履历，第二、三个版本和第一个版本就不一样，这是经过郭沫若自己亲自审阅更正的。① 再就是对一些语句、段落的调整，例如，1955年版和1956年版中，第一章在论述五四和第一次国内革命战争时期的文学时，有两个小节分别论述“五四文学统一战线及其分化”和“为文学革命的胜利发展而斗争”，但是在1957年版中，这两个小节合并为“为文学革命的胜利发展而斗争”一个小节，论述的主要内容并没有发生多大变化。又如，在前两个版本中，在论述“二次国内革命战争时期的文学”时，在“文学中的阶级斗争”的标题之后，叙述了“对新月派的斗争”“对‘民族主义文学’的斗争”“对‘第三种人’和‘自由人’的斗争”，也叙述了“文艺大众化问题的讨论及其意义”。这样的顺序编排，给读者的感觉是后者也属于“文学中的阶级斗争”。在1957年版中，这一小节的书写被编排在“文学中的阶级斗争”之前了，“阶级斗争”就只对新月派、民族主义文学、“第三种人”和“自由人”了。这一类型的修改、调整基本上是文章写作中的正常变动，属于精益求精、日臻完善，使得文学史著的框架结构更加富有逻辑性，这从三个版本的目录比较也可以看出。这种修改占据整个修改的大部分，对此，我们不再讨论。

但是有一种调整，我们应该注意。那就是在1955年版和1956年版中，对四位作家的书写顺序是鲁迅、郭沫若、瞿秋白、茅盾，这意味着瞿秋白和茅盾分别占据中国现代文学史的第三、四把交椅，瞿秋白排在了茅盾之前。而在正式出版的1957年版中，四位作家的排位顺序是鲁迅、郭沫若、茅盾、瞿秋白，茅盾和瞿秋白的位次发生了互换，这说明茅盾文学大家的地位进一步受到文学史

① 李二年．东北师范大学中文系中国现代文学教研室与郭沫若往来书信小考［J］．新文学史料，2013（4）：148-154.

家的认可，瞿秋白的文学史地位有所下降。

在前两个版本中的第一章论述叶绍钧在五四和第一次国内革命战争时期的小说时，没有单列小标题；但在1957年版中，则以“叶绍钧的小说”为小标题，予以凸显，以示为一小节，这样叶绍钧在第一章两个时期的概述中论述了两次，表明其文学史地位的提升。

其次，现实生活中的历史人物总有世俗凡庸的一面，多伟大的文学家也经不住文学史家的如实书写，所以文学史家的修改或删除有时候是为了美化和完善作家或作品的文学史形象。孙中田等人对文学史著的修改，就存在上述现象。1955年版在介绍郭沫若1949年后的诗歌创作时，主要以诗歌集《新华颂》① 中的诗歌为主。例如，指出他的诗歌屡次出现斯大林的形象，并抄录了《斯大林万岁》的诗句；也曾指出郭沫若《火烧纸老虎》的长诗中穿插了著名的歌词《志愿军进行曲》，这首歌响遍了朝鲜前线和中朝两国广大的后方；② 还称赞了郭沫若在《学文化》和《防治棉蚜歌》等诗篇里，“亲切地宣传着党和国家的政策和措施”“以他的诗来参加最实际的社会主义建设事业了”③。但是在1956年版和1957年版中，关于郭沫若上述诗歌的讨论都一概被删除，不再提及。

这种删除有利于郭沫若及其文学史形象。赫鲁晓夫在1956年苏共二十大上，作了反斯大林的秘密报告，在国际上掀起了惊天巨浪。如何评价斯大林是当时国内政治界和学术界的敏感话题，此时再在文学史中介绍郭沫若对斯大林的歌颂，肯定不合时宜。至于说《火烧纸老虎》中还穿插了“著名的歌词《志愿军进行曲》”则是不妥的，因为这首歌词并不是郭沫若所写。而《学文化》和《防治棉蚜歌》等诗歌的艺术性，无论是郭沫若还是何善周应该都是有所怀疑的。郭沫若在给陈明远的信件中就承认这些诗歌“根本就算不上是什么文艺作品”④！正因如此，对这些诗作予以删除、不再讨论，就可以得到解释了。

郭沫若对何善周寄给他的1955年版予以审阅，在回信中他说自己删改了“有些不确实和夸大的地方”，并寄回了自己的修改本。李二年将不同版本中对

---

① 郭沫若．新华颂［M］．北京：人民文学出版社，1953.

② 孙中田，等．中国现代文学（上）［Z］．长春：东北师范大学教务处教材科，1955：318-320.

③ 孙中田，等．中国现代文学（上）［Z］．长春：东北师范大学教务处教材科，1955：328.

④ 郭沫若1956年5月30日致陈明远信［M］//黄淳浩．郭沫若书信集（下）．北京：中国社会科学出版社，1992：79；关于郭沫若与陈明远的信有真伪之争//王戎笙．伪造篡改，铁证如山：再评陈明远篡改和伪造敦沫若书信［J］．郭沫若学刊，1997（1）：85-89.

郭沫若的生平介绍和《女神》的分析进行比较，认为不同版本中对《女神》的“作品解析、思想艺术性评价等方面的修改应该是极少或者没有的”，只存在对他北伐后的职务变动的修改。① 是郭沫若还是孙中田等人删改了上述内容，目前，我们还不知道，因为经郭沫若修改的那本文学史著已很难找到。

1955 年版对殷夫的诗歌《妹妹的蛋儿》进行了评析，认为这首诗表明了作者“不能为黑暗所屈服”“要献身于光明的战争”的感受和决心。但在后来的两个版本中予以删除。这首诗本是殷夫向他的小姊素韵和送他上船的儿时同乡姑娘小林表示感谢的诗歌，殷夫表达了他“在革命中并没有忘记关怀他的亲人，他的诗中革命的喊叫声愈发强烈，恰好说明他内心感到亲情的支持也是愈发真挚”②。1955 年版对这首诗侧重于革命性的解读，本身就有误差。因为这样的情感表达，在 20 世纪 50 年代会被认为是小资产阶级情调，不利于英雄形象的塑造，所以索性删除。

最后，对作品分析的增加应该是每次修改的重心与趋向。1956 年版在 1955 年版的基础上增加了以下内容：对叶绍钧的《潘先生在难中》的细节分析；③ 对茅盾《腐蚀》中环境描写及语言特点的艺术分析；④ 对《女神》艺术特征的分析⑤。1957 年版在 1956 年版的基础上增加了更多的作品分析：对闻一多《忆菊》的分析；⑥ 对艾青《大堰河：我的保姆》起首和结尾的句法结构分析；⑦ 讨论“《雷雨》和《日出》的艺术特点”的小节；⑧ 对茅盾《虹》中梅女士的分析⑨。其中，对鲁迅作品的分析增加最多：对《狂人日记》的艺术分析；⑩ 对《故乡》中少年闰土海边守瓜的回忆及再见面隔膜表现的分析；⑪《祝福》中祥

---

① 李二年．东北师范大学中文系中国现代文学教研室与郭沫若往来书信小考［J］．新文学史料，2013（4）：148-154.

② 吴迪，白平．殷夫创作心理探析［J］．山西大同大学学报（社会科学版），2011，25（2）：66-70.

③ 孙中田，等．中国现代文学（上）［Z］．长春：东北师范大学教务处教材科，1956：26.

④ 孙中田，等．中国现代文学（上）［Z］．长春：东北师范大学教务处教材科，1956：321-322.

⑤ 孙中田，等．中国现代文学（上）［Z］．长春：东北师范大学教务处教材科，1956：224-229.

⑥ 孙中田，等．中国现代文学史（上）［M］．长春：吉林人民出版社，1957：57.

⑦ 孙中田，等．中国现代文学史（上）［M］．长春：吉林人民出版社，1957：109.

⑧ 孙中田，等．中国现代文学史（上）［M］．长春：吉林人民出版社，1957：137-142.

⑨ 孙中田，等．中国现代文学史（上）［M］．长春：吉林人民出版社，1957：352-353.

⑩ 孙中田，等．中国现代文学史（上）［M］．长春：吉林人民出版社，1957：165-166.

⑪ 孙中田，等．中国现代文学史（上）［M］．长春：吉林人民出版社，1957：172-173.

林嫂形象的分析与《肥皂》中两个伪善者的分析；① 《阿Q正传》中阿Q对革命认识的糊涂性分析②及假洋鬼子的阶级性分析③；《理水》中塑造大禹形象方式的分析；④ 对《故事新编》创作特征及其历史意义的分析等⑤。对作家作品分析的逐渐增加，特别是1957年版在前两次基础上的大量增加，表明文学史撰写者越来越重视文学史的文学性和艺术性分析，文学史书写越来越成为文学自身的历史，真正实现了他们在《说明》中所自我要求的，“把重点放在一些重要作家和重要作品的评述上”⑥ 了。

前两个版本中都没有绪论，只有在1957年版正式出版时才有。绪论重在对中国现代文学的性质、历史分期、艺术方法、多民族性和世界意义等进行理论上的整体介绍，孙中田等人迟迟不将它结稿并予以印刷，或许是因为政治性要求非常之强，撰写高度和难度非常之大，所以他们不得不谨慎从事。

通过对孙中田等人编写的《中国现代文学史》（上）不同版本的比较，我们发现，总的修改目的和趋势是力求行文更加精准，框架结构更富有逻辑，作家作品分析更有文学性和艺术性，这是文学史编写文学性逐渐增强的修改过程。这与“双百”方针得以积极贯彻，教学大纲的制定是分不开的。按照这一趋势发展下去，唯物论新文学史将迎来成熟与繁荣，但遗憾的是，不久以后的政治运动打断了这一进程。

本章小结

为响应、配合总路线的全面贯彻实施，在1953年9月召开的第二次文代会上，社会主义现实主义成了新的创作方法被提倡，撰写社会主义现实主义的中国现代文学史就成了新的方向。本时期正式公开出版的丁易、张毕来、刘绶松等人的新文学史著推动了唯物论新文学史的发展，而两类新文学史教学大纲的编写更是为其走向成熟奠定了基础。本时期唯物论新文学史教学及书写呈现出以下特点。

---

① 孙中田，等．中国现代文学史（上）［M］．长春：吉林人民出版社，1957：184-187.
② 孙中田，等．中国现代文学史（上）［M］．长春：吉林人民出版社，1957：200.
③ 孙中田，等．中国现代文学史（上）［M］．长春：吉林人民出版社，1957：209-210.
④ 孙中田，等．中国现代文学史（上）［M］．长春：吉林人民出版社，1957：260-261.
⑤ 孙中田，等．中国现代文学史（上）［M］．长春：吉林人民出版社，1957：264-267.
⑥ 孙中田，等．中国现代文学史（上）［M］．长春：吉林人民出版社，1957：说明1.

1. 学科共同体初步建立。在上一时期，“中国新文学史”已经被确定为一门重要的学科，所以本时期的新文学史教学在全国推广开来。中国新文学史研究及写作由最初的几位先导者，而扩充为一支颇成规模的学术队伍。这些学者中最有代表性的除来自北京大学的王瑶与吴组缃、南开大学的李何林、武汉大学的刘绶松、复旦大学的余上沅、南京大学的陈瘦竹、中山大学的楼栖、四川大学的华忱之、山东大学的刘泮溪与高兰外，还有北京师范大学的丁易、复旦大学的贾植芳、华东师范大学的钱谷融、东北师范大学的蒋锡金、山东大学的孙昌熙、山东师范大学的田仲济、南京大学的陈白尘、扬州师范学院的吴奔星、福建师范大学的俞元桂、中山大学的饶鸿竞、西北大学的单演义，① 以及我们这一章所讨论的文学史著编写者薛绥之、孙中田等人。他们共同组建了中国新文学史教学与科研的学术共同体，可以将他们分为两类：一类是曾经的现代文学参与者；一类是从事新文学教学与研究的学者。由于当时丁易已经逝世，蔡仪、张毕来已经转行，此时中国新文学研究这一学术共同体中以王瑶、李何林、刘绶松最为耀眼。他们三人在中国现代文学史书写中的“专业成就”为他们带来了“专业认可”，正所谓“历史创造了历史学家，正如历史学家创造了历史”②。

2. 本时期新文学史书写有了两个文学史概念：“中国新文学史”和“中国现代文学史”。前者有以王瑶、薛绥之、刘绶松、张毕来的文学史著为代表；后者有以丁易、李何林、任访秋等人的文学史著为代表，其中丁易的《中国现代文学史略》是1949年后最先冠以“现代”之名的文学史。③ 马泰·卡林内斯库（Matei Calinescu）曾指出，“现代”始于文艺复兴早期西方历史三个时代的划分，它“被想象为从黑暗中脱身而出的时代，一个觉醒与‘复兴’、预示着光明未来的时代”④。“中国现代文学史”的命名也与一个新的时代开启有着必然联系。黄修己等人更是直接指出，这受到苏联学术界的影响较大，苏联学术界的“近代”是指俄国革命党人反对沙皇的资产阶级民主革命史，“现代”指俄国十月革命以来的无产阶级革命史。“丁易命名新文学为‘现代文学’，其‘现代’

---

① 王富仁．单演义先生与中国现代文学研究学科的建立与发展［J］．西北大学学报（哲学社会科学版），2010，40（1）：34-41.

② 利科．历史与真理［M］．姜志辉，译．上海：上海译文出版社，2004：14.

③ 中国现代文学史的编写问题［M］//唐弢．唐弢文集：第9卷．北京：社会科学文献出版社，1995：374.

④ 卡林内斯库．现代性的五副面孔［M］．顾爱彬，李瑞华，译．北京：商务印书馆，2002：25-26.

的意义显然与之相似，动机则完全相同：突出无产阶级革命的历史意义。”① 此后“中国现代文学史”这一概念成为惯用，而“中国新文学史”少有提及。

3. 唯物论新文学史的经典作家作品开始选剔和评价。思想改造运动使得文学史著在分析作家作品时强调思想改造的重要性，并以此评判作家思想变化以及作品中的人物塑造；对胡风集团的批判直接导致了这一批作家及其作品从文学史著中消失，而且一些文学论争中的“错误”也改由他们承担；在中国作家协会理事会第二次会议（扩大）上，鲁迅、郭沫若、茅盾、老舍、巴金、曹禺、赵树理被确定为语言大师，他们被官方确认为新文学的经典作家；在两类教学大纲的编写中不同作家所占章节的不同，体现了他们所处于新文学经典大厦的不同层级。中国新文学史终于有了全新的经典作家作品的建构，社会主义现实主义创作方法成为阐释、评价这些作家作品的原则，可以说，本时期建立了社会主义现实主义的经典作家作品体系和评价标准。

4. 本时期相关的文学史著批评、讨论活动进一步规范了唯物论新文学史研究及编写的方法和原则，并导致了文学史书写者思想与行动上的改变。不仅1949年前胡适的《五十年来中国之文学》和刘雪苇的《论文学的工农兵方向》受到批判，而且针对王瑶的《史稿》也有非常严厉的批评文章，他只能认真地听取批评，并进行“深刻”“检讨”。在他后续的新文学史写作中，还有着实际的改正行动，述史更加规范。这只是公开发表、出版的新文学史写作的批评与“改正”，暗地里对自己和他人的新文学史书写进行修改的情形则比较普遍。例如，丁易的《中国新文学史略》受到方白等人的修订；张毕来对自己《中国现代文学史》讲义的修改；李何林、任访秋、刘绶松、孙中田等人的新文学史讲义都是在校内印刷本基础上的进一步修改。这些修改除文字修辞方面的精益求精之外，更多是力求更契合时代政治的要求，这说明“尽管新文学史编写已经成了一种国家意识形态工程，但仍然是个人著作的形式。同时，也显示了这种形式的某种不适应性，因此它也是一个个人著作对国家意识形态规范的不断适应过程，同时也说明个人著作最终被集体编写取代具有某种必然性”②。而“双百”方针时一些批评以及教学大纲制定时的争鸣，也促使了大家对以往文学史编写的反思，推动了审美性和历史性的回归，但时间短暂，只给我们留下了两类教学大纲及很少的文学史著。但在教学大纲的制定过程中经过大家充分争鸣、

① 黄修己，刘卫国．中国现代文学研究史（下册）［M］．广州：广东人民出版社，2008：540.

② 旷新年．文学史视阈的转换［M］．北京：北京大学出版社，2013：144.

探讨得出了部分共识：例如，在编写原则上应坚持辩证唯物主义与历史唯物主义思想，具体情况具体分析；在体例上确立了以时段为序，以作家论为主的编写方式，由此奠定了中国新文学史写作的主要模式。此后以文体论为主的编写方式逐渐不占中国现代文学史编写主流，作家论的文学史体例成为一种优势传统。而且有了综合类大学和师范类大学两种不同的作家论体例。

5. 中国新文学史的编写在本时期不仅受到了教育部的注意，而且得到了中国作协乃至中宣部的重视。周扬等文艺官员对此时个人编写的中国新文学史著多不满意，开始有意集中全国的教育、学术力量进行集体编写。集体编写的主张在大纲初稿的讨论时就被提出，此时段方开始实施，首期结果是综合大学大纲和师范类大纲的编写，还有孙中田等人集体编写的《中国现代文学史》。集体编写中国新文学史一方面可以集中全体成员的智慧，以书写出高质量的唯物论新文学史著，这是当时中国新文学学科还不够成熟时的不得已举措；另一方面集体编写会导致文学史个性的丧失，时代政治的渗入。

6. “作为国家知识的文学史，要求研究者必须将个人话语与国家话语、个人阐释的权力及合法性与国家知识的科学性、客观性规约统一起来。”① 本时期的唯物论新文学史著在政治话语的影响下逐渐规范，但文学史撰写者的个人创新仍然随处可见，他们尽力在政治话语、学术研究与个人趣味三者之间取得平衡。例如，薛绥之注重作家研究资料的收集，丁易对文学史体例的探索，他们两人坚持杂文的重要性和艺术性；张毕来对第一个十年社会主义现实主义发生史的书写；薛绥之、任访秋、李何林、孙中田等对新文学整体化写作的探索；此外还有茅盾提出了“汉语现代文学史”的概念与倡议等，现在来看都是唯物论新文学史写作的发展与探索。

7. 本时期一些中国现代文学史研究的学者尽管受到一些压力，但也获得了巨大的政治和经济利益。1954 年，王瑶就担任了《文艺报》编委、全国政协委员。② 正如洪子诚所分析的，在“十七年”“获得上述职务、称号的，当然也伴随一系列的物质上、社会待遇上、象征资本上的收益”，但“对一些人来说，最终可能使他们牺牲了思想艺术上的创造力和精神上的独立性，以换得对这种社会地位的保持”③。对王瑶来说，他在 1956 年的新诗史写作就应是做出了这种“牺牲”，并换来了“这种社会地位的保持”。

---

① 李晓峰，刘大先．中华多民族文学史观及相关问题研究［M］．北京：中国社会科学出版社，2012：96.

② 杜琇．王瑶年谱［J］．新文学史料，1990（3）：30-45.

③ 洪子诚．中国当代文学概说［M］．北京：北京大学出版社，2010：23.

无论此时的中国新文学史著中所论"'审美价值'是何物，它绝对能转化为一大叠现钞"①。笔者曾在孔夫子旧书网发现王瑶的《中国诗歌发展讲话》的稿费收据，文稿字数有9万字，定额印数1万册，千字稿费15元，共印26000册，稿费共有4050元。《初稿》也为刘绶松带来了巨大收益。据说"基本稿酬和印数稿酬多达二万数千元，合当时三级教授10年以上的工资。刘先生正在北京参加全国高校文科教材编写工作，去住地附近的人民银行中关村分行取款，银行现款不足，还去别的行调来方付清"②。

两位文学史家在中国新文学史编写中所获稿费在当时都是巨额款项。当时条件较好的家庭，人均月收入仅为20~30元，中等家庭为10~20元，最低家庭10元以下，"职工的平均月薪只有40元左右"③。1955年河南安阳地区农民的人均年收入为49.53元。④ 可见，王瑶单《中国诗歌发展讲话》的稿费就十倍于一个职工的年收入，更不要说字数更多，印刷量更多的《史稿》。叶兆言认为"历史地看，虽然有五七年的反右派，虽然有'文化大革命'，中国知识阶层的生活水准，大大高于人民群众，是一个不争的事实"⑤。此言没有虚夸。

8. 上一时期唯物论新文学史写作将五条线索予以较好运用，而没有出现整合完美的单部文学史著。本时期开始将这五条线索予以较圆熟的实施：无产阶级思想领导的书写基本贯穿了每一时期。统一战线中各阶级代表及转换得以实例化，虽然"划分的标准和方法越来越简单化"⑥，但不同作家作品被划为不同阶级代表，统一战线的叙事不再是大而化之的空泛议论。同样，两条文艺路线的斗争也得以通过作家作品的列举与分析得以具体化，不再如上一时期那样只是政治化解读。大众化（为工农兵）方向的叙事也取得成果，开始将第二个十年中一些革命作家、烈士、工农兵文学创作的实绩书写进文学史中，使得这一叙事线索更加丰满；但第一个十年的此类创作在本时期没有新发现，大家只能书写李大钊和早期共产党人的革命文学理论的历史作用，以强调他们为后来的毛泽东《讲话》进行了铺垫。成果最大的应是社会主义现实主义文学这一叙事

① 威廉斯．文学制度［M］．李佳畅，穆雷，译．南京：南京大学出版社，2014：102.

② 易竹贤．话说中文系的"五老八中"［M］//易竹贤．学海涉闻．武汉：湖北人民出版社，2004：379.

③ 陈明远．知识分子与人民币时代［M］．上海：文汇出版社，2006：101.

④ 谭震林，等．关于我国农民收入情况和生活水平的初步研究［N］．人民日报，1957-05-05（3）．

⑤ 叶兆言．俞平伯［J］．人民之声，2004（1）：49.

⑥ 黄修己，刘卫国．中国现代文学研究史（下）［M］．广州：广东人民出版社，2008：542.

线索，因为相比其他叙事线索，这一线索具有最大的包容力，可以统帅其他四条叙事线索演绎社会主义现实主义文学发生、发展史，并通过这一“主叙事将单个故事编织在一起，产生一个一以贯之的主题，或者使众多不同的故事呈现出一个整体的寓意”①，直接纳入或强化现有的意识形态。而且因为社会主义现实主义“是从‘苏联老大哥’那边传入的正统的理论模式，政治上又是代表‘先进’的，所以，用来建构文学史也就显得前卫、明快、受欢迎”，它取代之前的新现实主义文学的概念，是理所当然的革命理论与方法。②

9. 社会主义现实主义的发生、发展成为本时期中国新文学史书写的叙事主线，这首先带来新文学史分期的变化。或许对具体的时间起源点有着执着追求，前一阶段的文学史写作者多争论新民主主义文学史是以1917年还是1919年为开始，此一阶段社会主义现实主义文学究竟从何时开始也困扰了文学史撰写者：李何林提出1918年是它开始的源头，任访秋则暗示只有在1925年“五卅”之后，它在文学上才有真正的表现。其他文学史撰写者则绕开这一难题，大而化之地将五四时期都视为社会主义现实主义文学的萌芽时期。大家都公认的是1942年毛泽东《讲话》之后社会主义现实主义文学得以成熟，1949年后更是迅猛发展。可见，每一次述史变化都必须对五四时期的文学运动进行充分诠释，每位文学史撰写者都必须用新的原则来回答它。因为赵家璧所编《中国新文学大系》中的各“导论”已对五四文学进行了充分历史化，主要的方法路径是以进化论、启蒙论为中心，而唯物论新文学史对它重新组合，就必须予以适当变动，以适合新的叙事线索。

社会主义现实主义的叙事主线为中国新文学史的整体化编写提供了契机。此时一些文学史以1942年毛泽东《讲话》为界将中国新文学分为两段，于是1942年至“当代”的文学被整体化编写在一起。薛绥之、李何林、任访秋、孙中田等人编写的中国新文学史，以及师范类大纲就是如此安排，这应是最早的新文学史整体化编写。由此观之，20世纪80年代陈思和提出的“新文学整体观”③，在此段时间就已有之。所以我们从文学史写作的角度来看，陈思和的“新文学整体观”更多是一种“新的美学原则的崛起”，而不是一种新的文学史分期。

---

① 李怀印．重构近代中国：中国历史写作中的想象与真实［M］．岁有生，王传奇，译．北京：中华书局，2013：10.

② 温儒敏，李宪瑜，贺桂梅，等．中国现当代文学学科概要［M］．北京：北京大学出版社，2005：98.

③ 陈思和．中国新文学整体观［M］．上海：上海文艺出版社，1987.

以社会主义现实主义创作方法进行新文学史构建，相比之前的新民主主义文学史建构有几大不同。一、按照毛泽东的《新民主主义论》的观点，中国的革命分为旧民主主义革命、新民主主义革命和社会主义革命三步走，中国现代文学正是新民主主义革命时期的文学。如果在提倡社会主义现实主义的社会主义改造时期继续用新民主主义文学观来构建新民主主义革命时期的文学史，在历史逻辑上能得到自洽性论证，也有回到历史场景中去构筑文学史的历史视野和思维方式。但是文学史书写者并未如此，而是用当时所提倡的社会主义现实主义作为现代文学史建构的主要线索。这一原则虽然在现代文学之时就曾被提倡，但真正在全国获得普遍推广是始自第二次文代会，配合的正是当时的“一化三改”的总路线，这就沾染了用“当下”文学观念去总结过去文学史的“弊病”，无形中影响了文学史的历史性。二、建构社会主义现实主义文学史重在创作方法的历史线索的梳理，这缩小了文学史包含的范围。特别是社会主义现实主义如何在五四时期的作家作品中萌芽，就让较多的文学史撰写者感到惶惑，李何林等人就不得不在具体作家作品中寻找社会主义现实主义的“成分”。三、按照社会主义现实主义的标准，中国新文学史的作家作品的经典体系得以营建。但是所选择的经典作家作品或者在当时影响并不大，或者有些经典作家并不适合以社会主义现实主义去评判、阐释，但是为了照顾这一文学原则又不得不为之，这样也损伤了文学经典的历史性和文学性。

第三章

中国现代文学史书写的激进（1957.9—1961.9）

集体商讨制定的综合大学大纲和师范类大纲总结了此前中国现代文学史研究、书写的经验教训。它们将对唯物论新文学史研究、讲授及编纂起到非常重要的推动作用。而“双百”方针的实施，让20世纪50年代的学术界释放了充沛的学术热情和创造力，也为更优秀的唯物论新文学史著的出现提供了氛围与机遇。但遗憾的是之后的“反右”运动，让这种短暂开放的活跃氛围迅速冷却。在“大跃进”的“教育革命”浪潮中，唯物论新文学史书写走向了激进。

这种激进体现在编写方式上为师生结合的集体编写，学术继承上是对此前中国现代文学史著及相关学者进行批判，文学史著框架结构上则是唯物论新文学史书写五条原则、线索中新的侧重：更强调毛泽东文艺思想领导、文艺斗争、工农兵文学，而文艺运动中的统一战线与社会主义现实主义文学的经典作家作品受到了某种程度的削弱，唯物论新文学史被书写成无产阶级革命文学史。在第三次文代会上，社会主义文学成为当代文学的性质与发展方针，于是以社会主义文学的发生、发展为主线编写唯物论新文学史又成为新的动向。

第一节　时代推动无产阶级革命文学史的实验

1957年之后，政治运动及文艺政策发生了变化，为唯物论新文学史的编写带来了多样冲击，下面我们主要介绍对其影响最重要、最直接的两次文艺、政治运动。

一、《文艺战线上的一场大辩论》的发表

1957年9月16—17日，举行了批判丁玲、陈企霞的会议。陆定一和周扬分别发表了长篇讲话，周扬的讲话标题是《不同的世界观，不同的道路》。周扬的文稿经过多方协作，并在毛泽东的亲自指导、修改下，改定之后发表于《人民

日报》《文艺报》上，标题为《文艺战线上的一场大辩论》。该篇文章对中国现代文学史书写的影响主要表现在以下三方面。

首先，强化文艺战线上的两条路线斗争。该文指出“由于阶级立场和世界观的不同，我们和资产阶级右派分子在文艺思想上是存在着根本分歧的”，有两条路线存在：一条路线是“我们所主张的社会主义的文艺路线，也就是马克思主义的文艺路线”；另一条路线是“右派分子所主张的资产阶级的文艺路线，也就是反马克思主义的或修正主义的文艺路线”。[①] 此后的文学史除书写与资产阶级文艺路线的斗争外，还有了与“修正主义”斗争的历史线索。这将第一次文代会上所提出的两条文艺道路斗争的历史线索进行了强化，纷繁复杂的文艺运动都简化为非黑即白的两种，所有的作家作品、所有的文学道路都只能在“两者之中，必择其一。中间道路是没有的”。[②]

其次，该文认为这两条路线有着由来已久的斗争，以此确定了中国现代文学史的发展主线。它指出，“无产阶级的文艺路线曾经经历了它的幼稚的阶段，犯过教条主义、宗派主义及其它各种错误，到1942年毛泽东同志《在延安文艺座谈会上的讲话》发表后，才奠定了坚固的理论基础”，“1957年才在全国范围内举行一次最彻底的思想战线上和政治战线上的社会主义大革命，给资产阶级反动思想以致命的打击……替无产阶级文学艺术开辟了一条广泛发展的道路”。[③] 这样就叙说了无产阶级文艺路线的发展历史，其中1942年、1957年成为重要的时间节点。同时，该文梳理了无产阶级文艺路线与资产阶级文艺路线的斗争历史，将中国现代文学史上所有的文艺争鸣史简化为两条文艺路线的斗争史，特别是将左翼文学内部的争论也升级为“敌我”斗争，从而为之后的中国现代文学史建构提供了主体框架。这种述史线索将中国现当代文学联系起来进行阐述，不是以1949年为界将它分成两个不同时段，这说明该文所认为的两条路线的斗争一直存在，没有中途的间隔。

最后，该文对具体作家作品进行了点名批判，并重新解释了一些文学史实，直接规定了中国新文学史的主体内容和书写方式。该文对钟惦棐、李又然、丁玲、陈企霞、冯雪峰、陈涌、艾青、江丰、王实味、罗烽、萧军、胡风、唐因、唐挚、吴祖光、胡适、刘绍棠、秦兆阳等近20位作家及作品进行了点名批判，导致这些作家及他们的作品、理论观点将从中国新文学史著中消失，或者成为

---

① 周扬．文艺战线上的一场大辩论［N］．人民日报，1958-02-28（2-3）．

② 周扬．文艺战线上的一场大辩论［N］．人民日报，1958-02-28（2-3）．

③ 周扬．文艺战线上的一场大辩论［N］．人民日报，1958-02-28（2-3）．

被批判的对象。丁玲和冯雪峰更是受批判的关键人物，该文不仅批判了他们参与的文学活动，而且对他们的作品进行了扭曲化解读。《太阳照在桑干河上》因为获得过斯大林文学奖二等奖已被确认为社会主义现实主义文学的经典，“对当时文学界的‘主流力量’来说，困难之处在于，如何既保护这些作品的‘经典’地位，但在阐释上又符合（至少是不发生矛盾）当时确立的‘经典’尺度”①。所以该文没有对它进行批判，为其进入文学史提供了通道，但在书写时有意忽略了丁玲个人的才能。该文也批判了冯雪峰的人生经历和文集《乡风与市风》与《有进无退》中的论文，视其文艺观点与胡风文艺观点如出一辙。特别是批判了“两个口号”论争之时的冯雪峰，将论争发生的“错误”归结到他和胡风身上。

《文艺战线上的一场大辩论》对丁玲的历史问题和冯雪峰1936年在上海活动的批判，改写了部分文学史实，同时彻底打倒了周扬在文学、政治方面的主要“对手”，清洗了他曾有的历史“过错”，也巩固了他的现实权力。林默涵和邵荃麟等人对此是积极响应的，他们在这篇文章发表之后，就迅速决定由《文艺报》召开座谈会，“主要强调这篇文章是20世纪30年来两条道路斗争的总结基础，特别是20世纪30年代那一段的问题要加以阐明，以便作为现代文学史的参考”②。

1958年3月15日，在北京召开了有关“大辩论”的座谈会议。在会上，王瑶发言说，自己是教中国现代文学史的，“周扬同志的文章也给我的工作带来了实际上的指导意义”；令陈荒煤“感受很深的，是把左翼文艺运动以来的两个阶级、两条道路（资产阶级与无产阶级的文艺思想）的斗争，作了明晰的、令人信服的概括”；林默涵认为它“不但总结了去年文艺界那场震动心弦的反右派斗争的经过和结果，并且分析了这场斗争的历史的和阶级的根源，对长期以来我国左翼文艺运动中的分期和争论，也提供了一个澄清和总结的基础”；张光年认为周扬的文章“分析了左翼运动以来文学上两个阶级、两条道路的斗争”。③

邵荃麟是写好了发言稿去参加这次座谈会的。袁水拍对其稿子很看重，将

---

① 洪子诚．问题与方法：中国当代文学史研究讲稿［M］．北京：生活·读书·新知三联书店，2002：244.

② 洪子诚．材料和注释：1957年中国作协党组扩大会议［J］．文学评论，2012（6）：5-21.

③ 为文学艺术大跃进扫清道路：座谈周扬同志的文章《文艺战线上的一场大辩论》［J］．文艺报，1958（6）：2-19.

它作为专文发表在《人民日报》上。[1] 邵荃麟的发言批评了当时的一些中国现代文学史“没有明确地把左翼阵营中的思想斗争，看作两条道路的斗争，例如，关于两个口号的论争，关于民族形式的论争等，往往看作左翼内部的学术论争，这就不清楚了”[2]。从这一角度，他对周扬这篇文章对建构中国新文学史的意义进行了拓展，他要求中国现代文学史家在书写中国现代文学史著之时，将之前所书写的左翼文学内部的学术论争都转换成“敌我”的阶级斗争进行书写。他列举了不同时期这种路线斗争的作家代表及历史发展，并认为他们与左翼公开的“敌人”在“里应外合”，以达到“颠覆”无产阶级文艺路线的目的。因此，他认为“周扬同志的文章在这方面把脉络弄清楚了，对写文学史有很大帮助”。[3]

不久之后，刘绶松在季刊《文学研究》上发表了《关于左联时期的两次文艺论争》。文章按照周扬的文章和“座谈会”的精神，对“左联”时期的革命文学论争和“两个口号”的论争进行了新的考察和论述。随后，一些中国现代文学史著就按照他们的这一提示相继进行编写。而且《鲁迅全集》中《答徐懋庸并关于抗日统一战线问题》一文的注释也有了相应修改。新改的注释中，该文被视为体现了冯雪峰的错误观点遭到了否定，一定程度上开脱了鲁迅的责任。于是给鲁迅写信只是徐懋庸的个人行为，周扬、夏衍等人事前不知道，也无须承担任何责任。这样，徐懋庸、冯雪峰承担了引发“两个口号”论争的“罪名”。而在 1958 年出版的《鲁迅全集》中，关于“两个口号”论争的信件被全部删除。[4]

二、集体编写文学史热潮

1958 年 9 月，全国文化艺术教育工作会议做出决定，开始了教育领域的“拔白旗，插红旗”运动。这主要表现为两种行动。

第一，对学术权威进行一边倒的“学术批判”。

1958 年 9 月 19 日，中共中央、国务院颁布的《关于教育工作的指示》特意提出：“把教育工作神秘化，以为只有专家才能办教育，‘外行不能领导内行’

---

① 洪子诚．材料和注释：1957 年中国作协党组扩大会议［J］．文学评论，2012（6）：5-21.

② 邵荃麟．扫清道路，奋勇前进：《文艺战线上的一场大辩论》读后［Z］．人民日报，1958-03-24（7）．

③ 邵荃麟．扫清道路，奋勇前进：《文艺战线上的一场大辩论》读后［N］．人民日报，1958-03-24（7）．

④ 徐庆全．周扬与冯雪峰［M］．武汉：湖北人民出版社，2005：178-179.

‘党委不懂教育’‘群众不懂教育’‘学生不能批评先生’，那都是错误的。”① 这就为“专业的教育工作者同群众结合起来，采取从群众中来、到群众中去的群众路线的方法”② 提供了思想理论的支持，同时也为学生参加大批判，攻击学校的学术权威提供了政策上的指示。于是全国高校相继在文史哲、政治、财经、教育、新闻以及生物等学科领域内，开展了学术批判。

中国现代文学研究界的学者受到了大量批判。王瑶的《中国新文学史稿》再次成为受批判的对象，《文学研究》《文艺报》《诗刊》相继发表批判文章，还出版了相关批判文章的专辑。对王瑶的批判，也导致他此前担任的《文艺报》编委职衔，从1958年10月的第19期起被撤销。此外还有一些新文学史研究者，如任访秋、田仲济、薛绥之、华忱之、郝御风、单演义等，在此期间也因为他们的教学与研究受到指责。

第二，由学生集体编写教材、教学大纲和讲义。

1958年9月的《关于教育工作的指示》还提出，高等学校的教材，应该采取党委、教师、学生“三结合”的方法，经过大鸣大放大争大辩，认真予以修订。③ 这一规定为学生大编教材提供了有力后盾，特别是它提出的“三结合”编写教材、讲义的方式激发了众多高校参与的热情。

高等学校学生的编书活动很快进入高潮，文学史方面取得不少“成绩”。北京大学30多名学生用1个多月的时间，编写出长达78万字的《中国文学史》。南京大学学生编成了新中国成立10年来中国文学史教学大纲等。④ 吉林大学学生苦战10个昼夜，编写了12万字的古典文学史教学大纲。在此以后，“三结合”编写各科教材和教学参考书的工作走向了“繁荣”。

文学史的重新编写是“以社会的巨大转型和与此相应的社会需求为背景”⑤ 的。而《文艺战线上的一场大辩论》的发表与“大跃进”“教育革命”正提供了这一背景，中国现代文学史的编写也迎来了表面的“繁荣”，很多高校都采用了“三结合”的方式编写了自己的中国现代文学史教材。但除少数几部公开出版之外，大多数都只是校内印刷。我们将在之后就所搜集到的这类文学史著进行分析讨论。

---

① 关于教育工作的指示［N］. 人民日报，1958-09-20（1）.

② 关于教育工作的指示［N］. 人民日报，1958-09-20（1）.

③ 关于教育工作的指示［N］. 人民日报，1958-09-20（1）.

④ 南京大学中文系1958年毕业班全体同学编著. 解放十年中国文学教学大纲（初稿）［Z］. 南京大学，1958.

⑤ 坂井洋史. 忏悔与越界：中国现代文学史研究［M］. 上海：复旦大学出版社，2011：2.

第二节 综合大学中国文学史教学大纲的修改

综合大学大纲在审订和通过之后，在1957年出版。随之不久，就因为“反右”扩大化而“不合时宜”，所以不得不及时修改，以紧跟形势。“改变大纲都不可能不意味着颠覆经典，因为每一次对大纲的建构就是再次开始经典建构的过程。”① 现在，我们来对这次经典的再次建构进行考察。

首先，章节的调整。在第十一章“左联时期的其他作家”的第一节中，原来是丁玲、张天翼、叶紫三位作家共为一节，而修改之后是丁玲、张天翼、沙汀、艾芜、叶紫五人共为一节。之前对沙汀和艾芜的介绍是放在第十三章《抗战前期的创作》第二节中，二人合为一节，不仅介绍他们在“左联”时期的创作，也介绍他们在抗战前期的创作。现在这一调整，是将他们在“左联”时期的创作提前介绍，同时增加了相应的评述，后面二人再合节一起介绍他们在抗战前期的创作。这样的调整，从时间上是合理的，但从文学史篇幅及地位来看，丁玲、张天翼、叶紫的文学史地位有所下降，沙汀和艾芜的文学史地位上升了。同样采取了这种调整方式的还有夏衍。原来他在第十三章“抗战前期的创作”中与陈白尘共为第三节，在“左联”时期的创作一并在此节讲述。修改后则将这一时期的创作放置在第十一章“左联时期的其他作家”的第四节中，与田汉、洪深共为一节，并对其《赛金花》和《秋瑾传》进行新的论述。这样一来，夏衍的文学史地位比之前有所上升，而田汉、洪深相对下降。以上的这两处改动，应该说是名正言顺的，因为沙汀、艾芜、夏衍本身就是“左联”成员，他们在“左联”时期的创作应该被予以重视，以显示他们及这一派别的光辉成就。1949年后，沙汀创作了《卢家秀》②、艾芜创作了《百炼成钢》③ 等一批符合社会主义现实主义创作方法的代表性作品；夏衍在批判冯雪峰运动中的“爆炸性发言”④，在中华人民共和国电影事业中贡献巨大；⑤ 以及他们在现实生活中政治权力得到加强，都影响了其这次文学史地位的上升，这个局面大致持续到“文

---

① 杰洛瑞．文化资本：论文学经典的建构［M］．江宁康，高巍，译．南京：南京大学出版社，2011：27.

② 沙汀．卢家秀［N］．人民日报，1955-12-23（3）．

③ 艾芜．百炼成钢［M］．北京：作家出版社，1958.

④ 孟醒．夏衍的苦痛与自省［J］．同舟共进，2013（2）：60-63.

⑤ 沈芸．夏衍生平年表（第四稿）［J］．新文学史料，2001（1）：182-194.

革”前夕。

并不是所有的这种情形都会这么调整，例如，艾青、田间在“左联”时期和抗战前期都有创作，原来综合大学大纲在第十三章“抗战前期的创作”第一节的标题是“艾青、田间及其他”，主要讨论了艾青、田间、何其芳的诗歌特色，对柯仲平的长诗进行了点名，将艾青和田间在这两个时期创作的诗歌一并分析。修改之后，艾青与田间“左联”时期的诗歌创作不仅没有如沙汀、艾芜和夏衍那样与他人合节提前介绍，而且这一节的标题变成了“艾青、田间、何其芳、柯仲平”，这样艾青和田间的文学史地位反而下降了，何其芳和柯仲平则上升了。在具体评述中，艾青更是受到了批判（下文论及）；原来批评何其芳“诗中流露出的低徊不能自已的柔弱情调”①，则不再出现；柯仲平原来只是点名录入而已，修改之后则论述了其《边区自卫军》的内容、风格及语言形式的特色，篇幅显著增长。

综合大学大纲原来的第十五章是“向着工农兵方向前进”，该章共有五节，第四节为“周立波、刘白羽及其他小说作家”，第五节为“解放区创作的新面貌”；第十六章是“赵树理、丁玲”，该章共有两节，分别是“赵树理的作品”和“《太阳照在桑干河上》及其他”。改动过后第十五章为“向着工农兵方向前进（上）”，该章只有原来第十五章的前三节；第十六章改为“向着工农兵方向前进（下）”，该章共有四节，分别为“赵树理”“周立波、丁玲、欧阳山、康濯”“刘白羽、草明”“解放区创作的新面貌”。这样的章节变动，取消了丁玲和赵树理合为一章的地位，赵树理单独为一节，而丁玲和其他三人共为一节，他们二人的文学史地位下降了；刘白羽和草明合为一节，欧阳山和康濯得以在节的标题上出现，他们四人的文学史地位得以提高。

其次，增加对作家丁玲、冯雪峰、艾青的批判。对丁玲及其作品的评述，在原来的综合大学大纲中多是正面高度称赞的，修改之后增加了批判。例如，之前认为莎菲女士“她的苦闷而倔强的灵魂是为五四所唤醒的青年女性的真实写照”，并认为丁玲初期小说中有“渴求解放的精神及其社会意义”；对于《韦护》和《一九三〇年春上海》则不予评价。② 修改后则批判“莎菲女士是一个以自我为中心的男性玩弄者，是作者资产阶级思想灵魂的真实投影”，《韦护》和《一九三〇年春上海》所“着意渲染的则是资产阶级的腐朽的恋爱方式和享

① 中国文学史教学大纲［M］. 北京：高等教育出版社，1957：267.

② 中国文学史教学大纲［M］. 北京：高等教育出版社，1957：261.

乐生活”。[①] 对她抗战前期创作的《我在霞村的时候》《夜》等小说的评价，之前认为“显出了与上一时期的不同风貌”[②]；修改后则是完全的批判，认为《我在霞村的时候》和《在医院中》“对解放区人民的生活和党的领导作了极不真实的歪曲描写，渗透了作者当时的阴暗的反党情绪”[③]。对《太阳照在桑干河上》也由之前的表扬，转为三条缺点的分析。

删除了之前对冯雪峰的正面论述，增加了对他的批判。原来在介绍与“第三种人”进行斗争时，只提到要注意何丹仁（冯雪峰）的意见；现修改为“何丹仁（冯雪峰）的《关于“第三种文学”的倾向与理论》一文对于苏汶的反动文艺思想所表现的妥协立场”[④]。在论述“两个口号”的论争之时，原来要求介绍鲁迅的《答徐懋庸并关于抗日统一战线问题》一文的发表，修改之后则予以删除，增加了对“冯雪峰、胡风的宗派分裂活动”[⑤] 的介绍。对 1945 年关于“主观论”问题的讨论的书写，原来没有介绍冯雪峰，只书写了“黄药眠的《论约瑟夫的外套》对于‘主观论’的批判”[⑥] 以及舒芜 1949 年后的自我批判；修改后则删除了黄药眠和舒芜的批判，增加了批判冯雪峰在座谈会发言中的文艺观点和对胡风集团文艺思想的支持。[⑦]

对艾青也进行了全面批判，删除对他的称赞。批判其诗集《大堰河》中“大多具有浓厚的象征主义色彩和流浪者的不健康的感情”；诗集《向北方》“内容上的小资产阶级的情绪和形式上过度欧化的倾向”；《火把》在内容和表现上分别是“小资产阶级的狂热的心情、过分夸张的手法”；他到延安后，没有和工农兵群众结合，“因而在诗的创作上逐渐走上了衰颓的道路”，以致其后来在政治上、生活上和艺术上更加“堕落”。[⑧]

在第十四章第一节介绍“解放区的政治形势和党的整风运动”中，修改后的综合大学大纲增加了如下语句：“丁玲、萧军、罗烽等的所谓‘暴露黑暗’的反党文章。毛主席在《讲话》中给予各种错误倾向的严正批评。”[⑨] 这应是对当时“再批判”运动的回应。在这一章的第二节“《在延安文艺座谈会上的讲话》

---

① 中国文学史教学大纲［M］. 北京：高等教育出版社，1957：261.
② 中国文学史教学大纲［M］. 北京：高等教育出版社，1957：277.
③ 中国文学史教学大纲［M］. 北京：高等教育出版社，1957：277.
④ 中国文学史教学大纲［M］. 北京：高等教育出版社，1957：250.
⑤ 中国文学史教学大纲［M］. 北京：高等教育出版社，1957：251.
⑥ 中国文学史教学大纲［M］. 北京：高等教育出版社，1957：278.
⑦ 中国文学史教学大纲［M］. 北京：高等教育出版社，1957：279.
⑧ 中国文学史教学大纲［M］. 北京：高等教育出版社，1957：267.
⑨ 中国文学史教学大纲［M］. 北京：高等教育出版社，1957：272.

的主要内容及其伟大历史意义”中，论述《讲话》解决我国文艺运动的一系列的重要问题时，在原来的四点之外，增加了第五点“正确地阐释了普及与提高的关系”①。

以上关于章节和作家评述的改动，一方面，与当时一些作家已经被划为右派有关，例如，丁玲、冯雪峰、陈企霞、黄药眠等人。另一方面，1958 年的“再批判”运动②，以及周扬的《文艺战线上的一场大辩论》更是直接导致他们的文学史地位或者降低，或者成为被批判的对象，文学史章节也不得不因此而调整。看来任何作家在现代文学史上经典地位的认定，“都有一个经由同时期的主流话语辨识、评判并进而作出结构性定位的建构过程”③。

最后，有关文学社团、文学论争及其他改动。原来论述朱自清的作品时，认为他代表着文学研究会在诗和散文方面的创作成就，这是将朱自清的文学史地位视为一个文学社团的代表者；而且在论述朱自清时，也没评述他及作品的缺点，这与当时其他文学史著是不同的。综合大学大纲的主要起草者是王瑶和刘绶松，他们都是朱自清在西南联大任教时的学生，对他有如此高的评价并讳谈缺点也可理解。实际上，朱自清在中华人民共和国成立之初，并不十分受政治意识形态青睐，《朱自清全集》也只能精简为《朱自清文集》出版，因为他曾经的许多言论，在当时已经不合时宜。④ 正因如此，在这次修改中，只论述了其诗和散文的成就，而不认为他是文学研究会在这两方面的创作代表。

在每一次文学史著修改的背后，“都隐藏有实实在在的现世利益”⑤，这“也许才是最终解释文学经典秩序变动的理由”⑥。这在关于创造社和“左联”的文学史评价的修改之中表现得非常明显。原来在论述创造社有关革命文学主张时，对其缺点进行了充分论说，而且批判性十足，达到四条之多，对其历史贡献却没有详尽说明，且在当时较多的文学史著中也是如此评价。原因应该是创造社在提倡革命文学时，攻击了鲁迅和茅盾，发生了革命文学论争。为维护鲁迅的光辉形象，批判创造社是必然之举，何况它本身也的确有错误。但无产阶级革命文学史已成为新的书写目标，所以在修改时，必须强调革命文学的历史贡献，

---

① 中国文学史教学大纲［M］. 北京：高等教育出版社，1957：273.

② 阎纲 . 毛泽东与《文艺报》的《再批判》［J］. 随笔，2000（1）：38-42.

③ 贺桂梅 . 转折的时代：40~50 年代作家研究［M］. 济南：山东教育出版社，2003：292.

④ 徐雁平 . 温情与敬意，还有一丝无奈［J］. 读书，1999（8）：114-120.

⑤ 恩格斯 . 论早期基督教的历史［M］//中共中央马克思恩格斯列宁斯大林著作编译局 . 马克思恩格斯全集（第 22 卷）. 北京：人民出版社，1965：526.

⑥ 童庆炳 . 文学经典建构诸因素及其关系［M］//童庆炳，陶东风 . 文学经典的建构、解构和重构 . 北京：北京大学出版社，2007：84.

而不能再如之前提及其错误的门户私见、教条主义和宗派主义,[①] 只能以《讲话》精神为指导批判其“对革命实际和人民生活的联系了解较差，作品中主观的叫喊多于对劳动人民生活的真实的描绘”[②]。

这也表现在对“左联”的书写。综合大学大纲原来只是强调它与国民党反动派进行英勇斗争，对其历史功绩叙说较少，对其错误则书写较多，并认为“左联”成立前创造社关于新现实主义创作方法的提倡、“左联”成立后对于“唯物辩证法的创作方法论”的理解都是机械唯物论和教条主义式的，这二者的错误在1932年之后才得以清算。按照这样的论述，创造社成为错误的代表，并且为“左联”成立之后的错误理论承担了责任。在综合大学大纲后来的修改中，“左联”的巨大成就被予以充分论述，而对它与创造社理论上的缺点不再介绍。“左联”的缺点是因为“没有解决作家与工农群众相结合的问题，因而在理论上存在着教条主义和宗派主义的倾向，在创作上也出现过标语口号式的倾向”[③]。这一缺点的指斥，同样是借助《讲话》精神。可见，在这些社团流派及论争的书写中，牵扯到许多在当时仍旧有影响力的文艺干部的评价，例如，对创造社的评价直接联系到郭沫若，所以书写时采取多说功劳，少进行批评，即使批评也要借用《讲话》来合情合理地进行会更加合适。

另外，修改后的综合大学大纲没有了参考资料的编选，它的说明是“正在编选中，书目暂阙”[④]。可见这次修改非常仓促，时代环境需要综合大学大纲的制定者及时根据政治运动来修改中国现代文学史的教学大纲，但是作为高校教学的学者，也不能提前预知哪些作家作品或相关论述是正确无误的、可以进行推荐的。更重要的是，在以往的教学、研究和著述中，胡风、丁玲、冯雪峰、艾青都是文学史著中的正面形象，他们的相关论述都是文学史著编写的参考资料，而现在他们成为“负面”人物，修改后的综合大学大纲中他们成了批判对象，这样一来，任何相关资料的推荐都会造成两种形象的矛盾、冲突，也很难找出符合这一文学史巨变的参考资料进行推荐。正是这一吊诡的、无法解决的局面，使得综合大学大纲的修订本无参考资料可以推荐。

正如约翰·杰洛瑞（John Guillory）所说：“教育机构体系对知识进行分配，

---

① 中国文学史教学大纲［M］. 北京：高等教育出版社，1957：246-249.
② 中国文学史教学大纲［M］. 北京：高等教育出版社，1957：246.
③ 中国文学史教学大纲［M］. 北京：高等教育出版社，1957：249.
④ 中国文学史教学大纲［M］. 北京：高等教育出版社，1957：280.

必要时进行再分配，从而复制了社会关系。”① 1958 年的综合大学大纲修改版，正是“复制了社会关系”，它通过知识体系折射了当时这些作家作品及文学社团的势力在现实生活中的挫折与幸福，同时也表明唯物论新文学史书写将走向激进。

第三节　北京师范大学揭开“三结合”集体编写的序幕

在 1958 年的“大跃进”运动中，多所大学相继印刷了大学生集体编写的中国文学史。北京师范大学是走在前列的，教学改革经验还引起过学界轰动。② 特别是中文系集体编写的教材成果众多：公开出版的有三、四年级同学和古典文学教研室教师合编的《中国文学讲稿》第三分册③，1955 级同学编著的《中国民间文学史》④，现代文学教学改革小组编写的《中国现代文学史参考资料》（3 卷 5 册）⑤ 以及《中国现代文学教学大纲》⑥。我们现在讨论的《中国现代文学史》（初稿）（4 册）未公开出版只在校内印刷。从书稿的“前记”中得知，书稿编写时间在 1958 年夏秋之间，共分三编：第一、二编各为一册，其中第一编在 1958 年 4 月印刷。这比 1958 年 9 月初版的“红色文学史”⑦ ——北京大学中文系文学专门化 55 级集体编著的《中国文学史》还要早，所以我们认为是“北京师范大学揭开‘三结合’集体编写的序幕”应大致不差。第二编印刷是在 1959 年 1 月；第三编分上下两册，都是在 1959 年 4 月印刷。在第三编印刷时，

---

① 杰洛瑞．文化资本：论文学经典的建构［M］．江宁康，高巍，译．南京：南京大学出版社，2011：51.

② 魏文华．这场对台戏唱得真好：记北京师范大学修改古典文学教学大纲的一场论战［N］．人民日报，1958-07-17（7）；北京师范大学．采取党委、教师和学生三结合的办法进行教学大改革［M］//北京市高等学校中等专业学校红专跃进展览会办公室．高举共产主义教育红旗：北京市高等学校和中等专业学校在大跃进中．北京：北京出版社，1958.

③ 北京师范大学中文系三、四年级同学及古典文学教研组教师．中国文学讲稿：第三分册（明、清部分）［M］．北京：高等教育出版社，1958.

④ 北京师范大学中文系 55 级学生．中国民间文学史（初稿）［M］．北京：人民文学出版社，1958.

⑤ 北京师范大学中文系现代文学教学改革小组．中国现代文学史参考资料［M］．北京：高等教育出版社，1959.

⑥ 中国现代文学教学大纲［M］．北京：北京师范大学出版社，1958.

⑦ 洪子诚．红、黄、蓝：色彩的“政治学”：1958 年“红色文学史”的编写［J］．文艺研究，2020（11）：58-74.

第一、二编第二次印刷，三编四册全部面世。笔者这里讨论的就是这次统一印刷的版本。

该书署名为北京师范大学中国语言文学系，是按照“在党的领导下教员学生三结合的方针进行工作的”，“参加编写工作的主力是本科同学；研究生、进修员和现代文学教研室的教员也参加了这项工作”。[①] 张恩和曾回忆他在1958年于北京师范大学毕业前参与过现代文学的教材编写，[②] 杨占升曾是北京师范大学《中国现代文学史参考资料》（3卷5册）的主编，[③] 但未提及自己是否参与过该文学史著的编写工作，笔者也未见其他相关文字介绍。

该著自认为有五个不同于已经出版的中国现代文学史的特点：第一，“初步以无产阶级文学为红线，贯穿现代文学的历史发展和作品的选择、评述中去”；第二，“毛主席的诗文，是我们学习的范本”；第三，“重视工农群众自己的创作”；第四，“革命烈士的遗著和革命干部的作品，我们给以应得的评价”；第五，“兄弟民族的文学，是中国现代文学的新生力量，是现代文学必不可缺少的组成部分，本书也特开专章”。[④] 这五点中，对毛泽东诗文和兄弟民族文学的编写主要体现在第三编当代文学史的书写中，我们不予论及，而对其他三点我们适当予以介绍。

将中国现代文学史书写为无产阶级革命文学史，是当时集体编纂文学史的共有特征，该著引领了时代风潮。它“以无产阶级文学为红线”将中国现代文学史分为三编。第一编是“革命文学的发生和发展”（1919—1942），书写从五四到1942年《讲话》发表前的文学运动。第一编分为三章，分别为“五四、第一次国内革命战争时期的文学”“第二次国内革命战争时期的文学”和“抗日战争前期的文学”。第二编是“中国革命文学新阶段”（1942—1949），书写从《讲话》发表后到1949年的文学运动。第二编也分为三章，分别为“《在延安文艺座谈会上的讲话》的发表和文艺思想斗争”“解放区文艺运动和人民文学创作”与“国统区的文艺运动和文学创作”。第三编“社会主义革命时期的文学”（1949—）书写当代文学。在第一、二编每章中有3~6节，其中鲁迅两节、前期郭沫若一节、瞿秋白一节、茅盾一节，其他都是在概述中讨论。从文学史分

---

① 北京师范大学中国语言文学系．中国现代文学史：第一编（初稿）［Z］．北京：北京师范大学，1959：前记．

② 黄海飞．鱼与熊掌，何妨兼得：张恩和教授访谈录［J］．创作评谭，2019（1）：4-10.

③ 杨占升教授生平［J］．鲁迅研究月刊，2004（12）：51.

④ 北京师范大学中国语言文学系．中国现代文学史：第一编（初稿）［Z］．北京：北京师范大学，1959：前记．

期与体例编排来看，这与1956年通过的师范类大纲有类似之处；不同之处在于该文学史将1949年后单独划为一编，这意味着当代文学开始另立门户。而在重点作家选择上，与孙中田等人编写的《中国现代文学史》[①] 相同；但不同之处也非常明显，那就是每编的命名直接是"革命文学的发生和发展""中国革命文学新阶段"和"社会主义革命时期的文学"，这就将整个中国现代文学完全视为革命文学史的发生、发展、新阶段以至社会主义革命时期了。正如王德威所说，文学史基本上是有一个大叙事的基础作为支撑的架构，在种种大叙事的因素下，"有一个非常强大的国家论述在支撑着。尤其是关于现代文学史，它跟现代国家的想象、跟现代国族的想象有一个密不可分的关系。每一个国家的建立都需要一套叙事来作为回顾过去、瞻望未来的基准点。而特别有意思的是，这个叙事往往是以文学史的方式来作为最后的结晶式的表现"[②]。而该著在无产阶级革命文学史的叙事下，建构了一个社会主义国家经由无产阶级浴血奋斗最终得以建立的宏大叙事。

正因如此，该著对"革命烈士的遗著和革命干部的作品"予以相当的重视。邓中夏、殷夫、方志敏、朱德的诗歌，光未然的《黄河大合唱》，叶紫的小说得以详尽分析，特别是方志敏、光未然、朱德的入史引人注目。该著用了一个小节12页将方志敏书写入史，介绍了他"战斗的一生"，分析了他的作品《死》《狱中纪实》《可爱的中国》，并指出了"方志敏创作的意义"，还从思想道德养成的角度介绍了"向志敏同志学习什么"。这是方志敏较早进入中国现代文学史，对他予以非常高的文学史评价。光未然的《黄河大合唱》，该著用了近7页的篇幅来进行介绍，诗歌内容与艺术特色得以高度分析。朱德的旧体诗词占据了一小节，大致有1页的篇幅。该著中巴金和老舍没有小节介绍，只是在概述中提及，文字还不及1页。从篇幅章节上就可以看出，该著更重视作家作品的政治性和革命性。对巴金的作品批评则很严厉，"痛斥"其作品"长期以来起着很坏的作用"[③]。这是因为1958—1962年间，《巴金文集》十四卷在人民文学出版社出版，引发了讨论巴金作品的热潮：巴金多次发表有关自己作品的访谈；他也就所写《法斯特的悲剧》一文作了检讨；当时姚文元写了多篇有关巴金的文章，《文学知识》《读书》《文汇报》等也相继发表批巴金的文章。但这并未动摇后来巴金在中国现代文学史著中的地位，因为这些批判并不是"上面发动

① 孙中田，等．中国现代文学史（上）［M］．长春：吉林人民出版社，1957.

② 陈平原．文学史的书写与教学［M］．北京：北京大学出版社，2018：134.

③ 北京师范大学中国语言文学系．中国现代文学史：第一编（初稿）［Z］．北京：北京师范大学，1959：195.

布置的，而是那些极端分子姚文元”“煽动起来的”①。

而在文学运动的书写中，该著也更多彰显革命作家在历史节点的重要作用。如在书写文学革命之时，胡适和陈独秀的作用被矮化，更多强调李大钊在1919年所写《什么是新文学》这一篇文章，认为这才是“明确提出反帝反封建的文学革命主张”②。“党成立以后革命形势的发展和革命文学的成长”③虽然在之前的文学史中也会提及，但该著是直接将它作为一个小节予以书写，凸显了党在中国现代文学史中的领导作用。

对于工农兵文学的重视是该著的一大特点，它在每个时期都会将工农兵作家作品作为一节进行讲述。“五四、第一次国内革命战争时期的文学”中的第五节就是“工农诗歌”，主要介绍了这一时期工农群众的革命诗歌、基本内容，并分析了重点作品。作品多依据1923年10月10日出版的《安源路矿工人俱乐部罢工胜利周年纪念册》和《中国工农红军歌曲选》。④之前的中国现代文学史著书写工农兵诗歌主要是依据傅钟在第一次文代会上的报告《关于部队的文艺工作》，多书写的是第二次国内革命战争时期的工农兵文学，而该著将工农兵文学的历史予以提前书写应是一种创新。“第二次国内革命战争时期的文学”中第六节书写的是“苏区的文艺创作”，依次介绍了“苏区歌谣”“苏区的戏剧”，重点书写“方志敏（1889.7—1935.7）的创作”；在“抗日战争前期的文学”和“中国革命文学新阶段”中不再将工农兵文学专节书写，而是在工农兵群众文艺活动中进行介绍，在分别介绍的小说、诗歌、戏剧和报告文学等创作中，很多是工农兵文学。这样，不同时段工农兵文学的历史得以贯通，整个中国现代文学史中的工农兵文学史的体系完全建构了起来。

我们可以说：“（一）每个文学史的写作（或许‘重写’这个字眼更恰当），多少都带有典律的修订；（二）典律是当时得势的‘诠释团体’（interpretive communities）的产物，也必然会受到其他异议的‘诠释团体’的挑战甚或颠覆。”⑤北京师范大学集体编写的《中国现代文学史》增加如此之多的革命烈士、革命干部和工农兵的文学作品，正是有着重修“典律”也即“经典”的意

---

① 陈丹晨．巴金全传［M］．北京：中国青年出版社，2003：331.

② 北京师范大学中国语言文学系．中国现代文学史：第一编（初稿）［Z］．北京：北京师范大学，1959：15.

③ 北京师范大学中国语言文学系．中国现代文学史：第一编（初稿）［Z］．北京：北京师范大学，1959：20.

④ 解放军歌曲选集编辑部．中国工农红军歌曲选［M］．北京：中国青年出版社，1956.

⑤ 单德兴．重建美国文学史［M］．北京：北京大学出版社，2006：67.

图，这是对两类教学大纲中所确定的经典作家作品的“挑战甚或颠覆”。

“大跃进”时期编写的文学史最容易犯下的毛病是“以论代史”，对作家作品的分析中体现不出文学审美和艺术分析，但该著的一大特点是在分析作家作品时内容与形式并重，当然这仅限于对进步的、革命的作家作品。其一，对每一重要作家或文学运动进行介绍之后，都会尽量重点分析作品。例如，对鲁迅的小说、杂文进行概述之后，小说重点分析了《狂人日记》《阿Q正传》《祝福》，还精准归纳了《呐喊》《彷徨》的艺术特色；总结了鲁迅前、后期杂文的思想内容之后，重点分析了《灯下漫笔》《论“费厄泼赖”应该缓行》；后期杂文重点分析的是《“友邦惊诧”论》《为了忘却的记念》《天上地下》等。其二，对鲁迅、郭沫若、瞿秋白、茅盾重要作家作品进行内容和形式的双重分析会被我们认为是常态，而该著对每一作家作品都如此分析。例如，张天翼的《华威先生》和沙汀的《在其香居茶馆里》在该著中所占篇幅虽不多，只有300字左右，但是分析还是文学性的，而不是以政治化的议论为主。特别是该著对那些工农兵作家作品，也是从艺术的角度进行分析。如对民歌《刘志丹》的分析，一方面认为这是革命英雄的战歌，是陕甘宁边区革命斗争的史诗，另一方面还分析了这首诗歌运用了“民间最熟悉最常用的‘十二个月’的体裁，语言大众化”①，这就从内容与形式的角度剖析了这首诗歌的艺术魅力。其三，该著力争从内容与形式的角度总结文学史的发展规律，实现了撰写文学史著的主要目的。这不仅在重要文学运动及经典文学大师的研究中有所体现，在工农兵文学运动及作家作品分析中也贯彻实施了。例如，提炼了抗战前期陕北民歌的艺术特点，以及与之不同的晋察冀等边区诗歌的特征。②

该著也强调“中国革命文学是在和各种反动文学斗争中成长起来的”③，每个时段都会书写“两条道路的斗争”。在新文学第一个十年中也书写了新旧文学的斗争，展现了新文学倡导者与林纾、学衡派和甲寅派的斗争，但这只是略写。为了更突出革命作家的重要性，该著详细书写的是李大钊和胡适之间的“问题与主义”，以及鲁迅与现代评论派之间的论争，这将胡适在新文学革命中的历史作用予以遮蔽。“左联”时期文艺斗争除书写与新月派、民族主义文学、“自由

---

① 北京师范大学中国语言文学系．中国现代文学史：第一编（初稿）[Z]. 北京：北京师范大学，1959：386.

② 北京师范大学中国语言文学系．中国现代文学史：第一编（初稿）[Z]. 北京：北京师范大学，1959：391-396.

③ 北京师范大学中国语言文学系．中国现代文学史：第一编（初稿）[Z]. 北京：北京师范大学，1959：4.

人”和“第三种人”以及与论语派的斗争外，还特别将“左翼文艺阵营内部的两条道路的斗争”进行了书写，冯雪峰与胡风受到了批判。抗战前期两条道路的斗争主要书写的是与梁实秋、沈从文、朱光潜、战国策派的斗争，而在革命文学内部是与王实味、胡风、冯雪峰的斗争。第三编中专门有一节对王实味、胡风、萧军的文学理论进行了非常“透彻”的批判。在正面介绍毛泽东文艺路线之时，该著还将王蒙、秦兆阳、罗烽、丁玲、徐懋庸、南斯拉夫的“修正主义”文艺观点作为反面典型予以攻击，他们本校的学术权威黄药眠和钟敬文的“谬论”也被抨击。这充分说明，该著在书写中国现代文学史的文学运动及斗争时，着眼点却往往是站在“当下”，而不是历史发展的本身，于是文学史写作“退化”成了“当代批判史”。

北京师范大学编写的这部《中国现代文学史》在当时应该有一定影响，它比上海文艺出版社于1959年7月公开出版的复旦大学中文系现代文学组学生集体编著的《中国现代文学史》（上）要早，在“三结合”集体编写《中国现代文学史》的浪潮中走在了时代的前列，也揭开了唯物论新文学史编写激进化的序幕。后面我们将发现复旦大学中文系编写的《中国现代文学史》比该著要更加完善，但二者的编写模式和路径存在一定类似。而在贵阳师范学院中文系现代文学教研组和1956级甲班同学集体编写的《中国现代文学初稿》[①]中，也可见与该著有雷同之处，此处就不再讨论了。

第四节　复旦大学师生集体编写中国现代文学史

据1957年毕业于复旦大学中文系，后留校任教的吴中杰回忆：在北京大学中文系集体编写的红皮本《中国文学史》出版之后，复旦大学为了后来居上，不再满足于单本著作，而是搞起一组系列教材。除集体编写《中国文学史》外，还有《中国近代文学史稿》《中国现代文学史》《中国现代文艺思想斗争史》等。当时领导大力鼓励，出版社也十分支持。[②] 这里我们详加分析已出版的《中国现代文学史》与《中国现代文艺思想斗争史》。

① 贵阳师范学院中文系现代文学教研组、1956级甲班同学．中国现代文学初稿［Z］．贵阳：贵阳师范学院，1959.

② 吴中杰．复旦往事［M］．上海：复旦大学出版社，2012：107-108.

一、集体编著的《中国现代文学史》

参与编写的陈骏涛曾回忆：在集体编写《中国现代文学史》时，上海文艺出版社来的三个编辑是余仁凯、周天，还有一位可能是张有煌；参与的同学中可能还有陆士清和徐俊西，人员大致在十人之内。该著上册于1959年7月出版。出版之前，余仁凯、周天还打磨了一遍。至于参与的指导教师，他记得不是非常清楚。① 在复旦大学中文系教师鄂基瑞1997年的相关简历中，则清楚注明他在1959年参加了由潘旭澜主持的《中国现代文学史》的集体编写工作，而且他还与潘旭澜在1980年合作修订了1959年集体编写的《中国现代文学史》。② 结合上述三位当时曾在复旦大学中文系就读、工作的学者的回忆，我们大致知晓了复旦大学集体编写《中国现代文学史》的经历，即在潘旭澜的主持下，1955级、1956级的复旦大学学生集体编写了《中国现代文学史》。参与人员有陈骏涛、鄂基瑞、陆士清和徐俊西等；据丁帆的文章③，应该还有许志英等。

（一）延续与创新

陈骏涛曾诚实地告诉采访人，他们在集体编写文学史之时，对于相关作品“有的读过，有的根本就没读，或者没有认真地读。只是有那么点印象，想当然的就用现成的观点来套，就这样的。有的是套用了别人文章的观点，甚至原封不动地抄来，自己并没有真正下功夫”④。以辗转借用、抄袭、拼接的方式进行文学史编写，在中国文学史编撰史中是一种“常见”的情况，所以单单讨论文学史著中对某一作家作品的分析非常具有“风险性”，因为我们很难确证这些分析是否具有“原创性”。但是我们可以分析文学史著的整体编写模式、文学史观及作家作品选择，而这是能体现出文学史著是否具有“原创性”的关键所在。

在绪论中，该著就重点论述了新文学运动是在党的直接领导下发生和发展

① 陈骏涛，口述，陈墨，编．陈骏涛口述历史［M］．北京：人民文学出版社，2015：43-45.

② 《上海民族志》编纂委员会．上海民族志［M］．上海社会科学院出版社，1997：189. 1980年10月复旦大学内部出版《中国现代文学史》下册，署名为复旦大学中文系现代文学教研室编著。其《后记》说明：“这部书原是1959年集体编著的。”综观全书，无论是文学史分期还是具体论述，1980年版相比1959年版都有较大变化。

③ 丁帆．向面对世界的自绝者脱帽致敬：追忆两位性格迥异的先师［J］．钟山，2015（1）：141-145；有关许志英的学术编年中，未见这次集体编写的记载。沈卫威，王爱松，翟业军．许志英教授生平与著述简历［M］//沈卫威，王爱松，翟业军．往事与哀思：怀念许志英教授．南京：凤凰出版社，2008：273.

④ 陈骏涛口述，陈墨，编．陈骏涛口述历史［M］．北京：人民文学出版社，2015：45.

的，党对新文学的领导体现在思想上、组织上和路线上。新民主主义革命阶段的文学是新民主主义性质的文学，它是一种无产阶级领导的、统一战线的、人民大众的、反帝反封建的文学。从文学发展的内部规律来说，一部中国新文学发展的历史，是社会主义现实主义文学发生、发展、壮大和成熟的历史。该著还指出，两条道路的斗争贯穿在新文学史发展中，五四以来，无产阶级文学一直面临着三种“敌人”：“一种是明枪明打的敌人，一种是统一战线内部的敌人，他们以第三者自居，实际是反动派的忠实走狗；还有一种是潜伏在革命阵营内部进行‘挖心战’的敌人。”① 在文学史分期上他们和丁易的《中国现代文学史略》、张毕来的《新文学史纲》一样，大致将中国现代文学史分为三个阶段：1919—1927年、1927—1942年、1942—1949年。吴圣昔表明这是参考张毕来按照社会主义现实主义文学的发生、发展和成熟进行的分期，将1927年和1942年视为同等的作用。② 但是黄维钧对这种分期并不认可，他认为应该按照周恩来在第二次文代会上的讲话，将中国现代文学史分为1919—1942年、1942—1949年、1949—1959年这三个时段。因为“1927年到1942年还没有到分为一期的程度”，它只是《讲话》的“理论酝酿和提供实践经验的阶段”，五四、《讲话》和中华人民共和国成立才是更伟大和更深刻的革命与胜利。③ 他的文学史分期意见与北京师范大学中国语言文学系集体编写的《中国现代文学史》是一致的，这一时期集体编写的文学史大多开始采取这一分期方式，而复旦大学的这一分期方式很少被采用。

从以上论述及分期来看，该著对中国现代文学史的历史观念、叙述主线与文学史分期激进式的“创新”并不多，或许这是因为该著上册样稿曾经过叶以群和孔罗荪的详细批改、更正而造成的。“举例来说，蒋光慈等人的小说，校样上原来都称为‘无产阶级文学’，提意见后一律改为‘革命文学’；对另外许多作家的作品，则有大量过头的批判性语言，只得整段整段删掉”，但“过‘左’的东西太多了，改不胜改。只能改明显的了。分章分节上的‘左’，也没有办法了”。④ 也正是在叶以群的建议下，这本文学史上册只是内部发行，而下册由复旦大学校内印刷。

但复旦学子在文类增加、作家作品的选择与阐释上的努力有一番新面貌。

---

① 复旦大学中文系现代文学组学生．中国现代文学史（上）［M］．上海：上海文艺出版社，1959：12.

② 吴圣昔．谈谈中国现代文学史的分期问题［J］．复旦，1960（1）：35-41.

③ 黄维钧．也谈中国现代文学史的分期问题［J］．复旦，1960（1）：42-45.

④ 周天．《中国现代文学研究丛书》三十年历程［J］．编辑学刊，1986（3）：23-31.

在文学类别上，他们增加了歌谣、歌曲、电影、戏曲。在之前的中国现代文学史中，多借鉴傅钟在第一次文代会上的报告《关于部队的文艺工作》对1928—1949年间的苏区和解放区的部队文艺运动进行历史总结。复旦的学子们除此之外，在文学史上册第一编书写了第六章“一九二七年以前的群众歌谣”；在第二编书写了第九章“文艺第一次与工农兵相结合”，其中有“红色歌谣运动”一节；在第三编第七章则书写了“解放区工农群众文艺运动”。这就将整个中国现代文学史不同时段的工农兵文艺运动全部予以梳理，从而构成一条自主独立的线索，真正体现了中国现代文学的“工农兵”文学方向。复旦学子有如此的添加是因为他们注意到1949年后一些文艺史料的发掘和整理。在书写“一九二七年以前的群众歌谣”时，他们主要参考的就是《民间文学》1956年6月刊载的《海陆丰农民起义前后的歌谣》《东江农民的战斗山歌》，1924年前后《民国日报》副刊《平民之友》，以及1958—1959年上海文艺出版社编辑出版的《革命歌谣选（1-3）》。他们还详尽列举、分析了聂耳、冼星海、任光、吕骥、张曙、田汉、施谊、安娥、塞克等人创作的抗日歌曲。他们认为“这些歌曲的歌词，都是浅显明白、战斗性强烈的诗篇，它们应该在中国现代文学史上占有地位”①。第二编第八章第五节书写了“抗战前后的电影事业”，第三编第六章第五节书写了“新戏曲《逼上梁山》及《三打祝家庄》”，这都是较早在中国现代文学史中专节书写的。这说明他们是在分析了之前中国现代文学史的优缺点后，才这样进行编写的。

该著将作家作品分为革命的、进步的与反动的三类进行分析介绍，更好地体现了两条道路的斗争。在第一编第一章中，介绍了李大钊及初期共产主义思想的传播，邓中夏、恽代英、萧楚女的革命文学理论，同时也介绍了与封建复古主义者的斗争、胡适的“反动”文学观与他的《尝试集》；在第四章中详细介绍了蒋光慈，还介绍了太阳社和其他革命作家；在第五章中则分别用一节对周作人、张资平进行批判。在第二编第一章中，不仅介绍了郭沫若、蒋光慈、成仿吾、鲁迅、茅盾的革命文学理论，而且书写了对新月派的斗争，以及对徐志摩、沈从文、戴望舒作品的批判；第二章介绍了党领导下的“左联”文学运动，也介绍了对“民族主义文学”和帮闲文学的斗争、与“自由人”和“第三种人”的斗争；第五章除介绍“左联”五烈士与叶紫之外，还介绍了洪灵菲、应修人、潘漠华。第三编第九章专章书写了对“反动”的文艺思想及其创作的

① 复旦大学中文系现代文学组学生．中国现代文学史（上）［M］．上海：上海文艺出版社，1959：477.

分析批判，其中三节分别书写了对丁玲、艾青、胡风集团、萧军的批判。之前的文学史多是注重对文艺派别和文艺理论的批判，不直接在章节的标题中将某一作家树为批判的靶标，该著是直接将有关作家予以醒目彰显，这是对他们全面直接的否定，增强了批判的气势与攻击性。

周作人和张资平曾被毛泽东的《讲话》定性为“汉奸文艺”，所以此后他们在文学史中都是受批判的对象，但这里给了他们一节的篇幅是很少见的。周作人应是1956年的“双百”方针以及中共“八大”带给了他命运的好转，这一年他参加了北京市政协座谈会，经文联组织去了西安参观旅行，还参加了鲁迅逝世二十周年的纪念大会；① 他在1949年后相继完成的有关回忆、解读鲁迅的著作②也应帮助他在文学史著中的文字增多。而对张资平也给予一节批判是因潘汉年案受到牵连，遭到逮捕，“汉奸”的历史罪行再次被追究，被判处有期徒刑十八年，送往安徽某农场劳动改造，1959年病故于此。③

除对作家作品进行批判之外，该著还对“当下”的学术研究进行了批判，增强了文学史写作的现实性和政治性。第一编第二章第四节对鲁迅研究工作中的“反动”文艺思想进行了批判，胡风、耿庸、冯雪峰、陈涌、许杰等人的鲁迅研究成为“典型”。将学术研究工作作为批判的对象，并被写进文学史著中，这无疑是复旦学子们在这次集体编写中的一大“创举”，充分表现了他们“干预现实”的向往与冲动。他们还批判其他人编写的现代文学史著没有重视以“左联”五烈士为代表的革命作家的贡献。④ 王瑶的《史稿》无疑成为重点批判对象。“如果说历史写作是时代的产物，那么‘任何地方都不会有天真无邪的史学家’（让·布维耶语）。”⑤ 复旦学子们的这种书写方式，有着攻击前辈取而代之的潜意识。这种意识带来了他们的文学史著具有“人无我有，人有我多”的特点，使得该文学史著上下册的篇幅近达一千页。

（二）作家评析的变化

如果将该著作家作品的选择与经过修订的综合大学大纲中的中国现代文学

---

① 耿传明．周作人的最后22年［M］．北京：中国文史出版社，2005：167-174.

② 周遐寿．鲁迅的故家［M］．上海：上海出版公司，1953；周遐寿．鲁迅小说里的人物［M］．上海：上海出版公司，1954；周启明．鲁迅的青年时代［M］．北京：中国青年出版社，1957.

③ 躲斋．关于张资平［J］．文汇读书周报，2000（2）：10.

④ 复旦大学中文系现代文学组学生．中国现代文学史（上）［M］．上海：上海文艺出版社，1959：263.

⑤ 多斯．碎片化的历史学：从《年鉴》到“新史学”［M］．马胜利，译．北京：北京大学出版社，2008：4.

史部分进行比较，会发现二者的差别不大。在综合大学大纲中出现的作家作品，在该著中也会出现，主要的区别是在具体作家的章节编排上。如该著将蒋光慈和瞿秋白的文学史地位提高为单独一章，当然这在之前的一些中国现代文学史著中也已有之。虽然作家选择大致一样，但在对这些作家作品进行分析阐释时发生了较大变化：该著上册更加侧重于政治性解读，作品成了现实政治斗争的论证工具，文学性与审美性大幅降低；下册的文学性与审美性有所恢复，对一些作家的创作分析较之前的文学史著更加全面。

鲁迅是中国现代文学史中的重要作家，无论在哪一本中国现代文学史著中，都应是重中之重，可以说对鲁迅的阐释代表着一部中国现代文学史著的最高水准。但是在复旦学子的《中国现代文学史》（上）中，对鲁迅及其作品的分析有所欠缺，这表现在以下几方面。其一，在章节篇幅上，鲁迅、郭沫若、瞿秋白、茅盾、赵树理这五人都是专章介绍。其中鲁迅专章有四节，有一节是批判鲁迅研究中的“反动”思想；郭沫若有三节、瞿秋白有四节、茅盾有两节、赵树理有两节。鲁迅的重要性在章节上并没有凸显出来，这不符合当时及一直以来鲁迅在中国现代文学史中的地位。其二，正如徐双绿所批评的，在代表作分析上，该著对鲁迅的代表作《阿Q正传》分析得不够，没有充分体现出鲁迅的文学成就和《阿Q正传》的文学史地位。① 其三，对代表作的分析，太侧重于思想内容的政治化分析，对其艺术特色和成就则不予重视。刘绶松在他的文学史著中分析完《阿Q正传》的内容之后，还用了两个段落对它的典型塑造和语言运用两方面的高度技巧进行了分析。② 但是该著对这部伟大作品的艺术技巧没有花费什么笔墨。

不仅对鲁迅的作品如此，该著上册对其他作品分析也是这样。这不是他们的无意疏忽，恰恰是他们的有意为之。从他们绪论中所书写的“关于现代作家、作品的评价”这一小节来看，他们是机械化地理解了政治标准第一位、艺术标准第二位的批评原则。③ 所以在上册中就严重忽略了文学的艺术形式，一切以其政治内容为唯一标准。这就是徐双绿认为他们对于文学研究会的某些代表作家

① 徐双绿．简评“中国现代文学史”（上册）[J]．复旦学报（社会科学版），1959（12）：46-50，34.

② 刘绶松．中国新文学史初稿（上卷）[M]．北京：作家出版社，1956：64-65.

③ 复旦大学中文系现代文学组学生．中国现代文学史（上）[M]．上海：上海文艺出版社，1959：13.

如冰心、朱自清的评价“太低了些”，还值得商榷的原因所在。①

也许是受到《讲话》影响的作家作品在政治正确性方面更有保证，也许是编写者已经注意到上述缺点，该著下册在书写第三编的作家作品时，兼顾了思想内容和艺术特色，对一些作家的分析让读者感觉到不一样。例如，在重点分析赵树理的《小二黑结婚》的内容之后，还对这篇小说在“文艺大众化的形式和技巧方面所取得的新的重大发展”② 进行了介绍，对作品的语言、结构和生活气息、乐观主义精神以及轻松幽默的笔调都进行了细致分析；在辨析了周立波的《暴风骤雨》的人物形象和主题内容后，也对其结构线索、语言风格等进行了简明分析，也发现了欧阳山《高干大》中刘老婆和王德贵同上合作社“路遇”那一段的艺术性，以及高栓儿和任桂花幽会那一段的精彩。③ 不仅是小说，在诗歌、戏剧、散文等体裁的分析上，该著下册都注意到了主题内容与艺术特色的并重，充分展现了复旦学子们对文学艺术较高的审美能力和文学趣味。

该著主要是以作家论为中心进行编写的，这种体例所造成的困惑也是明显的，即同一作家在不同时代都有创作，他应该在哪一个时段出现呢？例如，该著将郭沫若的历史剧安放在上册第一编中进行论述，而他的一部分历史剧的创作时间实际是在抗战时期，理应在下册第三编中讨论。但这种体例的好处是能全面地分析作家，归纳总结其创作规律，该著下册在这方面做出了成绩。他们不仅重点分析了周立波的《暴风骤雨》、欧阳山的《高干大》、草明的《原动力》、柳青的《种谷记》、贺敬之执笔的《白毛女》、陈白尘的《升官图》、袁水拍的《马凡陀的山歌》等作家作品，而且介绍了这些作家创作这些成名作之前的系列创作，这是此前文学史著所没有注意到的。例如，贺敬之在执笔《白毛女》之前的作品，很少有文学史著注意，但是该著分析了他的诗集《乡村的夜》和《笑》。这两部诗集虽然出版时间是在 1949 年后，④ 但是收集的诗歌是抗战时期的。他们能够注意到这两部诗集，并将贺敬之写入抗战时期的诗人中间，这与贺敬之在当时因为写作《回延安》《放声歌唱》《雷锋之歌》《中国的十月》《八一之歌》等成为礼赞时代的歌手有关。不管怎样，该著下册能对如此多的作

---

① 徐双绿．简评“中国现代文学史”（上册）［J］．复旦学报（社会科学版），1959（12）：46-50，34.

② 复旦大学中文系现代文学组学生．中国现代文学史（下）［M］．上海：上海文艺出版社，1959：49-50.

③ 复旦大学中文系现代文学组学生．中国现代文学史（下）［M］．上海：上海文艺出版社，1959：82.

④ 贺敬之．笑［M］．北京：五十年代出版社，1951；贺敬之．乡村的夜［M］．北京：作家出版社，1957.

家未成名之前的作品进行分析，显示了编写者的确也在多方收集资料，力争更完整地展现每位作家的创作经历和成长规律。

当然，复旦大学集体编写的《中国现代文学史》“由于只重表达观点，忽视尊重客观事实，造成史实上的错误和缺失不少，这对一部史著来说是个大缺陷”①。例如，它不承认胡适的《尝试集》是新文学史第一本个人新诗集（别集）这一历史事实，而是自己制造“史实”：从反抗精神和影响看，中国第一部新诗集是革命浪漫主义诗人郭沫若的《女神》；从时间上看，李大钊、瞿秋白等的作品和最早翻译的《国际歌》《马赛曲》才是五四初期白话新诗创作的代表。② 尽管我们会认为它是为了强调思想内容的革命性与政治性，重新确定了谁是“第一”的标准，这在“大跃进”时段中并不为奇，但也太具“颠覆”效果了。

二、全面书写《中国现代文艺思想斗争史》

1958 年 8 月中旬，复旦大学中文系 1957 级文学组学生在系党支部的鼓励下，开始编写《中国现代文艺思想斗争史》。他们根据文艺思想斗争史的特点，将三十多人分成四个小组，每组负责一段斗争史，多方搜集资料。9 月下旬进入编写讲义阶段，经过近三十天的苦战，终于将这部四十万字的讲义编写完成，并由专人送往北京，参加了中国共产党中央委员会宣传部和中华人民共和国教育部合办的展览会。之后两年内，他们先后将初稿重写了七次，大小修改不下数十次，③ 最后于 1960 年由上海文艺出版社出版。不少高等学校在 1958 年以后开设了现代文艺思想斗争史这门课程，也编了一些讲义，但作为一部完整的著作出版，这是首次。④ 所以该著的出版，《文学评论》⑤《上海文学》⑥ 等媒体都曾刊文介绍。

该著真正做到了“三结合”编写。前言中曾说明本书得到了本系文艺理论

① 黄修己，刘卫国．中国现代文学研究史（下册）［M］．广州：广东人民出版社，2008：611.

② 复旦大学中文系现代文学组学生．中国现代文学史（上）［M］．上海：上海文艺出版社，1959：69.

③ 复旦大学中文系 1957 级文学组学生．中国现代文艺思想斗争史［M］．上海：上海文艺出版社，1960：前言 3.

④ 文效东．《中国现代文艺思想斗争史》［J］．文学评论，1960（5）：122-125.

⑤ 文效东．《中国现代文艺思想斗争史》［J］．文学评论，1960（5）：122-125；张玺．上海各大学中文系科学研究简况［J］．文学评论，1960（3）：25.

⑥ 周天．推荐《中国现代文艺思想斗争史》［J］．上海文学，1960（6）：64-65.

教研组、现代文学教研组老师们的关心和帮助，但并未明确指出具体人名。从后来的相关文字介绍中，我们发现王永生为该著付出较多。他于1949年考入复旦大学中文系，1952年大学毕业，留任复旦大学中文系助教，兼任1957级党支部书记，① 指导了1957级学生编写该讲义。② 后来王永生的学术代表作之一即是《中国现代文学理论批评史》③，学术源头可以追溯于此。

该著在前言中还说明本书得到众多校外专家的直接指导和具体帮助，他们是上海市作家协会的叶以群、孔罗荪、姚文元，还有唐弢、钟望阳以及上海文艺出版社的编辑。该著的积极发起者和参与者之一吴立昌曾回忆：叶以群是王永生请来的，他对该著的总体框架、写作原则、资料收集、章节安排，方方面面都谈到了；在总结经验部分，他明确提出三点：党的领导、统一战线、大众化（文艺的群众路线）。孔罗荪也指出不少需要修改之处，但姚文元只是不着要领地应付了几句。④

（一）凸显党对文艺思想斗争的领导

在文学史编写中突出党的领导，在“十七年”是必须遵守的规则。但相比之前的文学史，《中国现代文艺思想斗争史》对党的领导强调得更加具体、全面。

该著将中国现代文艺思想斗争史分为四个时期、书写为四编，几乎在每一时段、每一编都有专章介绍党对文艺工作的领导。第一编“五四、第一次国内革命战争时期的文艺思想斗争1917—1927”中有第一章“马克思主义推动了文学革命运动”、第四章“党给新文学指出新的方向”；第二编“第二次国内革命战争时期的文艺思想斗争1927—1937”有第二章“中国共产党领导下的中国左翼作家联盟”、第八章“毛泽东同志指明了苏区文艺运动的方向”；第三编“抗日战争前期的文艺思想斗争1937—1942”有第一章的第二部分“解放区关于改造旧形式创造新形式的论争”；第四编“抗战后期和解放战争时期的文艺思想斗争1942—1949”有第一章“马克思列宁主义文艺理论的新发展——《在延安文艺座谈会上的讲话》”。这些章节凸显了党对文学事业的领导贯穿在每一时段之

① 吴立昌．私淑八年忆以群［M］//叶周．文脉传承的践行者：叶以群百年诞辰纪念文集．上海：上海三联书店，2011：243.

② 阎纯德．中国文学家辞典：现代第五分册［M］．成都：四川文艺出版社，1992：36.

③ 王永生．中国现代文学理论批评史（上）［M］．贵阳：贵州人民出版社，1986；中国现代文学理论批评史（中）［M］．贵阳：贵州人民出版社，1988；中国现代文学理论批评史（下）［M］．贵阳：贵州人民出版社，1991.

④ 吴立昌．私淑八年忆以群［M］//叶周．文脉传承的践行者：叶以群百年诞辰纪念文集．上海：上海三联书店，2011：243-245.

中，它推动了无产阶级文艺事业的不断发展，也展现了党的文艺思想自身也处于不断进步中。

与同时代的文学史编写进行比较，会发现该著对党在不同时段的领导作用进行的强调，有着自己的新意。“党给新文学指出新的方向”这一章书写了两节。第一节“共产党人的文学主张”主要介绍《中国青年》先后发表的邓中夏、恽代英、萧楚女、蒋光慈、沈泽民等人宣传马克思主义理论的文章，并分类介绍了他们的具体主张。第二节则是“战斗中的革命文学家和文学团体”，主要介绍鲁迅、文学研究会、创造社的文学主张从“民主主义到社会主义的变化”，他们发生这样的变化，有两个原因：“其一是，他们在不同程度上参加了党所领导的群众运动，包括工人运动、五卅运动和全国的大革命等，同时还参加了党所领导和影响的文艺思想斗争，这些运动和斗争锻炼、教育了他们；其二是马克思主义的思想威力越来越强大，他们不断地接受了马克思主义的影响，逐步学习了马克思主义。这当中，共产党人的文学主张也给了他们一定的影响。”① 对早期共产党人文艺思想的介绍在1951年颁布的大纲初稿中就有具体的章节编排，但只是予以介绍而没有论述其具体影响，只显示它是无产阶级文艺思想的萌芽。该著这样两节的编排，给读者的感觉就是在第一个十年期间，早期共产党人的文艺思想已经产生了巨大影响，并促成了鲁迅、文学研究会和创造社的思想转向。这样的编写在1958年后集体编写的文学史著中比较普遍，在此前介绍的刘绶松的校内讲义中就已有之，但该著更为明显。

在具体文艺斗争的组织上，该著与当时的文学史一样，都会强调党的领导作用，但还强调党员的文艺观点和参与斗争。如与学衡派的文艺思想斗争，之前的文学史都只介绍鲁迅与胡先骕等人的论辩，但该著对共产党人沈泽民的文章进行摘引，指出他“为新文学找到了一个彻底解决语言问题的方向，并一语中的地击破了复古主义者的滥调”②。在反对“整理国故”的运动中，一般文学史只会书写鲁迅与胡适的斗争，该著除此之外强调了郭沫若、成仿吾、瞿秋白、萧楚女等共产党人的批判意见。同样，在批判名士派中，也强调了共产党人邓中夏、恽代英等人的文艺主张。在具体文艺斗争中凸显党员作家的观点及作用，这是该著的一大创造。也正因如此，我们发现该著所引用的文字除鲁迅外，主要是毛泽东、瞿秋白、邓中夏、郭沫若、周扬、陈伯达、潘梓年、艾思奇、叶

① 复旦大学中文系1957级文学组学生．中国现代文艺思想斗争史［M］．上海：上海文艺出版社，1960：109.

② 复旦大学中文系1957级文学组学生．中国现代文艺思想斗争史［M］．上海：上海文艺出版社，1960：109.

以群、胡绳等共产党人的文艺观点。

（二）繁多的文艺思想斗争介绍

与当时的中国新文学史编写采取的是一致的策略，该著在《导论》中就强调了中国现代文艺思想斗争的历史，“实质上是一部无产阶级文艺路线和资产阶级文艺路线两条道路斗争的历史”①。该著是专门书写“中国现代文艺思想斗争史”的，所以几乎将重要的现代文学论争都进行了收录书写，这是对现代文艺思想论争的一次大检索。周扬的《文艺战线上的一场大辩论》发表之后，两条路线的斗争被阐述为两方面，一是正面地与“敌人”斗争，一是与“混进”革命文艺内部的“敌人”进行斗争。该著也是采取这样的方式进行介绍。

与“混进”革命文艺内部的“敌人”进行斗争，该著主要介绍的是与王实味、丁玲、胡风集团、萧军“反动思想”、冯雪峰文艺观点的斗争。在革命文学论争中，同样也是将太阳社、创造社攻击茅盾与鲁迅进行了淡化处理，强调冰禅、甘人、侍桁等人的破坏作用。在对“两个口号”的论争的书写中，更多的是强调“国防文学”这一口号的正确性和巨大贡献，而对另一口号的意义予以忽略，鲁迅被书写为受到了胡风与冯雪峰的“蒙蔽”与“利用”。

除此之外，还介绍了在第二次国内革命战争时期苏区曾经发生的几次批判运动，如对多幕剧《谁的罪恶》《武装保护秋收》的批判，对当时上演封建旧戏的批判。在抗战前期解放区围绕秧歌剧和平剧改造产生了系列“错误”观点，如“丑化和否定秧歌的错误意见，其中以冯宿海为代表”，林采“不同意秧歌向新歌舞剧方向发展”，还有人认为“当新歌舞剧取得目前秧歌地位时，秧歌就会死亡”②，阿甲关于评剧的遗产接受和服务政治问题也有“错误”论调等，③ 该著都一一予以介绍，并详尽地分析了当时对他们的批判。这些都是一般的中国现代文学史书写时没有注意的。

与林纾、学衡派、甲寅派、现代评论派、新月派、民族主义文学、“自由人”和“第三种人”“帮闲文学”“与抗战无关论”、战国策派的斗争，是当时新文学史编写和该著书写的正面地与“敌人”斗争。此外，该著还添加了较多其他文学史著没有介绍的文艺论争。如在1917—1927年的“对封建复古主义的

---

① 复旦大学中文系1957级文学组学生．中国现代文艺思想斗争史［M］．上海：上海文艺出版社，1960：导论4.

② 复旦大学中文系1957级文学组学生．中国现代文艺思想斗争史［M］．上海：上海文艺出版社，1960：351-352.

③ 复旦大学中文系1957级文学组学生．中国现代文艺思想斗争史［M］．上海：上海文艺出版社，1960：355-359.

斗争”中增加了对“折中派”曾毅、方孝岳、余元濬、蒋善国的斗争；书写了与封建遗少“名士派”“鸳鸯蝴蝶派”的斗争，批判他们的作品“只是红男绿女的色情生活，腐朽的资产阶级的颓废情调和没落的封建阶级的苦闷哀鸣”①。在书写1927—1937年这一时段的革命文学论争时，增加了与无政府主义者莫孟明、尹若以及与侍桁、甘人、周作人、冰禅的斗争；批判了张资平、曾今可、杨邨人、施蛰存等人的文艺观点；② 还批判了汪懋祖、徐梦因挑起了“文言复兴”运动。在1937—1942年抗战前期的文艺思想斗争中还书写了对反对“暴露黑暗”论、“文学贫困论”、张道藩的文艺政策等所进行的批判。特别是该著对这一时期与汉奸文艺的斗争进行了专章介绍，主要批判对象是周作人、张资平和张露薇。③ 在1942—1949年这一时段中，书写了对沈从文“纯正艺术”论，章伯钧、费孝通、罗隆基、储安平等人“中间路线”的批判，还介绍了中国香港的进步文艺界在1948年对朱光潜、萧乾等人的批判。综上所述，我们发现，该著的编写通过发动众多学生的集体参与，人多力量大，收集资料的确比较全面。

注重文艺论争的历史书写，是中国现代文学史编纂史的一大传统。李何林是这一研究方向的代表者，他1930年编有《中国文艺论战》④，1939年著有《近二十年中国文艺思潮论》⑤，但都没有将中国现代文学史论争予以全部反映。复旦大学中文系集体编写的《中国现代文艺思想斗争史》虽然在观点取舍方面以当时的政治正确为标准，决定了它价值判断上的失衡和偏激，但不可否认的是其资料极其丰富，是第一次较全面反映现代文学论争的著作。当然，它在史料的选择上也并不是囊括殆尽的。当时“文效东”⑥ 就曾指出这一点，他们认为该著将文艺思想斗争史与创作实践和文艺批评截然分割开来，“对各种文艺思想在创作中产生的影响，以及体现各种文艺思想的有代表性的作品，几乎没有

① 复旦大学中文系1957级文学组学生．中国现代文艺思想斗争史［M］．上海：上海文艺出版社，1960：85.

② 复旦大学中文系1957级文学组学生．中国现代文艺思想斗争史［M］．上海：上海文艺出版社，1960：246-247.

③ 复旦大学中文系1957级文学组学生．中国现代文艺思想斗争史［M］．上海：上海文艺出版社，1960：378.

④ 李何林．中国文艺论战［M］．上海：北新书局，1930.

⑤ 李何林．近二十年国文艺思潮论［M］．福州：生活书店，1939.

⑥ 人大“文研班”首届研究生写文章时所用的集体笔名有“马文兵”和“文效东”。何西来．我在“文研班”的读书生活［M］//白烨．2003中国年度文坛纪事．桂林：漓江出版社，2004：234.

提到"，尤其对"在评价作品中所表现出来的文艺思想斗争，则根本没有涉及"①，这一批评无疑是正确的。

在文学史书写中，"'划时代'的体制、流派、作品和艺术家注定要跌回到过去，变为经典的或降级的，眼看着被抛出历史之外或'进入历史'，注定成为得到认可的文化的永恒现在，其中'活着时'最不相容的趋向和流派可以和平共存，因为它们经典化了、学院化了、中性化了"②。但该著所书写的文艺斗争并未"和平共存"地"中性化"，更多的是历史斗争的"再批判"或现实文艺斗争的回光返照，这也应是该著的一大缺点。而新时期之后，继续在中国现代文艺论争史这一领域深耕细作并取得成绩的还有廖超慧③和刘炎生④等学者，以及其他众多的中国现代文学思潮史和运动史，此时，这种"经典化""学院化""中性化"方才实现。

（三）无产阶级文艺路线的述史线索逐渐成熟

编写者在前言中已经说明，他们在系列政治、学术批判运动中，反复地学习了《讲话》和周扬的《文艺战线上的一场大辩论》，深切地认识到："文艺事业是党的事业的一个组成部分，我们的文艺必须为无产阶级政治服务，必须为工农兵服务。"⑤ 对这种文艺观点的具体阐释体现在对《讲话》的书写中。该著将它作为专章进行了介绍，分三节讨论了"《讲话》发表时延安文艺界的状况""《讲话》的发表及其主要内容""《讲话》的伟大历史意义"。对其主要内容的书写则是重中之重，主要介绍《讲话》对诸多问题的探索和结论，从而揭示其伟大意义。而对于其他"错误"文学思想的斗争也正是以《讲话》作为批判的武器，并以此为出发点的。

同时，该著还"力图以毛泽东文艺思想为纲，把三十年的文艺思想斗争作为一个完整的、有发展线索和发展规律的整体来加以评述"⑥，以通过书写文艺思想斗争的不断发生，展现马克思主义文艺理论的最终成熟。在书写完每一次文艺斗争之后，该著都会有专节总结该次斗争的重大意义和所存在的缺陷。例

---

① 文效东．《中国现代文艺思想斗争史》[J]．文学评论，1960（5）：122-125.

② 布迪厄．艺术的法则：文学场的生成和结构 [M]．刘晖，译．北京：中央编译出版社，2001：191.

③ 廖超慧．中国现代文学思潮论争史 [M]．武汉：武汉出版社，1997.

④ 刘炎生．中国现代文学论争史 [M]．广州：广东人民出版社，1999.

⑤ 复旦大学中文系1957级文学组学生．中国现代文艺思想斗争史 [M]．上海：上海文艺出版社，1960：前言1-2.

⑥ 周天．推荐《中国现代文艺思想斗争史》[J]．上海文学，1960（6）：64-65.

如，革命文学运动的成就被认为是巨大的，影响是深远的，但同时也揭示了革命文学理论的缺陷在于“不仅没有解决甚至没有提及作家通过深入工农生活、学习马克思列宁主义进行思想改造以实践革命文学的主张”，这直到1942年毛泽东《讲话》发表以后“才得到彻底解决”。① 在分析各种文艺思想斗争时指出其成就与不足，正是以《讲话》为评判原则，从而体现出它才是无产阶级文艺理论发展的最高峰，从而演绎了无产阶级文艺思想的发展历程。

在编写《中国现代文艺思想斗争史》时，国内已经翻译出版苏联弗·伊凡诺夫所著的《苏联文学思想斗争史》。该著简要地讲述了1917—1932年间苏联文学生活中的重大事件和较重要的作家作品，“叙述了党为提高苏联文学的思想性与形形色色的敌对集团和流派所进行的斗争，党对社会主义文学建设的领导”②。将两著进行比较，会发现他们在叙述主题、文学观以及文学史观上都有着相似之处，这说明《中国现代文艺思想斗争史》的编写受到了《苏联文学思想斗争史》的影响，这与当时的中国现代文学史编写受到了苏联季莫菲耶夫编写的《苏联文学史》的影响一样。

第五节　孙中田、刘增杰等在时代面前的“微调”

在“三结合”集体编写文学史的浪潮中，也有一些教师将本校此前的文学史著予以修正、完善，将自己的步伐予以“微调”以免“落后”于时代太远。这以吉林师范大学孙中田、开封师范学院刘增杰等人编写的中国现代文学史著为代表。

一、孙中田等完善《中国现代文学史》

1958年，中共中央要求：“除少数综合大学、某些专业学院和某些中等技术学校仍旧由中央教育部或者中央有关部门直接领导以外，其他的高等学校和中

① 复旦大学中文系1957级文学组学生．中国现代文艺思想斗争史［M］．上海：上海文艺出版社，1960：156-161．

② 伊凡诺夫．苏联文学思想斗争史［M］．曹葆华，徐云生，译．北京：作家出版社，1957：内容说明．

等技术学校都可以下放，归各省、市、自治区领导。”① 据此，东北师范大学下放归吉林省领导。10月5日，学校举行改变领导关系、更改校名典礼大会，学校改名为吉林师范大学。② 1959年9月至1960年4月，改名后的吉林师范大学函授教育处印刷了《中国现代文学史》（1—5）。（以下简称为“1959—1960年版”）该书并不是采取“三结合”方式编写的，而是吉林师范大学中文系中国现代文学研究室“应函授教学需要而编写的初稿”③。以下我们将其与该教研室集体编写的1956年版下册④和1957年版⑤上册进行比较，来讨论二者在内容与体例上的稳定与变化。

首先，著者和内容的变化。1959—1960年版与1957年版上册最大的不同应该是前者将整个中国现代文学史全部书写完毕，而后者只书写了五四和第一、第二次国内革命战争时期，即五四前夕至1936年的文学，之后的文学史内容没有出版。如果将1959—1960年版分别与1957年版上册和1956年版下册的内容予以比较，我们会发现1959—1960年版将之前何善周和张泗洋直接编写的部分予以撤换，但何善周执笔的郭沫若的戏剧部分没有变动。笔者猜测那应是其他人所书写，经过了何善周的改写而已。所以说，1959—1960年版编写的主要成员应该是孙中田、思基和张芬。

何善周和张泗洋所撰写的章节虽然已经被撤换，但是他们对鲁迅、郭沫若的书写还是影响了后来者。不说对这二位作家的生活和创作道路的介绍，单从对二位作家的作品分析中就可以看出，后来者在前者的基础上进行了修正与整合。例如，对鲁迅前期作品的分析，前者为突出《阿Q正传》的伟大成就，将它与《呐喊》和《彷徨》并列成为两节书写，这无疑是有问题的，因为《阿Q正传》本来就被收入《呐喊》小说集。所以，后来者改变了这一做法，只是重点论述《呐喊》与《彷徨》，在其中重点论述《阿Q正传》，不再单列一个小节。在主要关注点上，二者都注意从《呐喊》与《彷徨》的现实主义、主题、人物形象和艺术特征这几方面进行阐述；但在具体篇幅和分类上，可以见出后

---

① 东北师范大学、陕西师范大学高等学校干部进修班．中华人民共和国高等教育大事记（一九四九——一九八一）（中）［M］．长春：东北师范大学出版社，西安：陕西师范大学出版社，1982：195-196.

② 《东北师范大学校史》编辑委员会．东北师范大学校史（1946—1996）［M］．长春：东北师范大学出版社，1996：92.

③ 吉林师范大学中文系中国现代文学教研室．中国现代文学史（第一分册）［Z］．长春：吉林师范大学函授教育处，1959：前言．

④ 孙中田，等．中国现代文学（下）［Z］．长春：东北师范大学函授教育处，1956.

⑤ 孙中田，等．中国现代文学史（上）［M］．长春：吉林人民出版社，1957.

者是对前者的修正：关于小说对革新者的歌颂，二者都书写了《狂人日记》中的阿 Q,《药》中的夏瑜，《长明灯》中的疯子以及对劳动人民的描写；妇女问题都分析了《离婚》中的爱姑、《祝福》中的祥林嫂，后来者还分析了《伤逝》中的子君；知识分子形象中，二者都分析了《孔乙己》《在酒楼上》《孤独者》，前者将《肥皂》中的四铭和《高老夫子》视为“统治阶级的代表人物”进行分析，后来者则将他们视为知识分子形象予以透析；关于劳动人民的形象，二者都分析了《故乡》，前者还分析了《明天》中的单四嫂子，后来者分析的是《一件小事》。从这些分类及代表作家与人物形象分析来看，二者大致相同，但后来者在前者的基础上总结了经验，更加合理。对郭沫若《女神》的分析也大致如此，二者的基本观点大致相同，都是从爱国主义的主题、叛逆的反抗的主题、创造精神的歌颂、歌颂自然、积极的浪漫主义特色这几方面去论述的，但对具体作品分析还是存在不同。这说明，何善周和张泗洋虽然已经不在 1959—1960 年版中承担具体编写任务，但是他们之前的工作仍然得到了尊重。

其次，体例的变化。1957 年版上册仅有五章，鲁迅、郭沫若、茅盾、瞿秋白就占了四章，这种文学史体例重在经典作家的专章书写受到后来人的称许。①但是，这种文学史体例并不能很好地呈现文学史的脉络发展和时间更替。例如，在第一章概述了“五四：第二次国内革命战争时期的文学”，接下来书写的几位作家应该也只介绍他们在这一时期的创作，但实际上介绍的是他们创作的全部论述，将抗战时期甚至是 1949 年后的文学活动也一并介绍；而在 1956 年版下册介绍赵树理时，重点分析的是他 1949 年后创作的《三里湾》。这样一来，文学史建构就斫伐了“文学史发展的自然时间主线”，重要作家与同时代文学运动及其他作家的紧密联系被生硬地割裂了，整个文学史顺时发展的历史之流也被强制性地岔开，因而“文学史讲述的权威性也就会大打折扣”。②

1959—1960 年版改变了之前的体例，最大的不同在于将每一个时段的文学运动的概述分开书写，同时将鲁迅、郭沫若分成前后期进行论述，考虑了他们在不同时期对文学发展的历史功绩，而且文学史的历史线索比之前更为清晰，对于赵树理的作品分析也不再提及《三里湾》。很显然，这种改动不是随意为之，应是他们考虑到之前文学史编写体例的弊端之后所做出的重大举动。

最后，正如这一时期的大部分文学史著一样，孙中田等人在 1959—1960 年版编写时也受到了时代政治的影响，他们增加、突出了两条道路的斗争。在绪

① 许怀中．中国现代文学史研究史论 [M]．厦门：厦门大学出版社，1997：57.

② 郜元宝．遗珠偶拾：中国现代文学史札记 [M]．北京：北京大学出版社，2010：352.

论中就指出："两条道路的斗争是中国现代文学发展的基本矛盾"①，这成了贯穿文学史的主线。对胡风、王实味、丁玲、罗烽、艾青、萧军等人的批判分别构成了重要章节，而之前着重关注的与林纾、胡适、沈从文、民族主义文学等作家和文学派别的斗争退居其次。正因如此，艾青和丁玲在文学史中不再重点论述，而在1956年版下册中，丁玲与赵树理一样独占一章。② 这都是遵照1958年周扬所作报告《文艺战线上的一场大辩论》所进行的修改和彰显。

文学史分期也受到时代的影响而有所变化。在第一分册的绪论中，著者将中国现代文学史分为四个时期：五四到第一次国内革命战争时期、第二次国内革命战争时期和抗战前期、抗战后期和第三次国内革命战争时期、当代文学。在具体编写中除当代文学没有书写外，其他三个时期都得以介绍。但是在1960年4月印刷的第五分册中，出现的标题是"第二编 中国现代文学发展的新阶段（1942—1949）"，这说明此时编者们已经与"大跃进"时期的文学史分期形成了一致，即第一编应是中国现代文学的发生和发展（1919—1942）、第二编是中国现代文学发展的新阶段（1942—1949）、第三编是中国现代文学发展的高潮（1949—1958）。他们这样划分"主要是根据革命文学任务策略的变化，文学的内容、特征和革命现实主义与革命浪漫主义相结合创作方法的变化、发展来进行的"③，因为在绪论中他们已经强调"革命的现实主义与革命的浪漫主义相结合，是中国现代文学发展的基本方向"④。1957年版上册则是按照五四和第一次国内革命战争、第二次国内革命战争、抗日战争和第三次国内革命战争时期、经济恢复和第一个五年计划时期分为四个不同时期的。当时认为中国现代文学"在创作方法上便不能不以社会主义现实主义为最高准则"⑤，正因为坚持的创作方法和标准的不同，所以文学史分期不一样，区别在于是否紧跟形势以1942年、1949年为关键时间点将中国新文学史分为三个时期。

随时代政治变化的修订，也体现在1959—1960年版在书写《抗战前期的文学》时，增加了"革命根据地的文艺运动"这一小节，以介绍中央苏区和解放区的文艺活动，这是对1958年新民歌运动的响应。考虑到这一方面的书写在王

---

① 吉林师范大学中文系中国现代文学教研室．中国现代文学史（第一分册）［Z］．长春：吉林师范大学函授教育处，1959：8.

② 孙中田，等．中国现代文学（下）［Z］．长春：东北师范大学函授教育处，1956.

③ 吉林师范大学中文系中国现代文学教研室．中国现代文学史（第一分册）［Z］．长春：吉林师范大学函授教育处，1959：23.

④ 吉林师范大学中文系中国现代文学教研室．中国现代文学史（第一分册）［Z］．长春：吉林师范大学函授教育处，1959：16.

⑤ 孙中田，等．中国现代文学史［M］．长春：吉林人民出版社，1957：说明3.

瑶的《史稿》下册就已有之，我们也不必责备。因为同时代“三结合”集体编写的中国现代文学史著已经将工农兵文学运动前推至五四和第一次国内革命战争时期，相比他们，孙中田等人已经“落伍”了。

二、开封师范学院刘增杰等合撰《中国现代文学史稿》

1958年4月，任访秋被免除中文系副主任职务，由三级教授降为五级教授，并随中文系师生参加劳动。[①] 这样一来，他就不再在开封师范学院担任中国现代文学史的教学，学校再用他编写的教材已不合时宜。1958年掀起了“三结合”集体编写教材的热潮，于是，经过将近一年的努力，开封师范学院编写的新的函授教材《中国现代文学史稿》于1959年9月印刷。

该教材的编写者主要是开封师范学院现代文学教研室的郭光、黄平权、刘溶[②]、张振犁、刘增杰[③]五位老师，他们采取的是集体讨论和个人执笔的方式编写。他们多是刚走出校门不久的年轻教师，郭光年龄最大，刘增杰参与编写时才二十多岁，其他三位都是三十多岁；从学历来看，有三位研究生，两位本科生。这样的师资搭配相比任访秋而言，经验学识有所逊色，但相较当时集体编写文学史的在读本科生而言，更为专业而正规。下面我们将这套集体编写的教材与任访秋编写的《中国现代文学论稿》予以比较，以显现出它的特点。

首先，同中有异的文学史分期与体例建构。任访秋的《论稿》将中国现代文学分为两个时期五个阶段。集体编写的《中国现代文学史稿》将中国现代文学史分为三个时期：第一个时期是五四运动至抗日战争前期（1919—1942），这一时期虽没有再细分几个时期，但从上册目录中可见，它大致是按照五四，第一、第二次国内革命战争和抗日战争前期四个时期进行介绍的；第二个时期是抗日战争后期和第三次国内革命战争时期（1942—1949）；第三个时期是中华人民共和国成立十年来时期（1949—1959）。可见，两本教材的文学史分期大体一

① 任亮直．任访秋先生生平著作系年［M］//沈卫威．任访秋先生纪念集．郑州：河南大学出版社，2004：257-260.

② 郭光1948年毕业于南京中央大学研究院，获文学硕士学位；黄平权1952年毕业于北京师范大学中文系，执教于河南大学；刘溶1948年毕业于国立南京大学，获文学硕士学位，1952年被聘为河南大学中文系讲师。刘卫东．河南大学百年人物志［M］．郑州：河南大学出版社，2012：357，436，367.

③ 张振犁于1953年在北京师范大学中文系民间文学专业攻读研究生，师从钟敬文。1955年毕业后在河南师范学院中文系工作。刘增杰于1956年毕业于开封师范学院中文系，留校任教。河南当代人物辞典编辑委员会．河南当代人物辞典［M］．河南当代人物辞典编辑委员会，2006：438，361.

致，只不过整体格局略有不同，《中国现代文学史稿》中当代文学开始独立成编。他们都是按照中国现代文学史是社会主义现实主义文学的萌芽、发生、发展进行书写，但集体编写的《中国现代文学史稿》的章节标题更明显：第一编第二章的标题为“在社会主义现实主义的道路上前进”，第二编第一章的标题为“毛主席在延安文艺座谈会上的讲话：中国社会主义现实主义文学发展的里程碑”，第二章的标题包含有“社会主义现实主义发展的新时期”，第三编第一章的标题有“社会主义文学的空前繁荣”的字样。这样很醒目地标示了中国现代文学由社会主义现实主义文学的发生、发展以至社会主义文学的重要步履。这是遵照周扬在中国作家协会理事会第二次会议（扩大）所作报告的精神进行叙述的，看来无产阶级革命文学史的书写还没有成为他们的自觉。

二者在体例编排上差异不大。任访秋的《论稿》共有二十章，前十三章书写第一阶段1919—1942年的文学运动，后七章书写第二阶段1942—1956年的文学运动。每一阶段都按照不同分期介绍不同时期的文艺理论及创作概况，然后重点分析每一阶段的重要作家，以作家论为主。集体编写的《中国现代文学史稿》有上、下两册。上册为第一编，书写1919—1942年间的文学，共有十章，前两章是概述文艺斗争和文学概况，后八章是七章重点作家专论和一章群众创作专论。下册为第二、三编，第二编书写1942—1949年间的文学，第一章重点介绍《讲话》，第二章是概述毛泽东文艺思想指导下的文学运动及创作，后八章也是七章重点作家专论和一章群众创作专论。两著都是概述之后进行重点作家和群众创作专论，体例编排相近。可见，任访秋虽然已被批判，但是他在开封师范学院的授课及讲义编排还是具有影响力，后来者多在受其影响之列。

其次，更加凸显了文艺上两条道路的斗争和群众创作。任访秋的《论稿》也会书写文学理论上的论争，但是在章节标题上是作为文学理论的论战或论争的形式出现，没有凸显两条道路的斗争。但在集体编写时，章节标题已经对此强调，彰显了中国现代文学史在不同时段的两条文艺路线的斗争，更加系统化，文学史发展线索也更加简单化。这无疑与1958年周扬的《文艺战线上的一场大辩论》的发表有关，所以特别书写了与左翼阵营内部的“修正主义”路线的斗争。①

在任访秋的文学史著中，群众创作不是关注的重心，只是在《苏区文艺》这一节中予以书写，在解放区文艺运动的介绍中很少提及。在集体编写中，群

① 开封师范学院中国语言文学系，开封师范学院现代文学教研室．中国现代文学史稿上册［Z］．开封：开封师范学院函授部，1959：37.

众创作都占据了一个专章。而解放区群众创作的《东方红》《刘巧团圆》和《毛泽东的故事和传说》得以重点分析。这应是受到1958年“大跃进”新民歌运动的影响。但从具体篇幅来看，开封师范学院老师们的步伐相比北京师范大学和复旦大学的师生们并不激进，他们对群众创作的介绍并不多，只是占据很少一部分。

最后，作家作品选择及阐释的变与不变。任访秋的《论稿》专章介绍的作家有鲁迅、郭沫若、瞿秋白、茅盾、丁玲、赵树理六位。几人合为一章的专节介绍的作家有叶绍钧、老舍、巴金、曹禺、艾青、沙汀、夏衍、李季八位，另加上贺敬之与丁毅合为一节。集体编写的《中国现代文学史稿》中，专章介绍的作家作品增多，共十章，分别是关于李大钊、鲁迅、瞿秋白、郭沫若、茅盾、赵树理、李季的《王贵与李香香》、歌剧《白毛女》、周立波及其《暴风骤雨》、刘白羽的《政治委员》；几人合为一章的专节介绍的作家作品有方志敏、殷夫、蒋光慈、叶绍钧、老舍、曹禺、巴金、《马凡陀的山歌》及陈白尘的《升官图》，共九位。丁玲、艾青、夏衍、沙汀不再出现，出现了更多的革命作家如李大钊、方志敏、殷夫、蒋光慈。同时《马凡陀的山歌》、周立波的《暴风骤雨》、刘白羽的《政治委员》和陈白尘的《升官图》等政治性更强的作品的文学史地位得以提升；老舍、曹禺、巴金的文学史地位有所降低。可见，无产阶级革命文学史的书写也影响了他们在作家作品的选择。

集体编写的《中国现代文学史稿》一方面注意到文学史发展的时段性，另一方面又采取了以作家专论的形式介绍作家作品，这样就出现了体例的矛盾性。例如，专论老舍的一节是在第一编，但是重点分析的是他1949年后创作的《龙须沟》；专论赵树理的一章是在第二编，但重点分析了他1949年后创作的《三里湾》。文学史编写者出现这样的矛盾，或许与他凸显社会主义现实主义文学史有关，这就导致出现了文学史的“时间差”。这样的情况在作家专论的这种文学史体例中是通病所在，该著也不例外。

值得欣慰的是，集体编写的《中国现代文学史稿》在具体作家分析上却注重到了文学性和艺术性。任访秋的《论稿》中论述鲁迅的篇幅有五节，依次是“伟大的战斗者的一生”“从革命的民主主义到马克思列宁主义”“创作：小说、散文诗、杂文”“从现实主义（革命的浪漫主义）到社会主义的现实主义”“中国新文学的奠基人与‘中国文化新军的最伟大和最英勇的旗手’”。从标题上看，任访秋对鲁迅重在用当时的政治、文学概念来进行分析，使之符合意识形态对鲁迅的界定和借用。集体编写的《中国现代文学史稿》中，鲁迅这一章是刘增杰所写，共有六节，依次为“鲁迅的生平创作和思想发展道路”“呐喊和彷徨”“阿Q正传”“故事新编”“野草”“杂文”。从标题上看，刘增杰更为中性冷静；从内容上看，刘增杰也书写了“鲁迅的思想发展道路：从革命民主主义到共产主义”①，但他更重视不同类型的作品分析，不单从论述中将鲁迅一再拔高；从具体作家作品分析上看，刘增杰也多注意主题内容与艺术特色的分析。例如，“呐喊和彷徨”这一节，是从《呐喊》和《彷徨》所反映的主要的社会内容、塑造的不同阶级和不同类型的人物形象、艺术特色、历史意义这四方面对它进行介绍的。其中详细分析了“典型人物塑造的成功”“新颖的形式，多样的结构”“情景交织”“高度成熟的艺术语言”“继承了我国古代文学的优秀传统”“革命浪漫主义”② 六方面的艺术特色。又如，刘增杰在分析完《野草》的思想斗争、愤激的情绪、叛逆精神、战斗精神和对统治者、市侩及其帮凶的揭露和批判后，也揭示了它“表现形式的多种多样”“象征手法的运用”“借用梦境，表现深邃的思想”“语言精炼含蓄和排比对比手法的运用”③ 等各方面的艺术表现。不单是对文学史著中一直受到重视的鲁迅这样，对革命作家李大钊等人的作品分析也是如此。如在分析李大钊《岭上的羊》这首诗歌时，就指出他“同情弱小，从弱小中看出胜利，充分地表现出一位无产阶级战士的崇高的胸怀”的主题思想，同时也指出“大钊同志的诗清新自然，特别是他的新体诗，有民歌味道，给中国的新文学树立了典范”。④ 这充分说明该著在作家作品的分析上坚持了文学立场。

可见，《中国现代文学史稿》对作家作品的分析是在任访秋所奠定基础上的进一步探索，进一步条理化。至于在作家选择上更趋于政治化，则是在唯物论新文学史书写激进化之中的必然“微调”。

第六节　刘绶松《中国现代文学史讲义》的增删与“美化”

1956年，刘绶松的《初稿》出版之后，即被推荐为全国高校文科教材，他

① 开封师范学院中国语言文学系，开封师范学院现代文学教研室：中国现代文学史稿上册[Z]．开封：开封师范学院函授部，1959：82.

② 开封师范学院中国语言文学系，开封师范学院现代文学教研室：中国现代文学史稿上册[Z]．开封：开封师范学院函授部，1959：100-103.

③ 开封师范学院中国语言文学系，开封师范学院现代文学教研室：中国现代文学史稿上册[Z]．开封：开封师范学院函授部，1959：120-121.

④ 开封师范学院中国语言文学系，开封师范学院现代文学教研室：中国现代文学史稿上册[Z]．开封：开封师范学院函授部，1959：74.

自己跻身为全国著名的新文学史专家。同年，他被吸收为中国作家协会会员，又当选为湖北省文学艺术联合会的主席团委员。1957年，刘绶松任《武汉大学学报（人文科学）》的副主编。1958—1959年间，刘绶松在武汉大学继续教授中国现代文学史，同时将《初稿》修改了一遍，作为《中国现代文学史讲义》（以下简称《讲义》）在校内部印行。20世纪60年代中期，《讲义》准备由人民文学出版社出版，但未实现。1979年，他的学生武汉大学中文系现代文学教研室的教师易竹贤、陆耀东、唐达晖三人对其讲义进行整理，出版了《初稿》修订本。这是以刘绶松修改过的《讲义》为基础，酌取之前出版的《初稿》的长处进行修订的。①

刘绶松《初稿》修订本的写作经历告诉我们，《讲义》比初稿本的学术水平高，不然修订本不会以它为基础而进行整理。但是学界几乎无人对《讲义》的原貌进行讨论，只能就其修订本与初稿本的不同来推测其大致风格。笔者有幸收集到刘绶松1959年校内印刷的《讲义》，现将它与1956年出版的《初稿》进行比较，以展现其大致面容。

一、对时代政治的顺应

在1958年的“教育革命”中，武汉大学的中国现代文学教学及研究也跟随时代而发生了变化。他们把政治是灵魂、是统帅的思想贯穿在教学之中，并坚持了以下原则：一、“抓紧文学与政治的关系，强调文艺为无产阶级的政治服务是我国革命文学的优良传统”；二、“突出党对文艺事业的领导”；三、“以文艺战线上的两条道路的斗争作为一条主线”；四、突出作家的世界观对于创作的决定性作用。② 根据这些原则他们在文学史具体教学内容上进行了补充与修改：（1）以1942年《讲话》作为分期界限，突出了《讲话》对于无产阶级文学发展的重要性；（2）“增添了某些革命先烈的作品和分析”；（3）删去受批判的作家作品，“对他们作品中具有浓烈毒素的则予以批判”；（4）“增添了某些反映劳动生产和暴露了资产阶级教育罪恶的作品”；（5）“根据新发现的史料，改写了某些章节”。③ 以上虽说是武汉大学中国现代文学教研室对他们的中国现代文

① 武汉大学中文系现代文学教研室．中国新文学史初稿［M］．北京：人民文学出版社，1979：修订再版书后727.

② 武汉大学中国现代文学史教研室．坚持政治挂帅提高“中国现代文学史”的教学质量［J］．武汉大学学报（人文科学），1959（10）：72-78.

③ 武汉大学中国现代文学史教研室．坚持政治挂帅提高“中国现代文学史”的教学质量［J］．武汉大学学报（人文科学），1959（10）：72-78.

学史教学改革的经验总结，实际上也部分折射了刘绥松修订自己《初稿》的原则和具体内容。

《初稿》将中国现代文学史分为五个时期，主要是按照政治史、革命史对中国现代文学史进行划分。《讲义》将中国现代文学史分为两编五个时期：上编为“中国无产阶级文学的萌芽和发展（1917—1942）”，包含五四运动时期（1917—1921）、第一次国内革命战争时期（1921—1927）、第二次国内革命战争时期（1927—1937）、抗日战争前期（1937—1942）四个时期；下编为“中国无产阶级文学发展的新阶段（1942—1949）”，主要是指抗战后期与解放战争时期。这样两编的分期在1958年后非常盛行，一方面是为了凸显《讲话》的重大历史意义，另一方面可以将1949—1958年书写为社会主义文学阶段，以此凸显中华人民共和国的文学成就，但刘绥松这里没有书写。《讲义》在分期上的修改，自然导致其体例和内容有所变化，但并没有伤筋动骨，只是将原来整体书写抗日战争时期的文学史内容分为前后两期，重新组合编排而已。

强调早期共产党人瞿秋白、邓中夏、恽代英、萧楚女等人的革命文学的理论主张，这在王瑶等人拟定的大纲初稿中就已体现，目的在于为革命文学理论的发生、发展进行历史梳理，《初稿》也简略地对此予以提及①；《讲义》则增加篇幅具体介绍他们的理论主张，同时特地指出他们对文学研究会和创作社作家们产生了影响。② 对革命作家及其作品的重视在《初稿》中也已体现，《讲义》继续了这样的章节内容，但增加了这一时期文学史都会书写的方志敏，并将他排在瞿秋白之后，他在革命作家中的地位是比较靠前的。《初稿》并没有介绍邓中夏的诗歌《渡洞庭》，但在1958—1959年间的一些文学史著中已如此编排③，所以刘绥松在《讲义》中也对它进行了摘录，并进行了简要分析，认为这是“早期中国无产阶级诗歌重要的收获”④。

在《初稿》中曾以左翼作家面孔出现并得到重点分析的丁玲、冯雪峰和艾青，在《讲义》中则受到批判。有关丁玲和艾青的章节都被删除，冯雪峰成了抗战时期引起“两个口号”论争的“罪魁祸首”；《初稿》曾多次引用冯雪峰的观点阐释作家、分析鲁迅，引述丁玲的回忆介绍胡也频，这些都被删除。文艺战线上两条道路的斗争在《初稿》中早有体现，《讲义》持以贯之。而且在抗

① 刘绥松．中国新文学史初稿（上卷）[M]．北京：作家出版社，1957：86-87.

② 刘绥松．中国现代文学史讲义 [Z]．武汉：武汉大学，1959：36-37.

③ 北京师范大学中国语言文学系．中国现代文学史：第一编（初稿）[Z]．北京：北京师范大学，1958：33.

④ 刘绥松．中国现代文学史讲义 [Z]．武汉：武汉人学，1959：67.

战后期与解放战争时期重点书写了“与王实味、丁玲、萧军等的斗争”，对王实味和丁玲的“斗争”是增加的；同时将原来的“对于‘主观论’的批判”改为对胡风集团的斗争，这在当时已是较晚的了。但刘绶松没有单独将“与冯雪峰的斗争”书写为一节，算是比较克制的。

与胡风、冯雪峰、丁玲等人的文学史地位下滑和受到批判相反，周扬在《讲义》中的文学史地位得以突出。例如，在论述“左联”存在着宗派主义和关门主义时，《初稿》引用的是冯雪峰在《论民主革命的文艺运动》一书中所阐明的观点，但《讲义》予以删除，换为周扬在1939年发表的《从民族解放运动中来看新文学的发展》中的观点。又如，《初稿》在对“第三种人”进行批判时，只是说周起应和陈雪帆等也都有过批评的文章，① 并未详细介绍他们的文章及观点。在《讲义》中，则对周扬的文章《到底谁不要真理，不要文艺?》进行了较多文字的摘录，并认为它与瞿秋白的文章“都是公开地站在无产阶级的立场上，反击了敌人的进攻，捍卫了马克思列宁主义和无产阶级文学的利益”②。王瑶在修订《史稿》时曾全面删减引用的胡风的话语，刘绶松在修改过程中则全面删减引用的冯雪峰的观点，由于这样的一再删改与增添，周扬的文艺观点及文学史地位就格外重要了。

相比之前，《讲义》更加重视工农兵文学。例如，增写了解放区的戏剧运动，③ 以及《讲话》发表之后的工农兵群众文艺活动。④ 但是没有如当时“三结合”集体编写的文学史著那样，添加第一次国内革命战争时期的工农兵文学运动。《初稿》在第三编第一章介绍“左联”时期的革命文学运动时，曾有一节为《创作方法问题》，这是对“左联”当时提出的各种创作方法的讨论，但在《讲义》中全部删除。或许在这个问题上“左联”做得并不成功，或者是因为当时重在强调中国现代文学是采取社会主义现实主义创作方法的，这时再强调其他创作方法，容易引起歧义。

二、经典作家作品的凸显与赏析的增添

如前所述，在1956年的中国文学史教学大纲的编订中，专家们都赞成以作家论为主来进行中国文学史的编写与讲述，这也体现在后来出版的综合大学大

① 刘绶松．中国新文学史初稿（上卷）[M]．北京：作家出版社，1957：252.
② 刘绶松．中国现代文学史讲义［Z］．武汉：武汉大学，1959：115.
③ 刘绶松．中国现代文学史讲义［Z］．武汉：武汉大学，1959：146-147.
④ 刘绶松．中国现代文学史讲义［Z］．武汉：武汉大学，1959：276-277.

纲中。而刘绶松是这次大纲编写的主要成员，对这一最新的文学史编写趋向有充分了解。但是他的《初稿》采取的是以时代为经、以文体为纬的体例，除鲁迅占有两章之外，其他经典作家作品并不突出。如果在修改中全部采用作家论的方式，那就意味着要全部重写，这肯定不是刘绶松的首要选择。为了更好地凸显重要作家作品的地位，他采取的方式是在《讲义》中调整作家的排位，增加经典作家作品的篇幅，更重视文学内容的介绍与艺术特色的分析，同时删减次要作家的介绍。

郭沫若与茅盾在《讲义》中成为继鲁迅之后的最重要作家。《初稿》在书写“倡导时期的诗歌与戏剧”这一章的“诗歌”小节时，首先介绍的诗人诗集是胡适的《尝试集》，然后介绍了李大钊、刘半农和刘大白，虽然提及了郭沫若和朱自清，却注明“他们的诗歌创作，主要是在下一个时期，所以只好留待下编再作评介了”①。《讲义》同样书写了这一章，但是在诗人诗集的介绍中，首先介绍的就是之前“留待下编再作评介”的郭沫若与其作品《女神》，之后才在“其他诗人的作品”中介绍胡适、李大钊、刘半农和刘大白，这样郭沫若成为诗歌倡导时期的第一人，文学史排序得以提高。在分析郭沫若早期剧本“三个叛逆的女性”时，《讲义》则删除了《初稿》上册摘录的郭沫若自述的作品内容和意义的介绍②，更改为刘绶松简介《卓文君》的内容。③

相对于郭沫若较少的篇幅增加，《讲义》对茅盾所花费的笔墨是在《初稿》基础上的翻倍，几乎是全部重写。《蚀》三部曲原来是不被重视的，修改后，《幻灭》《动摇》《追求》的主要内容得以独自成段介绍，并再用一段总体分析。《子夜》继续得到重视，主人公吴荪甫得到之前没有的重点分析，而且用了五个自然段讨论了之前没有提及的茅盾创作的艺术特点。这样茅盾所占篇幅就远超一般作家，在《讲义》中成为仅次于鲁迅和郭沫若的重要作家。

对巴金、老舍和曹禺的作品分析也有所增加。例如，增加较多篇幅介绍巴金早期写作的特点和主题，评价了他“非工人阶级的世界观给他的作品带来的难以弥补的缺陷和损失”，并重点分析了《家》中的觉慧与觉新。④ 在分析巴金“抗战三部曲”中的长篇小说《火》时，《讲义》不仅对第三部提出批评，而且添加了对前两部的批判。⑤ 对于老舍《骆驼祥子》的分析，则增加了祥子的人

---

① 刘绶松．中国新文学史初稿（上卷）［M］．北京：作家出版社，1957：75.
② 刘绶松．中国新文学史初稿（上卷）［M］．北京：作家出版社，1957：181-182.
③ 刘绶松．中国现代文学史讲义［Z］．武汉：武汉大学，1959：83.
④ 刘绶松．中国现代文学史讲义［Z］．武汉：武汉大学，1959：179.
⑤ 刘绶松．中国现代文学史讲义［Z］．武汉：武汉大学，1959：247.

生经历介绍，以说明小说“展示了旧中国城市灰暗腐朽的社会面貌”[①]。对于曹禺的剧作，则增加了对他作品中“宿命论”的观点和神秘气息的批评。但是在《讲义》中，这三位作家与其他较重要的作家所占篇幅大致相等，他们的文学史地位没有显著提升。《讲义》中还增加了对田汉《苏州夜话》中老画师刘叔康的介绍。[②]

《讲义》对闻一多、朱自清和郁达夫几乎是改写。《初稿》对闻一多的书写重心在于批判他讲究诗的格律，认为这是“建筑在一种并不正确的理论基础上的”[③]，同时对他的爱国主义诗歌进行介绍和称赞；《讲义》则将重心放在了对闻一多爱国主义诗歌的赏析和细读上，对他重视诗歌格律则只是中性介绍，对他早期的唯美主义的诗歌也只是提及而已。[④] 这样闻一多的文学史形象大为改观。《初稿》主要借用冯雪峰对朱自清的评价，说明他“不能够从小有产者的知识分子大踏步地靠拢革命队伍，他的进步显得有些迟缓”[⑤]；《讲义》中虽然也说明了朱自清靠拢革命队伍的步履有些迟缓，但增加了对其《送韩伯画往俄国》和《赠 A. S.》两诗的介绍，表明他“对于现实的执着精神和对于革命的向往”[⑥]，这样朱自清走向人民与革命的形象得以塑造。《初稿》认为郁达夫对当时一般青年的影响“固然有其好的一面，但也有其坏的一面”[⑦]，主要是批评其坏的一面，只是简评其作品《沉沦》《春风沉醉的晚上》《薄奠》三部；《讲义》继续坚持这种二分法的价值评判，但对《沉沦》《南迁》《银灰色的死》《春风沉醉的晚上》《薄奠》以及《迟桂花》都进行了介绍与分析，篇幅增至两倍，郁达夫的文学成就得到较全面体现。[⑧]

由于《讲义》将抗战前期单独列为一个时期，所以在这一时期的小说介绍中增加了对刘白羽的短篇集《龙烟村纪事》、周而复的短篇集《高原短曲》、于黑丁的系列短篇小说、艾芜的《江上行》和《丰饶的原野》的分析与介绍。这些是之前《初稿》所没有的，至今在众多中国现代文学史著中也少有如此编排。于黑丁进入中国现代文学史，并占据如此之多的篇幅，[⑨] 似是刘绶松的中国现代

① 刘绶松．中国现代文学史讲义［Z］．武汉：武汉大学，1959：180.
② 刘绶松．中国现代文学史讲义［Z］．武汉：武汉大学，1959：185.
③ 刘绶松．中国新文学史初稿（上卷）［M］．北京：作家出版社，1957：180.
④ 刘绶松．中国现代文学史讲义［Z］．武汉：武汉大学，1959：72-73.
⑤ 刘绶松．中国新文学史初稿（上卷）［M］．北京：作家出版社，1957：161.
⑥ 刘绶松．中国现代文学史讲义［Z］．武汉：武汉大学，1959：73-74.
⑦ 刘绶松．中国新文学史初稿（上卷）［M］．北京：作家出版社，1957：175.
⑧ 刘绶松．中国现代文学史讲义［Z］．武汉：武汉大学，1959：79-80.
⑨ 刘绶松．中国现代文学史讲义［Z］．武汉：武汉大学，1959：240-241.

文学史著才有的。这应与他同于黑丁都在武汉文教界工作有关。①

《讲义》还增加了对蒋光慈的叙事诗《乡情》②、张天翼的小说《包氏父子》和《仇恨》的分析③，删去了对杨骚及其作品的介绍而更换为蒲风诗歌的论述④，增加了田间代表作分析⑤，更详尽地分析了周立波《暴风骤雨》中的人物形象及艺术特点⑥，更多赏析了袁水拍的《马凡陀的山歌》及《毛泽东颂歌》⑦ 等，此处不再详述。

与重要作家作品增加篇幅相反，《讲义》对一些次要作家作品予以删除，不再提及。如在介绍第一次国内革命战争时期的文学时，《初稿》曾提及王统照、黄庐隐的小说创作⑧，欧阳予倩、胡也频、郑伯奇的剧本创作⑨，许地山的散文创作⑩，并对他们的创作特色进行过简要评析；在介绍第二次国内革命战争时期的文学时，也曾对丽尼的散文进行简评，这些都在《讲义》中全部删除。这样一来，重要作家作品就更为突出，主干鲜明而枝叶都被割刈。

三、经典作家作品的“美化”

“文学史是一种‘叙述’，而所有的叙述，都有一种隐蔽的目的在引导。”⑪刘绶松在修改中增加如此多的文学分析及作品介绍，“目的”在于凸显重点作家作品的文学史地位，文学史的学术性和文学性得以更大提高。他还删除了《初稿》中曾经存在的关于文学流派、文学论争、作家作品中的众多缺点分析，“目的”则在于“美化”这些经典作家作品。

这特别表现在对郭沫若及创造社的书写上。例如，在介绍郭沫若、成仿吾等人的革命文学理论之后，《初稿》总结了他们三方面的缺点：（一）他们“以对于革命的热情的颂赞代替了细密的科学分析，同时也对革命文学作了不正确

① 戴传林．于黑丁的足迹［J］．新文学史料，1985（3）：191-196.
② 刘绶松．中国现代文学史讲义［Z］．武汉：武汉大学，1959：159.
③ 刘绶松．中国现代文学史讲义［Z］．武汉：武汉大学，1959：171-172.
④ 刘绶松．中国现代文学史讲义［Z］．武汉：武汉大学，1959：162-164.
⑤ 刘绶松．中国现代文学史讲义［Z］．武汉：武汉大学，1959：223-224.
⑥ 刘绶松．中国现代文学史讲义［Z］．武汉：武汉大学，1959：313-316.
⑦ 刘绶松．中国现代文学史讲义［Z］．武汉：武汉大学，1959：340-342.
⑧ 刘绶松．中国新文学史初稿（上卷）［M］．北京：作家出版社，1957：171-172.
⑨ 刘绶松．中国新文学史初稿（上卷）［M］．北京：作家出版社，1957：189-190.
⑩ 刘绶松．中国新文学史初稿（上卷）［M］．北京：作家出版社，1957：196-197.
⑪ 洪子诚．问题与方法：中国当代文学史研究讲稿［M］．北京：生活·读书·新知三联书店，2002：31.

的理解”；（二）“关于世界进步文艺理论和作品的译介工作”和“创作实践”都做得不够；（三）存在“门户私见和宗派主义情绪”。① 在《讲义》中，后两条缺点被删除了，只单说第一条。在介绍革命文学早期存在“抽象、概念，缺乏血肉，自然也削弱了作品感染说服的艺术力量”的缺点时，《初稿》接着指出：“这种情况，在创造社和太阳社的一些作家的小说中，是表现得更为突出显明的。”② 这一特指创造社和太阳社的句子在《讲义》中也被删除，前述毛病成为泛指。

《讲义》也淡化了茅盾、鲁迅与郭沫若、创造社及太阳社的矛盾。例如，当《初稿》主要以茅盾为代表介绍文学研究会的主张时，列举了他在《什么是文学》一文中批判了当时一部分文学工作者的病态表现，然后予以评论：“他这里所指出的主要是早期创造社的缺点，虽然只是创造社的一面，而且没有把他的病根给找了出来，但还是提得非常扼要中肯的。”③ 这一句话在《讲义》中被删除，于是茅盾的批评并不单针对创造社，而是泛指当时文坛。

这也体现在对“左联成立前关于革命文学的论争”这一小节的改写上。当《初稿》在书写这一小节时，先引用鲁迅的《上海文艺之一瞥》中的话，来说明“革命文学运动乃是在中国革命遭受了挫折”之后才展开和旺盛起来的。④ 然后介绍革命文学的口号是创造社和太阳社共同提倡的，但是他们之间也有着众多分歧的意见，接着详谈他们和鲁迅、茅盾所产生的论争，并证明鲁迅的正确性。这样一来，革命文学的提出就成为革命遭受挫折后的宣泄而“出身不正”，经过就显得颇为戏剧化，同时也展示了革命文学内部的不团结，创造社和太阳社首倡革命文学的功劳则由于他们攻击鲁迅和茅盾被掩盖。所以《讲义》对这一节进行了修改，删除了鲁迅所论及的革命文学兴起的时代原因，缩减了革命文学论争具体过程及其“错误”的文字，而将篇幅侧重于革命文学理论本身、重大影响、具体收获，以及与其反对者的斗争。这样创造社和太阳社的历史功绩得以彰显，远大于他们的历史过错，而革命文学内部的矛盾也得以适当回避。

《初稿》认为与“第三种人”的斗争有两大收获：其一是说明了文艺作为阶级斗争的武器的重大作用；其二是尽管不彻底但“初步地认识和纠正了过去在理论上、因而也在实际运动上所存在着的机械唯物论和‘左倾’宗派主义的

① 刘绶松．中国新文学史初稿（上卷）［M］．北京：作家出版社，1957：144-145.
② 刘绶松．中国新文学史初稿（上卷）［M］．北京：作家出版社，1957：347.
③ 刘绶松．中国新文学史初稿（上卷）［M］．北京：作家出版社，1957：129.
④ 刘绶松．中国新文学史初稿（上卷）［M］．北京：作家出版社，1957：207.

错误倾向”。[①]《讲义》在修改时，删除了第二方面的收获。刘绶松此时不是在竭力批判革命文学内部曾有的错误和缺点，而是力求展示其成绩和优点。

刘绶松在《初稿》中侧重于革命文学论争，批判创造社和太阳社对茅盾、鲁迅的攻击，并一再批判“左联”曾经的宗派主义，是因为他当时坚持的是鲁迅文学方向，他在书写时是以鲁迅的文艺观点为基础。而在此后经过一系列的斗争，鲁迅的文艺方向虽然会被提及，但胡风、冯雪峰等在世的曾与鲁迅关系密切的文艺干部都被“打倒”，革命文学论争以及“两个口号”论争中曾被批判的文艺势力得以抬头，无产阶级革命文学史成为新的编写热潮，所以在1958年修订的《中国文学史教学大纲》中，曾经受批判的创造社和太阳社对鲁迅、茅盾的攻击就被修改，转而书写他们提倡革命文学的功绩，胡风和冯雪峰则成了“反面”形象。[②] 刘绶松曾亲自参加该文学史大纲的修订，自然领会其精神，所以他在《讲义》中进行如上修改就水到渠成了。

刘绶松还删除了曾对郭沫若、茅盾、巴金、曹禺等作家的批评文字。他曾批评茅盾在《蚀》三部曲“让悲观失望的情绪充满了整个作品，损害了作品的反映时代的真实性”[③]。《三人行》存在“故事不现实，人物概念化”和“结构的松懈和散漫”两个缺点。[④] 他还引用茅盾自己在1952年写就的《茅盾选集》的“自序”中曾进行的自我批判来说明这种批评是恳切中肯的。[⑤] 但是在《讲义》中，上述批评都被删除，而且《三人行》不再介绍。《初稿》批评《子夜》有三个缺点：一是“对于城市革命工作者和工人群众的描写不够真实、不够深刻”；二是个别人物概念化，如对屠维岳的刻画；三是“有着许多不必要的两性关系和女性心理的描绘，冲淡了整个作品的严肃的教育的意义”。[⑥] 也引用了茅盾在其选集中的《自序》来说明这些批评的成立。在《讲义》中，只有第一个缺点的批评继续保留，其他都被删除。刘绶松也曾引用何其芳对茅盾《清明前后》的话批评该剧本“不够集中，某些任务、某些场面还写得不够突出，最后部分的紧张的呼喊也过多一些”[⑦]，《讲义》在修改时也予以删除。

刘绶松曾批评郭沫若抗战时期写就的五幕剧《筑》“过于巧合，传奇的性质

---

① 刘绶松．中国新文学史初稿（上卷）［M］．北京：作家出版社，1957：256.
② 中国文学史教学大纲［M］．北京：高等教育出版社，1957.
③ 刘绶松．中国新文学史初稿（上卷）［M］．北京：作家出版社，1957：350.
④ 刘绶松．中国新文学史初稿（上卷）［M］．北京：作家出版社，1957：352.
⑤ 刘绶松．中国新文学史初稿（上卷）［M］．北京：作家出版社，1957：350-351.
⑥ 刘绶松．中国新文学史初稿（上卷）［M］．北京：作家出版社，1957：354.
⑦ 刘绶松．中国新文学史初稿（上卷）［M］．北京：作家出版社，1957：176.

就未免太浓厚了一些”；也批评其《孔雀胆》“过于强调和渲染了爱情的情节而显得不够明朗”；而《南冠草》“引夏完淳的诗作过多，观众的接受能力既有限制，同时也容易使人仅仅为完淳的炫目的才华所吸引，以悲壮和惋惜代替了斗争的感受”。① 此外，巴金在1951年出版的《巴金选集》中的自序曾对自己的创作进行过自我批评，刘绥松也曾引用来说明其创作缺点②；对曹禺的《北京人》，刘绥松曾批评它“不能算是一个成功的剧本”③。对这些作品“缺点”的批评在后来的《讲义》中都被删除。

从文学史建构来说，刘绥松删除的都是对重要作家文学创作的批评，这样一来，有利于更好地塑造他们的文学史形象，突出他们“完美”的经典地位。而从审美批评的角度来看，刘绥松之前的有些批评不是从文学审美的角度出发，例如，他删除的有关《蚀》与《子夜》的批评就是如此，那些“缺点”或许本身正是其文学水平优异的体现。从批评文字的引用来看，刘绥松引用了茅盾和巴金在20世纪50年代的自我批评文字，以此佐证批评的成立，但这些文字都是作家们在当时思想改造运动中的“自我检讨”，是否“发自肺腑”或“言不由衷”都值得怀疑，对它们不加选择地引用只会戕害文学史著本身的学术性和历史性。或许正是从上述多方面的考量，刘绥松在修改《讲义》时将它们都予以删除。当然，这种删除又有了另外的弊端：其一，某些批评并不是完全错误；其二，文学史叙述的立场、声音更加单一，他更多成了“歌德派”，而刘绥松的个人批判色彩开始降低，促人反思的空间进一步压缩。但总的来说，他虽受到唯物论新文学史书写激进化的影响，但仍坚持完善、提升自己新文学史书写的学术性则是难得的亮色。

第七节　北京大学《中国现代文学史》从纲要到初稿

1958年国庆前夕，北京大学中文系1955级学生集体编写了《中国文学史》，④ 引起了全国关注。之后，该校学生乘胜前进，开始编写《中国小说史》《中国古代戏剧史》《中国现代文学史》。在编写《中国现代文学史》之前，他

① 刘绥松．中国新文学史初稿（上卷）［M］．北京：作家出版社，1957：159-160.
② 刘绥松．中国新文学史初稿（上卷）［M］．北京：作家出版社，1957：371.
③ 刘绥松．中国新文学史初稿（上卷）［M］．北京：作家出版社，1957：168.
④ 北京大学中文系文学专门化55级集体．中国文学史［M］．北京：人民文学出版社，1958.

们对王瑶的《史稿》展开了系列批判。① 并在1959年校内印刷“由1956级文学专门化同学集体编写的”②《中国现代文学史纲要（草稿）》（以下简称“北大草稿”）。1960年5月，集体编写的《中国现代文学史（初稿）》（以下简称“北大初稿”）由人民文学出版社内部出版。最终参与写稿人员有进修生，如刘亮盈③；有1955级学生，如吴泰昌④、孙玉石⑤；还有1956级的学生，如刘登翰⑥；王瑶也曾参加这次编写活动，被分工编写巴金、老舍、曹禺的章节。⑦ 北大初稿在当时影响较大，一些高校如辽宁大学、华南师范学院等就曾将此翻印作为本校教材。

总的看来，北京大学中文系集体编写《中国现代文学史》相比编写“红色文学史”——中国古代文学史花费时间要长一些，后者只用了一个暑假的时间⑧，而前者在1959年5月才编写出内部参考的北大草稿，一年之后才编写出北大初稿。将二者予以比较后，我们发现，北大草稿与当时学生集体编写的中国现代文学史大体相似，非常激进但也有着自己的特点，而北大初稿以此为基础，立场态度有所改变。

一、文学史分期与工农兵文学书写的不同

从内容来看，北大草稿是不完整的，其绪论和第一编的小结没有书写，而被略去；第二编的小结则进行了书写。而北大初稿针对每编所涵盖的文学史时段，都进行一个小结，应是这次集体编写的一个创新。北大草稿所略去的两者在北大初稿中都得以完善。其绪论论述了中国现代文学是无产阶级领导的，具

① 北京大学中国语文学系．文学研究与批判专刊（第三辑）［M］．北京：人民文学出版社，1958.

② 北京大学1956级文学专门化同学．中国现代文学史纲要（草稿）［Z］．北京：北京大学中文系，1959：说明．

③ 毛炳汉．当代湘籍著作家大辞典［M］．长沙：湖南文艺出版社，1995：115-116.

④ 吴泰昌．拜见张恨水先生［M］//吴泰昌．亲历文坛五十年．南京：江苏凤凰文艺出版社，2017：198.

⑤ 孙玉石．风雨燕园四十载：王瑶先生与北京大学［M］//《王瑶先生纪念集》编辑小组．王瑶先生纪念集．天津：天津人民出版社，1990：402.

⑥ 谢冕，孙绍振，刘登翰，等．回顾一次写作：《新诗发展概况》的前前后后［M］．北京：北京大学出版社，2007：11.

⑦ 孙玉石．风雨燕园四十载：王瑶先生与北京大学［M］//《王瑶先生纪念集》编辑小组．王瑶先生纪念集．天津：天津人民出版社，1990：402.

⑧ 谢冕，孙绍振，刘登翰，等．回顾一次写作：《新诗发展概况》的前前后后［M］．北京：北京大学出版社，2007：6.

有反帝反封建精神，是朝着社会主义文艺方向前进的，是在两条道路的斗争中发展壮大的，它批判地继承了我国古代文学和近代旧民主主义文学的优秀传统，吸收了世界文学中对我们有益的进步成分。这种表述是当时政治话语与文学史话语的“集思广益”，也遵照了综合大学大纲的指导。

从文学史分期来看，北大草稿也是将新文学史分为三编。第一编为“在无产阶级思想领导下的革命文学的开始和发展（1918—1942）”，第二编为“革命文学的新阶段（1942—1949）”，第三编应为1949年以后的部分，但不包含在此，而是另出单册（见“说明”），即《中国现代文学史当代文学部分纲要（初稿）》①。这样三编的分期分章在1958年后比较流行，重在突出《讲话》的重要意义，以及1958年“大跃进”的历史“功绩”。但在第一编的各个阶段的分期中，还是按照五四时期、“左联”时期和“抗战前期”来依次论述。

北大草稿的不同在于，将1918年而不是1919年视为中国现代文学史的开端。这是因为它将文学革命分为前后两个不同时期：“文学革命的前期是由资产阶级文学思想发动和领导的，是以急进的，革命的小资产阶级民主派为中坚力量的，其代表人物是陈独秀。文学革命的后期随着新文化运动性质的转变，也转属于无产阶级领导的新民主主义革命的范畴。1918年到1919年五四运动前这一时期，正是新旧两种领导思想交替的时期，旧的资产阶级思想一天天的衰弱，而新的无产阶级思想不断成长，最后终于代替了资产阶级思想的领导地位，使文学革命运动的历史揭开了崭新的一页。”② 可见，北大草稿是力求精确定位无产阶级思想开始的年份，所以将它推前至1918年。很明显，这借鉴的是前述李何林在《关于中国现代文学》中的观点，意在彰显五四时期就有无产阶级革命文学的萌芽。

北大草稿分为三编在后来的北大初稿中得以继续，但不再强调1918年这个历史起点，而是改为通常的1919年。在叙述文学革命时是将五四这一时间予以泛化，从1840年鸦片战争开始介绍国际国内形势的变化，依次论述1912年梁启超的“小说界革命”、1915年《新青年》杂志的创办、1917年陈独秀等人的文学革命主张，然后介绍1918年《新青年》杂志有了初步具有共产主义思想的知识分子，这是中国无产阶级文艺思想的最初的萌芽，是五四新文学革命的领导

① 北京大学中文系．中国现代文学史当代文学部分纲要（初稿）［Z］．北京：北京大学，1959.

② 北京大学1956级文学专门化同学．中国现代文学史纲要（草稿）［Z］．北京：北京大学中文系，1959：2.

思想。①北大初稿补写的北大草稿中没有的第一编《小结》也成了对1919—1942年的文艺运动的总结。这样，北大初稿基本观点没有改变，但是没有大张旗鼓地在文学史分期上进行彰显，这样就不是非要强调某个具体年份才是无产阶级思想领导的，而着意整个五四时期的重要性，凸显了清末民初文学的影响。

“大跃进”时期集体编写的《中国现代文学史》大多会将每个时期的工农兵文学予以介绍，特别是增添了之前所没有的五四和第一次国内革命战争时期的工农兵文学；同时还会对革命烈士和革命家的文学创作予以重视，例如，方志敏的作品在此时都普遍入史。北大草稿也是这样，在第一编第四章书写了“无产阶级文学的萌芽”，分四节依次介绍了“工农兵群众创作”“李大钊的诗文”“早期共产党人和革命者的作品”“无产阶级的早期作家：蒋光慈”。这些内容在北大初稿中也得以执行，只不过将有关李大钊和蒋光慈的小节调整到其他专章之下。方志敏、瞿秋白、洪灵菲、柔石、胡也频、蒲风等在这两部书稿中占有重要的位置。北大草稿中还专门有一个小节概述“‘血液写成的大字’：革命烈士诗”，提及了刘绍南、雷开元、蔡瑾黄、刘伯坚、张剑珍等烈士的就义诗；而且在第二编第六章“解放区诗歌”第二节“解放区的民歌”中介绍了朱德、陈毅、董必武、吴玉章等革命家的旧体诗词。这些在北大初稿中是没有的。

二、书写思想斗争的同异

关于两条文艺路线斗争的书写一直贯穿于“十七年”时期的中国现代文学史著之中，只不过不同时期敌对路线的指涉有所不同。

北大草稿书写的两条路线的斗争比较繁多。五四时期的斗争有与资产阶级右翼胡适、现代评论派、封建复古主义林纾、学衡派和甲寅派的斗争。“左联”时期则书写了与新月派、无政府主义者、民族主义文学、“自由人”、“第三种人”、冯雪峰的文艺思想、论语派等作斗争。抗战前期书写了文学大众化和民族形式问题的论争、对胡风和冯雪峰文艺观点的批判、对“与抗战无关论”等文艺思想的斗争。第二编第九章介绍了抗战后期和解放战争时期对胡风集团文艺思想的斗争，第十章专章介绍了对“民主个人主义者”及萧军文艺思想的斗争。

如此多的斗争，我们发现北大草稿除如当时大多数文学史著那样增加对冯雪峰与丁玲等人的批判外，还增添了与无政府主义者和“民主个人主义者”的斗争。无政府主义者的代表人物有柳絮、尹若、莫孟明等。抗战后期在政治上

① 北京大学中文系．中国现代文学史（初稿）[Z]．北京：北京新华印刷厂，1960.

标榜“第三条路线”“中间路线”，在文艺上也有相应的文艺观点，被称为“民主个人主义者”的代表有萧乾、朱光潜、沈从文、储安平、袁可嘉等人。北大草稿对这两类人进行批判，将他们视为两条路线斗争中的“反面”，这与他们当时的政治处境不妙有关。北大草稿与复旦大学的《中国现代文艺思想斗争史》几乎同时注意到这两种文艺思潮在中国现代文学史中的存在，增加了文艺论争的史料。

北大初稿对上述批判都予以继续，基本上对每一种批判都予以专节篇幅。对冯雪峰的批判并不在小节的标题上出现，但在关于“自由人”和“第三种人”的批判中会予以详细批判；而对丁玲的批判在小节中仍有其名字。它不仅是在文艺思想斗争中强调了两条路线的斗争，而且开始了对具体作家进行批判，这样“丰富”了两条路线斗争的内涵。这一点，我们将在后面论述。

北大草稿和北大初稿对“国防文学”的主张和内容都予以充分介绍，成绩得以肯定，而“民族革命战争的大众文学”这一口号的内涵却不被分析，整个事件被描绘为鲁迅受到冯雪峰、胡风的蒙蔽、欺骗，才导致论争的发生。论争具体内容的是非对错不再成为焦点，论争的人事纠纷得以重新塑造。北大草稿强调了周扬的文学史地位，他在“左联”时期的成绩被视为“最早介绍‘社会主义现实主义的’”。① 同时该著也分析了这一口号被介绍到中国之后，并未引起热烈讨论的原因。

对于革命文学论争的书写，北大草稿和北大初稿与其他文学史的书写有所不同。当时的文学史或者只书写革命文学的具体主张而回避了论争及双方的对错，或只论述论争结束后的收获，或批评创造社、太阳社攻击茅盾和鲁迅是错误的，北大草稿和北大初稿对以上内容都进行了书写，但同时也指出鲁迅和茅盾自己也有错误。北大草稿指出鲁迅的缺点在于：“一、认为无产阶级文学只有到无产阶级自己掌握政权时才能建立。二、认为无产阶级文学必须由无产者自己来提倡。三、对当时提倡无产阶级革命文学的重要意义认识不足。”而且，创造社等人批评茅盾“基本上是正确的”。② 北大初稿也认为他们的“态度和方式却有缺点”③。为了开脱创造社、太阳社主要领导人物的“错误”，两著不得不再让一些当时已经“落难”或被误解的作家来承担历史的重负。为此北大初稿

① 北京大学1956级文学专门化同学．中国现代文学史纲要（草稿）[Z]．北京：北京大学中文系，1959：55.

② 北京大学1956级文学专门化同学．中国现代文学史纲要（草稿）[Z]．北京：北京大学中文系，1959：49.

③ 北京大学中文系．中国现代文学史（初稿）[Z]．北京：北京新华印刷厂，1960：175.

指出当时对鲁迅施加谩骂的主要是叶灵凤、杨邨人、潘汉年之流，而韩侍桁、甘人等“扰乱了论争双方的视线，就更使进步作家内部的论争复杂化”①。对于这场论争，之前的一些文学史多认为是不必要的，② 而这时北大初稿却认为这是“一种必经的历史现象”③，因为新兴阶级的思想，往往经过革命的小资产阶级作家的转变才开始形成，而他们的论争正是他们转变的开始。在革命文学史观的探照灯下，鲁迅也走下“神坛”，因为他当时还未完全成为“共产主义者”，理所当然地在革命文学论争中存在缺陷。这意味着之前的文学史撰写尽量将“鲁迅文艺方向”和《讲话》精神并列，不去偏袒一方而尽量兼顾平衡，但现在前者需要在后者的考量下进行历史价值的重估，革命文学自身的权威性得以树立。

三、繁多的作家论

北京大学中文系两次编写的中国现代文学史都是采取以时代为经、以作家论为纬的体例编写的，不同在于所论作家越来越多、越来越醒目。

（一）北大草稿的作家论编排情况如下

专章介绍的有：鲁迅两章，郭沫若、瞿秋白、茅盾、赵树理各一章。这样的作家选择在之前也有，不同的是之前还有丁玲的专章，但现在改为一小节。

专节介绍的有：李大钊、蒋光慈、叶圣陶、闻一多、叶紫、张天翼、殷夫、夏衍、巴金、老舍、曹禺、臧克家、草明的《原动力》。

两人合节介绍的有：创造社和郁达夫；田汉和洪深；萧红和萧军。

三人合节介绍的有：洪灵菲、柔石和胡也频共一节；沙汀、艾芜与丘东平共一节；陈白尘、宋之的、于伶共一节；郭沫若、阳翰笙与欧阳予倩共一节。

多人合节介绍标题上出现姓名的有：“民众戏剧社、南国社初期戏剧运动和欧阳予倩丁西林等人的创作”；“蒲风和中国诗歌会（连叙新月派现代派）”；“田间及其他诗人”（田间、柯仲平、何其芳、光未然、陈辉、艾青各占一小节）；“周立波刘白羽及其他小说作家”（周立波的《暴风骤雨》、丁玲、刘白羽各为一小节）；“《王贵与李香香》等长篇叙事诗”（介绍了《王贵与李香香》以及阮章竞、田间、李冰的诗歌）；“《白毛女》与解放区戏剧作品”（介绍了《白

---

① 北京大学中文系. 中国现代文学史（初稿）[Z]. 北京：北京新华印刷厂，1960：171-172.

② 刘绶松. 中国新文学史初稿（上卷）[M]. 北京：作家出版社，1956：145.

③ 北京大学中文系. 中国现代文学史（初稿）[Z]. 北京：北京新华印刷厂，1960：175.

毛女》《血泪仇》《刘胡兰》）；“话剧”（介绍了《同志，你走错了路》与《红旗歌》）；“《马凡陀的山歌》、革命烈士诗歌及其他诗歌创作”（介绍了《马凡陀的山歌》和臧克家的诗集）；“陈白尘的《升官图》、茅盾的《清明前后》及其他作家的创作”；“黄谷柳、艾芜、沙汀等人的小说创作”。

多人合节介绍标题上不出现姓名的有：“文学研究会的其他作家”（介绍了王统照、王鲁彦、许地山、朱自清、冰心）；“苏区的戏剧”（其中方志敏占一小节）；“其他”（介绍了吴组缃和魏金枝）；“反映抗日战争的作品”（介绍了袁静、马烽、柯兰及其他反映抗战作品）。（以上小括号内容皆为笔者所注）

（二）北大初稿的作家论编排情况如下

专章介绍的有：鲁迅两章，郭沫若、瞿秋白、茅盾、赵树理各一章。赵树理1959年曾因向中央领导反映农村问题，在“反右倾”时成了全国作家协会重点批判对象。所以他在当时的文学史地位从专章降为专节。不久，他在第三次文代会上，仍被选为主席团成员，会后也继续当选为全国文联委员、中国作家协会理事、中国曲艺家协会主席，① 从而他又回到了专章的位置。但后来他又因为政治局势变化而降为一节。

合章并出现作家作品姓名的有：“《王贵与李香香》和解放区诗歌创作”“《白毛女》与解放区戏剧创作”，这两章中《王贵与李香香》《白毛女》各占一节。

专节介绍的作家有：李大钊、蒋光慈、叶圣陶、闻一多、叶紫、张天翼、殷夫、田汉、洪深、夏衍、巴金、老舍、曹禺、臧克家、艾青、沙汀、艾芜、丘东平、周立波、刘白羽、草明、丁玲，还有专节的《周作人批判》。

两人合节介绍的有：朱自清和冰心、郁达夫和郑伯奇。

三人合节介绍的有：王统照、王鲁彦和许地山；洪灵菲、柔石和胡也频；陈白尘、宋之的、于伶；马烽、袁静、柯兰。

四人合节介绍的有：柳青、欧阳山、康濯、孙犁。

多人合节介绍标题上出现姓名的有：“刘半农等小资产阶级进步作家”“欧阳予倩及初期话剧运动”“方志敏和其他苏区烈士的作品”“蒲风及中国诗歌会”“萧红及其他作家”“田间、柯仲平等诗人”“郭沫若、阳翰笙和历史剧运动”“《刘胡兰》和其他歌剧作品”“《马凡陀的山歌》和国统区讽刺诗运动”“《升官图》《清明前后》等剧作”“沙汀、艾芜等人的小说创作”。

通过两著作家章节的编排，我们发现，在开始编写之时北大草稿就注重以

---

① 戴光中．赵树理传［M］．北京：北京十月文艺出版社，1987：354-361.

作家论为主体进行建构，它在专章介绍的作家只有五位，专节介绍的较多，而合节介绍的最多，所论及的作家已经比较丰富。北大初稿在此基础上，合章凸显了《王贵与李香香》和《白毛女》的重要性。更多地增加了专节介绍的作家，这样作家作品在标题上出现姓名的就达六十多位，如果将那些思想斗争上所论述的作家都算上的话，评述的作家应在一百多位，这不得不说它对作家作品的关注是非常充分的。特别是一些很少在专节和合节上出现的作家都在该著中出现了，如丘东平、冰心、郑伯奇、柯兰、于伶等人。于伶在第一次文代会上就被选为全国文联委员、戏剧家协会副主席、全国戏曲改革委员会副主任；在讨论大纲初稿时，李何林就认为于伶应该在新文学史著中被提及。① 但 1951 年他任上海电影厂厂长时拍摄的《武训传》引发全国性批判运动，1955 年又受到潘汉年案的牵连，所以中国新文学史著中很少对他进行书写。1959 年，由郑君里导演完成的电影《聂耳》被中央文化部（今文化和旅游部）评定为国庆十周年最佳影片之一，卡罗维发利国际影展授予它优秀奖，该电影剧本是以于伶为主集体创作的，由此他的文学史地位得以显目。②

从这些入选的专节介绍的作家作品来看，主要兼顾文学性、政治性和革命性，而在评价时又会以政治性和革命性为标准，因为“这些正典化了的作品群，本身已承担了将刚刚过去的‘革命历史’经典化的功能”③。而在评价巴金、老舍、曹禺时仍会对他们作品的消极因素、作家自身的立场进行批判。这或许也是王瑶对如此修改他的书稿所不满的原因所在，④ 因为在他主持编写的综合大学大纲中对他们多是以文学艺术性的肯定为主。

值得注意的是，北大初稿增加了艾青和周作人的专节分析，特别是对周作人的介绍，虽说是以批判为主，但还是给他专节的位置。该著批判介绍了周作人在《新文学的要求》《人的文学》《诅咒》《山中杂信》《中国新文学的源流》《自己的园地》《冰雪小品选序》《雨天的书自序》等文中所表述的理论观点，批判他“由这种‘言志’的文学主张出发”“大大抬高了小品文的地位；他推荐明人小品，提倡‘性灵’‘闲适’，认为古茶古玩、谈鬼论禅、草木虫鱼等玩物丧志的内容，才是真正有价值的文学”；而且引用他《喝茶》中的一段，以此

---

① 李何林．敬复王、韩、任、俞四位先生［J］．新中华，1951，14（24）：40-43.

② 袁鹰．长夜行人：于伶传［M］．上海：上海文艺出版社，1998；孔海珠．于伶生平和创作大事记［M］//孔海珠．于伶研究专集．上海：学林出版社，1995：12.

③ 黄子平．革命·历史·小说［M］．香港：牛津大学出版社，1996：4.

④ 孙玉石．风雨燕园四十载：王瑶先生与北京大学［M］//《王瑶先生纪念集》编辑小组．王瑶先生纪念集．天津：天津人民出版社，1990：402.

显示它所起作用就是“引导人脱离现实斗争，宣传个人主义人生观，使人沉溺于生活琐事的低级趣味中”①。可见，这主要是对周作人进行批判，但是从文学史建构的角度来看，恰好较完整地介绍了他“言志”的文艺观点，而且潜在承认他有一定的文学修养，作品内容重在“生活琐事”，艺术特点在于“庸俗”与“雅致”，而且流传甚广。这些关键词也正是我们当下分析周作人及其作品时常用的，这说明他们对周作人的分析是“正确”的，只不过在革命文学史观的价值标杆上，这些是应该批判的“毒素”。同样，该著对胡适、沈从文、萧军、路翎、艾青、丁玲等人的创作都进行了批判，且对他们的艺术特点的提炼都还比较到位。这说明，对于“十七年”时期的文学史书写，我们在评价时，不能只看它是不是否定性评价，因为这受到了时代知识范型的影响；而应看它否定的内容是不是牵强附会，很多否定的内容或许正是分析到位的具体表现。

北大草稿只是“纲要”，受篇幅限制，不能对每位作家作品进行详尽分析，但是北大初稿厚达七百多页，所以它对每位作家的作品论述都比较完整。就以叶紫为例，提及的作品就有短篇小说《丰收》《火》《王伯伯》《电网外》《夜哨线》《杨公公过年》《响导》等，以及短篇小说集《丰收》《山村一夜》和中篇小说《星》，并介绍他曾构思长篇《太阳从西边出来》，还重点分析了《丰收》《火》和《星》。这样大致将叶紫的重要作品都予以介绍。该著作家论坚持如此的全面介绍，作家作品分析比较专业，而且它涉及的作家作品繁多，我们可称其为唯物论新文学史激进化书写中的优秀之作。

第八节　第三次文代会与社会主义文学史编写方式

正如洪子诚所认为的，“十七年”时期的文代会报告、社论等始终在影响我们的历史叙述。② 1960 年 7 月，中国文学艺术工作者第三次代表大会召开。虽然此次文代会上周扬、茅盾的报告对中国现代文学史的书写较少，但对中国现代文学史书写仍造成了影响。

---

① 北京大学中文系．中国现代文学史（初稿）［Z］．北京：北京新华印刷厂，1960：132-134.

② 洪子诚．问题与方法：中国当代文学史研究讲稿［M］．北京：生活·读书·新知三联书店，2002：95.

一、新的唯物论新文学史编写要求

首先，周扬的报告对1949年后的文学成绩进行了高度评价，报告名称就是《我国社会主义文学艺术的道路》，这为书写“社会主义”文学史提供了述史线索。报告指出：中华人民共和国成立后，“不少优秀的作品对我国人民的革命历史和现实斗争作了广泛的描绘和艺术概括”；并分析了这些作品中所表现的“工农群众中的先进人物”。① 茅盾在所作报告中列举、分析的作家作品更为详细、丰富，这为后来的当代文学史书写提供了指导。而对现代文学史书写来说，既然1949年后的当代文学是社会主义文学，按照这一逻辑，那么1949年前的文学史可以被书写成社会主义文学萌芽、发生、发展史，后来就有这样的文学史编写。

其次，周扬报告确定“我们提倡革命现实主义和革命浪漫主义相结合的艺术方法”，“这两种精神的结合，不只适用于文艺创作，也适用于文艺批评”。② 这一创作方法的提倡，为中国现代文学史研究提供了新的文学批评和研究工具。“两结合”创作方法是由1958年1月7日《人民日报》发表毛泽东的《蝶恋花·答李淑一》引起的。③ 3月22日，毛泽东在成都就新民歌运动发表意见：“中国诗的出路，第一条是民歌，第二条是古典。在这个基础上产生出新诗来”；“形式是民歌，内容应是现实主义和浪漫主义对立的统一。太现实就不能写诗了”。④ 5月11日，《文艺报》就开辟专栏⑤发表贺敬之、臧克家、郭小川、袁水拍讨论“两结合”的文章。在党的“八大”二次会议上，毛泽东又提出在文艺上要革命浪漫主义和革命现实主义相结合。之后，周扬作了《新民歌开拓了诗歌的新道路》的报告，将毛泽东的话进行了论述。6月1日，该文在《红旗》杂志创刊号上发表，这是“两结合”创作方法的正式提出，在全国引发广泛讨

---

① 周扬．我国社会主义文学艺术的道路：一九六〇年七月二十二日在中国文学艺术工作者第三次代表大会上的报告［N］．人民日报，1960-09-04（5）．

② 周扬．我国社会主义文学艺术的道路：一九六〇年七月二十二日在中国文学艺术工作者第三次代表大会上的报告［N］．人民日报，1960-09-04（5）．

③ 郭沫若．同志答《文艺报》问［N］．文艺报，1958（7）：2.

④ 中共中央文献研究室．毛泽东年谱（一九四九——一九七六）第三卷［M］．北京：中央文献出版社，2013：322.

⑤ 诗人们笔谈革命的现实主义和革命的浪漫主义相结合：向毛主席的诗词学习，向大跃进的歌谣学习［J］．文艺报，1958（9）：2-9.

论。① 全国第三次文代会就正式确认了这一创作方法，这取代了第二次文代会上所确立的社会主义现实主义创作方法，也导致此后一些中国现代文学史以“两结合”为批评方法进行作家作品论析。

周扬在第三次文代会上的报告，一方面从理论上阐明“两结合”创作方法体现了社会主义文艺的基本特征，另一方面也从文学史角度列举古往今来的作家作品予以证明。他指出：历史上许多伟大的作家“总是常常在他们的作品中表现出现实主义和浪漫主义这两种精神、两种艺术方法的不同程度的结合”②。《离骚》、《窦娥冤》、《水浒传》、但丁的《神曲》、莎士比亚的剧作、歌德的《浮士德》、高尔基的《海燕》和《鹰之歌》、鲁迅的作品都被视为现实主义和浪漫主义结合得非常完满的艺术精品，而被报告所极力推举。他还将毛泽东的诗词视为“两结合”的榜样，但之后遵照指示予以删除。③

茅盾的报告同样从理论和文学史的角度对“两结合”创作方法进行了论证。他也论及古今中外的文学家在现实主义和浪漫主义两方面结合得非常完美的事例，而在中国现代文学方面，他认为“毛主席的诗词是革命现实主义和革命浪漫主义相结合的崇高的典范”④，这为毛泽东进入现当代文学史予以指引。而《白毛女》《创业史》《星火燎原》《洪湖赤卫队》，阮章竞、贺敬之的诗歌，刘白羽、马烽、李准、孙峻青、王汶石等人的一些短篇小说，被视为体现了“两结合”的创作精神而受到茅盾的高度评价。

从对“两结合”创作方法的阐释来看，它与社会主义现实主义在精神上基本相同，郭沫若就如此认为。⑤ 而以“两结合”代替之，正与当时中苏关系紧张有关，“政治上、文化上的民族意识起了相当的作用，‘两结合’是在中国自己的土壤上，即在新的现实基础和思想基础上出现的，由它取代社会主义现实主义”，体现了当代文学力图突破苏联模式获得自己特性的一种努力。⑥ 所以在

① 崔志远．关于“两结合”创作方法的历史考察与反思［J］．河北师范大学学报（哲学社会科学版），2004（1）：44-52.

② 周扬．我国社会主义文学艺术的道路：一九六〇年七月二十二日在中国文学艺术工作者第三次代表大会上的报告［N］．人民日报，1960-09-04（5）．

③ 毛泽东．对周扬在第三次全国文代会上的报告稿的批语与修改［M］//中共中央文献研究室．建国以来毛泽东文稿（第九册）．北京：中央文献出版社，1996：236-238.

④ 茅盾．反映社会主义跃进的时代，推动社会主义时代的跃进！［J］．人民文学，1960（8）：8-36.

⑤ 郭沫若．浪漫主义和现实主义［J］．红旗，1958（3）：1-16.

⑥ 方长安．冷战·民族·文学：新中国“十七年”中外文学关系研究［M］．北京：中国社会科学出版社，2009：95.

当时并未出现以“两结合”创作方法为主线编写的新文学史，只是在评论某些作品时套用这一方法，而社会主义现实主义述史线索也仍在“流通”。

最后，周扬的报告树立了文学艺术战线上新的斗争对立面——修正主义，并对它进行了批判。报告专门用“驳资产阶级人性论”和“遗产的批判和继承”两部分来对修正主义进行批驳。报告认为：“我们和修正主义者之间都存在着尖锐的分歧，这归根到底就是两种根本不同的政治路线、两种不同的世界观的分歧。”① 报告主要对修正主义者鼓吹的资产阶级人性论等文艺观点进行了长篇驳斥。同时，报告还认为“如何对待文学艺术遗产，这也是一个我们同修正主义者和资产阶级文人发生了尖锐分歧的问题”②。毛泽东对周扬报告中对修正主义的剖析和批判非常重视，他在阅读报告初稿之后批示道：“文件看过，写得很好。驳人性论及继承遗产这两部分特好，高屋建瓴、势如破竹，读了为之神往。”③ 可见，修正主义已是当时毛泽东和中共所要考虑的主要威胁，如何在文学艺术等意识形态上端正思想、防微杜渐已成为当务之急。

国内反对修正主义实际上是国际政治局势的折射。1953 年，斯大林去世。1956 年，赫鲁晓夫在苏共二十大所作的关于斯大林问题的秘密报告，引发了国际共产主义运动的大震荡、大分裂，导致匈牙利、波兰两国的骚乱事件。在中国，1956 年，毛泽东提出《论十大关系》，体现了他在社会主义建设道路上摆脱苏联模式走自己路的决心。毛泽东提出反对修正主义，就是在政治上、军事上反对苏联的大国沙文主义和霸权主义，在意识形态方面主要是保卫列宁主义，特别是列宁主义的阶级斗争和无产阶级专政学说；他对斯大林则作出“功大于过”的评价，反对赫鲁晓夫丢掉“列宁主义这把刀子”，也反对全部丢掉“斯大林这把刀子”，以免为国际反动势力所乘。④

第三次文代会不仅为中国现代文学史书写进行了作家作品选择和阐释的示范及规定，而且提出了“两结合”的创作方法和反对修正主义的文艺斗争任务，唯物论新文学史就必须按照这一新的创作方法和斗争任务重新建构和再次重写。而在人事变动上也有细微变化，巴金成了排名于茅盾、周扬之后的第三位中国

① 周扬．我国社会主义文学艺术的道路：一九六〇年七月二十二日在中国文学艺术工作者第三次代表大会上的报告［N］．人民日报，1960-09-04（5）．

② 周扬．我国社会主义文学艺术的道路：一九六〇年七月二十二日在中国文学艺术工作者第三次代表大会上的报告［N］．人民日报，1960-09-04（5）．

③ 毛泽东．对周扬在第三次全国文代会上的报告稿的批语与修改［M］//中共中央文献研究室．建国以来毛泽东文稿（第九册）．北京：中央文献出版社，1996：236.

④ 吴江．批判“赫鲁晓夫修正主义”记略［J］．炎黄春秋，2005（5）：46-48.

文联副主席，老舍名列其后，从此文学史著中“巴老曹”的排序得以固化。而田汉、欧阳予倩、夏衍、阳翰笙也分别当选中国文联副主席，他们在此段时间里的文学史地位比较稳固或上升。

二、上海师范学院以社会主义文学发生、发展为述史主线

在第三次文代会闭幕后的1960年8月14日，周扬还召集了参加大会的部分党员代表和各地负责人另外开了一个会，会上他讲了一通与大会报告调子不同的话。他进行了如下要求：注意防“左”，防止简单、粗暴；好经验不要宣传过分，宣传毛泽东思想不能庸俗化；宣传马克思主义不能搬教条，应该有新发展；不要把什么都提高到两条道路、两条路线上来。① 这说明周扬已经预知国家政策将有之后的调整，所以提前进行“透风”。正因如此，虽然第三次文代会为唯物论新文学史提出了新的要求，但是真正按照这些要求进行编写的文学史著并不多。而由上海师范学院中国现代文学教研组编写，在1961年9月左右校内印刷的《中国现代文学史讲义（初稿）》（以下简称“上师本”）应是其中少有的一例。

（一）社会主义文学的发生、发展史

上师本认为，一部完整的文学史，应该包括文学运动、文艺思潮（理论批评和思想斗争）、创作实践三方面。所以该著的编写，就是以“党的领导为中心线索”，把这三方面有机地结合起来，从而揭示它的规律性。又由于该校“1960—1961这一年度，课程结构又作了改变”，另开了课程《中国现代文学作品选》，所以他们教研室“集体编写了‘中国现代文学史’和‘中国现代作家作品’两部各有三四十万字的教材”②。于是上师本“不像一般的文学史那样重点评述重要作家及其代表作品，而是概括地论述各个历史时期创作的特征及其倾向，从而揭示我国社会主义文学发生、发展的规律性”③。这就意味着它没有独立的章节专门论述重点作家作品，而只是将每一个时段的创作成就进行列举、简评，并进而归纳总结每一时段的创作倾向及规律。这样一来，全书重点在于书写文学运动和文艺思潮这两方面。

---

① 黎之．回忆与思考：第三次全国文代大会前后（下）［J］．新文学史料，1996（2）：108-123，176.

② 邵伯周．“现代文学”这门课程的前前后后［M］//邵伯周．平凡的旅程．上海：上海文艺出版社，2009：24.

③ 上海师范学院中文系中国现代文学教研组．中国现代文学史讲义［Z］．上海：上海师范学院，1961：2.

上海师范学院的《中国现代文学作品选》是怎么编写的，笔者没有找到这方面的讲义。但在当时不仅上海师范学院一校如此，同在上海的华东师范大学也是这样，这里不妨从他们的讲义中一探究竟。华东师范大学 1959 年 6 月第 1 次印刷的《中国现代文学讲义》（初稿）是关于“作家作品”的讲义，由十个作家专章组成。上册论述鲁迅、瞿秋白、郭沫若、茅盾；下册论述巴金、曹禺、赵树理、周立波、李季、杜鹏程。讲义上册说明：“这里印发的是‘中国现代文学’一课‘作家作品’部分的讲义（上册），‘文学史’部分讲义，将来再印发。”① 华东师范大学 1961 年编写的《中国现代文学史简编》，参考其他学校的部分较多，② 这里不予论述。这说明将作家作品与文学史分开讲述，在当时是比较普遍的，③ 上海师范学院的编写与华东师范大学应有类似之处。这都可以从师范类大纲找到这种文学史编写体例的由来。

在章节的具体安排上，上师本以社会主义文学的发生、发展为中心线索，将中国现代文学分成四个时期，一个时期为一编，即社会主义文学的萌芽时期（1919—1927）、成长时期（1927—1942）、壮大时期（1942—1949）、成熟和繁荣时期（1949—）四编。叙事主线是社会主义文学的萌芽、成长、壮大、成熟和繁荣，这是将第三次文代会上提出的“社会主义文学”作为新的唯物论新文学史整体化编写的线索。第三次文代会是将当代文学视为社会主义文学进行阐释，但是上师本以此作为中国新文学史的整体化编写主线。虽然这与 1958 年期间以无产阶级革命文学史为主线建构中国新文学史有着不同之处，但“若将他们的著作纯粹视作言辞结构，这些著作似乎就具有迥然不同的形式特征，并且是以根本不同的方式来使用解释着同一组材料的概念术语”④。不久之后，党中央就对国民经济实施了调整，所以后来再如上师本一样以社会主义文学的发生、发展编写中国现代文学史的很少。

---

① 王西彦，钱国荣，陈孝全，等．中国现代文学讲义［Z］．上海：华东师范大学函授部，1959：说明．

② 华东师范大学中文系现代文学教研组函授教学小组．中国现代文学史简编［Z］．上海：华东师范大学函授部，1961．该书“说明”，“本简编主要根据北京大学中文系集体编著的《中国现代文学史》，并参考复旦大学中文系现代文学组学生集体编著的《中国现代文学史》和吉林大学中文系‘中国现代文学史’教材编写小组编的《中国现代文学史》编写而成”。

③ 笔者收集到的长春师专中文科现代文学教研组编的《中国现代文学讲义》也是如此。“这部教材共分四册，第一册为（1917—1949）文学运动和思想斗争；第二、三册为（1917—1949）作家、作品；第四册为当代文学。”参见：长春师专中文科现代文学教研组．中国现代文学讲义（第一册）［Z］．长春：长春市教师进修学院，1961：说明．

④ 怀特．元史学：19 世纪欧洲的历史想像［M］．陈新，译．南京：译林出版社，2004：5．

上师本每一时段都根据不同的重大文艺运动分为不同的小时段，并以此为一章。每一章重在书写一类文艺运动，而且对于这些重大运动都从文化革命的形势、文艺运动概况、理论批评、思想斗争和创作成就等各方面来论述，以此反映各个时期文艺运动的面貌和特点。第一编“中国社会主义文学的萌芽时期（1919—1927）”就书写了两个时段，分为两章：“无产阶级思想领导下的五四文学革命运动（1919—1921）”“党给新文学运动指出了方向（1921—1927）”。第二编“中国社会主义文学的成长时期（1927—1942）”分为四个时段，编写为四章：“革命文学运动（1927—1929）”“苏区群众文艺运动和国统区无产阶级革命文学运动（1929—1935）”“国防文学运动（1935—1937）”“抗战前期的抗战文艺运动（1937—1942）”。第三编“中国社会主义文学的壮大时期（1942—1949）”则分为两个时段，编写为两章：“毛主席《在延安文艺座谈会上的讲话》（1942—1943）”“毛泽东文艺路线的贯彻（1943—1949）”。第四编“中国社会主义文学的繁荣时期（1949—）”分为三个时期，编为三章：“为建设新中国的人民文艺奋斗（1949—1953）”“为发展社会主义文艺而斗争（1953—1957）”“我国社会主义文学的大跃进（1958—）”。可见，上师本与“三结合”集体编写新文学史一样，仍然将“大跃进”时期视为中国新文学史的繁荣阶段。但它以1921年党的成立、1929年毛泽东撰写的《中国共产党红军第四军第九次代表大会决议案》、1935年8月1日党中央发表《为抗日救国告全体同胞书》（《八一宣言》）、1943年中央发布《关于执行党的文艺政策的决定》指示以毛泽东的《讲话》为党的文艺政策等党的重大事件的发生为文学史时间点，将每个大的时段再分为不同时期，这有利于文学史叙述主线的突出，社会主义文学发展的阶段性非常明显，凸显了党对中国革命事业、现代文艺的领导及其文艺政策的变化，这与此前文学史还是不一样的。

这样一来框架体系更加明晰，但显而易见的问题就是条块区分太过鲜明，历史发展的复杂性被割裂为细小阶段则显示了“人为性”。例如，不是以1930年“左联”成立为界，而是以1929年为界就显出该文学史的政治性，而不是文学史的独特性。“左联”的领导权本来就在于党，为了单单强调某一个时间点上的党的文件或政策的发布，就过于僵化机械。又如，将“左翼”文学十年再分为革命文学运动和国防文学运动两大阶段，也是少有的编排，21世纪朱寿桐主编的《汉语新文学通史》① 对此有所回应。

---

① 朱寿桐．汉语新文学通史［M］．广州：广东人民出版社，2010.

（二）文学理论批评史的书写

上师本对创作实践只是简单介绍，而在文学运动和文艺思潮这两方面也不是同等重视的，它以“党的领导下的文学运动的发展过程为主线，着重论述文学理论批评和思想斗争”，“着重介绍我国文艺界的前辈们传播马克思主义文艺理论并用来解决我国文艺运动中的实际问题所作的辛勤努力及所达到的成就”。① 它对文学理论批评的介绍主要是“立”，以说明马克思主义文艺理论的逐渐建构成型，这有着较多的创意。

在五四文学革命运动的书写中，上师本主要强调的是李大钊、陈独秀、毛泽东的文学思想。它认为李大钊的“《什么是新文学》是我国文学史上第一篇以马克思列宁主义观点来分析文艺问题的文章”；毛泽东的《民众的大联合》“给新文化运动的统一战线在理论上奠定了基础”；陈独秀虽然首先提出了“文学革命”的口号，但“代表着当时中国资产阶级急进民主派的革命倾向”，胡适则是五四时期“资产阶级知识分子右翼的代表人物”。② 上师本将四位历史人物阐述成不同阶级类型的代表，并对他们进行了系列评定，从而论证了五四运动和文学革命的领导力量是无产阶级思想。这种模式在之前也是存在的，但上师本这里强调了毛泽东在五四时期的文章及观点，之后还专节介绍他在苏区革命根据地撰写的《古田会议决议案》、在抗战前期撰写的《学习》《新民主主义论》，专章介绍抗战后期毛泽东的《讲话》，专节介绍他在1949年后的文艺思想及创作，这样毛泽东文艺思想及其在中国现代文学进程所发挥的历史作用得到了体系性介绍，也实现了《绪论》中所指出的“研究中国现代文学史必须以毛主席思想为指导”③ 的原则，体现了以“党的领导下的文学运动的发展过程为主线”④。同时也表明他们与辽宁大学中文系现代文学教研室一样在“高举毛泽东文艺思想红旗”“改革中国现代文学史教学”“大破修正主义”。⑤

除重视毛泽东文艺思想外，上师本还通过对其他党员的文艺观点及相关论

---

① 上海师范学院中文系中国现代文学教研组．中国现代文学史讲义［Z］．上海：上海师范学院，1961：9.

② 上海师范学院中文系中国现代文学教研组．中国现代文学史讲义［Z］．上海：上海师范学院，1961：16-18.

③ 上海师范学院中文系中国现代文学教研组．中国现代文学史讲义［Z］．上海：上海师范学院，1961：1.

④ 上海师范学院中文系中国现代文学教研组．中国现代文学史讲义［Z］．上海：上海师范学院，1961：9.

⑤ 辽宁大学中文系现代文学教研室．高举毛泽东文艺思想红旗改革中国现代文学史教学［J］．辽宁大学学报（哲学社会科学版），1960（2）：23-46.

文进行整理，从而全面地展示了党在文艺思想上的逐渐成熟。上师本指出：《新青年》季刊第一期（1923年6月）发刊词《新青年之新宣言》“便系统地申述了党在文化思想战线上的任务”，这“可以说是党最初的文化革命的纲领”。① 之前的文学史也介绍瞿秋白、邓中夏、恽代英、沈泽民、萧楚女等早期共产党人的文章及思想，但上师本不仅如此，还通过对这一“宣言”的阐述及重视，说明他们的文艺思想正是党对文艺工作的基本态度的体现，② 这就将个人化的文艺思想提升到党组织的理论指导了。

对于创造社和太阳社所倡导的革命文学的内容与主张，上师本也与其他文学史著一样重点进行了介绍，但特别阐释了钱杏邨于1929年在《从东京回到武汉》一文中所提倡的“新写实主义”创作方法，并指出这“基本上是和后来所提倡的社会主义现实主义相一致的”③。当时的文学史都会书写周扬1933年的文章《关于“社会主义现实主义”和革命浪漫主义》是“最早”介绍社会主义现实主义的，从而肯定了周扬的文学史地位，该著也进行了这样的介绍，但为它找到了更早的源头。这并不意味着周扬在上师本中的文学史地位会下降，他的文章、文艺活动在该著中不仅随处可见，而且在书写“抗战初期的文艺思想动态”这一节时，主要是“简述抗战初期文艺思想上的一些问题以及周扬同志等对这些问题的看法”④。周扬关于作家和生活的关系、关于暴露黑暗、关于文学大众化和旧形式的利用等诸多问题上的观点得到了介绍，这样一来，周扬成为最能体现抗战初期文艺思想发展动态的人物了。

（三）对思想斗争的新发现

上师本对文学思想斗争的书写，着重对在中国现代文学史上有过重大影响的各种“反动”思想，特别是对修正主义思想的批判，总结思想斗争的经验。⑤ 而重大的思想斗争在之前出版的复旦大学中文系学生集体编著的《中国现代文艺思想斗争史》中多数已介绍，所以上师本对它借鉴较多，这里不再论及。我

① 上海师范学院中文系中国现代文学教研组．中国现代文学史讲义［Z］．上海：上海师范学院，1961：38-39.

② 上海师范学院中文系中国现代文学教研组．中国现代文学史讲义［Z］．上海：上海师范学院，1961：50.

③ 上海师范学院中文系中国现代文学教研组．中国现代文学史讲义［Z］．上海：上海师范学院，1961：79.

④ 上海师范学院中文系中国现代文学教研组．中国现代文学史讲义［Z］．上海：上海师范学院，1961：204.

⑤ 上海师范学院中文系中国现代文学教研组．中国现代文学史讲义［Z］．上海：上海师范学院，1961：9.

们主要介绍它在书写这些斗争和论争时的一些与众不同之处。

在1921—1927年这一时段“对其他资产阶级文艺派别的批判”中，上师本书写了对弥洒社胡山源的批判。该著认为他们的文艺思想很有典型性，“是我国第一个公开打出‘为艺术而艺术’的旗帜的文艺社团”①。而对创造社的介绍，没有提及“为艺术而艺术”这一口号，只是认为他们“没有划一的主义”，只是“本着内心的要求，从事文艺活动”，这正是浪漫主义的特色。② 这说明上师本是更侧重“公开打出”这一口号的，所以列举了弥洒社，并指出与弥洒社同一倾向的还有陈炜谟等人的浅草社和沉钟社。这都被指责是为资产阶级服务的文艺方向而受到批判。在介绍1927—1929年这一“革命低潮时期”的社会局势和思想动态时，上师本指出：“随着资产阶级的叛变革命，资产阶级知识分子或公开地站到反动阵营方面去，或仍然以虚伪的自由主义者的面孔出现，在文化界积极贩卖资产阶级的货色，从多方面的来为蒋介石反动政权作掩护和辩护。”③ 这方面，他们列举的代表有政治上的罗隆基，经济学方面的马寅初、李权时，哲学方面的张东荪、胡适，以及以陈独秀为代表的“取消主义者”。通过以上的列举，我们发现上师本在文艺与政治斗争的书写方面打击面很大，甚至比《中国现代文艺思想斗争史》更为激进。

对革命文学论争的书写，上师本不是如当时一些文学史著那样将鲁迅、茅盾和创造社、太阳社的矛盾与相互攻击略过不提，并将责任转移给韩侍桁、冰禅、甘人他们；而是进行了细致分析，比较客观地指出了双方各自观点中的正确和错误。但是上师本以对韩侍桁等的斗争来分析他们的文艺观点，指出他们与鲁迅的观点有本质上的不同，批判他们抹杀文学的阶级性，反对文学为革命政治服务，提倡为艺术而艺术。而在冰禅的文章里，“可以分明的看到我国早期的修正主义者的丑恶嘴脸”④。对修正主义的批判，是1958年之后，特别是第三次文代会后的政治要求，当时的文学史最早批判的“修正主义”是冯雪峰在批判“自由人”和“第三种人”时所阐发的观点，上师本对此也专门批判了冯雪峰的文艺思想，但将“修正主义”进一步提前，并让冰禅戴上了这一“桂冠”，

① 上海师范学院中文系中国现代文学教研组．中国现代文学史讲义［Z］．上海：上海师范学院，1961：63.

② 上海师范学院中文系中国现代文学教研组．中国现代文学史讲义［Z］．上海：上海师范学院，1961：45-46.

③ 上海师范学院中文系中国现代文学教研组．中国现代文学史讲义［Z］．上海：上海师范学院，1961：73.

④ 上海师范学院中文系中国现代文学教研组．中国现代文学史讲义［Z］．上海：上海师范学院，1961：94.

应是与其他文学史著不同的。考虑到“冰禅”正是之后引发了关于“自由人”大讨论的胡秋原①，上师本的这一前移似乎也可“理解”。

上师本对“两个口号”的论争的书写与当时一些文学史著一样，大谈而谈“国防文学”这一口号的意义以及所取得的成就，但是将国防文学运动作为1935—1937年的主要文艺运动用了一个专章来讲述，这在当时比较少见。而对于另外一个口号“民族革命战争的大众文学”，主要抨击它以“‘左’的色彩与内容”“就会吓跑其他派别的爱国文艺工作者，因而会阻碍文艺界抗日民族统一战线的结成”；论争的发生则被书写为是由“胡风、冯雪峰的分裂活动所挑起的”，而鲁迅是受到了蒙蔽，他对于“民族革命战争的大众文学”这一口号的理解被认为是与“国防文学”论者的见解基本一致。② 可见，对这一问题的论述，重在撇清鲁迅和周扬等人的责任，将他们的观点视为“一致”，而将“罪过”“转嫁”在胡风、冯雪峰身上。

上师本的主要特色就在于“从理论批评和思想斗争的分析过程中揭示马克思列宁主义的文艺理论和我们文艺运动的具体实践相结合的过程，并从而突出毛泽东同志对马克思列宁主义文学理论的创造性的发展及其伟大意义”③。这应是唯物论新文学史书激进化的另一类代表。考虑到它的印刷时间在1961年，经历了“大跃进”及三年困难时期之后，当时全国上下正在反思和调整以往“过左”的政策，上师本由于受到第三次文代会的影响在文学史著中加强了思想斗争的书写，批判的火药味还如此浓厚，却是不足为训的。

第九节　山东师范学院新文学史整体化的新探索

1960年，山东师范学院中文系组织师生集体编写了《中国现代文学史》，书稿完成后曾在校内印刷。笔者有幸收集到他们编写的《中国现代文学史》（初稿）（以下简称“山师本”），共有五册，印刷时间先后不一，分别为1961年1月1日、1961年11月、1962年2月、1961年11月、1962年3月。他们将中国现、当代文学史予以新的整体化编写，下面将对其进行介绍。

① 蔡清富．胡秋原与革命文学论争［J］．鲁迅研究动态，1989（9）：55-58.

② 上海师范学院中文系中国现代文学教研组．中国现代文学史讲义［Z］．上海：上海师范学院，1961：172-177.

③ 上海师范学院中文系中国现代文学教研组．中国现代文学史讲义［Z］．上海：上海师范学院，1961：9.

一、分期、体例与主要内容

从体例和主体内容来看，山师本与当时许多中国现代文学史区别并不大，但也有一些细微之处的创新。从整体来看，它共分三部分：导论、新民主主义革命时期的文学和社会主义革命时期的文学，这是将中国现当代文学合编在一起的。其中，“新民主主义革命时期的文学”分为三编：第一编“无产阶级领导下的文学革命的发生和发展（1918—1927）”、第二编“无产阶级革命文学的兴起和发展（1927—1942）”、第三编“中国现代文学的新阶段（1942—1949）”，这三编各为一册。第四编是“伟大的十年，光辉的成就（1949—1960）”，即为第四、五册，共二十一章，主要书写的是当代文学。从文学史分期来看，山师本以1918年为无产阶级领导下的文学革命的发生、将1927—1942年划分为一个时段等，这在同时代的中国现代文学史著划分中都已有之，但第四编所涵括的时间已延伸至编写该文学史之时的1960年，其他文学史著只叙述到1958年。

书写文艺战线上两条道路的斗争是1958年后编写中国现代文学史共同的内容与指导原则。山师本同其他文学史一样，不仅在绪论中专门论述了“中国现代文学是在斗争中成长和发展的”①，而且在每个时段都会书写与“反动”文艺思想的斗争，具体文艺斗争的对象几乎一样。不同在于，第二编书写了周扬、胡风与刘雪苇在1935年围绕“典型”“类型”“个性”等展开的论争，并认为这是批判胡风文艺观点的“重要的一枪”②。这次论争在之前文学史很少被介绍，山师本的书写则将对胡风等人的批判予以历史时间的前推，并进一步凸显了周扬这一文艺“战士”形象。在书写抗战时期对国统区“反动”文艺的斗争时，则将它们分为几类：“以美帝国主义文化侵略为代表的帝国主义文艺”，如《飘》《蝴蝶梦》《战地逢春》等作品的翻译；以张道藩、向培良为代表的“为官僚资本服务的买办文艺”；以神怪、剑侠小说和姚雪垠的《春暖花开的时候》为代表的“带有买办性和殖民地性的封建文艺”；以陈铨和徐訏的《野玫瑰》和《风萧萧》为代表的“特务文学”；以萧乾、朱光潜、沈从文、储安平、袁可嘉

① 山东师范学院中文系．中国现代文学史（初稿）第一册［Z］．济南：山东师范学院，1961：4.

② 山东师范学院中文系．中国现代文学史（初稿）：第二册［Z］．济南：山东师范学院，1961：22.

为代表的“民主个人主义者”。[①] 虽然这都是简要提及，它依据的是邵荃麟和郭沫若于1948年在中国香港创刊的《大众文艺丛刊》上发表的《对于当前文艺运动的意见》和《斥反动文艺》两篇文章，这样一来既增加了打击面，也说明了这些被批判的作家在1961年前后的处境非常艰难。

从书写文艺思想斗争的篇幅来看，当时的中国现代文学史著会对每一时段的文艺斗争用专章来书写，但山师本对1942年之前的文艺斗争书写得较少。如第一编只有两节，第二编只有一节，在第三编书写时有两个专章共六节，在第四编书写当代文学史的文艺斗争也有一章共六节。这说明山师本在文艺思想斗争方面更重视书写“近期”革命文艺战线内部的斗争，而对时间较久远的与“资产阶级”文艺战线的斗争减少了书写篇幅。这应是受到当时学界“厚今薄古”思潮的影响。

山师本在《导论》中也论述了“中国现代文学的历史是沿着革命的现实主义和革命的浪漫主义相结合的道路发展的历史”[②]。将中国现代文学史书写为“两结合”创作方法的发生、发展史是第三次文代会后的新趋势，这与之前将它书写为社会主义现实主义的发生、发展史有雷同之处。这一时期的一些现代文学史都会书写1919—1927年间的工农兵文学运动，但山师本对此没有关注。

二、现当代作家的新分类

山师本最突出的特色应该是其作家论，不仅专门章节论述的作家数量多，而且对每个作家论述的时间跨度比较大、资料比较全面，体现了新文学整体化的学术视野。这表现在两方面：现当代作家的新分类和作家论的全面完整。以下则一一来进行分析。

山师本专门两章论述的作家有：鲁迅、毛泽东。鲁迅占据文学史著的两章，是当时的通行模式。之前的文学史在介绍毛泽东时多是用一章分析《讲话》的时代背景、主要内容和重要意义，重在《讲话》而不在毛泽东个人的文学史地位，只会在介绍诗歌时简要提及其诗词创作。但该著对毛泽东的书写着意凸显其个人的文学史地位，并以“伟大的人民领袖、杰出的马克思列宁主义文艺理论家和诗人——毛泽东”作为上下两章的标题。这是从文艺理论家和诗人的角

---

① 山东师范学院中文系．中国现代文学史（初稿）第三册［Z］．济南：山东师范学院，1961：49-51.

② 山东师范学院中文系．中国现代文学史（初稿）第一册［Z］．济南：山东师范学院，1961：9.

度来对毛泽东个人进行文学史定位，是与众不同的。这应与毛泽东的旧体诗词在第三次文代会上被视为“两结合”创作方法的代表有关。

山师本专门一章论述的作家有：郭沫若、瞿秋白、蒋光慈、田汉、茅盾、夏衍、赵树理、李季、周立波、老舍、杜鹏程。其中，老舍、杜鹏程是放在第四编当代文学中叙述的。杜鹏程的《保卫延安》被放在当代文学之中叙述是理所当然。不同寻常的是老舍，这从其两个专节的标题“在曲折的道路上探索”和“人民艺术家”上可以窥知端倪：他们认为老舍在1949年前的文学活动还只是在“曲折”地“探索”，代表作是《骆驼祥子》；而在1949年后终于成为“人民艺术家”，代表作是《龙须沟》。巴金、曹禺在该著都还只能是专节介绍时，老舍因为他1949年后的创作获得了专章的文学史地位，不再与他们在同一个历史阶段得以介绍，而被挪移到当代文学之中重点叙述。

山师本合为一章但专节论述的作家较多，其中在第一至第三编现代文学中介绍的有：叶圣陶、王统照、郁达夫、闻一多、殷夫、柔石、胡也频、叶紫、洪深、巴金、曹禺、臧克家、沙汀、刘白羽、田间、阮章竞、陈白尘、袁水拍；在第四编当代文学中介绍的有：张天翼、陈其通、胡可、艾芜、草明、雷加、柳青、欧阳山、周而复、杨朔、魏巍、陆柱国、马烽、康濯、李准、孙峻青、王汶石、梁斌、曲波、杨沫、吴强、闻捷、贺敬之、郭小川、王安友。在第一、二编中都专章书写了“文学运动中的逆流”，以此对胡适、礼拜六派、新月派、现代派和徐志摩进行专节批判。从这些专节介绍的作家中，我们发现也有一些作家出现了如老舍一样的情形，即一些现代作家在当代文学中被介绍。如张天翼因为他1949年后的儿童文学创作取得了成绩，所以他在当代文学中的《儿童文学》这一章中得以专节书写，同时，回溯了他之前的系列小说，如《华威先生》等。同样，1949年后，艾芜创作了《百炼成钢》、草明创作了《乘风破浪》、柳青创作了《创业史》、欧阳山创作了《三家巷》、马烽创作了《我的第一个上级》、康濯创作了《春种秋收》，所以他们不再在现代文学的时段中专节书写，而被置放在当代文学中分析。与分析老舍的作品一样，他们1949年后的创作被认为超越了他们之前的成绩。有意思的是对贺敬之的介绍，在之前的中国现代文学史著中，一般会以贺敬之和丁毅之名作为一节，来介绍《白毛女》。但因为贺敬之在当代文学时期创作了众多政治抒情诗，已经成为全国著名的诗人，所以贺敬之在山师本中的当代文学得以专节介绍；在对《白毛女》的书写中，标题不再出现贺敬之的名字，而强调它是“在党领导下的群众智慧的结晶”①。

在1949年后的当代文学时段中对老舍进行讲述，在1956年通过的师范类大纲中就有如此安排，但山师本不仅如此，而且将一批曾经被放在现代文学史中的作家调整到当代文学史中论述是非同寻常的。因为此前尽管有中国现当代文学合编，但实质上中国现代文学和当代文学仍是分开割裂的。而山师本的编排是综合考虑不同作家在中国现当代文学中的创作情况，然后依据他们的“代表作”来考虑他们应被安放的文学史时段，这实际上是“新文学整体观”的思维体现。

三、全面完整的作家论

能够体现山师本具有新文学整体化思维的还表现在其作家论非常全面完整，大致能将一个作家的全部创作经历予以展现。

将现代作家在当代文学的创作予以书写，这在山师本中非常普遍。例如，在介绍毛泽东的文艺理论时，不仅以一节书写“最完整的马克思列宁主义文艺理论的科学文献：《在延安文艺座谈会上的讲话》”，而且以一节介绍了“社会主义革命时期毛泽东文艺思想的新发展”，主要包括三方面：“关于文艺战线上两条道路的斗争”“关于‘百花齐放、百家争鸣’”“关于革命现实主义和革命浪漫主义相结合”。② 这注意到毛泽东文艺理论在1949年后的新发展。前述专章专节的未逝世的现代作家在1949年后的创作，山师本都进行了完整介绍。这在之前乃至新时期都是非常少见的，之前的现代文学史著只介绍郭沫若、茅盾等人在1949年后的活动，次要作家多不介绍，而且当代文学史著书写中很少介绍现代老作家在1949年后的创作。但山师本不仅介绍了叶绍钧在五四时期的创作，而且介绍了他在抗战前后的《一篇宣言》《多收了三五斗》《西川集》，以及在1949年后创作的短篇《友谊》和游记体散文《小计十篇》；对于王统照的书写也是如此，不仅介绍其在文学研究会之时的创作，还介绍了《山雨》及抗战时期的《放歌集》和《横吹集》，以及1949年后的《鹊华小集》……注重现代作家代表作之外时段的创作，特别是当代文学时期的创作，是山师本的重要特

---

① 山东师范学院中文系．中国现代文学史（初稿）：第三册［M］．济南：山东师范学院，1962：63.

② 山东师范学院中文系．中国现代文学史（初稿）：第三册［M］．济南：山东师范学院，1962：11-15.

色，资料非常翔实，表明了他们对作家创作的整体性把握。

在介绍当代作家时，山师本还将他们在现代文学阶段的创作予以回顾。例如，陈其通的作品主要是1949年中华人民共和国成立之后创作的《万水千山》，但山师本还介绍了他在现代文学时期创作的《炮弹是怎样造成的》；雷加的代表作是1949年之后的《潜力》三部曲，但山师本也介绍了他之前创作的短篇集《水塔》；杨朔、魏巍、孙峻青、梁斌、吴强、周而复等都是当代文学的著名作家，山师本在介绍他们的生平简历和创作历程时，都简要介绍了他们在现代文学时的创作。一方面展示了他们文学创作的逐步发展，另一方面也全面勾勒了他们的创作风貌。黄子平、陈平原、钱理群三人的《论“二十世纪中国文学”》① 于1985年发表，陈思和的“新文学整体观”在1987年提出②，从而掀起了新文学整体化编写的热潮，但从学科史的角度看，山师本是较早全面实现这种编写理念的。

山师本这种作家论的文学史体例在21世纪之后也有文学史编写者予以实践，例如，雷达、赵学勇、程金城主编的《中国现当代文学通史》③ 也是这样安排。这种单以作家论为主编写文学史都会出现一种弊端，即对作家的介绍是他一生的历程，但他在文学史著中所处的时段是特定的，这二者往往出现错位现象，使得文学史著的叙述主线时而被中断割裂。例如，山师本对郭沫若的论述是放在第一编1918—1927中论述的，但对他全面分析已经延伸至1949年后了。可见，“文体、重要作家、重大历史事件等都要求文学史讲述暂时停下来。这些文学史存在横向的扩张，许多共时态现象只好被拆裂，被处理成历时现象，与此同时许多历时现象又被压缩为共时态。‘文学史发展的自然时间主线’因此失落”④。山师本的编写者们或许认识到这一缺陷的存在，他们通过两种方式对此进行了补正。

其一，在每一时段的概述中都会按照文体分类介绍本时期各体裁所取得的成就，这样就将每位作家的创作安放在特定的时段范围之中，每一时段的文学史发展概貌就有了一定程度的浮现。遗憾的是，山师本没有1942—1949年间的创作成就的概述，这一编排意图没有完全贯彻实施。

其二，在对作家具体论述时，不再按照文类介绍其创作成就，而是按照自

① 黄子平，陈平原，钱理群．论“二十世纪中国文学”［J］．文学评论，1985（5）：3-14.

② 陈思和．中国新文学整体观［M］．上海：上海文艺出版社，1987.

③ 雷达，赵学勇，程金城．中国现当代文学通史［M］．兰州：甘肃人民出版社，2006.

④ 郜元宝．遗珠偶拾：中国现代文学史札记［M］．北京：北京大学出版社，2010：352.

然时间先后叙述，这样就将其人生履历、创作历程和思想发展全面结合在一起，从而展现了具体作家的多方面发展。例如，对于鲁迅的文学史分析，许多文学史著都是先介绍其生平和思想发展，然后按照小说、杂文、散文诗等文体依次进行论述。但是山师本是将这些内容混合在一起，按照时间先后进行书写。它共写了两章，包含五节，依次是“爱国主义思想的孕育与发展”“革命的‘呐喊’”“在‘彷徨’中战斗”“从进化论到阶级论”“辉煌的战斗业绩”。依照这种方式进行介绍，不仅鲁迅的作品得到了分析，而且鲁迅的思想发展和创作特点也得以呈现。按照这样的方式进行作家论书写，每位作家的文学史形象都得以栩栩如生，而且通过对作家的历史性论述，建构了整个新文学整体化的历史性，从而弥补了作家论文学史著在历史主线上常常被中断的缺陷。

山师本的主要特色在于其作家论，体现了新文学整体化的思维，这与当时在山东师范学院中文系任教的薛绥之有很大关系。1955 年，薛绥之因故从原天津师范学院（现河北大学前身）调到山东师范学院中文系任讲师。① 1957 年，他编纂完成《鲁迅研究资料索引》。② 1960 年，山东师范学院中文系师生结合编写《中国现代文学史》，他被分配去和十几个学生为各编写组搜集、提供资料。他这时还戴着政治帽子，实际上却尽着主编者的职能，在不长的时间内就编出了一套《中国现代作家研究资料丛书》。山东师范学院编写的《中国现代文学史》后来并没有公开出版，迄今也很少有人对该著进行介绍和评析，但是薛绥之主编的这套丛书常被人提及。这套丛书约三百万字，包括：《中国现代作家小传》《中国现代作家著作目录》《中国现代作家作品研究资料索引》，以及毛主席诗词、郭沫若、茅盾、巴金、老舍、曹禺、夏衍、赵树理、李季等十几位作家研究资料汇编。每个作家的资料包括生活、思想、创作道路，重要作品的分析研究，著作年表。③ 正因为薛绥之主持编写的《中国现代作家研究资料丛书》在资料收集上做足了功夫，为山师本的编写提供了最充沛的学术支持，所以它在作家论方面取得了如此骄人的成绩。我们在前面介绍了薛绥之于 1954 年 6 月为天津师范学院业余部授课之时编写的讲义，该讲义的一个最大特色就是注意到中国新文学的整体化书写。很显然，薛绥之的这一文学史编写思路在山师本的编写中得到了进一步拓展实施。

---

① 李何林在致田仲济的信中，介绍了薛绥之离开河北大学的原因。刘衍文，艾以．现代作家书信集珍［M］．上海：汉语大词典出版社，1999：558.

② 薛绥之．鲁迅研究资料索引［Z］．济南：山东省图书馆，1957.

③ 冯光廉，朱德发．薛绥之教授对中国现代文学研究的贡献［J］．中国现代文学研究丛刊，1990（3）：5-16.

本章小结

本时期全国掀起了“大跃进”的浪潮，教育领域也开始了“革命”，号召教科书的编写以“三结合”的形式进行。于是，唯物论新文学史书写呈现激进态势，出现了以下特点。

1. 在中华人民共和国成立初讨论大纲初稿之时，集体编写中国现代文学史就一直被呼吁。但大规模的实施是在1958年“大跃进”时期，“三结合”集体编写教材得以风行一时。本时期仍有个人的文学史编写，如刘绶松对自己的中国现代文学史讲稿的修改就有不少亮点。

2. 在集体编写中国现代文学史过程中，1949年后的中国现代文学研究界第二代学人开始崛起。钱理群曾指出，在“八十年代现代文学的研究地图”中有几个以第二代学者为核心的集中点，黄曼君、孙中田、樊骏、严家炎、孙玉石、杨占升、许志英、刘增杰等学者是其中的代表，① 这些学者在本时期多有过集体编写中国现代文学史著的经历。罗贝尔·埃斯卡皮（Robert Escarpit）认为“当上一代的主力军超过40岁，新一代的作家才会冒尖”②。陈平原考虑到学术研究和文学创作之间的差异，将学者年龄界限划定为50岁。③ 这就意味着只有在上代学者过了50岁之后，新一代学者才会在历史舞台上大展拳脚。但本时期新一代学者借1958年的历史风云提前登上了历史舞台，他们多是在校或刚毕业的本科生，硕士较少，年龄在25岁左右；而中华人民共和国第一代中国现代文学史研究者大多才40多岁④，就遭遇到这种学术代际的非正常更换，两代人在思想观念和内心情绪上必然有着冲突。因为文学场中，每个参与者都会积极争夺，以改善自己的场域位置，“而行动者的策略又取决于他们在场域中的位置，即特

---

① 钱理群．中国现代文学史论［M］．桂林：广西师范大学出版社，2011：106-107.

② 埃斯卡皮．文学社会学：罗·埃斯卡皮文论选［M］．王美华，于沛，译．合肥：安徽文艺出版社，1987：61.

③ 陈平原．文学史的形成与建构［M］．南宁：广西教育出版社，1999：17.

④ 以1958年为界，王瑶1914年出生，此时44岁；刘绶松1912年出生，此时46岁；唐弢1913年出生，此时45岁；丁易1913年出生，1954年去世；任访秋1909年出生，此时49岁；薛绥之1922年出生，此时36岁；张毕来1914年出生，此时44岁；李何林1904年出生，此时54岁。以上学者出生年月均见于百度百科。

定资本的分配”①。

3. 新一代学者是以“打倒”“攻击”老师的激进方式开始学术研究的。1958年前后，年轻学子们羡慕李希凡“因为在批判《红楼梦研究》中冒了尖”，“‘撞上了’当时政治的需要”。② 他们也很气愤王瑶和刘绶松1956年带着家眷、助手去青岛编写教材，物质待遇非常丰厚，但是最终只“编出一本现代文学教学大纲（3.2万字）”，王瑶甚至“利用党提供的条件经营自己的私货”，写作论文《论巴金的小说》并发表在《文学研究》上；③ 文教干部对这些现代文学研究的学者印象也不好，认为“他们和党对立，耍两面手法”。周扬在全国中文系协作组会议上还强调“保持对立面有好处，像王瑶、游国恩不服气很好，正好继续批判”。年轻学子们抓住机会，对自己的老师展开了学术乃至人身的攻击，导致王瑶等学者在这时“就是有顾虑，文章就是不好写”。④

4. 尽管最先开始实施“三结合”编写中国古代文学史著的北京大学学子们在全国赢得了巨大名声，但随着后来的这种集体编写文学史著的增多，更多学子并未引起多大关注。相反大家当时都是满怀激情，不追求工资待遇和个人名利。北京大学参与编写《新诗发展概况》的学生谢冕后来就回忆，当时大家都认识到不能有名利思想。⑤ 他们所得到的那点稿费相比他们的老师王瑶撰写中国现代文学史著的收入来说，几乎是微不足道。而那些校内印刷没有公开出版的文学史著，就更谈不上稿费收入了。“三结合”编写文学史更多强调集体团结力量大，也不署上个人姓名。尽管一些学者在背后默默无闻地做了许多类似主编的工作，但是他们的学术名声并未因此得到彰显。有些学者甚至后来还隐瞒此一时期的学术活动，这都是导致本时期文学史著很少为学界所关注的重要原因。

5. 有学者认为“大跃进”集体编写的中国现代文学史著的共同特点“就是极端政治化涂抹加上大批判的‘浮夸’”⑥，“一无学术建树可言”⑦，变成了简

① 布迪厄，华康德．实践与反思：反思社会学导引［M］．李猛，李康，译，北京：中央编译出版社，1998：139.

② 黄修己．“红色文学史”五十年祭［J］．炎黄春秋，2009（1）：73-76.

③ 黄修己，姚玳玫．与现代文学学科同路走来：黄修己教授访谈录［M］//陈希，姚玳玫．一个人与一门学科：黄修己教授的学术旅程．广州：中山大学出版社，2015：9.

④ 陈徒手．文件中的王瑶［J］．读书：文史版，2013（7）：118-129.

⑤ 谢冕，孙绍振，刘登翰，等．回顾一次写作：《新诗发展概况》的前前后后［M］．北京：北京大学出版社，2007：48.

⑥ 温儒敏，李宪瑜，贺桂梅，等．中国现当代文学学科概要［M］．北京：北京大学出版社，2005：105.

⑦ 温儒敏，陈晓明，等．现代文学新传统及其当代阐释［M］．北京：北京大学出版社，2010：61.

单的“罪行审判”。① 一些当年参与集体编写文学史的学者事后回忆起来，也坦承自己当时并未读多少书，多是抄袭别人的观点。② 孙玉石也曾就此有自我批判。③ 这都带有“事后反思”的意味，很有参考意义。但是“反思”都是以“当下”学术水平对当时文学史编写进行评判，无形中都有“悔过自新”的心态。而从学界通行的“潜规则”来看，教材多是论述学科普及性和公开性知识，多方采撷、杂糅一体几乎是“常识”。当初王瑶的学生愤愤不平“某人的书有许多地方是照抄他的书”时，他立即打断说：“那没有什么……讲课用的讲稿嘛，难免东抄西抄！”④ 这正如克里斯蒂娃（Julia Kristeva）所指出的：“任何作品的本文都像许多行文的镶嵌品那样构成的，任何本文都是对其他本文的吸收和转化。”⑤ 可见教材型文学史与学术型文学史各自有不同的要求，不应彼此为难。

6. 集体编写最大的好处是增加了文学史著的史料，更多作家作品、文学史实被写进文学史著中。例如，北京师范大学、北京大学、复旦大学、山东师范学院等高校“三结合”集体编写的文学史著在作家作品、文艺论争的论述上都超出了之前文学史内容，这迎来了中国新文学史史料的扩充。尽管一些文学史实的勘定还有错误，他们的评价不符合我们当下的审美标准，但我们不能忽略他们在这方面的学术贡献。而北京大学编写的《初稿》还可算是其中的优秀之作。

学界多认为“大跃进”时期的集体编史都是“三结合”性质，但也有例外，如开封师范学院刘增杰等人就是年轻教师的集体写作，吉林师范大学孙中田等人是将之前编写的文学史著予以完善。相比以学生为主体的“三结合”编写，他们的文学史著相对来说要“低调”“稳重”一些。这表现在革命作家、工农兵文学、毛泽东文艺思想在他们的文学史著中尽管有所提及和占有一定篇幅，但主体还是以专业作家为主；而以学生为主的“三结合”集体编史中，那些政治性、革命性强的作家作品占据了主要篇幅，以此构建了无产阶级革命文学史或社会主义文学史，成为唯物论新文学史激进化书写的代表。

---

① 高桥和巳．文学研究の诸问题［M］．立命馆文学，1960：10//戴燕．文学史的权力．北京：北京大学出版社，2002：前言 8.

② 陈骏涛口述，陈默，编．陈骏涛口述历史［M］．北京：人民文学出版社，2015：45.

③ 谢冕，孙绍振，刘登翰，等．回顾一次写作：《新诗发展概况》的前前后后［M］．北京：北京大学出版社，2007：38-39.

④ 裴斐．点滴忆恩师［M］//《王瑶先生纪念集》编辑小组．王瑶先生纪念集．天津：天津人民出版社，1990：152.

⑤ 克里斯蒂娃．符号学：意义分析研究［M］//朱立元．现代西方美学史．上海：上海文艺出版社，1993：947.

7. 上一个阶段现当代文学整体化书写是以社会主义现实主义文学的发生、发展为主线，将中国现代文学以1942年分为前后两段，当代文学还没有以1949年为界明显分离出来。吴圣昔批评这是“极为简单化的非科学的方法”，因为中华人民共和国的成立，标志着新民主主义革命的基本结束和社会主义革命、社会主义建设阶段的开始，革命性质的转变在文学上将有非常重大的反映。① 所以本时期现当代文学整体化书写，表现为无产阶级革命文学史和社会主义文学史两种不同的叙事主线，当代文学已经有“独立”成编的实力和时段，这是此前周恩来在第二次文代会上所论述的文学史分期基础上的发展。

8. 唯物论新文学史写作的五条线索——无产阶级思想领导、新文学运动的统一战线、工农兵文学方向、社会主义现实主义文学、两条文艺路线的斗争——在本时期有所激化：无产阶级思想领导在此时进一步强化，革命文学理论的萌芽原来书写为郭沫若1923年发表的《我们的文学新运动》，提倡则开始于郭沫若1926年发表的《革命与文学》和《文艺家的觉悟》，本时期将其萌芽前推至1919年李大钊《什么是新文学》的发表，而正式提倡是1923—1924年邓中夏、恽代英、萧楚女等人在《中国青年》上的理论主张。② 于是一些共产党人和革命烈士在第一个十年的革命文学理论和创作的影响被予以夸大，使得其历史作用更为凸显。一些文学史更是以毛泽东文艺思想的发生、发展与成熟来书写无产阶级思想的领导。原来多注意苏区根据地、解放区的工农兵文学，现在第一个十年的工农兵文学创作也得以发掘，这一线索得以完整。因为更多强调了无产阶级对新文学运动的直接领导，而之前所书写它通过统一战线间接领导中国新文学运动的叙事不再强调；书写“敌、我”两条文艺路线的斗争，不仅如之前那样书写左翼文学与其他文艺路线之间的斗争，也书写与那些“混进”左翼文学队伍的人士作斗争，胡风、冯雪峰等成为代表。他们20世纪30年代的文艺思想被视为修正主义思想的萌芽，这为当时国内文艺界进行的“反修”斗争寻找到了“历史源头”。无产阶级革命文学和社会主义文学成为文学史主叙事，“两结合”创作方法在一些文学史著中成为新的文学评价标准。总的来看，本时期一些激进的做法终于完成、“完善”了唯物论新文学史建构的几条线索（除了统一战线）的逻辑性，文学史著在不同时期都寻找到它们的例证，但篇幅多了一些，历史作用也有所夸大。

---

① 吴圣昔．谈谈中国现代文学史的分期问题［J］．复旦，1960（1）：35-41.

② 刘泰隆．从“革命文学”的提倡问题谈到“五四”文学的无产阶级的领导：兼评几种现代文学史对有关问题的论述［J］．广西师范大学学报（哲学社会科学版），1959（1）：42-48.

9. 本时期述史逻辑的完成是以损害历史真实性换来的，因为“叙述的一致性要求历史学家构建一个远远超越原始材料的故事”①。1958年，周扬的《文艺战线上的一场大辩论》以及“反右”扩大化，错误地将一些作家作品进行了批判，这导致一批作家作品被取消入史资格，一些历史事实遭到扭曲，一些文艺论争被重新叙述。其中对革命文学论争和“两个口号”论争的书写发生变动最大，因为郭沫若、周扬、胡风、冯雪峰等人都是直接参与者，当后者在现实生活中被“攻击”罢免之后，前者在文学史著中的重要性就更为突出。“我们从历史学家那里期待某种主观性，不是任意的主观性，而是一种正好适合历史的客观性的主观性。”② 但是经过“大跃进”而完成的这种逻辑性和主观性违背了“历史的客观性”，这就戕害了文学史安身立命之基。

① 伊格尔斯．学术与诗歌之间的历史编撰：对海登·怀特历史编撰方法的反思［M］//陈启能，倪为国．书写历史（第一辑）．陈恒，译．上海：上海三联书店，2003：11.

② 利科．历史与真理［M］．姜志辉，译．上海：译文出版社，2004：4.

第四章

中国现代文学史书写的成熟与势衰（1961.9—1966.5）

"大跃进"对国家造成的后果迅速被党和国家领导人所警觉，国民经济在1961年之后进入"调整、巩固、充实、提高"的调整时期。教育领域有了高教六十条的颁布实施，国家文科教材的编选也进入实施阶段。这为唯物论新文学史书写的调整、成熟提供了绝佳的外部环境与机遇。经历了新民主主义文学史、社会主义现实主义文学史、无产阶级革命文学史与社会主义文学史的多种实践，唯物论新文学史书写的五条原则、线索——无产阶级思想领导、统一战线、工农兵文学方向、社会主义现实主义文学、两条文艺路线斗争——在不同时期分别得到了发掘与丰富，这为其走向成熟奠定了充实的内在基础。一些综合大学将此前集体编写的中国现代文学史著予以完善、修改，在文学性、政治性与逻辑性等方面都予以调整、均衡，唯物论新文学史书写出现了一些成熟之作。国家文科教材《中国现代文学史》的编写也几近大功告成，它作为经典的唯物论新文学史著要在新时期之后才能"大放光彩"。不久之后，随着社会主义教育运动的开展，学生学习和老师教学的时间都大幅度减少，这导致唯物论新文学史书写走向了势衰。

第一节　中国现代文学史书写成熟的外部机遇

一、高教六十条的颁布实施

1961年1月，中共中央召开了八届九中全会。1961年，在毛泽东提出的"大兴调查研究之风"和"实事求是年""调查年"思想的指导下，会议正式确定对国民经济实行"调整、巩固、充实、提高"的"八字"方针。此后，又经过1962年的"七千人大会"和"西楼会议"，全党的认识逐渐统一，全面调整真正开始扎扎实实进行，"八字"方针落到了实处。

在此期间，中共中央相继制定了有关农业、工业、商业、科学、文艺等方面的工作草案。教育部对高等教育的问题也进行了深入细致的调查研究，由此出台了《教育部直属高等学校暂行工作条例（草案）》，因它共有六十条，通常被简称为“高教六十条”。高教六十条从起草到正式颁行都是非常慎重的，也是集体智慧的结晶。① 以下将简述它对中国现代文学史编写的直接影响。

1958 年，《中共中央、国务院关于教育工作的指示》中确定“党的教育工作方针，是教育为无产阶级的政治服务，教育与生产劳动结合”②。高教六十条在此基础上还强调了“培养为社会主义建设所需要的各种专门人才”的任务，因此高等学校学生的培养目标中也要求“掌握本专业所需要的基础理论、专业知识和实际技能，尽可能了解本专业范围内科学的新发展”③。之前的教育方针更多强调学生的政治思想和生产劳动的要求，忽略了大学毕业生在业务方面的要求，简单地将“有社会主义文化的劳动者”理解为“普通劳动者”，甚至号召大学毕业生去当工人、农民，没有认识到其劳动的特殊性和专业性。经过修订之后，高教六十条对大学毕业生在政治性、专业性和生产实践性等方面都予以兼顾。

高教六十条强调了高等学校“必须以教学为主，努力提高教学质量”④。1958 年，“教育革命”之后，本应在大学安心读书的学生过多地参加生产劳动、科学研究和社会活动，在科研与教学的业务工作中又存在着浮夸风和瞎指挥风，高校教学工作的稳定性遭到破坏。高教六十条明确规定：“为了保证以教学为主，高等学校平均每学年应该有八个月以上的时间用于教学。学生参加生产劳动的时间一般为一个月至一个半月。在教学计划以外，不对学生规定科学研究任务。生产劳动过多、科学研究过多、社会活动过多等妨碍和削弱教学工作的

---

① 傅颐．六十年代初《高教六十条》的制定、试行及历史经验［J］．中共党史研究，2006（3）：87-93；高军峰．“教育大革命”与《高教六十条》［J］．文史精华，2011（4）：22-28.

② 中共中央 国务院关于教育工作的指示［N］．人民日报，1958-09-20（1）．

③ 中华人民共和国教育部直属高等学校暂行工作条例（草案） （一九六一年九月）［M］//中共中央文献研究室．建国以来重要文献选编（第十四册）．北京：中央文献出版社，1997：502.

④ 中华人民共和国教育部直属高等学校暂行工作条例（草案） （一九六一年九月）［M］//中共中央文献研究室．建国以来重要文献选编（第十四册）．北京：中央文献出版社，1997：502.

现象，应该纠正。”①

高教六十条确定高校教学中教师的主导地位，不再提倡学生参与教材编写。之前号召高等学校的教材采取“三结合”的方法编写，② 高教六十条对此予以纠正：教材编写必须以教师为主导，要根据教育部规定或批准的方案、计划进行教学，鼓励学术水平高、经验多的教师逐步编出优秀的教科书，而不能一蹴而就。③ 这样，之前的那种学生参与甚至主导的集体编写教材的方式被否定，教师重新被确定为教学与学术上的主导者和权威者。

高教六十条再次强调必须贯彻执行百花齐放、百家争鸣的方针，要求各种学术问题的自由讨论，促进科学文化的进步和繁荣。批判资产阶级学说和思想改造虽然仍被强调，但尺度已经放宽，允许教师、学者发表自己的学术见解。而且再次强调“必须正确执行党的知识分子政策，团结一切可以团结的教授、副教授、讲师、助教和其他具有专门知识技能的人，调动一切积极因素，为社会主义的高等教育事业服务”④。

总的来说，高校六十条是对1949年后社会主义高校办学经验的总结，特别是对“教育大革命”的系列纠偏。众多高校都予以积极响应、实施，至1963年年初，全国试行条例的高等学校共200多所。⑤ 于是，高等教育进入了一段良好的发展时期，高校教学工作得到恢复，教学质量明显提高；知识分子政策得以落实，广大教师的工作积极性得到发挥；初步建立了研究生培养制度；高等学校的科研工作蓬勃发展。中国现代文学史的教学与编写也进入了一个新的时期。

二、国家文科教材编选

1958年之后，集体编写教材之风泛滥于国内各大高校。问题的严重性使得

---

① 中华人民共和国教育部直属高等学校暂行工作条例（草案）（一九六一年九月）[M] //中共中央文献研究室．建国以来重要文献选编（第十四册）．北京：中央文献出版社，1997：504.

② 中共中央 国务院关于教育工作的指示 [N]．人民日报，1958-09-20（1）．

③ 中华人民共和国教育部直属高等学校暂行工作条例（草案）（一九六一年九月）[M] //中共中央文献研究室．建国以来重要文献选编（第十四册）．北京：中央文献出版社，1997：505.

④ 中华人民共和国教育部直属高等学校暂行工作条例（草案）（一九六一年九月）[M] //中共中央文献研究室．建国以来重要文献选编（第十四册）．北京：中央文献出版社，1997：503.

⑤《中国教育年鉴》编辑部．中国教育年鉴（1949—1981）[M]．北京：中国大百科全书出版社，1984：238.

1959年开始了系列的“纠正”行为。1959年3月，张际春在教育工作会议上质疑学生编写讲义，他认为对于教材，教育部门没有好好审查。① 5月，杨秀峰指出学生编写教材存在弊端，② 中共中央也批示强调学生不应承担编写讲义的重担。③ 这样一来，大规模的学生自编讲义的热潮有了暂时的冷却。

1959年年底的文化工作会议就向中央书记处汇报高等学校的教材问题，引起了中央的关注。1960年9、10月间，中央书记处的会议做出决定，要尽快编出一套好的文科教材。1961年2月，林枫传达中央书记处关于教材问题的决定。决定指出，高等学校的教材要分两步走，先解决有无问题，再逐步提高；要本着“未立不破”的原则，采取“选”“编”“借”（选用过去比较好的、编写新的、翻译借用外国的）的办法解决教材问题。教材的编写，应以教师为主，要有领导的编。别处已有可用的书，还非自编不可的风气，一定要改。编选教科书和讲义，要作为教育部门的重要工作。理、工、农、医和师范理科的教材，由高教部党组负责抓；文科教材由周扬负责抓。3月31日，教育部向书记处作《关于解决高等学校教材问题的请示报告》，提出了逐步解决高校教材的方法和步骤。中央书记处批准了这个报告。④

4月11日至25日，中共中央宣传部会同教育部、文化部（今文化和旅游部），根据党中央1961年制定的“八字”方针和中央书记处关于大、中、小学教材问题的决定，在北京召开了全国高等学校文科和艺术院校教材编选计划会议。这次会议，北京草拟了文、史、哲、经、政、教、外7个专业的教学方案，上海草拟了5个专业的方案。艺术方面由林默涵主管，也提出了音乐、美术、话剧、戏曲、舞蹈、工艺美术、电影7个专业的教学方案。4月12日，周扬就这次会议的任务作了长篇讲话。⑤ 当会议结束时，中央宣传部部长陆定一在讲话中指出：不要在社会科学里边随便乱贴社会主义、资本主义与资产阶级、无产阶级标签，也不要贴“毛泽东思想”的标签。

---

① 张际春同志在全国教育工作会议上的讲话（1959年3月1日）［M］//何东昌．中华人民共和国重要教育文献（1949—1975）．海口：海南出版社，1998：888.

② 杨秀峰．吸取教训，纠正偏差［M］//杨秀峰教育文集．北京：北京师范大学出版社，1987：134.

③ 中央教育科学研究所．中华人民共和国教育大事记（1949—1982）［M］．北京：教育科学出版社，1984：250.

④ 《中国教育年鉴》编辑部．中国教育年鉴（1949—1981）［M］．北京：中国大百科全书出版社，1984：512；郝怀明．周扬为高校文科教材建设立军令状［J］．炎黄春秋，2017（12）：34-40.

⑤ 郝怀明．周扬为高校文科教材建设立军令状［J］．炎黄春秋，2017（12）：34-40.

5月19日，周扬以中共中央宣传部的名义就这次会议向中央写了《关于高等学校文科教学方针和教材编选工作的报告》①，报告的主要内容与他在全国高等学校文科和艺术院校教材编选计划会议上的报告大体一致。6月17日，中共中央批转该报告。决定文科教材编选工作由周扬主持，下设文科教材编选工作办公室（后改名为文科教材编审工作办公室），成立了十四个教材编选工作组。

1962年5月，周扬以个人名义向中央书记处并周恩来送上《关于高等学校文科教材编选情况和今后工作意见的报告》，汇报文科教材编选工作开展一年来的工作情况。他认为今后的工作必须坚持党内外新老专家合作的原则，必须保证学术争论的自由，必须实行主编负责制，以保证每本教材观点的一贯性和完整性，必须建立由专家组成的专业组，以领导各专业的教材编选工作，需要统一计划和调动组织全国的学术力量。在已经建立的8个专业组中，中文组组长是冯至。党中央最后批准了这个报告。②

意识形态如此重视文科教材编选，是因为一种被批准为大学教材的文科教材，“将向千千万万年轻学子灌输主流意识形态所认可的历史观、道德观、人格理想和审美意识等等，并必然要通过他们代代相传，这里面的意识形态性质，即政治含义是不言而喻的”；在这种情况下，文科教材“当然仍然是一种知识体系，但要说它是以知识体系姿态出现的意识形态，也是可以的”。③ 也正是上升到“政治”“意识形态”的高度，所以国家文科教材编选取得了不俗成绩。到1965年6月底，文科教材编选出版教材68种165本，已完稿和已付印的有24种33本，加上正在编选的教材共156种367本，占计划编选教材的一半多。④可见，这次文科教材编选取得的成就非常大。“文革”之后季啸风就指出：“这几年出了书，培养了人，积累了经验，是我国高等学校文科的‘黄金时代’，是解放后文科教材建设的最好水平。”⑤ 这的确是实至名归的评价。

周扬对马克思主义文艺理论有着独到的理解，他又是中国现代文学史的亲历者和组织者，所以在他所领导的文科教材编写过程中，《文学概论》和《中国

① 中央宣传部．关于高等学校文科教学方针和教材编选工作的报告（一九六一年五月十九日）［M］//中共中央文献研究室．建国以来重要文献选编（第十四册）．北京：中央文献出版社，2011：365.

② 郝怀明．周扬与大学文科教材选编［J］．社会科学战线，1994（4）：190-194.

③ 董乃斌．文学史学原理研究［M］．石家庄：河北人民出版社，2008：144.

④《中国教育年鉴》编辑部．中国教育年鉴（1949—1981）［M］．北京：中国大百科全书出版社，1984：511-514；郝怀明．周扬与大学文科教材选编［J］．社会科学战线，1994（4）：190-194.

⑤ 季啸风．文科教材建设的历史回顾［J］．人民教育，1979（6）：57-62.

现代文学史》的编写是他重点抓的两项任务。我们将在后文详细介绍在他指导下的《中国现代文学史》的编写。

第二节　调整之初在修正与坚持中徘徊

高校六十条的颁布鼓舞了全国高校的师生群体，一些高校的中国现代文学史教学与研究迅速调换方向，将本校此前激进的中国现代文学史著予以适当修正，使其焕发崭新的面目。但也有一些高校未能如此快速地转换脚步，他们所印刷的中国现代文学史著相比之前的激进仍然有过之而无不及。这两种中国现代文学史著编写的方式，正显示了调整之初高校师生的徘徊、犹豫。

一、中山大学《中国现代文学》的修改与回归

在 1958 年的教育革命运动中，中山大学也开展了轰轰烈烈的学术活动。①据吴宏聪自述，1959—1960 年，为了教学的需要中山大学中文系决定组织人力编写一部《中国现代文学史》教材。原定全书分上、下两册，内容从 1917 年到 1949 年。由于收集资料花了较多的时间，1960 年才完成上册（1917—1927）的编写，学校领导决定，上册先行定稿，以中山大学中文系编著的名义，于 1961 年学校自行出版，作为教材内部发行。②

吴宏聪对 1960 年中山大学编写《中国现代文学史》（第一卷）③（以下简称“中大 1961 卷”）的回忆与当时期刊有关介绍是相符的。④ 但是他没有说明这次文学史著编写的后续情况。他只提及自己三次编写中国现代文学史著的经历，分别是 1959—1960 年、1977—1978 年、1987—1988 年。⑤ 但是笔者收集到 1962 年 3 月中山大学中国语言文学系函授教研组编的函授讲义《中国现代文学》（以下简称“中大 1962 卷”），以及该校 1978 年编写的《中国现代文学史》。中大

① 中山大学文科各系教学改革正在深入［J］. 理论与实践，1959（1）：47；平 . 中山大学热烈举行科学讨论会［J］. 理论与实践，1959（12）：52.

② 吴宏聪 . 学术自传：八十自述［M］//吴宏聪 . 吴宏聪自选集 . 广州：广东人民出版社，2007：7-12.

③ 中山大学中文系 . 中国现代文学史：第一卷［Z］. 广州：中山大学，1961.

④ 吴文辉 . 中山大学中文系完成第一阶段科研任务［J］. 文学评论，1960（2）：25.

⑤ 吴宏聪 . 学术自传：八十自述［M］//吴宏聪 . 吴宏聪自选集 . 广州：广东人民出版社，2007：11.

1962 卷是全本的中国现代文学史，前言说明如下："这本书是集体编写的，参加编写的有吴宏聪、陈则光、黄渭扬和金钦俊四人。除第一编以中山大学中文系 61 年编著出版的《中国现代文学》（第一卷）为蓝本外，其余三编均系根据中山大学中文系现代文学史讲授提要补充修改写成的。"① 1978 年的《中国现代文学史》的后记指出："为了解决教材问题，我们将本教研室一九六六年二月编印的《中国现代文学（上卷）》作了修改和补充，重新印行。参加编写的有吴宏聪、陈则光、饶鸿竞、金钦俊、王剑丛。"② 于是，我们可以推测出这样的结论：中大 1961 卷印刷后，社会形势发生变化，中山大学教师编写了中大 1962 卷，其中第一编对之前的中大 1961 卷进行了修改、添加，以作为函授教材使用。1966 年曾经印行过一次《中国现代文学》，1978 年对它修改后再度校内印刷。由于 1966 年的印刷本笔者没有收集到，下面只对中大 1962 卷进行分析，并将它与中大 1961 卷比较，看二者有什么不同。

（一）分期与体例的同异

中大 1961 卷采取的是"三结合"的编写模式，内容体例与当时的大部分中国现代文学史著类似。从目录上看，该著主体内容是第一编"中国无产阶级革命文学的萌芽和成长（1919—1942）"中的第一部分"五四和第一次国内革命战争时期的文学（1919—1927）"，共有十章。虽然后面的章节目录以及其他各卷都没有印刷，但是我们发现这种分期和篇章安排非常熟悉，因为当时的很多文学史著第一编都是如此；那么第二编自然就是 1942—1949 年，这是无产阶级革命文学的发展和壮大的时期；第三编就是 1949 年之后，是社会主义文学的繁荣和昌盛时期。这是将中国现当代文学连接在一起编写的，在"大跃进"前后非常盛行，中大 1961 卷应该也是采取这一文学史分期。

但中大 1962 卷不是采取这种分期，而是回归了综合大学大纲的文学史分期，将中国现代文学分为四个阶段，编为四编："五四和第一次国内革命战争时期的文学""第二次国内革命战争时期的文学""抗日战争前期的文学""抗战后期及解放战争时期的文学"。根据函授教学计划的安排，该著只写到 1949 年第一次全国文代会召开为止，当代文学没有编写进去。但为了让读者"对新民主主义革命和社会主义革命两个阶段的文学，有一个明晰的轮廓"，中大 1962 卷在前言中简略"论述了四十年来有关现代文学的几个基本问题，作为绪论，编在卷首"。这篇前言的主体内容曾发表在 1961 年的《中山大学学报（社会科

① 中国语言文学系函授教研组．中国现代文学［Z］．广州：中山大学，1962.

② 中山大学中文系现代文学教研室．中国现代文学史［Z］．广州：中山大学，1978：468.

学）》第2期上，[1] 是对中大1961卷绪论的修改而成。该绪论在对中国现代文学的“几个基本问题”进行讨论时，就是将中国现当代文学予以整体化思考的，这正说明中大1961卷是计划中国现当代文学整体编写的，而中大1962卷不是如此，所以才有这种前言说明。与中山大学中文系一样，不再采取1958年后兴起的中国现当代文学整体编写的模式，在1961年之后比较普遍。或许是1958年“大跃进”造成的危害已经显现，再以凸显“大跃进”“伟大成就”的方式进行文学史分期已不合时宜；也或许是当代文学已经有了十年，足够的实力让其脱缰而出，另立门户；1961年之后“八字”方针已经确定并发生影响，而高教六十条也在高校教学中得到贯彻实施，也应是中大1962卷如此改写的重要原因。

中大1962卷相比中大1961卷在体例上还有一个最大的不同，就是在每一讲的末尾附有学习提示。学习提示大致有三部分内容：一是提示所讲内容的重点、难点，学习建议，以提请函授学员学习时注意；二是列举每一讲的参考资料，这方面既有作家作品选集，还有相关的学术著作和期刊论文，这是为那些有意深入研究的函授学员开列书目，以指点学术研究的门径；三是针对每一讲提出几个思考题，既能让学生带着问题去思考讲义，又能让学员复习时有题可背，方便他们考试过关。有的思考题是分析作品的内容与艺术特色，所以就直接附录了相关作品，如郭沫若的《凤凰涅槃》、刘白羽的《无敌三勇士》等。中大1962卷体例上有如此编排是充分考虑到函授教与学的实际情况，这种体例在“十七年”中是仅有的，而在新时期之后较为普遍。中大1962卷能够从成人教育教学的实际来考虑文学史著的体例，吴宏聪在新时期之后还主编过自学考试教材《中国现代文学史》[2]，这应算是一个传统。

（二）党的领导与思想斗争的创造性书写

中山大学的这两部文学史在内容编排上大致相同，主要按照文学运动、思想斗争、作家作品这三大板块进行布局编排。但中大1962卷在党的领导、思想斗争的书写及编排上与中大1961卷有所不同。

中大1961卷更重视无产阶级思想对五四文学的领导，所以第一章“无产阶级思想领导的五四文学革命运动”对李大钊、毛泽东等人的言论进行了多方引用。而后在第二章详尽地讨论“中国共产党的成立及其对文学革命运动的领导”，并在第三章专章论述“本时期文学战线上的思想斗争”。这种编排在1958

---

① 中山大学中文系现代文学组．对中国现代文学史几个问题的理解［J］．中山大学学报（社会科学），1961（2）：29-46.

② 吴宏聪，范伯群．中国现代文学史（1917—1986）［M］．武汉：武汉大学出版社，1991.

年之后集体编写的文学史著中是比较普遍的，即突出党的领导、毛泽东文艺思想和思想斗争。

中大 1962 卷将中大 1961 卷的这三章合并为两讲进行书写，第一讲是“五四文学革命及其伟大的历史意义”，第二讲“党成立后新文学运动的发展和文艺思想斗争的深入”。重在论述五四文学革命的伟大意义和党对文学运动和思想斗争的推动，而对具体党员的言论并不作大篇幅引用，只是指出：“在当时的历史条件下，党对新文学运动的领导主要体现在两个方面：一方面，共产党人直接参与文艺活动和具体的领导工作，他们根据党对文艺的要求，和文学运动的实践，发表了许多精辟的文学主张，积极宣扬马列主义文艺理论，阐述党的文艺政策，并且以身作则地在创作实践中作出示范，充分体现了 1921 年党成立后对新文学运动的领导。另一方面，由于党初建立，党员作家为数不多，很不成熟，他们大半又多忙于工农革命斗争的实际工作，没有可能全身投入文艺运动，所以还通过文化革命统一战线来发挥其领导作用。”① 这番话虽然是引用邵荃麟的《关于五四文学历史评价问题》② 一文中的观点，但也体现了中大 1962 卷对如何在文学史著中书写党的领导进行了新的思考。即党对文艺有直接的领导，文学史就直接书写，如它指出“左联的成立，标志着党对革命文学运动由理论思想领导，进而为具体的全面领导”③；在党对文艺没有直接领导时，就没有必要生拉硬扯地将某位党员的言论视为党对文艺的领导，但这并不意味着否定党对文艺的领导，而是党此时对文艺是间接领导，是通过统一战线这一方式来进行的。正因有如此思考，所以中大 1962 卷在书写党对抗战前期的文艺运动的领导时，强调党此时是通过对“文协”的领导来实现对国统区文艺的领导。这样既符合历史事实，又强调了党的领导，这比当时一些文学史著非要寻章摘句某些党员的言论来说明党此时对国统区文艺的领导更令人信服。

在书写党对文艺运动的直接领导时，中大 1962 卷书写了一般文学史著没有重视的 1943 年 3 月 10 日党中央文化工作委员会召开的党的文艺工作者会议，认为“这次会议继延安文艺座谈会之后，再一次体现了党对文艺工作的重视与关怀”④，并对凯丰、陈云、刘少奇等人的讲话进行了摘引。对于这次会议江超中的《解放区文艺概述》⑤ 中也曾提及，但没有如此详细。之后，中大 1962 卷又

① 中国语言文学系函授教研组．中国现代文学［Z］．广州：中山大学，1962：29.
② 邵荃麟．关于“五四”文学的历史评价问题［J］．人民文学，1959（5）：4-12.
③ 中国语言文学系函授教研组．中国现代文学［Z］．广州：中山大学，1962：143.
④ 中国语言文学系函授教研组．中国现代文学［Z］．广州：中山大学，1962：286.
⑤ 江超中．解放区文艺概述［M］．天津：百花文艺出版社，1958：33-34.

介绍了党在1943年11月发出的《关于执行党的文艺政策的决定》。这就完整地呈现了毛泽东的《讲话》在解放区逐渐推广贯彻的过程。强调党对文艺领导的绝对性，但注意到领导方式的不同，从而在文学史书写中兼顾文学史实际情况，这是中大1962卷的一大特征。

中大1962卷在第一编中对思想斗争的书写大幅度减少了，而且在学习提示中编者还专门进行了如下提示："关于党成立前后的文艺思想斗争，牵涉的问题较多。对于初学的同志，我们不要求再看什么参考书了。如果有的同志还想进一步研究这个问题，可以参考《中国现代文学史参考资料》第一卷（北京师范大学中文系编）有关部分。复旦大学中文系出版了一本《中国现代文艺思想斗争史》也可以参考。"① 可见，对思想斗争的篇幅减少，并不是编写者们找不到相关资料予以借鉴，而是他们认识到这些问题比较复杂，所以就减少了篇幅。

中大1962卷书写思想斗争的方式也发生了变化，不再详尽地介绍每次思想斗争的前因后果以及论争过程，而是提炼出斗争的焦点与实质进行归纳式集中论述。他们认为从文艺思想来说，1921年以前，我们与资产阶级文艺道路的斗争主要表现在三个问题上：（1）"建立什么样的新文学"；（2）"新文学运动以什么思想作指导"；（3）"新文学运动走什么道路"。② 1921年中国共产党成立后的文艺思想斗争主要是无产阶级倾向和资产阶级倾向的斗争，又集中在下面四个问题上："（1）对反帝反封建的态度是彻底还是妥协？是坚决还是软弱？（2）对个性解放，是坚持资产阶级个人主义还是通向无产阶级集体主义？（3）对人道主义是提倡革命的人道主义还是标榜资产阶级的人道主义？（4）对文艺与政治关系，是文艺结合革命、结合政治还是脱离革命、脱离政治。"③ "左联"时期的思想斗争主要是对新月派、民族主义文学和文艺自由论者的斗争。中大1962卷没有分别介绍，而是将他们与革命文学的主要分歧概括为人性论与阶级论的斗争，超政治、超阶级的文艺观和为政治、为阶级服务的文艺观的斗争、反大众化和坚持大众化的斗争三点加以论述。同时在学习提示中也指出，当时虽没有与语丝派、无政府主义者的正式交锋，但实际上也批判了他们的文艺观点。中大1962卷认为抗战前期的文艺思想斗争的核心就在于文艺和政治的关系，具体来说就是文艺要不要为抗战服务的问题。④ 但是在书写抗战后期和解放战争时期的文艺斗争时，中大1962卷还是对与王实味、丁玲、萧军的

---

① 中国语言文学系函授教研组．中国现代文学［Z］．广州：中山大学，1962：33.
② 中国语言文学系函授教研组．中国现代文学［Z］．广州：中山大学，1962：31.
③ 中国语言文学系函授教研组．中国现代文学［Z］．广州：中山大学，1962：29.
④ 中国语言文学系函授教研组．中国现代文学［Z］．广州：中山大学，1962：245.

“斗争”进行了翔实书写。或许他们认为这些斗争和五四以来、新中国成立以后的一系列文艺思想斗争“都有深刻的联系”，所以加重了篇幅，并且“希望同志们不要把这些斗争孤立起来，而是把它们和前前后后的多次斗争联系起来看，从而悟出其中的必然联系与规律性，作为今后文学战线上思想斗争的历史借鉴”。① 但总的看来，中大 1962 卷在思想斗争上的篇幅与同时期文学史著相比是较少的，而且编排方式也是别具一格的。

（三）作家作品的选择与评述

中大 1961 卷在作家选择上突出了革命作家的重要性。它包含的时期是 1919—1927 年，单独成章的作家介绍是第四章“伟大的中国现代文学的奠基者：鲁迅（上）”、第五章“杰出的无产阶级文艺理论家和作家：瞿秋白（上）”、第六章“伟大的共产主义文化战士：李大钊”、第七章“中国新诗的旗手：郭沫若”，瞿秋白成为专章介绍的作家在当时是比较普遍的，而李大钊也作为专章介绍就比较少见。第八章是“蒋光慈及其他革命作家”，包含两节，第一节是“蒋光慈”，第二节是“应修人、潘漠华”。其他作家是在第九章“本时期的诗歌、小说、戏剧和散文”中按照体裁分别介绍的，但不再占据专门的章节。这样的篇目安排表明中大 1961 卷非常重视革命作家。

中大 1961 卷第九章第一节“诗歌”除“概述”外分别以小节介绍了刘半农、刘大白、闻一多、朱自清及其他作家，还有“胡适的《尝试集》批判”；第二节“小说”除“概述”外分别以小节介绍了叶圣陶、郁达夫、王鲁彦、王统照、许地山及其他作家，还有“张资平批判”；第三节“戏剧”除“概述”外分别以小节介绍了田汉、洪深、欧阳予倩与丁西林；第四节“散文”除“概述”外分别以小节介绍了朱自清、冰心及其他作家，还有“周作人批判”。对“反动”作家予以一个专门的小节进行批判，这也是 1958 年之后出现的新形式。中大 1961 卷和中大 1962 卷都书写了工农兵文艺及革命烈士的作品，中大 1962 卷更是四个时期都编有这样的内容，方志敏也进入了该文学史，这些编排都是当时的时代潮流。

但中大 1962 卷对革命作家没有如此重视，同时也不再以专节的形式对胡适、周作人、张资平进行批判。全书专章介绍的作家只有鲁迅、郭沫若、瞿秋白、茅盾、赵树理，李大钊不再被重视。蒋光慈也不是和其他革命作家共有一章，这一章被更换为“蒋光慈及其他作家”，蒋光慈、刘半农、刘大白、闻一多、田汉、洪深、欧阳予倩和丁西林各占一小节，而原来的应修人、潘漠华合

① 中国语言文学系函授教研组．中国现代文学［Z］．广州：中山大学，1962：294.

节介绍没有了。之前次要作家是按照文体分别介绍的，容易造成一人在不同文体中几次出现，朱自清即是如此，现在则是按照社团区分。在“文学研究会的文学主张及其创作”这一讲中介绍的有叶圣陶、朱自清、王鲁彦、王统照、冰心；在“创造社文学主张及其创作”中介绍的是郁达夫，剩下的都是与蒋光慈一起合章介绍。这样的调整在框架体系上更为合理。

但是，中大 1962 卷也不是完全按照作家论来进行编排。第一、第二编是如此，在第三、第四编则是按照文体分类，然后再介绍作家的。如第三编第五讲“小说、报告文学”中就分别以小节的形式介绍了茅盾、张天翼、丘东平、沙汀和艾芜。一方面，或许因为这是函授讲义，整个文学史编写还没有通盘考虑，编写人员各自的讲授提纲有所不同；另一方面，或许编写人员认为这样更能将重要作家作品予以全面介绍。

中大 1962 卷的作家论编排非常重视时段性，它不是将重点论述的作家一次性介绍完，而是将它分割在不同时期介绍。例如，鲁迅、瞿秋白各有两章，但分布在第一、第二编中；郭沫若在第一编中是一章，但在第三编第四讲中有一小节介绍他抗战前期的戏剧；茅盾在第二编中有一章，在第三编中还有一小节。这样安排的好处是能充分展现作家与时代的关系，有利于文学史的历史性描绘，但有些次要作家也如此安排就会让人有不精炼之感。例如，蒋光慈、欧阳予倩、叶圣陶、田汉、臧克家、夏衍、张天翼等都在不同时段数次以小节的形式出现即是如此。应该如何处理作家在不同时段的文学活动，这是文学史编撰的一大难题。因为作家历史上的创作不会因为学者编写文学史的简单方便而便宜行事。

中大 1962 卷和中大 1961 卷在第一编的主体内容大致相同。但中大 1962 卷将每一讲，特别是每个作家的论述分别用不同的小标题隔开，这样彰显了每位作家的创作特色，方便了函授学员的学习。如对郁达夫的介绍，二著内容大致相同，但是中大 1962 卷在相应的段落左前方增加了两个小标题：“《春风沉醉的晚上》和《薄奠》的现实意义”① “《迟桂花》《东梓关》的思想倾向”②。于是，函授学员在众多郁达夫的作品中知道哪部作品是最重要的、需要认真钻研的同时，就掌握了经典作家的经典作品，这样的编排也是一种经典化操作手段。

在作家作品的论述方面，中大 1961 卷较为肯定，而且带有批判性。他们是这样分析郁达夫作品缺点的：“特别是令人恶心的色情描写，给作品带来了致命

① 中国语言文学系函授教研组．中国现代文学［Z］．广州：中山大学，1962：108.
② 中国语言文学系函授教研组．中国现代文学［Z］．广州：中山大学，1962：109.

的损害……这是他创作上很大的污点……而且还将读者引入堕落腐化的邪途。"① 但是在中大 1962 卷中，编写者改换了个别词句："特别是过多的色情描写，给作品带来了致命的损害……这是他创作上很大的缺点。"② 这里将"令人恶心的"调换为"过多的"，"污点"成了"缺点"，还删除了"而且还将读者引入堕落腐化的邪途"这句话，这样批判性和攻击性就大大减弱。单是这样还不够，编写者还在学习提示中写下了这段话："在五四作家里面，对郁达夫的评价，分歧最大。从《沉沦》开始便有争论。他最受批评的是作品中颓废的色彩和色情的描写。不过，关于这个问题，我们要有历史主义的观点。在爱情得不到正当满足的社会里，色情的露骨的描写，往往达到对封建秩序、封建道德的猛烈的抗议和破坏。《沉沦》《茫茫夜》和《秋柳》等这一类作品的积极意义，恐怕只有从这一观点出发，才能得到合理的解释。"③ 虽说在正文中郁达夫的色情描写被批评为"缺点"，但编写者还是认为这批评有点过重，不是"历史主义"的，所以需要在学习提示中予以提醒。同时也指出对郁达夫的作品评价"分歧最大"，并不是叙述人的观点就是唯一正确的。"对文学史家来说，文学文本的美学价值，是属于特定时间、特定地点和特定读者阅读的文本的美学价值。"④ 中大 1962 卷对郁达夫及其作品的评述，正是考虑到"特定时间、特定地点和特定读者"，显示了文学史家应有的文学与历史眼光。

中大 1962 卷认为第二次国内革命战争时期文学创作的一大特点就是出现了两种倾向的对立："鲁迅、瞿秋白的锋利无比的杂文和林语堂、周作人的闲适恬淡的小品文；殷夫、蒲风等的革命诗歌和以徐志摩为代表的'新月派'、以戴望舒为代表的现代派的诗歌；蒋光慈、胡也频、叶紫、茅盾等反映革命斗争的小说和沈从文、凌淑华、黄震遐、万国安、穆时英、叶灵凤等各种反动倾向的小说；左翼戏剧运动和新月派倡导的国剧运动，针锋相对，充分表现了创作上两种倾向的对立。"⑤ 无疑，这种归纳是很有眼光的，有意思的则是，叙述人在正文中颂扬了革命作家的革命文艺，批判了"反动"资产阶级的作家作品，但是在这一讲的学习提示中指出：这两类作品"两相对照，他们之间不同的色彩、不同的风格，是多么鲜明。学习时除开读革命作家的作品外，也有必要阅读一

① 中山大学中文系．中国现代文学史（第一卷）[Z]．广州：中山大学，1961：175.

② 中国语言文学系函授教研组．中国现代文学 [Z]．广州：中山大学，1962：109.

③ 中国语言文学系函授教研组．中国现代文学 [Z]．广州：中山大学，1962：110.

④ 汤普逊．接受理论和历史含义的阐释．赵立行，译 [M] //陈启能，倪为国．书写历史（第一辑）．上海：上海三联书店，2003：195.

⑤ 中国语言文学系函授教研组．中国现代文学 [Z]．广州：中山大学，1962：169.

些反动作家的作品”①。看来编写者不担心学生受到这些“反动”作品的“毒害”，所以在参考资料中附录了徐志摩的《猛虎集》、戴望舒的《望舒草》、黄震遐的《黄人之血》、林语堂的《游杭再记》、沈从文的《边城》、穆时英的《公墓》，希望学生们去阅读参考。

中大1962卷在正文与学习提示中出现了上述与中大1961卷不同的松动、调整以及修改，说明他们在文学史书写上更注重多元性、宽容性，而不再是绝对的批判性。他们曾指出五四时期的作品“大致可以分为三类，即有益、有害、无益无害”②。1948年，《人民日报》社论《有计划有步骤地进行旧剧改革》③曾将旧剧内容进行了“有利”“无害”“有害”三种类型的划分，此后周扬在主持文科教材编选时也多次提出这一观点，这里明显借鉴了这一分类方法。但中大1962卷的编写者更进一步指出，这种划分是“从总的方面来讲的，一个作家一篇作品具体分析起来，要复杂得多。事实上是有些有益的作品中有一些消极的因素；有些具有进步意义的作品中又有反动落后的一面。这种文学现象的产生，与时代有很大的关系，学习的时候，要特别注意”④。虽然这只是编写者对五四文学进行分析所指出的，并以此评析了这一时期的作品，但这可说是中大1962卷编写人员的指导思想。所以，他们虽然在正文中不能对中大1961卷作家作品的论述大动干戈地修改，只能字斟句酌地局部变更，但是在中大1962卷中的学习提示这一环节中则真正体现了他们此时的编写原则。

中山大学两个版本的中国现代文学史著的编写，吴宏聪起到了至关重要的作用。他1942年从西南联合大学中国文学系毕业后留校任教。1946年联合大学结束后，承业师王力介绍，吴宏聪先后在广州中山大学和桂林广西大学中文系任教。⑤ 1949年广州解放后，他重返中山大学。中文系指定他讲授新开设的中国新文学史。但不到半年，1950年冬，他被学校派到北京华北革命大学政治研究院学习一年，回校后又被调到学校新成立的政治理论课教研室教中国革命史，直到1957年冬才调回中文系与陈则光共同负责教中国现代文学史，系里开课已是1958年的事了。1960年，他是华南地区第一批中国现当代文学硕士研究生导师之一。这种资历说明中山大学集体编写《中国现代文学史》应离不开吴宏聪

---

① 中国语言文学系函授教研组．中国现代文学［Z］．广州：中山大学，1962：171.

② 中国语言文学系函授教研组．中国现代文学［Z］．广州：中山大学，1962：102.

③ 有计划有步骤地进行旧剧改革工作［N］．人民日报，1948-11-13（1）．

④ 中国语言文学系函授教研组．中国现代文学［Z］．广州：中山大学，1962：102.

⑤ 陈平原．吴宏聪与西南联大的故事：吴宏聪先生的《向母校告别》及相关照片［M］//陈平原．怀想中大．广州：花城出版社，2014：182.

的参与、指导。正因为他任教中国革命史长达数年，所以中大1961卷受到时代影响，印行之后被人讥嘲为“中国革命文学史”，这一编写方式吴宏聪即使到了晚年也并不后悔，他认为“在当时的历史条件下，为了更好地使革命文艺为革命斗争服务，在文学史中立论、命题、视角等方面有所选择和倾斜，为工农兵革命文艺‘树碑立传’是可以理解的”①。1960年高教部颁布了高教六十条，强调“三基”训练，而他在西南联合大学所获得的文学素养又让他参与的新的文学史编写出现中大1962卷中的上述变化就理所当然。

二、杭州大学文学史书写的“激进”坚持

1961年中央提出“八字”方针后，一些高校的中国现代文学史教学及教材编写马上进行了调整，文学史的内容与编排都相应地有所缓和，有回到1956年“双百”方针时的态势。但并不是所有高校都会这么及时，由于多种原因，他们的中国现代文学史还会采取“教育革命”之时的模式，杭州大学中文系现代文学教研组编写的《中国现代文学史纲：1919—1949》（以下简称“杭大本”）就是如此。杭大本共有三册，其中上、中册于1962年印刷，下册于1963年印刷。

杭大本开首有一篇绪论，阐述“中国新民主主义革命时期的文学的性质和特点”在于无产阶级思想及党的领导、统一战线、两条路线的斗争、革命的现实主义与革命的浪漫主义的结合等。然后将中国现代文学史分为五四时期、第二次国内革命时期、抗战前期、抗日战争后期、解放战争时期五个时期分别书写。在每一个时期都先介绍文艺运动、文艺斗争、重要作家，然后按照文体介绍其他作家作品。它在革命文学史的线索、文艺斗争、经典作家作品的选择与工农兵文学运动的书写上都与“教育革命”之时的文学史著有着同样的特点。

从章节编排中就可以看出杭大本非常注重革命文学史的发生与发展。首先，独立成章的作家有鲁迅、瞿秋白、郭沫若、茅盾、蒋光慈、赵树理六人，这样就凸显了革命文学大家的文学史地位。而在其他章节中也有如此意图：五四时期的第一章是“中国共产党人领导下的五四新文学运动”、第二章是“中国共产党的成立及早期共产党人的文学主张”，第四章“五四时期创作概况”篇幅不多，而第五章“无产阶级革命文学的早期作品”有四节，分别介绍了李大钊、瞿秋白、蒋光慈以及早期革命歌谣。在第二次国内革命战争时期，则有第四章

① 吴宏聪．学术自传：八十自述［M］//吴宏聪．吴宏聪自选集．广州：广东人民出版社，2007：12.

“伟大的共产主义战士瞿秋白”、第六章“无产阶级革命作家蒋光慈”、第七章“无产阶级革命作家”（分三节介绍了方志敏、“左联五烈士”、洪灵菲、应修人、潘漠华）。而且毛泽东对五四新文化运动的评价以及“讲话”都成为专章，他对鲁迅的评价也以专节的形式出现。这样的章节编排以及革命作家的凸显，显示了杭大本是将中国现代文学史视为无产阶级革命文学史的发生与发展的，这也正是“教育革命”之时中国现代文学史著编写的普遍做法。

杭大本对文艺斗争的书写不仅将与复古主义、胡适、现代评论派、学衡派、甲寅派、新月派、论语派、民族主义文学、“自由人”与“第三种人”“与抗战无关论”、战国策派等的斗争作为专节介绍，而且将与王实味、丁玲、萧军、胡风、冯雪峰、“抗战后期国统区的文艺思想斗争”，以及与郭沫若《斥反动文艺》中所列举的文艺现象所作的斗争都进行了专节介绍。这些文艺斗争的书写肯定受到了复旦大学师生集体编写的《中国现代文艺思想斗争史》的影响，这也是“教育革命”之时的通用模式。

杭大本在每个时期都书写了工农兵文学运动，有五四时期的“早期革命歌谣”，苏区文艺运动，边区、抗日根据地的文艺运动以及解放区的文艺运动等，并且在“苏区文艺运动”这一章中，还专节介绍了“民间故事”和“英雄传奇”，进一步扩大了工农兵文学的范围。

杭大本没有前言和后记，所以笔者也不了解它编写的背景材料。在《杭州大学校史》中也没有提及该文学史著的编写情况，但通过这一时期杭州大学的变动情况，大致可以推测出该书编写的缘由。

1960 年 2 月召开的浙江省党代会，曾提出在“二五”计划期间要建立一万人的理论队伍及数万人的科技队伍的高指标，并提出“理科现代化”“文科党校化”的口号。为了实现省党代会提出的目标，6 月中旬省委有关领导多次商量杭州大学及省委党校如何办的问题，他们的意见是杭州大学以社会科学为中心，干脆与省委党校合并，办成抗大式、陕北公学式的干部学校，规模一万人，办十二个系，一部分招高中生，大部分招调干生。1960 年 7 月 9 日，省委正式做出决定：杭州大学与省委党校合并（对外仍挂两块牌子），成为社会科学的大学，培养具有马克思列宁主义的基础知识、有一定实际工作经验和专业知识的干部及中等以上学校的师资。由此，杭州大学与省委党校合并，直到 1961 年 11 月中旬才重新分开。这次合校，是对杭州大学秩序的一次大的冲击。①

---

① 杭州大学校史编写组．杭州大学校史（1897—1988）[Z]．杭州：杭州大学校史编写组，1989：73-74.

在合校酝酿及讨论之时，1960年杭州大学兴起第二次“教育革命”，这是1958年“教育革命”的继续。其宗旨是“大破大立”，即所谓破资产阶级教学体系，立无产阶级教学体系。6月至8月，以大鸣大放、大争大辩的方式开展大检查，摆问题，提方案。合校以后的8月，主要是制订教学计划、确定教学大纲和编写教材。在办学方向上，提出“文科党校化”，文科基础理论课要以毛泽东著作和党的有关文件为基本教材。①

笔者根据杭州大学的这一合校及“教育革命”的背景，推测杭大本应该是杭州大学和省委党校在1960年合校之后编写的，其内容正符合“文科党校化”这一最新办学方针。这一时期，杭州大学中文系还编写了《中国新民主主义革命文学史参考资料》②，可能就是为编写杭大本所做的资料准备。

第三节　唐弢在周扬指示下主编国家文科教材的成就

一、编辑过程

唐弢于1959年9月调至北京中国科学院（现中国社会科学院）文学研究所任研究员、现代组组长。③ 他一到所就向何其芳表示自己最大的心愿是编著《鲁迅传》和《中国现代文学史》，后者和当时文学所把编撰中国文学史列为主要科研任务的规划不谋而合。于是在古代组已经在具体酝酿中国文学史的编写工作时，能够与之配套的现代文学史编写也就提上日程。随即成立的“文学史编委会”中，成员有何其芳、毛星、唐棣华、唐弢、贾芝、蔡仪、余冠英等。正是有了这些准备和基础，中宣部在1960年1月召开的“加强理论批评工作会议”上，决定由文学所负责编写一部中国现代文学史。④

正当唐弢摩拳擦掌准备大干一番之时，1961年年初，国家全面铺开高校文科教材的编写。当时决定“古代文学史”教材由北京大学主编，北京师范大学主编“现代文学史”教材。北京师范大学又邀请北京大学王瑶、武汉大学刘绶

---

① 杭州大学校史编写组．杭州大学校史 1897—1988［Z］．杭州：杭州大学校史编写组，1989：72-73.

② 杭州大学中文系现代文学教研组．中国新民主主义革命文学史参考资料［Z］．杭州：杭州大学中文系，1961.

③ 傅小北，杨幼生．唐弢年谱［J］．新文学史料，1993（1）：138-153.

④ 樊骏．编撰《中国现代文学史》的若干背景材料［J］．新文学史料，2003（2）：84-88.

松、山东大学刘泮溪，以及厦门大学、华中师范学院一些教师参加。但进行一段时间后遇到一些困难，所以周扬指定由唐弢出任该书主编。① 当时最权威的中国现代文学史家是李何林、王瑶、丁易、张毕来、刘绶松，但李何林因为1960年发表的《十年来文学理论和批评上的一个小问题》② 而受到批判；丁易于1954年逝世；张毕来则于1954年春调至人民教育出版社，离开了中国现代文学研究界③；刘绶松虽在20世纪60年代初成为新兴的中国现代文学史研究专家④，但其资历还不够统帅全局；王瑶此时对他在“大跃进”运动中的遭遇还心有余悸和愤懑不平⑤。而唐弢是兼作家与学者于一身，是从以文学创作为主逐步转向以学术研究为主的，在很长一段时期里，他是以杂文家著称的。在学术方面，他从1942年起，就以个人的力量搜罗、抄录、校对、考订没有收入《鲁迅全集》的鲁迅的散佚之作，先后编成《鲁迅全集补遗》⑥ 和《鲁迅全集补遗续编》⑦ 两书，唐弢由此成为“中国现代文学史料工作一位先行者和奠造者”⑧；而且从抗日战争末期至20世纪60年代上半期，唐弢就开始撰写出版《晦庵书话》，这无疑是编写中国现代文学史的资料收集与考录。⑨ 在政治身份方面，唐弢也深得当时官方欣赏与认可，他曾参加第一、二次文代会、作代会，担任过中国作家协会上海分会书记、全国政协委员。⑩ 而且，唐弢此前虽不是国家文科教材《中国现代文学史》编写组成员，但“有时以顾问的身份来参加编写组会议”，对他们的指导思想、编写体例、章节安排以及诸位参编人员都比较熟悉。⑪ 更何况，他自身也正在筹备文学研究所的《中国现代文学史》编写工作。所以无论从哪方面来说，唐弢都是当时出任主编的不二人选。

其实，何其芳和唐弢最初都不愿接受这一新的任命，因为文学所独立编写相比全国力量编写在组织工作上更利于操作，而且文学史教材重在普及性，文

---

① 秦海琦．唐弢画传［M］．上海：上海社会科学院出版社，2013：110.

② 李何林．十年来文学理论和批评上的一个小问题［J］．文艺报，1960（1）：38-42.

③ 张毕来同志生平（代序）［M］//陆景川．纪念张毕来文集．贵阳：贵州人民出版社，2013：2.

④ 刘绶松参加了1959—1960年召开的全国文化工作会议后，还曾参加过第三次文代会筹备的理论工作。黎之．文坛风云录［M］．北京：人民文学出版社，2015：174.

⑤ 陈徒手．文件中的王瑶［J］．读书：文史版，2012（7）：118-129.

⑥ 唐弢．鲁迅全集补遗［M］．上海：上海出版公司，1946.

⑦ 唐弢．鲁迅全集补遗续编［M］．上海：上海出版公司，1952.

⑧ 樊骏．唐弢与中国现代文学研究［J］．文学评论，1992（4）：4-18，80.

⑨ 晦庵．书话［M］．北京：北京出版社，1962：序3.

⑩ 傅小北，杨幼生．唐弢年谱［J］．新文学史料，1993（1）：138-153.

⑪ 严家炎．悼念文学史家唐弢先生［Z］．鲁迅研究月刊，1992（5）：13-15.

学研究所更重在专精，二者学术目标也难以统一。但此时，周扬对文学所负责的另一部教材（应是蔡仪主编的《文学概论》①）的提纲很不满意，主编受到严厉批评；唐弢担心自己遭到同样的命运。所以，他虽不愿意，何其芳也没同意让他去，但“经不住周扬一再催促”，后来他“带了所里路坎、樊骏、吴子敏、徐遒翔、许志英等人”一同去了《中国现代文学史》编写组。② 何其芳也曾提出组成文学所和高教部两个写作组，由唐弢同时担任主编，分头编写两部各有侧重的文学史，但唐弢认为根本没有实际的可行性。③ 这样就将曾经的两个《中国现代文学史》编写组合并了，而文学所计划编写的中国现代文学史著也就此勾销了。

二、《〈中国现代文学史〉纲要（草稿）》的特点

从有关资料可知，唐弢主持下的《中国现代文学史》编写大致采取的是以下步骤：先确定好大纲章节，写好提纲，再在提纲的基础上扩展为纲要，然后以纲要为基础扩写为文学史著初稿，最后征求意见并进行修订后再正式出版。这一系列步骤不仅体现了国家文科教材编写的严肃性和政治性，也为该著的学术性提供了充分保障，但步骤繁多，也决定了它耗时较长的特性。

1961 年 12 月，编写者曾选出已写好的提纲部分章节，印出《〈中国现代文学史〉部分提纲（草稿）》作为征求意见稿。在听取反馈意见后，又经过讨论、调整、修订、改写，在 1962 年 6 月，编写完毕《〈中国现代文学史〉纲要（草稿）》（以下简称“纲要草稿”）④，但并未正式出版。笔者在国家图书馆发现该著，封面写着“唐弢主编”“仅供讨论，请勿外传”以及“高等学校文科教材办公室《中国现代文学史》编写组编”“一九六二年六月”等字样。“编写组采取了由专家分段把关师傅带徒弟的方式”，刘绶松负责左联段，王瑶负责抗战段，刘泮溪负责解放区文学部分。唐弢作为主编除对全书负责外，“还分工负责五四段，与此同时更具体分管鲁迅两个专章”。⑤ 从分工负责的角度来看，

---

① 张旭春．《文学概论》：周扬与蔡仪［J］．文艺争鸣，2011（9）：19-29.

② 包子衍，许豪炯，袁绍发．浮生自述：唐弢谈他的生平经历和文学生涯［J］．新文学史料，1986（4）：100-115.

③ 樊骏．编撰《中国现代文学史》的若干背景材料［J］．新文学史料，2003（2）：84-88.

④ 张恩和．《中国现代文学史》编写的一些情况［J］．新文学史料，2020（1）：176-183.

⑤ 张恩和．泽被后人永存风范：缅怀唐弢先生对我的指导［J］．鲁迅研究月刊，1992（5）：24-28.

王瑶、刘绶松、刘泮溪他们担当着类似副主编的重要责任，但该书并没有设置这一学术身份，也就没有注明。

如果将纲要草稿与1958年修订的综合大学大纲①中的中国现代文学史部分进行比较，我们会发现二者主体结构类似。此前的综合大学大纲正是王瑶和刘绶松主持编写的，他们还参加过教育部组织的却无果而终的《中国现代文学史》编写②；而且中国现代文学史编写组在唐弢任主编之前，王瑶、刘绶松、刘泮溪等十多人已经“从指导思想到编写体例、章节安排先后讨论了几个月”③。可见，文学史大纲在唐弢任主编之前已经初步拟定，这与他自己在文学所设想的“以文学社团为主来写，写流派和风格”④ 是大不一样的。他担任主编之后不能将之前的讨论结果完全推倒，另起炉灶，于是《中国现代文学史》编写就只能在这一基础上继续进行，它与综合大学大纲类似就不足为奇了。翻阅纲要草稿，会发现它具有以下三方面的特征。

首先，无论在文学史分期、思想斗争还是在有关史料的采取和论述方面，纲要草稿都吸纳并具备同时期中国现代文学史著编写的相关特点，但相比之下，更为稳重。它虽然没有如当时集体编写的文学史那样明确显示文学史分期，但从“五四—第一次国内革命战争时期的文学创作”“第二次国内革命战争时期的文学创作”“抗战前期的文学创作”“沿着工农兵方向前进的文学创作”“抗战后期、解放战争时期的国统区文艺运动与创作”这几个关于文学创作的章节编排来看，其分类依据还是政治史、革命史的标准，而且在每个时段的具体起止上与综合大学大纲大致相同。它在章节标题上也没有进行文学史性质的确定，给人的感觉只是时间的自然发展，而不是从整个无产阶级革命文学发生、发展的角度进行分段。

文学史上的思想斗争，在1958年后非常受重视，特别是复旦大学集体编写《中国现代文艺思想斗争史》更是为这样的文学史编写提供了详尽资料。很多当时的中国现代文学史著不仅书写与“敌对”阵营的斗争，还写与革命文学队伍内部的冯雪峰、丁玲、王实味、萧军等人的斗争，而且在章节标题上予以醒目提示，冯雪峰更是成为“修正主义”的典型。但是在纲要草稿中，除对于“主观论”的批判之外，没有看到他们在章节标题上得以强调，只是在论述时予以

① 中国文学史教学大纲［M］. 北京：高等教育出版社，1958.

② 杜琇. 王瑶年谱［J］. 新文学史料，1990（3）：30-45.

③ 严家炎. 悼念文学史家唐弢先生［Z］. 鲁迅研究月刊，1992（5）：13-15.

④ 唐弢. 艺术风格与文学流派［M］//唐弢. 唐弢文集（第九卷）. 北京：社会科学文献出版社，1995：415.

提及。而封建复古派、新月派、民族主义文学、“自由人”、“第三种人”等“敌对”阵营的作家仍然在章节标题上成为受批判的靶子，但并没有出现“两条道路的斗争”这样的标题。

1958 年后的中国现代文学史在介绍革命文学论争时，多强调创造社、太阳社的成绩，而遮掩他们攻击鲁迅的错误。在书写“两个口号”的论争时，则多书写“国防文学”这一口号的正确与成绩，而“民族革命战争的大众文学”这一口号的提出被视为胡风、冯雪峰的责任，鲁迅是受到了他们的蒙蔽。纲要草稿对“两个口号”的论争基本上也是采用这种方式。第十二章第一节的标题就是“抗战前夕的国防文学运动和文艺界抗日民族统一战线的建立”，以说明“国防文学”的口号“在全国各地产生了很大影响，很多被推广到文学艺术的各个部门”，从而形成了“国防文学运动”。① 而且特意凸显了陈伯达所写《文艺界两个口号的论争应该休战》的文学史意义，这与当时陈伯达的显赫地位分不开。本来这一论争由王瑶书写，但他坚持对两个口号都加以肯定，要以鲁迅的答徐懋庸的文章和《文艺界抗日御侮宣言》的发表结束，但唐弢和其他人并不满意，所以最终改换为蔡清富撰写。②

但是该著对革命文学论争的书写有所保留。该著不仅指出鲁迅在论争中强调了革命文学的关键在于作者要是“革命人”，但也批评他对“提出这一口号的意义估计不足”；既肯定茅盾于 1925 年介绍过无产阶级艺术，以及革命失败给他带来深刻的苦闷，他虽然认为无产阶级革命文学的主张是无可非议的，但又强调“文艺主要应该为小资产阶级服务”；同时也批评了创造社和太阳社受到“革命急性病和宗派情绪影响”，这两个团体之间也有过争执。③

当时一些文学史著开始有意将周扬介绍社会主义现实主义的历史功绩予以彰显，而且将胡风、冯雪峰与周扬的矛盾向前延伸至“典型”与“个性”问题的讨论中。纲要草稿中也采用这种方式进行书写，这都被放置在樊骏书写的“瞿秋白和马克思主义文艺理论在中国的传播”这一节之中。这既显示了瞿秋白的文学史贡献在于马克思主义文艺理论的传播，同时也将胡风、冯雪峰、周扬的相关理论探索、论争予以串联，还表明了周扬是与瞿秋白一起战斗的马克思

① 唐弢.《中国现代文学史》纲要（草稿）[Z]. 北京：高等学校文科教材办公室《中国现代文学史》编写组，1962：92.

② 王瑶. 我的检查 [M] //陈平原. 王瑶与现代中国学术. 北京：北京大学出版社，2017：506.

③ 唐弢.《中国现代文学史》纲要（草稿）[Z]. 北京：高等学校文科教材办公室《中国现代文学史》编写组，1962：47-48.

主义文艺理论战士。在书写“对‘自由人’‘第三种人’的斗争”时，纲要草稿也强调了冯雪峰此时对苏汶的肯定，是在宣扬“修正主义”观点，并认为“从这里联系以后的斗争，可以理出中国现代文学史上修正主义的来龙去脉”①。

中华人民共和国成立之初编写中国现代文学史就有专门章节书写工农兵文学运动，但一般是在新文学的第二个十年，在介绍苏区的文艺运动时书写。1958 年后更进一步的发展是在新文学史的第一个十年就开始书写工农兵文学运动。纲要草稿也借鉴了这一做法，它在第一章第三节“党成立后新文学运动的发展和革命文学的倡导”中，就书写了“1921 年以后，随着共产主义知识分子到工农中去和群众革命运动展开，文学开始成为从事实际革命宣传的武器”②。它所列举的作品与当时的文学史著基本一样，强调了党对文学运动的领导，也使得纲要草稿所书写的每一个时段，都有了工农兵文学运动的书写。

吸纳之前与同时期中国现代文学史著编写的特点，对于唐弢主编的纲要草稿并不是无意的，而是该编写组的有意识行为。据樊骏回忆，在 1960 年春，中宣部就曾收集全国各地（主要是一些高校的师生）于 1958 年至 1960 年年初编写的十多部现代文学史著（大多为学校内部发行的教材，只有少数是正式出版的），并交给文学研究所现代组，让他们通读以后写份情况述评。现代组分头读了这些文学史后，经过讨论，由樊骏写成文稿，又经唐弢修改后报送中宣部。此后再由樊骏将报告改成文章予以发表。该文主要批判了当时成为主要倾向的“已经普遍地侵蚀现代文学研究工作”的“左倾”思潮③，但整体肯定了“各本教材都努力按照毛泽东同志关于中国现代革命文学运动一开始就为无产阶级领导的，就具有社会主义因素，就是党领导的整个革命事业一个重要部分等有关中国现代文学史的主要论断和工农兵文艺方向的各项原则，来论述文学史上诸问题和总结经验；以主要篇幅阐述了无产阶级革命文学由萌芽形成到发展壮大的过程，特别是《在延安文艺座谈会上的讲话》以后革命文学新阶段中的丰富收获；热情地肯定过去重视不够的革命作家如瞿秋白、蒋光慈等的重要地位，注意介绍工农兵群众文学活动及其给与作家创作的积极影响；同时，注意批判有过较大坏影响的反动作品和反动文艺主张，突出了两条道路斗争这个重要线

---

① 唐弢．《中国现代文学史》纲要（草稿）[Z]．北京：高等学校文科教材办公室《中国现代文学史》编写组，1962：53.

② 唐弢．《中国现代文学史》纲要（草稿）[Z]．北京：高等学校文科教材办公室《中国现代文学史》编写组，1962：13.

③ 樊骏．编撰《中国现代文学史》的若干背景材料 [J]．新文学史料，2003（2）：84-88.

索；明确指出夹杂在某些基本倾向进步的作品中的不健康因素及其消极作用等"①。正因如此，唐弢他们在自己主编的文学史中同样贯彻上述原则，吸纳了当时通行的一些中国现代文学史著的编写特点。

其次，纲要草稿的作家介绍众多，经典作家突出，更多以文学成就为选择标准。在1956年编写综合大学大纲时，众多文学史家都建议以作家论为主。之后编写的中国现代文学史，包括纲要草稿也采取这种体例，即先介绍每一时段的政治形势、文学运动、文学社团、文艺斗争，然后专门章节介绍经典作家，之后再将次要作家合在不同文类的章节中介绍。

纲要草稿专章介绍经典作家的情况是鲁迅占据两章，郭沫若、茅盾各占一章；独立成一节的作家作品有叶绍钧、巴金、老舍、曹禺、《白毛女》、赵树理、周立波。与1958年修订后的综合大学大纲②比较，二者独立成章节的作家差不多，但综合大学大纲中郁达夫、蒋光慈是独立成节的，纲要草稿中则没有；周立波在综合大学大纲中没有独立成节，但在纲要草稿中独立成节，不仅因为《暴风骤雨》的成就，也应与他此时发表《山乡巨变》赢得了广泛关注和好评有关。瞿秋白没有单独成为一章一节，这在当时应是少见的。纲要草稿中几人和几部作品合节但在标题中只出现一人或一作名字的有这些章节："瞿秋白和中国马克思主义文艺理论在中国的传播""蒋光慈和早期无产阶级革命作家""左翼戏剧运动及田汉等的剧作""夏衍及其他作家的剧作""《屈原》及其他历史剧""《王贵与李香香》及其它诗歌"。多人合一节并出现姓名的则有"柔石、胡也频、殷夫等的创作"。这样的章节编排说明编写者注意到文学创作的流派性和共同性，如在书写"蒋光慈和早期无产阶级革命作家"时，介绍完蒋光慈之后，还介绍了受到蒋光慈创作影响的华汉、钱杏邨、戴平万、楼建南、冯宪章、李守章、刘一梦等人及其作品；在介绍完"柔石、胡也频、殷夫等的创作"之后，总结了他们的创作特点，认为他们"比之1928年时刚出现的革命文学作品，前进了一大步，特别是在作家的思想和生活等问题上，都出现了有意义的进展，这种进展正反映了无产阶级革命文学从萌芽到成长时期的总的趋向"③。编写者书写的注意流派性和题材内容的变迁在各社团的介绍中也体现得比较明显，这说明唐弢还是在有意识地、尽可能地实施他要注重社团、流派的文学史

---

① 樊骏．关于编写中国现代文学史教材的几点看法［J］．文学评论，1961（1）：55-67.

② 中国文学史教学大纲［M］．北京：高等教育出版社，1958.

③ 唐弢．《中国现代文学史》纲要（草稿）［Z］．北京：高等学校文科教材办公室《中国现代文学史》编写组，1962：73.

编写意图，这与之前的综合大学大纲更多偏重于单纯的作家论还是有所不同。

相比1958年的综合大学大纲，纲要草稿介绍的次要作家更多，甚至还有一些“反动”作家。例如，《文学革命的最初实绩》这一节中，提及的作家就有胡适、沈尹默、康白情、俞平伯、刘半农、刘大白、郭沫若、李大钊、陈独秀、钱玄同、鲁迅、陈衡哲、汪敬熙、欧阳予倩、杨振声、央庵、叶绍钧、田汉、汪仲贤、陈大悲等。我们还发现，在介绍第一个十年文学成就时，一些次要作家被编写者提及，如陈衡哲、汪敬熙、杨振声、央庵、倪贻德、高士华、熊佛西、杨晦、柯仲平等人，这些作家在之前的作家论文学史中是很少被提及的。还有当时通常被专节批判的“反动”作家，如胡适、周作人、徐志摩、李金发；在后来的章节中则有沈从文、萧军、丁玲、艾青等人。该著对李劼人、李健吾、丰子恺、杨晦等人的细致分析也是这时期文学史著中少有的。

在纲要草稿编写之前介绍作家最多的应是王瑶的《史稿》，加以比较的话，会发现二者在主要作家的介绍上大致差不多，但是纲要草稿在数量上还是要略逊一筹。如王瑶介绍五四时期的小说家就有黎锦明、蹇先艾、彭家煌、王任叔、许杰、潘训、朴园、利民、王思玷、周全平、王以仁、淦女士、陈翔鹤等，是纲要草稿所没有介绍的。至于诗歌、散文和戏剧上更多的列举就不再比较了。纲要草稿中对这一时期的诗人介绍也有王瑶所没有提及的，如对柯仲平这一时期诗歌创作的表述就是非常少见的，说明他此时的文学史地位有很大的提高。纲要草稿介绍的作家相对较少，既与当时一些作家被“批判”有关，也说明编写者在进一步地筛选和重组文学史经典，“代表着某些强大的而又坚持不懈的意识形态强制力量与既得利益”①；但相比当时其他文学史著已经是非常之多了，可以看出王瑶的文学史著经过多次批判之后，还是有着巨大的潜在影响，历史经过一段激进之后有了缓慢的回旋。

最后，1958年后集体编写的文学史在评价作家作品时，多习惯套用政治化语言对作家作品进行分析，社会主义现实主义、革命浪漫主义或者“两结合”创作方法成为评判作家作品的标准和套路，导致文学史编写中艺术审美性的缺失，并且否认特定时段某些作家作品的历史贡献，对他们全面否决。严家炎曾经指出：“在审美评价的精当方面，唐先生在我们现代文学研究工作中简直可以说并世无二人的。”② 的确如此，纲要草稿对作家作品的论述非常注重文学性价

---

① 威德森．现代西方文学观念简史［M］．钱竞，张欣，译．北京：北京大学出版社，2006：13.

② 严家炎．唐弢先生对中国现代文学学科建设的贡献［M］//中国社会科学院文学研究所．唐弢纪念集．北京：社会科学文献出版社，1993：600-601.

值，在简笔勾绘其艺术特征时寄寓着褒贬，叙述语言非常讲究艺术性，注重不同时代同一作家的艺术风格变化以及历史作用。除此之外，它还在以下三方面与同时代文学史著论述作家作品不同。

其一，从文学性角度分析革命作家的艺术成绩与不足。瞿秋白是最容易被政治化解读的，但是纲要草稿评析他的《饿乡纪程》和《赤都心史》“‘略仿散文诗’‘而决不是枯燥的游记’。抒情的浪漫主义的舒想，风格的清逸出脱和深沈凝重，是其主要特点”①。该著认为“左联”烈士柔石的《为奴隶的母亲》的艺术特色在于：“所写的都是平常的人、事，于平静中透露深沉的意味，有力地说明了悲剧的社会必然性。”② 革命根据地的文艺运动与创作，在此前文学史中评价都很高，甚至认为它是社会主义现实主义文学或“两结合”创作方法的实践；纲要草稿在介绍其成就、归纳其特点后，仍然从艺术价值的角度指出“它的大部分作品也不可免地具有初期无产阶级革命文学幼稚、粗糙等缺点。为数不少的‘急就章’，其宣传价值往往超越其美学价值”③。纲要草稿也强调群众文艺在毛泽东《讲话》精神指引下取得了巨大成就，但是还指出“群众文艺具有‘萌芽状态文艺’的特征：新鲜活泼，饱含旺盛的生命力，但也不免有其幼稚之处，需要精心培育和提高”④。编者们很少运用当时盛行的套话对作家作品进行分析评价，多是对作品的内容、人物形象与艺术特色的具体情况具体分析，这在对鲁迅、郭沫若、茅盾等作家作品的分析上更是如此。

其二，不因为作家作品政治上的“落后”“反动”而否认他们艺术上的成就。例如，对沈从文的艺术特点就进行了精彩提炼。⑤ 沈从文的文学史评价在“双百”方针时就有汪曾祺⑥、蹇先艾⑦为他鸣不平，他在文坛处境开始有所改观。1957 年，人民文学出版社作家选集的人选有了较大的变化，戴望舒、废名、

---

① 唐弢．《中国现代文学史》纲要（草稿）[Z]．北京：高等学校文科教材办公室《中国现代文学史》编写组，1962：35.

② 唐弢．《中国现代文学史》纲要（草稿）[Z]．北京：高等学校文科教材办公室《中国现代文学史》编写组，1962：72.

③ 唐弢．《中国现代文学史》纲要（草稿）[Z]．北京：高等学校文科教材办公室《中国现代文学史》编写组，1962：78.

④ 唐弢．《中国现代文学史》纲要（草稿）[Z]．北京：高等学校文科教材办公室《中国现代文学史》编写组，1962：120.

⑤ 唐弢．《中国现代文学史》纲要（草稿）[Z]．北京：高等学校文科教材办公室《中国现代文学史》编写组，1962：90.

⑥ 作协在整风中广开言路 [J]．文艺报，1957（11）：2-3.

⑦ 蹇先艾．多关心“作家老百姓”的疾苦 [J]．文艺报，1957（11）：6.

沈从文的选集得以出版，后来被学术界称为是对这些作家的“发现”和“回收”①。1960年，已成为考古专家的沈从文还被作为北京市“特邀代表”出席第三次文代会，他感觉恍如隔世，② 但这为他在文学史中得以正面评价做好了铺垫。纲要草稿不因政治“错误”而否认文学成就也表现在对胡适、周作人、徐志摩等作家作品的艺术分析中，以及对萧军的《八月的乡村》、艾青的《向太阳》《火把》以及丁玲的《太阳照在桑干河上》等作品的肯定与赞颂上。

其三，不因为作家曾经的政治性错误或道德上的缺点，而对他们全盘否定，忽视他们在特定历史阶段的历史贡献。胡适、陈独秀举起文学革命的大旗，从而掀起了波澜壮阔的新文学运动，他们二人在五四时期的历史贡献是开天辟地的。但是1949年后，对胡适展开了系列批判运动，他在政治上被完全打倒，陈独秀也因为政治上的原因不再得到肯定，于是他们二人在五四时期文学革命运动中的历史功绩一再在中国现代文学史中被贬低，李大钊、鲁迅则代替他们成为文学革命的推动者。纲要草稿肯定了陈独秀主持《新青年》发起、推动了五四新文化运动，与胡适掀起文学革命的历史功绩，甚至周作人、罗家伦、傅斯年等人这时期的活动也得到积极评价。当然，也批判了他们后来的“错误”。③ 尽管孔厥曾经因为道德问题在文学史著中消失，丧失了《新儿女英雄传》的署名权，④ 但纲要草稿注明该著是袁静、孔厥合著。

据严家炎回忆，唐弢担任主编以后，为现代文学史的编写规定了几条重要原则：“必须采用第一手材料”“注意写出时代气氛”“尽量吸收学术界已有的研究成果”“复述作品内容，力求简明扼要”“尽可能采取春秋笔法”。⑤ 纲要草稿所体现的上述特点，正是编写组成员按照唐弢所制定的原则去进行编写而获得的。同时，也是他们有意识对1958年后集体编写中国现代文学史著所出现的弊端的修正。所以说，纲要草稿虽说只是中国现代文学史“纲要”的“草稿”，但已是唯物论新文学史书写的成熟之作。

---

① 洪子诚．1956：百花时代［M］．济南：山东教育出版社，1998：25.

② 沈从文致沈云麓信［M］//张兆和．沈从文全集（第20卷）．太原：北岳文艺出版社，2002：420.

③ 唐弢．《中国现代文学史》纲要（草稿）［Z］．北京：高等学校文科教材办公室《中国现代文学史》编写组，1962：16-17.

④ 王秀涛．孔厥的“罪与罚”［J］．当代文坛，2019（6）：59-62.

⑤ 严家炎．唐弢先生对中国现代文学学科建设的贡献［M］//中国社会科学院文学研究所．唐弢纪念集．北京：社会科学文献出版社，1993：597.

三、周扬对纲要草稿的指示、意见及其后续写作

据樊骏回忆，周扬对编写《中国现代文学史》的指示要求经常通过唐弢向编写组传达。为了修正庸俗化、简单化的教条主义倾向，周扬多次鼓励编写组成员要从历史的实际出发，不要担心掉进修正主义的泥坑。他对文学史的写法也多有指示，① 前述唐弢所规定的几项编写原则与他的指示要求是相符的。纲要草稿诸多成绩的取得，与周扬掌控全局分不开。

1962 年 6 月，纲要草稿完稿了。11 月，在中央党校举行了连续三天的讨论会，邀请了周扬、林默涵、邵荃麟、张光年、何其芳②、冯至③、杨晦、吴组缃、蔡仪、王燎荧、朱寨、何家槐、叶以群等十几位文艺界干部和文学史研究专家出席，连同《中国现代文学史》几名责任编委，共有二十多人。④ 周扬的讲话没有公开发表，后来编入《周扬文集》第四集。⑤ 商金林曾在某档案室发现周扬这次讲话的记录，经过比较，他考证出编入文集中的“讲话”并不是原稿，而是一个删节本。商金林以此为基础，认为黄修己对唐弢主编的《中国现代文学史》和周扬的这次讲话进行的褒扬⑥都是不准确的，那些赞美周扬主持教材编写工作的文辞⑦也是不实的。反之，他认为在 1961 年中，周扬是为编写组营造了“较为宽松”的“小环境”；但在 1962 年秋“阶级斗争”理论再起时，他的态度就急转直下，这正是《中国现代文学史》不能超越时代局限的主要原因。⑧ 但是，结合纲要草稿和“三结合”集体编写的文学史著来看周扬的

---

① 樊骏．编撰《中国现代文学史》的若干背景材料［J］．新文学史料，2003（2）：84-88.

② 何其芳当时是中国社会科学院文学研究所所长，在文学界与学术界具有影响力。他在纲要草稿中被书写为逐渐转向与工农兵群众相结合的形象，其作品《夜歌》受到了超越《预言》的评价。

③ 冯至是此次国家文科教材编写中文组的组长，参加了这次讨论会。这并未让他在纲要草稿中的形象高大，但他在抗战时撰写过“形式主义”严重的《十四行集》则不再被提及，而只是书写他五四时期在浅草社的活动与创作。

④ 严家炎，等．《太阳照在桑干河上》与丁玲的创作个性［J］．北京大学学报（哲学社会科学版），2008（2）：85-88，135.

⑤ 周扬．在《中国现代文学史纲要》讨论会上的讲话［M］//周扬．周扬文集（第四卷）．北京：人民文学出版社，1991：227.

⑥ 黄修己．中国现代文学史编纂史［M］．北京：北京大学出版社，1995：201.

⑦ 王蒙，袁鹰．忆周扬［M］．呼和浩特：内蒙古人民出版社，1998.

⑧ 商金林．《周扬同志在〈中国现代文学史纲要〉讨论会上的讲话记录（一九六二年十一月三日下午）》的两个版本［J］．中国现代文学研究丛刊，2011（12）：169-187.

讲话，会发现情况比商金林所描述的更为复杂。

首先，周扬对中国现代文学史书写阶级斗争和“反修”的态度的确发生了变化。他强调编写《中国现代文学史》的目的是“帮助学生了解现代文学的历史发展过程。这是一个充满了矛盾斗争的过程”①。而且，他就中国现代文学史的编写线索和主要叙述情节进行了规定，还是要求书写两条道路的斗争。

周扬在1960年主持的会议上说，“修正主义是个政治概念，不适用于文学”②。1962年，他在给中央的报告中也特意指出：“时事问题和当前政策问题应向学生作专题报告，或结合有关课程讲解，不要轻易写进教材。”③ 但是周扬在讨论会上的讲话说“‘左联’时期就有修正主义”“‘左联’后期有教条主义，也有修正主义”④，而且冯雪峰的言论成为修正主义的代表。于是“修正主义”这个“时事问题”和“政策问题”还是被写进文学史中了。

周扬的态度为什么会这样“一百八十度的急转弯”？商金林认同樊骏的观点，这是因为“提纲的审稿会正好紧接着中共八届十中全会之后召开。毛泽东在全会上提出阶级斗争要‘年年讲，月月讲，天天讲’，再次强调了‘以阶级斗争为纲’的战斗原则”⑤。周扬根据政治风云的变幻而调整自己的文学史观及相应的文艺政策，也表现在他这时不主张刊发在大连召开的农村题材短篇小说创作座谈会的会议纪要，并抽走自己的谈话记录这一事件中。⑥ 这都是他在发现形势骤变之后采取的“应变”措施。⑦

周扬的这一转变让人感觉中国现代文学史编写要回到1958年前后“三结合”编写时期，阶级斗争和“反修”将占据大量的篇幅。但从他对具体文学史实的编写指导上看，并不如此。他所指出的斗争只有与新月派、“第三种人”和自由人的斗争，“反修”只提及冯雪峰，其他都没有提及。1958年集体编写的

---

① 商金林.《周扬同志在〈中国现代文学史纲要〉讨论会上的讲话记录（一九六二年十一月三日下午）》的两个版本［J］. 中国现代文学研究丛刊，2011（12）：169-187.

② 李子云. 探病中周扬［M］//王蒙，袁鹰. 忆周扬. 呼和浩特：内蒙古人民出版社，1998：533.

③ 周扬. 关于高等学校文科教材编选情况和今后工作意见的报告［M］//周扬. 周扬文集（第四卷）. 北京：人民文学出版社，1991：145.

④ 商金林.《周扬同志在〈中国现代文学史纲要〉讨论会上的讲话记录（一九六二年十一月三日下午）》的两个版本［J］. 中国现代文学研究丛刊，2011（12）：169-187.

⑤ 樊骏. 编撰《中国现代文学史》的若干背景材料［J］. 新文学史料，2003（2）：84-88.

⑥ 黎之. 文坛风云录［M］. 北京：人民文学出版社，2015：147.

⑦ 洪子诚.“大连会议”材料的注释［J］. 海南师范大学学报（社会科学版），2011，24（4）：1-18.

中国现代文学史中，对丁玲、王实味、冯雪峰、萧军等人的批判都会作为思想斗争的主要章节进行书写，但在周扬的讲话中只作为个别案例进行分析，而不是作为“敌对”路线斗争对象进行批评。他指出：这些人中“有些人政治上反动，文学上却有贡献；或者开始进步，后来反动；或者开始反动，后来有进步”，如何书写他们比较“麻烦”。①“政治上反动，文学上却有贡献”的人，他列举了康有为、梁启超、王国维。对于先进步后“反动”的，周扬认为陈独秀、胡适“他们代表了一个时代，功劳可以写”，但胡适“提得太多”，陈独秀的“革命性要比胡适要高一些”；而“丁玲麻烦，没摘帽子”“先写了再说”；艾青摘“帽子”了，自然可以写；“对刘大白这类人，文学史里可以写一点”。② 开始不是无产阶级作家，后来分化转变了的，周扬提及了闻一多、丁西林、戴望舒、王礼锡等，他们是可以写进文学史的。周扬从政策方向强调了阶级斗争和“反修”，但在具体编写中，他并没有暗示将如“三结合”编写时期那样扩大化，而是从历史事实的角度对那些历史复杂的作家进行“慎重处理”。

其次，周扬辩证评价左翼文学运动“有伟大贡献，但有许多缺点，甚至有错误”③。为此他列举了“左联”的五大贡献，以及“左联”以后文学运动在文艺思想、题材、主题、形式、文学的对象、文艺作品与斗争的关系、作家和人民的关系等都发生了变化。对于“左联”的缺点，周扬认为“现在讲得多了些，分散了些。左翼的缺点有历史的、社会的原因，不要去罗列”。周扬也承认“左联”“在创作方面公式化、概念化的倾向是有的。在早期左翼作家的作品中还有自然主义、颓废主义影响”，这方面的代表是蒋光慈的作品，但“这是国际性的问题，是无产阶级文学发展规律性的现象”。这不仅总结了中国左翼文学的历史经验与教训，还带有世界文学史的视野和评判。对于纲要草稿中书写他引进了社会主义现实主义，周扬予以承认，但认为“讲得太多了。当时我们的主要缺点是不结合中国实际和传统”④。他的姿态是谦虚而且带有反省意识的。

对于革命文学论争和“两个口号”的论争，周扬提出了与纲要草稿不一样的看法。1958 年后一些“三结合”编写的中国现代文学史著一再开脱在革命文

① 商金林．《周扬同志在〈中国现代文学史纲要〉讨论会上的讲话记录（一九六二年十一月三日下午）》的两个版本［J］. 中国现代文学研究丛刊，2011（12）：169-187.

② 商金林．《周扬同志在〈中国现代文学史纲要〉讨论会上的讲话记录（一九六二年十一月三日下午）》的两个版本［J］. 中国现代文学研究丛刊，2011（12）：169-187.

③ 商金林．《周扬同志在〈中国现代文学史纲要〉讨论会上的讲话记录（一九六二年十一月三日下午）》的两个版本［J］. 中国现代文学研究丛刊，2011（12）：169-187.

④ 商金林．《周扬同志在〈中国现代文学史纲要〉讨论会上的讲话记录（一九六二年十一月三日下午）》的两个版本［J］. 中国现代文学研究丛刊，2011（12）：169-187.

学论争之时创造社、太阳社攻击鲁迅和茅盾的错误；纲要草稿也分析了论争双方各自的错误。周扬则指出："鲁迅没有什么不对的。那时对鲁迅的批评是很粗暴的"，"当时对茅盾的批判，也有些过分"。关于"两个口号"的论争，周扬认为纲要草稿"现在的写法不好，好像只有'国防文学'才是正确的……应该首先肯定两个口号都有它的优点，也有它的缺点"。周扬这样的分析是辩证的，当然他再次强调，"挑起论争，胡风有责任，胡风挑拨，雪峰的责任要更大一些"，① 这就是在混淆事实了，他还是带有个人的历史恩怨情绪。因为此时冯雪峰已被摘除"帽子"，② 但周扬仍在剑指于他，这损伤了他自己的历史认知和内心良知。

再次，对作家作品的评价周扬主张"多讲好话，多讲成绩，对好人少讲缺点，主要讲贡献"。这也是针对之前文学史编写提出来的，当时很多文学史著用"后来者"的思维去要求历史人物，很多作家因为没有书写土地革命、工农兵反抗被视为"局限性"，即使是鲁迅、郭沫若和茅盾也受到这样的批评。但是周扬指出"所谓局限性就是当时条件下同一类的人都看到了，但他没有看到。至于以后的人能看到的很难算"，所以他赞同大家提出的"书中对鲁迅、茅盾、郭沫若的评价不够"，"估价要更高一点"。同时他也指出：老舍、巴金在新中国成立后很好，"以前是中间状态，不能说得和鲁迅一样"。③ 这就是说鲁迅、郭沫若、茅盾的文学史地位还是要高于老舍和巴金，但对老舍和巴金的评价要高于一般作家。

周扬反对在作家作品分析中给他们"戴上""资产阶级""无产阶级""小资产阶级"的标签，要求将政治态度与文学艺术成就有意识地分开。给"鲁迅戴'革命文学奠基人'的帽子是可以的……但不是说要人人都戴，不要乱戴"。④ 要求章节上直接出现作家作品姓名或名称即可，不要给作家戴上"头衔"。陆定一在 1961 年全国高等学校文科和艺术院校教材编选计划会议上也曾有这一指示。

最后，周扬还谈了"其他问题"，这些问题既是针对纲要草稿，也是针对之

① 商金林．《周扬同志在〈中国现代文学史纲要〉讨论会上的讲话记录（一九六二年十一月三日下午）》的两个版本［J］．中国现代文学研究丛刊，2011（12）：169-187.

② 包子衍．雪峰年谱［M］．上海：上海文艺出版社，1985：201.

③ 商金林．《周扬同志在〈中国现代文学史纲要〉讨论会上的讲话记录（一九六二年十一月三日下午）》的两个版本［J］．中国现代文学研究丛刊，2011（12）：169-187.

④ 商金林．《周扬同志在〈中国现代文学史纲要〉讨论会上的讲话记录（一九六二年十一月三日下午）》的两个版本［J］．中国现代文学研究丛刊，2011（12）：169-187.

前文学史编写中出现问题的回答与“纠偏”。翻译文学是否在中国现代文学史中出现，在1951年围绕大纲初稿的讨论中就有人提出过。周扬则认为“有些对中国文学起了进步作用的，有影响的翻译作品是可以提一下，不必专设一章，有些起了不好作用的可以提书名，不一定批评翻译的人”。中国现代文学史能否编进旧体诗词，这也是存在争议的。当时鲁迅、毛泽东和一些革命将帅、烈士的旧体诗词就被编写进了中国现代文学史。周扬的言下之意是旧体诗词不必入史，即使是鲁迅、毛泽东等伟人所写，因为他们的“主要成就不在这方面”①。周扬这一主张并不是他“狂妄大胆”，而是因为在第三次文代会的报告中他就将毛泽东的诗词视为“两结合”的榜样，但之后遵照毛泽东指示予以删除。②

苏区文艺在当时一些文学史中都是作为主要成就书写为专门章节的。但周扬认为：“苏区那一章没多少内容，想抬高苏区也抬高不了，可考虑如果要写，就写得精炼一些，一是可以少挑一些，当时影响大，起过作用的作品，一是当时虽没起过作用，但确实写得好，可以流传的作品。不要勉强。”③ 按照他的指示，苏区文学在文学史的重要性和所占篇幅都要打折扣，这在当时是比较大胆的建议。因为从拟定大纲初稿及讨论王瑶《史稿》上册座谈会开始，苏区文学史就已“挣得”与左翼文学并驾齐驱、同时书写的文学史地位，而这时却对它予以了“降格”处理，的确不易！

周扬还明确指出，纲要草稿“提到的作家、作品”有点多了，“不要现在的负责人都要提到”。④ 这应是针对一些文学史编写多看作家在1949年后的政治地位和官职高低而发表的观点，在纲要草稿中也存在这种问题。如柯仲平在创造社时所写作品能否占用那么多篇幅，就值得考虑。当时的编写者或许就因为他在1949年后已经是重要的文艺干部，而将他在创造社的创作也进行了书写。周扬虽没有在讲话中明言柯仲平如何入史，但他此时的确因为撰写关于刘志丹的

---

① 商金林.《周扬同志在〈中国现代文学史纲要〉讨论会上的讲话记录（一九六二年十一月三日下午）》的两个版本［J］. 中国现代文学研究丛刊，2011（12）：169-187.

② 毛泽东. 对周扬在第三次全国文代会上的报告稿的批语与修改［M］//建国以来毛泽东文稿（第九册）. 北京：中央文献出版社，1996：236-238.

③ 商金林.《周扬同志在〈中国现代文学史纲要〉讨论会上的讲话记录（一九六二年十一月三日下午）》的两个版本［J］. 中国现代文学研究丛刊，2011（12）：169-187.

④ 商金林.《周扬同志在〈中国现代文学史纲要〉讨论会上的讲话记录（一九六二年十一月三日下午）》的两个版本［J］. 中国现代文学研究丛刊，2011（12）：169-187.

长诗而受到批评，不得不检讨，再在文学史中提高他的地位并不合适。① 周扬的这番话似乎也针对着刘白羽，刘白羽在中华人民共和国成立之初的中国新文学史中很少在章节标题上出现姓名，只是作为次要作家在概述之中论及，但在丁陈集团被打倒之后，他在文学史中的地位上升很快。1958 年修订的综合大学大纲就将他和草明合节编写；在一些集体编写的文学史中，他有时会单独一节；在纲要草稿中也有四个段落进行描述，② 相比其他作家明显篇幅较多，对他抗战前的短篇集《草原上》也用了较多笔墨。刘白羽在中国现代文学史中的地位上升，一方面固然与他在此时创作了《日出》《长江三日》等作品，在第三次文代会上被茅盾视为革命现实主义与革命浪漫主义创作的代表③有关；另一方面也应与他此时成为文艺界领导人有直接联系④。

周扬还建议在结构上可以将“旧民主主义八十年追溯一下，可以专列一章。现在书中关于旧民主主义文学写得太少了”⑤。按照他的建议，就不再强调五四文学的断裂性，而是着眼新旧民主主义文学的联系与发展。这既与刘绥松最初的文学史编写相似，也与他自己当初在延安鲁迅艺术文学院编写的《新文学运

---

① 柯仲平在第二、三次文代会都当选为中国作家协会副主席。在 1958 年之后，柯仲平在中国现代文学史中的地位上升较快。1962 年冬，在康生等人策划下，李建彤的《刘志丹》被打成“反党小说”。柯仲平苦心经营了几十年尚未问世的歌颂刘志丹的长诗，也成了“反党诗歌”，遭到了抨击和株连。柯仲平不得不搁笔，接受审查和批判。刘锦满，王琳．年谱简编［M］//刘锦满，王琳．柯仲平研究资料．西安：陕西人民出版社，1988.

② 唐弢．《中国现代文学史》纲要（草稿）［Z］. 北京：高等学校文科教材办公室《中国现代文学史》编写组，1962：134-135.

③ 茅盾．反映社会主义跃进的时代，推动社会主义时代的跃进！［J］. 人民文学，1960（8）：8-36.

④ 1953 年刘白羽从解放军总政治部（原总政治部）文化部（今文化和旅游部）副部长的职位调往中国作家协会。1955 年 4 月增补为党组副书记，后任中国作家协会“肃反”领导小组组长。1956 年中国作家协会成立书记处，任第一书记。1956 年 12 月，为中国作家协会党组副书记。1958 年，免去党组副书记职务。1960 年 7 月，中国作家协会召开第三次理事会（扩大）会议，增选为副主席。此间，恢复党组副书记职务。1965 年 8 月，为中国作家协会党组书记。

⑤ 商金林．《周扬同志在〈中国现代文学史纲要〉讨论会上的讲话记录（一九六二年十一月三日下午）》的两个版本［J］. 中国现代文学研究丛刊，2011（12）：169-187.

动史讲义提纲》类似①。

樊骏回忆，当时高教部教材办公室的同志最初很担心唐弢能否忍受周扬这次讲话的“巨变”。商金林则认为周扬这次讲话中涉及“对具体人的评价有的简直令人瞠目结舌”②。“而实际是：当时除了感到意外，唐弢和大家都没有对周扬的这一变化提出任何疑问，或者由此触发什么联想，从而影响编写工作的进行。”③ 唐弢和大家能够“泰然处之”，一方面是他们已习惯了时局的随时变化，另一方面是他们对自己的纲要草稿有底气。他们对周扬所提及的那些具体人、事的编写，没有与周扬的讲话有根本原则上的不同，而且周扬某些地方更加开明，所以他们不需要推倒重来，只需要再增删文字或加大、缩减篇幅即可。

由此可以得出结论，周扬虽在编写原则上顺应八届十中全会的精神，再次强调阶级斗争和“反修”，但是在具体问题的指示与讨论上，还是坚持了他1961年以来主持编写文科教材的思路和策略。他的讲话既是对1958年甚至是中华人民共和国成立以来编写中国现代文学史的经验总结和“拨乱反正”，也是对纲要草稿编写特点的具体指示和进一步讨论。所以说，黄修己以及其他人士对周扬在编写教材时的指示以及唐弢编写《中国现代文学史》的成功所进行的纪念和赞美，都是准确的。而商金林仅根据新发现的周扬的讲话原稿，认为他对《中国现代文学史》的编写起到了掣肘和倒退的作用，是值得商榷和质疑的。

周扬虽然对纲要草稿提出了一些建议，但还是比较满意的，《中国现代文学史》就在此基础上进行了编写。1963年3月，《中国现代文学史》的首稿基本完成，唐弢亲自审定一、二卷。1964年年初，周扬指示在同年春天再次召开审稿会讨论这本教材的征求意见稿。但夏天才铅印出内部征求意见稿。唐弢邀请路坎协助审改第三卷书稿，但路坎患病逝世，审改工作受到影响。

1964年7月2日至10月21日，中宣部召开文联各协会和文化部（今文化和旅游部）党组负责人会议，周扬传达了毛泽东对当时文艺工作的第二个批示，布置文化部（今文化和旅游部）和文联各协会党组作整风检查。文化部（今文

---

① 周扬．新文学运动史讲义提纲（本提纲为未定稿，仅供编者在鲁艺讲授之用）[J]．文学评论，1986（1）：20-32；周扬．新文学运动史讲义提纲（续）[J]．文学评论，1986（2）：100-109. 周扬的文学史提纲第一章为《新文学运动之历史的准备（一八九四—一九一九）》，重在叙述旧民主主义的新文化运动；第二章才是《新文学运动的形成（一九一九—一九二一）》。

② 商金林．《周扬同志在〈中国现代文学史纲要〉讨论会上的讲话记录（一九六二年十一月三日下午）》的两个版本 [J]．中国现代文学研究丛刊，2011（12）：169-187.

③ 樊骏．编撰《中国现代文学史》的若干背景材料 [J]．新文学史料，2003（2）：84-88.

化和旅游部）文艺整风结束后，周扬作总结点了齐燕铭、夏衍、田汉、阳翰笙、邵荃麟等人的名字，① 夏衍等人被正式免去职务②。此后文艺界开展“四清”运动，20世纪“三十年代”文艺界代表人物成为批判的焦点，所以中国现代文学史中左翼文学运动及其代表人物需要随时代步伐不断改写。这时《中国现代文学史》的编写完全陷入了政治斗争的旋涡。③“文革”中，唐弢因为宣扬“文艺黑线”挨批，第三卷手稿也就失散了。④

如果将内部征求稿第一、第二卷⑤与纲要草稿进行对照，会发现“有的修改，贯彻了周扬的意见……鲁迅、郭沫若、茅盾等作家前面的评价都已经被删去了”⑥。这在一定程度上体现了周扬“不要乱戴帽子，不要去搞标签”的主张。在章节目录上也有细微变化，例如，第六章“无产阶级革命文学运动和中国左翼作家联盟”中纲要草稿共有五节，其中第一节为“无产阶级革命文学的论争和中国左翼作家联盟的成立”，内部征求稿将其改为“文化革命的深入和中国左翼作家联盟的成立”，意在淡化“革命文学论争”中“内部”的不团结，在具体论述时也强调了论争双方各自存在的“缺点”，强调了他们面对共同“敌人”时的协作、斗争。这一章内部征求稿还增加了一节“民族危机的加深和文艺界抗日统一战线的初步形成”作为第六节，具体讨论在“民族危机”“加深”过程中“左联”的解散，解释了“两个口号”论争爆发的原因、双方各自的理论依据；冯雪峰、胡风成为论争发生的“罪魁祸首”，鲁迅是受到了“蒙蔽”。可见，增加此节既可以让文学史的发展脉络更加清晰，而且有利于将“两个口号”论争的相关书写进一步“经典化”。总的来说，内部征求稿第一、第二卷书写特色与纲要草稿相同，其目录与1979年正式出版的第一、第二册⑦区别不大，

① 林默涵．十七年文艺战线的一些大事［M］//当代中国研究所《共和国要事口述史》编写组．共和国要事口述史．长沙：湖南人民出版社，1999：103.

② 严平．夏衍的1964［M］//严平．潮起潮落：新中国文坛沉思录．北京：人民文学出版社，2015：79.

③ 王平凡，王素蓉．文学所往事［M］. 北京：金城出版社，2013：330-331.

④ 樊骏．编撰《中国现代文学史》的若干背景材料［J］. 新文学史料，2003（2）：84-88；万平近．务实求真，光华长存：忆唐弢同志主编中国现代文学史［J］. 新文学史料，1993（1）：102-106.

⑤ 唐弢. 中国现代文学史：上册·第一部分（讨论稿）［Z］. 1964. 唐弢．中国现代文学史：上册·第二部分（讨论稿）［Z］. 1964.

⑥ 宫立．“十七年”中国现代文学史编纂的多样化书写［D］. 上海：华东师范大学，2015：91.

⑦ 该部文学史第一、第二册于1979年6、11月在人民文学出版社出版，主编为唐弢；第三册于1980年12月也在人民文学出版社出版，主编为唐弢、严家炎。

由于篇幅限制，这里不再细致比较。

周扬“对编写者讲话，发指示，看样稿，提意见，反映了执政当局对文学史编写工作的重视，他们是把编写文学史当做代国家发言，而绝不是个人或一群学者的事，是政治之事，而不仅是学术之事”①。但政治形势变化太快，他意欲以举国之力建构一部权威的中国现代文学史的意愿终究功亏一篑，这部“十七年”唯物论新文学史书写的经典之作未能及时出版，为当时学界留下了不可弥补的缺憾。它在新时期之后的出版则让世人“惊羡”唯物论新文学史书写的回归。

第四节　激进旧著的修改与完善彰显调整效果

随着调整方针的实施与国家文科教材编写的推进，一些大学师生陆续将本校此前“三结合”编写的中国现代文学史著予以修正、提高，删繁就简，在文学性、历史性与逻辑性等方面取得了调谐与兼顾。其中一些中国现代文学史著还得以公开出版，展现了“调整”所带来的效果。这以吉林大学、中国人民大学编写的中国现代文学史著为典型，代表着唯物论新文学史书写的成熟。

一、吉林大学的精益求精

吉林大学在1958年“教育革命”时期，也掀起了大编教材的运动。中文系党总支领导二十几名师生，历时二十几天，编写了一部中国现代文学史初稿，达五十余万字。后来他们又在教学中边教边改，并将它在1959年、1960年作为第一、第二册出版②（以下简称“吉大1959版”）。1962年，吉林大学中文系为了教学的需要，由现代文学教研室刘忠恕（即刘中树）、李昭恂、金训敏、刘柏青、陶然等老师对该文学史著进行了修改，并且加上了1942—1949年的部分，改为上、下两册出版（以下简称“吉大1962版”）。③ 考虑到吉大1962版更为完整，而且两个不同版本文学史著主体内容相同，修改之处更能展现时代

① 董乃斌．文学史学原理研究［M］．石家庄：河北人民出版社，2008：143.

② 吉林大学中文系中国现代文学史教材编写小组．中国现代文学史（第一册）［M］．长春：吉林人民出版社，1959；吉林大学中文系中国现代文学史教材编写小组．中国现代文学史（第二册）［M］．长春：吉林人民出版社，1960.

③ 吉林大学中文系中国现代文学史教材编写小组．中国现代文学史（上、下册）［M］．长春：吉林人民出版社，1962：再版说明．

知识范型的变动，所以将它们一并放置于此进行讨论。

（一）文学史分期与体例编排

吉大1962版在文学史分期与体例编排上相比吉大1959版有了改动，使得文学史框架体例更加有条理，层次更为清晰。

吉大1959版计划是三编三册。其中正式出版的第一册为第一编，时间从1917年到1927年，共有四章；第二册为第二编，从1928年到1941年，共有八章。① 第三编为第三册，从1942年到1949年，但未见出版。而吉大1962版只有上、下两册，不再显示具体的历史分期，而是从第一章一直编排至第十八章。从体例来看，文学史分期依然强调的是五四时期、第一次国内革命战争时期、第二次国内革命战争时期、抗战前期、《讲话》的发表及其之后的文学运动。这样似乎就将吉大1959版中的从1928年到1941年分为了1928年到1937年、1937年到1941年两个阶段了。编者不再强调章节的时间命名，实际上是不凸显某些具体年份高于其他时间节点的重要性，它们同样重要，吉大1962版更重在历史事实的展示，而不是更多强调历史价值的评判。

在文学史体例上，吉大1959版虽然也书写了文艺运动、文艺理论与文艺斗争、文艺创作和作家专论等内容，但是章节安排并不统一，标题的清晰度也不够。吉大1962版应该是认识到这一弊端，对章节体例进行了调整，使每个时间段都有这些内容，并且在章节标题上予以清晰呈现。例如，吉大1959版第一编第一章是“文学革命运动的发生和发展”，这一章依次书写了“文学革命运动的经过及意义”“文学革命运动的实绩”“中国共产党的成立与文学革命运动的发展”三节，文学运动、文学创作概貌与文艺斗争等都汇在了这一章。但在吉大1962版中，将原来的第二节“文学革命运动的实绩”扩写为第二章“文学革命的实绩：十年来创作的丰收”：第一节“开创时期的新文学”对文学革命时期的作家作品进行了较全面的概述；第四节“传统的继承与革新”是对文学革命时期创作经验的总结；而第二节“新的文学社团、流派及其创作”与第三节“第一个国内革命战争时期工农群众的革命歌谣”是对吉大1959版中第四章“五四时期及第一次国内革命战争时期的主要文艺社团及作家”中社团、流派及工农群众的革命歌谣相关小节的挪移。这样一来，吉大1962版第五章就专论五四时期及第一次国内革命战争时期的重要作家了，而不再是社团、作家和工农兵文学的汇合。通过这样的章节调整，第一章统合一起介绍的文艺运动、文艺理论

---

① 吉林大学中文系中国现代文学史教材编写小组．中国现代文学史（第一册）［M］．长春：吉林人民出版社，1959：说明．

及斗争、文艺创作等，则分成了条块明晰的几大板块，分别在不同章节予以体现。它在每个时段都坚持了如此编排，然后才进行作家专章专节的论述，于是文学史体例就非常清楚而充满逻辑张力。

（二）经典作家的选择与排位

吉大1962版在经典作家的选择与排位上相比吉大1959版有了变化，更重视作家的文学性与艺术性，政治性考量相对降低。

吉大1959版中单列一章的作家有鲁迅、郭沫若、茅盾、瞿秋白四位。其中瞿秋白的文学史地位如此重要主要考虑的是其政治性身份，革命烈士和曾经的中共领导人是其文学史地位的重要保障。所以，吉大1959版分四节依次介绍了他“战斗的一生”，“早期的散文集诗歌”，“杂文”与“文艺理论的建树”。而在吉大1962版中，鲁迅、郭沫若、茅盾各占据一章，“瞿秋白与中国马克思主义文艺理论的初步建树”一起作为一节存在于第六章“无产阶级革命文学与‘中国左翼作家联盟’”中，其文学史地位下降，只书写他对俄罗斯、苏联文学、马克思主义文艺理论的翻译介绍以及文艺批评，而对其生平、散文集与诗歌等都不再提及。

他革命烈士与中共领导人的文学史地位在吉大1962版中下降，不仅只有瞿秋白，还表现在方志敏身上。吉大1959版与当时很多集体编写的中国现代文学史著一样，都将方志敏作为重要一节进行介绍，以展现“苏区文艺运动及创作”的成就。而在吉大1962版中，方志敏已不再作为一节存在，也不再提及。

与此对应的是，那些文学艺术成就较高的作家的文学史地位在吉大1962版中上升。叶绍钧在吉大1959版中是与郁达夫、闻一多共为一节，但在吉大1962版中独占一节，郁达夫与闻一多二位合为一节。这样，他们三人的文学史地位提高了。同样，在吉大1959版中，田汉单独为一节，因为他是左翼作家；而巴金、老舍合为一节；洪深和曹禺合为一节。在吉大1962版中，则是田汉和洪深为一节，而巴金、老舍、曹禺各自为一节，他们的文学史地位再次被确认。

吉大1962版书写《讲话》发表之后的文学运动，具体格式与大部分文学史差不多，也是先写《讲话》的发表、内容、意义及影响，然后介绍根据《讲话》所开展的文艺运动与文艺斗争，后面三个章节介绍解放区的文艺创作，最后一个章节介绍国统区文学创作。这种体例在之前的文学史著中都有类似编排。但吉大1962版在“抗日战争前期的文艺创作”这一章中增加了吉大1959版所没有的“沙汀和艾芜的小说”这一节，这在1958年修改的综合大学大纲中也有类似安排。

吉林大学编写的这两部中国现代文学史著在具体的作家论述中变化并不大，

多数作家论是原封不动地搬移。这说明了吉大1959版在作家专论的研究上已经达到了一定水平，它不是以论代史，而是注重作家作品艺术审美分析与内容的先进性相结合，所以吉大1962版对这些作家专论很少修改。时代政治变幻太快，文学史编写者很难预测并及时跟上，但他们也有着自己的应对之策，那就是在作家作品的分析上尽量坚持文学本身的分析，这样在时过境迁之后，再版的文学史著只需调整一下文学史座次与章节，就能应对最新的时代政治；而具体作家作品论述完全不动，这样既可保持学术工作的延续和稳定，又能紧跟时代前进的变化。

（三）工农兵文学与两条路线斗争

正如前述，在1958年的“教育革命”中，“大跃进”的氛围及周扬《文艺战线上的一场大辩论》的发表，使得当时的中国现代文学史著都重视工农兵文学与两条路线的斗争，在吉大1959版中也有这样的表现。中共中央提出“八字”方针之后，相关文学史写作如吉大1962版就有了相应变化。

吉大1959版将每一个时期的工农兵文学都予以专门章节介绍。特别是在第二册第六章专章书写了“苏区文艺运动与创作”，同时也分别专节书写了“第一次国内革命战争时期工农群众的革命歌谣”“边区和抗日根据地的文艺运动”。在吉大1962版中，也书写这三方面内容，内容几乎雷同，而且书写了《讲话》发表之后的“工农兵群众文艺的巨大成就”，但是，这些都是以一节的篇幅出现在每一时段文学创作的专章之下，而不再以专章的形式。这样工农兵文学只是作为文学运动的一种得到了书写，但它整个历史的发展也得以梳理。

两条道路的斗争在吉大1959版中就已存在，但吉大1962版对它予以更突出的展现。吉大1959版只是在书写“文学革命运动的经过及意义”时介绍了“与封建复古主义的斗争”，而没有在章节标题上呈现；但是吉大1962版将它单列，升级为一节，在章节标题上将两条道路的斗争予以明示。这就与后续的每个时间段的文艺斗争构成了连接与呼应。将与冯雪峰、丁玲、艾青等人的“斗争”书写为一节，是1958年《文艺战线上的一场大辩论》发表后的新举动，吉大1959版也不例外。但是在吉大1962版中该节不再出现，对冯雪峰的批判只是在文中提及，不再作为专节书写，这应与冯雪峰已被摘除“帽子”有关。但“与帮闲文学‘论语派’的斗争”则作为一节在吉大1962版中出现。

吉大1962版对一般作家与“反面”人物的介绍与吉大1959版有很大不同。吉大1959版介绍文学革命时期的创作时，批判了胡适，主要介绍的是“共产主义知识分子和革命小资产阶级”的作家作品，如鲁迅、郭沫若、李大钊、刘半农、刘大白、朱自清等人及创作。吉大1962版除他们之外，还按照小说、诗歌、戏剧、散文四种不同体裁在概述中介绍了更多作家作品，不再强调“革命”性，这样许多曾经在文学史中提及的作家作品被再次提及，小说体裁有汪敬熙、罗家伦、杨振声、俞平伯、欧阳予倩；诗歌还介绍了沈尹默、康白情、俞平伯；话剧则介绍了文明戏与春柳社；散文则提及当时存在的随感录、随笔、游记与抒情散文等。而且还按照文学研究会和创造社介绍了各自作家的创作。甚至周作人、张资平、徐志摩和李金发也再次出现，并得到了批判分析。作家作品的扩容性介绍，在不同时段都有表现，此处不赘述。

吉大1962版对于艾青、丁玲等作家作品也进行了介绍。评价艾青的长诗《大堰河》“塑造了一个旧中国勤劳、善良的农村妇女——大堰河的典型形象，对她的穷困悲惨的命运寄予了同情，但也流露出未经改造的旧知识分子的个人主义的苦闷情绪”①；对丁玲的《太阳照在桑干河上》则是全面肯定，评价它“在一定程度上反映了解放战争时期农村中土地改革斗争的复杂性。小说能够细致地描写农村中各个阶级的复杂关系，并且在土地改革的曲折复杂的情势中描写了在党的领导下农民必然胜利的事实”②。当然对于他们在延安整风时的“错误”表现也进行了书写，但批判攻击的锋芒已经没有之前那样锐利。对于胡风集团中的胡风、路翎、绿原的创作介绍就没有那么温和了，他们被视为与为工农兵服务根本对立的文艺路线而受到了全盘否定。

总之，吉大1962版相比吉大1959版在政治性方面有所降低，文学性有所增加，这正体现了当时的“八字”方针与高教六十条所带来的唯物论新文学史书写的成熟。

二、中国人民大学《中国现代文学史》的调整与加工

中国人民大学的教师和新闻系1958年入学的全体同学，于1960年集体编写了中国现代文学史著。10月以后，教研室的一些老师对原稿进行了修改，有些章节被重新写过。中国人民大学将它作为校内用书，于1961年12月印刷上册，1962年2月印刷下册，书名为《中国现代文学史讲义（初稿）》（以下简称“人大本一版”）。系主任何洛、文学史教研室主任汪金丁、副主任冯其庸担任了全书的校阅、审定和部分的修改工作。全书的润饰和一些具体问题的修改，

① 吉林大学中文系中国现代文学史教材编写小组．中国现代文学史（下册）［M］．长春：吉林人民出版社，1962：5.

② 吉林大学中文系中国现代文学史教材编写小组．中国现代文学史（下册）［M］．长春：吉林人民出版社，1962：161.

主要由林志浩担任。① 1963年2月以后，文学史教研室现代文学组的林志浩、王积贤、张慧珠又在人大本一版的基础上进行了修改，全书的审阅、加工和定稿工作，由汪金丁、林志浩负责。② 1964年4月、6月，中国人民大学出版社以《中国现代文学史》之名出版了该书，共分上、下两册（以下简称“人大本二版”）。1979年，林志浩、王积贤、张慧珠又在人大本二版的基础进一步修改，于1979年9月、1980年5月由中国人民大学出版社出版，为《中国现代文学史》（上、下册），署名主编为林志浩③（以下简称“人大本三版”）。

人大本三版在20世纪80年代同王瑶的《史稿》和唐弢主编的《中国现代文学史》鼎足而立，被很多学校作为教材。由于这本著作和其他有关论著的出版，使林志浩成为继王瑶、唐弢及李何林等前辈之后中国现代文学学科的重要代表和奠基者之一。④ 人大本三版有如此大的影响力，而它最初的开始却是来自1960年的师生集体编写，这本身就是一个耐人寻味的学术话题。有鉴于此，我们在此讨论这三个版本的区别与联系就非常必要。

（一）人大本一版的编排特色

人大本一版是1960年中国人民大学师生集体编写的中国现代文学史著，其编写模式更多是跟随时代风潮而动，并不具有引领时代风潮的特点，所以笔者在之前并未将它介绍。在介绍人大本二版时将它与之比较方才提及，是因为人大本二版在1964年更具有时代的典范意义。现在我们对人大本一版的特色予以粗略介绍。

人大本一版共分两编，第一编是“中国现代文学的产生和发展（1919—1942年）”，其中又分为五四时期、“左联”时期和抗战前期；第二编是“中国现代文学的新阶段（1942—1949年）”，这里不再分为抗战后期和解放战争时期，而是作为一个时期处理。该著将中国现代文学史分为两编，实际上还有未说明的第三编，就是1949年后的阶段，这是1958年之后兴起的中国新文学史整体化编写的模式。

人大本一版在每一时期文学运动的书写中，都突出了党的领导，对无产阶

---

① 中国人民大学语言文学系文学史教研室．中国现代文学史讲义（初稿）：下册［Z］．北京：中国人民大学，1962：635.

② 中国人民大学语言文学系文学史教研室．中国现代文学史（上册）［M］．北京：中国人民大学出版社，1964：编写说明．

③ 林志浩．中国现代文学史（上册）［M］．北京：中国人民大学出版社，1979：说明．

④ 阎焕东．他实现了他的追求和人生价值：悼念林志浩先生［J］．中国现代文学研究丛刊，1996（1）：258-263.

级文艺思想的发生发展、工农兵文艺运动都会有专门章节介绍。在每一时期也会书写思想斗争，而且比较详尽。这应是借鉴了复旦大学师生集体编写的《中国现代文艺思想斗争史》。

人大本一版对作家作品的书写也是重在无产阶级文学，并在标题上凸显他们的政治色彩。它专章介绍的作家有鲁迅、郭沫若、瞿秋白、茅盾、赵树理，他们都被戴上了政治化的文学“桂冠”：“鲁迅的方向，就是中华民族新文化的方向”“革命的爱国主义诗人郭沫若”“无产阶级的不朽战士——瞿秋白”“杰出的革命作家——茅盾”“赵树理的创作——贯彻毛泽东文艺思想的硕果”。其他作家也是被分为不同的政治文学类型予以书写：在五四时期就有第四章“早期无产阶级文学”，分四节依次介绍了李大钊、其他革命先驱的诗、蒋光慈、工农群众的革命歌谣；第七章“民主主义的文学社团与作家”则分别介绍了文学研究会、创造社、叶绍钧、郁达夫、闻一多和朱自清、欧阳予倩。“左联”时期则有第十五章“左联的革命文学创作”，分节介绍了“柔石与胡也频”、叶紫、殷夫、“蒲风和中国诗歌会”、田汉、洪深；第十六章“民主主义作家创作”是巴金、老舍、曹禺各占一节。抗战前期有第十九、第二十章，分别是“抗日战争前期的革命文学和进步文学”（上、下），分别介绍的是报告文学、田间、“柯仲平与臧克家”、艾青、“张天翼与沙汀及艾芜”、夏衍、“宋之的与于伶”。第二编介绍解放区的文学创作则是按照小说、诗歌、歌剧、短篇小说、报告文学、话剧和戏曲分别进行介绍，重要作品有《白毛女》《刘胡兰》《王贵与李香香》《暴风骤雨》《太阳照在桑干河上》《高干大》《种谷记》《原动力》《吕梁英雄传》《新儿女英雄传》。第三十一、第三十二章是“国统区的革命文学和进步文学”(上、下)，重要作家作品有郭沫若、阳翰笙、茅盾、陈白尘、《马凡陀的山歌》。这是将文学创作按照不同的阶级类型进行划分，体现了无产阶级文学运动是由无产阶级和小资产阶级革命作家所推动而形成的。以上所列举的作家作品在之前的文学史著中大致都曾出现过，相对来说，《吕梁英雄传》与《新儿女英雄传》、宋之的与于伶、阳翰笙与郭沫若、柯仲平与臧克家各自合节介绍，并如此前后排列，是一般文学史少见的。

人大本一版对作家作品的分析也多从政治化的角度进行，“以论代史”的现象比较严重，这可从它对一些作家作品的优、缺点分析中见出，如批评郭沫若早期历史剧只反映出资产阶级个性解放的要求，没能暗示出“妇女的彻底解放，只有在社会解放的基础上，才有可能真正获得”①。《出奔》是郁达夫“最后的，也是最好的一篇小说”，它“不仅思想性较强，就是从题材提炼，作家对地主阶级的态度，以及艺术概括的深度来说，都标志着郁达夫在创作道路上，正在走向一个新的起点”。② 同样的批评也表现在对茅盾的《子夜》、巴金的《家》、曹禺的《雷雨》、老舍的《骆驼祥子》、艾青的《大堰河》、丁玲的《太阳照在桑干河上》等作品的缺点分析中。编者们正是以革命文学观为唯一评判标准，对这些作品进行批评指正，结论自然牵强附会，让人感觉方枘圆凿。

通过上述介绍，我们发现人大本一版在文学史叙述主线与作家作品的选择与分析方面，拥有当时“三结合”集体编写的文学史的成绩与缺点，它虽没有走在时代的前列，但可算是“集大成者”。

（二）人大本二版章节上的变动

人大本二版相比人大本一版在章节上最大的区别是章节变少。除绪论和结尾之外，人大本一版共有三十二章，人大本二版只有二十章。这种减少除将一些章节直接删除外，再就是将几个章节合并在一起，还删除了一些专节。人大本二版不再分为两编，其他的分期依然照旧。下面我们具体分析章节的变动情况，以及这种变动所展现的文学史观。

五四时期，人大本一版共有七章，人大本二版只有六章。第一章“彻底反帝反封建的新文化运动与新文学革命”被改写为“文化、文学运动的伟大转折”，其中第一节“旧民主主义的新文化运动”改为“伟大转折的历史渊源”，第二节“伟大的开端：五四爱国运动及五四新文化运动”和第三节“无产阶级领导的彻底反帝反封建的五四新文学运动”合并为“五四新文化和新文学运动”。原第二章“中国共产党的成立与五四时期文学革命运动的发展”和第三章“对封建复古主义和资产阶级右翼斗争的开展”合并，成为新的第二章“中国共产党成立后的文学运动与思想斗争”，其中“初步的马克思主义文艺理论的建立：早期共产党人的文学主张”“革命的小资产阶级作家向无产阶级的转向”“对资产阶级买办文人：“现代评论派”的斗争（附录：胡适的文艺观和创作批判）”三节被删除，而融合为新的一节“新文化、新文学统一战线的分化和斗争”。删除的是第四章“早期无产阶级文学”，其中关于蒋光慈的第三节被挪移到第十一章“左联时期的重要作家（一）”中成为第一节“蒋光慈和早期无产

---

① 中国人民大学语言文学系文学史教研室．中国现代文学史讲义（初稿）：上册［M］．北京：中国人民大学，1961：148.

② 中国人民大学语言文学系文学史教研室．中国现代文学史讲义（初稿）：上册［M］．北京：中国人民大学，1961：171.

阶级革命文学”，关于李大钊、其他革命先驱的诗、工农群众的革命歌谣的专节不再出现。论述鲁迅和郭沫若的专章不变，但称号分别变为“文化革命的伟人”和“新诗的奠基者”。增加了对鲁迅散文《朝花夕拾》的介绍，《散文诗〈野草〉》这一节成为《散文诗和散文》。第七章“民主主义的文学社团与作家”变为两章：“五四时期的重要社团和作家”（一、二），其中闻一多、朱自清不再合节出现，而变为“其他作家作品”；“早期话剧运动与欧阳予倩”这一节改为“早期话剧运动与创作”，增加了一节“其他社团及作家”。

其他时期的章节缩减如下：“左联”时期，人大本一版共有九章，人大本二版共有六章；抗战前期，人大本一版共有四章，人大本二版只有两章；1942—1949 年，人大本一版共有十二章，人大本二版只有六章。

通过对比，我们发现人大本二版的改动有如下特点。第一，思想斗争和工农兵文艺运动的篇幅和章节减少。人大本一版对文艺运动的概述、思想斗争和工农兵文艺运动的书写多是独立成章，人大本二版基本上是将它们合并在一起书写，对冯雪峰、艾青、战国策派不再列为专节批判，附录的对胡适、胡风集团创作的批判也予以删除。第二，作家作品的章节比例适当增加。人大本一版三十二章中，作家作品有十九章，占比 59.4%；人大本二版二十章中，作家作品有十三章，占比 65.0%。第三，对 1942—1949 年间的解放区文艺运动的书写减少了章节，大致按照戏剧、小说、报告文学、诗歌这几类进行书写，相比原来的琐细更为精炼。第四，标题更为中性化，不再如原来那样突出政治性、阶级性和倾向性；不仅书写了无产阶级对新文学的直接领导，也强调了它通过统一战线进行间接领导，统一战线的叙事线索得以回归。第五，作家作品选择更为经典，这一方面的变动在下文详述。

（三）人大本二版作家作品的变动

人大本二版在作家作品上存在较大的变动，一方面体现在章节变动造成了作家作品经典化的变更，另一方面还增添、改换了部分作家作品及其分析。

人大本一版专章介绍的作家有鲁迅、郭沫若、瞿秋白、茅盾、赵树理五人；人大本二版只有鲁迅、郭沫若、茅盾三人。人大本一版专节介绍的作家作品有李大钊、蒋光慈、叶绍钧、郁达夫、叶紫、殷夫、田汉、洪深、巴金、曹禺、老舍、田间、艾青、夏衍、《白毛女》、《王贵与李香香》、茅盾的《腐蚀》和《清明前后》、陈白尘的《升官图》、《马凡陀的山歌》，共十八节；人大本二版则只有叶绍钧、郁达夫、巴金、曹禺、老舍、赵树理、《王贵与李香香》、茅盾的《腐蚀》和《清明前后》，共八节。人大本一版几人或几部作品的合节则有“闻一多与朱自清”“早期话剧运动与欧阳予倩”“柔石和胡也频”“蒲风和中国诗歌会”“柯仲平和臧克家”“张天翼与沙汀、艾芜的小说”“宋之的与于伶”“《刘胡兰》及其他歌剧”“周立波的《暴风骤雨》与丁玲的《太阳照在桑干河上》”“《高干大》与《种谷记》和《原动力》”“《吕梁英雄传》和《新儿女英雄传》”“郭沫若与阳翰笙的历史剧”，共十二节；而人大本二版中几人或几部作品的合节有“鲁迅、瞿秋白与马克思主义文艺理论在中国的传播与建树”“蒋光慈和早期无产阶级革命文学”“夏衍和抗战前后的戏剧”“张天翼与沙汀、艾芜的小说”“新歌剧《白毛女》及其他”“《暴风骤雨》及其他长篇”“郭沫若等的历史剧”，共七节。总的来看，人大本一版在章节上出现作家作品姓名的有35节，人大本二版中则只有18节，它在作家作品的经典化方面更加谨慎，重点更为突出，梯次比较得当，一些并不十分重要的作家作品在章节标题上不再出现姓名，更加凸显作家的文学成就而不是政治地位和贡献，而且适当注重了作家的社团与流派，现在来看，人大本二版更经得住考验。

虽然总体篇幅在减少，但人大本二版还增加了对一些作家作品的介绍与批判。例如，五四时期的文学社团人大本一版只介绍了文学研究会和创造社，但人大本二版除此之外还介绍了“其他社团及作家”，有新潮社、浅草社、语丝社、未名社、莽原社、新月社等。介绍语丝社之时也提及周作人；虽然对新月派的斗争仍旧重点书写，但这时对它的介绍则比较中性：“他们在宣扬资产阶级的艺术美、形式美的同时，也大力提倡格律诗，主张诗歌应该有音节、有韵，在当时产生过一定的社会影响。”① 人大本二版在书写对新月派的斗争这一节时，指出徐志摩的诗和沈从文的小说是新月派文艺创作代表，并增加了原来没有的对徐志摩诗歌创作的评析；② 在书写“对‘自由人’、‘第三种人’的斗争”时，也增加了对“现代派”的批判；③ 在书写“左联”时期的“诗歌、小说的新人新作”时，除介绍蒲风、叶紫的创作之外，增加了对萧红和萧军的介绍④。人大本二版的这种增添，体现了文学史的丰富性和复杂性，改变了“三结合”编写的文学史著中过于单一的作家作品系列；但它对徐志摩、戴望舒的批判则是从文艺创作的角度补充了文艺思想斗争，加重了原本就有的思想斗争

---

① 中国人民大学语言文学系文学史教研室．中国现代文学史（上册）[M]．北京：中国人民大学出版社，1964：158.

② 中国人民大学语言文学系文学史教研室．中国现代文学史（上册）[M]．北京：中国人民大学出版社，1964：199.

③ 中国人民大学语言文学系文学史教研室．中国现代文学史（上册）[M]．北京：中国人民大学出版社，1964：209-210.

④ 中国人民大学语言文学系文学史教研室．中国现代文学史（上册）[M]．北京：中国人民大学出版社，1964：308-310.

气息，损害了文学艺术的审美性。

人大本二版对其他作家的评述也有所变化。如对巴金《家》中觉慧的分析就非常细腻："觉慧的'两种思想'的矛盾，已经预告了鸣凤悲惨的结局。他让鸣凤在整个礼教和全体家族面前处于失败的地位，恰好反映了觉慧作为一个'少爷'的思想局限，他没有决心为鸣凤真正放弃一切，他的保证是连他自己都不能相信的。"① 但总的来说，中国人民大学两个版本作家作品分析差别并不大，二者只是调门的高低不同而已，这从上引的所增加的作家作品的评述中就可见一斑。

人大本三版是在人大本二版的基础上进行的修改，其修改主要在于章节标题，但改动幅度未有人大本二版对人大本一版之大，所选择的作家作品则大体一致。三个版本的评述内容与风格变化并不多。这就决定了人大本三版在20世纪80年代再版时，相比王瑶所著《史稿》、唐弢与严家炎所主编的《中国现代文学史》更为"激进"，这与其最先的版本来自"大跃进"这一历史背景是分不开的。但人大本三版在篇章结构主体上仍承继了人大本二版，这正说明了人大本二版的框架修改经得起时间考验，它可谓是调整期所产生的另一部成熟的唯物论新文学史著。

第五节　新形势下中国现代文学史书写的势衰

1961年高教六十条的颁布实施，带来了中国新文学史的教学与编写的调整，但国家大政方针、教育政策等在1963年、1964年、1965年出现的新变化又对此发生新的影响，造成了中国现代文学史书写的势衰。

一、新的形势

这一时期，大学师生被要求参加社会主义教育活动。中共八届十中全会在1962年9月24日—27日召开，继续强调阶级斗争。中共中央工作会议于1963年2月11日—28日在北京召开，决定以抓阶级斗争为中心，此后，在农村以"四清"为主要内容的社会主义教育运动、在城市的"五反"运动相继展开。1964年6月3日，高等教育部发出《教育部关于一九六四年高等学校招考新生

① 中国人民大学语言文学系文学史教研室．中国现代文学史（上册）［M］．北京：中国人民大学出版社，1964：325.

的规定》。通知指出，对退伍军人、参加过 2 年以上工农业生产劳动的知识青年、中小学教师学生干部考生实行推荐与考试相结合的办法，进行试点工作。大学的招生制度开始有所变化。

这一时期，教学时间及教学内容受到批评。1964 年 2 月 13 日，毛泽东在人民大会堂召开教育工作座谈会（“春节座谈会”）。他在座谈会上批评大学课程多、压得太重，要求高校学制、课程、教学方法、考试方法都要改。学生要有娱乐、游泳、打球、课外自由阅读的时间。此后，高等教育部学习和讨论了毛泽东关于教育工作的指示，要求进行学制课程、教学方法、考试制度等方面的改革，学校要学习解放军、学习大庆。①

除在教育政策方面发生变化外，这一时段内，毛泽东对文艺也进行了两次批示。② 以至 1965 年 11 月 10 日《评新编历史剧〈海瑞罢官〉》的发表，该文的发表及在文艺等领域的批判运动，成为“文化大革命”的导火线。

二、华中师范学院两部中国现代文学史著的比较

中央和地方各级机关、院校对于上述方针政策，只能积极响应并开展行动，于是正常的教学秩序被打乱了，而中国现代文学史的教学和教材编写也发生了变化。华中师范学院中文系现代文学教研组曾在 1958 年前后编写过《中国现代文学》。笔者收集到 1960 年 12 月其校内第二次印刷的上册（以下简称“华中师院 1960 版”）和 1965 年 5 月印刷的《中国现代文学史纲要》（以下简称“华中师院 1965 版”）。这里我们主要对这两部教材进行讨论。

华中师院 1960 版应该是在 1958 年前后编写的教材的基础上修改过，从章节篇目和文学史分期来看，该著带有那时集体编写的特点。它将中国现代文学分为两编四个时期：五四和第一次国内革命战争时期（五四前夕—1927 年），这是中国现代文学的初兴和开展时期，是社会主义现实主义孕育、萌芽的时期；第二次国内革命战争时期（1927—1937 年），这是左翼文学运动时期，是社会主义现实主义迅速发展的时期；抗日战争前期（1937—1942 年），这是抗战文学运动时期，是社会主义现实主义进一步成长的时期；抗战后期和解放战争时期（1942—1949 年），是中国现代文学的新阶段，是社会主义现实主义取得巨

① 金铁宽．中华人民共和国教育大事记（第 2 卷）［M］．济南：山东教育出版社，1995.

② 毛泽东于 1963 年 12 月 12 日，1964 年 6 月 27 日就文艺工作存在的问题进行了两次批示［M］//中共中央文献研究室．毛泽东年谱（一九四九——一九七六）：第五卷［M］．北京：中央文献出版社，2013：288，368.

大胜利的时期。[①] 从上册目次上看，它还将前三个时期确定为第一编“中国现代文学的兴起和发展时期（五四—1942）”，下册未见，但可推测第二编应是“中国现代文学取得巨大胜利的时期”，而中国当代文学应是第三编，即“社会主义现实主义文学的繁荣阶段”。华中师院1960版的上册主要是绪论和前两个时期的文学史，但是篇幅也和那时集体编写的文学史一样宏大，共有543页，字数为50.7万字。

华中师院1960版的体例编排也是按照文艺运动、思想斗争、创作成就、工农兵创作和经典作家论组成的。第一章也就是第一个时期，共分八节，依次为“五四文学革命运动”“中国共产党成立后文学运动的发展”“文学革命运动中两条道路的斗争”“本时期的创作成就”“第一次国内革命战争时期的革命民歌”“鲁迅（上）”“郭沫若”“蒋光慈”。第二章为第二个时期，共有十一节，依次为“革命文学运动的兴起”“左翼作家联盟的成立”“两个口号的论争和文艺界抗日民族统一战线的形成”“对反动文学的斗争”“对本时期各种反动诗歌流派的创作的批判”“批判丁玲和艾青本时期的创作”“创作成就”“苏区文艺运动”“鲁迅（下）”“茅盾”“瞿秋白”。每个时期都有书写工农兵文学运动；重视思想斗争，特别是专节批判丁玲和艾青；瞿秋白、蒋光慈作为重点介绍，这都是1958年后唯物论新文学史书写激进化的普遍特征。

华中师院1965版与华中师院1960版最大的不同是篇幅与章节大幅度缩减，只有206页，除绪论外共有十四章。如果联系各个章节所包含的每节，我们会发现它缩减的方法与之前讨论的人大本二版的修改有类似之处。其一，将文艺运动、思想斗争合并在一起介绍。如第一章“五四文学革命及其发展”包含了三节，分别为“五四新文化运动和文学革命”“党成立后文学革命运动的发展”“文学革命中的对敌斗争和新文学统一战线的分化”。这些专节在华中师院1960版都是分开书写的，现在被合并为一章。同时，也不再将那些“反动”作家在章节标题上进行点名，而只是统称为“对反动文艺思想的斗争”。其二，革命作家不再作为大家介绍，而被降低为次要作家书写，文学史地位有所降低。华中师院1960版中前两个时期的重要作家分别是鲁迅、郭沫若、蒋光慈、茅盾、瞿秋白；而在华中师院1965版中，这一时期只有鲁迅、郭沫若、茅盾。华中师院1960版中次要作家都没有专节介绍，而是在“创作成就”中分诗歌、小说、戏剧、散文几大类别予以概述。但是在华中师院1965版中，次要作家作品被予以

① 华中师范学院中文系现代文学教研组．中国现代文学（上册）[Z]．武汉：华中师范学院，1960：15.

章节点名，得以专节或合节介绍。如"瞿秋白和马克思主义文艺理论在中国的传播"和蒋光慈分别是作为专节介绍的，同样按照这样编排的专节分别有"白毛女""《王贵与李香香》及其他诗歌""赵树理的创作""周立波的《暴风骤雨》""《屈原》及其他历史剧"；还有两人或多人合节介绍的作家作品，分别为"殷夫、叶紫的创作""柔石、胡也频的创作""巴金、曹禺的创作""柯仲平、田间等的诗歌"。这样，次要作家中，革命作家和左翼作家还是占了多数，特别是老舍没有在章节标题上出现，而只是在概述中介绍，其单独成章节介绍应该要在当代文学之中。这说明在次要作家作品的选择上，华中师院1965版仍有政治性和革命性的侧重，但相比之前有所降低。其三，不再提及五四与第一次国内革命战争时期的工农兵文学，其他时期的则缩减为一节，在文学创作这一章中进行介绍，分别为"革命根据地的文艺运动与创作""群众文艺的新面貌"两节。

比较两部文学史著在介绍五四和第一次国内革命战争时期所提及的作家作品，会发现二者所介绍的主要作家作品大体一致，不同的是华中师院1965版删除了对李大钊、邓中夏、陆定一、郑振铎这几位作家作品的介绍，可见它在文学创作概述中，对作家作品的选择与阐释更看重其文学性而不是其政治性身份。下面我们具体比较一下两著对一些作家作品的分析，例如，华中师院1960版对老舍的《骆驼祥子》的分析主要集中在祥子这一人物形象中，认为老舍对"几个次要人物处理得不够妥当"，如"虎妞是个不幸的女人，是社会的牺牲者，但作者把他写成色情狂式的人物，她对祥子的命运固然不无影响，但过分夸大了这种影响"①；但是华中师院1965版则认为"虎妞这一人物也写得相当成功。她具有许多剥削者的可厌特点，有老姑娘的变态心理，但也有她自己的苦闷和追求爱情幸福的愿望。作者除写她的追求对于祥子是一种灾难以外，对她的变态心理的描写有点过于渲染，这对表现主题思想没有帮助"②。又如，对于曹禺的《雷雨》的缺点，两著都认为由于作家世界观的"局限"，虽暴露了旧家庭、旧社会的罪恶，却不能分析其社会根源，而将它归之于命运的主宰；但华中师院1965版再没有如之前那样批评《雷雨》对"鲁大海和周公馆之间阶级的矛盾，还缺乏更深的挖掘和有力的展开。第四幕大海同意周萍把四凤带走，这样

① 华中师范学院中文系现代文学教研组．中国现代文学（上册）[Z]．武汉：华中师范学院，1960：369-370.

② 华中师范学院中文系中国现代文学教研室．中国现代文学史纲要[Z]．武汉：华中师范学院，1965：94.

处理，显然和大海一贯对周家敌视的阶级感情也是不协调的”①。可见，华中师院1965版相比华中师院1960版在作家作品分析时，适当削减了那些过于政治化、阶级化的分析，而照顾到文学作品自身的艺术性和审美性。

遗憾的是这样的改动并不多，华中师院1965版的许多评价分析几乎是完全照搬华中师院1960版的结论，但是没有它详尽。华中师院1960版对作家作品非常注重原文、原著的引用分析，即使是“反动”作家也会花费大量篇幅予以摘引，并对它进行具体评判。如批判徐志摩时，就摘录了《我不知道风是在哪一个方向吹》《云游》《西窗》进行分析；批判艾青时就摘引了《芦笛》《巴黎》《马赛》《透明的夜》《大堰河：我的保姆》予以评析。这样文学史的文学赏析成分就更为浓厚，有利于培养学生的文学素养和批评能力，尽管其政治化成分较多。反观华中师院1965版，虽也提及这些作品，但是没有引文分析，而是直接书写结论，这就使得它成为华中师院1960版的缩微版，变成可以应付期末考试的复习纲要，这也应是它命名为“中国现代文学史纲”的原因。

我们可以得出结论：华中师院1965版在作家作品的选择和阐释上适度地从华中师院1960版激进的基础上有所退守与缩减，这形成了该文学史“精简”与“议论化”的特征。其文学艺术性的强调自然与高教六十条的颁布有关，华中师范学院的黄曼君曾参与唐弢主持的国家文科教材《中国现代文学史》的编写经历也应在考虑之内；而它大规模的内容缩减应是该校因为社会主义教育运动教学秩序受到干扰的缘故。该校从1963年下半年起，抽调了700多人，分批到武昌纸坊人民公社等参加为期5周的农村大规模的社会主义教育运动。1964年春，该校根据高等教育部有关直属高等学校领导干部（扩大）会议提出的“学校要学习解放军”的指示，全校有600余名师生到部队下连队当兵，其余的则到校外搞军事训练和“拉练”演习，为期两个月。秋季开学以后，华中师范学院又大力提倡学习毛主席著作，积极贯彻执行他的“春节座谈会”精神，砍掉了一些原有的必修课和有关专业课，并为开展“教学改革”和“学术批判”活动做准备。到1964年年底，院党委就开始把以“教学为主”转入以学习毛泽东著作为主。下半年，该校文科师生600余人赴孝感等县参加农村“四清”运动，他们中的低年级学生在农村历时半年多，高年级学生则一直到1965年6月才返回学校。1965年10月上旬，学院又组织了1500余名师生参加蕲春、浠水两县的

① 华中师范学院中文系现代文学教研组．中国现代文学（上册）［Z］．武汉：华中师范学院，1960：386.

“四清”运动。① 在这样的背景下，再要求该校的中国现代文学史教学按照篇幅宏大的华中师院1960版来进行，自然是不合时宜的，华中师院1965版应运而生就在所难免。

三、山东三校合编《中国现代文学史》简略本

中国现代文学史编写经过1958年前后的高潮之后，在1964年、1965年之际进入了退潮时期。虽然这一时期文学史编写很少，但笔者也寻觅到山东大学、山东师范学院、曲阜师范学院合作编写的《中国现代文学史》下册（以下简称“山东三校合编本”）。该书封面上除书名《中国现代文学史》之外，还有“第二编：中国现代文学的新阶段（1942—1949）”“山东大学、山东师范学院、曲阜师范学院中文系现代文学教研室编写”“1965.10”等字样，没有注明出版社和印刷单位，也没有后记说明编写缘由及经过。1979年，山东人民出版社出版了田仲济、孙昌熙主编的《中国现代文学史》，两位主编在“写在后面”告诉我们该书以下信息：“一九六五年，由于教学的需要，山东大学、山东师范学院、曲阜师范学院的刘泮溪、韩长经、张伯海、薛绥之、冯光廉、蒋心焕、谷辅林诸同志执笔写成教材”；此后又经历1977年的“铅印教本”、1978年的“正式印行”与“讨论修改”，于1979年出版。② 这说明山东三校合编本正是1979年出版的这部文学史著的“雏形”。该著1979年版被认为是“文革”后最早“不再强调自始至终是在无产阶级思想的领导下，不必再以现代文学史作为实证与史实来印证某些政治结论的千真万确，也不必将现代文学史硬塞进新民主主义政治史的框架”③ 中进行编写，所以1984年它再次修订，于1985年出版。④ 正因为该文学史版本众多，影响巨大，所以我们尽管只搜集到其前身山东三校合编本下册，但对它予以简单介绍也是很有必要的。

山东三校合编本的篇幅不多，上、下册合计只有283页，下册只有92页。这也应是它之后不断扩写的主要原因。下册即第二编“中国现代文学的新阶段（1942—1949）”，那么上册应为第一编“中国现代文学的兴起与发展（五四—1942）”。上、下册共有八章，下册为后三章与结尾。

---

① 马敏，汪文汉．百年校史：1903年—2003年［M］．武汉：华中师范大学出版社，2003：297.

② 田仲济，孙昌熙．中国现代文学史［M］．济南：山东人民出版社，1979：543-544.

③ 朱德发．中国现代文学通史书写范式的调整与更新［J］．东岳论丛，2016，37（3）：27-35.

④ 田仲济，孙昌熙．中国现代文学史（修订本）［M］．济南：山东文艺出版社，1985.

从章节编排来看，山东三校合编本对1942—1949年的文学史编排的主体内容与当时的文学史大致一样：毛泽东的《讲话》为专章介绍；解放区和国统区的文学史分别论述；文艺运动、思想斗争、文学创作三条线索齐头并进。但也存在显著不同，即没有作家作品的专章专节介绍。即使是赵树理、《白毛女》《王贵与李香香》也没有得以凸显。从作家作品只有三节也可发现它没有得到重视，这只占全部九节的三分之一。尽管下册篇幅不多，山东三校合编本对文艺思想斗争的介绍并不简略。第七章第一节分三小节介绍了解放区对王实味、丁陈集团及萧军的斗争，归纳了他们的主要观点，并予以批判；第八章第二节则书写了“对胡风集团的‘主观论’的斗争”和“对民主个人主义者的斗争”。这正符合党的八届十中全会所要求的对阶级斗争的重视。

在篇幅大幅度缩减的情况下，怎样介绍作家作品并进行分析呢？山东三校合编本进行了新的尝试，它采取了专题论述和重点评析的方式。重点评析主要是对重要作品进行分析，这主要体现在“革命文学创作的新阶段（二）”和“国统区的讽刺暴露作品”这两节中。前者主要介绍的是《白毛女》《李有才板话》《暴风骤雨》《王贵与李香香》四部作品；后者主要介绍的是臧克家、袁水拍的诗歌，特别是《马凡陀的山歌》得以重点分析；戏剧方面有陈白尘的《升官图》、宋之的的《群猴》、茅盾的《清明前后》；小说则以沙汀的《还乡记》、艾芜的《山野》为代表。郭沫若等人的历史剧在这里没有被提及，它更多重在“讽刺与暴露”，历史的“隐喻”则被忽略。它对这些重点作品的分析，多与之前的文学史著类似，但更加简化，此处不再引述。

专题论述主要体现在“革命文学创作的新阶段（一）”这一节中，它通过分析解放区文学创作在内容和形式方面的特点，对大量的作品进行了列举。首先，它指出：“毛泽东同志的《讲话》发表以后，解放区文艺工作者坚决地贯彻文艺的工农兵方向，努力与工农兵群众相结合，创作了真正新的人民的文艺，民族的、阶级的斗争与生产劳动，成为解放区文艺作品中压倒一切的中心主题，工农兵群众成了文艺作品中的主人公。革命文学创作跨进一个新阶段。”① 后依次列举并分析有关这些主题、题材和人物形象的文学作品，以此来证明上述结论的正确性。其次，它又指出，解放区文艺的另一个特色，是在形式方面有许多新的创造、新的革新，这主要表现在语言方面、对民间文艺以及我国传统文艺的继承革新上。然后围绕这两方面，又列举、分析了一部分作家作品。通过

① 山东大学，山东师范学院，曲阜师范学院中文系现代文学教研室．中国现代文学史[Z]．1965：225.

对解放区文艺内容与形式的论述，从而点评具有代表性的作家作品，这尽可能地涵盖了之前文学史所涉及的作家作品，达到了篇幅较少但容纳量广的功效。这应是专题论述这一模式所带来的益处。

但是山东三校合编本这一专题论述的方式在叙述立场和语气姿态上介入感太强，销蚀了文学史编写所要求的距离感和研究姿态。下面我们引用一段文字来分析：

> 人民解放军是人民的子弟兵，是人民革命力量的骨干。他们由于是中国共产党领导的，是以毛泽东思想武装起来的，由于他们取得了广大群众的支援和配合，因此，中国人民解放军成了战无不胜，威震中外的世界上少有的英雄军队。他们在战争中表现出无比的英雄气概和对革命事业的无限忠心。这在刘白羽和华山的作品中，留下了鲜明的印记。①（此后开始评述刘白羽和华山的作品——笔者注）

“革命文学创作的新阶段（一）”多是采用上述这种模式予以论述，不必一一罗列纸上。单看上述所引文字，其论述与结论并无错误。但从文学史编写的角度“吹毛求疵”的话，会发现它更多是用作品对政治主题进行诠释，而不是以此归纳文学作品自身的规律，叙述立场欠缺历史距离，叙述语气也缺乏历史研究的因子，更多带有论证的气息。

如果将这种专题论述的文学史模式予以回溯，我们会发现，较早采用这种方式书写解放区文学史的应是周扬在第一次文代会上的报告，② 而且他对解放区文艺的内容与形式的评判都在该著中被引用、化用。“十七年”的中国现代文学史叙述是从第一次文代会肇始的，而在“十七年”将要结束之前，其撰写方式又有了回返、借用，不能不让人有所感慨。周扬采用这种方式进行书写，是因为大会报告这一目的任务所规定不得不如此，而山东三校合编本采用这种方式意味着文学史撰写更进一步走向了“以论代史”和政论化的道路。唯物论新文学史书写已经走向了势衰。而在 1978 年的正式印行本中，上引这些论述内容以及论述方式都已改换，③ 这也说明编者已经认识到它们的时代特色太过鲜明，有

① 山东大学，山东师范学院，曲阜师范学院中文系现代文学教研室．中国现代文学史［Z］．1965：227.

② 周扬．新的人民的文艺［M］//中华全国文学艺术工作者代表大会宣传处．中华全国文学艺术工作者代表大会纪念文集［M］．北京：新华书店，1950.

③ 山东大学，山东师范学院，曲阜师范学院，等．中国现代文学史［Z］．1978.

悖于新时期的学术氛围，不得不进行调整、修改。

本章小结

国民经济在20世纪60年代初进入调整时期，高教六十条的实施和国家文科教材的编选使得中国现代文学史的编写从激进状态得以“退守”，于是唯物论新文学史书写得以成熟。这种成熟表现在文学史编写原则、组织方式、文学史著的内容与体例等多方面。不久之后，随着政治局势的变化，这种刚刚成熟的态势就被打破，从而趋向于势衰。本时期中国现代文学史编写呈现出以下特点。

1. 在周扬的指导下，之前的“三结合”集体编写文学史，在本时期转变为由专家任主编、带领其他专业人士合作编写，这样学术性与政治性都得到了保证。从此，这种专家任主编的集体编写方式成为中国新文学史编写的重要传统。

2. 两代中国现代文学史研究者在本时期的关系得到缓和。谢泳曾认为“大跃进”时期学生对老师批判的“一个副作用是批判者在熟悉批判对象时，受到了被批判者学术的影响，当流行的政治观念过时后，批判中熟悉的学术专业会保持下来”①。这洞察了学术界“批评者继承现象”背后所存在的学术训练与内心认同的复杂肌理，眼光犀利。但笔者认为，还必须考察20世纪60年代初“八字”方针和高教六十条实施之后，这一批违背学术换代“伦理”的学术后辈遭到了政治界的否定，又被重新按捺入正常的学术序列之中的事实。洪子诚作为这一历史事件的参与者曾对此有深入思考，他认为周扬、林默涵、何其芳他们身为党的高级干部，有着极高的文学修养、政治理想，是不会任由杰出作家和学者遭到贬抑和凌辱的。当周扬20世纪60年代主持国家文科教材编写时，北京大学中文系主任杨晦曾建议“应该在55级的基础上修改，不应该重编”，但林默涵说“修改要修改，但是重编已经决定了。这是争夺领导权的问题”。②这一“领导权”的“争夺”实质是学术话语权由谁掌握的问题。所以，新一代学人经历过1958年前后的激进“夺权”，但20世纪60年代前期，他们的学术成果多被“否定”，他们的老师再次得到学术领导权。如1962年，王瑶的问题

① 谢泳．中国当代学术史上的“批判者继承现象”：从1958年对林庚的批判说起［J］．南方文坛，2008（1）：73-74，80.

② 谢冕，孙绍振，刘登翰，等．回顾一次写作：《新诗发展概况》的前前后后［M］．北京：北京大学出版社，2007：55.

得到解决，他开始积极主动投入教学科研工作中。① 年轻学子则被选择、吸纳进调整后的学术共同体，由他们之前批判的老师进行学术指导，两代人的学术关系终于以一种师父带徒弟的方式得以继续，科研人员终于回归到正常的梯队序列之中。这时，年轻学子的学术训练和思维方法才得到前辈学者的“真传”。

3. 上一个阶段的文学史著大多将1919—1942年视为革命文学的产生和发展；1942—1949年视为中国革命文学新阶段；1949年之后则作为社会主义革命时期的文学。文学史分期中当代文学开始独立成段，但并未完全脱离，而是中国新文学整体化编写在一起。其目的是鼓吹“大跃进”的“光辉业绩”。国庆十周年后，已经有名为“当代文学史”的著作出现，② 中国当代文学史的编写被提上工作日程。再加上调整时期的到来，导致现当代文学整体化编写的模式被弃之不用，本时期中国现代文学与当代文学开始正式脱离，各自编写各自的历史。但在“文革”时期，又有新文学整体化编写的理念和实践。③

4. 上一时期唯物论新文学史写作的五条线索得以激化。这些激进书写在“调整”时期的文学史编写中得以吸纳，不过内容有所均衡调适：不仅书写了无产阶级对新文学的直接领导，也强调了它通过统一战线进行间接领导，统一战线的叙事线索得以回归；工农兵文学受到了重视，但比例适当缩减；革命领袖、将帅、烈士的创作适当弱化；社会主义现实主义经典作家作品得以回归，这更多是回到1958年修改后的综合大学大纲的框架中。考虑到综合大学大纲是根据“双百”方针进行编写的，可以说调整时期的现代文学史编写是对之前“双百”方针的贯彻执行，而且还汲取了“大跃进”时期唯物论新文学史激进书写的经验教训，这就是我们认为此一时期是唯物论新文学史书写成熟期的主要原因。

5. 一些作家在调整时期又会因为“时来运转”而改变他们在文学史著中的形象。例如，冯雪峰在上一时期一些文学史著中就曾受到专节点名批评的“待遇”，但此时因为已被摘除“帽子”，不再得到如此“高规格”批评。同样的还有那些之前被认为是“混进”革命队伍内部的作家，如艾青、丁玲等人，他们的某些作品在本时期还是得到了肯定性评价。而那些之前受到批判的胡适、周作人、徐志摩等人在本时期也得以批判性分析，不再如之前被彻底地攻击打倒。

---

① 陈徒手．文件中的王瑶［J］．读书：文史版，2013（7）：118-129.

② 山东大学中文系中国当代文学史编写组．中国当代文学史［M］．济南：山东人民出版社，1960；华中师范学院中国语言文学系．中国当代文学史稿［M］．北京：科学出版社，1962.

③ 辽宁大学中文系文艺理论教研室．文艺思想战线三十年［Z］．沈阳：辽宁大学中文系，1973.

有些作家的文学史评价也会因为种种因缘际遇在本时期“水涨船高”，如周扬、刘白羽、柯仲平、阳翰笙等人。

6. 文学史著的修改是本时期的“常态”。时代政治的变换太快，文学史编写者很难预测并及时跟上，他们所能做的就是不断修改自己的文学史著。但是本时期对“三结合”时编写的现代文学史进行的一再修改，更多是在章节体例、作家作品的座次排列上，而在具体的作家作品分析中只需降低批判攻击的强度即可。这说明经过多次的政治风云，文学史书写者已经比较习惯时势的变动，作家作品的内在研究却有着内生的动力在不断积累、发展。因为不断的修改正是文学史著更加完善的充分保障，这也是我们认为调整时期唯物论新文学史得以成熟的重要原因之一。这从吉林大学、中国人民大学等高校集体编写、反复修改的《中国现代文学史》中也可以看出这一趋向。

7. 教科书“作为学科发展成熟程度的重要指标，是学科知识传承和学科认同型塑的主要媒介”①。本时期国家文科教材《中国现代文学史》的编写，参与人员为中国现代文学研究界翘楚；从它编写的成果来看，应算是“十七年”唯物论新文学史著的经典之作。它政治性体现了无产阶级思想领导，注重了两条道路的斗争，工农兵文学与纯文学也比例适当，作家作品选择具有足够的经典性，文学评述与史料收集都有充分的审美性和科学实证性。这充分说明，经过此前一系列中国现代文学史著编写的激进与回缓，文学史编写者已经吸收了正反两方面的经验，正可一展身手，编写出既符合中国现代文学史学科发展，又具有一定学术性和历史科学性的唯物论新文学史著作。

8. 本时期周扬、唐弢等对“十七年”唯物论新文学史编写的正反两方面的经验教训进行了总结，这对当下也有借鉴意义。周扬的文学史编写原则主要体现在他的一系列讲话、报告中，既是他个人文学史观的成熟，也是他对“十七年”唯物论新文学史编写经验的总结，这意味着唯物论新文学史书写有了充分的理论自觉。而唐弢担任国家文科教材《中国现代文学史》主编以后，所规定的几条撰史原则仍值得我们思考吸纳。② 此一时期其他文学史家也有积极主动的探索，取得不俗的成就，都或多或少受到周扬、唐弢的影响。

9. 遗憾的是政治风云又一次吹散了调整时期这一得之不易的良好机遇，唯物论新文学史书写在成熟之后即被弃之敝屣。随着学生集体参与社会主义教育

① 方文．学科制度和社会认同［M］．北京：中国人民大学出版社，2008：15.

② 严家炎．唐弢先生对中国现代文学学科建设的贡献［M］//中国社会科学院文学研究所．唐弢纪念集．北京：社会科学文献出版社，1993：597.

运动、体力劳动及其他政治运动，课时量减少，于是文学史又再次修改、简化内容，几乎成为同文代会报告一样的模式。这就造成唯物论新文学史刚刚展露出“丰收在望”的前景，就迅速出现势衰的颓败景象。随之而来的“文革”对这一书写范式予以“损坏”，从而导致它崩溃的结局。但历史不会辜负每一位辛勤努力的学者，调整时期编写的文学史著多会在“文革”之后的新时期初重见天日，不仅带来了唯物论新文学史的复兴，也让我们见证了它所能达到的学术高度。

结 语

约翰·布罗（John Burrow）曾认为他写作的史学史是"'一部关于各种历史的历史'"，所以"不会也不该只是史家成就与优缺点的记录，也不是史家所属学派与传统的记载。它本身就是个历史事业，是我们尝试了解过去的一种方式"。① 同样，研究"十七年"的中国现代文学史学史本身也是个"历史事业"，所以我们留意它在广泛文化中的位置、文化与政治对它的影响，以及文学史学史如何培养、转变与传达文化与政治力量，并对其中有代表性的文学史著进行细致分析。现在我们对其历史发展予以总的论述，评述其成绩与缺憾，并谈谈它对当下中国现代文学史编写的启迪。

我们从范式的角度，将"十七年"的中国现代文学史书写称为"唯物论新文学史"书写，这有利于在研究文学史著时不仅把握其主体内容，而且可以将其叙述原则及线索分为五个层面进行考察，并评估它们在不同时期的完成情况。一方面，唯物论新文学史这一"新的历史叙述的核心纲领是《新民主主义论》，但必须随时吸收最新文艺政策的观点，把'续写'在《新民主主义论》之后的新权威论述纳入文学史当中"；另一方面，"'革命'知识本身并不是一个完成的体系，而处在不断的发展和建构过程中。这种'非稳定'的特性在极大程度上制约着文学史的论述和文学史著作的命运"。② "十七年"中国现代文学史书写的"不断的发展和建构过程"的实质就是唯物论新文学史书写的五条原则、线索的不断完善，并力争它们在新文学不同时段同时性和历时性的均衡完成。经过不断地摸索探究，文学史书写者逐渐实现了这一目标。代表成果即唐弢主编的《中国现代文学史》纲要，吉林大学、中国人民大学等高校修订的现代文学史著。这些文学史著的影响被随之而来的社会主义教育运动和之后的"文革"

---

① 布罗．历史的历史：从远古到20世纪的历史书写［M］．黄煜文，译．桂林：广西师范大学出版社，2012：10.

② 陈平原．《教育：知识生产与文学传播》序言［M］//陈平原．假如没有"文学史"……．北京：生活·读书·新知三联书店，2011：146.

所遮蔽，它们要在新时期重新出版后才大放光彩。

“十七年”唯物论新文学史著中经典作家作品的选择与现实政治、文艺运动以及现代作家在这一时期的思想倾向、文艺创作、工作岗位等有着密切关系。最显著的代表就是丁玲。中华人民共和国成立之初，她的《太阳照在桑干河上》获得了斯大林文学奖金，这一时期的中国现代文学史著中她位列前五位左右，需要单独的章节来书写论析。她因为丁陈集团被打倒后，在文学史著中的地位断崖式下降。同样处境的还有胡风、冯雪峰等人。而周作人、沈从文等人的文学史地位在中华人民共和国成立之初备受“鄙视”，但又会随着时代情势的缓和而拥有正面描述。一些在现代文学史过程中或许是“微不足道”的“小人物”，由于在当代文学时期创作出更具时代意义的作品，或在现实生活中职务、职位上得以显赫就会“闪耀一时”。

“十七年”唯物论新文学史书写过程中，左翼文学、自由主义文学和工农兵文学都在争取自己利益的最大化。左翼文学和工农兵文学“联手”反对自由主义文学，文学史被书写成两条文艺路线的斗争，自由主义文学成为“反动”的资产阶级文艺路线。工农兵文学与左翼文学也存在竞争，例如，在王瑶的《史稿》上册中没有工农兵文学，批评教育后，下册相关篇幅增多；张毕来、丁易、刘绶松等专家学者编写的现代文学史著包含有工农兵作家作品，但是篇幅不多；在 1956 年编写的两类教学大纲中，工农兵文学篇幅减少，但是在“三结合”集体编写的现代文学史著中，篇幅非常之多；1961 年后的调整时期，相关篇幅又有所减少。左翼文学内部也有着不同的派别，现实政治斗争中胡风、冯雪峰等被“打倒”，他们成了“混入”左翼内部的“敌人”，这导致革命文学论争和“两个口号”的论争多次改写。三种文学类型的斗争此起彼伏，这证明“历史的反复是存在的，而且可以进行‘科学的’把握”①。

研究美国文学史编写的单德兴曾指出：“就整个美国文学史论述的脉络来看，也许‘里石’（milestone）的比喻较‘纪念碑’更能表现出动态、过程的意义。也就是说，整个文学史论述就像个旅程，每一代的文学史著作就像里石（其中有些里石在某种因缘聚合下暂具纪念碑的架势），标示着一代代的著述者对文学传统的接受、反省、诠评，同时自己也成为当代及后代接受、反省、诠评的对象。”② 单德兴这里将“milestone”直译为“里石”而非“里程碑”，为

---

① 柄谷行人．历史与反复［M］．王成，译．北京：中央编译出版社，2017：中文版序言 2.

② 单德兴．重建美国文学史［M］．北京：北京大学出版社，2006：30.

的是要避免“纪念碑”给人的那种杰出、超越时空、永恒权威的感觉。同样，“十七年”编写的唯物论新文学史著也成为一块块“里石”，标志在百年来中国现代文学史论述的旅途上。单纯地夸饰或者贬低这些“里石”的功绩或缺点都是轻率、肤浅的，考虑到1949年前中国现代文学史编写没有完成的三个任务，我们可以将“十七年”中国现代文学史书写与其联系比较，来客观评估它编写的成绩与缺憾。

其一，“十七年”中国现代文学的历史化取得较大成绩，中国现代文学史的框架结构得以搭建，但部分文学史实“失真”。

“十七年”时期，中国现代文学史不同时段乃至整体得以历史化。正如前述，1949年前，还没有完整的三十年的中国现代文学史著出现，特别是第二、三个十年的现代文学的历史化工作没有完成。但是在本时期，它们得以历史化研究、书写；三十多年的中国现代文学史成为一个整体得以编写，甚至还包括了当代文学史。其中对解放区文学史、“左翼”文学史、革命文学史的研究与书写成绩最大。

中国现代文学史的分期讨论得最充分，1917年、1918年、1919年、1921年、1927年、1930年、1936年、1937年、1942年、1945年、1949年等不同年份都曾被作为现代文学史的时间节点予以讨论、实践，特别是现当代文学整体化编写在此时也开始大规模实践。新时期乃至当下的中国现代文学史分期、讨论及实践还没有超出“十七年”现代文学史探索的范围。

中国现代文学史的重要作家、经典作家得以选择、评述。王富仁曾认为“‘十七年’的中国现代文学学科的格局原本就是不够完整的”，并列举了不同的作家分别站在“左边”或“右边”的“坑”里，“其他的人都站在当中的独木桥上”；到了“文革”，“独木桥”上的人也“摔”了下去。① 王富仁的评价是“在被启用的80年代‘新启蒙编码’的识别帮助下”②，将“十七年”不同的作家处于现代文学史不同的位置进行了形象化描述。如果抛开这些“坑”或“独木桥”的价值判断，我们发现王富仁潜意识还是承认“十七年”的中国现代文学史书写已经将重要作家、经典作家挑选出来，只不过放的位置“不对”。

我们现在的文学史中专章介绍的作家一般有鲁迅、郭沫若、茅盾、巴金、老舍、曹禺、赵树理、艾青、沈从文，这些作家大部分在“十七年”现代文学

① 王富仁．当前中国现代文学研究中的若干问题［J］．中国现代文学研究丛刊，1996（2）：55-78.

② 程光炜．当代文学的“历史化”［M］．北京：北京大学出版社，2011：21.

史中都曾经以专章或专节的形式出现。沈从文虽然没有单独专章出现，但曾被重点分析或批判，文学史地位也是非常重要的。但他们在1949年之前的现代文学史著中，单独成章成节的都很少。这说明“十七年”现代文学史在经典大家的选择上为我们当下现代文学史建构进行了积淀。而新时期现代文学史的工作是换一种评价方式，将这些作家不放在“坑”里或“独木桥”上，作家还是“十七年”现代文学史编写中就已经选定的那些作家，当然也有个别的增加。所以说，“对于事实的发现已经趋于完整，而可能发生最大变化的就是评价”①。

“十七年”对现代文学史编写体例、组织方式、编写原则等方面也有着探索讨论。“十七年”现代文学史编写实践了“文体论”“作家论”等不同的文学史体例，最终“作家论”这一体例得以胜出，而且有着综合类大学和师范类大学两种不同的体系与追求。“十七年”现代文学史编写强调文学运动、文艺斗争和作家作品几大板块，现在的文学史编写仍然保留，不同的是文艺斗争改换为文艺论争，变化的只是评价方式。在“十七年”现代文学史书写第一个十年文学史时重视社团流派、突出鲁迅与郭沫若；在书写第二个十年时强调“左翼”文学与茅盾，以及其他作家作品；书写抗战时期文学史时分解放区与国统区进行介绍，重视《讲话》的伟大意义，这同样也体现在现在的中国现代文学史编写中。周扬在总结了之前的个人编写、“三结合”集体编写的经验之后，提出了主编负责制的文学史编写方式，他与唐弢对现代文学史编写原则的思考与提倡等在当下也并不过时。

但不可否认的是，由于中国现代作家不断陷于现实政治斗争的泥淖，部分历史真实在现实“斗争”中被有意无意地扭曲，对一些作家作品政治化的定性与评判也导致部分文学史实的失真，这就不必赘述了。

其二，促进中国现代文学史初步学科化，学术共同体得以建构，但仍未成熟。

正如前述，本时期中国现代文学史得以初步学科化，成为大学课程体系中的一门重要课程，配置有专门的教研室及专业教师，而且已经有了本专业硕士研究生的培养机制，得到了教育主管部门和意识形态部门的高度重视。但是，这门学科远未成熟，这表现在以下方面。

相比古代文学等历史“悠久”的学科，本学科研究人员较少。第一代领军人物多是半路改行而来，在本学科筚路蓝缕辛勤劳作，而第二代人物多是本科

① 张福贵，等. 文学史的命名与文学史观的反思［M］. 北京：北京大学出版社，2014：19.

生毕业，他们多通过“教育革命”走上学术舞台，学术积淀并不深厚；此时培养的硕士研究生还比较稀少，例如，严家炎、孙玉石、陈骏涛、刘献彪等学者是“十七年”期间的硕士毕业生，在学术上才开始崭露头角，他们的学术发展更多是在新时期。而中国现代文学的博士点在新时期才开始建设。单纯比较个人的学历是无意义的，但是整个学科队伍的学历层次不高则直接反映了本学科的建设水平，这充分说明了本学科还未成熟，研究对象、研究方法、研究体系等各方面都没有系统化、正规化。

意识形态对文学史书写提出了高要求，导致中国现代文学史的第一代学者改换自己的学术方法而皈依唯物论新文学史书写，第二代学者的学术训练就是在这一书写范式中熏陶生成的。这导致本时期研究现代文学的方法路径比较单一，研究成果多是在论证已经存在的政治化结论。自由讨论的学术氛围曾在某些时段有着短暂的浮现，但不待开花结果就迅即消失，严厉的批评则让学者们时刻保持着“自警”状态，这就不冀望有不同研究立场、相异学术精神的观点、学派相互激荡。

本时期学科研究平台和学术协会没有成立，研究成果没有固定的发表阵地，资助经费欠缺。我们现在所熟知的中国现代文学研究学会、中国当代文学研究会、中国新文学研究会、中国鲁迅研究会及其他有关学会，以及专门发表中国现代文学研究成果的学术刊物《中国现代文学研究丛刊》等都是在新时期之后才建立和创办的。而当下众多的文学研究的科研经费的资助在“十七年”期间是不可想象的。单从学术研究外部资源、条件，我们就发现当时学者创建本学科之初的艰辛，这更能让我们对他们的研究有着尊重与理解。

其三，为中华人民共和国意识形态的普及、强化立下功劳，但有些机械。

在中华人民共和国成立前，华夏大地还没有统一的意识形态，国统区、解放区、沦陷区存在不同的政治统治，文化政策、文学理论也相应地歧义多端，“十七年”唯物论新文学史书写为中华人民共和国意识形态的普及、强化立下了巨大功劳。

毛泽东的《新民主主义论》和《讲话》由之前的解放区走向了全中国，文艺为政治服务、为工农兵服务成了每一位文艺工作者和知识分子的行动指南。唯物论新文学史以此为中心分蘖出无产阶级思想领导、统一战线、工农兵文学方向、两条路线斗争、社会主义现实主义创作方法五条线索进行编写，不仅推演了它们的历史发展必然性，而且证明了它们对历史与现实文学运动的重大指导作用和推动能量。从而帮助了当时的中文系学生、文艺工作者及广大读者受众建构起中华人民共和国的意识形态认知，形塑出全新的民族国家想象和认同，为蓬勃开展的社会主义建设提供了源源不绝的精神动力和干部队伍。可谓厥功至伟！

“十七年”中主要的政治、文艺运动都会在唯物论新文学史书写中折射反光，这影响了当时的中国现代文学史书写的内容与体例。尽管这为推行某一时段的政策方针、意识形态起到了立竿见影的促进作用，但不能否认的是，这些政治、文艺运动都是现实社会中正在发生的大事件，自身历史价值和社会影响都还处于未明状态，但文学史书写者以此为评判标准进行文学历史的裁剪与加工，这易导致历史研究的客观性、真实性与全面性受到损害。这应是我们引以为戒的！

我们对“十七年”中国现代文学史书写历史的考察，有助于我们对当下文学史编写进行反思，并启迪我们所应坚持的原则。

文学史著述的形态和语式主要有三种：重历史、重逻辑、历史与逻辑相统一。① 综观“十七年”唯物论新文学史书写的发展，我们会觉得更多是重逻辑派，文学史书写者始终要求，并力求发现文学史实符合意识形态所规定的唯物论新文学史的五条原则、线索的发展，他们付出了艰辛的努力，在一定程度上付出了历史真实性和文学审美性的代价，终于得到了文学史“完美”的逻辑构建。这一建构现代文学史的方式方法响应了意识形态的号召，在文学史书写中回答了政治、民众所关心的问题，从而建构了全新的民族国家形象与意识形态。同时，也使得刚刚诞生的中国新文学史学科迅速成长、发展壮大。

可见，文学史编写不能成为书斋学问，而应回应现实的关切，积极为国家民族的中心任务提供本学科的思想资源和理论能量。我们的国家与民族正处于伟大复兴的关键时刻，我们必须调动所有能够调动的力量与手段来为这百年梦想服务，以此实现民族的腾飞与国家的强盛。中国现代文学史编写又岂能在这一历史进程中缺位！从本学科自身发展来看，当下文学已经走向了边缘化，如果中国新文学史始终停留在资料的收集和纯文学的审美鉴赏上，而不积极回应时代所关心的核心问题，并从丰富的历史经验中寻找解决措施的话，那么在未来的社会生活中，学科生命力将面临萎缩与“死亡”！中国现代文学史能够在“十七年”和新时期成为“显学”，就在于唯物论新文学史书写的几大原则能与时代对话，并能引领更多的学子为时代服务，这应是我们在“十七年”中国新文学史书写中最应该学习的宝贵经验！

---

① 温潘亚．追寻文学流变的轨迹：文学史理论研究［M］．北京：人民出版社，2009：19-21.

但文学史是历史的一种，书写文学史首先需要真实。尽管随着时间的推移、场景的变迁，历史的“原貌”已渐行渐远，而且在后现代理论的视域下，我们对此予以“还原”的梦想也成为天方夜谭，但是追求历史的真实性是历史学这门学科的安身立命之基。如果这一基石被摇撼而崩坍，那么历史学研究的意义及其本身将不复存在。所以文学史要照历史的“本来”面目进行书写，越真实价值就越高，也就越能为现实政治服务，而它自身的生命力就越久远。反之，历史真实被歪曲，不仅对现实政治无益反倒造成它可疑，而文学史著自身也会因时过境迁而“过时”作废。“十七年”中国现代文学史书写中，最易“失真”之处在于文学运动、文艺理论和文艺论争。例如，当时在文学革命的发生、对新月派与现代派等文学派别的分析、对革命文学论争、“两个口号”的论争的事实辨析上都有着不少人为的干扰与蒙蔽，这造成了历史论争与人事纠纷并未尘埃落定，而是多次再起喧嚣。也正因为历史的真实性受到影响，也使得“十七年”大部分中国现代文学史著未能公开出版并成为学术名著。这也是我们应汲取的历史教训！

总之，一代有一代之文学史，中国现代文学史不应是书斋学问，应该面向社会、走向时代，回答时代所需解答的问题，但又不应以一时一地政策方针为依归，而应锻造出具有一定历史纵深的文化政治与现实关怀的议题，以此形成叙事线索并对文学史实予以逻辑性地重组，这样才能建构历史、美学与逻辑兼顾的文学史著。

参考文献

一、研究著作

［1］蔡仪．中国新文学史讲话［M］．上海：新文艺出版社，1952.

［2］陈岸峰．文学史的书写及其不满［M］．香港：中华书局（香港）有限公司，2014.

［3］陈丹晨．巴金全传［M］．北京：中国青年出版社，2003.

［4］陈飞．中国文学专史书目提要［M］．郑州：大象出版社，2004.

［5］陈国恩．学科观念与文学史建构［M］．北京：中国社会科学出版社，2012.

［6］陈国球．文学如何成为知识？［M］．北京：生活·读书·新知三联书店，2013.

［7］陈国球．文学史书写形态与文化政治［M］．北京：北京大学出版社，2004.

［8］陈平原．学术史：课程与作业：以“中国现代文学学科史”为例［M］．合肥：安徽教育出版社，2007.

［9］陈平原．作为学科的文学史［M］．北京：北京大学出版社，2011.

［10］陈启能，倪为国．书写历史（第一辑）［M］．上海：上海三联书店，2003.

［11］陈思和．中国新文学整体观［M］．上海：上海文艺出版社，1987.

［12］陈希．中国现代文学研究通史·第四卷（1949—1976）：非常的建构［M］．广州：广东人民出版社，2020.

［13］陈新．历史认识：从现代到后现代［M］．北京：北京大学出版社，2010.

［14］程光炜．当代文学的“历史化”［M］．北京：北京大学出版社，2011.

［15］程光炜．文化的转轨：“鲁郭茅巴老曹”在中国（1949—1976）［M］．北京：光明日报出版社，2003.

[59] 刘绶松．中国新文学史初稿（修订版）[M]．北京：人民文学出版社，1979.

[60] 刘卫国．中国新文学研究史 [M]．北京：社会科学文献出版社，2015.

[61] 刘增杰．中国现代文学史料学 [M]．上海：中西书局，2012.

[62] 罗岗．危机时刻的文化想像：文学·文学史·文学教育 [M]．南昌：江西教育出版社，2005.

[63] 罗云锋．现代中国文学史书写的历史建构：从清末至抗战前的一个历史考察 [M]．北京：法律出版社，2009.

[64] 彭刚．叙事的转向：当代西方史学理论的考察 [M]．北京：北京大学出版社，2009.

[65] 钱理群．中国现代文学史论 [M]．桂林：广西师范大学出版社，2011.

[66] 秦林芳．丁玲的最后 37 年 [M]．北京：中国文史出版社，2005.

[67] 任访秋．中国现代文学史：上卷 [M]．南阳：河南南阳前锋报社，1944.

[68] 任天石．中国现代文学史学发展史 [M]．南京：江苏文艺出版社，2002.

[69] 山东师范学院中文系．中国现代文学史（初稿）（第一——第五册）[M]．济南：山东师范学院，1961—1962.

[70] 邵荃麟．沿着社会主义现实主义的方向前进：在中国文学艺术工作者第二次代表大会上的总结发言 [M] //邵荃麟．邵荃麟全集第一卷·文艺理论与批评上．武汉：武汉出版社，2013：329.

[71] 孙中田，何善周，思基，等．中国现代文学史（上）[M]．长春：吉林人民出版社，1957.

[72] 田仲济，孙昌熙．中国现代文学史 [M]．济南：山东人民出版社，1979.

[73] 田仲济，孙昌熙．中国现代文学史（修订本）[M]．济南：山东文艺出版社，1985.

[74] 童庆炳，陶东风．文学经典的建构、解构和重构 [M]．北京：北京大学出版社，2007.

[75] 王宏志．历史的偶然：从香港看中国现代文学史 [M]．香港：牛津大学出版社，1997.

[76] 王西彦．中国新文学运动的主潮 [M] //王西彦．伟大的人和伟大的作家．上海：新文艺出版社，1953.

[77] 王瑶．中国诗歌发展讲话 [M]．北京：中国青年出版社，1982.

［78］王瑶．中国诗歌发展讲话［M］．北京：中国青年出版社，1956.

［79］王瑶．中国新文学史稿（上）［M］．北京：开明书店，1951.

［80］王瑶．中国新文学史稿（下）［M］．上海：新文艺出版社，1954.

［81］王瑶．中国新文学史稿（下）［M］．上海：新文艺出版社，1953.

［82］王瑜．重审与重构：现代文学史观与中国现代文学史编写问题研究［M］．北京：中国社会科学出版社，2014.

［83］王泽龙．反思与重构：中国现代文学史观综论［M］．北京：新华出版社，2005.

［84］温潘亚．百年中国文学史写作范式研究［M］．北京：人民出版社，2019.

［85］温儒敏，李宪瑜，贺桂梅，等．中国现当代文学学科概要［M］．北京：北京大学出版社，2005.

［86］吴秀明．中国现当代文学史与生态场［M］．北京：中国社会科学出版社，2009.

［87］席扬．中国当代文学的“历史叙述”和“典型现象”［M］．北京：人民出版社，2015.

［88］徐瑞岳．中国现代文学研究史纲［M］．南京：江苏教育出版社，2001.

［89］许怀中．中国现代文学史研究史论［M］．厦门：厦门大学出版社，1997.

［90］张毕来．新文学史纲：第一卷［M］．北京：作家出版社，1955.

［91］张毕来．中国现代文学史：上册［M］．长春：东北师范大学教务行政处出版科，1951.

［92］张传敏．民国时期的大学新文学课程研究［M］．北京：人民出版社，2010.

［93］张福贵．文学史的命名与文学史观的反思［M］．北京：北京大学出版社，2014.

［94］张军．中国新文学史书写的发生、层累及对话（1920—1949）［M］．北京：中国社会科学出版社，2017.

［95］张钧．中国当代文学制度研究（1949—1976）［M］．北京：北京大学出版社，2011.

［96］张伟栋．李泽厚与现代文学史的“重写”［M］．南昌：江西人民出版社，2012.

［97］中国人民大学语言文学系文学史教研室现代文学组．中国现代文学史［M］．北京：中国人民大学出版社，1964.

[98] 中国文学史教学大纲 [M]. 北京：高等教育出版社，1958.

[99] 中国文学史教学大纲 [M]. 北京：高等教育出版社，1957.

[100] 中国现代文学教学大纲 [M]. 北京：北京师范大学出版社，1958.

[101] 中国现代文学教学大纲 [M]. 北京：高等教育出版社，1956.

[102] 中国作家协会. 中国作家协会第二次理事会会议（扩大）报告、发言集 [M]. 北京：人民文学出版社，1956.

[103] 中华全国文学艺术工作者代表大会宣传处. 中华全国文学艺术工作者代表大会纪念文集 [M]. 北京：新华书店，1950.

[104] 周恩来. 为总路线而奋斗的文艺工作者的任务（一九五三年九月二十三日）[M] //文化部文学艺术研究院. 周恩来论文艺. 北京：人民文学出版社，1979.

[105] 朱德发. 现代文学史书写的理论探索 [M]. 济南：山东人民出版社，2010.

二、译著

[1] 埃斯卡皮. 文学社会学 [M]. 王美华，于沛，译. 合肥：安徽文艺出版社，1987.

[2] 福柯. 规训与惩罚 [M]. 刘北成，杨远婴，译. 北京：生活·读书·新知三联书店，2003.

[3] 怀特. 元史学：十九世纪欧洲的历史想像 [M]. 陈新，译. 南京：译林出版社，2004.

[4] 卡尔. 历史是什么？[M]. 陈恒，译. 北京：商务印书馆，2007.

[5] 克罗齐. 作为思想和行动的历史 [M]. 田时纲，译. 北京：中国社会科学出版社，2005.

[6] 库恩. 科学革命的结构 [M]. 金吾伦，胡新和，译. 北京：北京大学出版社，2003.

[7] 李怀印. 重构近代中国：中国历史写作中的想象与真实 [M]. 岁有生，王传奇，译. 北京：中华书局，2013.

三、期刊

[1] 老舍，蔡仪，王瑶，等.《中国新文学史》教学大纲（初稿）[J]. 新建设，1951，4（4）.

[2] 茅盾. 反映社会主义跃进的时代，推动社会主义时代的跃进！[J]. 人

民文学，1960（8）.

［3］王西彦．中国新文学运动的主潮［J］．新中华，1951，14（22）.

四、报纸

［1］郭沫若．中国文学艺术工作者第二次代表大会开幕词［N］．文艺报，1953（19）.

［2］茅盾．新的现实和新的任务：在中国文学艺术工作者第二次代表大会上的报告［N］．文艺报，1953（19）.

［3］周扬．为创造更多的优秀的文学艺术作品而奋斗：一九五三年九月二十四日在中国文学艺术工作者第二次代表大会上的报告［N］．人民日报，1953-10-09（3）.

［4］周扬．文艺战线上的一场大辩论［N］．人民日报，1958-02-28（2）.

［5］周扬．我国社会主义文学艺术的道路：一九六〇年七月二十二日在中国文学艺术工作者第三次代表大会上的报告［N］．人民日报，1960-09-04（5）.

五、其他文献

［1］北京大学1956级文学专门化同学．中国现代文学史纲要（草稿）［Z］．北京：北京大学中文系，1959.

［2］北京大学中文系．中国现代文学史（初稿）［Z］．北京：北京新华印刷厂，1960.

［3］北京大学中文系．中国现代文学史当代文学部分纲要（初稿）［Z］．北京：北京大学，1959.

［4］北京师范大学中国语言文学系．中国现代文学史：第一编（初稿）［Z］．北京：北京师范大学，1959.

［5］蔡仪．新文学史笔记［Z］．1949.

［6］长春师专中文科现代文学教研组．中国现代文学讲义［Z］．长春：长春市教师进修学院，1961.

［7］华中师范学院中文系现代文学教研组．中国现代文学（上册）［Z］．武汉：华中师范学院，1960.

［8］华中师范学院中文系中国现代文学教研室．中国现代文学史纲要［Z］．武汉：华中师范学院，1965.

［9］吉林师范大学中文系中国现代文学教研室．中国现代文学史（第一分

册）[Z]．长春：吉林师范大学函授教育处，1959.

[10] 开封师范学院中国语言文学系，开封师范学院现代文学教研室．中国现代文学史稿上册 [Z]．开封：开封师范学院函授部，1959.

[11] 刘绶松．中国现代文学史讲义 [Z]．武汉：武汉大学，1959.

[12] 刘绶松．中国新文学史（上）[Z]．武汉：武汉大学，1954—1955.

[13] 任访秋．中国现代文学论稿 [Z]．开封：开封师范学院，1957.

[14] 任访秋．中国新文学史讲稿 [Z]．开封：河南大学，1953.

[15] 山东大学，山东师范学院，曲阜师范学院，等．中国现代文学史 [Z]．1978.

[16] 山东大学，山东师范学院，曲阜师范学院中文系现代文学教研室．中国现代文学史 [Z]．1965.

[17] 上官艾明，朱彤，沈蔚德．中国现代文学（初稿）[Z]．南京：南京师范学院教务处，1960.

[18] 上海师范学院中文系中国现代文学教研组．中国现代文学史讲义 [Z]．上海：上海师范学院，1961.

[19] 孙中田，何善周，思基，等．中国现代文学（上）[Z]．长春：东北师范大学教务处教材科，1955.

[20] 唐弢．《中国现代文学史》纲要（草稿）[Z]．北京：高等学校文科教材办公室《中国现代文学史》编写组，1962.

[21] 王西彦，钱国荣，陈孝全，等．中国现代文学讲义 [Z]．上海：华东师范大学函授部，1959.

[22] 薛绥之．中国新文学史教学笔记 [Z]．1954.

[23] 中国人民大学语言文学系文学史教研室．中国现代文学史讲义（初稿）[Z]．北京：中国人民大学，1961—1962.

[24] 中国语言文学系函授教研组．中国现代文学 [Z]．广州：中山大学，1962.

[25] 中国语言文学系暂行教学计划 [Z] //师范学院暂行教学计划．中央人民政府教育部，1954.

[26] 中山大学中文系现代文学教研室．中国现代文学史 [Z]．广州：中山大学，1978.

[27] 中山大学中文系．中国现代文学史：第一卷 [Z]．广州：中山大学，1961.

[28] 中文系现代文学教研组，1956 级甲班同学集体．中国现代文学初稿 [Z]．贵阳：贵阳师范学院，1959.